Bart-Jan Kazemier

DRONE

Thriller

Aus dem Niederländischen von Simone Schroth
und Marjolijn Storm

PENGUIN VERLAG

Die niederländische Originalausgabe erschien 2016
unter dem Titel »Drone« bei Uitgeverij De Bezige Bij, Amsterdam.

Nederlands letterenfonds
dutch foundation for literature

Diese Veröffentlichung wurde durch finanzielle Unterstützung der Dutch Foundation for Literature ermöglicht.

MIX
Papier aus verantwortungsvollen Quellen
FSC® C014496
FSC www.fsc.org

Verlagsgruppe Random House FSC® N001967

PENGUIN VERLAG

1. Auflage 2017

Umschlaggestaltung: Cornelia Niere
Coverfotos: Mark Owen/Arcangel; Valeriya/Shutterstock
Redaktion: Heike Baryga
Satz: Uhl + Massopust, Aalen
Druck und Bindung: GGP Media GmbH, Pößneck
Printed in Germany
ISBN 978-3-328-10102-4
www.penguin-verlag.de

Dieses Buch ist auch als E-Book erhältlich.

The machine has got to be accepted,
but it is probably better to accept it
rather as one accepts a drug
– that is,
grudgingly and suspiciously.

George Orwell, *The Road to Wigan Pier* (1937)

1 PROLOG

Tonbandaufnahme 160700 A APR 03

Transkription Mission A1445000133 7:14:23–7:20:43

T: »Haben wir schon die Bestätigung, dass Jaweed vor Ort ist?«

K: »Wir sind dran.«

T: »Halte die Verbindung offen.«

Sk: »Wir sind drin. Vierzig Schritte.«

K: »Ist unser Mann vor Ort?«

Sk: »Noch keine Bestätigung.«

T: »Haben wir die Bestätigung [unverständlich]? Ist Malik Jaweed vor Ort?«

K: »Nein. Keine Bestätigung. Abwarten.«

T: »Wir sind bereit.«

K: »Höchste Bereitschaftsstufe.«

[Stille von ca. 1 Minute]

K: »Eins. Fenster.«

S: »Zwei. Tür West.«

Sk: »Ist es Malik?«

T: »Bestätigen: Ist es Malik Jaweed?«

S: »Nein, keine Bestätigung.«

K: »Thijs?«

M: »Nein, hier auch keine Bestätigung.«

V: »Drei. Tür Süd. Es … [unverständlich].«

T: »Bitte wiederholen!«

V: »Es ist Malik. Kein Zweifel. Es ist Malik.«

Mehrere Stimmen: »Check.«

M: »Eliot, bereit?«

K: »Bereit.«

V: »Tür Süd geht auf.«

K: »Ich habe freies Schussfeld. Erbitte Zustimmung, Malik Jaweed auszuschalten. Habe freies Schussfeld.«

T: »Nein. Keine Zustimmung. Abwarten. Wir sind bereit. Fünfundachtzig Sekunden.«

K: »Habe freies Schussfeld, Oberstleutnant, habe freies Schussfeld.«

T: »Nein, erst absichern.«

[Knacken, Stille von ca. 30 Sek.]

K: »Habe immer noch freies Schussfeld.«

T: »Ist es hundertprozentig Malik Jaweed?«

V: »Check.«

K: »Hundertprozentig.«

T: »Weiter abwarten.«

K: »Gelegenheit jetzt. Gelegenheit zum Ausschalten von Malik Jaweed *jetzt*. Soll ich?«

[Knacken, unverständlich]

V: »Er ist drin. Er ist reingegangen.«

T: »Das sehen wir auch. Wir sind bereit. Abstand halten.«

R: »Warten! Warten! Da sind …«

[Knacken, Piepton] »Hört ihr mich?«

Mehrere Stimmen: »Check.«

N: »Com check. I'm recording.«

T: »LTG Scorpion, hier ist [unverständlich]. Abstand halten, [unverständlich] kommt.«

K: »Oberstleutnant Tysma, im Gebäude befinden sich mehrere Individuen, möglicherweise haben …«

[Knacken, Stille, Rauschen]

T: »[unverständlich] gibt an, dass Fehlermarge null, wenn jetzt Übergang zum Angriff. Sie ist jetzt über dem Ziel. Ich habe soeben die Genehmigung aus dem Ministerium erhalten.«

M: »Achtung!«

T: »Er ist wieder drin. Es ist Malik.«

K: »Ja, aber wir raten zum Abwarten. Da …«

[Knacken, ca. 2 Sek. pfeifendes Rauschen]

[Schrei, männliche Stimme]

[Laute Explosion]

[Pfeifton]

Ende der Aufnahme.

2 MERIJN
Augenzeugen

Bei den letzten drei Wahlen war sie zu Hause geblieben, und wenn sie wieder von ihrem Stimmrecht Gebrauch machen würde, wären es sicher nicht die Sozialdemokraten, die ihre Stimme bekämen, die unzuverlässigen Koalitionspartner, die von einer Krise in die nächste stolperten. Trotzdem war es ein Mitglied dieser Partei, das sie und Miriam sich ausgesucht hatten. Merijn war ihm Monate zuvor zum ersten Mal begegnet, während eines von ihr organisierten Arbeitsbesuchs. In den Tagen nach Rens' Tod beschlossen Miriam und sie, die Sache mit O. öffentlich zu machen, und der Abgeordnete Jan Kassels sollte an dieser Angelegenheit maßgeblich beteiligt sein.

»Du hättest auch einfach anrufen können«, meinte er, nachdem sie eine Zeit lang schweigend nebeneinander hergegangen waren.

»Das wäre zu riskant gewesen«, antwortete Merijn.

»Meinen Laptop hacken geht aber schon ein bisschen weit«, erwiderte Kassels. Er schaute grimmig drein.

»Aber findest du nicht auch, dass die Sache es wert war?«

Er nickte und bohrte mit der Schuhspitze im Sand. Er ließ den Blick über den leeren Strand schweifen, wo außer einem Kitesurfer in der Ferne, der gerade seinen Schirm ausbreitete, niemand zu sehen war.

»Wenn der Rest der Festplatte vom gleichen Kaliber ist,

bricht im Parlament Krieg aus, das sage ich dir. Kannst du das alles entschlüsseln?«

»Nein, der Algorithmus ist zu komplex. Dafür brauche ich Wochen«, antwortete Merijn. Sie wollte sich eine Zigarette anzünden und kämpfte gegen den Seewind, gab aber nach einigen Versuchen auf. »Dafür muss der Staat büßen.«

»Dafür reichen allerdings die Informationen nicht aus, Merijn.«

Sie seufzte. Das hatte sie sich auch schon überlegt. Sie strich sich die Haare aus dem Gesicht und richtete sich auf, zu ihm hin.

Sie hatten den Rand der Dünen erreicht. Der Wind hatte den schmalen Pfad, den sie heruntergelaufen waren, glatt gefegt, sodass ihre Fußabdrücke nicht mehr zu sehen waren.

»Die Daten von der Festplatte, Augenzeugen, eine Ortsangabe«, sagte Kassels. »Dann können wir ermitteln. Sonst kommen sie so davon.«

Ihr wurde bewusst, wie groß diese Aufgabe war; sie nickte und streckte die Hand nach ihm aus. Er umarmte sie kurz, küsste sie. Sie ließ es geschehen.

»Ich werde mich auf die Debatte mit der Ministerin vorbereiten. Wir bleiben in Verbindung.« Mit großen Schritten kletterte er die Düne hinauf.

Merijn blieb zurück und wandte sich zum Meer um. Sie holte wieder ihr Feuerzeug und eine Zigarette hervor. Der rote Schirm hing prall in der Luft.

Ein Stück weiter oben, verborgen hinter dem hohen Strandhafer, schraubte jemand das Teleobjektiv seiner Kamera zusammen und wartete auf eine Gelegenheit, ungesehen zu seinem Wagen zurückzukommen.

3 DER AUFTRAGNEHMER

Enthüllung

Bis auf ein verliebtes Pärchen in der hintersten Ecke befand sich niemand in der Bar des Hotels Andreus. Der Raum war nur schwach beleuchtet, und es roch nach Zigarettenrauch. Hohe, halbrunde Sofas aus dunklem Holz und rotem Velours trennten die Tische voneinander. In den Kronleuchtern an der Decke flackerten künstliche Kerzen. Ein Barkeeper war nirgends zu sehen.

Er stellte sich mitten in den Raum und schaute sich um, wollte sich davon überzeugen, dass er der Erste war. Der junge Mann schaute auf, legte dann seiner Freundin den Arm um die Schulter und flüsterte ihr etwas ins Ohr. Sie lächelte, nickte und zog ihren Mantel an. Mit gesenktem Blick gingen die beiden an ihm vorbei. Es schellte, als sie die Tür hinter sich schlossen. Durchs Fenster sah er, wie sie einander draußen wieder bei der Hand nahmen und in Richtung Grote Markt davonschlenderten. Er setzte sich an den Tisch, den die beiden zuvor belegt hatten. Von hier aus hatte er den Eingang und die Rezeption gegenüber gut im Blick.

Es dauerte acht Minuten, bis der Mann vom MIVD-Geheimdienst erschien, ein Mittvierziger mit einem kantigen Gesicht und dünnem rötlichem Haar, das in armseligen Strähnen nach hinten gekämmt war. Seine hohe Stirn und sein Gesicht glänzten vom Regen. Laut zog er die Nase hoch und wischte sie mit dem Jackenärmel ab, während er den aufmerksamen Blick seiner graublauen Augen durch die Bar streifen ließ.

Er hatte ihn sicher schon von der Straße aus hier sitzen sehen – wahrscheinlich waren sie ihm von dem Moment an, als er in Sloterdijk aus dem Zug stieg, auf Schritt und Tritt gefolgt. Obwohl er seit Monaten eine gestohlene Chipfahrkarte für den öffentlichen Nahverkehr verwendete, gelang es den Mitarbeitern des niederländischen Geheimdienstes immer wieder, ihn aufzuspüren. Er wusste das, denn er war einmal einer von ihnen gewesen. Der Mann mit der hohen Stirn stand ohne Zweifel im Dienst des Verteidigungsministeriums; man konnte ihn sich leicht in einer Militäruniform vorstellen, mit einem Barett auf dem rötlichen Haar. Er war hochgewachsen, steuerte mit entschlossenen Schritten auf den Tisch zu und zog sich dabei die nasse Jacke aus. Die Hand gab er ihm nicht – stattdessen schob er einen Stuhl zurück, hängte seine Jacke darüber und setzte sich ihm gegenüber hin. Nicht einmal ein Kopfnicken hatte er für seinen Gesprächspartner übrig.

»Es gibt eine Verabredung«, sagte der MIVD-Mann knapp.

»Was für eine Verabredung?«, wollte er wissen.

»Sie hat Kontakt mit jemandem aufgenommen. Mit einer Person, die auf unseren Listen steht.«

»Wie können wir sicher sein, dass es ausgerechnet um diese Sache geht?«

»Weil sie dahintergekommen ist, dass Wilkes die Festplatte mitgenommen hat. Sie hat gesehen, wie er weggefahren ist. Wenn sie sich das Kennzeichen gemerkt hat, lässt es sich bis zu uns zurückverfolgen. Das will ich verhindern.«

»In welcher Beziehung stehen die beiden zueinander?«

»Sie kennt ihn von der Ausbildung in Rozendaal.«

Er runzelte die Stirn. »Sie gehört zu einer Einheit?«

»Nein, zur Verwaltung. Die beiden waren während seiner ganzen Ausbildung zusammen dort. Sie kannte ihn. Und die Akte kennt sie in- und auswendig. Sie hat die Daten für die Testphase zusammengetragen.«

»Er gehört also wirklich zur Spezialeinheit.«

»Den kannst du getrost uns überlassen.«

Er nickte. Mit wem sie sich verabredet hatte, war für ihn nicht relevant. Er hatte nur die Aufgabe, zu verhindern, dass die beiden einander tatsächlich begegneten. Er war der Auftragnehmer, der diese Arbeit ausführen würde.

»Kam es bereits zum Informationsaustausch?«

»Soweit wir wissen nicht, aber die Möglichkeit besteht, dass sie und Turing eine Kopie erstellt haben. Wenn sie die weitergibt, wird das katastrophale Folgen haben. Wenn das rauskommt, sind wir – der Nachrichtendienst, die Ministerin, bis hin zum Ministerpräsidenten – die Geleimten. Die Sache darf unter gar keinen Umständen ans Licht kommen.«

Er schaute zur Seite und sah, wie das Liebespärchen wieder vorbeilief.

»Muss das denn sein, mich so auffällig beschatten zu lassen?«, fragte er, ohne den Geheimdienstler anzusehen. Dieser folgte seinem Blick zum Fenster hinaus.

»Wenn man schon Agenten einsetzt, sollte man ihnen sagen, dass sie sich an ein Muster halten. Eben lief der Junge noch links von dem Mädchen.«

Auf dem Gesicht des MIVDlers erschien ein Grinsen, das sein unregelmäßiges Gebiss entblößte.

»Sie befindet sich gerade auf der A44, auf der Höhe von Sassenheim. Wenn sie in diesem Tempo bis nach Haarlem weiterfährt, braucht sie 23 Minuten bis hierher. Das Rendez-vous soll in einem Café auf der Ramplaan stattfinden. – Alles klar?«

Er reagierte nicht, weil – und das wussten sie beide – die Antwort bereits feststand. Der einzige Grund dafür, dass sie sich immer wieder an ihn wandten, war eben, dass sie sich auf ihn verlassen konnten.

»Sorge dafür, dass sie zu große Angst bekommt, um weitere Verabredungen zu treffen.«

Er stand auf, zog den Reißverschluss seiner Jacke zu und bewegte sich geschmeidig an dem Offizier vorbei, der die Hand in die Innentasche seiner Jacke steckte und ein Päckchen Zigaretten zutage förderte. Als er die Tür der Bar öffnete, hörte er, wie der Mann ein Streichholz anzündete. Gleichzeitig schellte es wieder.

4 ELIOT
Vergessen

Es war das Erste, worum sich Eliot Koler kümmerte, nachdem er das Haus gekauft hatte. Die Kabel verliefen vom Stromkasten ins Wohnzimmer und wanden sich über das Treppengeländer in den ersten Stock. Er hatte sie bis zu dem kleinen Schreibtisch im Arbeitszimmer auf der Rückseite des Gebäudes durchgezogen und mit Isolierband am Bodenbelag befestigt. Daran hatte er in den letzten zwölf Jahren nichts geändert. Er hatte den Router ersetzt und sich einen moderneren Laptop angeschafft, aber die Internetverbindung funktionierte noch immer so wie damals, als er zum ersten Mal in seinem neuen Haus übernachtete.

Zum Zeitpunkt des Kaufs erkannte er sich selbst in dem Haus wieder: eine Ruine, die zu viel Elend gesehen hatte, zusammengefallen, bereit, bis auf die Grundmauern eingerissen und danach Stein für Stein wieder aufgebaut zu werden. Das Häuschen stand in einem vergessenen Dorf, irgendwo in Friesland. Auf den meisten Karten war das Dorf nicht zu finden. Indem er sich in die Arbeit am verfallenen Haus stürzte, hatte er versucht, die Spuren zu verwischen, die seit seiner Entsendung im Jahr 2003 zurückgeblieben waren. Voller Eifer schaffte er Material und Gerätschaften heran und bereitete sich darauf vor, das Haus auf würdige Weise wieder herzurichten, doch irgendwo in seinem Inneren schlummerte bereits der Gedanke, dass er nie fertig werden würde. Die Narben, die es abbekommen hatte, waren zu tief, und es würde ihm nur gelingen, augenfällige Schäden zu beheben, mehr nicht.

Er konnte sich nicht dazu überwinden, zu kündigen, weil ihm außer der Arbeit für das Verteidigungsministerium nichts im Leben etwas bedeutete. Sonst gab es nichts, worin er gut war. Zehn Jahre lang blieb er dort im Dienst, obwohl er nur allzu gut wusste, dass genau darin der Grund für sein Unglück verborgen lag. Wie ein Automat führte er eine Mission nach der anderen aus, bis er es nicht mehr aushielt, aus Mali zurück in die Niederlande geflogen wurde und sich schließlich für immer gegen eine Rückkehr in die Kaserne entschied.

Er zog sich in das Haus zurück und begann eine Beziehung mit einer Kellnerin, die fünfzehn Kilometer entfernt in einer Kneipe für Lkw-Fahrer arbeitete – einer sympathischen jungen Frau, die manchmal bei ihm übernachtete und nicht viel als Gegenleistung erwartete. Ein Jahr lang hielt sie es mit ihm aus, bevor es ihr reichte und sie ihn anschrie, sie könne einfach nicht zu ihm durchdringen und bekomme Angst vor ihm, wenn er nachts wie ein Schlafwandler durchs Haus geisterte. Sie wollte wissen, was ihm so zu schaffen machte, aber er schwieg. Nachdem sie gegangen war, ließ sie nie wieder etwas von sich hören. Er bemühte sich auch nicht, sie zurückzugewinnen; er vermisste sie nicht, höchstens die Wärme ihres Körpers. Das Haus war das einzig Greifbare, was ihm blieb, und sein Schuldgefühl leistete ihm dort Gesellschaft.

Wer schuldig ist, muss bestraft werden. Manchmal spielte er mit dem Gedanken, sich selbst etwas anzutun; er unternahm aber nichts, weil ein Leben mit der Schuld womöglich die härtere Strafe war, eine Strafe, von der er fand, dass er sie verdiente, bis sich die Gelegenheit ergeben würde, seinen Fehler wiedergutzumachen. Wie er ihn in Gottes Namen wiedergutmachen sollte, darüber zerbrach er sich während all dieser Jahre den Kopf. Das, wofür er mitverantwortlich war, konnte man nicht mehr, nie wieder rückgängig machen. Alle waren tot, alle Beweise verschwunden. Wem gegenüber hätte er sich verantworten sollen?

Zwölf Jahre lang lebte er als Gefangener dieser Last, bis er am späten Vormittag des 14. Juli dem Internetkabel in das kleine Arbeitszimmer folgte und seinen Laptop einschaltete. Durch die gnadenlose Sonne war es in dem kleinen Zimmer unerträglich heiß. Das große Fenster ließ sich nicht mehr öffnen, nur ein kleines Ausstellfenster darüber. Er zog die Vorhänge zu und setzte sich an den Schreibtisch. Ohne nachzudenken, rief er seine E-Mails ab, obwohl er nur noch selten Mitteilungen erhielt, deren Lektüre sich lohnte. Doch dieses Mal war das anders. Eine einzige neue Nachricht war in dieser Nacht durch das Kabel in sein Haus gekommen, von einer Person, deren Name im Laufe der Jahre aus seinem System verschwunden war. Als Anhang gab es eine JPEG-Datei. Bevor er die Nachricht öffnete, zündete er sich eine Zigarette an und starrte auf den Namen der Absenderin, der ihm vertraut und fremd zugleich vorkam: Mira van Miltem.

Eliot,
habe Beweise zu O. Muss dich sprechen. 181930 A JUL 15 Felaket, Haarlem.
Wenn etwas schiefgeht: Ort unserer letzten Begegnung.
X Mira (die Schwester von Resn)

Online konnte er den Namen nirgends finden. Etwas war seltsam, und nach langem Nachdenken erkannte Eliot das

Problem: Es handelte sich um ein Anagramm. Er schrieb die Buchstaben auf die Papierunterlage, auf die er die Ellbogen gestützt hatte, und veränderte dann die Reihenfolge. Es kostete ihn eine halbe Stunde, den Namen der Absenderin zu entschlüsseln. Mira van Miltem war in Wirklichkeit Miriam Veltman.

Er hatte sie nicht vergessen, obwohl sie ihm nie besonders aufgefallen war. Trotzdem hatte sie sich immer irgendwo in seinem Gedächtnis befunden, wie die Überbleibsel eines angenehmen Traums. In seiner Erinnerung saß sie in ihrem Peugeot 404, einem unansehnlichen Oldtimer. Das Auto, nach dem sie ganz verrückt gewesen war, hatte er noch deutlich vor sich, wie sie aber selbst aussah, daran erinnerte er sich nicht mehr. Volle Lippen und kurzes dunkles Haar möglicherweise. Ihre Augenfarbe hatte er vergessen. Er fand sie eher nett als attraktiv, aber trotzdem gab es etwas an ihr, das ihn während der Jahre, in denen sie miteinander zu tun hatten, faszinierte. Er las die Nachricht noch einmal, und nun, da er begriffen hatte, von wem sie stammte, wusste er, was sie meinte. *Beweise zu* O. Die Zeit lief rückwärts, zurück zu dem verhängnisvollen Ereignis, das seinen persönlichen Niedergang ausgelöst hatte. Noch immer versuchte ihn sein Gedächtnis dorthin zurückzuholen, und dieses Mal blieb ihm nichts anderes übrig, als zu gehorchen. Sie hatte mit »die Schwester von Resn« unterzeichnet. War das ein Tippfehler, oder hatte sie den Namen Rens absichtlich falsch geschrieben?

Er öffnete den Anhang, die körnige Vergrößerung eines Fotos, auf dem man das Nummernschild eines Autos erkennen konnte, und speicherte das Bild auf seinem Telefon. Danach suchte er im Internet nach dem Kaffeehaus Felaket. Es erwies sich als sehr geeignet für ein Treffen: nicht direkt an der

Hauptstraße, sondern etwa dreißig Meter davon entfernt, verborgen hinter einer Reihe hoher Bäume.

Am Abend der Verabredung war er ins Auto gestiegen, das auf der Einfahrt vor seinem Haus stand, und nach Norden gefahren, über den Abschlussdeich und dann wieder Richtung Süden. Über die A9, vorbei an Alkmaar und Velsen, wo er als Jugendlicher jeden Samstag Paintball gespielt hatte, und schließlich nach Haarlem. Die Paintballpistole besaß er immer noch; sie lag irgendwo im Schuppen hinter seinem Haus, wie eine genaue Markierung des Augenblicks, in dem er beschlossen hatte, Soldat zu werden. Achtunddreißig war er jetzt – das bedeutete, dass er inzwischen zwanzig Jahre für das Verteidigungsministerium gearbeitet hätte, hätte er sich nicht dafür entschieden, die Arbeit aufzugeben. Er hatte gekündigt, sehr zum Missfallen der anderen Offiziere und seines direkten Vorgesetzten. Es war kein Desertieren, aber so wurde es in der kameradschaftlichen Atmosphäre der Spezialeinheit sehr wohl beurteilt. Man ging nicht einfach weg, und man ließ seine Waffenbrüder nicht im Stich.

Haarlem hatte sich verändert, seit er weggezogen war. Man hatte das Gefängnis geschlossen, die Bahnstrecke untertunnelt und das Stadtzentrum verschönert. Hier gab es überall gute Erinnerungen, aber einige waren mit der Veränderung des Stadtbilds verschwunden. Er wollte eigentlich nicht zurück, wenn es nicht unbedingt nötig war, doch als sie in ihrer E-Mail vorgeschlagen hatte, sich in Haarlem zu treffen, hatte er keinen Moment gezögert. Sie wollte mit ihm über O. sprechen. Sie hatte Beweise gefunden, konkrete Beweise dafür, was geschehen war, und sie brauchte ihn. Genau dieser Funke war nötig gewesen, um sein Gefühl der Wut und der Schuld von

Neuem zu entfachen, als hätte er während dieser ganzen zwölf Jahre darauf gewartet. Er fühlte sich sogar erleichtert. Ein für alle Mal würde er die Schuld, die er trug, begleichen. Zum ersten Mal träumte er wieder von dem afghanischen Mädchen. Miriam hatte nicht nur Eliot, sondern auch das Mädchen wachgeküsst.

5 DER AUFTRAGNEHMER

Ramplaan

Ein Blick auf die Armbanduhr sagte ihm, dass der dunkelblaue Peugeot von Miriam Veltman in genau einer Minute um die Kurve biegen würde, die der Korte Zijlweg um den Brouwerskolkpark beschrieb. Danach würde das Auto auf der linken Seite die Ramplaan entlangfahren, bis zum Parkplatz des Kaffeehauses Felaket. Dort würde Miriam Veltman aussteigen, ins Gebäude gehen und sich hinten links an den reservierten Tisch setzen. Der Mann, den sie dort treffen sollte, befand sich in der Nähe, er wusste aber nicht, wo. Das war auch nicht wichtig; es ging darum, dass die Frau nie in dem Kaffeehaus ankam.

Der Auftragnehmer hatte seinen SUV mit laufendem Motor auf dem Fahrradweg an der Brouwersvaart abgestellt, dem schmalen Kanal, der aus dem Zentrum von Haarlem in den Nordwesten floss und mitten im Park in einen Weiher mündete. Darin lagen farbige kleine Kähne, die mit leisem Geräusch gegen den Rand schlugen. Ein Radfahrer schrammte mit dem Lenker am Seitenfenster seines Autos entlang und versuchte ärgerlich, durch die getönten Scheiben ins Wageninnere zu schauen. Der Auftragnehmer betätigte den elektrischen Fensterheber und warf eine brennende Kippe nach draußen, die qualmend im Gras liegen blieb. Er schloss das Fenster und schaute auf die Klinkerstraße vor ihm. Ein Umzugswagen fuhr zischend vorbei. Über der Fensterleiste sah er den alten Peugeot näher kommen; hin und wieder blitzte es zwischen den Bäumen blau auf. Das Auto fuhr nicht schneller als dreißig Stundenkilometer. Er drückte das Gaspedal ganz durch. Mit einem Aufheulen setzte sich der SUV in Bewegung. Eine kurze Drehung des Lenkrads und der Wagen war auf der Straße; er gab noch einmal Gas. Es war nur noch eine Frage von Sekunden, dann würde er den Peugeot rammen und dafür sorgen, dass er an der steinernen Mauer auf der Brücke über dem Kanal klebte. Doch der Peugeot tat etwas Unerwartetes: Das Auto beschleunigte und wechselte auf die andere Spur – direkt auf ihn zu. Einen Augenblick lang war er verwirrt. Warum tat sie das? Hatte sie ihn gesehen? Er zog die Handbremse und drehte wieder am Lenkrad, sodass der SUV schräg auf der Straße zum Stehen kam und der Peugeot auf alle Fälle würde bremsen müssen. Aber das passierte nicht; statt langsamer zu werden, fuhr das Auto schneller. Er sah Miriam Veltmans weit aufgerissene Augen durch die Frontscheibe. Ihr Mund war geöffnet, als schreie sie ihm etwas zu. Er sah, wie sie das Steuer herumriss, woraufhin der Wagen nach rechts ausbrach und auf zwei Rädern auf die Backsteinmauer zuschoss. Der steinerne Blumenkübel in der Mitte der Brücke spaltete den Kühlergrill des Peugeot; der Kübel zerbrach mit einem Knall. Eine Frau fiel vom Fahrrad, und zwei Männer, die bei einem kleinen Lieferbus standen, warfen sich erschrocken auf den Boden. Schwarzer Sand und Mörtel regneten in einem Strahl in die Tiefe herab, auf die Erde und die verblüfften Umstehenden. Er legte den Rückwärtsgang ein, brachte sein Auto zehn Meter weiter hinten bei einer Bushaltestelle zum Stehen und stieg aus. Die Hupe des Peugeot tönte Unheil verkündend, als hämmerte jemand wild darauf herum. Zuerst holte er tief Luft, danach fasste er sich aus Gewohnheit mit der rechten Hand in die linke Brusttasche. Mit raschen Schritten ging er über die Straße zu der Stelle, wo sich der Peugeot in die Mauer gebohrt hatte. Er sah, wie die Motorhaube und die sich immer noch drehenden Vorderräder durch das Loch ragten und gefährlich über dem Wasser des Kanals hingen. Miriam Veltman lag mit dem Gesicht auf dem Lenkrad, übersät mit Glassplittern. Aus einer großen Wunde direkt unter ihrem Haaransatz kam ein Schwall Blut. Speichel lief ihr aus dem Mundwinkel und über das Lenkrad, das sie zu seiner Überraschung noch ganz normal festhielt. Er schaute auf ihre Lippen und entdeckte, was er bereits befürchtet hatte: Sie bewegten sich noch. Die Frau holte Luft, stoßweise und mit großer Mühe, aber sie atmete. Er schaute sich um, doch von den fünf oder sechs Leuten, die soeben den Unfall als Zeugen miterlebt hatten, war niemand mehr zu sehen, als hätte der Zusammenstoß auch sie in alle Richtungen weggeschleudert. Würden sie seinen Wagen wiedererkennen, wenn man sie fragte, was geschehen war? Würden sie sagen, dass es sich um einen Unfall handelte? Der Auftragnehmer hatte keine Zeit, darüber nachzudenken. Sein Auftrag lautete, Miriam Veltman abzufangen und festzuhalten, sodass sie keinen Kontakt mit dem ehemaligen Mitglied der Spezialeinheit aufnehmen konnte, das man zum Staatsfeind erklärt hatte. Nun hing sie hier mit gebrochenem Genick auf dem Fahrersitz, mehr tot als lebendig, aber immer noch lebendig. In diesem Zustand konnte er sie nicht mitnehmen. Er musste eine Entscheidung treffen.

Er öffnete den Reißverschluss seiner Lederjacke, griff in die Innentasche und holte eine Kleinkaliberpistole heraus, eine der beiden Browning International, die er eine Woche zuvor über das Deep Web bestellt hatte. Die Pistole fühlte sich federleicht an, zu leicht für seinen Geschmack, und der goldfarbene Abzug wirkte unangemessen, aber er hatte keine große Auswahl gehabt. Der ungarische Internethändler hatte geschworen, es gebe im Moment nichts anderes; ihm zufolge war es schon etwas Besonderes, dass er innerhalb so kurzer Zeit zwei Stück verschicken konnte. Der Auftragnehmer entsicherte die Pistole und hielt die Waffe vor sich, während er drei weitere Schritte auf das Autowrack zu machte. Er hielt Miriam Veltman den Lauf an die Wange und drückte ab. Einmal, zweimal. Dann hielt er ihr die Pistole an den Kopf. Die dritte Kugel fand über die Schläfe ihren Weg in das Gehirn der Frau, das unter ihrem Schädel die letzten Impulse an die Finger schickte. Er sah, wie diese sich noch einmal kaum merklich zusammenzogen und danach entspannten. Während er sich umschaute, holte er eine Streichholzschachtel und ein Fläschchen Nagellackentferner aus der Tasche, die er eine Stunde zuvor in einem kleinen Supermarkt in Halfweg gekauft hatte. Er schüttete den Inhalt über die Frau aus und warf ihr danach ein brennendes Streichholz in den Schoß. Eine eindrucksvolle Flamme schoss durch das zerbrochene Fenster nach oben. Die Innenraumverkleidung stand sofort in Flammen. Den in der Nase kitzelnden Geruch, der dabei entstand, sog er zufrieden ein. Er öffnete die verzogene Hintertür, bückte sich, um die Tasche an sich zu nehmen, die bei dem Zusammenprall auf den Boden gefallen war. Er zog den Reißverschluss auf und sah einen Laptop, einen Geldbeutel und ein Telefon. Danach schloss er die Tasche wieder und nahm sie unter den Arm. Sie hatten bekommen, was sie wollten. Aber als er zu seinem Auto zurücklief, die Tasche neben sich auf den Beifahrersitz warf und sein Handy aus dem Handschuhfach holte, zog ein

Schatten über sein Gesicht. Sie hatten bekommen, was sie wollten, aber dem Auftragnehmer wurde bewusst, dass er seinen Auftraggebern auch würde erklären müssen, warum hier ein ganzes Aufräumkommando gebraucht wurde.

6 ELIOT

404

Sein Auto stellte er in einer Seitenstraße des Zijlweg ab, nicht weit von einem Bahnübergang. Er überquerte die Straße, manövrierte zwischen Schulkindern auf ihren Fahrrädern hindurch und ging, im Dunkel der Eisenbahnbrücke, bewusst langsam. Dann lehnte er sich an eine Säule und holte seine Zigaretten aus der Tasche, steckte sich eine an und inhalierte tief. Als er sich sicher war, dass ihm niemand folgte, ging er weiter, unter dem Westelijke Randweg hindurch, vorbei an zwei bankrotten Autofirmen. Er bog nach links in den Korte Zijlweg ein, steckte die Schachtel zurück in die Tasche und sog die Abendluft ein. Als er gerade weitergehen wollte, ertönte hinter ihm wie aus dem Nichts ein sich näherndes Martinshorn. In der Kurve verstummte das Signal, um dann wieder einzusetzen. Er wandte sich um. Ein Krankenwagen raste an ihm vorbei über die Klinker, wich links und rechts Radfahrern und Pkws aus. Eine zweite Sirene kam schnell näher. Ein Polizist auf einem Motorrad, der eine Warnweste trug und vornübergebeugt auf seinem Fahrzeug saß, bedeutete ihm mit der freien Hand, er solle Platz machen. Kurz nachdem das Motorrad vorbeigebrettert war, folgten zwei dunkelblaue Volvos mit getönten Scheiben, nicht einmal einen Meter Abstand zwischen sich, als wären sie durch ein unsichtbares Seil miteinander verbunden. Blitzschnell nahm er wahr, dass keiner der beiden Wagen ein gewöhnliches Nummernschild hatte. Er überquerte die Straße und kletterte über den Zaun direkt am Fahrradweg. Der zwei Meter hohe Zaun diente dazu, unerwünschte Besucher von dem waldreichen Grundstück fernzuhalten, das sich bis zum Park erstreckte und Privatbesitz war. Kameras gab es keine, aber aus Vorsicht hielt er sich gebückt, als er zwischen den Bäumen hindurch in Richtung der Fahrzeuge lief. Schon bald hörte er aufgeregte Stimmen und Autotüren, die heftig zugeschlagen wurden. Unruhige Schritte und das Piepsen der Funkgeräte. Eine Frau schrie immerzu und atmete dazwischen stoßweise ein, sodass sich ihm die Nackenhaare aufstellten. Er lief ein Stück über die Grünfläche, weil die Sträucher zu dicht beieinanderstanden. Dabei spähte er vorsichtig zur Auffahrt des Landgutes hinüber. Es war niemand zu sehen, und im Haus brannte kein Licht. Schnell tauchte er wieder ins Waldstück ein und blieb nach zehn Schritten stehen, als er erneut über einen Zaun klettern musste. Er erreichte einen Bach. Zu seiner Rechten floss das Wasser durch ein gewundenes Bett in den Park, links verschwand es unter einer steinernen Brücke, die er durch das Gebüsch hindurch sehen konnte. Mitten auf der Brücke war ein großer Riss entstanden, in dem die völlig zerstörte Front eines Autos steckte. Wilde Flammen schossen aus dem Skelett des Wagens heraus, ein Teil der Windschutzscheibe lag wie ein aufgeschlagenes Buch auf den Steinen, der Rest wie Hagel über den Boden verstreut. Im Wasser trieb ein Scheinwerfer. Über das Brückengeländer hinweg konnte er sehen, wie der motorisierte Polizist am anderen Ufer die Straße sperrte. Zwei wartende Sanitäter deuteten auf das Autowrack, während drei Männer in schwarzen Jacken dicht beieinanderstanden und ruhig nickten. Immer mehr Schaulustige strömten zur

Absperrung, um einen Blick auf das Unglück zu erhaschen. Aus der Ferne hörte er die träge Sirene eines Feuerwehrautos. Kurze Zeit später hielt der Wagen an, vier Feuerwehrleute stiegen aus und rannten auf das Autowrack zu, blieben jedoch stehen, als einer der Männer in Schwarz die Hand hob, als wolle er sagen: Spart euch die Mühe. Sein ruhiges Auftreten und der emotionslose Blick verrieten Eliot, dass dieser Mann mit dem grauen millimeterkurzen Haar, der randlosen Brille und dem Bart derjenige war, der die Leitung hatte. Mit dem Funkgerät noch am Ohr zeigte er auf die schwarzen Wolken, die aus der Windschutzscheibe hervorquollen, und hob den Zeigefinger. Es befand sich nur eine Person im Wagen. Zwei Feuerwehrmänner liefen auf das Wrack zu, zogen einen Schlauch hinter sich her. Der vordere richtete den Schlauch auf das Auto und löschte mit einem Schaumstrahl sofort die Flammen. Eliot beugte sich vor, um das Opfer sehen zu können, erkannte aber nur eine schwarze klebrig verformte Masse, die sich qualmend und schwelend über die Vordersitze ausbreitete. Eliot richtete sich auf. Ihm stockte der Atem, als er sah, dass der Mann mit dem Bart in seine Richtung starrte. Instinktiv duckte er sich ins Gebüsch und blieb unbeweglich, Knie und Ellenbogen in den Schlamm gedrückt. Schaute der Mann bewusst zu ihm her? Verdammt. Er atmete durch die Nase, hielt den Kopf dicht am Boden. Dann zählte er bis fünfhundert, bevor er es wagte, vorsichtig zu dem Schauspiel auf der anderen Seite hinüberzuspähen. Der Mann mit dem Bart war nicht mehr da.

Er beschloss umzukehren, und ging schnell zurück zu der Stelle, wo er über den Zaun geklettert war. Nach einigen Minuten war er wieder bei seinem Wagen. Er ließ den Motor an und bog in eine Seitenstraße ein, die ihn zur Ramplaan bringen würde. Das Schild am Eingang vom Kaffeehaus Felaket leuchtete ihm schon aus der Ferne entgegen. Er fuhr auf den Parkplatz, stieg aus und schaute vorsichtig zur Tür des Kaffeehauses hinüber. Nichts Verdächtiges zu sehen, nichts Außergewöhnliches. Er ging das Risiko ein und betrat das Café. Höchstens zwanzig Gäste saßen dort, über den ganzen schwach beleuchteten Raum verteilt, doch Eliot stellte innerhalb einer Sekunde fest, dass Miriam nicht unter ihnen war. Er schaute auf seine Armbanduhr. Es war sechs Minuten nach halb acht. Sechs Minuten über die Zeit. Sollte er warten? Etwas sagte ihm, dass das zwecklos war. Er eilte zurück zum Parkplatz und beschloss, zu der Unfallstelle zurückzukehren. Nachdem er sein Auto auf einer Auffahrt abgestellt hatte, rannte er zum Parkrand, in die Nähe des Wassers, um von dort aus das ausgebrannte Fahrzeug gut sehen zu können.

Zu seinem Erstaunen war bereits ein Abschleppwagen dabei, das Autowrack mit einem Kran hochzuziehen. Die Hinterachse stand auf dem schwarzen Anhänger. Im Eiltempo rollte der Polizist das Absperrband zusammen, das er weniger als zehn Minuten zuvor über die Straße gespannt hatte. Die Männer in den Lederjacken bückten sich, hoben große Trümmerteile auf, die sie anschließend in einen Müllsack warfen. Alles ging mit einer solchen Geschwindigkeit und Präzision vor sich, dass die Bergungsarbeiten sehr genau koordiniert sein mussten. Doch es überraschte Eliot, dass das Wrack nicht genauer inspiziert wurde. Niemand nahm forensische Untersuchungen vor. Stattdessen spülten die Feuerwehrmänner mit Wasser den Schaum und die Aschereste in den Bach. Mit Besen schrubbten sie die Spuren von der Straße. Von rechts sah er einen weißen Kleinbus mit Anhänger herankommen. Das Fahrzeug bog in eine Seitenstraße ab, hielt an und legte dann den

Rückwärtsgang ein, sodass Eliot die Ladung des Anhängers sehen konnte, über die ein grünes Netz gespannt war. Backsteine. Zwei Männer stiegen aus und begannen die Steine abzuladen und neben der Brücke aufzustapeln, ohne dass dabei ein Austausch mit den Sanitätern stattfand. Kurz darauf wurde der erste Stein in das Loch in der Mauer eingesetzt und ein neuer Blumenkübel aufgestellt. Eliot sah mit wachsendem Erstaunen zu. Der Abschleppwagen fuhr mit dem Wrack davon. Alle Überbleibsel hatte man sorgfältig entfernt, die Umstehenden weitergeschickt. Der Polizist fuhr auf seinem Motorrad davon, gefolgt von den beiden Volvos mit den getönten Scheiben. Die Mauer auf der Brücke war binnen kurzer Zeit repariert, und der weiße Bus verschwand ebenfalls. Wie auf Kommando kam der Verkehr wieder in Gang, und die Straße füllte sich mit Radfahrern, Autos und Lastwagen. Als wäre in der Zwischenzeit nichts geschehen.

Irgendwo über ihm fing ein Vogel an zu zwitschern. Das Tier flog am Fluss entlang, tiefer in den Wald hinein. Eliot folgte dem Geräusch, bis er es nicht mehr hörte. Etwas weiter oben entdeckte er den Scheinwerfer im Wasser. Eliot richtete sich auf, lief ans Ufer und fischte ihn heraus. Nachdem er das Wasser hatte ablaufen lassen, schaute er ihn sich genau an. In das Plastik war ein Peugeot-Logo eingraviert, Modell 404.

Miriam Veltmans Auto.

7 AVA
Unsterblichkeit

Halb sechs Uhr morgens, auf einer Schnellstraße in Richtung Den Haag. Im rosigen Morgenlicht glitt ein einsames Auto still über den trocknenden Asphalt, ein schwarzer Reon Reverence mit Elektromotor. Auf dem Rücksitz saß hinter der getönten Scheibe eine Frau von Ende dreißig über ihr Tablet gebeugt. Eine kleine Lampe beschien nichts als ihren Mund, und sie bewegte unhörbar die Lippen.

Die Umrisse der Stadt erschienen am Horizont, als der Wagen auf die weite Kurve Richtung Süden einbog. Die Bürogebäude, die schnell größer wurden, zerschnitten die Wolken wie Messer aus Glas. Die Frau hielt mit dem Lesen inne und schaltete das Tablet aus. Sie schaute auf das Display, aber es gab niemanden, der sie um diese Uhrzeit erreichen wollte, nicht einmal Mel. Sie legte das Tablet neben sich ab und strich sich den Rock zurecht. Die neuen Pumps passten gut zu ihrem figurbetonten Kostüm, aber sie drückten furchtbar.

Sie schaute hinaus. Die Bankgebäude und Ministerien aus den Zwanzigern, die der Stadt ein gewisses internationales Flair verleihen sollten, waren schon lange abgerissen und durch hohe, schlanke Türme ersetzt worden, nach Entwürfen von Architekten aus Hongkong und Doha. Alle europäischen Städte, die sie kannte, sahen heutzutage gleich aus. Sie konnte sich nicht daran gewöhnen. Zwei Jahre lang war sie Parlamentsabgeordnete in den Niederlanden gewesen, danach als Diplomatin in die Vereinigten Staaten gegangen, als Beauftragte für alle dortigen Handelsabkommen; dann folgten vier für ihre Altersversorgung sehr profitable Jahre in Brüssel und Straßburg. Schließlich war sie wieder in die Vereinigten Staaten gezogen, hatte sich in Washington niedergelassen und aus Bequemlichkeit einen Geschäftsmann aus Chicago geheiratet. Nach weniger als einem Jahr kam es zur Scheidung, doch zuvor hatte sie über ihn Kontakte mit einigen der einflussreichsten Geschäftsleute der Region hergestellt.

Nach dem Fall des Kabinetts, dem Ergebnis misslungener Verhandlungen, die sich über fast sieben Wochen hingezogen hatten, wurde sie von dem Parteivorsitzenden angerufen, der sie fragte, ob sie auf den zweiten Listenplatz wolle. In den Niederlanden war es drei Uhr nachts, aber er sprühte wie immer vor Energie. Sie zögerte keinen Moment, ließ jedoch ihre Vorstellungen für die Zeit nach den Wahlen durchklingen. Das angenehme Leben in Washington würde sie nur aufgeben, wenn sie dafür entsprechend hoch entlohnt wurde. Mel begriff, was sie meinte. Er war einverstanden, unter der Bedingung, dass sie als Gegenleistung ein sehr wichtiges Projekt übernahm.

Während der Wahlkampagne hatten sich die Kameras rasch auf sie eingeschossen, obwohl sie sieben Jahre außer Landes gewesen war. Ihr Stern erlebte einen schnelleren Aufstieg als der des Ministerpräsidenten. Natürlich lag das an ihrem Vater, aber selbstverständlich hatte auch ihr Erscheinungsbild etwas damit zu tun: In einer Männerdomäne wie der Politik hatte eine blonde Frau mit ausdrucksvollen Augen, wohlgeformten Lippen und einem untrüglichen Gespür für stilvolle

Kleidung schon an sich einen Vorsprung. Ein Lächeln in die richtige Richtung, ein geistreiches Statement, eine verführerische Pose, selbst unbewusst eingesetzt, reichte aus. Begierig machte man Aufnahmen von ihrem Körper, und der Präsident nutzte das nur zu gern aus. Ihr fiel auf, wie häufig sie zusammen fotografiert wurden, wie oft er ihr zudem betont beiläufig eine Hand auf die Schulter oder den Rücken gelegt hatte. Er wusste, dass sie ihn anziehender wirken ließ.

Drei Beziehungen hatte sie in den Niederlanden hinter sich: nacheinander einen Theaterschauspieler, einen Pressefotografen und einen selbstständigen Journalisten. Sie ähnelten einander und hatten, jeder für sich genommen, durchaus etwas Interessantes, aber bei allen dreien hatte sie die Stärke vermisst, ihr genug Widerstand bieten zu können. Immer wieder erwies sich ihre Position als Hindernis. Sie fühlten sich minderwertig; der Theaterschauspieler hatte es so formuliert: »Du haust mich um. Ich habe dir einfach nichts entgegenzusetzen, Ava. Du machst mir ein bisschen Angst.« Irgendwo verstand sie das sogar. Ein cum laude als Abschluss in Politologie und Internationale Beziehungen, ein Platz unter den Top 50 der einflussreichsten Frauen Europas, ein engmaschiges Netzwerk in Brüssel. So hatte sie ihrer Partei zu einem rauschenden Sieg verholfen und war zur wichtigsten Ministerin im Kabinett Stahlman II aufgestiegen. Und darum gab es keine Männer, die sich mit ihr zu messen wagten.

Sie tippte mit dem Zeigefinger auf das Display und aktivierte damit das Tablet wieder. »Ansprache. Heute. Aktuellste Version«, sagte sie laut. »Lesetempo Standard.« Aus dem Tablet erklang ihre eigene Stimme, sehr lebensecht. Sie lehnte den Kopf an die Rückenstütze und schloss die Augen.

»Herr Vorsitzender, ich danke Ihnen dafür, dass ich hier Ihrem Parlament den Standpunkt der Regierung erklären darf – den Standpunkt im Hinblick auf ein Ministerium, das in den vergangenen Jahren bereits verschiedene Transformationen erlebt hat und bei dem man nun für einen letzten, entscheidenden Schritt bereit ist. Dieser Schritt schien bis vor Kurzem noch sehr weit weg, doch Zeit, Technologie und gesellschaftliche Entwicklungen haben den Prozess erheblich beschleunigt und damit seine Dringlichkeit erhöht. Dadurch waren wir gezwungen, Entscheidungen zu treffen, deren Folgen wir vielleicht noch nicht zur Gänze überblicken können, von denen sich aber bereits jetzt festhalten lässt, dass sie getroffen werden müssen, damit man für die Kriegsschauplätze des 21. Jahrhunderts bereit ist.

Mein Ministerium hat – und darauf bin ich sehr stolz – wie gesagt schon eine eindrucksvolle Anzahl von Erneuerungen durchlaufen, im Hinblick auf Führungs- und Kommandostruktur, Material und Aufgabenstellung. Die Verbindungswege sind unendlich viel kürzer geworden, und die Integration von Heer, Luftwaffe und Marine ist in weiten Teilen hergestellt, obwohl man das vor zehn Jahren noch für unmöglich gehalten hat. Unsere Streitkräfte sind kompakt, flexibel und in ständiger Bereitschaft. Wir werden von unseren Bündnispartnern sehr geschätzt, sind weltweit bekannt als professionell, vertrauenswürdig und effizient.

Um diesen Standard halten zu können, müssen wir so schnell wie möglich eine Entscheidung über eine weitere Veränderung treffen, die einige als ›revolutionär‹ einschätzen, und zwar geht es um die Art und Weise, wie wir im kommenden Jahrhundert den Kampf in der Luft führen werden.«

Sie sagte: »Korrektur.« Ihre elektronische Stimme verstummte abrupt. »Ändere ›im kommenden Jahrhundert‹ in ›in den kommenden Jahrhunderten‹. Ändere ›weitere‹ in ›grundlegende‹. Neu lesen ab letzter Zeile.«

Ihre Tabletstimme gehorchte:

»Um diesen Standard halten zu können, müssen wir so schnell wie möglich eine Entscheidung über eine grundlegende Veränderung treffen, die einige als ›revolutionär‹ einschätzen, und zwar geht es um die Art und Weise, wie wir in den kommenden Jahrhunderten den Kampf in der Luft führen werden.«

»Stopp. Änderungen angenommen.«

Über das kommende Jahrhundert gab es nichts zu sagen, und über die kommenden Jahrhunderte schon gar nicht. Was heute als »hochmodern« in den Schaufenstern angepriesen wurde, galt schon morgen als Schrott, aber das war es, was die Parlamentsabgeordneten sehen wollten: die Konturen einer Zukunftsvision. Indem sie nun über eine ferne Zukunft mitentschieden, sorgten sie dafür, dass sie selbst bedeutungsvoll wurden. Etwas von der intelligenten Vision des Kabinetts übertrug sich auf sie, und auf diese Weise konnten sie sich selbst ein wenig unsterblich machen. Unsterblichkeit. Ava hatte im Laufe ihrer Karriere niemanden kennengelernt, der nicht heimlich nach Unsterblichkeit strebte. Als Parlamentsmitglied hatte man höchstens acht Jahre Zeit, um dieses Ziel zu erreichen. Sie schaute auf ihre Armbanduhr.

»Letzte Zeile«, sagte sie.

»Um nicht weiter in Rückstand zu geraten, um Schritt zu halten mit den technischen Entwicklungen auf dem Gebiet der Roboter und der taktischen Waffen, ist es nun geboten, dass wir uns jetzt – nicht bald, nicht morgen, nicht nächsten Monat, sondern jetzt – zu diesem entscheidenden, revolutionären Schritt zur modernen Kriegsführung

entschließen. Sonst, Herr Vorsitzender, können die Niederlande ihre Armee genauso gut umgehend auflösen, weil sie an ihrer Unbrauchbarkeit zugrunde gehen wird. Nichts ist so traurig, wie überflüssig zu sein; darin werden Sie sich in Ihrer jetzigen Funktion wiedererkennen. Nun liegt es an Ihnen.«

Das Tablet verstummte und zeigte an, wie lange die Rede insgesamt dauern würde. Sie nickte zufrieden und knipste die Lampe über ihrem Kopf aus. Das Auto fuhr geräuschlos in eine Parkgarage und hielt auf einer Plattform, die sich sofort vier Stockwerke nach unten bewegte. Eine durchsichtige Tür öffnete sich, und der Wagen wurde eine Schiene emporgeleitet, die auf ein Fließband mündete. Während das Auto auf diese Weise zu seinem Parkplatz bewegt wurde, schaute Ava auf ihr Tablet, verwendete es als Spiegel. Sie folgte mit den Fingern den gewissenhaft gezogenen Linien ihrer Augenbrauen, trug noch mehr rosa Lippenstift auf, fuhr mit der Zunge die Zähne entlang. Danach steckte sie das Tablet zurück in ihre Tasche. Sie lächelte. Die Opposition würde noch ein paar Einwände über Moral und Ethik vorbringen, aber das änderte nichts an der Realität, in der sich das Land befand, oder an dem, was jede Regierung, jedes Unternehmen, jede Organisation auf der Welt wusste: Wer bezahlt, entscheidet. In diesem Fall: Wer für die Technologie bezahlt, entscheidet über die Zukunft. Wer abwartet, bleibt zurück, und das war das Letzte, was die Niederlande wollten. Im übertriebenen Stolz des unbedeutenden Landes an der Nordsee lag der Antrieb für die tief greifendste Umorganisation, die man jemals im Verteidigungsministerium durchgeführt hatte. Damit konnte die Ministerin Ava Rodenburg ihr Vaterland schamlos erpressen und zugleich ihre Beliebtheit ins Unermessliche steigern. Sie hatten ja keine Ahnung, was ihnen bevorstand.

8 DER AUFTRAGNEHMER

Anruf

»Ich dachte, ich rufe mal an.«

»Damit habe ich schon gerechnet«, antwortete der Mann vom MIVD. »Du hast uns ganz schön was aufgehalst. Björn hat uns erzählt, was er vorgefunden hat. Das absolute Chaos.«

»Sie hat sich unvorhersehbar verhalten. Ich musste mich entscheiden.« Er wartete auf eine Reaktion des Geheimdienstlers, aber als nichts kam, sagte er: »Und das ist das Ergebnis der Entscheidung.«

»Jetzt ist alles wieder sauber. Ein interessanter Job, hat Björn gesagt.«

Er schaute auf seine Finger, mit denen er das Steuer des SUV locker umfasst hielt. In aller Ruhe überholte er einen Lastwagen.

»Für mich ist die Sache also abgeschlossen?«

»Wir überweisen den üblichen Betrag. Wenn wir wieder etwas für dich haben, komme ich auf dich zu. Wo bist du gerade?«

»Unterwegs zum Baumarkt.«

»Natürlich. Du hörst von mir.«

Die Verbindung wurde unterbrochen. Der Auftragnehmer nahm den Stöpsel aus dem Ohr und schaltete das Radio ein. In den Lokalnachrichten wurde der Vorfall in Haarlem-West nicht erwähnt. Das bedeutete, das Aufräumkommando hatte schnell und gründlich gearbeitet. Sollten Zeugen auftauchen, die es für nötig hielten, der Polizei zu erzählen, was sie gesehen hatten, würde der Sicherheitsdienst Maßnahmen ergreifen. Es war tatsächlich das absolute Chaos, aber oft musste man sich erst die Hände schmutzig machen, bevor sich etwas in Ordnung bringen ließ. Jeder Job fängt mit der Drecksarbeit an.

9 AVA

Opposition

»Sind Sie so weit, Frau Rodenburg?«

Der Bote stand geduldig in der Tür und wartete. Mit seinem Scheitel und dem dünnen Schnurrbart erinnerte er sie ein wenig an ihren Vater, doch die Unterwürfigkeit, die er ihr entgegenbrachte, passte nicht zu diesem Eindruck. Filip Rodenburg war ein ehemaliger Militärattaché, war als Botschafter in diversen Ländern im Mittleren Osten eingesetzt worden und auch einmal Verteidigungsminister gewesen. Er erwartete von allen, auch von seinen beiden Töchtern, einen respektvollen, distanzierten Umgangston.

Sie schaltete ihr Tablet aus und hängte sich ihre ID-Karte um den Hals. Fuhr sich mit beiden Händen übers Haar und warf einen flüchtigen Blick in den Spiegel an der Tür. Danach zog sie sich den Blazer an und verließ ihr Büro. Der Bote schaute immer wieder über die Schulter, um sich zu vergewissern, dass sie ihm folgte. Jeder schien davon überzeugt, dass alles gut werden würde. Mitarbeiter nickten ihr zu, ein Parteigenosse zeigte ihr im Vorbeigehen den nach oben gestreckten Daumen.

Sie sog die trockene, gefilterte Luft ein, während sie dem Boten über eine gläserne Brücke in den anderen Turm folgte. Vierzig Meter unter ihr bewegten sich Menschen in geordneten Schlangen durch Zugangstüren. Sie sah, wie einige zum

Parlament abbogen, das sich unten in Turm zwei befand. Avas Pumps drückten sie auf eine fast wohltuende Weise; die Absätze klapperten auf den Fliesen. Sie mussten sich gerade fast direkt über dem Rednerpult befinden.

Am Ende des Flurs sah man Aufzugtüren, die bereits geöffnet waren. Dort wartete ihre Assistentin Else mit einem Kaffeebecher in der Hand und einem unsicheren Lächeln im Gesicht. In der anderen Hand hielt sie ein großformatiges Tablet, das sich zu einem elektronischen Bildschirm von hundert mal hundert Zoll auffalten ließ und sich perfekt für das Ansehen von Videos und Reliefkarten eignete. An der Entwicklung dieses Geräts war ihre Abteilung maßgeblich beteiligt gewesen.

»Guten Morgen, Frau Rodenburg.« Die Assistentin wollte ihr den Becher reichen, doch Ava Rodenburg schüttelte den Kopf, hielt ihre Karte vor den Sensor und betrat den Aufzug. Das durchsichtige Glas nahm eine milchige Farbe an. Die Assistentin folgte ihr mit gesenktem Kopf.

Während der Lift geräuschlos nach unten sauste, schaute Ava zur Seite, zu der jungen Frau. Sie trug eine schöne Hochsteckfrisur.

»Gut geschlafen?«

»Ja, Frau Rodenburg.« Die Assistentin sah auf. »Frau Rodenburg, die Logistik hat sich gerade gemeldet, alles ist vor Ort.«

»Das ist aber früh.«

»Zu früh?«

»Nein.«

Die Assistentin seufzte leise auf. Ava konnte hören, dass sie erleichtert war.

»Keine Neugierigen?«

»Nein, der ganze Bereich rund um die Basis Lelystad ist abgesperrt. Gibt es sonst noch etwas, was ich für Sie tun kann?«

»In meinem Büro steht noch ein anderes Paar Schuhe. Die cremefarbenen. Stellen Sie mir die bitte für nach der Sitzung bereit.«

»Ja, Frau Rodenburg.«

»Gibt es schon Neuigkeiten vom Council, Else?«

»Nur dass der NATO-Sekretär unbedingt ein Nordeuropäer sein muss. Auf einen Italiener oder Portugiesen lassen sich die Amerikaner nicht ein.«

Sie nickte fast unmerklich.

Der Lift hielt mit einem Seufzer an. Dann wurde das Glas wieder durchsichtig, und die Türen öffneten sich.

Sie gingen durch den Flur zum gesicherten Teil des Turms, vermieden die Sicherheitsschleusen, indem sie eine verborgene Tür benutzten, und standen dann in der Rotunde, einem Flur mit hoher Decke, der das gesamte Parlament wie ein Rundgang aus Marmor umschloss. Die Staatsbeamten hatten ihn schon immer als »den Ring« bezeichnet: Die meisten politischen Kämpfe spielten sich nicht im Plenarsaal des Parlaments ab, sondern hier.

Am Eingang zum Großen Saal hatten sich Boten und Angehörige des Wachpersonals mit mobilen Scannern unter einem riesigen digitalen Bildschirm postiert. Mit der ID-Karte in der Hand stellte sich Ava hinter den Parlamentsmitgliedern an, die in den Saal wollten. Ein Blick auf den Bildschirm verriet ihr, dass bereits etwa drei Viertel der Parlamentsmitglieder auf ihren Plätzen saßen. Die drei Oppositionsparteien, die Christdemokraten, die Grünen und die Konservativen, waren noch nicht vollzählig, aber das würde nicht mehr lange dauern. Selbstverständlich hatte man alle Mitglieder der beiden Regierungsparteien, der Liberalen und der Sozialdemokraten, die bei den letzten Wahlen gemeinsam eine äußerst knappe Mehrheit von 51 Sitzen erreicht hatten, zusammengetrommelt. Bis auf zwei.

Das Kabinett hatte nur Redezeit für Ava Rodenburg beantragt. Der Finanzminister und der Innenminister, Ivens und van den Oever, saßen in Sektor K, bereit einzugreifen, wenn es Probleme gab, aber damit rechnete eigentlich niemand. Selbstbewusst setzte sich Ava neben Theo van den Oever, der gelangweilt mit seinem Handy herumspielte. Sobald er sie bemerkte, sprang er enthusiastisch auf und küsste sie auf die Wange, und zwar so, dass die Fotografen und Kameraleute, die unruhig im Saal hin und her liefen, es sahen. Einige von ihnen hatten das Ganze auch digital festgehalten.

»Nervös?«, flüsterte ihr van den Oever ins Ohr.

»Eigentlich nicht«, erwiderte sie, während sie in ihrer Handtasche wühlte. »Ich wüsste nicht, was da schiefgehen sollte.«

»Ich habe gehört, der Feind ist mit seiner gesamten Armee angetreten und bereit für die Schlacht.«

»Das habe ich auch gehört. Sicher haben sie was ausgeheckt. Das sehen wir dann schon. Ihnen fehlen so oder so zwei Sitze.« Ava krümmte ihre Zehen in den Pumps, sie waren gefühllos geworden. Sie schloss ihr Tablet und folgte mit den Augen den letzten Abgeordneten, die hastig ihre Plätze aufsuchten. Ihrer Haltung ließ sich nichts entnehmen. Die Fraktionsvorsitzenden der drei Oppositionsparteien hatten einander bisher keines Blickes gewürdigt. Die Kamera eines großen Nachrichtensenders folgte Avas Bewegungen. Sie lächelte pflichtbewusst, tat, als tippe sie etwas, und wartete, bis das kalte Kameralicht erlosch und alle Journalisten aufgefordert wurden, den Saal zu verlassen. Vorsichtig schaute sie zur Zuschauertribüne hin, wo um diese Uhrzeit für gewöhnlich nur selten jemand saß. Hinter dem Panzerglas sah man drei Typen mit Dreadlocks, ein älteres Ehepaar und zwei Männer mit borstigen Schnurrbärten. Weil die Sommerferien schon begonnen hatten, war nicht einmal eine Schulklasse gekommen. Im Saal hatte der Vorsitzende den Kopf zum Schriftführer geneigt, der mit einem Nicken etwas notierte. Der Vorsitzende klopfte einmal mit dem Hammer, woraufhin das Gemurmel und Gelächter der Abgeordneten verstummte.

»Ich eröffne die Versammlung vom Dienstag, dem achtzehnten Juli. Auf der Tagesordnung steht die Debatte über das Strategiepapier über die Luftstreitkräfte 2015 bis 2040 der Regierung und die damit verbundene Umrüstung. Auf Ersuchen des Parlaments im Rahmen der Aufstellung der Tagesordnung vom Dienstag, dem elften Juli ist diese Sitzung unter Berücksichtigung der anstehenden Sommerpause auf den Vormittag vorverlegt worden. Ich erteile Herrn Montfoort als Vertreter der Christdemokratischen Partei das Wort.«

Ein kleiner, kahlköpfiger Mann ohne nennenswerten Hals erhob sich aus seinem Sitz und durchquerte den Plenarsaal. Er stieg zum Rednerpult hinauf, zog das Mikrofon zu sich heran.

»Vielen Dank, Herr Vorsitzender. Wir sind der Ministerin, Frau Rodenburg, dankbar dafür, dass sie sich die Zeit nimmt, uns heute mit ihrer Anwesenheit zu beehren. Wie Sie wissen, hat das Parlament seit dem Saarbrücker Abkommen einiges an zusätzlicher Arbeit zu erledigen. Hundert Mitglieder statt der vorherigen hundertfünfzig, bei gleichen Zuständigkeiten – eine enorme Aufgabe, wie sich herausgestellt hat. Wir können auf ein bewegtes Jahr zurückblicken, vielleicht sogar auf das schwerste unserer Geschichte. Und ich glaube, ich spreche im Namen des gesamten Parlaments, wenn ich sage, dass wir die Sommerpause kaum erwarten können.«

Zustimmendes leises Fingerklopfen wogte durch den Plenarsaal. Montfoort fuhr fort: »Unter diesen Umständen, Herr Vorsitzender, überrascht es uns umso mehr, dass dieselbe Ministerin nicht anwesend sein konnte, als die Ständige Parlamentskommission für Verteidigungsfragen das Thema verhandelte, und dass sie anschließend die ersten beiden Einladungen, diesem Parlament ihr Vorgehen zu erklären, nicht angenommen und mit ihren Antworten bis zum wirklich allerletzten Moment gewartet hat. Wohlgemerkt bis eine Woche vor Beginn der Sommerpause, die in diesem parlamentarischen Jahr ohnehin zwei Wochen später als gewöhnlich liegt. Darüber hinaus ist die Pause einen Monat kürzer als sonst.«

Montfoorts Kinn ruhte beinahe auf dem Pult, als er von einem Tisch neben sich ein Glas Wasser nahm. Er ließ den Blick über die anderen Fraktionsvorsitzenden schweifen. Sie nickten ihm fast unmerklich zu. Ohne einen Schluck Wasser zu trinken, erklärte er: »Es ist diese Geringschätzung gegenüber dem Parlament, die dazu geführt hat, dass ich mit den Fraktionsvorsitzenden der beiden anderen Oppositionsparteien übereingekommen bin, nicht nur für meine eigene Partei, sondern im Namen der gesamten Opposition das Wort zu ergreifen.«

Überrascht schaute Ava Rodenburg von ihrem Tablet auf. Rasch legte sie das Gesicht in Falten, wusste jedoch, dass sie nicht schnell genug gewesen war, denn die Kameras hatten sich ihr bereits zugewandt. Sie spürte van den Oevers Hand auf ihrem Oberschenkel. Er beugte sich zu ihr hin und flüsterte: »Was soll das?«

Ohne ihn anzusehen, nickte sie; sie war wütend auf sich selbst. Tief holte sie Atem. Montfoort fuhr fort, wobei er ihr hin und wieder einen Blick zuwarf: »Herr Vorsitzender, meine erste Frage, die ich zwar nicht vorher eingereicht habe, die wir aber gerne beantwortet sehen würden, weil es hier um den Anstand geht, hat dies zum Thema. Wir fragen uns alle: Warum haben wir so unglaublich lange auf diese Debatte warten müssen?«

Aus den Bänken der Oppositionsparteien erklang zustimmendes Gebrumm. Ava Rodenburg ignorierte es und schaute weiterhin starr auf den Bildschirm ihres Tablet. Sie tippte irgendwelche Symbole, die sie unmittelbar darauf wieder löschte.

»Die weiteren Fragen betreffen Inhaltliches. Sie beziehen sich auf die angekündigte Anschaffung eines neuen Drohnentyps, der der Ministerin zufolge im Laufe der Zeit alle anderen Waffen ersetzen soll. Darüber haben Sie unser Parlament in einem – übrigens sehr kurz gehaltenen – Schreiben informiert. Sie teilen uns mit: Die Budgets stehen bereits fest, man hat Tests durchgeführt, die Verträge unterzeichnet, wir machen das. Zu keiner Zeit haben Sie das Parlament in den Entscheidungsprozess einbezogen. Sie waren bei den Debatten der Ständigen Parlamentskommission für Verteidigungsfragen nie anwesend, und jetzt, Herr Vorsitzender, konfrontiert uns die Ministerin mit der vollendeten Tatsache: Dieses andere Modell wird angeschafft. Nur ein Hersteller bietet ein System an, das den Ansprüchen des Verteidigungsministeriums genügt. Fertig. Ohne dass wir als Parlament auch nur irgendeine Information über dieses Modell bekommen hätten. Wir wissen nichts! Wie sollen wir uns also eine Meinung bilden? Darum wollen wir von der Ministerin wissen: Wie kann sich die Ministerin so sicher sein, dass diese Entscheidung für die Niederlande richtig ist? Welche Untersuchungen sind durchgeführt worden, die diesen Beschluss rechtfertigen? Warum hat man das Parlament hiervon in keiner Weise in Kenntnis gesetzt?«

Montfoort trank einen Schluck Wasser, strich sich mit dem Finger über das graue Bärtchen. Van den Oever beugte sich zu Ava und flüsterte hinter vorgehaltener Hand: »Wo sind sie?« Mit einem Kopfnicken deutete er auf die beiden leeren Sitze in den Bänken ihrer Koalitionspartei.

»Mel hat mich heute Morgen angerufen. Laurens hat geschworen, sie würden nicht aus der Reihe tanzen.«

»Aber wo stecken sie dann? Wenn es zu einer namentlichen Abstimmung kommt …«

Ava zog das Tablet zu sich heran, wählte das Profil von Laurens Elshout, dem Fraktionsvorsitzenden der Sozialdemokratischen Partei, ihrem Koalitionspartner, und schrieb:

Lau, wo ist dein Duo?

Sie sah zu Elshout hinüber, der ihr genau gegenüber saß, etwa zehn Meter von ihr entfernt. Er war ein sportlicher Mann Anfang vierzig mit goldblonden Haaren, der sich nicht aus Prinzip, sondern aus Imagegründen weigerte, eine Krawatte zu tragen. Er saß zu einem Parteigenossen gebeugt und flüsterte ihm etwas ins Ohr, doch Ava konnte sehen, dass sein Blick zu dem Display auf seinem Tisch hinüberglitt, auf dem nun ihr Gesicht und die Nachricht erschienen sein mussten. Er hörte auf zu tuscheln und schaute sie nun direkt an. Tippte blind. Ava las seine Reaktion:

Im Gebäude. Nicht hier.

Montfoort war bei seinem Schlusswort angekommen. »Herr Vorsitzender, es dürfte deutlich geworden sein, dass die Opposition sehr verstimmt über den Ablauf ist, hier in diesem Parlament, aber auch über das Verhalten von Ministerin Ava Rodenburg. Das völlige Ausschließen des Parlaments, das wohlgemerkt an der Gesetzgebung beteiligt ist, halten wir für einen Skandal. Wir fordern, dass die Ministerin uns dies erklärt und sich entschuldigt. Wenn nötig, soll der Ministerpräsident ihr eben beistehen.«

Während Montfoort sich selbstsicher zurück zu seinem Platz begab, begleitet vom zustimmenden Nicken mehrerer Zuhörer, ergriff der Vorsitzende das Wort. Ava tippte währenddessen schnell:

Wo???

»Herr Elshout, Fraktionsvorsitzender der Sozialdemokratischen Partei, und Herr Meerdink, Fraktionsvorsitzender der Liberalen, haben angegeben, keine Redezeit zu benötigen. Daher erteile ich der Verteidigungsministerin das Wort«, erklärte der Vorsitzende.

Ava stand auf und knöpfte sich den Blazer zu. Das gesamte Parlament starrte ihr hinterher, während sie zum Pult ging und das Mikrofon etwas nach oben schob. Sie schaute auf ihr Tablet mit dem Redeentwurf, sah jedoch links oben auf dem Bildschirm Elshouts Reaktion:

Ich weiß nicht, wo sie stecken.

10 ELIOT

Von etwas verfolgt

Eliot wusste nicht genau, wo er sich befand. Er war zurück zu seinem Auto gerannt, eingestiegen und weggefahren. Wohin, war ihm nicht klar – es machte aber nichts, Hauptsache weit weg vom Unfallort. Auf der Höhe von Hillegom aktivierte er auf seinem Handy den Flugzeugmodus, und etwa zwanzig Minuten später, in Katwijk aan Zee, holte er mit einem Messer die SIM-Karte aus seinem Smartphone und ersetzte sie durch ein Exemplar von irgendeinem türkischen Provider. Die alte Karte knickte er zwischen Daumen und Zeigefinger in der Mitte. Er stellte seinen Wagen in der Nähe des Jachthafens ab und entdeckte ein Restaurant mit Ausblick auf den Kai. Nachdem er sich gesetzt und einen Kaffee bestellt hatte, holte er sein Handy aus der Innentasche seiner Jacke und tippte viermal die Null ein. Auf dem Display erschienen die Worte *iyi akşamlar*. Mit dem Daumen scrollte er zu den Bildern und schaute sich das letzte Foto an. Das von dem Nummernschild, das Miriam ihm geschickt hatte. *13-ZNR-4*, las Eliot mehrfach hintereinander, obwohl er das Kennzeichen schon nach dem ersten Mal behalten hatte. Ganz unten auf der Speisekarte des Restaurants stand der Wi-Fi-Code des Jachthafens. Über dieses Netzwerk suchte er im Internet nach der Webseite des Niederländischen Verkehrsamtes. Dort gab er das Kennzeichen ein. *13-ZNR-4*, so stellte sich heraus, gehörte zu einem Ford,

Modell Focus, Typ Kombinationskraftwagen, Farbe schwarz, Eigentümer privat/geschäftlich 0/1.

Er öffnete sein E-Mail-Postfach und gab die Adresse ein, die sie verwendet hatte: miravanmiltem@g-host.nl. Aus dem Augenwinkel bemerkte er, dass die Kellnerin an seinen Tisch gekommen war. Schnell verbarg er das Handy, während sie den Kaffee vor ihm abstellte. Erst als sie durch die Schwingtüren im rückwärtigen Teil des Restaurants verschwunden war, holte er das Handy wieder heraus und öffnete die Nachricht.

Eliot,
habe Beweise zu O. Muss dich sprechen. 181930 A JUL 15 Felaket, Haarlem.
Wenn etwas schiefgeht: Ort unserer letzten Begegnung.
X Mira (die Schwester von Resn)

Er stand auf und ging nach draußen. Dann ließ er den Blick über den Jachthafen schweifen, wo weiße Segelboote und Motorboote in einer langen Reihe ankerten, rauchte eine Zigarette und überlegte. Miriam Veltman hatte versucht, Kontakt mit ihm aufzunehmen, weil sie ganz offensichtlich entdeckt hatte, wie er in O. beteiligt gewesen war. Beweise hatten in dieser ganzen Zeit gefehlt, aber sie hatte etwas gefunden. Was, konnte sie ihm nicht mehr sagen, denn es bestand kein Zweifel daran, dass sie nicht mehr lebte. Sie hatte ein solches Modell besessen, einen klassischen Peugeot 404, und in dem Kaffeehaus, das sie in ihrer Nachricht angegeben hatte, war zum vereinbarten Zeitpunkt niemand gewesen.

Er schaltete das Handy aus, steckte es in die Hosentasche und lief durch einen Tunnel in Richtung der Prins-Hendrik-Kade, wo er seine Schritte beschleunigte.

Nicht weil er das Gefühl hatte, von jemandem verfolgt zu werden – es fühlte sich an, als werde er von *etwas* verfolgt. Von dem Augenblick an, als er sich entschieden hatte, nach Haarlem zu fahren, um Miriam zu treffen, hatte er es gespürt, es sich aber nicht erklären können. Eine körperliche Empfindung, wie ein unsichtbarer Luftzug auf der Haut, wie kitzelnder Atem am Ohr. Er lief noch ein wenig schneller, überquerte die Fahrbahn, ohne auf die Radfahrer und die Autos zu achten, die ihm entgegenkamen. Der Kanal, an dem die Prins-Hendrik-Kade entlangführte, mündete in einen Teich, in dem ein Springbrunnen vor sich hinplätscherte. Eliot sah sich immer wieder um, als er zu seinem Auto zurückkehrte, das er in einem Wohngebiet hinter der Ladengalerie abgestellt hatte. Gehetzt holte er seine Schlüssel aus der Jackentasche, öffnete die Wagentür und stieg ein. Er drückte den Startknopf, und als er sich anschnallte, bewegte sich der Wagen bereits. Der Bordcomputer lenkte ihn durch ein kleines Tor in eine Einbahnstraße, die auf den Weg zum Strandboulevard von Katwijk führte. Er öffnete die Fenster, um die Seeluft ins Auto strömen zu lassen. Im Schritttempo fuhr er die Dünen entlang, wandte das Gesicht dem Meer zu. Die gespannten Fahnen der Strandlokale, die über das Dünengras hinausragten, standen stramm in der Luft. Er hörte, wie der Wind an ihnen zerrte, sie knattern und knallen ließ.

Das Nummernschild des Ford Focus, das unbestimmte Gefühl, das seinen Körper ergriffen hatte, das alles zusammen ergab eine Rechnung mit einem Ergebnis, das er nicht erfahren wollte. Eine Erinnerung, die er vor langer Zeit begraben hatte und mit aller Macht vergessen wollte, die sich ihm jedoch von Neuem aufdrängte. »Wenn etwas schiefgeht: Ort unserer letzten Begegnung«, hatte sie geschrieben. Es war etwas schiefgegangen: Miriam war tot, und jemand hatte versucht, alle Spuren zu verwischen. Sie wollte ihm etwas aushändigen, und das hatte man durch ihren Tod vereitelt. An welchem Ort waren sie einander zuletzt begegnet? Wie sollte er das nach all den Jahren noch wissen?

11 AVA

Nicht vertrauenswürdig

Sie räusperte sich hinter vorgehaltener Hand, trank einen Schluck Wasser und klickte die Nachricht weg.

»Herr Vorsitzender, ich danke Ihnen dafür, dass ich hier Ihrem Parlament den Standpunkt der Regierung erklären darf – den Standpunkt im Hinblick auf ein Ministerium, das in den vergangenen Jahren bereits verschiedene Transformationen erlebt hat und bei dem man nun für einen letzten, entscheidenden Schritt bereit ist. Dieser Schritt schien bis vor Kurzem noch sehr weit weg, doch Zeit, Technologie und gesellschaftliche Entwicklungen haben den Prozess erheblich beschleunigt und damit seine Dringlichkeit erhöht. Wir sahen uns dadurch gezwungen, Entscheidungen zu treffen, deren Folgen wir vielleicht noch nicht zur Gänze überblicken können, von denen sich aber bereits jetzt festhalten lässt, dass sie getroffen werden müssen, damit man für die Kriegsschauplätze des 21. Jahrhunderts vorbereitet ist.«

Aus den Augenwinkeln sah Ava, dass Leonard Montfoort sich ans Mikrofon für Zwischenfragen gestellt hatte. Dem Parlamentsvorsitzenden war es ebenfalls nicht entgangen. »Herr Montfoort hat eine Frage.«

»Ja, vielen Dank, Herr Vorsitzender. Die Erläuterungen der Ministerin zur Geschichte sind unterhaltsam, aber redundant. Ich hätte zunächst gern eine Antwort auf die erste

Frage: Warum gibt die Ministerin diese Erklärungen erst jetzt ab?«

»Die Ministerin.«

»Herr Vorsitzender, Herr Montfoort weiß, dass es hier um eine Entscheidung geht, die aufgrund ihrer Komplexität mit äußerster Sorgfalt getroffen werden muss. Darüber hinaus haben wir es mit einem Thema zu tun, das im Interesse unseres Landes nur bedingt öffentlich verhandelt werden kann, denn die Sicherheit des Staates steht auf dem Spiel. Aus diesen beiden Gründen habe ich meine Pläne nicht in einem früheren Stadium darstellen können.«

Sie schaute zu Montfoort hinüber, der sich mit einem Stirnrunzeln umsah, als habe er etwas verloren. Ava nutzte die Stille, um mit ihrem Vortrag fortzufahren.

»Mein Ministerium hat – und darauf bin ich sehr stolz – wie gesagt schon eine eindrucksvolle Anzahl von Neuerungen durchlaufen, im Hinblick auf Führungs- und Kommandostruktur, Material und Aufgabenstellung. Die Verbindungswege haben sich maßgeblich verkürzt, und die Integration von Heer, Luftwaffe und Marine ist in weiten Teilen hergestellt, obwohl man das vor zehn Jahren noch für unmöglich gehalten hat. Unsere Streitkräfte sind kompakt, flexibel und in ständiger Bereitschaft. Wir werden von unseren Bündnispartnern sehr geschätzt, sind weltweit bekannt als professionell, vertrauenswürdig und effizient.«

Nun erhob sich auch der Fraktionsvorsitzende der Grünen, ein sehniger Mann in den Fünfzigern, der ein Flanellhemd trug. Am Mikrofon wippte er unruhig von einem Bein aufs andere. Schweißperlen hatten sich wie eine glänzende Krone um seinen Schädel gelegt.

»Herr Heze.«

»Vielen Dank, Herr Vorsitzender. Herr Vorsitzender, ich stehe hier, um Herrn Montfoort zu unterstützen. Ich halte die Antwort der Ministerin für viel zu simpel. Den Interessen des Landes ist in keiner Weise gedient, wenn alles außerhalb der Öffentlichkeit verhandelt wird. Sie sprechen von Professionalität, Vertrauenswürdigkeit und Effizienz. Effizienz ist für Sie sicher gewährleistet, aber ich finde die Vorgehensweise der Ministerin bei der Entscheidungsfindung alles andere als professionell und, ehrlich gesagt, alles andere als vertrauenswürdig. Gerne formuliere ich unsere gemeinsame Frage noch ein wenig deutlicher: Warum operiert diese Ministerin ganz und gar allein, wie eine Art Königin unter den Bienen?«

Noch bevor ihr der Vorsitzende das Wort erteilen konnte, antwortete Ava: »Herr Heze vergleicht mich mit einer Bienenkönigin. Angesichts des Themas, über das wir hier sprechen, die Zukunft unserer Luftstreitkräfte, zeugt das von Wortwitz. Das gestehe ich Ihnen zu, aber ich kann Ihnen weder zugestehen noch verzeihen, dass Sie es wagen, meine Vorgehensweise als nicht vertrauenswürdig zu bezeichnen.«

Heze stand mit den Händen hinter dem Rücken da und dachte offensichtlich über ihre Worte nach. Ava trank einen Schluck Wasser und scrollte durch ihren Text. Ein großer Teil davon war jetzt unbrauchbar. Sie musste improvisieren.

»Wir haben uns damals, trotz der ziemlich großen Investitionen in das Joint Strike Fighters-Umstellungsprogramm, dafür entschieden, unsere Kampfflugzeuge durch unbemannte Flugzeuge zu ersetzen, und zwar den Sperber, den Predator, den Red Hawk, die x-47 und die Fire Fly xb-7. Ihr Parlament hat diesen Entscheidungen in den vergangenen zwanzig Jahren ausdrücklich zugestimmt, trotz des Top Secret-Status. Mein Ministerium und meine Vorgänger sind mit diesem Umstand auf außergewöhnlich professionelle und vertrauenswürdige Weise umgegangen. Und auch jetzt darf das Parlament davon ausgehen, dass wir integer und intelligent handeln und uns für den bestmöglichen Ersatz entscheiden werden. Das Einzige, worum wir Sie bitten, ist Zeit und Vertrauen.«

Sie schaute in den Saal und danach auf die Digitaluhr hoch oben im Saal und zu den beiden Schnurrbartträgern im Zuschauerraum.

»Wenn wir uns die Länder um uns herum ansehen, die im Fernen Osten, im Mittleren Osten, aber auch die unserer heutigen und ehemaligen Bundesgenossen, müssen wir zu dem Schluss kommen, dass sich abzeichnet, dass wir sehr bald nicht mehr hinterherkommen. Weil das Joint Strike Fighters-Umstellungsprogramm misslungen ist und in der Folge rasche Beschlüsse gefasst werden mussten, haben wir keine Langzeitvision für die Rolle der Niederlande als Kriegsmacht entwickeln können, wo auch immer auf der Welt. Erlauben Sie mir einen Vergleich mit der zivilen Luftfahrt: Während die Länder um uns herum schon längst ihren Bestimmungsort erreicht haben und ihre Cocktails genießen, streiten wir uns noch darüber, ob wir am Gang oder am Fenster sitzen wollen.«

Der Fraktionsvorsitzende führte mit einer dramatischen Geste die Hand hinters Ohr, während er noch immer unruhig von einem Bein aufs andere schaukelte. Ava wurde vom Parlamentsvorsitzenden unterbrochen: »Herr Heze meldet sich zu Wort. Offensichtlich hat er etwas gehört.«

»Ich habe in der Tat gerade etwas Seltsames gehört, das stimmt, Herr Vorsitzender. Einerseits sagt die Ministerin, dass sie Zeit braucht, und andererseits, dass sie es eilig hat, weil wir sonst ›nicht mehr hinterherkommen‹. Was stimmt denn jetzt? Das ist meine erste Frage an die Ministerin, und meine zweite hängt mit ihrer letzten Bemerkung zusammen. Die Ministerin tut gerade so, als hätten wir uns hier im Parlament dafür entschieden, mit ihr zusammen in dieses Flugzeug zu steigen. Davon kann aber gar keine Rede sein. Von uns aus soll die Ministerin ihren Cocktail, oder meinetwegen ihren Giftbecher, ruhig alleine austrinken. Wir machen da nicht mit! Was halten Sie davon, Frau Ministerin?«

Klopfen und sogar zustimmende Rufe füllten den Versammlungssaal. Gelassen ließ Ava alles über sich ergehen. Sie war bei ihren letzten Sätzen angelangt, doch sie schienen ihre Kraft und ihren Wert verloren zu haben. Sie schaute zu den beiden Männern auf der Regierungsbank, Ivens und van den Oever, die ausdruckslos in den Saal blickten. Danach zu den leeren Sitzen der zwei Abgeordneten aus der Koalitionspartei.

»Die Ministerin.«

»Ja, Herr Vorsitzender. Dass, wie sich nun herausstellt, viele Mitglieder der Opposition anders über die Zukunft unserer Luftstreitkräfte denken, halte ich, um die Frage des Herrn Heze zu beantworten, für sehr bedauerlich. Dass diese Haltung ihren Grund in etwas hat, das man ganz offensichtlich als einen Mangel an Transparenz beim Zustandekommen dieses Entschlusses erlebt, bedaure ich ebenfalls sehr. Ich habe, aus Anlass der Fragen des Herrn Montfoort zur Vorgehensweise und zur Evaluierung des Modells, erklärt, warum dies so ist. Es hat mit der Komplexität des Themas zu tun und mit der Sicherheit des Staates, die auf dem Spiel steht. Das erscheint mir ausreichend. Aus diesem Grund werde ich mich, auch wenn Herr Montfoort das wünscht, nicht entschuldigen. Meiner Überzeugung nach gibt es keine andere Vorgehensweise.«

Sie beugte die Knie ein wenig, befühlte mit der Hand kurz ihre Ferse. Der quälende Schmerz, den sie gespürt hatte, als sie an diesem Morgen ihre Pumps anzog, war zurückgekehrt. Sie trug den letzten Teil ihres Textes vor.

»Um nicht weiter in Rückstand zu geraten, um Schritt zu halten mit den technischen Entwicklungen auf dem Gebiet der Roboter und der taktischen Waffen, ist es nun geboten, dass wir uns jetzt – nicht bald, nicht morgen, nicht nächsten Monat, sondern jetzt – zu diesem entscheidenden, revolutionären Schritt zur modernen Kriegsführung entschließen. Sonst, Herr Vorsitzender, können die Niederlande ihre Armee genauso gut umgehend auflösen, weil sie an ihrer Unbrauchbarkeit zugrunde gehen wird. Nichts ist so traurig wie überflüssig Sein; darin werden Sie sich in Ihrer jetzigen Funktion wiedererkennen. Nun liegt es an Ihnen.«

Die Fraktionsvorsitzenden der drei Oppositionsparteien, Montfoort, Heze und Cales, hatten sich nun an einem einzigen Mikrofon versammelt. Montfoort hob den Kopf und drückte den Sprechknopf. Der Vorsitzende nickte ihm zu.

»Bis zum Ende der Redezeit spricht Herr Montfoort.«

»Vielen Dank, Herr Vorsitzender. Ich empfinde das Gehörte als außerordentliche Enttäuschung. Wir haben wiederum keine Informationen zum Thema erhalten, uns wurde auf eine sehr kurze, zusammenfassende Weise erklärt, warum wir nichts über die Budgets, über das Projekt und über das Modell selbst erfahren. Wir wissen nicht einmal, wie es heißt oder wie es aussieht. Und trotzdem sollen wir unser Ja dazu geben. Wozu geben wir denn unser Ja? Die Ministerin hat uns einzunebeln versucht, und dadurch ist bei der gesamten Opposition der Eindruck entstanden, dass hier Wahrheiten verschwiegen werden sollen. Das alles ist sehr unseriös. Dass die Ministerin am Ende ihres Plädoyers den Eindruck entstehen lässt, wir als Abgeordnete seien de facto überflüssig, weil der Beschluss schon längst gefasst wurde, ist ein ungeheuerlicher Skandal, wie ich ihn in diesem Haus noch nicht oft erlebt habe. Aus diesem Grund beantragen wir zu diesem Thema, der anstehenden Umrüstung, umgehend eine namentliche Abstimmung.«

Der Vorsitzende sah auf und suchte über seine Lesebrille hinweg den Blick seiner beiden Schriftführer, die mit den Schultern zuckten und nickten. Erschrocken drehte sich Ava zu van den Oever um und richtete den Blick auf die beiden leeren Sitze ihnen gegenüber. Ivens, der Finanzminister, schaute verwirrt um sich, als sei er soeben aus einem Koma erwacht. Er suchte Kontakt mit seinem Fraktionsvorsitzenden, Laurens Elshout, aber der flüsterte zu aufgeregt mit seinem Nebenmann, als dass er es bemerkt hätte. An ihren Kopfbewegungen konnte man ablesen, über wen sie sprachen.

»Dafür sind noch zwei weitere Termine angesetzt, Herr Montfoort«, erklärte der Vorsitzende.

»Herr Vorsitzender, wir haben nicht den Eindruck, dass die Ministerin bei diesen Gelegenheiten Weiteres preisgeben wird.«

»Einverstanden, dann liegt meiner Ansicht nach kein Grund vor, die Abstimmung zu verschieben. Die Versammlung wird für zehn Minuten unterbrochen.«

Mit dem Tablet auf dem Schoß tauschte Ava einen Blick mit Elshout, der rot angelaufen war.

Wo stecken die beiden, Lau?? Wir brauchen sie jetzt!

Sie sah, wie er tippte. Um ihn herum telefonierten Parteigenossen hektisch mit Fraktionsmitarbeitern. Man schickte Boten los. Eine Handvoll Mitglieder der Koalitionsparteien eilte aus dem Saal. Die Opposition sah sich das Ganze voller Schadenfreude an; hier und da wurde sogar schamlos gelacht.

Weiß nicht. Wenn 1 nicht da ist, wird's 50:49. Reicht auch.

Sie antwortete:

Finde die beiden.

Dann steckte sie das Tablet zurück in ihre Tasche, doch eine Sekunde darauf erklang wieder das Nachrichtensignal. Sie packte das Tablet, klappte es auf und sah, dass sie jemand über den geschützten Messenger-Service zu erreichen versuchte. Auf dem Bildschirm erschien weder ein Name noch eine Telefonnummer, nur der Buchstabe T. Sie steckte sich einen drahtlosen Kopfhörer ins Ohr, stand auf und ging aus dem Parlamentssaal, während ihr Dutzende neugieriger Augenpaare nachstarrten.

»Was gibt's?«, fragte sie leise, aber energisch.

»Wir haben hier eine Situation.«

»Eine Situation haben wir immer. Ich befinde mich auch gerade in einer Situation. Was ist los?«

»Es geht um Miriam Veltman.«

»Muss ich die kennen?«

»Nein.«

»Warum dann dieser Anruf?«

»Ich wollte Sie davon in Kenntnis setzen.«

»Wer ist diese Frau?«

»Eine von uns. Mit Zugang zu einer höchst geheimen Akte.«

»Was hat sie vor?«

»Es geht darum, was sie vorgehabt *hat*.«

»Und das wäre?«

»Sie hat Kontakt aufgenommen.«

»Und?«

»Dadurch ist eine Situation entstanden. Ich will von Ihnen wissen, ob wir eingreifen sollen.«

»Für diese Entscheidung benötige ich weitere Informationen.«

»Das wäre nicht klug.«

»Warum nicht?«

»Sie wissen, warum nicht. Ich brauche jetzt eine Antwort von Ihnen.«

»Mit wem hatte sie Kontakt aufgenommen?«

Schweigen. Über ihrem Kopf sah sie die Sekunden bis zur Abstimmung mit jedem Ticken vergehen.

»Ich erteile die Zustimmung«, erklärte sie kurz. »Erneute Kontaktaufnahme, wenn die Situation unter Kontrolle ist«, fügte sie hinzu und schaltete das Tablet aus.

12 ELIOT

Leblos, nicht tot

Dort, wo der Abschlussdeich am obersten Ende mit der Provinz Noord-Holland verankert war, waren Reparaturen am Straßenbelag im Gange. Schon Hunderte von Metern vorher warnten Leuchttafeln die Autofahrer vor der bevorstehenden Staugefahr. Der Bordcomputer von Eliots Wagen registrierte, dass sich die Fahrbahn verengte, und sorgte dafür, dass das Auto langsamer wurde. Eliot öffnete das Seitenfenster, steckte sich eine Zigarette an und lauschte den Bohrgeräuschen, mit denen die Presslufthämmer den alten Asphalt vom Boden lösten. Nur kurze Zeit später setzte sich die Autoschlange wieder in Bewegung. Bei den ersten Schleusentoren beschleunigten die Autos, bis sie die höchstmögliche Geschwindigkeit erreicht hatten. Trotz unterschiedlich leistungsstarker Motoren blieb der Abstand zwischen allen Verkehrsteilnehmern gleich. Das war eine direkte Folge des Gesetzes zur computergesteuerten Regulierung des Verkehrsflusses, eines heiß umkämpften Gesetzes, das in diesem Jahr vom Kabinett Stahlman II ausgearbeitet worden war. Vor allem Stahlmans eigene Partei, die Liberalen, hatte dadurch eine Benachteiligung erlebt, weil das Gesetz dazu führte, dass man als Fahrer eines schnellen Wagens langsamer wurde, ohne das beeinflussen zu können, wenn sich langsamere Autos in der Nähe befanden. Die meisten Beschwerden hatte es jedoch gegen den Eingriff in die Privatsphäre gegeben: Die Kommunikation zwischen Fahrzeugen wurde gestattet, und – noch entscheidender – die nationale Straßen- und Wasserbaubehörde konnte nun zu jeder Zeit überblicken, wo sich jedes einzelne Fahrzeug befand. Ein gigantischer Vorteil, den die niederländische Polizei und die Geheimdienste mit großem Interesse beobachteten. Ohne Zweifel durften sie schon lange die Technologie ihrer Beamtenkollegen nutzen.

Wenn ihnen bekannt gewesen war, dass Miriam Veltman versucht hatte, Kontakt mit ihm aufzunehmen, dann wussten sie auch, wo er nun unterwegs war. Womöglich standen sie sogar schon vor seinem Haus in Dedgum und warteten auf ihn. Er inspizierte die Schlange der Pkws vor und hinter sich. Hinter ihm war ein kleiner Lieferwagen, dessen Fahrer er nicht sehen konnte, rechts der Lastwagen eines Umzugsunternehmens aus der Provinz Zuid-Holland. Er fragte sich, ob er den schon die ganze Zeit neben sich gehabt hatte, und versuchte, im Rückspiegel einen Blick auf die Person am Steuer des Fahrzeugs zu werfen. Doch das grelle Glitzern des IJsselmeers verhinderte, dass er mehr erkannte als eine Silhouette. Man verfolgte ihn, nur wusste er nicht, ob von hinten, von der Seite oder von oben. Aber dass man ihn beobachtete, sagte ihm das Kribbeln, das sich in seinem ganzen Körper ausbreitete. Seine Intuition hatte ihn schon öfter gerettet als er sich erinnern konnte. Er schaltete den Drive Assist-Modus aus, umklammerte das Steuer und gab ein wenig Gas, sodass er zwischen seinen beiden Vordermännern landete. Er fuhr weiterhin im selben Tempo wie sie, und zu beiden Seiten seines Wagens gab es weniger als zehn Zentimeter Spielraum. Die Passagiere in den anderen Fahrzeugen schauten sich das erstaunt an; sie waren ihm so nahe, dass er sie fast hören konnte. Er trat das

Gaspedal weiter durch und zog an den Autos vorbei, die durch die Druckwelle einen Augenblick lang in einen Zickzackkurs gerieten und kurz darauf wieder auf die Spur zurückfanden. Eliot schaute in den Seitenspiegel, wollte kontrollieren, ob der Lieferwagen irgendwie reagierte. Er sah, wie dessen glänzende Scheibe zwischen den Autos auftauchte und ebenso schnell wieder verschwand, als hätte der Fahrer begriffen, dass man ihn bemerkt hatte. Der Umzugswagen schien nun ebenfalls schneller zu fahren, doch auch er musste die Geschwindigkeit drosseln, weil die beiden Pkws vor ihm nur mit Tempolimit fahren konnten. Ein lautes Hupen ertönte, wie ein frustrierter Schrei. Eliot kniff ins Steuerrad. Sein Auto schnitt durch den rauen Wind, der vom Meer her kam, schien aber trotzdem einen Abstand zwischen sich und seinen Verfolgern schaffen zu können. Mit Höchstgeschwindigkeit fuhr er weiter, an den Bunkern vorbei, wo der Abschlussdeich einen sanften Knick nach Osten machte. Er verließ die Schnellstraße und raste über die Parallelstraße, bog rechts ab und folgte dann dem Deich in Richtung Süden, auf Makkum zu. Ein Umweg, aber er verlieh Eliot das Gefühl, größere Kontrolle zu haben, denn auf der geraden und leeren Straße am Deich entlang hatte er einen viel besseren Überblick darüber, was um ihn herum geschah. Als Makkum hinter ihm lag, fuhr er eine Viertelstunde lang Richtung Osten, durch Weideland. In Dedgum stellte er seinen Wagen hinter einer verfallenen Scheune am Ende der einzigen Straße des Dorfes ab und stieg vorsichtig aus. Er ging einmal ums Gebäude herum, zündete sich eine Zigarette an und stellte sich neben das Scheunentor, das nur noch halb in den Scharnieren hing. Von hier aus konnte er sein Haus sehen: die Auffahrt, die Haustür und die Hälfte eines der Seitenfenster. Sein Rennrad lag im Gras, das Holz für den Carport, den er schon seit Jahren bauen wollte, lehnte einsam an der Scheunenwand. Er wartete, schaute auf sein Handy, wartete.

Dann bemerkte er einen Lieferwagen auf der anderen Straßenseite. Es war nicht der vom Abschlussdeich; dieser hier war weiß mit einem kleinen orangefarbenen Logo an der Seite. Ein junger Mann stieg aus und ging zur Heckklappe des Wagens. Auf seinem Rücken prangte dasselbe Logo. Er verschwand aus Eliots Blickfeld und stand plötzlich auf der anderen Seite des Fahrzeugs. Nachdem er auf das Tablet in seiner Hand geschaut hatte, sah er sich um. Zögernd ging er über den Kiesweg zu Eliots Haustür und klingelte. Inzwischen hatte Eliot seine Zigarette weggeworfen und machte einen Bogen um die Scheune, an den Nadelbäumen entlang, die die Grenze seines Grundstücks markierten. Er achtete darauf, den Mann nicht aus den Augen zu verlieren; gleichzeitig versuchte er, sich davon zu überzeugen, dass keine weitere Person im Lieferwagen saß. Der junge Mann klingelte noch einmal. Vergeblich, denn Eliot hatte sich nie die Mühe gemacht, das Kabel zu reparieren. Der Kurier schaute nach oben, zu den geschlossenen Vorhängen hinter dem Fenster im ersten Stock. Eliot sah, wie er seufzend den Kopf schüttelte. Der Junge machte Anstalten, sich umzudrehen; diese kleine Bewegung und etwas an seinem Gesichtsausdruck verrieten Eliot, dass von ihm keine Gefahr ausging. Er entspannte sich und richtete sich auf, wand sich zwischen den Nadelbäumen hindurch und stand hinter dem jungen Mann auf dem Weg. Der war damit beschäftigt, sich die Stöpsel für die Freisprechanlage in die Ohren zu stecken, und drehte sich ahnungslos um. Erschrocken stellte er sich aufrecht hin, als nehme er springend Haltung an.

»Otlier?«, fragte er mit heiserer Stimme. »Olek Otlier?«

Eliot nickte und streckte die Hand aus.

»Ich habe hier ein Einschreiben für Sie. Sie müssen …«

»Unterschreiben. Kenne ich.«

Der Kurier reichte ihm das Tablet und einen Stift. Eliot unterschrieb mit »O. O.«, woraufhin ihm der junge Mann ohne ihn anzusehen einen Umschlag mit einem gelben Aufkleber darauf in die Hand drückte. Schweigend drehte er sich um und lief zu seinem Wagen zurück. Als er den Öffner betätigte, gingen die Fensterscheiben nach unten, und man hörte laute Technomusik, die das Innere des Fahrzeugs vibrieren ließ. Mit quietschenden Reifen wendete er den Wagen und fuhr in Richtung Bolsward davon.

Eliot holte seinen Hausschlüssel aus der Tasche und schloss die Tür auf. Im Flur hängte er seine Jacke auf, nahm eine Dose Bier aus dem Kühlschrank und setzte sich an den Küchentisch. Den Umschlag mit dem Aufkleber legte er vor sich ab; er schloss die Hände darum, machte die Augen zu und versuchte zu erraten, was wohl darin war. Die Sendung kam von Miriam, niemand sonst hätte ein Anagramm seines Namens an den Kurierbetrieb weitergegeben. Olek Otlier. Beim Klang dieses Namens musste Eliot lächeln, aber sein Blick erstarrte sofort, als er die Überbleibsel von Miriams Auto wieder vor sich sah. Die Überbleibsel von Miriam selbst – verformt und verkohlt durch die Flammen. Er riss den Umschlag auf und ließ sich den Inhalt in die Hand fallen. Es war eine Plastikmarke, so groß wie eine Kreditkarte, mit einem roten Pfeil und einem Strichcode darauf. Er erkannte das Logo der niederländischen Eisenbahngesellschaft. Schaute sich die Rückseite an, aber mehr gab es nicht zu entdecken. Dann hielt er den Umschlag mit der Öffnung nach unten und schüttelte ihn, aber es fiel nichts heraus. Gerade wollte er ihn wegwerfen, schaute jedoch noch ein letztes Mal hinein und sah dann, dass innen am Futter ein Post-it klebte. Er steckte die Hand in den Umschlag, zog den Klebezettel ab und schaute sich das gelbe Papier an, auf dem nur ein paar Wörter standen. Sie waren der Grund, weswegen Miriam Kontakt zu ihm aufgenommen hatte.

Hermes
ORTA
Folge meiner Spur.
Finde Merijn Turing (IT)

Verdammt, Orta. Erst jetzt, als er die vier Buchstaben des Wortes vor sich sah, drang alles in vollem Maße zu ihm durch. Diese Erkenntnis hatte ihn all die Jahre erwartet.

Er trank einen Schluck Bier und betrachtete den Aufkleber auf dem Umschlag, auf dem ein Datum und ein Zeitpunkt standen: das Datum von heute und – er schaute auf seine Armbanduhr – die Uhrzeit von vor vier Stunden. Etwa eine Stunde, bevor sie einander in dem Kaffeehaus Felaket hätten treffen sollen, hatte Miriam beschlossen, ihm den Umschlag zu schicken. Sie war misstrauisch gewesen, nur so ließ sich erklären, dass sie es getan hatte, stellte Eliot fest, während er sich eine zweite Dose Bier öffnete und sie in wenigen Zügen austrank. Sie war in Eile gewesen und hatte schnell etwas hingekritzelt. *Finde Merijn Turing*. Wer war das? Er steckte den Klebezettel und die Marke in seinen Geldbeutel, stand auf und lief die Treppe hoch in den Raum, den er sich als Arbeitszimmer eingerichtet hatte. Dort stand ein Stapel Ordner in einer Ecke, überall lagen Blätter herum, der Papierkorb quoll über. Er öffnete die Vorhänge und das Ausstellfenster und schob einige der Papiere zu einem Haufen zusammen. Aus dem Kleiderschrank holte er einen Rucksack und aus diesem wiederum einen Laptop, den er auf den Schreibtisch stellte. Er schloss den Adapter und das Ethernetkabel an, setzte sich hin und wartete, bis der Computer hochgefahren war. Nachdem er einen Code eingegeben hatte, aktivierte er einen anonymen Internetbrowser. Vor Jahren hatte ihm ein schwedischer Offizier, dem er in Afghanistan begegnet war, dieses Programm empfohlen. Harun hieß der Kerl, seinen Nachnamen hatte Eliot vergessen, aber er war ein Web Soldier. Diese Bezeichnung hatte Eliot noch gut im Gedächtnis, genau wie das Programm. »Praktisch, wenn man sich gewisse Filme und Fotos anschauen will, von denen sie auf der Basis nicht so begeistert sind«, hatte er noch gesagt. Ein Jahr darauf hatte ihn Eliot in einer Kneipe am Overtoom getroffen. Man hatte Harun unehrenhaft entlassen, und das feierte er mit belgischem Bier und englischen Mädchen. Sie hatten E-Mail-Adressen ausgetauscht und einander noch am selben Abend aus den Augen verloren.

Er suchte nach Miriams Namen und entdeckte mehrere Fotos, auf denen sie mit anderen Frauen zu sehen war, wahrscheinlich Freundinnen. Er klickte weiter und fand ihre alte E-Mail-Adresse auf der Basis in Rozendaal, wo sie schon seit neun Jahren nicht mehr arbeitete. Über den Browser schaute er sich die Metadaten an, die man über die Webseite des Verteidigungsministeriums einsehen konnte. Man hatte sie noch an diesem Morgen bearbeitet. Er rief die Übersicht der Seiten auf, an denen man Änderungen vorgenommen hatte, aber die Liste schien nur aus zwei Angaben zu bestehen: Man hatte früh am Morgen einen neuen Artikel auf die Homepage hochgeladen. Zu seiner Verblüffung war der zweiten Angabe zu entnehmen, dass der Text über Miriam Veltman vor einer halben Stunde geändert worden war. Erneut schaute sich Eliot das Foto an und klickte sich dann zurück zu den Aufnahmen, die er vorher gefunden hatte. Obwohl die abgebildeten Frauen sich auf gewisse Weise ähnelten, handelte es sich nicht um dieselbe Person. Der Unterschied lag weniger im Aussehen: Das gleiche kurze Haar und die gleichen dunklen Augen, beim Lachen zeigten sich die gleichen Grübchen in den Wangen. Was anders war, war die Ausstrahlung, mit der sie in die Kamera schaute, als zeige das Foto auf der Seite des Verteidigungsministeriums jemanden, den es nie gegeben hatte. Ihr Lachen existierte nicht, ihr Blick wirkte unecht. Die Frau auf dem Foto war leblos, nicht tot.

Auf dem Desktop seines Laptops öffnete er ein CDN-Programm, mit dem er die Änderungen auf der Seite genauer analysieren konnte, und sah seine Vermutungen bestätigt: Man hatte das ursprüngliche Foto vor 34 Minuten durch ein anderes ersetzt. Der Text daneben war jetzt um die Hälfte kürzer, und an verschiedenen Stellen gab es Änderungen. Eliot wollte gerade aufstehen, als er zu hören meinte, wie weiter oben an der Straße ein Auto bremste und anhielt. Türen gingen auf und schlossen sich wieder. Schritte klangen auf dem Kies. Er klappte den Laptop zu, zog den Stecker und verstaute den Computer wieder im Rucksack. Als er die Treppe hinunterrannte, nahm er zwei Stufen auf einmal. Rasch zog er die Jacke von der Garderobe und lief ans andere Ende des Flurs, wo man durch eine Tür auf die Terrasse hinter dem Haus gelangte. Die Schritte hörte er nicht mehr. Wenn er sein Auto erreichen wollte, ohne dass man ihn bemerkte, musste er sich beeilen. Schnell die Abgrenzung entlang, über die Straße und dann ungesehen zur Rückseite der verfallenen Scheune. Er meinte Stimmen zu hören, und es klang so, als entfernten sich die zugehörigen Personen langsam voneinander. Er hatte nicht mehr viel Zeit, doch er entschied sich trotzdem dafür zu warten, weil er herausfinden wollte, mit wie vielen Personen er es zu tun hatte und wo genau sie sich aufhielten. Jemand lief links ums Haus herum. Er hörte ihn schwer atmen – ein untersetzter Mann, was man am Geräusch der Schuhsohlen auf dem Kies ablesen konnte. Von rechts waren auch Schritte zu hören, viel leichtfüßigere und beherrschtere, die einer Frau. Die zwei versuchten ihn einzukreisen. Wenn es jetzt noch eine dritte Person gab, die vom Weg vorne am Haus aus das ganze Gebäude überblicken konnte, würde es ihm niemals gelingen, unentdeckt zu seinem Auto zu kommen. Ihm blieb nichts anderes übrig, als das Risiko einzugehen und anzunehmen, dass man nur zwei Leute auf ihn angesetzt hatte. Er durchquerte den rückwärtigen Garten und kletterte über die Hecke, hinter der er die Überreste eines alten Anbaus hatte lagern lassen. Geschickt kroch er über den Schutt und danach über Stacheldraht. Er zwängte sich durch das Gebüsch, das dort wucherte, und lief an einem Wassergraben entlang, der zur Straße führte. Unbemerkt konnte er den Graben überqueren, eilte zu seinem Auto, stieg ein und fuhr die Straße hoch, erst in Schrittgeschwindigkeit und dann, als er niemanden sah, immer schneller, bis er sein Haus im Rückspiegel verschwinden sah. Er war sich ziemlich sicher, dass auf der Auffahrt zwei Personen standen, die ihm nachschauten.

13 AVA
Abstimmung

Eine Glocke tönte laut durch den Saal und dann durch alle Flure und Räume des Parlamentsgebäudes. Es handelte sich um die traditionelle Abstimmungsglocke, die alle Abgeordneten herbeirufen sollte, damit sie zur Abstimmung im Plenarsaal antraten. Automatisch wurden Nachrichten an die Tablets aller Parlamentsmitglieder geschickt. Ihnen blieben genau zehn Minuten, um zu erscheinen. Unruhig rutschte Ava auf ihrem Sitz hin und her. Die verschiedenen Szenarien spulten sich in rascher Folge vor ihrem geistigen Auge ab. Wenn die Parteimitglieder des Koalitionspartners auftauchen würden, mussten beide für die Entscheidung stimmen, oder einer musste sich enthalten. Wenn sie sich beide enthielten oder sogar dagegen stimmten, bekam der Gesetzesentwurf keine Mehrheit, und man würde das Ersetzen des alten Modells umgehend verwerfen. Darauf würden dann nur noch apokalyptische Szenarien folgen. Daran mochte sie gar nicht denken.

Auf ihrem Display erschien eine Nachricht. Es war Mel Stahlman.

Wie läuft's bei dir?

Sie rieb sich die Schläfen und versuchte, eine Antwort zu finden. Eine ehrliche Antwort, aus der jedoch keine Panik sprach.

Sie schickte eine Nachricht zurück.

Namentliche Abstimmung. Das Querulantenduo ist noch nicht aufgetaucht.

Ist die Opposition komplett?

Ja. Komplett + einer Meinung.

Ich schicke Lau eine Nachricht.

Sie suchen schon nach den beiden. Abwarten.

Soll ich kommen?

Musste der Ministerpräsident hier erscheinen, um ihrem Plädoyer die nötige Kraft zu verleihen? Wenn er so Hals über Kopf hierherkäme, wäre das ein Zeichen von Schwäche. Von Zweifeln. Und Zweifel hatte sie keine, oder besser gesagt: Sie ließ sie nicht zu. Dafür war ganz einfach kein Raum.

Nein. Das wird schon.

Einen kurzen Moment lang blieb Avas Display leer, und dann reagierte Stahlman:

Okay. Viel Erfolg.

Seit dem Läuten der Abstimmungsglocke waren zwei Minuten vergangen, doch an der gegenüberliegenden Seite des Saals hatte sich noch nichts getan. Bei der Koalition gespannte

Blicke auf die Saaltür, nervöses Geflüster, Piepsen von Tablets, auf denen hektische Nachrichten nur so hereinströmten. Bei der Opposition Grinsen und brüderlicher Austausch zwischen den Mitgliedern der drei Parteien, die einander normalerweise bis aufs Messer bekämpften. Auf Avas Tablet erschienen die ersten Nachrichten der Medien. Auch die hatten inzwischen von der Situation Wind bekommen und sich ausgerechnet, wie die Abstimmungsverhältnisse in diesem Moment aussahen. Man spekulierte bereits vorsichtig über die Folgen einer möglichen Ablehnung des Gesetzesentwurfs. Gleichzeitig wussten verschiedene Quellen zu berichten, dass das Querulantenduo, wie Deneuve und Kassels schon seit Jahren genannt wurden, sehr viel auf Fraktionsdisziplin gab und allen moralischen Bedenken zum Trotz bei Abstimmungen fast immer der Parteilinie folgte. Überraschungen waren so gut wie ausgeschlossen. Das beruhigte Ava einigermaßen, doch es kostete sie einige Mühe, mit genauso großem Selbstbewusstsein in den Saal zu schauen wie zu Beginn der Debatte. Sie suchte Meerdinks Blick, und der lächelte ihr säuerlich zu. Er zuckte mit den Schultern und wies auf die Uhr. Sie nickte. Die Uhr konnte sie auch lesen.

»Diese ganzen Intrigen in deiner Partei finde ich einfach zum Kotzen«, hörte sie van den Oever Maurits Ivens zuzischen, der ergeben zur Decke starrte, ein schwaches Lächeln auf den Lippen.

»Es ist Elshout«, sagte der Finanzminister. »Der lässt immer alle machen, was sie wollen.«

»Dann greif da verdammt noch mal ein«, flüsterte van den Oever und sank in seinen Sitz zurück. »Du weißt doch, was hier auf dem Spiel steht.«

Ava wollte gerade van den Oever die Medienberichte zeigen,

die in grellen Farben über ihren Bildschirm zogen, da bemerkte sie, wie plötzlich Unruhe im Saal entstand. Der Geräuschpegel stieg langsam, als setze vom Eingang aus ein Kanon ein, in den nach und nach alle Anwesenden einstimmten.

In der Nähe der beiden großen Türen, zwischen einem Pulk von Boten und Journalisten, stand Eline Deneuve. Und zwar allein. Die kleine Frau mit den wilden Locken, die sie in einem Dutt bändigte, schaute gelassen in den Saal. Sie trug einen dunklen Hosenanzug und eine Bluse mit tiefem Ausschnitt, den sie eben zurechtzog, damit er ein wenig schicklicher wirkte. In ihren High Heels schritt sie durch den Saal, und wo sie vorbeiging, folgte ihr eine Woge angespannter Stimmen. Sie stieg die Stufen hinauf und nahm in ihrer Bank in der vierten Reihe Platz. Die Geräusche aus der Opposition verstummten abrupt, wie ein unverhohlener Ausdruck der Enttäuschung. Sie war also doch erschienen. Laurens Elshout erhob sich aus seinem Sitz und stieg mit großen Schritten die Treppe hoch. Vor Deneuve blieb er stehen und beugte sich zu ihr hin. Er stützte beide Fäuste auf die Tischplatte aus hellem Holz, schaute sie an und sagte etwas, aber sie reagierte weder auf seinen Blick noch auf seine Worte. Stattdessen schaute sie zur Bank mit den drei Ministern, genauer: Sie schaute zu Ava hin. Ihr Blick war ruhig und neutral, völlig unbeeinflusst von der Hektik im Plenarsaal. Sie war nicht gekommen, um sich zu enthalten. Ava wusste, dass die andere eine Entscheidung getroffen hatte.

Ein Blick auf die Uhr sagte ihr, dass noch eine Minute blieb, bevor die Sitzung wieder eröffnet wurde. Der Schmerz in ihren Füßen erreichte nun auch ihre Knöchel. Sie versuchte den Gedanken daran zu verdrängen. Mit beiden Händen hielt sie ihr Glas fest und trank einen Schluck Wasser. Beim Einatmen durch die Nase erhaschte sie den Geruch ihres eigenen Schweißes. Sie presste die Ellenbogen an den Körper und schaute zu Deneuve hinüber, die noch immer unbeeindruckt in ihre Richtung sah. Was wollte sie ihr mit diesem Blick vermitteln? Vertraue mir, alles wird gut? Oder: Jetzt ist mein großer Augenblick gekommen, nun kann ich mich profilieren? Sie musste an Mel Stahlmans Worte denken: »Mitmachen ist ein Augenblick, Gewinnen die Ewigkeit.« Sie rieb sich über die Unterarme und dachte über dieses Prinzip nach. Genau genommen stimmte es nicht. Es war anders: Wer siegte, entschied sich manchmal in einem einzigen Moment. Und dieser Moment war jetzt gekommen.

Die Glocke erklang, gefolgt von einem sachlichen Klopfen des Hammers.

»Ich erkläre die Versammlung für wieder eröffnet. Nun erfolgt die namentliche Abstimmung über das Strategiepapier über die Luftstreitkräfte 2015 bis 2040 der Regierung und die damit verbundene Umrüstung. Die Abstimmung wird in alphabetischer Reihenfolge vorgenommen. Wenn ich Ihren Namen aufrufe, sagen Sie bitte laut und deutlich ›Dafür‹ oder ›Dagegen‹. Vielen Dank. Dann kommen wir nun zur Abstimmung.«

»Aalders.«

»Dafür.«

»Abdi.«

»Dafür.«

»Absalom.«

»Dagegen.«

»Van Antwerpen.«

»Dafür.«

»Arkesteijn.«

»Dagegen.«

Nun wurde die Stille nur noch durch die monotone Stimme des Vorsitzenden und die der verschiedenen Männer und Frauen unterbrochen, die in dem riesigen Plenarsaal verteilt saßen und auf ihren Nachnamen reagierten. Der Buchstabe B wurde genannt, der Buchstabe C …

»Cales.«

»Dagegen.«

»Van Cleef.«

»Dafür.«

… aber der ganze Saal wartete nur auf einen einzigen Buchstaben. Genau genommen hätte eigentlich nur Eline Deneuve den Mund aufzumachen brauchen.

»Daalmeijer.«

»Dagegen.«

»Dacosta.«

»Dafür.«

»Damstra.«

»Dafür.«

»Davis.«

»Dafür.«

»Dekker.«

»Dafür.«

»Delmar.«

»Dagegen.«

»Demmen.«

»Dagegen.«

»Deneuve.«

Der Moment war gekommen. Ava Rodenburg legte die Hände flach vor sich auf den Tisch. Eline Deneuve schaute sie noch eindringlicher an. Auf ihren Lippen erschien ein Lächeln.

»Deneuve?«

Die Lippen öffneten sich.

»Dagegen.«

Einen Augenblick lang war Ava verwirrt, als hätte sie etwas anderes gehört, als von den Lippen abzulesen gewesen war. Auch der Vorsitzende schien überrascht. Er vergaß, den nächsten Namen aufzurufen, schaue sich nervös um, ließ den Blick durch den Saal schweifen, zur Pressetribüne und zu den Schriftführern, fasste sich schließlich aber wieder.

»Deringa.«

Es hörte schon niemand mehr zu. Mechanisch wechselten Namen und Antworten einander ab, doch die Abstimmung wurde immer mehr von dem Stimmengewirr im Saal übertönt. Ava entdeckte erfreute Gesichter bei den Mitgliedern der Oppositionsparteien und erstaunte Münder bei denen der Koalition, die aussahen, als könnten sie nicht glauben, was sie gerade gehört hatten. Ava schaute auf ihre Finger, die vor Aufregung zitterten. In vollem Bewusstsein der Augenpaare, die auf sie gerichtet waren, nahm sie ihr Tablet und tippte:

Fraktionsdisziplin durchbrochen.
Was tun wir?

Atemlos wartete sie auf die Antwort. Hörte, wie die nächsten Abgeordneten aufgerufen wurden … Heze. Huisman. Hulshof. Was sie sagten, interessierte Ava nicht mehr. Nach einigen langen Minuten erschien die anonyme Reaktion auf dem Bildschirm.

Wir machen weiter.

Ruhig klappte sie das Tablet zu und steckte es in die Tasche, wobei sie ganz bewusst den Blick ihres Parteigenossen van den Oever mied. Sie lehnte sich etwas nach hinten und ließ die Finger über die Schnallen ihrer Schuhe gleiten. Vorsichtig löste sie die Verschlüsse, sodass der brennende Schmerz noch stärker wurde. Dann seufzte sie erleichtert, als sie spürte, wie das Blut in ihre Füße zurückkehrte. Während sie sich unter dem Tisch die Füße massierte, drangen Fetzen der Geräusche aus dem Plenarsaal wieder zu ihr durch. Die Stimme des Vorsitzenden, die verschiedenen Parlamentsmitglieder, die auf ihren Namen reagierten:

»Wiarda.«

»Dafür.«

»Wulf.«

»Dagegen.«

Aber vor allem hörte sie das emotionsgeladene Geflüster aller anderen Anwesenden, das allmähliche Crescendo, wie ein Chor des Erstaunens.

»Zabriskie.«

»Dagegen.«

Dagegen, du Schlampe, dachte sie, während sie sich aufrichtete und den Vorsitzenden ansah, der Anstalten machte, das Resultat bekannt zu geben. Nicht, dass darauf noch jemand gewartet hätte, denn das Endergebnis war in unbarmherzig großen digitalen Buchstaben über dem Eingang des Saals zu lesen.

»Das Ergebnis: 49 Stimmen dafür und 50 dagegen. Das bedeutet, dass der Gesetzesentwurf abgelehnt wird. Die Ministerin hat den vorgelegten Entwurf zu überarbeiten und das Ergebnis dem Parlament erneut zu präsentieren. Der dazugehörige Vorgang zur Umrüstung ist bis auf Weiteres auszusetzen. Wir danken der Ministerin für ihr Kommen.«

Ava war die Erste, die ihre Sachen zusammenpackte und sich erhob. Der Vorsitzende nickte ihr zu. Beim Anblick seines Lächelns krümmten sich ihr die Zehen. Ohne ein Wort verließ sie ihren Platz, eilte zum Ausgang, wo man die breiten Türen für sie öffnete und wo ihre Assistentin sie mit großen Augen erwartete. Ohne sie auch nur eines Blickes zu würdigen, ging Ava an ihr vorbei. Die junge Frau folgte ihr stolpernd. Ava herrschte sie an: »Rufen Sie Stahlman an. Wir machen weiter, verdammt noch mal.«

14 ELIOT
Lücken

Ein attraktives Hotel war es nun wirklich nicht. Auch wenn man noch versucht hatte, es mit einem billigen Raumduft etwas zu kaschieren, roch das Zimmer nach brackigem Wasser. Die Vorhänge, ehemals rot, nun ins Rosa verblichen, waren halb geöffnet, als würde sich das Zimmer selbst noch im Halbschlaf befinden. Ein hohes Bett, ein einfacher Schreibtisch und ein Rattansessel in der Ecke waren alles, was es an Mobiliar gab. Durch die Tür konnte er Musik hören, die über die Deckenlautsprecher den Flur berieselte. Er zog die Jacke aus und ließ sich aufs Bett fallen.

Eine Viertelstunde später wachte er mit dem unguten Gefühl auf, etwas übersehen zu haben. Er duschte, trocknete sich ab und zog danach seine verschwitzte Kleidung wieder an. Irgendetwas war mit Miriam Veltman, das er nicht wusste oder nicht wissen durfte. In seinem Kopf fügte er die Informationen zusammen, die er über sie besaß, und kam zu dem Schluss, dass er sie eigentlich überhaupt nicht gekannt hatte. In seiner Erinnerung sah sie gut aus, durchtrainiert, weder auffallend schön noch hässlich. Damals musste sie um die fünfundzwanzig gewesen sein. Sechs Tage die Woche arbeitete sie in der Verwaltung der Engelbrecht van Nassau-Kaserne, machte die PR für das Korps, fuhr auf Dienstreisen mit. Ob sie einen Freund hatte, verheiratet war, Kinder hatte – das alles wusste

Eliot nicht. Mit dem Laptop auf den Knien setzte er sich aufs Bett und suchte nach Webseiten mit Informationen über sie, um vielleicht ein etwas genaueres Bild von ihr zu bekommen. Wieder zogen die Fotos mit Miriam und ihren Freundinnen vor dem Eingang einer Bar vorbei. Er zoomte das Schild schräg über ihnen näher heran, um zu entziffern, in welcher Sprache der Text geschrieben war, aber die Auflösung war zu niedrig; er konnte nichts entziffern. Die Farben allerdings sahen mediterran aus. Er lud das Foto herunter, speicherte es auf seinem Desktop, öffnete die Mitarbeiterseite der Nassau-Kaserne und erstellte mittels eines Entschlüsselungsprogramms einen Account, den er als eine Art Ehrerweisung an Miriam mit einer neuen E-Mail-Adresse, olekotlier@g-host.nl, verlinkte. Einige Minuten später war er drin. Nachdem er ihren Namen eingegeben hatte, fand er zwei Personen mit dem Namen Veltman, die im Dienst des KCT, der Spezialeinheit der Landstreitkräfte, standen. Die andere Person hieß Rens Veltman.

Jemand klopfte an die Tür. Er schreckte hoch, klappte den Laptop zu und schob ihn unters Bett. Lautlos stand er auf und ging auf bloßen Füßen über den Teppichboden zur Tür. Er lauschte und hörte, wie draußen jemand die Nase hochzog. Erneut klopfte es. Durch den Spion konnte Eliot die verzerrte Silhouette eines Mannes erkennen, der ein in braunes Papier gewickeltes Paket bei sich hatte. Er sah, wie der Mann es umständlich unter den Arm klemmte und die freie Hand hob, um noch einmal anzuklopfen. Bevor Eliot öffnete, legte er die flache Hand auf die Tür und ließ den Sperrbügel einrasten. Durch die schmale Öffnung sah er in das Gesicht des Mannes: um die dreißig, mit arabischem Äußeren, mit einer altmodischen Brille, die er bis an die Augenbrauen hochgeschoben hatte.

»Herr Otlier?«, fragte er, während er die Zimmernummer an der Tür kontrollierte. »Ihre Bestellung. Sie ist unten an der Rezeption abgegeben worden.« Als er das Paket durch den engen Schlitz schieben wollte, merkte er, dass das nicht funktionierte.

»Moment«, murmelte Eliot, während er die Tür schloss und wieder öffnete. Nachdem er das Paket angenommen hatte, steckte er dem Mann etwas Geld zu und ließ danach die Tür ohne ein weiteres Wort wieder ins Schloss fallen. Er warf das Paket aufs Bett und holte den Laptop hervor. Er scrollte weiter: Sie wurde in Den Haag als zweites Kind geboren, nach einem Bruder, Rens, der ebenfalls im Heer diente. Sie selbst hatte vor fünfzehn Jahren angefangen, in der Kaserne zu arbeiten, und wohnte in einem Dorf in der Nähe von Arnheim. Eine Zeitleiste gab an, welche Funktionen sie beim Verteidigungsministerium innegehabt hatte. Während ihrer Zeit in Rozendaal gab es zwei Lücken von jeweils ungefähr drei Monaten. Weder stand irgendwo vermerkt, welche Arbeit sie verrichtet hatte, noch wo oder unter wessen Kommando. Das machte ihn stutzig. Willkürlich klickte er auf einen zweiten und einen dritten Mitarbeiter, um zu sehen, ob das öfter vorkam, und danach noch auf ein paar weitere Namen, aber jedes Mal war die Zeitleiste mit ihren Daten, Funktionen und Ortsangaben vollständig – in manchen Fällen sogar Woche für Woche. Er notierte die Daten in einer Textdatei, die er auch auf dem Desktop abspeicherte. Dort fiel sein Blick wieder auf das Foto von Miriam. Er betrachtete ihr Gesicht, ihre Hand, mit der sie ein schmales Glas hochhielt. Wo und wann das Foto aufgenommen worden war, stand nicht dabei. Er schnitt lediglich ihr Gesicht aus und speicherte es als Einzelbild ab. Danach zog er das Foto in die Suchleiste und suchte unter *Bilder*. Die dadurch erzielten Treffer konnte Eliot nicht richtig einordnen: Er erkannte ein paar Fotos, die am gleichen Ort aufgenommen waren, mit anderen Leuten und aus leicht anderer Perspektive, aber ansonsten tauchten nur Bilder von Bibern und Biberdämmen auf. Er schnitt eine Grimasse und stand vom Bett auf. Mit beiden Händen riss er das Papier des Pakets auseinander und betrachtete den Inhalt: zwei Hosen, zwei schwarze T-Shirts, zwei Boxershorts, zwei Paar Socken, ein durchsichtiger Beutel mit Hygieneartikeln. Er entfernte alle Etiketten, zog die neuen Kleidungsstücke an und setzte sich mit einer Flasche Cola wieder an den Laptop. Zum ersten Mal fiel ihm auf, dass auf einem der Fotos die Frau ganz rechts ein rosa Armbändchen mit einem weißen Logo trug. Mit bloßem Auge war der Name darauf nicht erkennbar, also nahm er ein Whiskyglas aus dem Schränkchen über der Minibar und hielt es vor den Bildschirm. Mit viel Mühe konnte er LI BAHÇE entziffern. Das C mit Cedille gab es nicht in vielen Sprachen: im Französischen, im Portugiesischen und auch im Türkischen, und dem sah der Text noch am ähnlichsten. Er tippte die Buchstaben in den Internetbrowser, und der erste Treffer war merkwürdigerweise ein chinesisches Restaurant in Leeuwarden. Als er den Text in ein Übersetzerprogramm kopierte, verstand er, wieso: Bahçe hieß wohl Garten auf Türkisch. Im Internet suchte er mit den Begriffen »li Bahçe«, »club« und »Turkey« weiter. Der erste Treffer war: Club Gizli Bahçe in Antalya. »Der geheime Garten«, das Logo stimmte mit dem auf dem Armbändchen überein. Er schaute sich das Datum an, an dem die Fotos gemacht worden waren: in den ersten beiden Augustwochen vor dreizehn Jahren. Auf einem anderen Foto war Miriam Arm in Arm mit derselben blondhaarigen Freundin zu sehen; mit hochgestreckten Händen standen sie zwischen zwei Männern.

Hinter ihnen funkelten die Lampen eines pompösen Gebäudes. Beide Männer hatten kurzes Haar, blaue Augen und waren muskulös. Sie hatten jeder ein Martiniglas mit einer großen Olive in der Hand. Auf einem Reklameschild im körnigen Hintergrund meinte er, zwei Ovale erkennen zu können: das eine schwarz und das andere heller. Eliot überlegte und riet drauflos. In das Übersetzerprogramm gab er das Wort »Olive« ein. Das hieß »zeytini« auf Türkisch. Die Kombination »zeytini«, »club« und »Turkey« lieferte mehr als tausend Treffer, von denen die meisten auf die Zeytini Bar verwiesen, einen Club im Keller des Hilton Hotels im Ort Adana. Er verglich die Abbildungen mit dem Gebäude, vor dem die vier posierten, und stellte fest, dass es tatsächlich dasselbe Hotel war. Dieses Foto war einen Monat früher gemacht worden. Eliot ließ sich aufs Bett fallen und dachte nach. Antalya war ein beliebter Urlaubsort, und auch der Name Adana kam ihm irgendwie bekannt vor, aber er wusste nicht, wieso. Müde schloss er die Augen und faltete die Hände unter dem Kopf.

Wie lange er genau geschlafen hatte, konnte er nicht sagen, und was er geträumt hatte, erst recht nicht, aber woher er Adana kannte, war ihm im Schlaf spontan eingefallen, als hätte sich der Name aus dem Gefängnis seines Gedächtnisses befreit. Es war der Ort, an dem das Verteidigungsministerium 2013 Patriot-Raketen aufgestellt hatte, um die türkischen Einwohner vor einem eventuellen Angriff der syrischen Armee zu schützen, die in den Monaten zuvor immer weiter zur Grenze aufgerückt war. Inzwischen standen die Kämpfer des Islamischen Staates vor der Tür. In der Nähe von Adana gab es einen ziemlich großen amerikanischen Luftwaffenstützpunkt, von wo aus die Niederländer operierten.

Er verglich die Zeitleiste auf Miriam Veltmans Profil mit

den Daten, an denen die Fotos aufgenommen wurden, und fand das, was er schon vermutet hatte: Das Foto aus Adana fiel in eine der zwei Zeitspannen, über die nichts eingetragen war. Hatte sie dort einen langen Urlaub verbracht? Nein, es war ganz bestimmt kein normaler Ferienort, davon war Eliot überzeugt; er lag ja nicht einmal an der Küste. Die einzig logische Schlussforderung war, dass sie sich wegen ihrer Arbeit in der Türkei aufgehalten hatte. Aber was machte jemand aus der Verwaltung dort, und noch dazu so lange? Er sah sich die andere Lücke in ihrer Zeitleiste an, und zum ersten Mal hatte er das starke Gefühl, dass er kurz davor stand, etwas Großes aufzudecken; etwas, das zu groß war für ihn allein. Er seufzte, stand auf, öffnete das Fenster mit Blick auf den leeren Parkplatz hinter dem Hotel und zündete sich eine Zigarette an. In der Ferne konnte er den Verkehr auf der Autobahn vorbeirasen hören. Der geheime Garten, dachte er, Antalya, Adana, Zeytini, Türkei. Was hatte sie dort gemacht? Und wenn sie damals drei Monate von der Bildfläche verschwunden war, wo war sie dann während der anderen drei Monate gewesen? Auch in der Türkei?

In dem Moment sah er wieder den Ausschnitt von Miriams Foto vor sich und die Bilder, die die Suchmaschine nach dessen Eingabe gefunden hatte: aufeinandergestapelte Äste, Biber, Biberdämme. Aber warum gerade diese Bilder?

Doch nicht etwa, weil – schoss es ihm durch den Kopf. Mit der Zigarette im Mundwinkel ging er zurück zum Bett und nahm den Laptop. Ins Übersetzerprogramm gab er »Biber« ein und wählte Türkisch als Zielsprache. Das Wort, das erschien, war jenes, das er aus seinem Bewusstsein hatte löschen wollen. Das Wort, das ihn und Dutzende andere ehemalige Soldaten im Einsatz fürs Leben gezeichnet hatte. Im Usbekischen bedeutete es »Tag« und auf Dari »altes Schloss«. Und »Biber« im Türkischen.

Kunduz.

15 AVA
Neue Umstände

Die Raststätte über der A4 galt als Ort, an dem sich die Kriminellen aller Kaliber aus der Region gern trafen, um ihre schmutzigen kleinen Deals abzuschließen, einander zu erpressen oder für erwiesene Dienste zu entlohnen. Warum der Mann von MIVD sich unbedingt dort mit ihr hatte verabreden wollen, begriff sie zwar nicht, aber sein drängender Tonfall hatte sie zustimmen lassen. Irgendwo zwischen Delft und der Hauptstadt hatte er sie über die Notfallnummer angerufen und wissen wollen, wo sie sich befand. »Es ist ratsam, den Vorgang jetzt zu besprechen«, erklärte er.

»Geht das nicht auch am Telefon?«, fragte sie ärgerlich.

»Sie müssen dafür eine Unterschrift leisten, deswegen geht es nicht am Telefon«, hatte seine Antwort gelautet.

Mit Höchstgeschwindigkeit nahm ihr Dienstwagen die Ausfahrt und fuhr am Brückenrestaurant vorbei. Sie hielten vor dem Eingang des Hotels, und Ava stieg aus, wonach ihr Chauffeur den Wagen auf einem Behindertenparkplatz ein Stück weiter oben abstellte. Ava stieg die Stufen zum Eingang hoch und wurde von einem etwa vierzigjährigen Mann empfangen, der ihr – ohne sie anzusehen – bedeutete, ihm in einen engen Flur zu folgen. Er ging vorneweg und machte vor einer verspiegelten Tür Halt. Als er den Blick auf sie richtete, lief ihr ein Schauder den Rücken herunter. Iris und Pupillen des Mannes waren so schwarz, dass man die Übergänge nicht sehen konnte. Als hätte jemand mit einem Stift hineingestochen. Mit einem unbehaglichen Gefühl wandte Ava den Blick ab und öffnete die Tür zu einem kleinen Saal, der hinter einem schwerem Stoffvorhang verborgen lag. Man hatte Stühle in Reihen aufgestellt. Ihr Begleiter zeigte auf das Ende des Mittelganges, wo ganz vorne ein Mann saß, der ihnen den Rücken zugewandt hatte. Ava ging mit kurzen Schritten auf ihn zu. Der dicke Bodenbelag schluckte jedes Geräusch. Trotzdem drehte der andere sich um und stand auf.

»Erwin«, sagte er, ohne sie anzusehen.

»Sie sind T.?«, fragte sie kurz. Mit dem Blick prüfte sie sein Erscheinungsbild. Das war genauso nichtssagend wie seine Stimme sie bereits hatte vermuten lassen. Ein großer, eckig wirkender Körper und ein ebenso kantiges Gesicht.

»Ich bin Erwin«, wiederholte er. »Haben Sie Ihr Handy ausgeschaltet?«

Sie setzte sich neben ihn, schlug die Beine übereinander und schaute von dem MIVDler zu dem Vorhang hinter der niedrigen Bühne, zu dem Rednerpult, der gelblichen Neonbeleuchtung, den unbequemen Konferenzstühlen zu ihrer Rechten und Linken.

»Was soll ich hier?«

»Sie sollen sich hier über den Stand der Dinge bezüglich Frau Veltman und die neuen Umstände informieren lassen, die sich als Folge davon ergeben haben.«

»Frau Veltman einzuschüchtern war doch gedacht, um größeren Problemen entgegenzuwirken?«

»Ja, sicher. Das war die Ausgangslage.«

»Und?«

»Persönlich hat sie allerdings keine Kontaktaufnahme mehr

erreichen können. Sie ist an den Folgen eines Unfalls verstorben.« Er richtete kurz die Augen zur Decke und seufzte unhörbar.

»Ist das eine positive Entwicklung?«

»Unser Mann musste eine spontane Entscheidung treffen. Das hat er getan. Und er gilt zu Recht als unser bester Mann. Wir wollen Frau Veltmans Akte damit schließen. Dafür hätte ich gern Ihre Unterschrift.« Er wandte sich um und holte eine Klarsichthülle aus einer Tasche, der er zwei DIN-A4-Blätter entnahm.

»Eine spontane Entscheidung? Was soll das heißen, eine spontane Entscheidung? Es hat einen Unfall gegeben, bei dem sie umgekommen ist, haben Sie gerade gesagt.«

»Die Details sind unwesentlich, und es liegt in Ihrem eigenen Interesse, dass ich Ihnen darüber so wenig wie möglich mitteile. Nun hätte ich gern Ihre Unterschrift, um die Akte zu schließen.« Aus den Tiefen seiner Tasche holte er einen Kugelschreiber hervor. Ava schaute sich nochmals im Raum um, der die Atmosphäre eines Beerdigungsunternehmens vermittelte. Ihre Gedanken schweiften ab, zu ihrem Vater.

»Also?«, fragte der Mann vom MIVD.

Sie sah ihn an.

»Sie haben neue Umstände erwähnt. Wie konnten die überhaupt entstehen, wenn es keinen Kontakt zwischen Frau Veltman und der anderen Person gab?«

»Wir vermuten, dass im Vorfeld der Verabredung doch in irgendeiner Form eine Übergabe von Informationen stattgefunden hat, die auf jeden Fall hätte verhindert werden müssen. Wie und in welchem Umfang, das untersuchen wir zurzeit noch. Frau Veltman verfügte über eine gute Ausbildung. Sie hat alles sorgfältig vorbereitet.«

»Sie haben geschlafen.«

»Im Gegenteil, wir sind ganz und gar auf dem Laufenden, kann ich Ihnen versichern. Uns ist bewusst, dass es hier um eine sehr wichtige Angelegenheit geht, die uns, Sie und das Land betrifft. Es liegt im allseitigen Interesse, dass wir unsere Arbeit erledigen können.«

»Meine Arbeit besteht nicht im Unterschreiben von Dokumenten. Ich weiß ja nicht einmal, was ich da unterschreibe.«

»Sie bestätigen mit Ihrer Unterschrift das Schließen der Akte Veltman. Wir kennen Ihre Ambitionen. Auch deshalb ist es ratsam, uns das tun zu lassen, was wir beherrschen.«

»Und das wäre?«

»In meinen Augen ist unsere Tätigkeit mit der eines Gärtners vergleichbar. Wir ebnen Wege, entfernen das tote Holz und fegen das verrottende Laub zusammen. Auf diese Weise kann jeder unser prächtiges Gut, die Niederlande, genießen. Eine einfache, nur wenig beachtete und undankbare Aufgabe vielleicht, aber von wesentlicher Bedeutung.«

Ava betrachtete das strähnige Haar und die graublauen Augen des Mannes, der ausdruckslos vor sich hinstarrte.

»Offensichtlich haben Sie Ihren Beruf verfehlt. Sie hätten Gärtner werden sollen.«

Er lächelte schwach.

»Wenn Sie unterschreiben, versichere ich Ihnen, dass die neuen Umstände kein Hindernis für … das darstellen werden, was Ihnen und mir am Herzen liegt. Unser Mann ist für die Erledigung dieses Auftrages am besten geeignet.«

Ava erhob sich und ging zu dem Rednerpult auf der niedrigen Bühne.

»Wir wollen verhindern, dass Sie im Parlament Unwahrheiten verkünden müssen, Frau Rodenburg«, sagte der Mann.

Sie ließ den Blick über die leeren Stühle schweifen und dachte an die Rede zurück, mit der sie die Abgeordneten überzeugen wollte, die jedoch die gegenteilige Wirkung gehabt und den Zorn der gesamten Opposition über sie hatte hereinbrechen lassen. Sie hatte die Abgeordneten beleidigt, indem sie sie dazu aufgerufen hatte, zu ihrem eigenen Besten einer Entscheidung zuzustimmen, während sie selbst sich weigerte, wesentliche Informationen darüber preiszugeben. Der Gärtner tat nichts anderes. Eine Frau war bei einem Unfall ums Leben gekommen, hatte aber vor ihrem Tod dafür gesorgt, dass noch jemand Zugang zu entscheidendem Wissen erhielt. Worum es dabei ging, wer diese Person war und warum sie eine Gefahr darstellte, das sagte man ihr nicht, um ihre eigene Position zu schützen. So fühlte sich das also an.

»Erinnern Sie sich noch an den Innenminister im Kabinett Rutte II, bei dem herauskam, dass er Informationen zurückgehalten hatte? Er sagte damals, das Teilen dieser Fakten wäre in gewisser Hinsicht viel bequemer gewesen, hätte jedoch gegen die Gepflogenheit verstoßen, nichts über die Arbeitsweise der Dienste nach außen dringen zu lassen. Vor solchen krummen Aussagen wollen wir Sie bewahren. Es ist besser, wirklich nichts zu wissen, als gezielt zu versuchen, es zu vergessen. Besser, man weiß nichts, kann aber darauf vertrauen, dass alles wieder gut wird, als dass man alles weiß und mit ansehen muss, wie es schiefgeht.«

Sie zuckte mit den Schultern, stieg von der Bühne und streckte dem MIVDler eine Hand entgegen. Der Mann stand auf und reichte ihr den Kugelschreiber und die Papiere, die Ava rasch überflog. Unten auf der Seite unterschrieb sie bei »Einverständnis erteilt«. Er murmelte einen leisen Dank, steckte die Dokumente wieder zurück in die Hülle, danach in die Tasche, die er verschloss und sich über die Schulter hängte.

»Ich würde Ihnen empfehlen, sich einen neuen Chauffeur zu suchen, Frau Rodenburg. Der Mann hat mehr mitbekommen, als uns lieb sein kann.«

Sie nickte.

Er wies auf eine Seitentür bei der Bühne, halb verborgen hinter dem beigen Vorhang.

»Sie können das Gebäude auf diesem Weg verlassen.«

Er nickte ihr zum Abschied zu und lief zwischen den Stühlen hindurch zum Ausgang, wo ihn der Mann mit den unheimlichen schwarzen Augen bereits erwartete. Er übergab ihm die Tasche, und die beiden verschwanden. Ava schaute noch einen Moment lang auf die geschlossene Tür.

Wieder musste sie an ihren Vater denken. Hatte er sich mit denselben Fragen konfrontiert gesehen? Hätte er sein Einverständnis zu etwas gegeben, ohne jedes einzelne Detail zu kennen? Sie schaute auf ihr Handy und beschloss, ebenfalls zu gehen. Die Seitentür führte sie zu einer Treppe, die in einen schlecht beleuchteten Flur mündete. Penetranter Essensgeruch schien hier durch alle Ritzen zu dringen. Eine sengende Hitze wehte ihr entgegen. Sie passierte mehrere Schwingtüren, nahm einen Notausgang und stand dann zu ihrem Erstaunen auf einem Gitterrost an der Rückseite des Hotels. Es dauerte einen Moment, ehe sich ihre Augen an das Licht gewöhnt hatten und sie ihren Dienstwagen entdeckte. Daneben sah sie den Chauffeur: Mit zusammengekniffenen Augen stand er da, lehnte an der Tür und hielt das Gesicht in die Sonne. Als sie ihn heranwinkte, sprang er erschrocken in den Wagen und fuhr ihr entgegen. Sie ließ sich von ihm beim Einsteigen helfen.

»Zurück nach Den Haag. Stahlmans Büro.«

Der junge Mann nickte verlegen und trat aufs Gas. Dann nahm er die erste Abfahrt und lenkte den Wagen über den Zubringer wieder auf die A4.

»Wie heißen Sie?«, erkundigte sich Ava, ohne im Innenspiegel seinen Blick zu suchen.

»Teun.«

»Teun, ich habe leider keine guten Neuigkeiten für Sie. Heute ist Ihr letzter Arbeitstag.«

16 ELIOT

Alle Stationen

Sie war in Adana gewesen, wo die Niederlande offiziell nur zwei Patriot-Flugabwehrraktensysteme und ein Unterstützungskommando stationiert hatten. Neben den zweihundert Soldaten war dort eine »Kommandoeinheit« vom Luftwaffenstützpunkt Incirlik aus aktiv; so wurde es zumindest nach außen hin kommuniziert. In Wirklichkeit gab es sieben Kommandoeinheiten, die monatelang heimlich die Grenze zu Syrien überquerten, um gezielt Gegner auszuschalten. Später war sie dann in Afghanistan, wenn seine Schlussfolgerung stimmte. Alle Informationen zu Miriam Veltmans Foto hatte man entfernt, aber vermutlich war irgendwo eine Verknüpfung vergessen worden, die der Internetbrowser erkannte und so eine Verbindung zwischen Miriam und Afghanistan herstellte: »Kunduz«. Jeder in den Niederlanden kannte den Namen des Gebiets im Norden Afghanistans. Nach ihm war sogar eine vorübergehende Koalition benannt worden, die nach der Auflösung des Kabinetts Rutte I übernommen hatte.

In Afghanistan, Syrien, Kurdistan und im Irak führten verschiedene Gruppen – Regierungstruppen, muslimische Fundamentalisten, lokale Clans, Freiheitskämpfer – einen erbitterten Krieg. Niemand wusste genau, wer gegen wen kämpfte, weil die Verhältnisse und Koalitionen sich jeden Tag wieder änderten. Eliot kannte diese Länder. Als Mitglied einer Spezialeinheit gehörte er zum ersten Jahrgang, der in Südafghanistan eingesetzt wurde, um dort unter dem Banner der ISAF Blitzaktionen auszuführen. Es war ein Land, das kein Mitleid kannte, mit einem Klima, das sich zum Ziel gesetzt zu haben schien, Leuten ohne afghanischen Pass das Leben schwer zu machen. Die Menschen dort waren zum größten Teil freundlich, jedoch genauso oft unzuverlässig, weil sie sich nicht an getroffene Vereinbarungen gebunden fühlten, wenn sie mit anderen bessere erzielen konnten. Daher musste man als Ausländer stets auf der Hut sein und durfte sich niemals in Sicherheit wähnen. In Afghanistan hatte Eliot seine Sinne bis in die tiefsten Tiefen ergründet und festgestellt, dass er nur seinem eigenen Körper und Geist trauen konnte. Das half ihm, in den nachfolgenden Jahren im Irak und in Nordsyrien zu überleben; vergleichbaren Wespennestern, in denen extremistische Gruppen ohne mit der Wimper zu zucken unschuldige Zivilisten enthaupteten und gefangene NATO-Soldaten vierteilten. Der einzige Unterschied zu Afghanistan war, dass ihn in Syrien auf jeden Fall ein schneller, unappetitlicher Tod ereilt hätte, wäre er in die Hände der muslimischen Extremisten gefallen.

Was um Gottes willen machte eine Mitarbeiterin der Verwaltung in diesen gefährlichen Regionen? Eliot zerbrach sich den Kopf über diese Frage. Um sich abzulenken, schaltete er den Fernseher ein und aß etwas von dem indonesischen Gericht, das er sich aufs Zimmer hatte bringen lassen. Auf VML3 begannen gerade die Nachrichten mit einer Meldung über eine fehlgeschlagene Abstimmung im Parlament. Düster dreinblickende Gesichter erzählten vor der Kamera, dass sie wirklich nicht verstanden, wie das hatte passieren können, während andere fröhlich erklärten, sie hätten dieses Resultat schon lange vorhergesagt. Er zappte zu einer Spielshow, in der die Kandidaten gegen einen Computer antraten. Einer nach dem anderen verlor. Dann fand er einen Filmsender. Bei stumm geschaltetem Fernseher und zugezogenen Vorhängen aß er seine Plastikschale leer. Er versuchte, den Kopf freizubekommen, indem er sich auf die Untertitel konzentrierte, aber immer wieder kreisten seine Gedanken wie in einem Wasserstrudel um Miriam Veltman, als sei sie der tiefste Punkt seines Bewusstseins. Wie sollte er dahinterkommen, was sie genau in der Südtürkei und in Afghanistan gemacht hatte? Warum wurde es für notwendig befunden, ihre Geschichte zu löschen? Die leere Schale warf er auf den Boden, den Fernseher schaltete er aus. Auf seinem Laptop suchte er ein weiteres Mal in sozialen Netzwerken nach ihrem Namen, auf Datingseiten und Weblogs von ehemaligen Soldaten. Auch auf der Seite des Verteidigungsministeriums versuchte er es erneut, aber die wies inzwischen überhaupt keine Treffer mehr auf. Schließlich gab er das Anagramm ein, das sie in ihrer E-Mail verwendet hatte, aber wie erwartet passierte nichts. »Miriam Veltman« hatte keine Bedeutung mehr; wie ein Wort, das im Laufe der Zeit in Vergessenheit geraten ist. Hatte man inzwischen jede digitale Spur von Miriam entfernt? Er bezweifelte, dass das technisch möglich war, schloss es jedoch nicht kategorisch aus. Die niederländische Cyberabwehr war – wie die Kommandotruppen – vom Umfang her klein, aber außerordentlich gut ausgerüstet und hoch motiviert. Sollte es tatsächlich so sein, dass man die Mühe auf sich genommen hatte, alle Spuren von Miriam Veltman zu eliminieren, dann bedeutete das, dass sie wichtig war – für die Abwehr, für jemand anderen, auf jeden Fall wichtig genug, um alles daranzusetzen, sie verschwinden zu lassen.

Irgendjemand würde sie dennoch vermissen, dachte Eliot. Irgendjemand musste doch wissen, was mit ihr passiert war: ihre Eltern, ihr Bruder. Abermals öffnete er die geschützte Webseite und suchte nach ihrem Namen, fand sie aber nicht. Das war seltsam, da er sicher wusste, dass er den Namen Veltman noch einmal gesehen hatte: den ihres Bruders Rens, einem Oberleutnant bei den Landstreitkräften. Innerhalb von drei Stunden waren alle Informationen über die Familie Veltman verschwunden. Wenn er doch noch an sie herankommen wollte, würde er persönlich die Personalabteilung des Verteidigungsministeriums aufsuchen müssen, um dort doch noch auf die eine oder andere Art an ihre Daten heranzukommen.

Er fand die Nummer eines Postfachs in Utrecht und kurze Zeit später die Adresse des Zentrums für Human Resources der Streitkräfte in Enschede, die er in *StreetSeek* eintippte. So entdeckte er, dass es sich bei der Adresse um ein farbloses v-förmiges Gebäude an den Bahngleisen in der Nähe des Fußballstadions handelte. Er zoomte auf das namenlose Gebäude an der Fußgängerzone ein, auf die davor geparkten Autos und den Klinkerweg, der direkt zum Eingang des Bahnhofs führte, die rote Wand einer der Stadiontribünen direkt dahinter. Er erinnerte sich an die Plastikkarte, die Miriam ihm geschickt hatte, stand auf, ging zur Garderobe neben der Tür und nahm seinen Geldbeutel aus der Jackentasche. Den Inhalt leerte er auf den Schreibtisch: diverse lose Zettel, das Post-it, ein paar Euroscheine, vier Führerscheine mit jeweils einem anderen Namen und einem anderen Geburtsjahr. Die Karte mit dem Logo der Niederländischen Bahn legte er beiseite. Er nahm sein Handy, um ein Foto davon zu machen, und genau so, wie er es mit Miriams Foto getan hatte, lud er es hoch und verknüpfte es mit dem Suchprogramm. Sofort wurde deutlich, wozu die Karte mit dem großen roten Pfeil darauf diente: Sie bot Zugang zu einem Gepäckschließfach.

Irgendwo in einem niederländischen Bahnhof befand sich ein Schließfach, in dem Miriam etwas für ihn hinterlegt hatte, und sie ging davon aus, dass er wusste, wo. *Folge meiner Spur* las er auf dem Post-it, das er im Umschlag gefunden hatte.

Eine Übersicht über Bahnhöfe mit Schließfächern konnte er nicht finden. Er musste darauf vertrauen, dass die meisten Hauptbahnhöfe sie hatten und die kleineren Bahnhöfe nicht. Glücklicherweise waren in den Jahren zuvor Dutzende dieser Gebäude geschlossen worden, weil der Zug als Transportmittel ausgedient hatte, aber das machte die Suche nicht viel leichter. Auf der Webseite der Niederländischen Bahn las er:

Maße
Kleines Schließfach: 90 cm tief, 45 cm hoch und 40 cm breit.
Großes Schließfach: 90 cm tief, 60 cm hoch und 40 cm breit.

Mehr als einen Koffer hatte sie nicht dort untergebracht; das bedeutete, dass er sein eigenes Gepäck, das sich auf einen Rucksack und eine Tasche mit neuer Kleidung beschränkte, mitnehmen und von dort aus weiterreisen konnte. Doch die Frage blieb: von wo aus? Er konnte ja schlecht alle Bahnhöfe in den Niederlanden abklappern: Das waren über vierhundert, von denen bestimmt die Hälfte eine Gepäckaufbewahrung hatte. Sie konnte nicht von ihm erwarten, dass er automatisch wusste, an welchem Ort er suchen sollte. Irgendwo musste sie ihm eine Anweisung hinsichtlich des Ortes hinterlassen haben. Er tat den Inhalt zurück in seinen Geldbeutel und steckte ihn in seine hintere Hosentasche, nahm seine Jacke und öffnete die Tür. Einen Moment lang blieb er mit der Klinke in der Hand stehen, schaute aufs Bett und beschloss, den Laptop mitzunehmen. Mit dem Rucksack über der Schulter lief er durch den Flur, die fünf Treppen zur Hotellobby hinunter und verließ mit gesenktem Kopf den Ausgang, wo er eine Bank fand. Er rauchte anderthalb Zigaretten, aber sie schmeckten ihm nicht, als würde sein Körper ihm immer deutlicher signalisieren, dass es an der Zeit war aufzuhören. Er sah, wie ein grauer Ford vor der Schranke anhielt. Eine Hand kam aus dem geöffneten Fenster hervor und entnahm der Maschine eine Zugangskarte. Das Auto fuhr im Schritttempo an ihm vorbei in Richtung des Parkplatzes an der Rückseite des Gebäudes. Ein Fahrer war nicht zu sehen. Der Anblick des Autos erinnerte Eliot an das Kennzeichen des schwarzen Ford Focus Kombi. Auch den musste er aufspüren, aber wie viel Zeit blieb ihm dafür noch?

Er öffnete seinen Laptop und suchte auf der Seite der Niederländischen Bahn erneut die Informationen zu Gepäckschließfächern. Nüchtern formuliert bekam er dort die Antwort auf seine Frage:

> Die maximale Mietdauer beträgt 72 Stunden. Danach wird das Gepäck entfernt und an das Zentrale Fundbüro in Utrecht geschickt.

Ein Tag war inzwischen schon verstrichen; weniger als achtundvierzig Stunden hatte er noch, um zu verhindern, dass er dem Bahnpersonal würde erklären müssen, welches Gepäckstück er abholen wollte. *Nein, ich weiß nicht, was es ist, und ich weiß auch nicht, auf welchem Bahnhof ich es zurückgelassen habe.* Natürlich würden sie ihm sofort die Tür weisen, wenn sie nicht gleich die Polizei dazuholen würden. Darauf konnte er es nicht ankommen lassen. Er öffnete Miriams E-Mail und überflog die Nachricht ein weiteres Mal, entdeckte aber nichts, was er nicht schon zuvor gesehen hatte. Indem er den Text vergrößerte und verkleinerte, versuchte er, ein Muster zu erkennen, das ihn auf die richtige Spur bringen könnte, aber das führte nur dazu, dass seine Gedanken in eine wortlose Leere abschweiften. Er starrte auf den Laptop.

Eliot,
habe Beweise zu O. Muss dich sprechen. 181930 A JUL
15 Felaket, Haarlem.
Wenn etwas schiefgeht: Ort unserer letzten Begegnung.
X Mira (die Schwester von Resn)

Wegen des sachlichen Charakters fiel die Schreibweise von Datum und Zeit etwas aus dem Rahmen, aber für Angestellte des Verteidigungsministeriums untereinander war das gar keine so ungewöhnliche Art der Kommunikation. Er ließ seine Augen erneut über den Text schweifen. *Die Schwester von Resn* stand da, aber was sie damit meinte, konnte sich Eliot nicht erklären. Warum der Schreibfehler? Was hatte Rens mit ihrer Botschaft zu tun?

Der letzte Ort, an dem sie einander begegnet waren, musste Rozendaal gewesen sein, aber dort gab es keinen Bahnhof, also konnte das nicht stimmen. Er kramte in seinem Gedächtnis und versuchte sich zu erinnern, an welchem anderen Ort in den Niederlanden mit einem Bahnhof er Miriam zum letzten Mal gesehen haben könnte. Das Einzige, was ihm noch einfiel, war, dass es möglicherweise auf einer der Demonstrationsfahrten gewesen war, die sie organisierte. Er konnte sich nicht an die letzte erinnern, die er mitgemacht hatte. Im Internet fand er eine Übersicht über sämtliche Tage der offenen Tür der Landstreitkräfte, aber das brachte ihn auch nicht weiter. Überdies stimmten die Jahreszahlen nicht. Wo sonst außer bei den Landstreitkräften konnte er sie getroffen haben, bevor sie einander aus den Augen verloren hatten?

Dann dämmerte ihm etwas. Damals wollte das Korps sich nur allzu gern von seiner guten Seite zeigen und zur Schau stellen, dass es für andere Einheiten unverzichtbar war. Vor Jahren hatte es sich daher an einem Tag der offenen Tür der Luftstreitkräfte beteiligt. Im Internet fand er auf einer Fanseite einen Überblick über alle vorherigen Veranstaltungen, versehen mit Amateurfotos und -videos. In einem verwackelten Video richtete der Filmende seine Kamera in den Himmel, von dem zehn Fallschirme herabsegelten.

Eliot erkannte sich selbst. Mit sechzig Kilo auf dem Rücken hatte das Einsatzkommando einen High Altitude-High Opening Absprung aus einem Transportflugzeug heraus absolviert. Sie landeten, nahmen ihre Sauerstoffmasken ab und winkten dem Publikum zu. Er hielt das Bild an. Zwischen den Zuschauern konnte er Miriam stehen sehen. Sie winkte zurück, machte ihm und den anderen Männern Handzeichen und deutete auf einen bereitstehenden Lastwagen, der sie zurück zur Kaserne bringen würde. Das war das letzte Mal, dass sie einander gesehen hatten. *X Mira*. X markiert die Stelle, dachte Eliot, als er las, welchen Ort sie meinte. Es war Leeuwarden. Er musste zurück nach Friesland.

17 DER AUFTRAGNEHMER

Entzündung

Diesmal war der Mann vom MIVD schon da. Er stand neben dem Tisch, eine Hand auf die Platte gestützt, als hätte er Angst, umzufallen. Sein schütteres Haar schien im Licht der Lampe über seinem Kopf bronzefarben, auf seinem Schädel glänzten Schweißperlen. Mit stumpf dreinblickenden Augen schaute er einen Moment zu ihm hoch. Der Auftragnehmer setzte sich.

»Ist das dein Lieblingstreffpunkt?«, fragte er den Geheimdienstler, der ausdruckslos auf die Mitte des Tisches starrte, auf einen Ständer mit der Speisekarte.

»Wir haben versucht, ihn abzufangen, aber wir haben ihn aus den Augen verloren.«

»Habt ihr vorher geklingelt?«

»Wir hatten angenommen, dass er nach Hause gehen würde. Wahrscheinlich hat er Verdacht geschöpft und ist früher abgehauen.«

Der Auftragnehmer unterdrückte ein Lächeln, weil er wusste, was die nächste Bitte des Mannes vom MIVD sein würde.

»Vielleicht hast du ja mehr Erfolg«, sagte der. Es war keine Frage, aber eine Antwort konnte ihm der Auftragnehmer sehr wohl geben.

»Vielleicht. Aber dann gibt es natürlich schon ein paar Dinge, die ich wissen sollte.«

»Ja, die gibt es. Was ist denn dein Stand?«

»Ein Ex-Elitesoldat, wohnhaft in irgendeinem Kaff in Friesland. Job beim Verteidigungsministerium aufgegeben. Kannte Veltman aus Rozendaal. Das war's mehr oder weniger.«

»Wir haben die E-Mail, in der sie unser Zielobjekt – dein Zielobjekt – zu dem Treffen in Haarlem eingeladen hat. Sie hatte über einen Provider mit einem sicheren Server in Schweden einen Account eröffnet. Unser Mann hat auch so einen Account.«

»Und was schließt ihr daraus?«

»Dass sie ihm als Einzigem vertraute. Sie hatte seinen Namen in der Akte entdeckt. Ihre Familie erwähnt sie nicht.«

Der MIVD-Mann holte ein Taschentuch aus seiner Jackentasche und schnäuzte sich die Nase.

»Das ist alles?«

»Wir haben die E-Mail mit ihrer Korrespondenz der letzten sechs Jahre verglichen, und dabei kamen ein paar Dinge zum Vorschein, die relevant sein könnten.«

Erwartungsvoll schaute er auf den Mund des Geheimdienstlers, aber der öffnete sich nicht. Stattdessen setzte der Offizier ein Glas Bier an die Lippen.

»Soll ich dich jetzt fragen, was das für Dinge sind?«, brummte er verärgert. Sein Gegenüber genoss die Stille vor dem Moment, in dem er erzählen konnte, was er wusste. Er holte tief Luft.

»Erstens gibt es keine Tippfehler in der E-Mail, bis auf einen: ›Resn‹. Die durchschnittliche Zahl an Fehlern, die Veltman in ihrer beruflichen und privaten Kommunikation unterliefen, liegt bei 1,4. Sie hat diese Mail also mit Sorgfalt geschrieben und dennoch einen Fehler gemacht. Einen, der ihr eigentlich sofort hätte auffallen müssen, vor allem wenn man bedenkt, dass es der Name ihres Bruders ist: Rens. Das fanden wir verdächtig. Das andere ist der Gruß, mit dem sie die Mail abschließt: »X Mira«. Sie verwendete zwar manchmal das Anagramm Mira van Miltem – in Foren, sozialen Medien und so weiter, das wussten wir schon – aber das X war neu für uns. In keiner der 4209 E-Mails verwendet sie ein X im Abschiedsgruß. Wir denken, dass beide für die Nachricht wichtig sind, die sie Koler zu übermitteln versuchte.«

Der Mann vom MIVD trank einen Schluck und schaute über sein Glas hinweg zur anderen Seite des Tisches mit einem Blick, der verriet, dass er ein Kompliment erwartete. Was er erntete, war Schweigen. Leicht irritiert durchbrach er die Stille: »Sie wollte sichergehen, dass Koler bekam, was sie ihm geben wollte. Irgendwie muss sie schon vermutet haben, dass sie ihn selbst nie persönlich würde sprechen können.«

»Welchen Reim macht sich denn dein Analytikerteam auf diese beiden großartigen Funde?«, erwiderte der Auftragnehmer kurz angebunden.

»Die Abkürzung s. n. bedeutet *sine nomine*, also *ohne Namen*. Sie kann auch auf ein Luftfahrtunternehmen und auf das chemische Element Zinn verweisen. Das alles kann man in jeder Online-Enzyklopädie nachlesen. Nein, das ist es unserer Meinung nach nicht. Sie verweist auf einen Ort.«

»Welchen Ort?«

»Wir denken, dass sie ihn zu einem Bahnhof führen will. Wir haben die Buchstaben wieder umgedreht. Und NS ist ja die Abkürzung für die Niederländische Bahn.«

Der Auftragnehmer konnte sein Lachen nicht länger unterdrücken; unangenehm überrascht beäugte ihn der Offizier. Mit einer verärgerten Armbewegung setzte er sein Bier auf der Tischplatte ab.

»Was gibt's denn da zu lachen?«

»Wie viele ...«

»Vierhundertacht. Es gibt vierhundertacht Bahnhöfe in den Niederlanden.«

»Und ich ...«

»Du klapperst alle Bahnhöfe ab, auf denen sie in den letzten sechs Monaten gewesen ist.«

»Und wie viele sind das?«

»An dreizehn ist sie auch tatsächlich ausgestiegen.«

Der Auftragnehmer hörte auf zu lachen und sah zu, wie der Mann vom MIVD wieder in aller Ruhe sein Bierglas in die Hand nahm.

»Auf jedem dieser Bahnhöfe habe ich jemanden postiert. Sie nimmt Bezug auf den ›Ort unserer letzten Begegnung‹. Wir wissen noch nicht, wo der ist.«

»Und das X?«, fragte der Auftragnehmer vorsichtig.

Jetzt war es der Geheimdienstler, der grinste. Seine unregelmäßigen Zähne wurden kurz sichtbar.

»Da sind wir noch dran.«

»Was soll ich tun?«

Der Offizier leerte sein Glas und fuhr sich durch die Haarsträhnen auf seinem bleichen Schädel.

»Sieh die ganze Situation wie eine Entzündung.«

»Eine Entzündung.«

»Du putzt dir die Zähne nicht. Eine klitzekleine Entzündung des Zahnfleischs führt zu einer Entzündung des Zahns. Ein Zahn nach dem anderen beginnt zu verfaulen, ohne dass du es merkst. Danach fault dir der Kiefer weg. Die Bakterien fressen sich schließlich einen Weg durch dein ganzes Gesicht. Alles wird zerstört. Unwiderruflich. Das muss genau jetzt verhindert werden. Die Entzündung muss raus. Sobald wir Koler geortet haben, darfst du das tun, was du am besten kannst.«

Der Auftragnehmer schaute auf das Gebiss des Offiziers und danach in seine graublauen Augen. Unbeeindruckt fragte er: »Wärst wohl gerne Zahnarzt geworden, was?«

18 AVA

Existenzen zerstören

Ministerpräsident Mel Stahlman brauchte ihr nicht zu erklären, wie ihm zumute war. Er machte ein finsteres Gesicht, und er bewegte die Finger über das Tablet, als bestrafe er das Gerät für etwas; mit dem Fuß stieß er bei jedem Anschlag erregt gegen das Tischbein. Ava wurde von einem Sekretär eingelassen. Sie setzte sich aufs Sofa und schlug die Beine übereinander. Inzwischen trug sie die flachen Schuhe, die ihre Assistentin für sie bereitgestellt hatte. Die Pumps hatte sie im Auto gelassen.

»Hat man dir schon etwas zu trinken angeboten?«, wollte er wissen, ohne sie anzusehen.

Sie nickte. Als er nichts hörte, schaute er kurz zu ihr hoch. Er runzelte die Stirn.

»Du siehst müde aus.«

Ava richtete sich auf und versuchte zu lächeln.

»Ich habe sicher mehr Schlaf abbekommen als du.«

Er zuckte mit den Schultern, notierte noch etwas auf seinem Tablet und versenkte das Gerät dann in der Tischplatte, sodass es in das Display eingelassen wurde, das den gesamten Schreibtisch einnahm.

»Was war da los?«, fragte er knapp und schaute sie eindringlich an.

»Das weiß ich nicht, Mel. Du hast heute Morgen gesagt,

Laurens hätte alle seine Leute zur Ordnung gerufen. Das war ganz offensichtlich nicht der Fall. Kassels ist nicht erschienen, und Eline Deneuve, diese arrogante …«

»Ich habe die Aufnahmen gesehen. Hat sie dich ausgelacht?«

»Keine Ahnung. Sie hat schon beim Betreten des Saals so verdammt selbstgefällig gegrinst. Das hier hat jemand von langer Hand geplant, Mel.«

Stahlman trank einen Schluck Wasser, füllte dann sein Glas bis zum Rand nach.

»Deneuve ist als Pazifistin bekannt«, sagte er und erhob sich, »aber auch als jemand, der sich nicht oft gegen die Parteilinie wendet, die von oben diktiert wird. Ich habe das nachgeschaut.« Er deutete auf das Display in seinem Schreibtisch mit dem kontinuierlich durchlaufenden Nachrichtenband. »In den vergangenen fünf Jahren ist sie bei jeder Abstimmung zum Thema Verteidigung brav mit der Koalition konform gegangen. Was hat sie dazu bewegt, nun plötzlich mit der Parteidisziplin zu brechen?«

»Sie muss mit Heze gesprochen haben. Mit den Grünen hat sie sich schon immer prächtig verstanden.«

Der Ministerpräsident stellte sich vor Ava hin und trank noch einen Schluck von seinem Wasser. Eindringlich blickte er auf sie herab.

»Vergiss Deneuve und das Wie und Warum; durch die ganze Sache sind größere Probleme entstanden. Wir stehen kurz vor einer Katastrophe. Das neue UAV wird es nicht geben, zumindest nicht mit Zustimmung der Regierung. Die Verträge sind unterzeichnet. Was wirst du in dieser Sache unternehmen?«

Ava legte die Hände in den Schoß.

»Ich werde mit Lockheed Northrop sprechen müssen«, erklärte sie heiser.

»Dafür ist es zu spät, denke ich. Die werden sofort damit drohen, uns zu verklagen. Den Zirkus kann ich in Den Haag nicht gebrauchen. Überleg dir was anderes.«

»Mel, wir waren auf Erfolgskurs. Wir hatten eine Mehrheit, Laurens hat uns wohlgemerkt garantiert, dass das Querulantenduo ohne Murren dafür stimmen würde. Wie hätte ich das vorher wissen sollen, geschweige denn es verhindern?«

»Das interessiert mich nicht. Ich will wissen, wie du das Problem zu lösen gedenkst.«

»Du hast mir aufgetragen, schnell zu handeln. Das habe ich getan. Am Tag der Sitzung ist das Objekt auf Schiphol gelandet. In dem Augenblick, als ich im Parlament ankam, fuhr der Lastwagen auf das Gelände in Lelystad. Ich habe getan, worum du mich gebeten hast.«

Stahlman wandte sich zu dem hohen Fenster um, von dem aus man den Binnenhof mit dem Schlossweiher sehen konnte. Tauben flatterten an der Scheibe entlang und bewegten sich im Sturzflug auf den prunkvollen Lange-Vijverberg-Kai zu.

»Philips, Stork, ASML, Fokker Aviation, Imtech, Siemens, EADS. Inzwischen gibt es so viele Stakeholder, dass die Folgen nicht mehr absehbar sind, wenn wir die Anschaffung nicht durchsetzen. Milliardenverträge, Zehntausende Arbeitsstellen – wir zerstören Existenzen, wenn aus dieser Sache nichts wird.«

Ava stand auf und stellte sich neben Stahlman. Ihre Hände berührten sich kurz. Im Spiegel der Scheibe sah sie, dass er die Augen geschlossen hatte – ein Zeichen dafür, dass er gerade alle möglichen und unerwünschten Folgen innerlich ordnete.

»Wir können den Posten ja ins verdeckte Verteidigungsbudget aufnehmen. Damit lassen sich die Bestellkosten zumindest teilweise bestreiten«, meinte Ava vorsichtig.

»Das ginge. Aber dann müssen wir auf formaler Ebene der Ständigen Parlamentskommission für Verteidigungsfragen alle Informationen zugänglich machen. Wenn wir den Mitgliedern dann mitteilen, dass wir uns ohne ihr Wissen schon seit Monaten mit dieser Sache befassen, ist die Hölle los.«

Sie nickte. Dann wäre es nur eine Frage der Zeit, bis die ersten Nachrichten über die Umrüstung, die dadurch entstehenden Kosten und die unvermeidlichen Entlassungen im Verteidigungsministerium die Medien erreichen würden, und dann gäbe es kein Entkommen mehr. Denn welche Regierung würde zwanzig Milliarden ausgeben, um zehn einzusparen?

»Wir könnten das als NATO-Abgabe deklarieren. Die Verwendung dieser Gelder fällt in der Buchführung generell unter Top Secret.«

Stahlman seufzte und stellte sein Glas auf der Fensterbank ab, schob danach die Hände in die Hosentaschen. Der Taubenschwarm schoss wieder am Fenster vorbei, und Stahlman trat unwillkürlich einen Schritt zurück.

»Ich weiß nicht, Ava. Das gefällt mir nicht.«

»Im Parlament habe ich gesagt, dass die nationale Sicherheit auf dem Spiel steht, wenn ich zu viele Informationen über die Maschine preisgebe.«

»Das wird ihnen nicht gefallen haben, das kann ich mir gut vorstellen. Transparenz steht bei ihnen ganz oben. Ich verstehe, dass du dich dafür entschieden hast, die nationale Sicherheit ins Spiel zu bringen, aber in dieser Beziehung müssen wir sehr vorsichtig sein. Von einem Budget von dreißig Milliarden kann man nicht ohne Weiteres zwanzig verschwinden lassen. Die Leute können rechnen – sogar Abgeordnete.«

Ava ging zu Stahlmans Schreibtisch, hinter dem sechs schwarz gerahmte historische Karten der Niederlande hingen.

»Die Maschine wird in Auslandsmissionen zum Einsatz kommen, aber die Kontrollstation befindet sich in den Niederlanden«, dachte sie laut nach, während sie langsam an der Wand mit den Karten vorbeischritt.

»Was willst du damit sagen?«, fragte Stahlman, der sich zu ihr umdrehte. Sie sah ihn an.

»Verteidigung, Innere Angelegenheiten, Justiz, Äußere Angelegenheiten, Wirtschaft, Finanzen – jedes dieser Ministerien hat in seinen Etat ein verdecktes Budget aufgenommen. Die Investitionen in die Maschine können wir mit guten Argumenten auf ihre Budgets verteilen. Es ist eine Maschine, die angeschafft wird, um die Niederlande und die Niederländer zu beschützen, überall auf der Welt. Zur Aufklärung, zum Observieren von Personen, zum ...«

»Nein«, unterbrach sie Stahlman. »Je weniger Leute von dieser Sache wissen, desto besser. Gleichzeitig will ich so weit möglich mit offenen Karten spielen; keine unsauberen Dinge, keine Leichen im Keller vor den nächsten Wahlen. Keine Überraschungen. Wir brauchen die Oppositionsparteien: die Christdemokraten, die Konservativen, die Grünen. Eine von ihnen reicht uns, und in dieser Hinsicht haben wir mit den Christdemokraten noch die besten Chancen. Wir müssen Leonard Montfoort ein für alle Mal auf unsere Seite bringen. Denk dir etwas aus, was ihn zu uns ins Boot holt.«

Es klopfte an der Tür. Stahlman wandte sich um, richtete sich routiniert die Krawatte und krempelte die Ärmel seines Hemdes herunter. Ava und Stahlman sahen dabei zu, wie Laurens Elshout den Raum betrat und sein Jackett, das er über dem Arm getragen hatte, auf der Sofalehne ablegte. Ava konnte Schweißflecken unter seinen Achseln erkennen. Der Fraktionschef der Sozialdemokratischen Partei, der zweiten Regierungspartei nach der des Ministerpräsidenten Stahlman, warf ihnen einen verlegenen Blick zu und ließ sich auf dem Sofa nieder. Er beugte sich über den Kaffeetisch und goss sich ein Glas Wasser ein, das er in langen Zügen leer trank. Dann fuhr er sich durchs Haar und schaute zu Stahlman hinüber. Sein Blick war der eines Mannes, der mit einer Ohrfeige rechnete.

»Ich habe mit Eline gesprochen«, begann Elshout leise. »Warum sie dagegen gestimmt hat … Sie konnte es mir nicht richtig erklären.«

Stahlman rümpfte die Nase.

»Was meinst du damit, sie konnte es dir nicht richtig erklären? Was soll das heißen?«

»Sie sagte, sie sei letzten Endes ihrem Herzen gefolgt. Sie hätte auch mit Kassels über die Sache gesprochen, und der …«

»Wo war dieser Verräter?«, brach es aus Ava heraus. Mel Stahlman hob die Hand, als wolle er demonstrieren, dass nur er in diesem Büro das Recht hatte, Fragen zu stellen.

»Wieso war er nicht anwesend?«, fragte er. Ava sah, dass er Elshout einen eindringlichen Blick zuwarf, doch der schaute verlegen auf seine Füße.

»Wir konnten ihn nicht finden.«

»Was? Im Zeitalter permanenter Kommunikation, mit Satelliten, Drohnen, Tablets, Map Tabs, Gesichtserkennung, Group Tracking und was weiß ich noch allem wart ihr nicht in der Lage, euren eigenen Abgeordneten aufzutreiben? Obwohl er sich bereits im Gebäude befand?«

»Da sind wir uns nicht sicher.«

»Was willst du damit sagen?«

»Sein Zugangscode wurde tatsächlich verwendet, aber gesehen hat ihn niemand. Er wurde von keiner einzigen Kamera erfasst.«

Stahlman wischte sich den Schweiß von der Stirn. Er rollte die Ärmel wieder hoch, zog sich die Krawatte über den Kopf. Zum Schluss öffnete er die beiden obersten Knöpfe seines Hemdes.

»Er war also nicht da, Deneuve dagegen schon. Einen der beiden hätten wir gebraucht, aber keiner der beiden hat das getan, was man ihnen aufgetragen hat. Jetzt erklär mir das mal.«

»Eline hatte ... Sie sagte, es waren Gewissensbisse. Sie hielt diese Maschine – diese Drohne – für unmenschlich.«

»Das ist doch aber verdammt noch mal der springende Punkt«, rief Ava aus. »Die Drohne ersetzt den Menschen. Sie ist ein Roboter.«

Elshout goss sich ein weiteres Glas Wasser ein und verschüttete dabei einen Teil auf die Tischplatte. Es kümmerte ihn nicht.

»Ich habe nicht ›entmenschlicht‹ gesagt, sondern ›unmenschlich‹. Sie will nicht, dass wir dasselbe tun wie die USA, Israel, Iran und die ganzen anderen Länder, die Drohnen verwenden, um ...«

»Das tut unser Land bereits, Lau«, meinte Stahlman. »Was sie da von sich gibt, entbehrt jeglicher Grundlage, und das weiß sie auch. Sie sitzt verdammt noch mal in der Ständigen Kommission, sie hat, genau wie Kassels, Zugang zu allen Informationen. Sie hat allen Schritten zugestimmt.«

»Ja, ich weiß. Aber diesen Schritt fand sie einen zu weit. Zu dieser Überzeugung war sie gelangt.«

»Du hattest die Aufgabe, dafür zu sorgen, dass bei dieser Abstimmung von allen Sozialdemokraten die Fraktionsdisziplin gewahrt wird. Du hast mir heute Morgen noch versichert, du hättest alles im Griff. Was soll das? Du hast deine Arbeit nicht gemacht.«

Mit einer heftigen Bewegung stellte Elshout sein Glas auf dem Tisch ab, dann erhob er sich und baute sich direkt vor dem Ministerpräsidenten auf. Seine muskulösen Arme zitterten vor Wut.

»Jetzt hör mir verdammt noch mal gut zu, Mel. Wenn mir am Vorabend beide Abgeordneten versichern, dass sie wie vereinbart abstimmen werden, gehe ich davon aus, dass sie am nächsten Morgen nicht einfach so aufwachen und feststellen, dass sie es sich anders überlegt haben. Da ist etwas vorgefallen, und danach haben die beiden ihre Meinung geändert. Eline will mir aber einfach nicht sagen, was es ist.«

»Und Kassels?«, erkundigte sich Ava.

Elshout ließ den Blick über die Landkarten an der Wand schweifen.

»Ich weiß es nicht. Er ist … Er ist verschwunden.«

»Seit wann?«

»Seit heute Morgen. Seine Frau sagt, er ist aus dem Haus gegangen, weil er zur Sitzung wollte. Anscheinend ist er dort aber nie angekommen.«

»Hast du versucht, ihn zu erreichen?«

»Ja, natürlich, aber sein Tablet ist ausgeschaltet. Von seinem Auto gibt es auch kein Signal mehr. Er ist schlicht und einfach verschwunden.«

»Wer weiß davon?«, erkundigte sich Stahlman.

»Ich, meine Sekretärin und natürlich Kassels' Frau«, erwiderte Elshout düster.

»Du nimmst jetzt Kontakt mit dem Innenministerium auf. Sorg dafür, dass du direkt mit van den Oever sprichst. Nicht mit einem Beamten. Nur mit dem Minister.«

Elshout nickte abwesend. Stahlman fuhr fort: »Wir müssen dieser Sache ein Ende bereiten, bevor noch mehr passiert. Die

Sommerpause steht vor der Tür, und das bedeutet für unsere Freunde bei den Medien zu viel Zeit und nicht genug Nachrichten. Je weniger Leute von der Sache erfahren, desto besser. Finde Jan Kassels, Lau. Das hat absolute Priorität.«

Elshout reagierte nicht, sondern schien immer noch in Gedanken versunken. Ava bemerkte, dass sein Gesicht in dem sommerlichen Licht, das durch die hohen Scheiben nach innen fiel, bleich und eingefallen wirkte. Der stattliche Körper des Politikers war verkrampft, aus seinem Blick sprach Hoffnungslosigkeit, als halte er die Angelegenheit schon jetzt für aussichtslos.

»Und schick Eline Deneuve zu mir«, befahl Stahlman. »Sie schuldet uns eine Erklärung. Wenn sie ihre Haltung nicht ändert, ist sie persönlich für einen finanziellen Schaden von einem zweistelligen Milliardenbetrag verantwortlich, und das darfst dann du deinen Parteigenossen erklären. Wenn du diese Frau nicht in den Griff bekommst, wälze ich alles komplett auf deine Partei ab.«

Seufzend ging Elshout zur Tür.

»Die Abgeordneten haben das Recht, ihre eigenen Entscheidungen zu treffen«, erklärte er mit abgewandtem Gesicht.

»Richtig«, antwortete Stahlman, »aber nicht, wenn sie damit ihrem Land schaden. Dann gelten andere Gesetze. Meine.«

Elshout öffnete die Tür und verließ grußlos den Raum. Ava nahm dort Platz, wo er kurz zuvor gesessen hatte. Sein Schweißgeruch hing noch in der Luft.

»Was soll ich jetzt machen?«, wollte sie wissen, während sie nach ihrer Tasche griff.

»Schreib deinen Entwurf um – andere Formulierungen sind in Ordnung, aber am Kern darfst du nichts verändern. Gib die neue Version an die Opposition weiter. Gib es Montfoort und denk dir etwas aus, um ihn von den anderen Oppositionsparteien zu isolieren und ihn davon zu überzeugen, dass er bei der nächsten Abstimmung auf unserer Seite sein muss. Weihe ihn in deine Bedenken wegen der ›nationalen Sicherheit‹ ein. Sorg dafür, dass du ihn um den Finger wickelst.«

Sie strich sich den Rock zurecht, erhob sich, holte das Tablet aus der Tasche und faltete es auseinander. Eine ganze Liste von Nachrichten und persönlichen Erinnerungen füllte das Display. Sie schloss das Gerät wieder und wandte sich Stahlman zu, der sich an seinen Schreibtisch gesetzt hatte. Auch er hatte sein Tablet aktiviert. Sein Blick schoss zwischen dem Bildschirm und Ava hin und her.

Ein Signal ertönte – jemand hatte Ava zu erreichen versucht. Sie schaute auf das Tablet. Im Bild erschien die graue Silhouette eines Mannes, der bewegungslos darauf wartete, dass Ava seinen Anruf akzeptierte. Unter der Silhouette befanden sich zwei Buchstaben: L. N. Sie unterdrückte einen Fluch, doch Stahlman hatte sie gehört.

»Was ist los?«

»Nichts«, antwortete sie. Sie hob kurz die Hand zum Abschied, verließ das Büro und zog die Tür hinter sich zu. Gehetzt lief sie zu den Aufzügen am Ende des Flurs und hielt ihre ID-Karte an den Sensor. Sie hörte, wie die Aufzüge irgendwo tief unter ihr in Bewegung gerieten. Dann schaute sie wieder auf ihren Bildschirm: L. N. wartete noch immer geduldig darauf, dass sie reagierte. Mit einem kurzen Zischen öffneten sich die Lifttüren. Im Gebäude für Allgemeine Angelegenheiten handelte es sich beim Aufzugsystem um riesige Glasröhren an der Außenfassade. Von hier aus hatte sie einen Panoramablick über die ganze Stadt. In der Ferne konnte sie sogar das Meer sehen. Tanker schienen am Horizont zu kleben. Sie stieg in den Aufzug, und um sie herum änderte sich die Farbe der Kabine von Durchsichtig zu Milchig. Sie tippte auf das Tablet und schaute in die blauen Augen einer Person, die sie Monate zuvor zuletzt gesprochen hatte. Der Blick dieser Augen war unfreundlich.

»Marc«, sagte sie auf Englisch, »was kann ich für dich tun?«

»Das weißt du sehr gut«, erwiderte der Mann auf dem Display.

»Nein, das weiß ich nicht. Sonst würde ich nicht fragen.« Ava gab sich so unbekümmert wie möglich, spürte jedoch ein flaues Gefühl im Magen. Vielleicht lag das auch am Aufzug, der mit schwindelerregender Geschwindigkeit nach unten schoss.

»Wir haben die Nachrichtenmeldungen gesehen. Wir sind beunruhigt. Besteht dafür ein Anlass?«

Der Aufzug wurde langsamer. Sie schaute auf das Display des Lifts, dem sie entnehmen konnte, dass sie bis nach unten noch dreißig Stockwerke vor sich hatte. Zeit genug.

»Nein. Wir haben alles unter Kontrolle. Das Ergebnis der Abstimmung war anders als erwartet, aber wie T. bereits geschrieben hat: Wir machen weiter.«

»Lockheed Northrop sähe es gern, dass du herkommst, um dieser Botschaft Nachdruck zu verleihen. Es sind Fragen zum Verlauf aufgekommen.«

»Hier in den Niederlanden gibt es einiges zu erledigen. Für eine Reise nach New York ist der jetzige Zeitpunkt nicht besonders günstig«, erwiderte sie hastig. Sie konnte bereits spüren, dass der Lift kräftig abbremste. Die blauen Augen auf dem Bildschirm durchbohrten sie noch immer. Wenn sie das Tablet nur abstellen könnte. »Aber ich verstehe den Wunsch der Direktion natürlich.«

Das Gesicht auf dem Schirm beugte sich näher zur Kamera hin, wodurch es sich auf fast groteske Weise verformte.

»Das ist keine Bitte«, verkündete es.

Die Aufzugtüren wurden wieder durchsichtig und öffneten sich. Ava hatte das Gefühl, sich übergeben zu müssen. Sie wollte reagieren, stellte jedoch fest, dass Marc Bishop die Verbindung bereits unterbrochen hatte.

19 ELIOT

Leeuwarden

Der Bahnhof von Leeuwarden, eine lang gestreckte Eisenbogenkonstruktion, die man mit einem freudlos weißen Bahnhofsgebäude verbunden hatte, war nicht viel anders als der Rest von Friesland: Er vermittelte einem das unheimliche Gefühl, dass man nie wieder von dort wegkommen würde. Die Augen auf den Boden gerichtet, lief Eliot an Pendlern und Schülergruppen vorbei über den Bahnsteig. Er hörte, wie der Zug aus Zwolle, mit dem er angekommen war, sich bereit machte, wieder abzufahren, diesmal in die entgegengesetzte Richtung. Im Bahnhofsgebäude hielt er sich rechts und sah auf einem Bahnsteig zwischen zwei Gleisen die Wand mit den Schließfächern und den Automaten mit Display und Kartenschlitz. Die Plastikkarte hatte er schon in der Hand. Blitzschnell zählte er achtzehn blaue Plastikfächer. Das war ein Problem, da auf der Karte keine Nummer abgedruckt war. Er musste also raten. Die Frage war allerdings, ob er beliebig oft die Karte einführen und so das dazugehörige Fach ausfindig machen konnte, ohne dass die Maschine sie irgendwann einbehalten würde. Drei der Schließfächer waren frei. Er führte die Karte in den Schlitz und tippte die Nummer zwei ein. Ein rotes Kreuz erschien auf dem Bildschirm, und die Karte wurde wieder ausgespuckt. Als er sie herauszog, las er: *Noch 2 Versuche*. Er trat einen Schritt zurück und ließ seinen Blick über die Fächer schweifen. Ein Afrikaner stellte sich neben ihn und schaute ihn lange an, steckte dann zwei Karten in den Automaten, tippte etwas auf dem Display ein und entnahm den entsprechenden Fächern zwei verbeulte Kunststoffkoffer. Noch zwölf Möglichkeiten. Noch zwei Chancen. War die einzige Lösung, den ganzen Tag hierzubleiben und zuzuschauen, wie die Fächer eines nach dem anderen geleert wurden? Er schaute sich um und sah weiter vorne eine Bank, halb in der Sonne. Er ging zu ihr hin, setzte sich, nahm den Rucksack ab und streckte die Beine aus. Ohne die Schließfächer aus den Augen zu lassen, steckte er sich eine Zigarette an. Sein Blick schweifte zwischen dem Eingang des Bahnhofsgebäudes, dem Gleis davor, dem Kiosk und den Schließfächern hin und her.

Eine Stunde lang geschah nichts, aber ihn ließ das Gefühl nicht los, dass er nicht der Einzige war, der die Schließfächer beobachtete. Es war das gleiche Gefühl, das er gehabt hatte, als er bei seinem Haus geparkt hatte. Er schaute hoch zu der Überwachungskamera, die in zwanzig Metern Entfernung hing; zu seiner Linken waren oberhalb von ihm drei längliche Modelle, die wie Widerhaken befestigt waren. Er schaute auf die Schiebetüren des Bahnhofseingangs, die halb geöffnet waren, sich schlossen und sich wieder öffneten. Menschen hasteten in beide Richtungen. Beim Kiosk stand ein Mann mit millimeterkurzem Haar und einem dünnen Bart. Er putzte seine Brille mit einem Taschentuch und setzte sie dann wieder auf, beugte sich zu einem Ständer mit Wunschkarten vor und drehte sich dann zu den Zeitungen um. War er gerade eben auch schon da gewesen? Eliot ging zum Bahnsteig hinter der Bank. Er tat so, als schaue er etwas auf dem digitalen Bildschirm mit den Abfahrtszeiten nach, und observierte den Mann, der völlig willkürlich Zeitungen und Zeitschriften aus den Regalen zog, ohne sie sich auch nur einen Moment lang anzuschauen. Plötzlich drehte er sich in Eliots Richtung um. Eliot ging hinter dem Schaukasten mit dem Zugfahrplan in Deckung und steckte den Kopf um die Ecke, um zu sehen, ob der Mann auch wirklich in seine Richtung blickte. Er war sich nicht sicher, zog den Kopf zurück und hielt nach einem Ort Ausschau, von dem aus er den Mann mit dem Bart gut würde sehen können. Ein Blumenlädchen in zwanzig Metern Entfernung bot sich an. Mit schnellen, beherrschten Schritten überquerte er den Bahnsteig und ging zum Stand, das Gesicht halb hinter dem Handy versteckt, das er Stunden zuvor ausgeschaltet hatte. Im Schatten eines Sonnenschirms, der die Blumensträuße schützen sollte, folgte er den schwerfälligen Bewegungen des Mannes, der ausstrahlte, dass er alle Zeit der Welt hatte. Vielleicht langweilte er sich, musste die Zeit bis zur Ankunft seines Zugs oder seines Taxis totschlagen. Er schlenderte hin und her und schielte einen Moment lang in Eliots Richtung. Und auf einmal wurde Eliot bewusst, dass er den Mann schon einmal gesehen hatte. Neben dem Wrack von Miriam Veltmans Auto, als er andere Männer herumkommandierte, Anweisungen gab, telefonierte. Flugs drehte er sich zum Blumenstand um, nahm irgendeinen Strauß und bezahlte, wonach er um den Laden herumlief und mit einem Bogen auf der Rückseite des Kiosks herauskam. Es gab einen Notausgang; die Tür wurde mit einem Backstein offen gehalten. Die Bodenplatten davor waren mit Zigarettenstummeln übersät. Er machte sich lang, um den Mann zwischen den Regalen und Fächern des Kiosks hindurch ausfindig zu machen. Er sah seinen Rücken, aber danach verschwand der Mann in Richtung der Schließfächer aus Eliots Blickfeld.

Hatten sie bemerkt, dass er vor den Fächern gestanden

hatte? Wenn das so war, dann wussten sie, dass das der Grund sein musste, warum er zum Bahnhof gefahren war. Dann war es nur eine Frage der Zeit, bevor sie alle Fächer aufbrechen würden. Zu seiner Verwunderung sah er aus den Augenwinkeln, dass der Mann in die andere Richtung gelaufen war und nun mit dem Rücken zu ihm telefonierte. Eliot war klar, dass er nur diese eine Chance hatte, ungesehen die Schließfächer zu erreichen und das richtige zu finden. Er warf die Blumen weg und packte die Gelegenheit beim Schopf.

20 MIVD

Schrubben

»Wir haben ihn geortet«, sprach er in sein Handy, die Augen auf den Bahnhofseingang gerichtet. »Leeuwarden. Wo bist du jetzt?« Er hörte sich die Antwort an und nickte. »Fünfundvierzig Minuten. Ja, wir folgen ihm von hier aus.«

Über den Rand seiner Brille schaute er auf die Bank und danach auf den Blumenstand fünfzehn Meter weiter rechts. Eliot Koler saß nicht mehr da und stand auch nicht bei den Blumen. Das war unerwartet, aber der Mann verlor dadurch nicht die Konzentration.

»Welchen Auftrag hast du von Erwin bekommen?«, fragte er, während er sich die Ohrhörer einsteckte und das Handy in der Innentasche verstaute. »Von T. Bei uns nennt er sich Erwin. Wie lautet dein Auftrag?«

Der Mann am anderen Ende der Leitung schwieg.

»Verstehe. Ich halte dich auf dem Laufenden. Richte bitte nicht so ein großes Chaos an wie in Haarlem. Wir haben danach stundenlang schrubben müssen.« Das war schamlos übertrieben, und das wusste der andere auch. Er lachte und drückte die Ohrhörer fester an. Jetzt konnte er tatsächlich hören, dass der Auftragnehmer in einem Auto saß, das Radio leise eingeschaltet hatte und ab und zu den Blinker betätigte.

»Ich leg auf. Unser Zielobjekt ist in Bewegung. Was sagst du? Ausschau halten nach einem X. Ja, das wurde im Briefing erwähnt. Ich denk dran. Wir sehen uns in …«, er schaute auf seine Armbanduhr, »siebenunddreißig Minuten. Stehe links vom Eingang.«

Er drückte auf einen Knopf an seinem Kragen, mit dem er das Handy auf die Funkgerätfunktion umschalten konnte. Die Hörer behielt er im Ohr. Wo Koler sich befand, konnte er jetzt nicht sehen, aber es war nur eine Frage der Zeit, bevor er sich wieder blicken ließ. Der Mann von MIVD fischte das Smartphone wieder aus seiner Innentasche und tippte das Passwort ein, während er mit flotten Schritten zum Ende des Bahnsteigs lief. Reisende waren hier nicht mehr zu sehen, und der nächste Zug würde erst in anderthalb Stunden abfahren. Er rief einen Kollegen an.

»Ich suche ihn. Hast du …«

»Hinter dem Kiosk, Gleis zwei.«

»Der Kiosk, an dem ich gerade stand?«

»Auf der Rückseite.«

»Verdammt.«

»Und, Björn …«

»Ja?«

»Er hat dich gesehen.«

21 AVA

»Man-made«

Mit einem Glas Wein in der Hand betrachtete Ava die Projektion auf der weißen Seitenwand ihres Büros. Sie hatte das Rollo heruntergelassen. In der Nachrichtensendung würde man gleich das dritte Thema behandeln. Ava seufzte, als sie die Ankündigung der Sprecherin hörte. Es ging um den Vorschlag des Gewerkschaftsbundes, eine neue Produktkennzeichnung einzuführen: »Man-made«. Der Gewerkschaftssprecher äußerte die Vermutung, eine solche Kennzeichnung werde die Konsumenten dazu anregen, die entsprechenden Produkte zu erwerben, und zwar anstelle derer, die das Label »Machine-made« trugen. »›Man-made‹-Produkte sind authentischer, wertvoller und mit größerer Sorgfalt hergestellt als solche, die an einem voll automatisierten Fließband entstehen, unter der Aufsicht von Computern und Robotern, zusammengestellt aus Teilen, die in selbstfahrenden Lastwagen und satellitengesteuerten Frachtcontainern in die Niederlande kommen. In ›Man-made‹-Produkten steckt Liebe drin.« Natürlich, dachte Ava, während sie einen Schluck von ihrem Wein trank: Liebe. Genau darauf hat die Welt gewartet, auf einen Blumentopf, der mit Liebe gebrannt, auf ein Gericht, das mit Liebe zubereitet wurde. Das glaubst du doch wohl selbst nicht. Liebe hat uns noch nie auch nur einen Schritt weitergebracht. Nicht die Liebe macht, dass die Welt sich dreht –

dafür sorgen Effizienz, Geschwindigkeit, niedrige Kosten und hohe Gewinne. Das ist es, was die Bürger von der Obrigkeit erwarten, und umgekehrt.

Sie schaute auf ihr Tablet und stellte fest, dass Leonard Montfoort inzwischen drei Minuten zu spät dran war. Den Grund kannte sie nur zu gut: Es handelte sich um eine Taktik, mit der er sie spüren lassen wollte, dass ihre Verabredung für ihn weniger wichtig war als für sie. Trotzdem maß er ihr einige Bedeutung bei; das war schon daran zu erkennen, dass er Ava sofort anrief, nachdem ihre Assistentin über den Flurfunk den Kontakt zu ihm gesucht hatte. Er gierte förmlich danach, mehr zu erfahren – selbst dann noch, als Avas Assistentin zur Bedingung gemacht hatte, er dürfe unter keinen Umständen mit seinen Parteigenossen oder den anderen Fraktionsvorsitzenden über die Verabredung sprechen. Exklusive Informationen zu erhalten, für wichtig erachtet zu werden, unverzichtbar zu sein, dafür zeigten sich einfach alle empfänglich. Narzissmus war die böse Falle, die jedem Berufspolitiker nur allzu leicht zum Verhängnis wurde, immer und immer wieder.

Ava trank ihr Glas leer und füllte es ein weiteres Mal. Sie dachte an New York – ihre Assistentin hatte ihr die Tickets aufs Tablet geschickt. Sollte sie Mel erzählen, dass Lockheed Northrop sie einbestellt hatte? Das würde ihm ganz und gar nicht gefallen. Sie wurde in Den Haag gebraucht, denn es galt, eine Krise zu bewältigen. Ava stand auf, strich sich den Rock glatt und ging zum Spiegel hinüber. Dort zog sie ihre weite Bluse am unteren Rücken leicht zusammen, damit sich der V-Ausschnitt ein wenig mehr öffnete und ihre Schlüsselbeinknochen besser zur Geltung kamen. Sie bildeten eine zierliche Akkolade, in deren Mitte der Diamant prangte, den sie an einer goldenen Kette um den Hals trug. Ihre leicht gebräunte Haut erstrahlte in einem zarten Schimmer, als wären Hunderte unsichtbarer Lämpchen auf sie gerichtet. Sie betrachtete sich selbst von der Seite und folgte mit dem Blick der sanften Linie, die ihr Körper beschrieb. Anders als sonst trug sie einen Push-up-BH. Eine bewusste Entscheidung? Sie konnte es nicht mehr sagen. Nachdem sie die Fernsehbilder weggeklickt hatte, tippte sie mit einem Finger auf den Tisch. Ein Nachrichtenüberblick erschien in übersichtlichen Zeitblöcken auf der Platte. Mit zwei Fingern scrollte sie nach unten. Seit neun Uhr waren keine Meldungen über die misslungene namentliche Abstimmung mehr nachgekommen; ganz offensichtlich war das Interesse daran abgeebbt. Eine Lobbyorganisation, Probot, hatte inzwischen auf den Vorschlag des Gewerkschaftsbundes reagiert. Man hielt die angestrebte Kennzeichnung für absurd und lächerlich. Die Roboter, die die Produkte herstellten, waren schließlich auch irgendwann einmal von Menschenhänden zusammengeschraubt worden, und die Maschinen, die diese Aufgabe inzwischen übernommen hatten, ebenfalls von Menschenhand gemacht. »Die Gewerkschaften sind genauso weltfremd wie die Ludditen, die im neunzehnten Jahrhundert Webstühle zerstörten. Wir haben diesen Weg nun einmal eingeschlagen. Hier geht es nicht um die Zukunft. Hier geht es um die Gegenwart. Eine Umkehr ist weder möglich noch erstrebenswert.«

Als es an der Tür klopfte, stellte sie das Tablet aus. Leonard Montfoort betrat in gewohnt hektischer Manier den Raum. Ohne Ava anzusehen, streckte er die Hand aus, schüttelte ihre und ließ sich dann auf einem der Sessel nieder, die um den Salontisch standen. Flüchtig streifte sein Blick ihr Weinglas. Ava deutete das richtig, ging zu dem Sideboard am Fenster und holte ein weiteres Glas heraus. Sie stellte sich dicht vor Montfoort hin und goss ihm langsam etwas ein. Dann hielt sie ihm das Getränk vors Gesicht, auf dem sich keine Regung zeigte, und er schaute mit großen, müden Augen zu ihr auf. Seltsam, dachte sie, als er ihr das Glas abnahm, er bewegt den Kopf, aber eigentlich hat er keinen Hals. Sein großer Mund, dessen Lippen wie lange, dünne Striche wirkten, die unregelmäßige Haut – wäre er als Tier zur Welt gekommen, dann als Kröte.

Sie setzte sich und nickte ihm kurz zu. Als sie die Beine übereinanderschlug, konnte sie spüren, wie der Stoff ihrer Strumpfhose sanft über ihre Haut kratzte.

»Schön, dass du dir die Zeit genommen hast«, eröffnete sie betont munter das Gespräch. Sie zwang sich zu einem Lächeln, doch Montfoort reagierte nicht darauf. Stattdessen konzentrierte er sich auf den Wein. Ava sah, wie er die Zunge im Mund kreisen ließ.

»Ich hatte gehofft, du würdest kommen, aber nach heute Morgen war ich mir da nicht mehr so sicher. Du klangst ziemlich entschieden, was euren Standpunkt im Hinblick auf die Umrüstung betrifft.«

Montfoort schenkte dem guten italienischen Wein noch immer größere Aufmerksamkeit als seinem Gegenüber.

»Eigentlich ist es doch ganz klar, warum ich dich hierhergebeten habe«, erklärte sie, als hätte er sie danach gefragt. »Der Ministerpräsident und ich sind zu dem Schluss gekommen, dass diese Angelegenheit zu wichtig ist, um als Thema für die Parteipolitik herzuhalten. Natürlich könnten wir deswegen Grabenkämpfe führen, aber damit ist letzten Endes niemandem gedient, dem Land schon gar nicht. Wir können den Bürgern nicht weismachen, dass die Anschaffung der neuen Drohne von elementarer Bedeutung für die Niederlande ist, und uns dann mit der Opposition streiten. Darum will ich von dir wissen, Leonard, was du von mir im Gegenzug für deine Unterstützung beim Durchsetzen der Umrüstung verlangst.«

Montfoort stellte sein Glas auf dem Tisch ab und schaute sie eindringlich an. Seinem Blick war zu entnehmen, dass Amüsement und unterdrückte Wut in ihm um die Oberhand rangen.

»Das sollte dir eigentlich nicht neu sein, findest du nicht auch?«, erklärte er in gemessenem Ton. »Du weißt ganz genau, was wir wollen, du bist nur nicht bereit, es uns zu geben.«

»Ich hätte es gern von dir persönlich gehört.«

»Von mir persönlich? Hast du mir heute vielleicht nicht zugehört? Es ist doch mehr als deutlich, was ich, Heze und Cales von der Regierung verlangen. In-for-ma-tio-nen.« Er beugte sich vor. »Das ist es, was wir wollen. Wir stimmen doch keiner Bestellung in Milliardenhöhe zu, wenn wir nichts, aber auch gar nichts an Informationen bekommen. Und wir lassen uns sicher nicht mit dem vagen Gefasel abspeisen, das ihr uns da aufgetischt habt, du und Stahlman. Wie soll ich das denn meiner Partei erklären? Genaues wissen wir auch nicht, aber es wird schon alles in Ordnung sein? Das ist doch wohl nicht dein Ernst?«

»Ich kann deine Vorbehalte nachvollziehen.«

»Spar dir deine rhetorischen Tricks. Ich kenne sie alle. Gibt's noch mehr Wein?«

Sie erhob sich und ging zum Sideboard, entschied sich für eine ganz besondere Flasche Rotwein aus den Abruzzen und holte einen Korkenzieher aus einer Schublade. Beim Entkorken der Flasche stellte sie sich absichtlich ungeschickt an. Durch ihre Wimpern hindurch konnte sie erkennen, dass

Montfoort bereits aufgestanden war. Er streckte die Hand nach der Flasche aus. Sie setzte sich wieder zu ihm.

»Was kannst du mir anbieten?«

»Wir sind bereit, als ganz besondere Ausnahme geheime Informationen über die Drohne mit dir zu teilen.«

»Großartig«, erwiderte er ohne jede Emotion. »Und warum erst jetzt?«

»Ich will ehrlich zu dir sein, Leonard. Es sieht ganz danach aus, als sei ohne die Unterstützung der Christdemokraten die gesamte Operation zum Scheitern verurteilt. Elshouts Partei ist ein disziplinloser Haufen, auf den man sich im entscheidenden Moment nie verlassen kann. Diese Koalition ist und bleibt eine Vernunftehe, aber ehrlich gesagt frage ich mich, wie lange wir auf diese Weise noch durchhalten können. Die Belange, die bei der Anschaffung der Drohne eine Rolle spielen, sind so groß, dass Elshouts Truppe die Regierung zu Fall bringt, wenn aus der Sache nichts wird. Mir ist bewusst, dass du kein Anhänger unserer Politik bist, aber wir brauchen dich, Leonard. Ich brauche dich.«

Er lachte verächtlich.

»Habe ich dich gerade richtig verstanden? Du verlangst von meiner Partei, dass wir die Regierung vor dem Kollaps bewahren? Ein guter Witz.« Seinem Gesichtsausdruck ließ sich in keiner Weise entnehmen, dass er tatsächlich amüsiert war. »Und dafür bietest du mir Informationen an, die dir schon seit Ewigkeiten vorliegen und die du der Ständigen Parlamentskommission die ganze Zeit vorenthalten hast. Aufgewärmtes als Tauschmittel, das ist sogar unter deinem Niveau, Ava. Also wirklich.«

»Du weißt doch, wie die Sache hier läuft. Ich bin an Regeln gebunden, die wir alle zusammen aufgestellt haben. Sobald es um die Interessen des Landes geht, bin ich in meinen Möglichkeiten sehr eingeschränkt. Ich konnte ganz einfach keine Details preisgeben.«

»Wer hat das entschieden?«, wollte Montfoort wissen. »Du, zusammen mit dem Zentralen Kommando der Streitkräftebasis, also mit Land-Air-Sea? Dann bist doch du diejenige, die die Regeln auch wieder außer Kraft setzen kann?«

»Ganz so einfach ist es nicht.«

»Meiner Ansicht nach schon. Seit Beginn der Legislaturperiode folgst du deinem eigenen Kurs, und jetzt, wo du mit deinem Seelenverkäufer von Kabinett unterzugehen drohst, sollen wir dir, um im Bild zu bleiben, eine Rettungsleine zuwerfen. Das glaubst du doch nicht im Ernst? Bei den derzeitigen Umfrageergebnissen? Noch so ein Zwischenfall, und es gibt Neuwahlen. Dann seid ihr fällig.«

Ava nickte gelassen und trank einen Schluck von ihrem Wein. Durch den herben Geschmack zogen sich ihr die Gesichtsmuskeln zusammen. Sie holte tief Atem.

»Die Umfrageergebnisse sind tatsächlich nicht besonders schmeichelhaft für uns. Es wäre sicherlich nicht der richtige Moment für ein Kräftemessen. So etwas will ich verhindern. Dafür besteht auch keine Notwendigkeit, Leonard.«

»Anlässe für ein kleines Scharmützel können wir ohne Weiteres schaffen, glaub mir«, erwiderte Montfoort unbeeindruckt. »Wir haben genug Material für einen kleinen Krieg auf Halde.«

Verärgert strich sich Ava den Pony aus dem Gesicht, setzte sich gerade hin und legte die Hände in den Schoß.

»Drohungen scheinen mir in der derzeitigen Situation fehl am Platz. Ich hätte mehr von dir erwartet. Ich möchte dir einen Vorschlag machen. Du bekommst Informationen von uns. Ich kann dich nicht in alles einweihen, das wirst du verstehen. Das Land-Air-Sea-Kommando, die NATO und mein Ministerium sind dahin gehend übereingekommen. Und ich habe dir noch etwas anzubieten.«

»Lass hören.« Montfoort drehte den Stiel seines Weinglases zwischen den Fingern hin und her. Er schaute hinüber zum Fenster, wo das Sonnenlicht gnadenlos durch die Ritzen des Rollos drang. Er wischte sich den Schweiß von der Stirn und sah Ava dabei zu, wie sie etwas auf dem Display im Salontisch eingab. Irgendwo im Hintergrund fing ein Ventilator an, kühle Luft in den Raum zu blasen.

»Wir können zwei Kasernen deiner Wahl behalten. Das bedeutet, wir einigen uns auf eine Phase, in der das militärische Personal dort weiter beschäftigt wird, und gleichzeitig erneuern wir die Verträge mit den regionalen Zulieferern. Tausende Menschen wären damit abgesichert. Und genauso viele Arbeitsplätze.«

»Hier in den Niederlanden gibt es keine Kasernen mehr mit über fünfhundert Personen Belegung. Angenommen, auf jeden Mitarbeiter des Verteidigungsministeriums käme ein Bürger – was an sich schon absurd ist –, ginge es um tausend Betroffene pro Kaserne. Also um zweitausend Stellen. Spielst du immer noch mit mir, Ava? Was die Anzahl der Dienstjahre betrifft, stehe ich ganz oben. Ich bin jetzt seit 5940 Tagen Abgeordneter des Parlaments. Seit sechzehn Jahren! Und du? Zwei Jahre kannst du vorweisen, mit Stahlman, der seine schützende Hand über dich hält. Was habt ihr mir zu bieten, Stahlman und du? Und jetzt bitte im Ernst.«

Sie stützte sich mit beiden Händen ab, erhob sich und schlenderte zum Fenster. Dort spähte sie durch die Ritzen des Rollos nach draußen. Von ihrem Büro in der obersten Etage des Verteidigungsministeriums aus hatte sie eine fantastische Aussicht über Den Haag. Eine Gänseschar flog direkt an ihr vorbei in Keilformation der Sonne entgegen.

»Wir haben einen finanziellen Spielraum, der zusätzliche Investitionen zulässt«, erklärte sie, während sie ihm den Rücken zugewandt hatte. Sie konnte hören, wie er sich erhob.

»Du meinst: Ihr habt die Möglichkeit, die Einsparungen herunterzufahren.«

»Nein, ich spreche von echten, strukturellen Investitionen. Von einem Topf, über den ihr verfügen dürft. Ihr macht Vorschläge, und wir führen sie aus.«

»Wie viel?«

»Wofür möchtest du das Geld ausgeben? Für Entwicklungshilfe, Polizeiarbeit, den Justizapparat? Alles ist möglich.«

»Erst will ich wissen, über welche Summe wir hier sprechen«, antwortete Montfoort heiser. Er stellte sich schräg hinter Ava, sodass sie seine krötenartige Erscheinung in der Scheibe erkennen konnte.

»Eins Komma drei Milliarden.«

»Du machst Witze.«

Sie wandte sich zu ihm um.

»Wenn wir dafür die Unterstützung der Christdemokratischen Partei bekommen, bieten wir Kerninformationen über die Drohne, das Erhalten von … drei Kasernen und ein frei verfügbares Budget von 433 Millionen, und zwar in jedem Fiskaljahr bis zu den nächsten Wahlen.«

»Ab wann?«

»Sobald du unterschreibst.«

»Eins Komma drei Milliarden.«

»Über die du frei verfügen kannst«, sagte sie betont lässig.

Montfoorts Mund stand halb offen. Sie konnte sehen, wie

sich seine Zunge in der dunkelroten Mundhöhle bewegte, immer im Kreis, als könne er das Geld bereits schmecken. Er hatte die Hände in die Seiten gestemmt, als er sich dicht vor ihr aufbaute und zu ihr hochblickte. Die dünnen Lippen schlossen und spannten sich, als könne seine Zunge jeden Augenblick aus dem Spalt hervorschießen. Er versuchte zu lächeln.

»Ich weiß nicht recht.«

»Du zögerst.«

»Ich zögere nie. Nein, Ava, es geht um etwas anderes: Ich kann nicht beurteilen, ob dein Angebot mehr wert ist als der Hohn, der mir zuteilwerden wird, wenn die Damen und Herren bei den Medien Wind bekommen von meiner – nennen wir es einmal ›Meinungsänderung‹.«

»Es geht hier um ein Tauschgeschäft.«

»Ja. Von einem solchen Kuhhandel halten Abgeordnete nichts. Und den Wählern gefallen solche Aktionen schon gar nicht.«

Unbewusst nahm an Ava die gleiche Körperhaltung ein wie Montfoort. Sie stemmte die Hände in die Hüften. Spürte, wie der kühle Luftstrom der Klimaanlage ihren Körper umspielte.

»Leonard.«

Amüsiert schaute er sie an. Mit seinem halslosen Kopf reichte er ihr gerade einmal bis ans Kinn.

»Was willst du eigentlich wirklich?«, fragte sie, fast im Flüsterton.

»Das, was wir alle wollen.«

»Und das wäre?«

»Warum sind wir in die Politik gegangen?« Er fuhr sich mit den Fingern über die Bartstoppeln. Durch das kratzende Geräusch stellten sich Avas Nackenhaare auf. Sie legte den Kopf schief und dachte über die Antwort nach, obwohl sie sie längst kannte. Der Grund, aus dem sie sich damals für die Politik entschieden hatte, war einfach: Erfolg bedeutete dort Macht. War Macht nicht das, worauf es letzten Endes jeder abgesehen hatte? Macht über das eigene Leben, über das anderer. Macht über Geld, über Land, über Ideen. Der Kern des Daseins bestand aus einem ewigen Tauziehen, bei dem man versuchte, so viel Macht wie möglich zu erlangen, und das ließ sich nur erreichen, indem man anderen diese Macht entriss.

»Genau«, sagte Montfoort, als habe er ihre Gedanken gelesen. »Und jetzt denk mal darüber nach, wie du mir diesen Wunsch erfüllen kannst. Seit sechzehn Jahren bin ich jetzt im Parlament. Das bedeutet, ich verhandle seit sechzehn Jahren mit Leuten, schmiere ihnen Honig ums Maul, bringe andere zum Schweigen. In der Politik ist das eine Ewigkeit, das weißt du.«

Sie nickte.

»Komm mir also nicht mit einer zensierten Akte voller nichtssagender Informationen über dieses Flugzeug. Und ob Tante Emma in ihrem Laden am Arm der Welt immer noch ihren selbst gebackenen Kuchen an die Jungs aus der Kaserne verkaufen kann, interessiert mich einen Dreck. Was kannst du mir genau jetzt bieten?«

»Darüber muss ich noch nachdenken«, erwiderte Ava.

»Das hättest du tun sollen, bevor du mich hier antanzen lässt. Du musst dich schon mit deinen Verhandlungspartnern auseinandersetzen. Wer bin ich, was will ich, und was hast du, was mich möglicherweise interessiert?«

Ava drehte sich um und ging zu dem massiven Schrank aus roter Esche in einer Ecke des Büros. Von einem der Regale nahm sie eine unscheinbar wirkende Cognacflasche und zwei hohe Gläser. Sie füllte beide und stellte sie vor sich auf der

Marmorplatte der Bar ab. Die Flasche positionierte sie genau dazwischen. Ohne auch Montfoort dazu aufzufordern, trank sie einen Schluck. Sie sah, dass er zu ihr kam. Er stellte sich ihr gegenüber an die Bar.

»So viel wusstest du also«, stellte er amüsiert fest. »Amaron?«

»Ja. Audry la Très Ancienne Grande Champagne Réserve. Neunzig Jahre alt, wenn ich richtig informiert bin.«

»Ich habe darüber gelesen. Und zwar einiges«, meinte Montfoort, dem offensichtlich das Wasser im Mund zusammenlief, während er behutsam sein Glas zu sich heranzog. Er ließ die bernsteinfarbene Flüssigkeit darin kreisen, roch daran und trank einen Schluck. Ein Lächeln umspielte seine Lippen.

»Gib mir ein wenig Zeit, und ich mache dir ein neues Angebot. Ich will diese Sache so schnell wie möglich über die Bühne bringen; es hängt einfach zu viel davon ab. Du wirst es nicht bereuen.«

Ava konnte nicht mit Sicherheit sagen, ob der Vorsitzende der Christdemokratischen Partei sie überhaupt gehört hatte. Zufrieden schaute er von seinem Glas auf die Flasche und danach an die Decke, Ava jedoch würdigte er keines Blickes. Voller Bewunderung stellte er schließlich sein Glas auf der Bar ab. War es der Cognac, oder ging es hier um Selbsteingenommenheit – wohl eher Letzteres. Sie hatte zu verzweifelt geklungen. Sie war nicht geschickt genug vorgegangen.

Vom Salontisch aus erklang ein Signalton.

»Entschuldige, Leonard, da muss ich rangehen«, erklärte sie, während sie zum Tisch lief und ihr Tablet von der Platte abkoppelte. Mit dem Tablet auf dem Schoß setzte sie sich in den Sessel und schaute Montfoort erwartungsvoll an; der machte allerdings keine Anstalten, den Raum zu verlassen. Ava drehte den Sessel zum Fenster und schaute auf das Display, auf dem sie die Silhouette von Laurens Elshout erkennen konnte. Im Spiegel der Fensterscheibe nahm sie wahr, dass Montfoort vornübergebeugt an der Tür stand. Es schien, als schließe er seine Hose. Im nächsten Moment streckte er die Hand zur Klinke aus und öffnete die Tür. Oder ein Wort des Abschieds verließ er mit kurzen, unsicheren Schritten ihr Büro.

»Gibt es etwas Neues?«, fragte sie kurz, doch Elshouts Gesichtsausdruck deutete es bereits an.

»Man hat ihn gefunden.«

»Wo?«

»Ava, er ist tot.«

»Wo?« Eine seltsame Frage, das merkte sie sofort, aber es ging ihr darum, Zeit zu gewinnen, damit die Nachricht auch tatsächlich zu ihr durchdringen konnte.

»In Oostduinen, irgendwo zwischen dem Golfplatz und den Dünen. Genaueres weiß ich auch nicht. Ich bin da mal ...«

»Wer hat ihn gefunden?«

»Keine Ahnung. Jemand vom Golfplatz oder so. Ist das denn überhaupt wichtig? Er ist tot! Er hat sich erhängt.«

»Wer weiß davon?«

»Seine Frau hat Kontakt mit uns aufgenommen. Die Polizei stand bei ihr vor der Tür und ...«

»Also die Leute vom Golfplatz, die Polizei, seine Frau. Wer noch?«

»Mel. Und du natürlich. Was ... Was machen wir jetzt, Ava?«

»Das darf auf keinen Fall bekannt werden, denn dann wird man sofort einen Zusammenhang mit der Abstimmung herstellen. Das wäre fatal. Montfoort hat unser Angebot abgelehnt. Mit seiner Unterstützung ist nicht zu rechnen. Wir müssen jetzt handeln, Laurens, sonst ist es mit diesem Kabinett vorbei. Ich lasse meine Beamten den Gesetzesentwurf umschreiben. Du musst Deneuve bearbeiten und dafür sorgen, dass Kassels' Frau den Mund hält. Schaffst du das?«

Er nickte abwesend. Ein Muskel an seinem Auge zuckte nervös; mit jeder Sekunde schien der Tic heftiger zu werden.

»Und mach dir schon mal Gedanken über die Nachfolge. Es muss jemand sein, den du wirklich im Griff hast.«

»Ich mache mich gleich an die Arbeit.«

»Ich gehe zu Mel.«

Sie klickte Elshouts bleiches Gesicht weg, ohne sich zu verabschieden. Es ist doch absurd, dass ich ihm erst erklären muss, wie er seine Partei zu führen hat, schoss es ihr durch den Kopf. Und noch absurder, dass er es sich bieten lässt. Sie schickte eine Nachricht an Mel:

Komme gleich vorbei. Passt dir das?

Es dauerte nur wenige Sekunden, bis er antwortete. Sie öffnete die Nachricht:

Lau hat mich informiert. Keine guten Neuigkeiten.

Er war in Panik.

Lau ist nicht sehr krisenfest. Wo bist du?

Büro.

Wie ist es mit Montfoort gelaufen?

Sie suchte nach einer passenden Antwort. Ihrem Zögern konnte Stahlman ganz ohne Zweifel bereits entnehmen, dass das Gespräch kein Erfolg gewesen war.

Er überlegt es sich.

Ava stand auf, faltete das Tablet zusammen und steckte es in ihre Schultertasche. Sie nahm ihre ID-Karte vom Schreibtisch und ging an der Bar vorbei zur Milchglastür des Büros. Mit einem Seitenblick auf den Tresen stellte sie fest, dass dort etwas anders war als vorher. Leonard Montfoort hatte die Flasche mit dem sündhaft teuren Cognac mitgenommen.

22 ELIOT

Den Zufall zulassen

Vor dem Bildschirm für die Schließfächer stand eine Frau mit einem kleinen Mädchen. In der einen Hand hatte die Frau einen Koffer, während sie mit der anderen das Mädchen immer wieder zu sich zog. Mit konzentriertem Blick schaute sie von den Fächern zum Display und zurück. Eliot stellte sich so neben sie, dass das Mädchen zwischen ihnen stand. Es sah zu ihm hoch und winkte mit seinem rosafarbenen Rucksack. Kurz erwiderte er ihr Lachen und wies auf seinen eigenen Rucksack, in den er seinen Laptop und seine Kleidung gestopft hatte. Die Mutter sah das und schenkte ihm ein gequältes Lachen.

»Das funktioniert so«, sagte er, während er sich die Jacke auszog und sich zu ihr vorbeugte, jedoch gleichzeitig weiterhin den Ort beobachtete, an dem er den Mann mit dem Bart zuletzt gesehen hatte. Er öffnete ein Fach, schloss es wieder und deutete auf die Nummer auf dem Bildschirm. »Und dann führen Sie Ihre Kreditkarte ein.« Der Mann musste sich irgendwo in der Nähe befinden. Nach dem Kiosk hatte Eliot gesehen, wie er zum verlassenen Bahnsteig auf die linke Seite des Bahnhofsgebäudes ging, aber danach war er aus dem Blickfeld verschwunden. Er schaute die Frau an – um die dreißig, blondierte Haare, große Ohrringe – und dann wieder um sich.

»Wäre es okay, wenn ich mich vordränge?«, fragte er, während er sich ihr schon näherte und die Hand neben dem Display ablegte. »Mein Zug fährt gleich.«

Sie nickte und trat einen Schritt zurück. Das Mädchen zog sie wie einen angeleinten Hund mit sich. Mit der Karte in der Hand ließ Eliot den Blick an den geschlossenen Schließfächern entlangwandern. Nummer 3, 4, 5, 6, 9, 10, 13, 14, 15, 16, 17 oder 18? Welche Logik sollte er hier anwenden? Miriam Veltman war nicht groß gewesen: laut ihrem Profil auf der Webseite des Verteidigungsministeriums ein Meter fünfundsechzig. Sie hätte vermutlich nicht eines der oberen Fächer ausgewählt. Ging man davon aus, fielen die ersten vier Nummern weg. Acht Fächer und zwei Möglichkeiten blieben noch übrig. Er schaute dem Mädchen zu, das sich im Kreis drehte und dabei seinen Rucksack schwang. Von Weitem betrachtet, sah es bestimmt so aus, als seien sie eine Familie, die verreiste oder gerade von einer Reise zurückgekehrt war. Er musste sich dem Zufall ausliefern, und das gefiel ihm nicht. Wenn er einfach riet, war das Risiko eines Irrtums viel zu groß, wodurch der Inhalt des Fachs in einem Depot landen würde, und dann konnte er das Ganze vergessen. Oder war es gerade Miriam Veltmans Absicht gewesen, dass er nach Utrecht fuhr? Er starrte noch mal auf die Karte und wählte dann die Nummer 17. Ihren Geburtstag. Die Maschine spuckte die Karte wieder aus und auf dem Display erschien erneut ein rotes Kreuz. *Noch 1 Versuch*. Er stieß einen Fluch aus, der zwar leise, aber dennoch so verständlich war, dass die Frau von ihrem Handy aufsah und aus einem Reflex heraus das Mädchen festhielt. Das Kind begann zu weinen. Er wollte sich entschuldigen, aber die Frau drehte sich um und ging in Richtung des weißen Gebäudes weg. Weiter entfernt in der gleichen Blickrichtung sah er den Mann mit dem Bart und dem silbergrauen Haar stehen. Unmissverständlich zeigte er in Eliots Richtung, was bedeutete, dass er nicht allein war, aber unter den Reisenden konnte Eliot niemand Auffälligen erkennen. Erneut sah er zu den Überwachungskameras hoch und versuchte festzustellen, ob sie sich bewegt hatten. Dies schien nicht der Fall zu sein. Doch der Mann, der ihn beobachtete, hatte seine Position verändert: Im Zickzack lief er über den Platz, zwischen Reisenden hindurch, die in einer langen Schlange auf die geöffneten Türen eines bereitstehenden Zuges zugingen. Er kletterte über Koffer und wich kleinen Gruppen aus, die sich lebhaft unterhielten. Einen Moment lang verschwand er aus dem Blickfeld, als eine Horde Schüler johlend zum Zug rannte und sich an allen anderen Reisenden vorbei hineindrängte. Welches Fach, dachte Eliot, welches Fach, Miriam? 9, 10, 13, 14, 15, 16, 18. Plötzlich sah er sie vor sich. Sie hatte an exakt derselben Stelle gestanden. Sie hatte auch darüber nachdenken müssen, oder vielleicht hatte sie keine Wahl gehabt und das einzige verfügbare Fach genommen. Nein, sie hatte bewusst eins ausgewählt und ihn auch wissen lassen, welches das war. Er griff nach seinem Smartphone in der Innentasche, behielt aber den Ort im Blick, an dem er den Mann zuletzt gesehen hatte. Reisende mit Taschen, Klapprädern und Koffern versuchten, sich einen Weg durch die Masse an Schülern zu erobern, die sich in unvorhersehbaren Bahnen über den Bahnsteig bewegte. Das graue Haar des Mannes sah er nicht über ihre Köpfe herausragen. Allerdings sah er einen jüngeren Mann mit kahlem Schädel, der sich gegen den Menschenstrom bewegte, den Blick auf ihn gerichtet. Gehetzt schaute Eliot auf den Bildschirm, öffnete Miriams E-Mail und las Textfetzen. Seine Augen blieben beim Datum hängen:

181930 A JUL 15 Felaket, Haarlem.

War es die 18? Oder die 15? In seinem Kopf addierte er die Zahlen, subtrahierte sie wieder, multiplizierte sie. Ein letztes Mal überflog er den Text bis zu Miriams Küsschen am Ende: *X Mira.*

Er drehte sich zu den Schließfächern um und gab dann, als letzten verzweifelten Versuch, die 10 ein.

Links von der Mitte hörte er ein Klicken. Ein Feld an Fach 10, das gerade noch rot gewesen war, war auf grün gesprungen. Eliot streckte die Arme aus, öffnete die Tür und sah hinein. Ein schwarzer Aktenkoffer mit goldenen Schlössern war an die hintere Schließfachwand gedrückt worden. Mit beiden Händen ergriff er den Koffer und drehte sich um. Der einzige Weg, den er noch einschlagen konnte, war der an den Fächern entlang, auf den Bahnsteig, aber Eliot konnte schon sehen, dass er weiter hinten endete und mit einem hohen Eisengitter abgeriegelt war. Dennoch beschloss er, es darauf ankommen zu lassen. Ein letztes Mal blickte er über die Schulter und sah, dass die beiden Männer sich ihm auf zehn Meter genähert hatten. Sie vermieden Augenkontakt, und von ihren Gesichtern war keine einzige Regung abzulesen. Eliot rannte den Bahnsteig hinunter, wobei der Rucksack auf seinem Rücken hin- und herschwang. Zweihundert Meter, dreihundert Meter; den Koffer wie einen Schild aus Leder an die Brust gedrückt, kam er beim Gitter an, schaute nach rechts und nach links und entschied sich dann, vom Bahnsteig einen knappen Meter hinunterzuspringen. Er machte zwei große Schritte zur anderen Seite. Ohne die Hände zu benutzen, sprang er auf der gegenüberliegenden Seite des Bahnsteigs auf eine Reihe Platten, die, soweit das Auge reichte, zwischen einem Zaun und dem tiefer liegenden Gleis eingeklemmt war. Ohne sich umzusehen, rannte er los, parallel zu den Schienen. Ein Zug näherte sich ihm träge aus entgegengesetzter Richtung. Hinter dem getönten Glas der Windschutzscheibe konnte er die Konturen des Fahrzeugführers erkennen. Dieser ließ ein lautes Signal ertönen. Eliot sprang über einen Stapel Müllsäcke und hielt kurz inne, um den Aktenkoffer näher zu begutachten, während der Zug sich vorbeischob. Der Koffer hatte ein einfaches Nummernschloss, das er ohne allzu große Mühe würde aufbrechen können. Das Gewicht war auf eine seltsame Art verteilt, als bestünde der Kern des Koffers aus etwas Kompaktem und Schwerem ohne Polsterung. Er warf einen Blick hinter sich, aber die Männer hatten das Gleis noch nicht überquert. Dann begann er wieder zu rennen, bis er eine schmale Öffnung im Zaun fand. Indem er die Ränder verbog, konnte er die Öffnung etwas vergrößern, wonach er sich hindurchzwängte und den Koffer mit auf die andere Seite zog. Er stand in einem verwilderten Garten hinter einem alten Industriegebäude, in dem sich auch Einkaufswagen und noch mehr Müllsäcke befanden. In der Ecke des Gartens lagen rostige Balken wie ein braunes Stahlnest an der Gebäudemauer. Er passte genau auf, wo er hintrat, lief um den Stapel herum und fand einen Pfad, der zur Vorderseite eines Gebäudes führte, das eine Fabrik zu sein schien. Der Pfad war mit einem Zaun gesichert, um das Gebäude vor noch mehr Verfall zu schützen. Eliot trat gegen das Schloss, das, obwohl es schon eine Ewigkeit nicht mehr geöffnet worden war, in keinster Weise nachgab. Also lief er weiter die Gebäudevorderseite entlang, wo sich ein Parkplatz befand, und entdeckte dort einen anderen Durchgang, der vor noch nicht allzu langer Zeit genutzt worden war. Dort lagen Bierdosen, Cannabistütchen und frische Zigarettenstummel herum. Er folgte dem Pfad, der zwischen zwei hohen, mit

Graffiti beschmierten Mauern zur Straße führte. Wo er genau war, wusste er nicht, und sein Handy wollte er nicht benutzen, sonst könnten sie das Signal ohne großen Aufwand orten. Er würde auf eine andere Weise zu seinem Hotel zurückfinden müssen oder sich entscheiden, nicht mehr dorthin zu gehen, genauso wie er sein Haus mied. Vom Straßenrand aus beobachtete er die Straße, während Lastwagen und Pkws vorbeirasten. Rechts verlief der Weg noch ein paar Hundert Meter weiter und mündete nach einer Kreuzung auf ein Gelände, auf dem übereinandergestapelte Seecontainer standen. Lastwagen waren damit beschäftigt, ihre Ladung zu löschen. Gabelstapler fuhren hin und her. Einen Moment lang schoss ihm der Gedanke durch den Kopf, in einen dieser Lastwagen zu springen. Doch er verwarf die Idee sofort wieder: zu gefährlich, zu unsicher. Wie eine Ratte würde er in der Falle sitzen, wenn sie ihn dort entdeckten. Er lief noch hundert Meter weiter, bis er an eine zweite Kreuzung kam, mit einer Bar und einer Kantine an der Ecke. Zwei Männer lehnten rauchend an der offenen Tür ihres Wagens. Er überquerte die Straße und ordnete seine Kleidung. Den Rucksack nahm er ab und spürte erst jetzt, dass ihm der Schweiß in Bächen den Rücken herunterlief.

»Ich suche ein Taxi«, sprach er die Männer an. Sie sahen nordafrikanisch aus und schauten absichtlich an ihm vorbei. Es dauerte eine Weile, bevor sie antworteten.

»Dann ruf dir eins«, antwortete der linke, der für einen Marokkaner auffallend blass war.

»Ich habe kein Handy«, erwiderte Eliot.

»Dann kauf dir eins«, sagte der Mann, als hätte er diese Antwort schon wochenlang auf den Lippen. Der andere, korpulent, mit schwarzem Schnurrbart, kicherte und sagte etwas auf Arabisch.

»Ich habe hundert Euro«, sagte Eliot gehetzt.

»Dafür kannst du dir ein Handy kaufen.«

»Und kann ich mir dafür auch eine Taxifahrt kaufen?«

Der Marokkaner dachte kurz nach und sagte etwas zu dem anderen, der grinste, seine Zigarette wegwarf und um sein Auto herumlief. Er stieg ein und drehte den Zündschlüssel um, woraufhin laute Sitarmusik ertönte. Eliot schaute den blassen Marokkaner an, der ihn von oben bis unten musterte. Er steckte sich eine neue Zigarette an, während er die alte noch in der Hand hielt. Eliot blickte kurz über die Schulter, um sicher zu sein, dass er seine beiden Verfolger tatsächlich abgeschüttelt hatte.

»Und«, sagte der Marokkaner.

»Und was?«, erwiderte Eliot.

»Worauf wartest du?«, fragte er und zeigte auf die offene Tür.

»Oder ist das Auto hier nicht gut genug für dich?«

23 AVA
Nachlass

Mel Stahlman wohnte ein wenig außerhalb von Den Haag, in einer Siedlung, die man drei Jahre zuvor ganz dicht am Westduiner Wald errichtet hatte. Sie bestand aus etwa dreißig weißen Bungalows in unterschiedlichen Baustilen, hier und da von den Bäumen des Waldes verdeckt. Der rückwärtige Garten von Stahlmans Domizil grenzte an das Gelände eines Krematoriums. Ava und Stahlman saßen auf einer Holzterrasse am Teich unter einem Sonnenschirm. In der Mitte sprudelte ein Springbrunnen vor sich hin, im Wasser zogen Fische mit roten und weißen Flecken ihre Runden. Das Gezwitscher der Vögel wurde hin und wieder von einer elektrischen Heckenschere irgendwo weiter entfernt übertönt. Jemand zog eine Harke durch den Kies.

Stahlman öffnete eine Bierflasche und setzte zum Trinken an.

»Den Amaron hat er also mitgenommen.«

»Ja, und zwar ohne das auch nur mit einem Wort zu erwähnen.«

Stahlman nickte. Er wischte sich mit dem Handrücken den Mund ab.

»Er nutzt den UAV-Drohne-Deal zu seinem eigenen Vorteil«, fuhr sie fort. »Wir sollen ihm zu einem Karriereschub verhelfen. Was haben wir ihm zu bieten, Mel?«

»Er will weiterkommen, aber was die Niederlande betrifft, sind seine Möglichkeiten ausgeschöpft. Er ist zu alt, als dass er noch jemals Ministerpräsident werden könnte. Ein Ministerposten ist durchaus noch drin, und das würde uns zwei Jahre weiterbringen – vorausgesetzt, es gelingt den Christdemokraten, Regierungspartei zu werden. Ich bezweifle das.«

»Worauf zielt sein Ehrgeiz dann ab? Will er nach Europa?«

»Im EU-Parlament muss er wieder von ganz unten die Leiter hochklettern. Darum geht es also nicht. Und ein Posten als stellvertretender Vorsitzender wird ihm nicht reichen.«

»Die Vereinten Nationen?«

»Viel zu lasch für ihn. Leonard braucht etwas, wo er sich durchbeißen kann.«

Ava stand auf und ging einmal um den Teich. Sie sah, wie die Kois einander jagten und dabei Kreise beschrieben. Ein kleineres Exemplar wurde von drei großen Fischen in Flossen und Schwanz gebissen, bis es sich in den tieferen und dunkleren Teil des Wassers zurückzog.

»Ich hatte noch an die NATO gedacht.«

»Du liebe Güte, Ava«, antwortete Stahlman mit einem Seufzer. »Eine Flasche Alkohol kann in manchen Situationen Wunder bewirken, aber Generalsekretär? Das halte ich nicht für realistisch.«

»Er wäre nicht der erste ausrangierte Christdemokrat in dieser Position.«

»Stimmt«, räumte Stahlman ein. »Allerdings vermute ich stark, dass die Deutschen da nicht mitziehen werden. Sie sind an der Reihe. Wenn wir unseren Vorschlag durchkriegen wollen, müssen wir uns ganz schön dafür einsetzen, und ich bin nicht sicher, ob mir daran wirklich genug liegt.«

Ava trank ihr Glas aus und räusperte sich.

»Mel, ich muss nach New York.«

Er stellte die Bierflasche neben sich auf den Boden und zündete sich eine Zigarette an.

»Warum?«

»Lockheed Northrop hat mich einbestellt. Man will dort sichergehen, dass der Deal zustande kommt. Ich muss hin, um die Leute zu beruhigen. Die haben da ein riesiges UAV-Geschwader in ihren Hangars, und darauf wollen sie nicht sitzen bleiben.«

»Einen Ausstieg können wir uns nicht leisten«, stieß Stahlman hervor. »Dir ist doch wohl klar, was dann im Weißen Haus los wäre. Wann fliegst du?«

»Morgen. Übermorgen bin ich wieder zurück. Ist das okay? Und wegen …«

»Jan Kassels«, ergänzte Stahlman, während er seine Zigarette über dem Wasser abklopfte. Die Fische schnappten wie verrückt nach den Ascheflocken. »Ja, eine tragische Geschichte. Selbstmord, danach sieht es zumindest jetzt aus. Wir haben unsere Leute zu Frau Kassels geschickt.«

»Warum hat er es getan?«

Stahlman zuckte mit den Schultern.

»Warum tut jemand, was er tut? Menschen sind unergründlich. Eben keine Computer, die man programmiert hat und bei denen man exakt vorhersagen kann, wie sie sich verhalten werden. Er ist durchgedreht und hat sich aufgehängt.«

»Was hat das mit der Abstimmung zu tun?«, wollte Ava wissen.

»Das werden wir wahrscheinlich nie erfahren. Ganz offensichtlich gab es größere Probleme, die ihm zugesetzt haben.«

Ava schaute auf ihre Hände, während sie an den Abgeordneten dachte, wie er da an einem Ast hing, irgendwo in der

Nähe eines Golfplatzes. Sie stellte sich vor, wie ein Mitglied des Personals ihn dort hängen sah und so laut schrie, dass die Vögel vor Schreck in den Himmel stoben. Golfer blickten verstört von ihrer Partie auf.

»Entscheidend ist jetzt, dass Laurens einen geeigneten Nachfolger findet, jemanden, der zu allem Ja und Amen sagt. Für Kassels setzen wir im Namen aller Abgeordneten eine wohlwollende Anzeige in die Zeitung; da steht dann drin, was für ein freundlicher und kluger Mann er war, und danach gehen wir zur Tagesordnung über. Ich will mich damit nicht lange aufhalten. Und das solltest du auch nicht tun.«

Sie schüttelte den Kopf und stellte ihr Glas auf dem Korbtisch ab, der zwischen ihnen beiden stand.

»Ich muss los«, erklärte sie kurz angebunden und erhob sich. Stahlman warf seine Zigarette in die Hecke und stand ebenfalls auf. Er stellte sich vor Ava hin und streckte beide Arme nach ihr aus. Er umfasste ihre bloßen Oberarme und zog sie an sich.

»Als Stahlman I auseinanderbrach, habe ich mir geschworen, mit allen Mitteln dafür zu sorgen, danach noch mindestens acht Jahre an der Macht zu bleiben, damit wir alles verwirklichen können, was wir in der ersten Legislaturperiode auf den Weg gebracht haben. Ich möchte der Welt etwas hinterlassen. Vergiss Kassels und Deneuve; die sind völlig unwichtig. Es geht um die Zukunft; daran werden wir gemessen. Konzentriere dich auf das, was dich angeht, und nur darauf.«

»Ich finde es einfach furchtbar, dass es so gekommen ist. Wenn ich gewusst hätte, dass …«

Er zog sie an sich und hielt seinen Mund ganz dicht an ihr Ohr.

»Das hier ist mein Kabinett. Es trägt meinen Namen. Du warst an seiner Bildung beteiligt. Ich habe dir etwas aufgetragen, und du hast den Auftrag ausgeführt, sicher, aber glaub nur nicht, ich würde dich nicht fallen lassen, wenn du jetzt alles versaust.«

Sie zog die Schultern hoch und wand sich aus seinem Griff, blieb jedoch dicht bei ihm stehen. Er war ein charismatischer Mann, genauso groß wie sie, wenn sie ihre höchsten Absätze trug. Sie nahm den schwachen Geruch nach Alkohol und Zigaretten wahr, der ihn umgab. Er hatte den Blick auf ihre Lippen geheftet, als wüsste er, was sie sagen würde, doch sie blieb stumm. Sie schlug die Augen nieder und trat einen Schritt nach hinten, wobei sie darauf achtete, dass sie nicht mit den Absätzen zwischen die Holzplanken geriet. Dann ordnete sie ihr Haar und erklärte: »Ich sorge dafür, dass man sich bei Lockheed keine Sorgen mehr macht, und bringe Montfoort auf unsere Seite. Da fällt mir schon was ein. Du kannst dich auf mich verlassen.«

»Gib ein einziges Interview, und zwar den Journalisten von VLM. Keine Pressekonferenz. Und in diesem Interview sagst du, wie froh du bist, dass sich die Opposition so klar und deutlich geäußert hat. Dass du auf diese Weise die Möglichkeit bekommen hast, einen Entwurf zu schreiben, hinter dem das Parlament geschlossen stehen kann. Dann listest du umfassend auf, was diese Maschine alles draufhat. Außerdem erwähnst du, dass nur die Niederlande und die USA sich mit diesem Modell befassen. Wir sind unserer Zeit voraus, und zwar als Einzige in Europa, so muss die Botschaft lauten.«

Sie nickte gelassen. Stahlman knipste plötzlich sein Fernsehlächeln an. »Hast du die Maschine eigentlich schon mal gesehen, diese Drohne – dieses UAV?«

»Nein. Die Fabrik ist in Fort Worth. Ich gehe nicht davon aus, dass ich es zeitlich einrichten kann, nach Texas zu fliegen. Der überarbeitete Entwurf muss dem Parlament innerhalb von drei Tagen vorliegen. Ich will ihn gut vorbereiten.«

»Ist diese Maschine das alles überhaupt wert?«

»Die Testergebnisse sprechen für sich. Diese Flugmaschine stellt den letzten Schritt zur vollkommenen Kampfautonomie dar. Damit wird Krieg nie mehr so sein wie bisher. Effektiv und sauber, ohne dass man auch nur über einen einzigen Toten Rechenschaft ablegen müsste. Krieg führen wird so einfach wie Straßenbau oder eine Rentenerhöhung. Eine administrative Entscheidung.«

Stahlman trug noch immer das starre Lächeln auf dem Gesicht.

»Du hast gerade davon gesprochen, dass du der Welt etwas hinterlassen willst, Mel. Genau darin kann dein Nachlass bestehen, und den wird man dann niemals vergessen. Du kannst deinen Namen für alle Zeit untrennbar mit dem ›sauberen‹ Krieg verbinden.«

»Tu das, was du am besten kannst«, gab er zurück.

24 ELIOT

Solche Auskünfte erteilen wir nicht

In Zwolle hatte der Marokkaner die Schnellstraße verlassen und ihn an einer Bushaltestelle abgesetzt. Eliot hatte den Bus nach Amersfoort genommen und war von dort aus nach Utrecht weitergereist. Dort bezog er ein Hotelzimmer an der Vorderseite eines Gebäudes aus dem achtzehnten Jahrhundert, an der Ecke einer stark befahrenen Gracht. Er öffnete die Fenster, stellte einen Stuhl davor und nahm den Aktenkoffer auf den Schoß. Zwei flache Schraubenzieher drückte er unter den Schließmechanismus und benutzte sie als Hebel. Das Schloss sprang ohne viel Widerstand auf. Er hob den Deckel und sah in der Mitte des Koffers, mit Gummis festgeschnürt, eine Metalldose, etwas größer als ein Kartenspiel. Er löste die Gummis und nahm die Dose aus dem Koffer. Der schwere gebürstete Edelstahl fühlte sich kalt und rau an. Jetzt, da er das Teil in der Hand hielt, schienen Gewicht und Größe nicht zueinanderzupassen.

Er legte die Festplatte neben den Laptop. An der Stelle, an der sie befestigt gewesen war, lag ein knallgelbes zusammengefaltetes Blatt Papier. Er klappte es auf. Es handelte sich um eine in Großbuchstaben geschriebene Botschaft, die an ihn gerichtet war.

ELIOT,

WENN DICH DIESE NACHRICHT ERREICHT, IST ES DIR GELUNGEN, AN DIE FESTPLATTE HERANZUKOMMEN. DAS HIER IST EINE KOPIE; DAS ORIGINAL WURDE VON ZWEI MÄNNERN AUS DEM HAUPTQUARTIER IN LELYSTAD ENTWENDET. ICH WEISS NICHT, WER SIE SIND; AUF DEM FOTO, DAS ICH DIR GESCHICKT HABE, IST IHR AUTOKENNZEICHEN ZU SEHEN.

MERIJN UND ICH HABEN DEINEN NAMEN IN DER »ORTA«-AKTE GEFUNDEN, NACHDEM SIE EINEN TEIL ENTSCHLÜSSELN KONNTE. DU HAST AN DER SEITE VON RENS GEKÄMPFT. WIR VERTRAUEN DARAUF, DASS DU DERJENIGE BIST, DER DORT ANSETZEN KANN, WO ES FÜR UNS NICHT MEHR WEITERGING.

RENS GING ES IMMER SCHLECHTER: »ES IST ORTA«, MEHR WOLLTE ER NICHT SAGEN. ER KAM IN EINE EINRICHTUNG, ABER DORT SCHIEN ES NUR NOCH SCHLIMMER ZU WERDEN. WIR HATTEN UNS SCHON DAMIT ABGEFUNDEN, DASS WIR DIE HINTERGRÜNDE NIE ERFAHREN WÜRDEN. ABER ALS ER IN SEINEM ZIMMER GEFUNDEN WURDE, KONNTEN WIR NICHT ANDERS – WIR MUSSTEN VERSUCHEN, HERAUSZUFINDEN, WAS ER MIT »ORTA« GEMEINT HATTE.

WIR HABEN IHN GELIEBT. ER WAR MEIN BRUDER UND MERIJNS GROSSE LIEBE. EIN SANFTER, TREUER MENSCH, DER SICH MIT SEINEM EIGENEN GÜRTEL ERHÄNGTE. ER WAR GANZ ALLEIN. ORTA IST DER GRUND FÜR SEINEN TOD. WIR MÜSSEN DAHINTERKOMMEN, WAS ER DORT ERLEBT HAT. DIE GANZE FESTPLATTE MUSS ENTSCHLÜSSELT WERDEN UND AN DIE ÖFFENTLICHKEIT KOMMEN, ZUSAMMEN MIT DEINER AUSSAGE.

ICH STECKE FEST. MERIJN IST VERSCHWUNDEN. SIE HAT DIE INFORMATIONEN IN EINER ZUSÄTZLICHEN PARTITION ABGESPEICHERT. ICH HABE ANGST UM MEIN LEBEN. HOFFE, ES IST NOCH NICHT ZU SPÄT.

FINDE MERIJN TURING, FINDE DAS NUMMERNSCHILD, KNACKE DEN CODE.

LIEBE GRÜSSE

MIRA/MIRIAM

Eliot kannte Rens Veltman nicht, obwohl Miriam behauptete, dass er an der gleichen Mission teilgenommen hatte. Irrte sie sich? Das schien nicht sehr wahrscheinlich, denn er hatte ja Orta erwähnt. Niemand wusste davon. Er zog das Post-it aus seinem Geldbeutel und faltete es auf. Orta. Hermes. Ein Dorf in Afghanistan. Ein griechischer Gott.

Hinter einer Gummilasche an der Seite der Festplatte fand er den Anschluss, über den er sie mit seinem Laptop verbinden konnte. Bevor er das Kabel in die richtige Öffnung steckte, kontrollierte er, ob er das WLAN ausgeschaltet hatte. Er wartete, bis sein Computer die Festplatte erkannte und ein orangefarbenes Symbol mit der Bezeichnung TMJ erschien. Er öffnete seine Notizen und gab *Definition TMJ?* ein. Danach versuchte er ein Back-up vom Inhalt der Festplatte zu erstellen, aber die Übertragung auf die Festplatte seines Computers funktionierte nicht. Nach ein paar Versuchen gab er auf – er verfügte einfach nicht über genügend Computerkenntnisse, um den Kopierschutz zu umgehen. Nun würde er selbst Hilfe suchen müssen. Er stand auf und lief zum offenen Fenster. Mit einer Zigarette im Mundwinkel und beiden Händen auf dem Fensterbrett schaute er auf die Radfahrer und Fußgänger hinab, die sich über die steile Brücke Richtung Zentrum bewegten. Die Sonnenstrahlen fielen durch das Laub der Kastanien und ließen das Wasser in der Gracht glitzern. Nachdem er zum letzten Mal an seiner Zigarette gezogen hatte, schnippte er den Stummel zwischen Daumen und Zeigefinger nach draußen. Er schloss die Fenster, zog sich ein T-Shirt an und schielte dabei auf sein Spiegelbild in der Scheibe. Er zog sich komplett an und schlüpfte in seine Sandalen. Nachdem er den Rucksack mit dem Laptop unter die Matratze geschoben hatte, ging er mit einem der Schraubenzieher ins Badezimmer und versteckte die Festplatte hinter dem Ventilatorrost in der Decke. Er betätigte mehrmals den Lichtschalter, um zu sehen, ob der Ventilator noch funktionierte. Als er sich davon überzeugt hatte, machte er das Licht wieder aus und verließ das Hotelzimmer.

Er nahm den erstbesten Stadtbus, stieg eine Haltestelle später aus und betrat ein Sportgeschäft, wo er sich ein schneeweißes Paar Asics aussuchte. Er zog die Schuhe an und ließ sich ein identisches Paar in eine Plastiktüte packen. Die Sandalen nahm er nicht wieder mit. Fünf Minuten später saß er in einem Bus, der in die entgegengesetzte Richtung fuhr. An der Bushaltestelle des Hauptbahnhofs von Utrecht stieg er aus, nahm die Rolltreppe, durchquerte die Bahnhofshalle und rannte die Treppe hinunter zum Jaarbeursgelände, wo er gerade noch den Bus nach Nieuwegein erwischte.

Nach einer knappen Viertelstunde stieg er aus und lief ein Stück die Straße entlang, im wohltuenden Schatten einer Baumreihe. Er sah die Zulassungsstelle des Kraftfahrtamts. Sie befand sich in einem patinagrünen Gebäude mit schwarzen Fenstern, am Rande eines Industriegebiets an einer Durchgangsstraße. Er erkannte es von den Abbildungen, die er im Internet gefunden hatte. Das Kennzeichen 13-ZNR-4 hatte er sich während der Busfahrt eingeprägt, und er hatte sich eine Geschichte zurechtgelegt, die er bei der Erfragung der Daten erzählen würde. Einen der falschen Führerscheine, die er bei sich trug, hatte er sorgfältig untersucht. Damit war eine Adresse in Amsterdam verbunden, eine digitale Identität, sogar eine Bürgerservicenummer und eine Steuernummer. Alle Zahlen, Daten, Orte und Namen hatte er im Kopf und konnte sie ohne Weiteres durch andere ersetzen, sobald das nötig war. Eliot überquerte die Straße und ging durch ein Tor im Zaun zum gläsernen Gebäudeeingang.

Im Gebäude hatte man die Klimaanlage so weit hochgedreht, dass sich der Schweiß auf seinem Körper sofort wie Eis anfühlte. Er ging zur Rezeption, drückte auf die Klingel, und kurze Zeit später erschien eine Frau mittleren Alters, die für diese Jahreszeit besonders warm angezogen war. Sie setzte sich hinter einen Computerbildschirm und sah zu ihm hoch.

»Ich suche den Halter eines Personenkraftwagens«, sagte Eliot.

»Wir sind hier nur für die Zulassung zuständig.«

»Das weiß ich. Das Auto ist zugelassen, nehme ich an. Im Bericht stehen die Kontaktdaten des Besitzers. Die würde ich gerne von Ihnen erfahren.«

»Solche Auskünfte erteilen wir nicht.«

»Warum nicht?«

»Nur Behörden haben das Recht, solche Daten von Dritten zu erfragen.«

»Warum?«

Die Frau zuckte mit den Schultern.

»So sind die Vorschriften.«

»Ich gehe davon aus, dass das Auto gestohlen worden ist. Deshalb bin ich hier.«

»Dann gehen Sie besser zur Polizei. Ist das Auto als gestohlen gemeldet?«

Eliot schüttelte den Kopf, um anzudeuten, dass er das nicht wusste.

»Das kann man nämlich einfach auf der Seite der Zulassungsbehörde nachprüfen.«

»Das wusste ich nicht«, beteuerte er so unschuldig wie möglich.

Demonstrativ seufzte sie und drehte den Kopf zum Bildschirm.

»Wie lautet das Kennzeichen?«

»13-ZNR-4«, antwortete Eliot. »Ein Ford Focus Kombi.«

»Ja, das sehe ich hier auch«, erwiderte die Frau unwirsch. »Ist nicht als gestohlen gemeldet. Aber da steht etwas anderes.« Sie beugte sich unter den Schreibtisch, öffnete eine Schublade und holte einen Metallstift heraus, der an einen Schraubenzieher erinnerte. Eliot erkannte, dass es ein Steckschlüssel war, aber von einer Sorte, die er noch nie zuvor gesehen hatte. Die Aussparung an der Spitze hatte die Form eines Dreiecks.

»Den soll ich der Person geben, die nach dieser Nummer fragt. Und das sind also Sie.«

»Oh«, reagierte Eliot, während er den Schlüssel in der Hand wog und ihn danach in die Tasche steckte. »Wer hat Sie darum gebeten?«

»Das weiß ich nicht mehr.«

»Und das Kennzeichen, können Sie darüber mehr sagen?« Er versuchte über die Theke hinweg mit auf den Bildschirm zu schauen, sah aber nichts – auch nicht in der Spiegelung der Glastür hinter ihr. Sie schaute ihn mitleidig an.

»Haben Sie nicht zugehört?«

»Doch, das habe ich, aber es ist sehr wichtig für mich, mehr über das Auto zu erfahren.«

»Wie heißen Sie?«

»Stefan Ruiter.«

»Und besitzen Sie selbst ein Auto?«

»Nein.«

»Einen Führerschein?«

Stumm legte er ihn auf den Tresen und versuchte so dreinzuschauen wie auf dem Foto. Sie betrachtete das Dokument ohne großes Interesse und berührte die Tastatur nicht. Stattdessen starrte sie lange auf den Bildschirm. Etwas hatte wohl ihre Aufmerksamkeit erregt.

»Herr Ruiter, es tut mir leid. Ich kann Ihnen nicht mehr sagen.«

Ruhig beugte sich Eliot vor, nahm den Führerschein und steckte ihn in die Tasche.

»Weil Sie es nicht dürfen oder weil es keine weiteren Informationen gibt?«

Müde drückte sie den Rücken gegen die Stuhllehne, die leicht mitfederte.

»Ich denke, es ist besser, Sie gehen jetzt.«

Er nickte, blieb aber, wo er war.

»Gibt es einen Ort, an dem ich die Informationen vielleicht doch bekommen könnte?«

Wortlos stand die Frau auf und verschwand hinter der Glastür. Kurze Zeit später kam sie mit einem Becher zurück, an dem sie nippte. Sie schaute ihn an, erstaunt darüber, dass er noch immer dastand. Er wiederholte seine Frage und sah, dass ihre Mundwinkel sich hinter dem Becher leicht nach oben bewegten. Langsam schüttelte sie den Kopf.

»Dann werde ich jetzt gehen«, sagte er mit einem gezwungenen Lachen, drehte sich um und lief zur Tür.

»Versuchen Sie es bei der Zulassungsstelle in Rijen«, rief sie ihm hinterher. Er wandte sich halb um.

»Rijen in Nordbrabant?«

»Dort ist das Auto seinerzeit zugelassen worden. In der Zulassungsstelle am Haansbergseweg. Diese Information darf ich Ihnen geben. Möchten Sie …«

Eine Antwort gab er ihr schon nicht mehr. Stattdessen drückte er die Türen des Gebäudes auf und trat hinaus in die brütende Hitze. Er wusste genau, wo die Zulassungsstelle war:

Sie lag weniger als fünfhundert Meter Luftlinie von einem Ort entfernt, den er gut kannte: den Luftwaffenstützpunkt Gilze-Rijen, dem Ort, an dem das Verteidigungsministerium seine Kampfhubschrauber stationiert hatte. Es konnte eigentlich gar nicht anders sein, als dass das Auto mit diesem Kennzeichen Eigentum der Institution war, für die er jahrelang gearbeitet hatte: des Verteidigungsministeriums.

25 AVA

New York

Die Türen zum Ausgang von Terminal 8 öffneten sich mit einem Zischen. Ava, einen Koffer in der Hand, trat durch eine Hitzewand nach draußen. Die dünne Bluse, für die sie sich entschieden hatte, war immer noch zu warm – im Hotel würde sie etwas Geeigneteres anziehen. Ein dunkelbrauner Lincoln Autonomous fuhr vor, die Tür ging auf. Sie stieg ein und ordnete ihre Kleidung. In der Armlehne fand sie eine gekühlte Flasche Wasser, die sie gierig austrank. Die Wagentür schloss sich wieder, sodass alle Flughafengeräusche verstummten und die New Yorker Hitze vollständig nach draußen verbannt wurde. Das Auto startete geräuschlos und beschrieb einen weiten Bogen, fuhr dann auf den Van Wyck Expressway. Ava stellte fest, dass sie dem Zeitplan, den ihre Assistentin ihr vorgelegt hatte, um eine halbe Minute voraus war. Der Flug hatte genau sechs Stunden und elf Minuten gedauert. Die Wartezeit in der Schlange an der Passkontrolle, die ganz ohne menschliches Personal abgefertigt wurde, hatte neunzehn Minuten in Anspruch genommen, das Shuttle zum Teminalausgang wie geplant bereitgestanden. Nachdem der Wagen auf den Long Island Expressway eingebogen war, fuhr er weiter nach Westen, zwischen den Wolkenkratzern von Queens und Brooklyn hindurch. In der Ferne begann sich die Skyline von Manhattan abzuzeichnen. Ava konnte kleine Hubschrauber und Paketdrohnen wie Wespen um die hohen Gebäude herumschwärmen sehen. Das Auto erreichte den Tunnel, der wie eine Nabelschnur unter dem East River die Insel mit dem Festland verband. Im Schatten der Bürogebäude tauchte es einige Zeit später wieder auf, umringt von gelben Taxis. Kurz darauf befand sich der Wagen auf dem FDR Drive, dem Parkway, der fast die ganze East Side Manhattans umschloss. Am Battery Park fuhr der Wagen erneut in einen Tunnel, schwenkte wenig später nach rechts, wurde langsamer und hielt schließlich vor dem Eingang des Ritz-Carlton.

Ava stieg aus und ließ sich von einem Portier, der aus dem Gebäude herbeigeeilt war, ihren Koffer reichen. Sie drückte ihm ein paar Dollar in die Hand, obwohl sie seine Hilfe nicht gebraucht hätte, und lief durch die Schiebetüren ins Gebäude. Dort hielt sie ihren Pass vor einen Sensor im Rezeptionstresen, und in der Öffnung daneben wurde die Schlüsselkarte für ihr Zimmer ausgeworfen. Über der Rezeption erschien eine Botschaft in geschwungenen Buchstaben: »Welcome, Miss Rodenburg! We wish you a pleasant stay at the Ritz-Carlton!« Mit dem Aufzug fuhr sie in die zweiunddreißigste Etage. Am Ende des Flurs befand sich die Suite, die man für sie reserviert hatte. Sie öffnete die Tür, trat ein und schüttelte sofort die hochhackigen Schuhe von den Füßen. Danach legte sie ihren Koffer aufs Bett, machte ihn auf und streckte sich aus. Sie öffnete die Knöpfe ihrer Bluse und den Reißverschluss ihres Rocks, warf BH und Slip aufs Bett und lief dann ins Badezimmer, wo sie die Wanne mit heißem Wasser füllte. Wenig später seifte sie sich von oben bis unten ein und ließ sich ins Wasser sinken. Ihr blieben noch anderthalb Stunden bis zu dem Termin mit den Leuten von Lockheed.

Sie verließ die Wanne, trocknete sich ab und zog sich das

Businesskostüm an, das ihre Assistentin sorgfältig zusammengelegt hatte. Vor dem Spiegel machte sie sich zurecht. Ihr Blick fiel auf eine schwarze Karte mit dem sternförmigen Lockheed-Logo. Auf der Rückseite stand: *Willkommen in New York, Frau Ministerin. Wir freuen uns auf den gemeinsamen Termin. – Marc Bishop.*

Ava zerriss die Karte und warf die Schnipsel in den Papierkorb neben dem Frisiertisch. Dann zog sie die Pumps an, die in einem Samtbeutel ganz unten im Koffer gelegen hatten. Ein Geschenk ihres Vaters, in einer zu kleinen Größe, doch der Gedanke, dass sie im wahrsten Sinne des Wortes in seine Fußstapfen getreten war, erfüllte sie mit Stolz und sorgte dafür, dass sie gar nicht anders konnte, als immer ihr Bestes zu geben. So hatte er erreicht, dass sie nie in ihren Anstrengungen nachließ.

Sie warf noch einen letzten Blick auf ihr Spiegelbild, strich sich eine Locke hinters Ohr und warf sich eine kleine Handtasche über die Schulter. Aus ihrem Tablet ertönte ein Signal. Sie wischte über das Display und sah die Silhouette ihres MIVD-Kontakts.

»Gärtner Erwin«, sagte sie tonlos, »ich bin auf dem Weg zu einem Termin.«

Er nickte, und es dauerte nur den Bruchteil einer Sekunde, bis sie seine Antwort hören konnte. »Es schien mir geraten, Sie auf den neuesten Stand zu bringen, was die Entwicklungen in Bezug auf die Akte Veltman betrifft.«

»Die Akte, deren Schließung ich durch meine Unterschrift bestätigt habe, meinen Sie?«

»Eben jene.«

Mit einem Seufzer schaute sie auf die kleine silberne Armbanduhr an ihrem Handgelenk. Sie hatte sie noch nicht umgestellt.

»Sie haben eine Minute.«

»Wir sind Veltmans Kontakt von Leeuwarden bis in ein Hotel in Utrecht gefolgt. Von dort aus ist er nach Nieuwegein weitergefahren.«

»Eine beeindruckende detektivische Leistung. Warum sollten mich diese Reiseinformationen interessieren?«

Stoisch fuhr der Mann vom MIVD fort, von den Aktionen seiner Abteilung zu berichten. »Das Hotelzimmer, das er gemietet hat, wird sehr sorgfältig durchsucht. Außerdem analysieren wir die Videoaufnahmen vom Bahnhof in Leeuwarden. Sobald wir mehr wissen, werde ich Ihnen einen Bericht liefern.«

Während sie die Aufzugkabine betrat, sagte Ava kurz: »Dafür sehe ich keine Notwendigkeit. Sie tun Ihre Arbeit und ich meine.«

»Ich werde mich auf das beschränken, was für Sie von Bedeutung ist. Hinzufügen kann ich noch, dass wir einen unserer freien Mitarbeiter nach Nieuwegein geschickt haben. In Leeuwarden konnte er unsere Zielperson nicht mehr abfangen.«

»›Besser, man weiß nichts, kann aber darauf vertrauen, dass alles wieder gut wird, als dass man alles weiß und mit ansehen muss, wie es schiefgeht‹ – das haben Sie wörtlich zu mir gesagt, Erwin. Und das habe ich mir zu Herzen genommen. Sorgen Sie nur dafür, dass alles geregelt wird.«

Er verabschiedete sich mit einer Handbewegung, die man als Winken, aber auch als Salutieren auslegen konnte. Sie stellte das Tablet aus und schaute zu, wie auf der Anzeige über der Aufzugtür die Zahlen der Etagen durchliefen.

War es die richtige Entscheidung gewesen, eine größere Distanz zu der Operation einzunehmen? Ohne auch nur den geringsten Beweis dafür zu haben, musste sie dem Mann vom

MIVD glauben, wenn er sagte, dass die landesweite Sicherheit auf dem Spiel stand. Trotzdem hatte sie auf der Grundlage dessen, was er ihr mitgeteilt hatte, schwerwiegende Entscheidungen zu treffen. Gleichzeitig war es am besten, wenn sie darüber so wenig wie möglich wusste, damit sie, wenn das jemals nötig würde, kategorisch leugnen konnte, zu irgendeiner Zeit in entscheidende Beschlüsse oder Aktionen involviert gewesen zu sein. Dieser Widerspruch beunruhigte sie sehr, als handele es sich um ein Damoklesschwert, das sie selbst hoch über ihrem eigenen Kopf aufgehängt hatte. Sie verließ den Aufzug und ging durch die Lobby nach draußen, wo ein warmer Wind aus der Richtung des Hudson River ihr Gesicht umspielte. Der Lincoln Autonomous erwartete sie bereits, und nachdem sie eingestiegen war, brachte sie der Wagen zu einem gigantischen Bürokomplex am Bryant Park. Sie wies den Chauffeur an, nicht über den FDR Drive zu fahren, sondern die Route durch das Herz Manhattans zu wählen. Schweigend nahm er die entsprechenden Änderungen im Bordcomputer vor. Durch Lower Manhattan und das West Village bewegte sich der Lincoln Autonomous, als gäbe es keine Ampeln und als erstarrte der Verkehr voller Respekt, sobald sich der Wagen näherte. Durch die Windschutzscheibe konnte Ava das Empire State Building sehen. Wenn es ihr Zeitplan zugelassen hätte, wäre sie vielleicht hinaufgestiegen und hätte sich die ganze Insel mit ihrer absurden Bebauungsdichte von oben angesehen.

Vor Jahren, als sie noch in den Vereinigten Staaten arbeitete, hatte sie das zusammen mit ihrem Vater getan. Jetzt, bei ihrer Rückkehr, stand ihr diese Szene wieder ganz lebendig vor Augen: Er hatte zu ihr gesagt, er genieße den Besuch, aber sein Blick hatte eine andere Sprache gesprochen. Schweigsam hatte er durch die Gitter in die Tiefe gestarrt, als sie ihn fragte, ob er wieder nach unten wolle. In einem Café hatte er ihr davon erzählt, wie er gerade mit einem Taxi im südlichen Teil Manhattans ankam, als sich das erste Flugzeug in den Nordturm des World Trade Centers bohrte. Er hatte auf dem Empire State Building an nichts anderes denken können als an den 11. September. Daran, dass jemand – Chalid Scheich Mohammed hieß der Mann – einen Angriff mit Linienflugzeugen geplant hatte, mit Tausenden unschuldiger Opfer als Folge. Die Dreistigkeit, das völlige Fehlen von Mitleid, die grausame Effektivität dieser Tat – man konnte sich beinahe nicht bewusst machen, wie viel Blut an den Händen dieses Mannes klebte. Ava schaute auf die gigantischen Fassaden aus Glas und Stahl, die Flaggen, die Menschen auf den Bürgersteigen, die Taxis, die Busse. All diese Menschen. Es war ein Kriegsverbrechen gewesen, wie es schockierender nicht möglich schien. Ihr Vater hatte nicht weiter darüber sprechen wollen. »Lies es einfach in meinen Aufzeichnungen nach«, meinte er, »wenn ich einmal nicht mehr bin.«

Das Auto wurde langsamer und hielt vor einem schwarzen Gitterzaun, der sich langsam zusammenschob, um sie einzulassen. Über eine steile Auffahrt gelangte der Wagen in die Garage. Der Chauffeur parkte ihn in einem dafür vorgesehenen Fach in der Nähe des Aufzugs und entriegelte die Tür zum Rücksitz. Als Ava ausstieg, sich Rock und Blazer glatt strich und sich ihre Tasche über die Schulter hängte, entdeckte sie, dass auf dem Beton des Parkfachs ein riesiges Lockheed-Logo prangte. Schweigend folgte ihr der Chauffeur bis zum Aufzug, und sie betrat in Gedanken versunken die Kabine. Als der Lift anhielt, schien es, als wollte ihr Körper nicht wahrhaben, dass es nur eine Minute gedauert hatte, bis zur zweiundachtzigsten Etage emporzufahren. Die Tür am Ende des Flurs führte in einen Tagungsraum mit gigantischen Proportionen, mit einer Einrichtung, die jemand ausgesucht hatte, dem es an nichts fehlte – außer an Geschmack. An einem riesigen ovalen Tisch standen sechs Männer und eine Frau hinter ihren Stühlen. Ava ging auf sie zu und schüttelte allen die Hand, wiederholte dabei jedes Mal ihren Namen – als bestehe auch nur der geringste Zweifel daran, wer sie war. Man bedeutete ihr durch Gesten, auf einem der zwanzig Stühle auf der anderen Seite des Tisches Platz zu nehmen. Wasser und Kaffee wurden gebracht. Von beidem goss man etwas für sie ein, fragte jedoch nicht nach ihren Wünschen.

»Vielen Dank für Ihr Kommen, Madam Secretary«, begrüßte sie die Person in der Mitte der Delegation. Sie erkannte in ihm den CEO von Lockheed Northrop wieder, Daniel Akerson. Sein kahler Schädel glänzte, als hätte man ihn mit genauso viel Enthusiasmus gebohnert wie die Platte des Konferenztisches. »Sie kennen Marillyn Dawes; Rick Loughead wird die Familie Loughead vertreten; Nolan Archibald, Thomas Falk, James Ellis und ganz auf der linken Seite Marc Bishop, unseren Juristen.«

Ava nickte nach jedem Namen, den Akerson nannte, aber mit Ausnahme von Bishop wusste sie schon nicht mehr genau, wen sie vor sich hatte. Sie wollte etwas erwidern, sah jedoch, dass Akerson bereits Anstalten machte, erneut das Wort zu ergreifen. Das Lächeln war von seinen Lippen verschwunden.

»Ich werde direkt zum Punkt kommen, Frau Rodenburg.«

Sie erstarrte, versuchte sich jedoch gegenüber den anderen Anwesenden so unbeeindruckt wie möglich zu geben.

»So ist es mir am liebsten, Daniel. Und nennen Sie mich bitte Ava.«

»Ganz ausgezeichnet. Ava, wir haben mit großem Interesse die Debatte in Ihrem Parlament verfolgt. Sie haben auf klare und deutliche Weise Ihre Position dargelegt, und es war wie erwartet nicht einfach, die Mitglieder der Opposition zu überzeugen. Davor hatten Sie uns gewarnt. Die anschließende Abstimmung hat bei uns allerdings für einige Verwirrung gesorgt. Um noch deutlicher zu werden: Sie hat uns sehr überrascht. Weder Sie noch irgendjemand anders aus Ihrem Ministerium haben uns auf irgendeine Weise vermittelt, dass überhaupt die Möglichkeit bestand, diese Abstimmung könnte zu unseren Ungunsten ausfallen. Im Gegenteil, uns ist versichert worden, der Deal komme gemäß den aktuellen Vereinbarungen zustande. Dafür haben wir über Devisen verfügt, Arbeitskräfte eingespannt, Planungen vorgenommen. Das begreifen Sie sicher. Marc, möchten Sie noch etwas ergänzen?«

Der Anwalt nickte und begann mit seinem Vortrag.

»Der niederländische Staat hat sich vertraglich dazu verpflichtet, vor Ende dieses Kalenderjahres 50 UAV-Systeme von Lockheed Northrop zu erwerben, inklusive einer Belegschaft aus Ausbildern, Wachpersonal und Technikern, darüber hinaus ein auf dreißig Jahre angelegtes Wartungspaket.«

»Mir ist sehr wohl bekannt, was ich da unterschrieben habe, Marc«, antwortete Ava kühl.

»Dann ist Ihnen auch bekannt, welche Konsequenzen es hat, wenn der Fall eintritt, dass einer der beiden Vertragspartner sich nicht an die Vereinbarungen hält.«

Sie zuckte mit den Schultern und nickte zur Bestätigung. »Diese Konsequenzen will ich vermeiden. Wir befinden uns mitten in einer Operation, die auf enorme Einsparungen ausgerichtet ist. Eine Strafzahlung in Milliardenhöhe werden weder ich noch die Regierung, für die ich arbeite, vor dem

Parlament verantworten können. Eine solche Geldstrafe würde für das Kabinett Stahlman II das Ende bedeuten.« Sie ließ den Blick über alle Anwesenden schweifen und fügte hinzu: »Niemand hat damit gerechnet, dass die Abstimmung so ausgehen würde.«

Akerson lächelte herablassend.

»Genau darin lag schon immer die Tragik der Demokratie als politisches System: Unwissende Bürger wählen auf der Grundlage von Nichtinformation Repräsentanten, die ohne Sachkenntnis Entscheidungen über Dinge treffen dürfen, die sie nicht begreifen, die jedoch für das Leben derjenigen entscheidend sind, die sie mit dieser Aufgabe betraut haben. Die Blinden wählen die Blinden.«

»Diese Sicht der Dinge ist mir zu zynisch«, reagierte Ava ruhig, »es ist jedoch richtig, dass eine solche Abstimmung auch so ausgehen kann, dass die Repräsentanten eine Entscheidung treffen, die für ihre Wähler falsch ist.«

Marillyn Dawes, die stellvertretende Vorstandsvorsitzende von Lockheed Northrop, die bis zu diesem Augenblick zurückgelehnt auf ihrem Stuhl gesessen und zugehört hatte, beugte sich vor.

»Diese politischen Betrachtungen sind äußerst interessant, aber sie ändern nichts an der Tatsache, dass wir, oder genauer gesagt Sie, Madam Secretary, ein Problem ungewöhnlichen Ausmaßes haben, das wir hier und jetzt lösen müssen.«

Erst nachdem sie langsam einen Schluck Kaffee getrunken hatte und mit ihrem Stuhl ein wenig nach hinten gerollt war, ging Ava auf diese Bemerkung ein. »Natürlich habe ich mich bereits intensiv mit möglichen Lösungen befasst. Ich habe in Erwägung gezogen, die Angelegenheit über verfügbare Etats aus verschiedenen Ministerien zu regeln, doch der Ministerpräsident und ich sind uns darin einig, dass diese Option einen Mangel an Transparenz mit sich bringen und die Mitwirkung zu vieler Beteiligter erfordern würde. Auch darüber, die Bestellmenge zu reduzieren, haben wir nachgedacht. Das würde ebenfalls eine hohe Strafzahlung bedeuten, die die Regierung nicht verantworten kann. Es sieht ganz so aus, als müssten wir die Lösung doch über den demokratischen Weg finden. Wir brauchen eine Mehrheit im Parlament. Wir können schon froh sein, dass es in den Niederlanden keine Erste Kammer mehr gibt.«

Daniel Akerson ergriff das Wort.

»Bei Ihnen beginnt bald die Sommerpause, und das bedeutet eine enorme Verzögerung. Eine neue Abstimmung würde erst im nächsten Jahr stattfinden können, und der Ausgang wäre genauso unsicher. Das kommt für uns nicht infrage.«

»Ich befinde mich in Verhandlungen mit dem Vorsitzenden der Opposition, was die Unterstützung der Umrüstung betrifft. Es handelt sich um einen Mann, der weiß, was er will, und dem sehr daran gelegen ist, in seiner politischen Karriere einen letzten großen Schritt zu machen. Wir setzen auf ihn, obwohl ich noch nicht sicher weiß, ob wir ihm das bieten können, was ihm vorschwebt.«

»Und das wäre?«

»Den Posten als Generalsekretär der NATO.«

»Dem werden wir nicht zustimmen«, erklärte Akerson resolut. »Wir wollen einen Deutschen oder einen Skandinavier. Es tut mir leid, aber die politischen Verhältnisse in den Niederlanden sind viel zu unsicher. Unsere Firma benötigt Stabilität, damit wir unsere Position optimieren können, das wissen Sie.«

Sie nickte.

»Außerdem erscheint es uns sehr zweifelhaft, dass sich die

Deutschen damit einverstanden erklären würden. Die sind jetzt an der Reihe.«

»Das Weiße Haus wird diesem Vorschlag auf keinen Fall zustimmen. Unsere Kontaktperson hat uns versichert, dass das gar nicht zur Debatte steht. Sie werden sich etwas anderes ausdenken müssen.«

»An Montfoort führt kein Weg vorbei, Daniel«, erklärte Ava, die sorgfältig darauf achtete, Verzweiflung in ihren Worten durchklingen zu lassen.

»Montfoort ist ein eitler Pfau«, fügte der Mann neben Akerson hinzu. »Ein eitler Pfau, der sich wichtig fühlen will. Der nach außen hin als Schlüsselperson gelten will. Genau wie Sie sagen, Frau Rodenburg: Ihm geht es darum, auf der Karriereleiter höher zu steigen. Aber er sitzt schon seit sechzehn Jahren als Abgeordneter im niederländischen Parlament. Was glauben Sie wohl, was das heißt? Welche Bedeutung misst Montfoort selbst diesem Umstand bei, was meinen Sie?«

»Er hat den richtigen Moment abgewartet.«

»Unsinn.«

Ava stellte die Kaffeetasse ab und fuhr sich durch den Pony.

»Ich will nicht unhöflich sein, aber wer sind Sie eigentlich?«

Daniel Akerson öffnete den Mund, um die Frage zu beantworten, aber der Angesprochene kam ihm zuvor.

»Thomas Falk. Leiter des Drone Strike Program der CIA. Wir verfolgen die Entwicklung in Ihrem Land mit großem Interesse, Madam Secretary.«

Falk hatte eines dieser Gesichter, dem sich nicht der geringste Hinweis auf sein Alter entnehmen ließ. Sein Haar war silbergrau, aber das bedeutete nichts. Ein intelligenter Mann mit einem einnehmenden Lächeln.

»Ganz offensichtlich fällt Ihre Einschätzung von Montfoort

anders aus als unsere«, erwiderte Ava. »Wenn es ihm nicht darum geht, den richtigen Moment für einen weiteren Karriereschritt abzupassen, worum geht es dann?«

»Alles Bluff«, erklärte Falk wegwerfend. »Wer sechzehn Jahre lang versucht, nach oben zu kommen, dem wird irgendwann klar, dass das nicht mehr passiert. Leonard Montfoort ist nicht dumm. Er weiß, dass er mit dem Posten als Generalsekretär viel zu hoch greift. Er kennt die Regeln, und er spielt mit Ihnen – alles reiner Bluff.«

Mit einigem Erstaunen hörte sich Ava Falks Worte an, nicht zuletzt deshalb, weil sie nicht selbst an diese Möglichkeit gedacht hatte. Ein ihr unbekannter Amerikaner musste sie darauf stoßen, was sie selbst in Erwägung hätte ziehen müssen. Vielleicht hatte er recht. Vielleicht sah Montfoort das Ganze als letzte Chance, seiner Karriere Schwung zu verleihen. Hatte die Flasche Amaron schon ausgereicht, um ihn zu ködern?

»Ihrem Herrn Montfoort«, fuhr der Mann vom CIA fort, »geht es um Einfluss. Zumindest will er das Gefühl haben, dass er es ist, der die entscheidenden Knöpfe drückt. Darum geht es Leuten, die so alt sind wie er und deren Partei noch nie eine Mehrheit im Parlament hatte. Dieses Gefühl müssen Sie, Frau Rodenburg, zu befriedigen versuchen. Was hat er denn in erster Linie gefordert?«

»Informationen.«

»Ganz genau. Wenn man Dinge weiß, die andere nicht wissen, verleiht einem das ein Gefühl der Kontrolle. Darin liegt für meine Begriffe Ihr Ausweg. Machen Sie Herrn Montfoort zum Mitwisser eines Geheimnisses.« Falk sagte das in so ruhigem Ton, dass die Bedeutung seiner Worte Ava beinahe entgangen wäre. Während er sich ein Glas Wasser eingoss, versuchte sie, von den Gesichtern der anderen am Tisch eine Reaktion abzulesen.

»Ich habe ganz bewusst keine genauen Informationen über das UAV-Drohnen-Projekt weitergegeben. So lautete die Grundbedingung Ihrer juristischen Abteilung. Den Bericht mit den Testergebnissen habe ich noch nicht freigegeben, weil ich sehr nachdrücklich auf die Geheimhaltungsvereinbarung verwiesen wurde. Solange sich die Drohne noch in der Testphase befindet, gilt alles als Betriebsgeheimnis; das hat man mir mehrfach zu verstehen gegeben.«

»Und wie schätzen Sie den Bericht ein?«

»Die Drohne spricht für sich selbst.«

»Halten Sie dann nicht den Zeitpunkt für gekommen, auch andere davon zu überzeugen?«

»Was meinen Sie damit, Herr Falk?«

»Geben Sie Montfoort den Testbericht. Demonstrieren Sie ihm auf überzeugende Weise, über welche Möglichkeiten unser UAV verfügt. Lassen Sie die Drohne etwas tun, was kein menschliches Wesen tun könnte.« Er erhob sich und holte eine Speicherkarte von der Größe eines Feldes auf einer Computertastatur aus der Innentasche seines Jacketts. Er beugte sich zu Ava hin. Schweigend nahm sie die Speicherkarte entgegen. Mit unbeweglichem Gesichtsausdruck fügte Falk hinzu: »Öffnen Sie die Büchse der Pandora einen Spalt weit.«

26 DER AUFTRAGNEHMER

Bahnhof Nummer 4

In der Nähe von Meppel erfuhr der Auftragnehmer, dass Eliot Koler in Leeuwarden gesichtet worden war. Als er dort ankam, war der Ex-Elitesoldat schon wieder weg. Die Männer vom MIVD vor Ort hatten ihn bei einem Depot aus den Augen verloren. Einen Tag später tauchte er wieder auf, diesmal in Utrecht, auf den Überwachungsbildern, die von einem Analyseteam ausgewertet wurden. Geortet wurde er auf dem Hauptbahnhof von Utrecht und danach in Nieuwegein, wo es allerdings keinen Bahnhof gab. Was er dort machte, interessierte den Auftragnehmer nicht; er wusste, was er zu tun hatte, und dazu gehörte nicht, sich über die Motive von Zielobjekten, die er zugeteilt bekam, den Kopf zu zerbrechen. Mit seinem SUV fuhr er auf die Brücke, die über die Schnellstraße führte, und ohne große Eile auf der anderen Seite wieder hinunter. Er zündete sich eine Zigarette an. Warum der MIVD Koler nicht selbst in Gewahrsam nahm, verstand er durchaus. Im Englischen nannte man das *plausible deniability*, glaubhafte Abstreitbarkeit. Sobald irgendwie herauskommen würde, dass die niederländischen Behörden beim Tod eines ihrer Untertanen die Hand im Spiel hatten, würde es einen enormen Aufstand geben. Wenn sie aber ehrlich sagen konnten, dass sie nicht wussten, was mit dieser Person passiert war, konnte niemand dafür belangt werden. Was ich nicht weiß, macht mich nicht heiß, war die Kommunikationsdevise innerhalb des gesamten Apparats des Verteidigungsministeriums.

Sein Handy, das er mit der Mittelkonsole verbunden hatte, klingelte. Er aktivierte es über einen Knopf am Steuer. Auf dem Display erschien jemand, den er noch nie zuvor gesehen hatte: ein Mann mit einem Bart und sorgfältig geschnittenen Haaren.

»Ich rufe dich im Auftrag von T. an«, sagte der Mann.

»Du warst in Leeuwarden dabei?«

»Ja«, sagte der andere kurz angebunden, »das war suboptimal. Wir haben ihn verloren, aber er ist ja jetzt wieder aufgetaucht.«

»Sehr professionell«, murrte der Auftragnehmer, während er auf die linke Spur wechselte.

»Deine Abwicklung in Haarlem würde ehrlich gesagt auch keinen Schönheitswettbewerb gewinnen. Aber gut, das ist nur menschlich. Wir alle machen Fehler; wo gehobelt wird, fallen Späne, und so weiter.«

»Wo ist Koler?«

»Auf dem Weg nach Enschede. Das war eine der Optionen«, sagte der Mann mit dem Bart nicht ohne einen gewissen Stolz.

»Was will er da?« Der Auftragnehmer öffnete das Seitenfenster, warf die Kippe hinaus und zündete sich eine neue Zigarette an.

»Das wissen wir noch nicht. Aber wir haben den Vorteil, dass du diesmal früher ankommen wirst als Koler.«

»Ich bin jetzt wieder in der Nähe von Meppel, fahre gleich auf die A28, noch eine Stunde und achtzehn Minuten bis zum Bahnhof von Enschede.« Der Auftragnehmer drückte fester aufs Gas, sodass der SUV brummend mehrere Autos überholte. Er warf einen Blick auf das Display und sah, wie der Mann vom MIVD leicht grinste.

»Er hat gerade Utrecht verlassen und befindet sich im Intercity nach Enschede, Wagen 5K. In einer Stunde und siebenunddreißig Minuten kommt er auf Gleis 1 an. Du hast also neunzehn Minuten.«

Die Bahn war so freundlich gewesen, ihnen Zugang zu ihren Servern zu geben, wusste er. Obwohl, ein richtiger Freundschaftsdienst war es nicht: Die Bahn war im Namen der nationalen Sicherheit dazu verpflichtet, ihre Kameras für den AIVD oder MIVD freizuschalten, wenn es Vermutungen zu einer terroristischen Bedrohung auf einem niederländischen Bahnhof gab. Dreizehn Bahnhöfe hatte der MIVD mit diesem Freibrief kontaktiert: die dreizehn, auf denen Miriam Veltman vor ihrem Tod noch gewesen sein konnte.

»Und wer sagt uns, dass er nicht in Amersfoort oder auf einem der anderen dazwischenliegenden Bahnhöfen aussteigt?«

»Weil sie das auch nicht gemacht hat. Wir gehen davon aus, dass er ihren Schritten folgt.«

»Habt ihr da jemanden postiert?«

»Ja.«

»Sorg dafür, dass er diesmal aus dem Blickfeld bleibt.«

Der Mann vom MIVD nickte und legte auf. Der Auftragnehmer schaltete das Radio ein, suchte nach einem Sender mit Nachrichten und nahm Kurs auf Bahnhof Nummer 4. Kolers Endstation.

27 ELIOT
Resn

Schon in der Hotellobby wusste Eliot, dass etwas anders war. Als ob seine Sinne andere Farben, Geräusche und Gerüche im Vergleich zu denen registrierten, die er wahrgenommen hatte, bevor er zur Zulassungsstelle in Nieuwegein aufgebrochen war. Das Licht war greller, und es roch unangenehmer, nach billigem Reinigungsmittel, als hätte jemand versucht, ein Geheimnis wegzuwischen. Im Erdgeschoss war kein Personal zu sehen, und auch andere Gäste ließen sich nicht blicken. Weder war das Klappern von Tellern und Gläsern aus dem Speisesaal zu hören noch die Musik, die dort normalerweise lief. Man hatte hier nach ihm gesucht. Jemand war hoch in sein Zimmer gegangen, hatte seine Sachen durchwühlt, seinen Laptop mitgenommen. Indem er jede zweite Stufe übersprang, erreichte er schnell die zweite Etage, rannte über den Flur und kam bei seinem Zimmer an. Als er die Tür öffnete, wurde seine Vermutung bestätigt: Das Zimmer war durchsucht worden. Die Matratze hatte man vom Bett gerissen, Schubladen und Schranktüren standen offen. Der Laptop war in der Tat verschwunden. Einen der Schraubenzieher fand er auf dem Boden wieder; den nahm er und ging ins Badezimmer, während er gleichzeitig versuchte, zu Atem zu kommen. Er schaute zur Decke und stieß einen Seufzer der Erleichterung aus. Der Rost war immer noch an seinem Platz. Er schraubte ihn ab und tastete nach der Festplatte. Ein Stein fiel ihm vom Herzen, als er das Metall unter den Fingern spürte. Schnell schnappte er sich einige der neuen Kleidungsstücke, stopfte sie in seine Tasche und verließ das Zimmer. Während er die Treppe hinunterlief, machte er den Reißverschluss der Tasche zu. Drei Tage hatte er im Voraus bezahlt, aber das war nun überflüssig geworden, weil es ihm nicht gelungen war, seine Verfolger abzuschütteln. Nun, da er wusste, dass es das Verteidigungsministerium war, das seine Mitarbeiter auf ihn angesetzt hatte, war ihm klar, dass er von jetzt an noch vorsichtiger sein musste. Er verließ das Hotel, bog um die Ecke und rannte über die Brücke, ohne sich ein einziges Mal umzusehen.

Am Hauptbahnhof von Utrecht hastete er zu Gleis 11, wo er ein paar Minuten auf den Zug in östliche Richtung warten musste. Gegen jede Höflichkeit drängelte er sich hinein, ohne erst die anderen aussteigen zu lassen, lief zum oberen Zugteil und fand dort einen Fensterplatz. Den Rucksack mit der Festplatte stellte er neben sich. Er schaute auf die Uhr und danach auf die digitale Anzeige mit den Abfahrtszeiten. Zu seiner Erleichterung ertönte das Abfahrtssignal kurze Zeit später, und der Zug setzte sich summend in Bewegung. Eliot schaute aus dem Fenster, bis die letzten Hochhäuser der Vororte von Utrecht von Bäumen und Schutzwänden voller Graffiti verdeckt wurden, und entspannte sich kurz, den Rucksack fest umschlossen.

Er versuchte, sich an die Abkürzung auf der Festplatte zu erinnern. Drei Konsonanten. In seinem Handy suchte er nach den Notizen, aber ihm fiel plötzlich ein, dass er sie auf dem Laptop gemacht hatte. Ein Leichtsinnsfehler allererster Güte: Ein Kryptograf würde lediglich ein paar Minuten brauchen, um sein Passwort zu knacken und den Inhalt in den hintersten Ecken seines Computers zu finden. Das bedeutete, dass sie auch Miriams E-Mail lesen würden.

Wiesen, Bauernhöfe und Wälder glitten an ihm vorbei, rhythmisch unterbrochen von Pfählen und Zäunen, wie auf einer Filmrolle in einem Projektor. Eliot schloss die Augen und versuchte, sich über den Umfang des Chaos klar zu werden, in das Miriam Veltman ihn hineingezogen hatte. Ein paar Dinge wusste er inzwischen sicher. Er war zu dem Schluss gekommen, dass sie in der Türkei und in Afghanistan gewesen sein musste, während sie als Verwaltungsangestellte in der Kaserne in Rozendaal registriert war, aber ihre Entsendung war nirgends dokumentiert. Schlimmer noch: Alle Informationen über Miriam und ihre Familienmitglieder verschwanden vor seinen Augen von der offiziellen Webseite, als hätte es sie nie gegeben. Das Verteidigungsministerium behielt ihn genau im Auge, darauf erpicht, die Festplatte in die Hände zu bekommen. Die Informationen auf dieser Scheibe waren so wertvoll, dass jemand dafür hatte sterben und jemand anderes dafür hatte verschwinden müssen.

In knapp 20 Minuten würde der Zug in Enschede ankommen, danach würde Eliot in einen Regionalzug umsteigen müssen, um beim Fußballstadion auszusteigen. Auf der anderen Seite des Gleises stand das L-förmige Bürogebäude, in dem sich das Zentrum für Human Resources des Verteidigungsministeriums befand. Wenn es einen Ort gab, an dem er mehr über Miriam oder ihren Bruder herausfinden konnte, dann war es dieser. Vielleicht würde er dort auch mehr über die Identität der IT-Spezialistin erfahren, Merijn.

Neben der Schiebetür am Ende des Wagens sah er die Anzeige mit dem transparenten Logo der Niederländischen Bahn, auf der alle Reiseinformationen zu sehen waren. Sie spiegelte sich im Fenster daneben. Das Spiegelbild machte ihn nachdenklich. Er rief die E-Mails auf seinem Handy ab und durchsuchte die Inbox von olekotlier@g-host.nl, die nur Miriams E-Mail enthielt. Er ließ die Augen über den Text schweifen, während er herunterscrollte. *Resn* hatte sie geschrieben, nicht Rens. Das war ihm schon beim ersten Mal, als er diese E-Mail las, aufgefallen. Sie hatte ihn damit auf die Niederländische Bahn, deren Abkürzung NS lautete, hinweisen wollen. Oder steckte mehr hinter der Buchstabenreihenfolge des Namens?

Er starrte aus dem Fenster. Der Zug bremste und rollte am Bahnsteig aus, wo ihm wartende Reisende hinterherstarrten. Viele waren es nicht, was Eliot half, ihre Gesichter einzeln zu studieren und sie sich einzuprägen. Die Mitarbeiter des Verteidigungsministeriums waren in Leeuwarden aufgetaucht, warum sollten sie hier nicht auch stehen? Er musste auf der Hut sein.

Eliot stand auf und ging durch das Erste-Klasse-Abteil zum letzten Wagen des Zugs. Bei der Tür hielt sich schon eine Handvoll Personen auf. Koffer, eine Reisetasche und ein Klapprad versperrten ihm den Weg. Einer nach dem anderen stiegen sie aus und instinktiv beschloss er zu warten. Durch die offene Tür sah er, wie die Reisenden den Bahnsteig in Richtung Bahnhofsgebäude überquerten. Um ungesehen Gleis 4 zu erreichen, würde er um den Zug herumlaufen und auf den Anschluss zum Fußballstadion warten müssen. Wenn es Mitarbeiter des Verteidigungsministeriums auf diesem Bahnhof gab, die ihn abfangen sollten – er fragte sich inzwischen, wie viele das wohl waren – dann wäre das unmöglich, weil sie alle Zugtüren im Auge behalten konnten. Und auch wenn es ihm gelingen würde auszusteigen: Der Bahnhof war kompakt und dadurch sehr übersichtlich. Vielleicht kontrollierten sie sogar die Überwachungskameras. Er setzte sich auf den Boden, lehnte sich gegen eine geschlossene Tür und versuchte, den Kopf freizubekommen, aber es gelang ihm nicht, sich zu konzentrieren. Irgendwo zwischen den möglichen Lösungen, die er gegeneinander abwog, schlummerte der Gedanke, dass es ihm diesmal nicht gelingen würde, die richtige zu finden. Er zog den Rucksack näher zu sich, trank eine Flasche Mineralwasser leer und stellte sie neben sich. Er schaute auf die Türen, auf den Aufkleber, auf dem erklärt wurde, wie ein paar Knöpfe darunter funktionierten. Daneben befand sich eine kleine Metallplatte mit einer Aussparung. Er stand auf und betrachtete die Platte näher. Die Aussparung darin war dreieckig. Er drehte sich zu der Tür, vor der er gerade noch gesessen hatte. Neben einem blauen Aufkleber mit der Aufschrift NUR FÜR PERSONAL entdeckte er eine weitere solche Aussparung. Daraufhin kramte er in seinem Rucksack und holte den Steckschlüssel heraus, den er mit einer einzigen Bewegung ins Schloss einführte. Er drehte den Schlüssel mit einer Viertelumdrehung, und die Tür öffnete sich ein Stück weit nach innen. Dahinter befand sich eine kleine Kabine.

28 DER AUFTRAGNEHMER

Fucking Enschede

Der Intercity kam quietschend zum Stillstand, die Türen öffneten sich mit einem Geräusch, als würden sie aufgebrochen. Dutzende Reisende, die der Zug ausspuckte, verteilten sich über den Bahnsteig. Von der Fensterfront der Halle aus musterte der Auftragnehmer die Gesichter, die sich bewegenden Beine und Hände, die Koffer, Taschen und die Haustiere, die darin mitgeschleppt wurden. Das Zielobjekt war nicht dabei, doch das überraschte ihn nicht. Eliot Koler war zu schlau, um einfach so seine Deckung aufzugeben. Aber, dachte der Auftragnehmer, die Tatsache, dass er Probleme erwartete, machte es umso unbegreiflicher, dass er sich jedes Mal für öffentliche Verkehrsmittel entschied. Anscheinend hatte er im wahrsten Sinne des Wortes etwas auf diesen Bahnhöfen zu suchen. Der Auftragnehmer warf die Zigarette auf den Boden und drückte sie mit der Schuhspitze aus. Er zog die Nase hoch und schaute auf sein Handy, um zu sehen, wie viel Zeit verstrichen war, seit der Zug die Türen geöffnet hatte. Eliot Koler hatte sich im Inneren verschanzt und wartete auf den Moment, in dem er nach draußen flüchten konnte, um seine Reise fortzusetzen.

Ein kurzes Signal erklang aus dem Ohrhörer, den der Auftragnehmer an sein Handy angeschlossen hatte.

»Nichts auf den Bildschirmen«, sagte eine Frauenstimme. »Er ist nicht ausgestiegen.«

»Nein«, reagierte der Auftragnehmer. »Er ist noch drin; ich beobachte die Türen. Wann fährt der Zug wieder ab?«

»In zehn Minuten. Die Türen bleiben offen, hat man mir gesagt.«

»Ich steige in den Zug«, murmelte er, während er schon auf die erste Tür zulief. »Fange an der Vorderseite an.«

»Er saß in Wagen 5K. In der Mitte.«

Leichten Schrittes erreichte er die Lokomotive. Mit einem halbherzigen Sprung versuchte er, durch die verdunkelten Scheiben hineinzuschauen, sah aber nichts und beschloss dann, zur ersten Tür weiterzulaufen. Er bestieg den Zug, öffnete die Schiebetüren zum Abteil und rannte, links und rechts neben sich schauend, durch den Mittelgang. Im zweiten Abteil waren Männer in gelben Overalls gerade dabei, Abfall einzusammeln. Träge sahen sie von ihrer Arbeit auf. Die kleine Waffe, die der Auftragnehmer in der Hand hielt, konnten sie nicht bemerkt haben.

»Immer noch nichts?«, flüsterte er in die Stille hinein.

Keine Reaktion.

»Hallo?«, brummte er verärgert, während er den Kopf zum Mikrofon in seiner Brusttasche beugte. Durch eine weitere Schiebetür kam er in ein Zwischenabteil, in dem sich auch eine Toilette befand. »Hallo?«, sagte er nun laut, während er die Toilettentür öffnete.

»Immer noch nichts«, kam endlich die Antwort – weit weg. Es war eine Männerstimme; jemand mit osteuropäischem Akzent, den er erfolglos zu kaschieren versuchte.

»Fucking Enschede«, blaffte der Auftragnehmer ins Mikrofon. »Passt doch verdammt noch mal auf.« Er schaute auf das Display seines Handys, auf dem er einen Grundriss des ganzen Zuges hatte. Sich selbst sah er als blinkenden blauen Pfeil, nicht weit von einer Markierung, auf der in roten Buchstaben »5K« stand. Die Hälfte des Zuges hatte er nun durch, und er wusste, dass er sich jetzt beeilen musste, denn je länger er brauchte, umso mehr Zeit hatte Koler, einen Ausweg für sich zu finden.

»Da tut sich was.« Es war wieder die Frau.

»Was?«

»Links von dir.«

29 ELIOT

Mit dem Strom

Er nahm seine Tasche und stellte sie in die Kabine. Auf beiden Seiten befanden sich runde Fenster, die ein grünliches Licht durchließen. Das linke Fenster war Teil einer Stahltür nach draußen. Eine Stufe in der Form eines Rosts wartete nach innen gefaltet darauf, dass die Tür geöffnet würde. In der Tür entdeckte er ein drittes Loch, in das der Steckschlüssel passte. Durch sie könnte er auf das nächstgelegene Gleis kommen. Miriam hatte vorhergesehen, dass man mit großer Wahrscheinlichkeit gegen ihn agieren würde, und hatte Vorkehrungen getroffen, um ihm zu helfen. Hatte sie selbst auch in so einer Kabine gewartet, bis die Luft rein war? Er schaute durch das Türfenster und stellte fest, dass er, auch wenn ihm dieser Fluchtweg in den Schoß gefallen war, dennoch vom Bahnhofsgebäude aus gesehen werden konnte. Er musste warten, wusste aber nicht, wie lange oder worauf. Sein Körper verlangte nach einer Zigarette.

Fünf Minuten verstrichen, als sich plötzlich ein Schatten vor das gewölbte Türglas schob, wodurch es in der Kabine immer dunkler wurde. Als der Schatten stehen blieb, sah Eliot fast nichts mehr. Er nahm sein Handy und ließ das Display aufleuchten, dann zog er seinen Rucksack zu sich. Schließlich stand er auf und beugte sich zum Fenster vor: Auf dem angrenzenden Gleis war ein Zug angekommen. Zwischen dem

Regionalzug und dem Intercity, in dem er sich befand, blieb weniger als eine Armlänge Platz, die nur einen Lichtstreifen zuließ. Ein Zischen, das Geräusch von Metall auf Metall und schließlich eine mechanische Stimme, die den Namen des Bahnhofs ankündigte. Kurz war es still; dann hörte er Geplapper und das Geräusch von Fahrrädern und Rollkoffern. Eine weitere Gelegenheit würde sich ihm nicht bieten. Er hing sich den Rucksack um und führte den Steckschlüssel in die Öffnung ein. Erst nach einer halben Umdrehung klickte es im Inneren der Tür. Er klappte sie auf, und die Stufe schob sich nach unten. Eliot kletterte hinunter, wand sich gebückt zwischen den beiden Zügen hindurch und rannte los. Es gelang ihm, schnell die Vorderseite des Regionalzugs zu erreichen. Auf allen vieren kroch er um die Räder herum. Wenig später fand er einen Ort, an dem die Stromkabel weit genug auseinander hingen, damit er hindurchklettern konnte. Er machte seinen Körper so flach wie möglich und bemühte sich, dass seine Kleidung den fettigen Ruß des Untergestells nicht berührte. Auf der anderen Seite des Zugs, dort, wo es etwas Platz zwischen zwei Wagen gab, richtete er sich wieder auf und kletterte auf den Bahnsteig. Hier hielten sich viele Reisende auf, und die Menschen, die sich unmittelbar in seiner Nähe befanden, starrten ungläubig auf die Seite, ohne auch nur ein Wort zu sagen, als erlaube ihnen ihr Verstand nicht, das zu glauben, was sie gerade gesehen hatten. Er ließ sich von dem Menschenstrom mitziehen, nahm den Rucksack von der Schulter und lief weiter in Richtung des Bahnsteigs, von dem der Regionalzug abfuhr. Doch dann änderte er seinen Plan. Zu Fuß war es sicherer. Man musste ungefähr eine Stunde lang in westliche Richtung gehen, an den Gleisen entlang, über die er gerade gekommen war. Kurz blieb er auf der breiten Treppe stehen und schaute über den asphaltierten Platz auf der rechten Seite des Bahnhofs. An der Ecke des Gebäudes hing eine Überwachungskamera und gegenüber, auf einer der Säulen, die die lange Überdachung stützten, eine weitere. Sah er, wie sich das Auge hinter dem Acrylglas in seine Richtung bewegte? Verdammt, er hätte nicht stehen bleiben dürfen.

30 DER AUFTRAGNEHMER

Schon hier

Den Regionalzug, der neben dem Intercity einfuhr, hatte er weder gesehen noch gehört, und er verfluchte die MIVD-Mitarbeiter dafür, dass keiner von ihnen auf die Idee gekommen war, ihn früher zu warnen. Der unglaubliche Dilettantismus bei der Organisation war einer der Gründe gewesen, warum er sich selbstständig gemacht hatte; aber da der MIVD sein einziger Auftraggeber war, hatte er öfter mit diesen Leuten zu tun, als ihm lieb war. Er rannte los, an einer dritten Reinigungskraft vorbei, erreichte das Fahrradabteil, zog ungeduldig an den Riegeln der Zwischentüren, bis er sich endlich im letzten Wagen befand. Doch wie im Rest des Zuges war auch hier kein einziger Fahrgast mehr auszumachen.

»Ist er ausgestiegen?«, knurrte er. Das wurde verneint.

»Wo ist dieser Scheißkerl? Hat er etwa bereits in Amersfoort oder Hengelo den Zug verlassen? Woher willst du denn wissen, dass er hier ist?«, schrie er, als richtete er die Fragen nicht nur an die Stimme in seinem Ohr, sondern auch an sich selbst. Eine Antwort bekam er nicht, und als er schweißüberströmt schließlich den letzten Waggon betrat – durch die offenen Türen drang die Hitze hinein – beschlich ihn das Gefühl, dass die Antworten weiterhin ausbleiben würden, es sei denn, er fasste einen radikalen Entschluss. Was hatte Koler gemacht? Wo hatte er den Zug verlassen?

»Wir schauen uns die Aufnahmen von gerade eben an. Dauert kurz«, sagte die Frau, »zwei Minuten.«

Er wollte den Ohrhörer wegwerfen und ins Mikrofon brüllen, dass es das letzte Mal war, dass er mit solchen unfähigen Arschlöchern zusammenarbeitete, doch er atmete tief durch und steckte die Pistole in den Hosenbund. Er lehnte sich aus dem Zug und blickte über das leere Gleis zu dem sich ausdünnenden Menschenstrom weiter vorne, der sich den Weg zum Ausgang bahnte. Er ließ sich wieder in den Zug zurückschwingen und musterte die Wände. Jemand hatte dort mit einem Edding HIER NICHT geschrieben. Seufzend holte er seine Zigaretten aus der Jackentasche und zündete sich eine an. Sein Blick glitt erneut durch das Innere des Zuges und blieb an den Scharnieren einer schmalen Tür hängen, die mit der Wand verschmolz; es gab keine Klinke. Instinktiv griff er nach seiner Waffe und ließ die Zigarette aus dem Mund fallen. Der glühende Stummel rollte nach draußen. Er stemmte den Fuß gegen die Tür, die sich zu seiner Überraschung öffnete. Er richtete den Lauf ins Innere. Ein schlecht erleuchteter Raum, nicht größer als zwei mal zwei Meter. Das spärliche Licht fiel durch zwei runde Fenster in den Seitenwänden ein. Auch wenn Koler keine Spuren hinterlassen hatte, wusste der Auftragnehmer, dass er sich kurz zuvor hier versteckt hatte. Ein Schatten hing in der Kammer, als hätte er ihn beim Entwischen nicht mitgenommen. Er hörte einen Pfeifton in seinem Ohr und danach wieder den Mann mit dem osteuropäischen Akzent.

»Wir haben ihn draußen entdeckt. Er steht draußen. Auf dem Platz!«

Sofort drehte sich der Auftragnehmer um, sprang aus dem Zug und rannte zum Bahnhofsgebäude, die Pistole in der

Hand. Bei den Schiebetüren schnaubte er ins Mikrofon: »Geht jemand hin?«

Eine dritte Stimme reagierte.

»Bin unterwegs. Zwanzig Meter, noch drinnen.«

»Dann beeil dich, verdammt noch mal.«

Er beschleunigte seine Schritte, drängte Passanten aus dem Weg, rannte nach links und stand dann vor der gläsernen Zugangsabsperrung, die die Gleise vom Bahnhofsgebäude trennte. Er nahm seinen Geldbeutel, hielt ihn vor den Scanner, aber nichts passierte. Fluchend trat er gegen die niedrige Glastür und sah aus dem Augenwinkel, dass zwei Mitarbeiter der Niederländischen Bahn sich ihm näherten. Er sprang auf die Scannervorrichtung und kletterte so behände über die Absperrung, gefolgt von den erstaunten Blicken der in der Schlange Wartenden. Auf der anderen Seite landete er auf dem Scannergehäuse und blickte sich zu den zwei Männern um, von denen einer hektisch in ein Funkgerät sprach und gestikulierte.

»Sag den Bahnleuten, dass sie sich nicht einmischen sollen«, raunzte der Auftragnehmer ins Mikrofon.

»Wird gemacht«, kam die Antwort, während er hinuntersprang und zu einem Sprint ansetzte. Ohne zu kontrollieren, ob die Mitarbeiter der Bahn die Nachricht bekommen hatten, bog er rechts ab und stand dann am oberen Ende einer fünf- oder sechsstufigen Steintreppe, die sich über die gesamte Breite des Gebäudes erstreckte. Rechts von sich sah er jemanden rennen; vermutlich der dritte Mann vom MIVD, der Koler wohl ausfindig gemacht hatte. Er ließ seinen Blick über den Platz schweifen, entdeckte aber dessen hellblaue Jacke nicht.

»Wo?«, fragte er ins Mikrofon, bekam aber keine Antwort. Stattdessen erklang ein Pfeifton, der ihm so durch Mark und Bein ging, dass er den Ohrhörer ausstöpseln musste. Er steckte ihn in die Hosentasche. Von jetzt an musste er seinem eigenen Instinkt folgen, und wenn er die Wahl hatte, war ihm das auch lieber, als sich auf andere verlassen zu müssen. Der dritte Geheimdienstler, ein augenscheinlich junger Mann mit glatt geschorenem Kopf, heller Hose, grauem kurzärmeligem Hemd, rannte am Taxistand vorbei zur östlichen Seite des Bahnhofs. Er selbst könnte zur anderen Seite des Platzes rennen, um zu versuchen, Koler dort abzufangen, doch der Auftragnehmer entschied sich für eine andere Strategie: Er rannte zum Parkplatz, wo er seinen SUV abgestellt hatte, fischte den Funkschlüssel aus der Tasche und schloss das Auto auf. Zwanzig Meter weiter sah er die Lichter seines SUV blinken. Der Wagen fuhr zwei Meter rückwärts und die Fahrertür öffnete sich – er brauchte nur noch einzusteigen. Mit brummendem Motor fuhr der Wagen rückwärts, und er drehte am Lenkrad. Er drückte das Gaspedal durch, gab etwas in den Bordcomputer ein und sogleich erschien auf dem Schirm in der Mittelkonsole eine Karte der Bahnhofsgegend. Er fuhr um den Zaun am Eingang herum, riss das Lenkrad nach rechts und lenkte den SUV danach über die Busspur am Platz entlang. Am Ende der Spur befand sich eine Autosperre, die er umfuhr, indem er den Wagen ein Stück über den Radweg daneben lenkte. Dafür musste er mit zwei Reifen durch ein Blumenbeet, das am Radweg entlang verlief. Durch die Erde ruckelnd, erreichte er die andere Seite des Platzes. Schätzungsweise hatte er damit mindestens eine Minute gewonnen. Er öffnete sein Fenster und suchte den kahlen Kopf des Mannes vom MIVD zwischen den Fußgängern und geparkten Autos. Kurz meinte er ihn entdeckt zu haben, circa fünfzig Meter weiter vorne, am Rande der Einkaufsstraße. Er nahm schnell Fahrt auf, schoss an einem Lieferbus vorbei, der gerade auf die Straße fahren wollte, und steuerte den Wagen auf die Mitte der Fahrbahn. Autofahrer von beiden Seiten konnten ihm gerade noch ausweichen. Das Hupen, das ihm galt, ignorierte er, im Gegenteil: Er fuhr noch schneller, bis er mit fast neunzig Stundenkilometern auf die Geschäfte zuraste. Er bremste mit blockierenden Reifen und riss die Tür auf. Nachdem er seine Waffe vom Beifahrersitz genommen hatte, sprang er aus dem Auto und rannte zu einem grauen Lieferbus, der an der Straße geparkt stand. Die Tür seines SUV hatte er offen gelassen, und der Motor lief noch. Gegen den Lieferwagen gelehnt, konnte er durch das Seitenfenster und die Windschutzscheibe den Ort überblicken, wo sein Zielobjekt auftauchen musste. In der Ferne sah er den Mann vom MIVD rennen, doch der bewegte sich zu seiner Verblüffung in die andere Richtung. Warum tat er das? Hatte Koler die Richtung geändert? Nein, der Auftragnehmer musste seinem eigenen Einschätzungsvermögen vertrauen. Er drückte die Schultern gegen das heiße Metall des Busses, schloss kurz die Augen und hielt die Waffe vor sich. Aus der Entfernung hätte man meinen können, er würde beten. Er versuchte sich zu konzentrieren, um das tun zu können, wofür er angeheuert worden war, in seiner Hand spürte er die Waffe, die geduldig darauf wartete, das zu tun, wofür sie einst gebaut worden war. Wie lange er so dagestanden hatte, wusste er nicht, aber er wusste, dass irgendetwas nicht stimmte.

Schon hier, traf es ihn wie ein Blitz. Er öffnete die Augen und schaute in die von Eliot Koler.

31 ELIOT

Die Luftwaffe in Lelystad

Mit geballter Kraft schlug Eliot auf den Mann mit der Waffe ein. Sein Arm war wie eine Peitsche, seine Faust traf die Stelle zwischen Kiefer und Wangenknochen, und durch seine Knöchel spürte er Fleisch nachgeben und Knochen splittern. Sofort ging der Mann zu Boden, die Waffe noch in der Hand. Kurz dachte Eliot darüber nach, sie ihm aus der Hand zu reißen. Er vergewisserte sich mit einem raschen Blick über die Schulter, dass niemand in seine Richtung kam, und betrachtete dann eingehend den Mann auf dem Boden. Der bewegte den Kopf langsam hin und her und brummte etwas. Blut rann ihm aus Nase und Mund, das dort, wo es zusammenfloss, eine sich immer weiter ausbreitende rote Lache auf dem Asphalt bildete. Er beugte sich über den Mann und griff ihm in die Innentasche. Danach ging er neben ihm in die Hocke und ertastete die hintere Hosentasche, in der er einen flachen Ledergeldbeutel fand. Er steckte ihn in seinen Rucksack und stand wieder auf. Überall waren Leute, aber niemand hatte etwas bemerkt. Wieder blickte er sich um und sah fünfzehn, zwanzig Meter weiter ein großes Auto stehen. Die Tür war offen, die Scheinwerfer waren an, und wenn er sich nicht irrte, hörte er das hohe Summen des Elektromotors. Er rannte um den Lieferbus herum, verlangsamte dann seine Schritte und stieg in den schwarzen SUV, als sei es die normalste Sache der

Welt. Nachdem er die Tür zugezogen hatte, schnallte er sich an und gab etwas Gas. Der Motor gehorchte sofort und ließ den Wagen mit einem Satz in Richtung der Einkaufsstraße vorwärtsschnellen. Da sie für Verkehr nicht zugänglich war, beschloss Eliot zu wenden und zurück zum Bahnhof zu fahren; an der Stelle vorbei, an der er seinen Verfolger zurückgelassen hatte. Durch das Seitenfenster sah er den Lieferbus, doch den Mann konnte er nirgends entdecken. Mit einem Auge auf dem Display neben sich, das ihm farbig und grafisch anzeigte, wo er sich befand, passierte er den Bahnhof. Mit den Tasten am Lenkrad tippte er die Adresse des Zentrums für Human Resources des Verteidigungsministeriums ein. Binnen dreizehn Minuten konnte er dort sein, doch diese Route führte ein Stück weit durch die Innenstadt. Um keinen Preis wollte er langsam fahren oder sogar stehen bleiben, hatte aber keine andere Wahl. Er bog in eine Seitenstraße ein und musste dann an einem Kreisel warten, bis eine lange Kolonne Autos und Lastwagen vorbeigefahren war, die wegen einer Umleitung weiter vorne von einem Polizisten in seine Richtung umgeleitet wurde. Nervös rutschte er in seinem Sitz hin und her; mit verschwitzten Händen umklammerte er das Leder des Lenkrads. Endlich konnte er in den Kreisel fahren, rechts abbiegen und wieder Gas geben. Laut seinem Bordcomputer befand er sich auf der De Ruyterlaan, die bald in die Hengelosestraat übergehen würde, die kerzengerade Straße, die in nordwestlicher Richtung bis Hengelo verlief. Nach vier Minuten erreichte er eine Bahnunterführung, wo er vor einer roten Ampel anhalten musste. Es dauerte Ewigkeiten, bis sie auf Grün sprang und er seinen Weg fortsetzen konnte. Ein Zug raste vorbei, während er durch die Unterführung fuhr. Danach drückte er aufs Gaspedal, bis er hundert Stundenkilometer erreichte.

Viel schneller, als es der Computer berechnet hatte, erreichte er das Gebäude des Verteidigungsministeriums, fuhr darum herum und nahm den Weg zur Garage im Untergeschoss des Gebäudes. Natürlich ging er damit ein Risiko ein, aber alles, was er bislang getan hatte, war riskant gewesen. Er hatte einen Punkt erreicht, an dem er es sich nicht mehr erlauben konnte, lange über seine Entscheidungen nachzudenken. Er parkte den SUV in der Nähe des Ausgangs, zog den Schlüssel aus dem Zündschloss und stieg aus.

Erst jetzt bemerkte er das starke Brennen in seiner Hand. Er versuchte sie zu einer Faust zu ballen, doch der Schmerz wurde zu groß. Mit dem Rucksack über der Schulter lief er zum Treppenhaus und stieg ins dritte Geschoss hinauf, wo er durch eine Glastür auf einen Flur mit einer zweiten Tür am Ende kam, auf der mit Klebebuchstaben DATENARCHIV stand. Anstelle einer Türklinke sah er das giftgrün blinkende Licht eines Sensors. Einen Moment lang dachte er nach, holte dann den Geldbeutel des Mannes aus dem Rucksack. In den Fächern steckten Karten, vielleicht zehn an der Zahl, in allerlei Farben. Er zog eine nach der anderen heraus und untersuchte sie: einen Führerschein, ausgestellt auf den Namen Marcel Fens, eine laminierte Visitenkarte eines Bauunternehmens mit demselben Namen. Er entschied sich für eine weiße Karte, auf der neben einem Namen NP stand und hielt sie vor den Sensor. ZUTRITT VERWEIGERT. NUR FÜR MITARBEITER DES VERTEIDIGUNGSMINS. erschien auf dem Display. Die drei nächsten Karten erzeugten überhaupt keine Reaktion. Schließlich hatte er alle Karten durch bis auf den Führerschein und die Visitenkarte. Der blinkende Sensor konnte weder die Vorder- noch die Rückseite des Führerscheins lesen. Aus purer Frustration probierte er es schließlich mit der Visitenkarte. Prompt ging die Tür auf. Sie gewährte ihm Zugang zu einem kurzen Flur, von dem drei hohe nebeneinanderliegende Türen abgingen, auf denen die Buchstaben L, A und S standen. Er ging davon aus, dass das Archiv nach den Teilstreitkräften sortiert war – Land, Air und Sea – er wählte die mittlere Tür mit dem Buchstaben A, denn sowohl die IT-Spezialistin als auch Miriam Veltman hatten sich bei der Luftwaffe verpflichtet. Mit einiger Mühe stieß er die Tür auf und kam in einen riesigen Saal, gefüllt mit Reihen von Metallregalen, in denen aufeinandergestapelte Kartons standen. Ein kühler Luftzug schlug ihm entgegen und verschwand erst, als er die Tür wieder geschlossen hatte. Er drehte sich um. Um die Regale herum, an den Wänden des Saals entlang, standen Tische mit Bildschirmen, die alle das blaue Logo des Verteidigungsministeriums trugen. Er betrat einen willkürlichen Korridor und studierte die Etiketten auf den Kartons. Es standen zehnstellige Zahlenreihen drauf, mit einem Buchstaben am Anfang. *F1904599376* las er, *N3450001562*, aber ein System konnte er nicht entdecken. Er lief etwas umher. Zu seiner Verwunderung und Erleichterung befand sich sonst niemand im Saal.

Aus den Zahlenreihen ließ sich nicht schließen, dass die Kartons in einer speziellen Reihenfolge in die Regale gestellt worden waren. Er sah sich die kurze Seite der Regale an, auf der sich Aufkleber mit einem Buchstaben und einer Nummer befanden. Nachdem er in einen Korridor auf der rechten Seite gegangen war, landete er bei einem Stehpult mit einem Bildschirm. Er berührte ihn und öffnete so ein Menü mit verschiedenen Eingabemöglichkeiten: Nachname, Geburtsdatum, Dienstnummer, Einsatzjahr und -ort sowie Kaserne. »Veltman« tippte er ein, wonach sich eine zweite Seite mit allen

Personen öffnete, die diesen Nachnamen trugen, ihrem Alter nach geordnet: *Veltman, R (m), Veltman, M (w)*. Hinter beiden Namen stand ein Sternchen mit der Abkürzung INF. Er würde herausfinden müssen, was das bedeutete. Rens Veltman, Miriams Bruder, war den Angaben im System zufolge in der Nassau-Kaserne stationiert gewesen. Im selben Jahr, in dem Eliot dort anfing, war er von der Verwaltung registriert worden. Und dennoch konnte Eliot sich nicht an den Namen erinnern. Ein Foto fehlte. Rens hatte, genau wie Eliot, in Mali und Afghanistan gedient. Er war in der Provinz Kunduz gewesen, in Kandahar, in Herat im Osten, immer zu derselben Zeit, in der auch Eliot dort gewesen war. Miriam hatte gesagt, er sei in Orta gewesen. Aber warum kannte Eliot ihn dann nicht? Mit seinem Handy machte er ein Foto von den Einsatzangaben auf dem Bildschirm, klickte Miriams Namen an, und ein dritter Tab öffnete sich, auf dem er wiederum eine Zeitleiste mit allen Posten sah, die sie während ihrer Karriere beim Verteidigungsministerium innegehabt hatte: angefangen in der Kaserne in Rozendaal, wo sie neun Jahre in der Verwaltung und der PR-Abteilung gearbeitet hatte. Danach hatte sie die gleiche Stelle auf dem Stützpunkt in Lelystad angenommen.

Er runzelte die Stirn und las den Text erneut. Dass ihm das noch nie zuvor aufgefallen war – die Luftwaffe in Lelystad. Erst jetzt drang es zu ihm durch: In der Nähe dieser Stadt gab es überhaupt keinen Luftwaffenstützpunkt. Es gab einen Flughafen für die zivile Luftfahrt, doch das Militär war dort nicht und war auch nie dort gewesen. Die einzigen Militärflugzeuge an diesem Ort waren rostige Museumsstücke, die im windigen Polder ihr Ende erwarteten.

Irgendwo bei der Tür meinte er, ein Geräusch zu hören. Er schaute vom Bildschirm hoch, trat ein paar Schritte zurück und blieb mit dem Rücken an ein Regal gelehnt stehen. Er hörte ein Geräusch; ein metallisches Klicken hallte durch den Saal, und danach war es wieder still.

Eliot rieb sich die Augen und versuchte die neuen Fakten in die bruchstückhafte Realität einzufügen, die er in seinem Kopf aufgebaut hatte. Was hatte es mit diesem Rens Veltman auf sich? Laut der Archivakten musste er mit ihm zusammen gedient haben, aber er kannte ihn nicht. Daher beschloss er, sich die Kartons näher anzuschauen. Unter den persönlichen Daten von Rens Veltman war eine Reihe mit Codes angegeben, die auf die gleiche Art notiert waren wie die auf den Kartons. *A1445000133*, *A3477965302*, *ET7604449321*. Er zählte nach: jeweils insgesamt zehn. Von den Zahlenreihen in Veltmans Profil machte er ein Foto, ging in den erstbesten Korridor und betrachtete die Kartons von oben nach unten. Es gab viele Kartons mit den Buchstaben A und I. In der Hocke nahm er einen Karton aus dem Regal, der schwerer war als erwartet, stellte ihn auf den Boden und nahm den Deckel ab. Der Karton enthielt einen Stapel Hefter in verschiedenen Farben. Er nahm einen heraus und schlug ihn auf: Es war ein Bericht über eine Aufklärungsmission in Uruzgan, Afghanistan, am 13. November, vor fast zwei Jahrzehnten. Ein anderer Hefter war voller Informationen über eine vergleichbare Mission, diesmal jedoch am 5. Juli, vier Jahre später. Er stellte den Karton wieder zurück an seinen Platz und nahm sich einen mit dem Buchstaben I. Wie erwartet, fand er darin Hefter mit Missionen, die im Irak stattgefunden hatten. ET stand also für Äthiopien, EG für Ägypten, S für Syrien. Die Codes unter den persönlichen Angaben der Soldaten in der Datenbank waren ein Klassifizierungssystem für alle Missionen, an denen sie während ihrer Karriere teilgenommen hatten. Mit schnellen Schritten lief er zurück zum Bildschirm und öffnete den Tab mit Miriams Informationen, scrollte herunter und las die Übersicht unter ihrem Namen. Dort waren ein einfaches T und ein A angegeben. Das war der definitive Beweis dafür, dass sie sich in der Türkei und in Afghanistan aufgehalten hatte, und zwar für ihre Arbeit. Irgendwann später würde er sich die Codes von Miriam und Rens in Ruhe anschauen.

Er gab »Turing« ein. Drei Namen erschienen, und der dritte war ein Volltreffer: Merijn Turing, Mitarbeiterin IT-Support und -schutz, neunundzwanzig Jahre, aus Den Haag, wo ihre Eltern noch immer wohnten. Eine Wohn- oder Aufenthaltsadresse der Frau selbst war nicht angegeben. Ein Bild fehlte. Hinter ihrem Namen stand ebenfalls *INF* vermerkt, aber auch die Abkürzung EA. Er wusste nur allzu gut, was das bedeutete: Eigenmächtige Abwesenheit. Die letzte Mission vor ihrem Verschwinden war eine nach Nordostafghanistan gewesen. Genau wie Miriam hatte man sie als Zivilistin dorthin geschickt. Auch von dieser Seite machte er ein Foto, drehte sich um, um den Saal zu verlassen, doch dann überlegte er es sich anders und gab noch etwas in den Computer ein. In das Suchfeld tippte er: »Eliot Koler«.

Sein Geburtsort und -datum, die Namen seiner Eltern, sogar seine heutige Adresse in Dedgum waren dort angegeben – unter der Übersicht der Missionen, an denen er teilgenommen hatte. Mit einer Wischbewegung scrollte er wieder hoch und sah, dass auch hinter seinem Namen in Klammern EA stand. Nachdem er ein letztes Foto gemacht hatte, schloss er den Computer und inspizierte die Gänge, um den schnellsten Weg zum Ausgang zu finden. Schnell wählte er einen Korridor, die Sohlen seiner Turnschuhe quietschten auf dem Korkboden. Wieder hörte er ein metallisches Klicken, diesmal näher; es klang, als werde ein Koffer geöffnet. Aus den Augenwinkeln sah er, wie sich etwas hinter den Regalen bewegte, als ob sich eine Wolke vor die Sonne schob. Mit dem Rücken ans Regal gedrückt, bewegte er sich in Richtung Ausgang. Der Schatten folgte ihm nicht, sondern schien sich eher in die entgegengesetzte Richtung zu bewegen. Die Person auf der anderen Seite des Regals wollte ihm am Ausgang auflauern. Eliot rannte los und erreichte als Erster die Tür. Als er die Klinge hinunterdrückte, spürte er eine schwere Hand auf seiner Schulter, die mit Gewalt versuchte, ihn nach hinten zu ziehen. Eliot ließ die Klinke los und drehte sich blitzschnell um. Nun stand er Auge in Auge mit einem sehr hochgewachsenen Mann in der schwarzen Uniform des Sicherheitsdienstes. Obwohl der Mann schlank war, dünne Arme und lange Finger hatte, war sein Griff auffallend fest und die Kraft, mit der er ihn zu sich zog, enorm. Eliot wankte und merkte, wie einer seiner Füße unter seinem Körper wegrutschte. Er kämpfte darum, das Gleichgewicht nicht zu verlieren, und zog sich am Arm des Mannes hoch, der nun auch seine andere Hand benutzte, um Eliot einzuklemmen. All das geschah weitgehend geräuschlos; nur das Quietschen ihrer Sohlen und das Knacken des Funkgeräts am Koppel des Wachmanns verursachten einen Widerhall an den Wänden. Er hielt Eliot nun an den Schultern fest, die er hinunterzog, während er mit einer einzigen Bewegung sein Knie hochstieß. Es landete mit voller Wucht in Eliots Magengegend, wodurch er würgend nach vorne fiel, zum Wachmann hin. Die ganze Luft wurde ihm aus dem Körper gepresst, als würden seine Lungen ausgewrungen. Er sackte auf die Knie und setzte die Handflächen auf den Boden, instinktiv darauf wartend, dass der Wachmann ihm in die Rippen treten würde. Doch das geschah nicht. Vielmehr packte er Eliot am Arm und zog ihn hoch, sodass er halb in der Hocke vor ihm saß. Das gab ihm ein bisschen Sauerstoff, den sein Körper dankbar aufnahm. Er schaute zu seinem Widersacher hoch, der ihn mit der einen Hand festhielt, während er mit der anderen zum Funkgerät griff. Mit dem Daumen legte er den Schalter um, wodurch das Rauschen und Knacken lauter wurde. Er wollte etwas sagen, aber mehr als ein Keuchen kam nicht aus seinem Mund, denn Eliot hatte sich blitzschnell aufgerichtet und ihm den Ellenbogen gegen die Schläfe gerammt. Stöhnend ließ der Mann sich fallen, halb über Eliot, während aus dem Funkgerät ein langer Ton erklang und eine Stimme zu hören war, die etwas Unverständliches sagte. Eliot schob ihn beiseite und richtete sich vollends auf. Er beugte den Körper nach hinten und spürte, wie seine Lungen gierig die Luft einsogen. Schmerzhafte Stiche schossen ihm von den Rippen bis in den Bauch hinunter. Er stolperte durch die offene Tür zum Treppenhaus und versuchte, so schnell wie möglich die Treppe herunterzurennen. Die Schmerzen in der Brust, der Hand und den Armen schienen in jeden Muskel seines Körpers auszustrahlen. Als er den Parkplatz erreichte, rannte er zum SUV und stieg ein. Während er das Auto startete, schaute er zur Schranke, um zu sehen, ob man schon dabei war, den Ausgang abzuriegeln. Die Schranke war unten, aber er sah kein Gitter oder etwas in der Art, das hinuntergelassen wurde. Mit quietschenden Reifen setzte er zurück, schlug das Lenkrad ein und gab Gas, bis er kurz vor der Schranke zum Stehen kam. An der Seite stand eine Parksäule mit einem Knopf und einem roten Licht. Hatte er beim Hereinfahren einen Parkschein bekommen? Sein Kopf war mit zu vielen Fragen gleichzeitig beschäftigt, um diese beantworten zu können. Er drückte auf den Knopf. Sofort öffnete sich die Schranke, und auf der

LED-Anzeige über dem Ausgang erschien ein Text: VIELEN DANK FÜR IHREN BESUCH. DAS VERTEIDIGUNGS-MINISTERIUM BEGRÜSST SIE GERNE WIEDER.

32 AVA

Keinen Appetit

Der Appetit war Ava zwar vergangen, aber als Marc Bishop fragte, ob sie mit ihm im Café Boulud zu Mittag essen würde, um die Besprechung mit Lockheed Northrop an einem anderen Ort abzuschließen, hatte sie zugestimmt. Die beiden saßen an einem Tisch in der Mitte des Restaurants. Bishop hatte Weißwein bestellt, von dem ihnen ein Kellner gerade zum zweiten Mal einschenkte. Ihr Gesicht glühte vom Alkohol, und sie entschied, dass es vernünftig wäre, doch etwas zu essen, obwohl das Meeting mit dem Aufsichtsrat des Drohnenherstellers ihr den Appetit gründlich verdorben hatte.

»Du wirst verstehen, dass das eben nicht leicht für mich war«, meinte Bishop.

Sie erwiderte seinen Blick, antwortete jedoch nicht.

»Einem Konzern wie Lockheed geht es vor allem um Ruhe und um klare Verhältnisse. So ein Betrieb ist zu schwerfällig, um sich auf unerwartete Entwicklungen wie eine politische Krise einstellen zu können. Kontinuität ist der einzige Nährboden, auf dem multinationale Konzerne gut gedeihen. Aber das brauche ich dir ja nicht zu erklären.«

Sie nahm einen Happen von ihrem Risotto und nickte, während Bishop fortfuhr: »Hoffen wir, dass euer Kabinett diese Krise rasch überwinden kann. Das ist sicher für alle Beteiligten das Beste. Wie fandest du die Idee?«

Ava schaute zu ihm auf.

»Ich meine, Montfoort den Bericht vorzulegen, zusammen mit einer Präsentation?« Sie zuckte mit den Schultern. »Ich weiß nicht, ob das einen Unterschied machen wird. Der Testbericht ist nicht das Problem; der fällt ja durchweg sehr positiv aus: Pandora ist ein ganz großartiges System. Aber die Präsentation muss verdammt überzeugend sein, auf seine Persönlichkeit eingehen und zugleich die Positionen innerhalb seiner Partei berücksichtigen. Letzten Endes bleibt es immer noch eine politische Entscheidung, und die muss er vor seiner Fraktion vertreten können. Für ihn wird es auf eine politische Kehrtwende hinauslaufen, und von uns braucht er die richtigen Argumente dafür.«

Bishop trank einen Schluck Wein und löste seine Krawatte. Routiniert legte er sie zusammen, steckte sie in die Innentasche seines Jacketts und öffnete danach den obersten Knopf seines Hemdkragens.

»Bedeutet das, jetzt ist die Arbeit getan?«, erkundigte sie sich, und er schüttelte lächelnd den Kopf.

»Die ist nie getan«, antwortete er. Die beiden schwiegen kurz, dann ergänzte er: »Es ist schön, dich wiederzusehen.«

Sie nickte.

»Ich wäre gern gekommen«, erklärte er, sah sie dabei jedoch nicht an, »aber ich habe es zu spät erfahren, und dann …«

»Das macht nichts«, erwiderte sie leise. »Wir haben ja die Blumen bekommen.«

Bishop faltete die Hände und beugte sich zu ihr vor.

»Der Kontakt ist damals über deinen Vater zustande gekommen, wusstest du das? Noch vor der Fusion von Lockheed und Northrop. Durch ihn wurde die niederländische Armee mit Lockheed-Flugzeugen ausgestattet. Ein bedeutender Mann.«

Sie schaute ihn an, weil sie herausfinden wollte, ob er das Gesagte auch meinte, konnte an seinem Gesichtsausdruck jedoch nichts ablesen. Ihr wurde bewusst, dass sie einem Anwalt gegenübersaß.

»Außerdem war er derjenige, der die ersten Schritte im Übergang zu unbemannten Flugzeugen möglich machte. Er hat dafür gesorgt, dass sich die Leute mental auf eine Veränderung einstellen konnten, die für die Generation von damals unfassbar war. Für so etwas braucht man Sachkenntnis und Durchsetzungsvermögen.« Bishop starrte einen Augenblick lang an die Decke und nahm dann seine Gabel wieder in die Hand. In seinen Worten schwang eine gewisse Pflichtmäßigkeit mit, die Ava langsam verärgerte.

»Ich weiß über die Karriere meines Vaters sehr gut Bescheid, Marc«, gab sie zurück.

»Dass du jetzt den Posten bekleidest, der ihn zu einem großen Mann gemacht hat, bedeutet sicher eine schwere Last für dich«, meinte er, ohne sie anzusehen.

Sie ignorierte diese Bemerkung und erwiderte souverän: »Das Amt des Verteidigungsministers war und ist eine wichtige Aufgabe, damals wie auch heute.«

»Das brauchst du mir nicht zu erklären. Mein Vater …«, setzte Bishop an. »Lass es mich so formulieren: Jeder von uns will sich mit seinen Eltern messen. Man will es immer besser machen als sie; man will, dass sie stolz auf einen sind.«

Ava hob ihr Glas und erklärte: »Mein Vater war stolz auf mich. Auf alles, was ich tue.«

Der Anwalt nickte mitleidig, als hätte er mit einer solchen Reaktion gerechnet.

»Filip Rodenburg war ein ganz besonderer Mensch, dem ein besonderer Platz in der Geschichte zukommt.«

»Warum sprechen wir eigentlich gerade über meinen Vater?«

»Wir sprechen über seinen Nachlass. Über die enorme Arbeit, die er auf sich genommen hat, damit die Niederlande und die USA zueinanderfinden. Über den Frieden und die Sicherheit, für die er als Minister und als Diplomat gekämpft hat. Darüber sprechen wir gerade.«

»Was meinst du damit?«

»Diesen Nachlass müssen wir pflegen. Er darf nicht verloren gehen.«

»Warum sollte er verloren gehen?«

Bishop machte eine bedeutsame Pause, als wolle er Ava auf diese Weise die Möglichkeit geben, sich ihre Frage selbst zu beantworten. Demonstrativ steckte er sich die Gabel in den Mund und kaute auf seinem Salat herum, doch Ava brach das Schweigen nicht. Als Bishop das Essen heruntergeschluckt und mit Wasser nachgespült hatte, sagte er: »Lass es mich so formulieren, Ava: Damit der Glanz der Erinnerung an deinen Vater bewahrt bleibt, ist es von elementarer Bedeutung, dass die Umrüstung so durchgeführt wird, wie das von uns festgelegt worden ist.«

Sie presste beide Handteller auf die Tischplatte und schaute ihm direkt in die Augen.

»Mir ist sehr wohl bewusst, wie wichtig das ist. Warum, glaubst du, bin ich sonst Hals über Kopf nach New York gekommen? Du brauchst mich nicht an meinen Vater zu erinnern, um deinen Worten Nachdruck zu verleihen, Marc. Das finde ich ziemlich billig.«

»Jedes Wort von dem, was ich gesagt habe, ist wahr.«

»Das weiß man bei euch nie.«

Er tat, als hätte er ihre letzte Bemerkung nicht gehört, seufzte und änderte seine Taktik: »Wir werden dir helfen, Ava.

Du bist mit dieser Sache nicht allein. Thomas Falk, der Chef des Drone Strike Program der CIA, wird dir eine ganze Reihe von Ideen vorlegen, damit die Präsentation von Pandora so überzeugend wie möglich gestaltet wird.«

»Er soll nur machen«, antwortete sie ärgerlich, indem sie ihren Teller mit dem fast unberührten Risotto von sich schob. »Ich habe keinen Appetit mehr.«

Bishop, der seinerseits alles aufgegessen hatte, zog das Risotto zu sich heran und fiel mit seiner Gabel darüber her. Mit ein paar Happen vertilgte er auch ihr Mittagessen. Er tupfte sich die Lippen mit einer Serviette ab.

»Deine Manieren waren auch schon mal besser«, kommentierte sie kühl, während sie in ihrer Handtasche kramte und einen Lippenbalsam hervorholte.

»Wirklich schön, dich wiederzusehen«, wiederholte er, doch diesmal klang nicht die leiseste Emotion aus seiner Stimme. »Ich muss zu meinem nächsten Termin.« Er stand auf und küsste sie auf die Wange. Sie konnte den Alkohol in seinem Atem riechen. Sie schaute ihm nach, wie er zwischen den voll besetzten Tischen hindurch zum Ausgang ging. Er überreichte einer jungen Serviererin seine Kreditkarte, grüßte den Portier und zündete sich draußen eine Zigarette an. Er mochte der beste Freund ihres amerikanischen Exmannes sein – trotzdem war er ein absolutes Arschloch. Sie winkte einen Kellner herbei, der ihr das Glas vollschenkte. Aus ihrer Tasche holte sie ihr Handy, kontrollierte damit ihren Lippenstift. Mit dem Finger fuhr sie ihre Mundwinkel entlang, zog dann die Lippen nach innen. Auf dem Display war ein Symbol zu sehen: Vor mehr als einer halben Stunde hatte jemand versucht, sie zu erreichen. Sie klickte die Nachricht an und las: *Bitte um Rückruf. Erwin.*

Ava scrollte durch ihre Kontaktliste, fand seine Nummer und wählte sie, obwohl man ihr mehrmals geraten hatte, derartige Gespräche in der Öffentlichkeit zu vermeiden.

»Guten Morgen«, begrüßte sie der Geheimdienstler munter, »bei Ihnen ist es Viertel nach zwei, also: Guten Tag.«

»Was ist los? Haben Sie ihn?«

»Die Sache ist ein wenig komplizierter, Frau Rodenburg.«

»Ich brauche jetzt gute Neuigkeiten, Erwin. Kommen Sie mir verdammt noch mal nicht mit noch mehr schlechten.«

»Ich würde Ihnen auch lieber ein positives Update geben, muss Ihnen aber leider mitteilen, dass es uns noch nicht gelungen ist, die Zielperson festzusetzen.«

»Mit wie viel Mann arbeiten Sie an dieser Operation?«

»Die Anzahl ist in meinen Augen ausreichend, aber der Mann, mit dem wir es hier zu tun haben, verfügt über gewisse Qualitäten, die …« Er wählte seine Worte mit Bedacht. »Über Qualitäten, die es ihm ermöglichen, uns unsere Aufgabe alles andere als leicht zu machen.«

Ava steckte sich Stöpsel in die Ohren und aktivierte die drahtlose Verbindung auf ihrem Handy. Danach stand sie auf und lief zum Ausgang, wo der Portier schon bereitstand, um ein Taxi für sie herbeizuwinken. Sie gab ihm ein Zeichen und zeigte in Richtung Straße, um anzudeuten, dass sie laufen würde. Er tippte sich an die Mütze und schloss die Tür hinter ihr. Die New Yorker Hitze war so gewaltig, dass die Luft dicker schien und Ava das Atmen schwerfiel. Rasch lief sie auf die schattige Seite der Straße, gegen den Menschenstrom.

»Hallo?«

»Ich bin noch dran.«

»Das wollte ich Ihnen mitteilen. Es erschien mir nicht sinnvoll, die Sache zu beschönigen.«

»Aber ein Update, das eigentlich kein Update ist, erschien Ihnen schon sinnvoll?«

Sie wartete seine Reaktion nicht ab, sondern sprach mit lauter Stimme ins Mikrofon:

»Ich denke, ich rufe jetzt meinen Kollegen vom Innenministerium an und frage ihn, ob ihm ein Dienst zur Verfügung steht, der im Gegensatz zu Ihnen dazu in der Lage ist, diesen Herrn unschädlich zu machen. Schließlich geht es um jemanden, den Sie kennen und gegen den Sie mit allen verfügbaren Mitteln vorgehen können. Was um Himmels willen hat dieser Mann drauf, dass Sie so am Rotieren sind?«

»Er verfügt über eine gute Ausbildung und geht sehr zielgerichtet vor. Unseren Mann hat er ausgeschaltet.«

Sie lehnte sich an eine niedrige Mauer, die ein ungepflegtes, mit Efeu überwuchertes Blumenbeet vom Bürgersteig trennte. Ihr Mund fühlte sich trocken an, und sie konnte spüren, dass sich ein heftiger Kopfschmerz ankündigte. Sie setzte ihre Sonnenbrille auf.

»Mir reicht es, Erwin. Ich will jetzt wissen, warum er für uns so wichtig ist.«

»Überzeugend alles abstreiten können, Frau Rodenburg. Das ist in Ihrer Positionen um einiges sicherer.«

»Sagen Sie mir, um wen es hier geht und worum genau. Jetzt.«

»Nicht am Telefon.«

»Wo dann?«

»JFK. Terminal 5, The Concorde Room. Ich warte dort auf Sie.«

»Sie sind in New York?« Ava wusste nicht, ob sie ihn anbrüllen oder in Gelächter ausbrechen sollte.

»Wir sehen uns gleich.«

33 ELIOT

Das hier ist ein Flugplatz

Tankflugzeuge, Transportflugzeuge, mehrere Reihen von Hangars, aus denen die Nasen von Strahlflugzeugen hervorlugten, selbstfahrende Transportwagen mit Flugzeugmotoren und Raketen. Für einen so hektischen Ort gab es sehr wenig Leute auf dem Luftwaffenstützpunkt. Dann und wann ertönte eine Stimme aus dem Lautsprecher, die Zahlen und Lotsennummern verlas, aber die Botschaften schienen nicht an jemand Bestimmten gerichtet. Am Eingangstor gab es keine menschliche Bewachung. Zweihundert Meter weiter landete ein Goliath 4 *auto piloted*-Transportflugzeug, das danach in einem weiten Bogen zum Kontrollturm rollte. Das Dröhnen der Motoren brachte den Boden zum Beben. Er schaute zu den Turmfenstern hoch, hinter denen niemand stand, weil man keine Menschen mehr brauchte, um den Überblick zu behalten.

Er überquerte die Startbahn und folgte den gelben Linien zum ersten Hangar, wo gerade zwei zementgraue unbemannte Luftfahrzeuge zum Stehen gekommen waren. An ihren Registriernummern erkannte er, dass sie Teil einer NATO-Schwadron waren. Das Motorengeräusch, schrill und tief zugleich, ließ seinen Magen vibrieren. Es war das unaufhörlich dröhnende und summende Geräusch, dem die Drohne ihren Namen verdankte. Als die beiden Luftfahrzeuge hineingerollt waren, schalteten sich zu seiner Erleichterung die Motoren aus. Übrig blieben nur Vogelgezwitscher und die mechanische Stimme aus dem Lautsprecher, die in regelmäßigen Intervallen Zahlen herunterratterte. Eliot folgte den Flugmaschinen in den Hangar, wo zwei Männer – der eine im Overall, der andere in Luftwaffenuniform – über den Rumpf eines dritten UAV gebeugt standen, neben sich ein Regal mit Werkzeug, Schläuchen und Flaschen. Seine Schritte hallten unter dem riesigen Hallendach wider. Die beiden sahen von ihrer Arbeit auf. Der Mann im Overall kam auf ihn zu.

»Kann ich Ihnen helfen?«, fragte er.

»Ich möchte etwas über ein bestimmtes Auto wissen. Ein Auto, das hier stationiert gewesen ist.«

Sobald der Mann in Uniform Eliots Stimme hörte, drehte er sich zu ihm hin. Aus einem Reflex heraus wollte Eliot salutieren, riss sich aber zusammen und streckte die Hand aus.

»Und warum suchen Sie dieses Auto?«, fragte der Uniformierte, während er nicht Eliot, sondern den jüngeren Mann im Overall anschaute.

»Ich habe eine Delle hineingefahren«, antwortete Eliot, der sah, dass er einem Oberst gegenüberstand.

Der Jüngere zuckte mit den Schultern, während er mechanisch die Brusttaschen seines Overalls abklopfte. Eliot reichte ihm seine Packung Zigaretten und ein Feuerzeug. Schweigend zündete der andere sich eine Zigarette an und hielt die Packung dem Oberst hin, der fast unmerklich den Kopf schüttelte. Keiner sagte etwas. Der Mechaniker zog an seiner Zigarette und schaute zu, wie sein Vorgesetzter eine dünne Zigarre mit Filter aus der Innentasche fischte und sie anzündete. Um sie herum breitete sich langsam der Geruch nach Rauch und Vanille aus. Dann warf der junge Mann den Stummel auf den Boden und kickte ihn in Richtung eines Bodenablaufs. Dass überall um sie herum Kerosinfässer standen, schien ihn nicht weiter zu stören. Er musterte Eliot und fragte: »Kann ich Ihren Ausweis sehen? Wie sind Sie auf diesen Stützpunkt gekommen?«

Eliot zog sein Portemonnaie aus der Hosentasche, dem er den Führerschein von Stefan Ruiter entnahm. Er hatte ihn vor diverse andere Ausweise gesteckt. Den Führerschein hielt er dem Mann im Overall hin, der schnell danach griff und das Bild sorgfältig mit Eliots Gesichtszügen verglich.

»Wir haben hier keine Autos«, erwiderte der Oberst unwirsch, während er die Asche auf den Boden fallen ließ. »Sie sind hier an der falschen Adresse.«

»Auch nicht auf dem Parkplatz hinter dem Hangar?«

»Soll ich es noch mal wiederholen?«, schnaubte der Oberst.

Eliot schüttelte den Kopf, weil er sah, dass er von keinem der beiden weitere Informationen bekommen würde. Er steckte sich eine Zigarette an und schlenderte ein Stück von den Männern weg, in Richtung der Drohne, die sie gerade warteten. Es war ein kleineres Modell, das er als OpticEagle Mark 6 identifizierte, ein einmotoriges Propellerfluggerät mit einer Spannweite von drei Metern. Der Rotor, der normalerweise an der Rückseite befestigt war, lag auf einem Stück Styropor auf dem Boden. Eine Klappe an der einen Seite, aus der farbige Drähte herausragten, war offen, und die durchsichtige runde Kuppel, die die Nase des Geräts bildete, war entfernt worden, sodass das ausgeklügelte Kamerasystem dahinter sichtbar war.

»Vielleicht sollten Sie jetzt besser gehen«, hörte er von hinten. Ohne dass er es bemerkt hatte, hatte sich der Oberst hinter ihn gestellt – so nah, dass er dessen Atem im Nacken spürte.

»Ja, vielleicht«, antwortete Eliot gelassen. »Entschuldigen Sie bitte die Störung, Oberst. Darf ich vielleicht noch kurz über den Parkplatz laufen?«

»Auf Wiedersehen, Herr Ruiter. Viel Erfolg bei Ihrer kleinen Spionagetour.« Er nickte kurz, drehte sich um und ging wieder zur Aufklärungsdrohne zurück. Aus dem Regal mit dem Werkzeug nahm er ein Tablet und gab etwas ein. Für ihn existierte Stefan Ruiter nicht mehr. Eliot sah sich noch einmal um, aber den Mann im Overall konnte er nirgends entdecken. Dann lief er zu den großen Rolltoren zurück, die halb offen standen, setzte die Sonnenbrille auf, zog ein letztes Mal an seiner Zigarette und ging nach draußen, wo die Luft vor Hitze flirrte. Er nahm seinen Weg entlang der Startbahn wieder auf, überquerte sie am Ende und lief zwischen den großen Markierungslampen hindurch zum Waldrand. Durch eine Öffnung im Zaun, der Außenstehende davon abhalten sollte, das Gelände zu betreten, konnte er einen Pfad erreichen, der zu der Lichtung führte, auf der er den SUV geparkt hatte. Er startete den Motor und wendete das Auto um hundertachtzig Grad. Durch Schlaglöcher polternd, erreichte er den befestigten Weg und fuhr ungefähr einen Kilometer, bis er bei den Schranken am Eingang des Luftwaffenstützpunktes Gilze-Rijen ankam. Der zivile Teil war frei zugänglich, doch der Parkplatz, auf dem alle Fahrzeuge des Verteidigungsministeriums standen, war mit einem meterhohen Zaun abgeriegelt und durch Kameras bewacht. Videodrohnen kreisten den Stacheldraht entlang. Er parkte den SUV in einem Fach nahe am Eingang und stieg aus. Kurz hinter dem Parkplatz standen einige Autos. Daneben saßen fünf Männer auf Campingstühlen, ausgerüstet mit Ferngläsern und Kameras mit beeindruckenden Teleobjektiven, die sie auf die Landebahn hinter dem

Zaun gerichtet hatten. Als er sich ihnen auf circa zehn Meter genähert hatte, beschloss er, sie anzusprechen.

»Darf ich Sie etwas fragen?«

Keiner der Männer reagierte – sie starrten weiterhin durch die Sucher, auf der Jagd nach aufnahmewürdigen landenden Flugzeugen. Einer der Männer setzte die Kamera auf dem Schoß ab und schaute zu Eliot hoch.

»Wir haben eine Erlaubnis. Und ansonsten kümmern sich deine summenden Freunde schon um uns«, sagte er und wies mit einer Kopfbewegung auf die Drohnen, die sich in viereckigen Flugbahnen hin und her bewegten.

»Ich arbeite hier nicht«, erwiderte Eliot. »Ich wollte nur etwas über die Autos wissen, die hinter dem Zaun parken.«

Ein anderer Flugzeugbeobachter, mit einer Baseballmütze und einem Dreitagebart, schaute von seiner Kamera hoch.

»Autos interessieren mich nicht so. Das hier ist ein Flugplatz, wie du siehst.«

Die anderen vier lachten. Einer von ihnen, mit einem braun-orangefarbenen Hawaiihemd, fragte schließlich: »Was möchtest du wissen?«

»Seid ihr oft hier?«, fragte Eliot.

»Viermal die Woche. Also, ich zumindest.«

»Ich dreimal die Woche«, sagte ein Mann mit einem Raubvogeltattoo im Nacken, woraufhin jeder von ihnen detailliert aufzählte, an welchen Tagen und zu welchen Zeiten sie am Flugplatz zu finden waren.

»Wem gehören die Autos hinter dem Zaun?«

»Die sind alle vom Verteidigungsministerium. Die dicken Karossen, die Mercedes und BMWs gehören den Bonzen und die ganzen Mittelklassewagen dem Fußvolk. Alles ist Eigentum des Verteidigungsministeriums.«

»Woher weißt du das?«

»Ich stehe auch manchmal am Flugplatz in Eindhoven und sehe dort genau die gleichen Autos. Manchmal denke ich, dass sie einfach nur hoch- und runterfahren.«

Wieder begannen alle zu lachen. Eine Kühlbox wurde geöffnet und ein Sechserpack Bier machte die Runde. Die letzte Dose bot man Eliot an.

Er nahm sie und setzte sie an den Mund.

»Meinst du die gleiche Sorte Autos oder dieselben Autos?«

»Letzteres. Weißt du, wir können uns Zahlen recht gut merken.« Er hielt ein Tablet mit einer langen Liste von Luftfahrzeugkennzeichen hoch, mit Typus, Datum und Zeitpunkt von Landung oder Abflug dahinter.

»13-ZNR-4?«, fragte Eliot hoffnungsvoll.

»Ford Focus«, sagte einer von ihnen sofort.

»Kombi, dunkelgrau«, ergänzte der Mann mit dem Hawaiihemd.

»Nein, rabenschwarz.«

»Sag ich ja, ganz dunkelgrau.«

Eliot war verblüfft. »Woher wisst ihr das?«

»Manche Dinge merkt man sich einfach«, antwortete der Mann mit der Baseballmütze lapidar.

»Ja, das schon«, sagte der Mann, der am weitesten von ihm entfernt saß, »aber es hat auch geholfen, dass dieser Albino mit seinen durchdringenden Augen ausgestiegen ist und uns angeschrien hat, dass wir abhauen sollen. Er hat seine Kamera kaputt geschlagen.« Er zeigte auf den Mann mit dem Hawaiihemd.

»Diese Geheimdienstleute denken, dass ihnen die ganze Welt gehört«, brummte er. »Die Nikon hat zweitausend Euro gekostet.«

»Männer vom MIVD?«, fragte Eliot, während er seine Dose leer trank und danach zerdrückte.

»Davon gibt's hier jede Menge«, sagte der Mann mit dem Raubvogeltattoo. Er rülpste zufrieden. »Früher, als ich hier gearbeitet habe, arbeiteten noch normale Soldaten auf dem Stützpunkt, aber jetzt treiben sich nur noch diese Schreibtischhengste hier rum.«

»Oder Roboter«, fügte der Mann links von ihm hinzu.

»Das ist das Gleiche.«

Alle nickten schweigend, als seien sie für einen kurzen Moment wieder in ihren Militäruniformen auf der richtigen Seite der Absperrung. Der Mann mit der Baseballmütze drehte sich eine Zigarette und fügte heiser hinzu: »Auf allen Luftwaffenstützpunkten passiert dasselbe. Seit die unbemannten Flüge zugenommen haben, wird der MIVD immer aktiver. Schon seit 2006 leitet der MIVD Daten an die Amerikaner weiter, sodass die ihre Drohnenangriffe ausführen können. Und dann haben wir das System einfach kopiert.«

Der Mann mit dem Tattoo nickte. »Wir werden immer besser. Oder vielmehr, die Roboter werden immer besser in dem, was sie tun.«

In Gedanken versuchte Eliot, den Ablauf der Ereignisse zu rekonstruieren, der zu Miriams gewaltsamem Tod geführt hatte. Der MIVD war in den geheimen Luftwaffenstützpunkt in Lelystad eingedrungen, um dort die Originalfestplatte zu entwenden. Miriam konnte noch ein Foto vom wegfahrenden Auto machen. Doch sie hatte nie erfahren, dass es der Sicherheitsdienst gewesen war, der es auf sie abgesehen hatte. Es war auch der MIVD gewesen, der versucht hatte, ihn aufzuhalten. Aber wieso? Was stand auf dieser Festplatte, das für sie so viel Bedeutung hatte?

»Möchtest du meine Kamera mal leihen?«, fragte der Mann mit dem Tattoo. Er stand auf und hielt seinen Apparat, der auf einem Alustativ montiert war, Eliot hin. Mit einer Kopfbewegung in Richtung Militärparkplatz sagte er: »Kannst du dich mal umgucken.«

Auf das Stativ gelehnt sah Eliot durch die Linse und versuchte, durch den Zaun hindurch die parkenden Fahrzeuge scharf zu bekommen. Schwarze und graue Mittelklassewagen waren es, so nichtssagend, dass man sie schnell wieder vergessen würde. Er zoomte auf die Autofront, aber der Abstand war zu groß, um die Nummernschilder lesen zu können. Er dankte dem Mann und gab ihm die Kamera wieder.

»Du bist Soldat«, sagte der Tätowierte, während er auf Eliots Oberarm zeigte, »Special Operations.«

Eliot schob den Ärmel seines T-Shirts etwas hoch, wodurch der Dolch und der Skorpionstachel sichtbar wurden.

»Land Task Group Scorpion. Kenne ich.«

»Woher weißt du das?«, fragte Eliot.

»Meine gesamte Familie war in der Armee. Ich war der Letzte. Jetzt ist es nur noch ein Hobby, die Flugzeuge und so. Um nicht zu Hause sitzen zu müssen. Ihr macht da die richtige Arbeit.«

»Das war einmal. Ich bin nicht mehr dabei.«

»Wir haben die *boots* immer bewundert. Die Piloten mit ihrem Großmaul und Ego saßen immer sicher in ihrem Cockpit. Die Kommandoeinheiten am Boden, die haben die Drecksarbeit gemacht.« Er rollte sich eine neue Zigarette. »Alle Achtung.«

»Ich habe das hinter mir gelassen«, sagte Eliot, der mit den Gedanken woanders war. »Danke für eure Hilfe.« Er machte sich auf den Weg zum Auto. Doch als er sich ein paar Schritte entfernt hatte, hörte er die Stimme des Mannes mit dem Tattoo.

»Gib mir doch deine E-Mail-Adresse.«

Eliot drehte sich um.

»Wozu?«

»Dann schicken wir dir ein Foto. Wenn wir den Ford vorbeifahren sehen, meine ich.«

Er ging zu den Männern zurück. Aus seinem Rucksack kramte er einen Kugelschreiber und ein Stück Papier hervor und kritzelte darauf olekotlier@g-host.nl.

»Bist du Russe?«, fragte der Mann mit der Kappe.

Lachend schüttelte Eliot den Kopf.

»Ich heiße Eliot.«

Vielleicht irrte er sich, und das Bier und die Hitze benebelten seine Sinne, aber er hätte schwören können, dass jeder der Männer ihm stillschweigend – kaum wahrnehmbar – salutierte.

34 AVA

Informationen

»Nennen Sie mir bitte einen einzigen triftigen Grund, Sie und Ihr Team nicht zu entlassen, Erwin.« Ava sprach den Namen des MIVD-Agenten mit so großem Widerwillen aus, dass ihr ganz flau im Magen wurde. Sie hätte mehr essen sollen – mit leerem Magen übersteht man eine Krise nicht so leicht.

»Der Grund heißt Eliot Koler«, antwortete der Mann vom MIVD ruhig, während er an seinem Espresso nippte. »Ich verstehe, dass Sie ein Gefühl der Ohnmacht empfinden, Frau Rodenburg. Uns wäre es auch lieber, wenn alles anders gelaufen wäre.«

»Ohnmacht? Ohnmächtig werde ich höchstens, wenn ich mir Ihre Arbeit anschaue. Mir wird übel bei dem Gedanken, dass einfache Aufträge so fürchterlich schiefgehen. Da war diese Monique Veltman ja erst der Anfang. Wie konnte das passieren?«

»Miriam Veltman.«

»Glauben Sie, es interessiert mich, wie sie heißt?«, schnaubte Ava, während sie dem Blick des Geheimdienstlers bewusst auswich. Wütend schaute sie sich im Concorde Room um, betrachtete die anderen Anwesenden in der VIP-Lounge von British Airways, die halb in ihren Sesseln lagen oder sich an die erleuchtete Bar am anderen Ende des Raumes lehnten. Durch die hohen Fenster sah sie Flugzeuge auf dem Weg zum Flughafengebäude oder zur Startbahn vorbeirollen; auf der linken Seite flackerte ein elektrischer Kamin. Sie öffnete ihre Schuhe, zog sie aus und stellte die bloßen Füße auf den Teppich. Dann beugte sie sich zu dem kleinen Tisch vor, auf dem der Kellner ein Glas Mineralwasser für sie abgestellt hatte.

»Ihre Wut begreife ich ebenfalls«, erklärte der Geheimdienstler gelassen, während er sich durch das dünne Haar fuhr, das in rötlichen Strähnen auf seinem Schädel lag. »Ich bin auch enttäuscht darüber, wie wenig erfolgreich die Handhabung der Angelegenheit rund um die Akte Veltman gelaufen ist. Gleichzeitig entspricht es meiner Auffassung von Professionalität, mich nicht damit abzufinden, sondern mit meinen Handlungen auf die neuesten Entwicklungen zu reagieren.«

Ava drehte an dem Silberring, den sie am Finger trug, spielte mit dem darin eingefassten Saphir.

»Das klingt alles sehr schön, aber faktisch hinken Sie der Wirklichkeit immer einen Schritt hinterher. Davon habe ich genug. Ich will jetzt bis in alle Einzelheiten wissen, was los ist und wie es zu dieser Eskalation kommen konnte.«

Der Agent schaute sie weiterhin unbeeindruckt an, und Ava musste sich eingestehen, dass ihr sein Stoizismus einigen Respekt abverlangte. Er strahlte eine Ruhe aus, über die sie selbst nicht verfügte.

»Die Situation stellt sich folgendermaßen dar, Frau Rodenburg: Sie kennen nur einen Teil der Fakten. Frau Veltman hat für uns gearbeitet und war im Begriff, Kontakt mit jemandem aufzunehmen, an den sie äußerst geheime Informationen weitergeben wollte. Der Name dieser Person ist Eliot Koler.« Er zog einen kleinen Koffer unter dem Tisch hervor, öffnete ihn und holte eine dünne Aktenmappe heraus. Der entnahm er ein A4-Blatt, das er Ava überreichte. In der Mitte der Seite befand sich die Passfoto-Kopie eines Mannes mit kurz geschnittenem dunklem Haar, der abwesend in die Kamera schaute. Ein kantiger Kiefer, ein Dreitagebart, auffällig lange Wimpern. Andächtig starrte sie das Foto an. Erwin T. fuhr fort: »Letzten Endes hat der Kontakt sich auf E-Mails beschränkt; soweit wir das nachvollziehen konnten, haben die beiden einander seit einer Veranstaltung bei der Luftwaffe im Jahr 2008 nicht mehr persönlich gesehen. Dennoch ist es Frau Veltman gelungen, die Informationen an Koler weiterzugeben und ihm auf diese Weise Zugang zu einem Bahnhofsschließfach zu verschaffen. In diesem Schließfach befand sich etwas – unseren Vermutungen nach eine Festplatte –, das Koler mit Erfolg in seinem Besitz hat behalten können.«

»Was ist auf dieser Festplatte?«, unterbrach ihn Ava.

»Bitte lassen Sie mich ausreden. Wir waren bereits einige Male dicht an Koler dran, aber – und es fällt mir wirklich nicht leicht, das zuzugeben – er ist uns immer wieder entkommen. Wir vermuten, dass er eine Reihe von Bahnhöfen abklappert. Er ist in Leeuwarden gewesen, um die Festplatte abzuholen, dann in Utrecht, und in Nieuwegein hat er eine Autozulassungsstelle aufgesucht. Warum, müssen wir noch herausfinden, aber wir gehen davon aus, dass er in Erfahrung bringen will, wer da versucht, sich ihm in den Weg zu stellen. Wir sind dabei, alle von Miriam Veltman angegebenen Orte durchzugehen. Wir vermuten, dass Koler einer Route folgt, die sie festgelegt hat.«

»Und die Festplatte?«

»Frau Veltman war einige Monate im Ausland aktiv.«

»Ich dachte, Sie hätten gesagt, sie hat in der Verwaltung gearbeitet.«

»Das stimmt auch, aber sie war zugleich für den Geheimdienst tätig. Mehr noch, ich habe sie, nachdem ihr Bruder sie uns empfohlen hatte, persönlich eingestellt.«

Heftig stellte Ava ihr Glas auf dem Tisch ab.

»Sie hat für den MIVD gearbeitet?«

»Auch. Sie hat eine militärische Ausbildung absolviert, ihren Dienst angetreten und wurde dann von uns als Informantin rekrutiert.«

»Warum? Wieso sollte man seine eigenen Leute bespitzeln?«

Er lächelte kurz und schwieg, damit sie über ihre Frage nachdenken konnte. Er hatte recht: Schon seit einer Ewigkeit beobachteten die Niederlande ihre eigenen Untertanen ganz genau, und zwar mithilfe der Satellitenstationen in Friesland, Flevoland und Overijssel, und indem sie den Amsterdam Internet Exchange anzapften, die größte Internetverkehrsader der Welt.

»So wurden wertvolle Informationen darüber verfügbar, wie unsere Leute in der Türkei und in Afghanistan arbeiten. Auf der Grundlage von Veltmans Ermittlungen haben wir unsere Operationsweise in Kriegsgebieten verbessern können.«

»Sie meinen, sie hat überprüft, wer funktioniert und wer nicht?«

»Auch. Sie hat für uns herausgefunden, wie die Kommunikationslinien zwischen den Leuten in Schlüsselpositionen verliefen. Sie hat zum Beispiel Zeit mit unserem Patriot-Personal in Adana verbracht, um herauszufinden, mit wem sie Kontakt hatten, und sie war dafür verantwortlich, alle von der Basis ausgehenden Missionen zu erfassen. In Afghanistan hat sie vergleichbare Arbeiten ausgeführt. Vor allem ihre Analysen nach den UAV-Missionen unter NATO-Flagge waren nützlich.«

»Aber dann wurde sie selbst zum Objekt einer Observation. Erklären Sie mir das mal.«

Erwin T. nickte ernst und griff nach seiner Tasse, die jedoch leer war, wie er feststellen musste. Er winkte einer Kellnerin, die kurz darauf mit einem zweiten Espresso am Tisch erschien.

»Als Agentin unserer Organisation hatte sie natürlich Zugang zu zahlreichen kompromittierenden Informationen. Das machte sie im Grunde genauso zu einem Risikofaktor wie die Leute, die sie für den MIVD beobachtete. Dadurch kamen wir in eine schwierige Situation, als sie plötzlich aus eigenem Antrieb Kontakt mit Personen aufnahm, die diese Informationen auf die verkehrte Weise einsetzen könnten.«

Ava rutschte auf die Sesselkante vor, legte beide Hände auf die Armlehnen.

»Wie konnte das überhaupt passieren? War man beim Screening nicht sorgfältig genug?«

Er zuckte mit den Schultern.

»Schauen Sie, unsere Leute legen einen Eid ab und unterschreiben einen Knebelvertrag, aber wenn sie erst einmal Gewissensbisse bekommen, warum auch immer, ist dagegen bedauerlicherweise oft kein Kraut gewachsen. Das Gewissen hat die lästige Eigenschaft, ziemlich hartnäckig zu sein.«

Eine weibliche Computerstimme mit einem vornehmen britischen Akzent rief einige Reisende aus dem Concorde Room dazu auf, sich zum Gate zu begeben. Im selben Moment erhob sich eine Gruppe von Männern in Maßanzügen, die über den dicken Teppich zu den Schiebetüren schlenderten, wo ihnen vom Personal ihre Rollkoffer gereicht wurden.

Während sie das Foto anstarrte und Erwin T.s Worte in sich aufnahm, fragte Ava: »Und wer ist Eliot Koler?«

Erwin T. nahm das Tablet zur Hand, das er neben sich auf

den Stuhl gelegt hatte, und faltete die Abdeckung auf. Ohne auf den Bildschirm zu schauen, fasste er Kolers Karriere in wenigen Sätzen zusammen.

»Geboren und zur Schule gegangen in Haarlem, Grundausbildung in Rozendaal, danach die Offiziersausbildung. Rang: Major. In den Dienst bei der Spezialeinheit der Landstreitkräfte eingetreten, verantwortlich für Spezialoperationen auf feindlichem Gebiet. Siebenunddreißig erfolgreiche Missionen, vor allem in Verbindung mit Special Reconnaissance und Direct Action. Spezialisierung: Scharfschütze. Vornehmlich in bergigem Gebiet aktiv, aber außerdem ein großes Talent für SOUT. Dabei handelt es sich um …«

»Special Operations in Urbanized Terrain«, unterbrach ihn Ava verärgert. »Ich bin immer noch Verteidigungsministerin. Wenn ich einen Begriff nicht kenne, sage ich Ihnen das schon. Warum hat er gekündigt?«

»Sein Name ist mit dem Vermerk ›Eigenmächtige Abwesenheit‹ gekennzeichnet – seit 2013, nachdem man bei ihm einen psychologischen Test durchgeführt hat. Wir gehen davon aus, dass es da einen Zusammenhang gibt, haben das aber noch nicht durch Beweise erhärten können. Seine Kündigung kam sehr unerwartet, und das ist auch der Grund dafür, dass er damals bei uns als ›interessant‹ gekennzeichnet wurde.«

»Warum hat sie ausgerechnet mit ihm Kontakt aufgenommen?«

»Die beiden kannten einander aus Rozendaal. Sie muss gewusst haben, dass er sich aus der Organisation zurückgezogen hatte, und das machte ihn in ihren Augen vertrauenswürdig. Er war übrigens nicht der Erste, auf den sie mit dieser Sache zuging.«

»Wie meinen Sie das?«

»Wir sind schon vorher auf Versuche ihrerseits aufmerksam geworden, Informationen mit Menschen zu teilen, die ihr nahestanden. Wir dachten, sie wolle nur ihre eigenen Beobachtungen während ihrer Missionen mit ihnen teilen. Das an sich ist schon Grund genug, jemanden für längere Zeit ins Gefängnis zu bringen. Aber als wir die Lage näher untersuchten, stellte sich heraus, dass es dabei um viel mehr ging. Und als wir dann herausfanden, dass zwei Personen, die unabhängig voneinander unsere Aufmerksamkeit erregt hatten, Kontakt zueinander suchten, war es nur logisch, etwas zu unternehmen. Sie selbst hatte übrigens nie Kenntnis über die Bedeutung der Informationen, als sie die Festplatte mitnahm. Das wissen wir jetzt.«

»Jetzt ist sie tot.«

»Veltmans Tod war die traurige Konsequenz eines Versuchs, eine Kettenreaktion an unerwünschten Ereignissen zu verhindern.«

»Eines missglückten Versuchs, meinen Sie wohl. Trotz Ihres Eingreifens hat Koler die Information erhalten. Und Sie haben mir immer noch nicht mitgeteilt, um welche Informationen es geht.«

Erwin T. schlug die Augen nieder, legte das Tablet weg und starrte auf seine Hände.

»Das kann ich Ihnen nicht sagen.«

»Können Sie nicht oder wollen Sie nicht?«

»Das kann ich der Verteidigungsministerin, die Sie noch immer sind, nicht sagen. Ich kann Ihnen nur Folgendes sehr ans Herz legen: Sollten diese Informationen letzten Endes auf irgendeine Weise ans Licht kommen, hat das unabsehbare Folgen.«

»Ich erhalte von Ihnen eine ominöse Prophezeiung nach der

anderen, ohne dass ich erfahre, was genau vor sich geht. Der MIVD arbeitet doch noch immer für mich?«

Auf Erwin T.s Lippen erschien ein sparsames Lächeln.

»Selbstverständlich. Wir tun alles, was in unseren Kräften steht, damit Sie das Ihre tun können. Sie haben den Testbericht von Lockheed Northrop erhalten, wie abgesprochen?« Ehe Ava ihrem Unmut Ausdruck verleihen konnte, fügte er hinzu: »Uns liegt viel daran, uns gegenseitig über alles zu informieren.«

Sie nickte und unterdrückte ihren Ärger. Die Speicherkarte befand sich in einem durchsichtigen Döschen in ihrer Handtasche. Es stand zu hoffen, dass die Informationen allein ausreichten und Montfoort sich überzeugen ließ, für den Erwerb der Maschine zu stimmen.

Von Neuem erklang aus mehreren Lautsprechern in der Lounge die Computerstimme: »Miss Rodenburg, bitte zum Serviceschalter am Gate B26.«

Der MIVDler überreichte ihr eine Kunststoffmappe mit dem Logo der British Airways. Ava nahm sie an und öffnete sie. Darin befanden sich ein Flugticket und der Nachweis über ein aufgegebenes Gepäckstück.

»Ich habe mir erlaubt, Ihren Flug umzubuchen. Take-off ist in sieben Minuten. Ihr Gepäck befindet sich bereits an Bord.«

Wütend erhob sie sich und lief zum Ausgang, wo zwei Mitarbeiterinnen der Fluggesellschaft sie bereits erwarteten. Die beiden Damen brachten sie zu einem Elektro-Caddy mit zwei Plastiksitzen.

»Genießen Sie den Service, unser Caddy ist vollautomatisch. Gute Fahrt und gute Reise, Miss Rodenburg«, wünschte ihr die eine und zeigte ein strahlend weißes Lächeln.

»Ich laufe«, zischte Ava ihr zu und ging mit klappernden Absätzen an den beiden vorbei in Richtung Gate. Das war das letzte Mal, dass sie etwas tun würde, über das man sie nicht zuvor bis ins Detail informiert hatte.

35 ELIOT

Harun

In einer Seitenstraße des Haarlemmerdijk ließ Eliot den SUV stehen, jedoch nicht bevor er jedes Fach und jede Öffnung im Wagen nach möglichen Dingen durchsucht hatte, die der Besitzer eventuell zurückgelassen hatte und die wichtig für ihn sein könnten. Er wusste nun, dass der Mann Marcel Fens hieß. Auf zwei Ausweisen stand dieser Name, genau wie auf den Autopapieren, die in einer Ledermappe im Beifahrerfach lagen. Er suchte im Internet nach dem Namen und wurde auf die Homepage eines Bauunternehmens in der Region nördlich von Amsterdam weitergeleitet. Erstaunlicherweise war darauf weder eine E-Mail-Adresse noch eine Telefonnummer angegeben; viele Aufträge dürfte das Unternehmen so nicht bekommen haben. Er klickte sich durch die Seite, schaltete, als er nichts Besonderes entdecken konnte, das Handy aus und drehte es um. Er entfernte die SIM-Karte des türkischen Providers, zerbrach sie, warf sie aus dem Fenster, nahm eine neue aus der Verpackung und installierte sie. Nachdem er das Datum und die Zeit eingestellt hatte, sah er sich die Telefonnummer auf dem mitgelieferten Schein an. Sein Blick fiel auf die Schürfwunde an seinen Fingergelenken, die er sich beim Schlag in Fens' Gesicht zugezogen hatte, und er fragte sich, ob er ihm wohl den Kiefer gebrochen hatte. Er würde Eliot nun nicht mehr zur Last fallen, aber der MIVD hatte inzwischen bestimmt schon einen Ersatz auf ihn angesetzt, um ihn aufzuhalten. Einen Externen – das war Fens vermutlich auch gewesen –, der den Kopf für die Organisation hinhielt, während sie selbst nicht direkt in die Angelegenheit verwickelt war. Der MIVD war nicht mehr nur ein Geheimdienst, der Gespräche abhörte, Kommunikation zwischen Sender und Empfänger sabotierte oder manipulierte; er war eine nahezu eigenständige Organisation geworden, die selbst nach immer mehr Einfluss strebte. Der Zahl der Agenten nach zu urteilen, die auf ihn angesetzt waren, schien es, als sei seine Ergreifung auch in ihrem Interesse. Dem MIVD ging es um die Festplatte; nicht weil er wissen wollte, welche Informationen sich darauf befanden, sondern weil er wusste, was darauf abgespeichert war.

Über den Inhalt konnte Eliot momentan nur Vermutungen anstellen. Um dahinterzukommen, wie wertvoll die Informationen waren, die er die ganze Zeit mit sich herumtrug, brauchte er Hilfe. Er musste jemanden finden, dem er vertrauen konnte und der sich nicht um seine Gründe scherte. Es gab nur einen, der ihm einfiel: Harun, den Web Soldier.

Für einen Websoldaten war Harun nicht wirklich schwer ausfindig zu machen. Eliot gab »harun« und »web soldier« in die Suchmaschine ein und stieß auf ein Forum über Freiheit im Internet. Web Soldier Harun reagierte oft auf Themen über Dateiaustausch und Torrentseiten. Vielleicht war ihm nach seiner unehrenhaften Entlassung aus der schwedischen Armee das Gespür für Geheimhaltung etwas abhandengekommen. Doch das kam Eliot nur gelegen. Über das Forum schickte er ihm eine private Nachricht und bekam sofort eine Antwort. Natürlich konnte er vorbeikommen, das Bier hatte er schon kalt gestellt.

Mit einem Handtuch, das er im Kofferraum fand, wischte

Eliot die Sitze, das Steuer und die Griffe ab. Alle Fächer und jeden Knopf, den er berührt hatte, säuberte er. Das Handtuch warf er, nachdem er die Tür damit geschlossen hatte, in einen Mülleimer.

Bei der Vinkenstraat, einer schmalen und dunklen Straße, die parallel zum Haarlemmerdijk verlief, bog er ab. An der Ecke war eine Cocktailbar mit schwarzen Markisen. Er ging zwischen Straßenpollern hindurch bis zur Straßenmitte und schaute dann hoch zu Haruns Wohnung. Vor den Fenstern hingen vergilbte Wimpel. Eines der Fenster stand offen, und Musik drang hinaus, eher unkonventioneller Jazz. Er klingelte, und kurze Zeit später öffnete sich summend die Tür. Im Treppenhaus roch es nach Zigaretten. Mit großen Schritten lief er die drei Stockwerke hoch und erreichte so die oberste Etage. Die Tür zu Haruns Wohnung war halb geöffnet, Eliot drückte dagegen und landete in einem wilden Strudel von Querflöte und Kontrabass. Vor dem Fenster, vor zwei mannshohen Lautsprechern, gab sich Harun mit entblößtem Oberkörper der Musik hin, in der nun auch noch eine schrille Trompete eingesetzt hatte. Auf dem Wohnzimmertisch standen ein voller Aschenbecher und geöffnete Bierdosen. Überall lagen Kleidungsstücke und Zeitschriften herum, und in der Ecke befand sich ein zu einem Schreibtisch umfunktionierter Billardtisch mit zwei riesigen Bildschirmen und eine Box mit blau aufleuchtenden LEDs. Über dem Stuhl davor lag ein Schaffell.

»Harun«, schrie Eliot durch die Musik hindurch. Der Mann drehte sich um und zeigte Eliot seinen Oberkörper und das Tattoo, das den größten Teil seines Brustkorbs und Oberarms bedeckte. Ineinander verschlungene Drachen und Totenköpfe, Flammen und Schlangen waren in einen apokalyptischen Kampf verwickelt; auf der Höhe des Herzens prangte eine abgeknickte Rose, aus der Tränen zu fließen schienen. Den Skorpion und den Dolch konnte man darin kaum noch erkennen.

»Eliot, Kumpel«, rief Harun und kam auf ihn zu, nachdem er die Zigarette im Aschenbecher ausgedrückt hatte. Enthusiastisch schüttelte er ihm die Hand.

»Lange her.«

»Du sprichst Niederländisch.«

»Bisschen. Genug, um Mädels flachzulegen. Den Akzent finden die geil, Kumpel. Warte mal.« Er ging zum Schreibtisch hinüber und machte die Musik leiser. »Coltrane. Scheißintensiv, sag ich dir, aber bestimmt keine Hintergrundmusik. Nerven. Ein Geschmack, den man sich aneignen muss, sagt man.«

»Und?«

»Bin ein langsamer Schüler«, antwortete er, während er eine der Dosen nahm und schüttelte. Er setzte sie an den Mund und zerdrückte sie.

»Auch eins?«

»Hast du Wasser?«

»Kommt Pisse aus deinem Schwanz?«, antwortete Harun hustend. Er ging in die Küche und kam mit einem mit Wasser gefüllten Bierglas wieder.

»Setz dich. Gut, dich zu sehen.«

Eliot nahm auf dem Sofa Platz; Harun stellte ihm gegenüber einen Sessel hin und streckte den Arm zum Tisch aus, um die nächste Dose zu leeren.

»Was machst du heutzutage so?«, fragte Eliot.

»Eigentlich das, was ich auch in der schwedischen Armee gemacht habe. Datenanalyse, En- und Decodierung, Kommunikation blockieren, solche Sachen, aber jetzt eben für andere.«

»Was für andere?«

»Einfach andere«, lachte Harun. »Du weißt schon.«

Eliot nickte.

»Auch Harun Sköld muss von irgendwas leben«, sagte der Schwede und brach ein Stück von einem Schokoriegel ab. »Sonst geht er drauf. Was kann ich denn für dich tun?«

»Ich möchte bestimmte Daten von einer Festplatte herunterholen, aber sie sind auf sehr professionelle Weise verschlüsselt«, erklärte Eliot ruhig. »Ich weiß, dass Orta etwas damit zu tun hat. Vielleicht auch das Wort ›Hermes‹. Deshalb bin ich hierhergekommen.« Er zog das Post-it aus der Tasche und klebte es auf den Couchtisch.

Harun zog es ab. Er nickte, stand auf und schloss die Vorhänge, wodurch das Zimmer in ein zartes Orange getaucht wurde. Dann ging er zum Schreibtisch und tippte etwas ein. Einer der Bildschirme wurde blau, und ellenlange Reihen von Zeichen rollten durchs Bild. Auf dem anderen erschien ein Aquarium, in dem farbige animierte Fische seelenruhig hin und her schwammen.

»Das ist meine Variante der Unterwasserwelt. Habe ich programmiert, als mir die schwedischen NATO-Reaktionäre einen einfachen Flug nach Göteborg verpassten. Abzeichen, Pension und Sold abgeben und verduften, einfach so, nach sieben Jahren harter Arbeit in diesem Sandkasten namens Afghanistan. Puritanische Heuchler, und die wollen aus demselben Land kommen wie The Pirate Bay.«

»Warum wurdest du entlassen?«

»Ach, ich hab so ein paar Sachen an die Jungs weitergeleitet. Du weißt schon, die sind lange weg von zu Hause und dann brauchen sie etwas Abwechslung. Auf dem Stützpunkt wurde alles blockiert, und das konnte ich mit einem kleinen Programmiertrick umgehen. Dann konnten die, ohne dass die Vorgesetzten etwas mitbekamen, schöne schwedische Damen bewundern. Komm schon, das ist doch kein Grund, jemanden zu feuern, oder?«

Er schob den Stuhl mit dem Schaffell nach hinten und setzte sich, während er weitertippte. Auf dem linken Bildschirm schwammen die Fische weiterhin ihre Runden und stießen dabei ab und zu eine Luftblase aus, während auf dem anderen verschiedene, scheinbar willkürliche Zeichen aufleuchteten und sich in einem Balken unten am Bildschirmrand aufreihten.

»SubMachine nenne ich das. Geil, oder? Der Computer mag zwar den ganzen Datenscheiß codieren, aber man braucht immer noch einen Menschen, um die Muster zu erkennen, die der Roboter nicht sieht.«

Eliot stellte sich neben ihn, konnte aber für das, was er vor sich hatte, keine Begeisterung aufbringen.

»Warum, glaubst du, bist du entlassen worden?«

»Das war einfach eine Racheaktion und gleichzeitig eine Sparmaßnahme. Damals flogen lauter Leute mit Funktionen raus, von denen man dachte, sie seien leicht zu automatisieren. Das wird in den Niederlanden auch passieren. Und jetzt haben wir den Salat: Der Verteidigungsminister sagt, dass Schweden sich bei einem Angriff höchstens eine Woche würde verteidigen können. Menschen sind unersetzlich, sage ich dir. Wir brauchen Muskeln. Also, was hast du für mich?«

»Sollen wir zuerst einen Preis ausmachen?«

»Spendier mir einen Cocktail, wenn's geklappt hat. Das ist mein Hobby, und du bist mein Kumpel.«

»Das weiß ich zu schätzen«, sagte Eliot. Er öffnete den Reißverschluss seines Rucksacks und holte die Festplatte heraus.

Harun nahm sie mit einem breiten Grinsen entgegen.

»Cool. CIA-Zeug. Unverwüstlich. Kannst das Ding aus einem Flugzeug fallen lassen, wenn du willst.«

»Danke, ich verzichte«, entgegnete Eliot. »Kannst du damit was anfangen?«

»Das hängt vom Schutzprogramm ab. Ist es ein Original?«

»Eine Kopie. Ich weiß nicht einmal, ob alle Daten transferiert wurden.«

Harun kramte in einer Kiste mit Kabeln und Steckern. »Hast du das selbst gemacht?«

Eliot schüttelte den Kopf. Bis jetzt hatte er keinen Grund gehabt, Harun nicht zu vertrauen, aber es war auch nicht nötig, allzu viel zu verraten. Vertrauen ist käuflich und auch Harun Sköld musste von irgendwas leben. Der Schwede hatte anscheinend das richtige Kabel gefunden und verband die Festplatte mit dem Computer auf seinem Schreibtisch, auf dem nun rote und gelbe Lämpchen flackerten.

»Der Name ist TMJ. Wer ist das?«

Das war der Hinweis, den Eliot auf seinem Laptop notiert hatte. Er zuckte mit den Schultern und ging zum Fenster. Dort schob er den Vorhang etwas beiseite und schaute an den Wimpeln vorbei auf die Straße hinunter.

»Wird das lange dauern?«, fragte er.

»Das weiß ich noch nicht, Mann. Ich muss erst wissen, welche Chiffre zur Verschlüsselung verwendet wurde. Wenn das ein AES 256 Bit war, wovon ich ausgehe, dann werde ich hier noch ein Weilchen sitzen.«

»Hast du Zeit dafür?«

»Wenn's mir Spaß macht, dann hab ich Zeit.«

Eliot bewegte sich langsam zur Tür.

»Du musst noch etwas anderes für mich tun, Harun.«

»Ja?«

»Versuch herauszufinden, wo Merijn Turing ist. Sie ist eine IT-Spezialistin und arbeitet für die Luftwaffe.«

»Ist sie hübsch?«

»Das weiß ich nicht. Ihre letzte Mission war in Afghanistan.«

»Wenn sie hübsch ist, kriegst du sie gratis dazu. Schreib einfach ihren Namen auf.« Er sah, dass sich Eliot neben die Tür gestellt hatte. »Musst du irgendwo hin?«

Eliot nickte.

»Dann geh einfach. Da hinten liegt irgendwo ein Schlüssel auf dem Tisch. Dann kannst du dich selbst reinlassen. Wenn du mir was zu essen mitbringen könntest, wäre das echt cool.«

In dem Chaos auf dem Tisch fand Eliot den Schlüssel, den er in die Hosentasche steckte. Er ging noch einmal zu Harun hinüber und beobachtete, wie dessen Finger über die Tasten flogen. Er selbst schien gar nicht auf die Finger oder auf den Bildschirm zu schauen: Er wirkte wie in Trance, als hätte er sich gerade selbst mit dem Computer verbunden. Ohne Tschüs zu sagen, lief Eliot die Treppen hinunter. Draußen schien die schlimmste Hitze vorbei zu sein. Er ging in die Richtung zurück, aus der er gekommen war, bog aber nun in den Haarlemmerdijk ein, wo er plötzlich vor einem Café stand. Er betrat es und setzte sich an den großen Tisch in der Mitte des Raumes. Sein Handy verband er mit dem WLAN. Er öffnete seine Mailbox, während eine Kellnerin seine Bestellung notierte. Nur eine einzige neue E-Mail mit dem Titel »Dein Auto« war gekommen, geschickt von jemandem mit dem Namen Flightspot34. Er öffnete sie und las:

Lieber Olek/Eliot,
du hast echt Glück, Mann! Du warst noch keine dreißig Minuten weg und schon haben wir deinen Ford wegfahren sehen. Leo hat ein paar schöne Bilder gemacht (siehe

Anhang). Der Typ am Steuer heißt Wilkes, ein MIVDler, ziemlich aktiv. Wir haben ihn schon bei NATO-Transporten in die Türkei, in den Irak und nach Afghanistan gesehen. Er arbeitet als Laufbursche und Chauffeur für so einen Obermacker vom Geheimdienst, den wir hier oft herumlaufen sehen. Keine Ahnung, wie der Mann heißt, aber auch von ihm haben wir ein (altes) Foto: links von dem Herkules, neben der Ladefläche; Wilkes schräg hinter ihm.
Ich hoffe, du kannst damit was anfangen. Wenn wir noch was Spannendes sehen, melden wir uns.

Viele Grüße
Cor
Flightspot34

Eliot öffnete die fünf Fotos, die der Flugzeugfanatiker seiner E-Mail hinzugefügt hatte. Auf zweien konnte er das Nummernschild des Ford Focus erkennen. Die beiden nächsten waren extreme Nahaufnahmen. Hinter dem blauen Autofenster konnte er einen Mann von ungefähr fünfunddreißig Jahren erkennen. Scharfe Gesichtszüge, ein blasses Gesicht, und sein Haar war eher weiß als blond. Doch besonders auffallend waren seine Augen: tiefschwarz, als hätte er keine Iris. Auf dem letzten Bild sah man ihn wieder, diesmal im Winter. Er stand neben einem riesigen Transportflugzeug auf einer verschneiten Landebahn. Auch wenn das Foto aus über hundert Metern Entfernung gemacht worden war, konnte man den Mann mit den schwarzen Iris immer noch leicht erkennen. Direkt vor dem Fahrer, Wilkes, stand ein ranghoher Soldat mit rötlichem Haar. Sein Gesicht war blass und so eckig wie ein Pflasterstein; seine graublauen Augen hatte er auf die

Mannschaften gerichtet, die vor der Ladeklappe des Herkules aufgestellt waren. Auch ihn erkannte Eliot nicht, aber er zweifelte nicht daran, dass dieser Mann bei seiner Spurensuche eine wichtige Rolle spielen würde.

36 AVA
Ozean

Ava erwachte über dem Atlantischen Ozean, weil eine Stewardess es für nötig hielt, ihre Decke ein Stück weiter hochzuziehen. Ava verspürte einen unangenehmen Flugdruck auf den Ohren. Sie nahm das ihr angebotene Glas Wasser und ein warmes Tuch, mit dem sie sich das Gesicht befeuchtete. Dann hielt sie sich die Nase zu, um die Ohren freizubekommen. Es nutzte nichts. Sie fühlte sich krank, als hätte man sie in ein riesiges Aquarium aus Luft getaucht. Auf dem Bildschirm direkt vor sich sah sie eine dreidimensionale Wiedergabe des A380, in dem sie sich befand, mitten über einer weit ausgedehnten Wasserfläche. Oben auf der Karte erschien die weiße Spitze Grönlands, darunter waren Island und die Färöer zu sehen. Die Küstenlinie von Irland schob sich träge ins Bild.

Erwin T. hatte ein Ticket in der First Class für sie reserviert. Ihr Schlafsessel war so lang, dass sie sich ganz darauf ausstrecken konnte. Daneben befand sich eine Minibar, weiter vorne eine Dusche, und hinter ihr sogar eine erleuchtete Bar, an der drei andere Passagiere etwas tranken. Die Stewardess kam mit einem Tablett zurück, auf dem ein Weinglas, Silberbesteck und eine dampfende Servierglocke standen. Sie hob die Haube und erblickte auf dem Teller darunter ein Steak mit frischem Gemüse. Ava schüttelte den Kopf, aber das entging der Flugbegleiterin. Widerwillig nahm Ava das Besteck in die Hand und aß einige Happen, ließ die Mahlzeit dann jedoch stehen und zog wieder die Decke um sich. Sie schloss die Augen und fand in einen Halbschlaf zurück.

Ihre Gedanken schweiften zu ihrem Vater. Sie sah ihn vor sich, im Maßanzug – immer ein Dreiteiler, egal in welcher Klimazone er sich aufhielt. An seinem Schreibtisch, wie er Briefe schrieb und telefonierte, über sich einen summenden Ventilator mit dünnen Rotorblättern aus Holz, während Ava und ihre Schwester auf dem Fußboden zwischen den Akten und den internationalen Zeitungen spielten. Als Diplomat und später als Minister hatte er sie beide und ihre Mutter immer mitgenommen: nach Nigeria, Indonesien, Katar. Am deutlichsten erinnerte Ava sich an Katar: die Menschen, die staubigen Straßen, die scharfen Gerüche. Am liebsten spazierte sie durch die verwinkelten Gassen, bis ihr Vater sie fand. Durch ihn traf sie Präsidenten und Premierminister, Diktatoren, Könige, Emire und Geistliche, ohne zu wissen, wen sie da gerade vor sich hatte. Und nun war sie in seine Fußstapfen getreten, ohne dass er das jemals erfahren hatte. Er wäre nur stolz auf sie gewesen, wenn sie ihre Sache gut machte. Alles verfügbare Wissen zusammentragen, immer selbst die Kontrolle behalten, der eigenen Intuition vertrauen. Nur dann wurde alles gut. Das hatte er schon der Fünfjährigen gepredigt, die die private Grundschule im Diplomatenviertel Menteng besuchte. Als sie später in den Vereinigten Staaten studierte, wiederholte er es in jedem Telefongespräch. Als hätte sie seine Worte jemals vergessen können! Sie waren alles, was ihr von ihm geblieben war. Seine Fotos in einer Holzkiste, ein Notizbuch und seine Ratschläge, die in ihrem Kopf nachhallten – sonst besaß sie nichts mehr von ihm. Von allen musste sie sich anhören, was für ein imposanter Mann und fähiger Politiker er doch gewesen war. Das entsprach dem Bild, das er von sich hinterlassen hatte, aber in immer stärkerem Maße schien es so, als würde dieses Bild Risse bekommen und er wäre vor allem gut darin gewesen, einen bestimmten Schein aufrechtzuerhalten, während er in Wirklichkeit keine Kontrolle hatte und nicht über alle Kenntnisse verfügte. Damals musste etwas vorgefallen sein, wodurch seine Position ins Wanken geraten war. Marc Bishop hatte ganz gezielt erwähnt, dass es eine Verbindung zwischen dem Schicksal des UAV-Modernisierungsprogramms und dem Nachlass ihres Vaters gab, ihr jedoch eine nähere Erklärung verweigert. Der Gedanke, dass ihre eigene Erinnerung an ihren Vater nicht mit der Realität übereinstimmte, war zu beunruhigend, als dass sie ihn hätte zulassen können, aber es ging nicht anders – sie musste sich damit befassen. Ava holte ihr Handy aus der Tasche und steckte sich die drahtlosen Hörer in die Ohren. Während sie den Blick über einen wolkenlosen Himmel schweifen ließ, wartete sie darauf, dass der Ministerpräsident das Gespräch annahm, und dabei wurde ihr bewusst, dass sie sich zehn Kilometer über dem Meeresspiegel befand, eine kalte Mahlzeit vor sich, in einem Flugzeug mit fünfhundert Passagieren, ohne Piloten an Bord.

»Ist das Wort ›Strafzahlung‹ gefallen?«, erkundigte sich Stahlman. Seine Stimme klang auf geradezu absurde Weise nah und völlig unverzerrt.

»Ja«, antwortete Ava, »aber es sieht so aus, als wäre das nicht Akersons Hauptinteresse.«

»Verständlich. Sie können viel mehr herausholen, wenn der Deal über die Bühne geht. Wie ist das Gespräch verlaufen?«

»Man war ›überrascht‹, aber wir haben sehr schnell nicht mehr über das Problem, sondern über Lösungen gesprochen.

Es gab da einen Vorschlag: Montfoort die Informationen über Pandora zugänglich zu machen.«

»Das ist schon mal ein Anfang; allerdings ergeben sich daraus zwei Probleme«, reagierte Stahlman hastig. »Zum einen wird Montfoort wissen wollen, warum diese Informationen dem Parlament vorenthalten wurden, und …«

»Der Bericht kann sich sehen lassen, Mel«, unterbrach ihn Ava.

»Das ist irrelevant. Es geht um die Informationen. Er wird sagen: Warum zeigt ihr mir den Testbericht jetzt doch? Was hat sich an der Situation geändert? Und außerdem: Warum sollte ich jetzt doch für den Entwurf stimmen? Warum sollte ich plötzlich genau den entgegengesetzten Standpunkt einnehmen wie vorher? Dafür werden ihn die Medien und die Wähler sofort abstrafen. Dann ist das Image des vertrauenswürdigen Hardliners, das er so sorgfältig aufgebaut hat, beim Teufel.«

»Die CIA war bei dem Meeting anwesend.«

Stahlmans Schweigen konnte Ava entnehmen, dass ihre Mitteilung ihn nicht überraschte. Es war unerträglich, auf diese Weise erfahren zu müssen, dass auch der Ministerpräsident ihr Dinge vorenthielt.

»Der Chef des Drone Strike Program hat vorgeschlagen, Montfoort mit einer Präsentation von Pandoras Fähigkeiten zu überzeugen.«

»Testflug inklusive?«

»Davon gehe ich aus, ja. Wieso?«

Wieder folgte beredtes Schweigen, und Ava konnte nur das Summen aus dem Innersten der Maschine hören, die leise klassische Musik von der Cocktailbar, das affektierte Englisch des asiatischen Pursers aus der Gegensprechanlage.

»Sobald du gelandet bist, kommst du nach Den Haag«, wies er sie kurz an. »Ich habe Eline Deneuve einbestellt. Sie soll mir mal ausführlich erklären, warum sie sich nicht der Position ihrer eigenen Partei anschließen kann. Ich lasse mir mein Kabinett nicht von einer Hinterbänklerin kaputtmachen.«

»Sie steht nicht unter Abstimmungspflicht, Mel. Da darfst du dich nicht einmischen. Pass nur auf, dass die Presse keinen Wind davon bekommt.«

»Laurens Elshout darf sie eskortieren. Wir machen alles ganz öffentlich. Ich will, dass man draußen mitbekommt, dass es die Sozialdemokraten sind, die zum zigsten Mal alles verderben. Die Liberalen sind der stabile Faktor in dieser Koalition; meine Partei muss immer wieder die Scherben aufsammeln, die Laurens' Partei verursacht. So stellen wir die Sache dar und nicht anders. Mir reicht es jetzt.«

»Weißt du schon Genaueres über Jan Kassels?«

Nach einer kurzen Stille kam Stahlmans Antwort: »Es gibt da etwas, aber ich weiß nicht, ob es wirklich relevant ist. Es wird behauptet, dass Kassels eine Affäre hatte.«

Seine Worte überraschten Ava, und sie versuchte, diese neue Information in die Reihe der Ereignisse einzuordnen, die sich bisher entfaltet hatten.

»Hat er darum Selbstmord begangen?«

»Darüber werde ich mir nicht den Kopf zerbrechen«, erwiderte Stahlman, »weil es mich nicht interessiert. Ich habe mit seiner Frau gesprochen. Die Beerdigung ist in vier Tagen. Ich habe eine Delegation zusammengestellt, die die Witwe im Namen des Parlaments unterstützt. Du gehörst dazu.«

»Wunderbar.«

»Mitgefühl ist gute PR.«

Sie musste lachen.

»Die Sache sieht folgendermaßen aus«, fuhr er fort. »Ein Flugzeugabsturz oder ein Terroranschlag hat einer Regierung an der Macht noch nie geschadet. Bei einem traurigen Ereignis die richtigen Worte zu finden, kann für einen Politiker Aufstieg oder Untergang bedeuten. Denk doch an Cohen nach dem Mord an Theo van Gogh, an Rutte nach dem Absturz von Flug MH17, Aboutaleb nach den Anschlägen von Paris. Glaubst du ernsthaft, die waren wirklich erschüttert? Natürlich nicht. Sie haben die richtigen Worte im richtigen Tonfall ausgesprochen, und zwar im richtigen Moment.«

Ava öffnete die Minibar und nahm eine kleine Flasche Weißwein heraus. Sie schraubte den Verschluss ab und goss den Inhalt der Flasche in ein Kristallglas, das sie an die Lippen führte. Während sie über Stahlmans Worte nachdachte, trank sie von dem Wein, aber er schmeckte ihr nicht. Sie stellte das Glas zurück in den Halter. Von Flugzeugabstürzen und Terroranschlägen wollte man sicher nichts hören, wenn man sich gerade hoch über dem Ozean befand.

»Um Montfoort mit ins Boot zu bekommen, müssen wir hervorheben, wie wichtig Pandora ist«, erklärte sie. »Nicht wir müssen Leonard davon überzeugen, dass es für ihn gar keine andere Möglichkeit gibt, als bei der Abstimmung ›Dafür‹ zu stimmen – er muss es selbst einsehen.«

»Das denke ich auch«, pflichtete ihr Stahlman bei. »Wenn ich aus meiner Zeit als Politiker etwas gelernt habe, dann Folgendes: Die Menschen ändern ihre Meinung nicht. Sie entscheiden sich immer für das, was sie von Anfang an richtig fanden.«

»Wir sehen uns um sieben«, sagte Ava und wartete seine Antwort nicht ab. In ihrem Kopf entfaltete sich ein Szenario, in dem sie Leonard Montfoort zu Pandoras eifrigstem Fürsprecher würde machen können. Sie stellte ihr Handy aus und schloss die Augen, konnte jedoch nicht mehr in den Schlaf finden. Sie dachte an Jan Kassels und fragte sich, warum er sich wohl aufgehängt hatte. Wegen der Gefahr, dass seine Frau hinter eine Affäre kam? Reichte Scham aus, jemanden zum Selbstmord zu bewegen? Noch viereinhalb Stunden, dann würde das Flugzeug auf Schiphol landen.

37 ELIOT

Die mit dem Lied

Eliot ließen die fünf Fotos, die er bekommen hatte, einfach nicht los. Der Ford Focus mit der albinoartigen Erscheinung des MIVD-Mannes namens Wilkes. Seine dunklen Iris, die ihm ein unmenschliches, fast außerirdisches Aussehen verliehen. Das riesige Transportflugzeug mit Wilkes, seinem Befehlshaber und dem Trupp Soldaten, der bereitstand, um die neben der Ladeklappe aufgereihten Paletten und Kisten mit Gabelstaplern und Sackkarren einzuladen. Wilkes' Chef, ein gedrungener Mann mit dünnem rötlichem Haar und schläfrig dreinblickenden Augen, hatte den Mund halb offen – er gab wohl gerade einen Befehl. Eliot bestellte noch einen Kaffee und nahm einen Bissen von seinem Bagel. Er streckte sich, drückte dabei den Rücken gegen die Stuhllehne und schaute sich um. Eine Frau von ungefähr fünfundzwanzig Jahren mit wilden Locken und einem Nasenring setzte sich an den Tisch und klappte ihren Laptop auf. Sie warf ihm einen faszinierten Blick zu. Ihre Augen glitten von seinem Gesicht zu seinem Oberarm, und sie lächelte. Voller Unbehagen vermied er Augenkontakt mit ihr und schaute auf die Fotos auf dem Bildschirm seines Smartphones. Mit Daumen und Zeigefinger vergrößerte er die Abbildung, bis sie körnig wurde und an Tiefe verlor, und fuhr dann von Ecke zu Ecke über die Vergrößerung. Sein Finger hielt über einer der Paletten inne, über die ein Tarnnetz gespannt war. Rechts unten war eine kleine Ecke freigelegt, und er konnte die Kisten sehen, die sich darunter befanden. Auf das Holz waren mit schwarzer Farbe drei Buchstaben gemalt worden: UND. Mit der Kaffeetasse am Mund untersuchte er die Fotos weiter. Er reizte den Zoom aus und versuchte die Registriernummer der Goliath zu entziffern, aber der Abstand war zu groß, und über den Flugzeugrumpf fiel ein riesiger Schatten auf die Stelle, an der sich die Nummer befinden musste. Online suchte er nach »UND« und »Code«, aber das ergab, außer einer endlosen, ungeordneten Liste deutschsprachiger Webseiten, kein einziges relevantes Resultat. Der Buchstabencode könnte sich auf die Fracht beziehen, aber genauso gut auch auf den Empfänger. Die Frau mit dem Nasenring versuchte wieder Blickkontakt herzustellen. Unter ihren langen Wimpern hindurch sah sie ihn intensiv und ohne jegliche Zurückhaltung an.

Dieser Code mit den drei Buchstaben ließ ihm keine Ruhe. Frustriert wischte er über das Foto, aber das brachte auch nichts. Er warf einen Blick zur Seite und sah, dass die Frau sich ihm schräg gegenüber hingesetzt hatte. Konzentriert starrte sie auf ihren Bildschirm, mit einem Finger zwirbelte sie eine der Locken, die ihr ins Gesicht fielen. Sie ließ die Locke los, woraufhin sie leicht zurückfederte. Gedankenverloren wiederholte sie diese Bewegung, bis Eliot sie ansprach.

»Darf ich Sie etwas fragen?«

Sie schaute auf.

»Dürfte ich mir auf Ihrem Laptop ein Foto ansehen? Mein Display ist viel zu klein.«

»Ja, natürlich«, antwortete sie. »Hast du ein Kabel?«

»Nein«, erwiderte Eliot. »Darf ich es Ihnen schicken?«

»Dann brauchst du meine E-Mail-Adresse.«

»Dann brauche ich Ihre E-Mail-Adresse.«

Sie lächelte und machte den Laptop ein wenig zu, um Eliot besser sehen zu können.

»Das ist ja eine sehr interessante Anmache. Die hatte ich noch nie.«

»Das ist ernst gemeint; ich möchte nur kurz etwas auf einem Foto näher heranzoomen«, erläuterte Eliot und zuckte mit den Schultern. »Deine Adresse vergesse ich sofort wieder. Versprochen.« Er wartete ihre Reaktion nicht ab, sondern stand auf und setzte sich neben sie.

»Nenagrafica@fastwebs.com. Ich heiße Nena«, sagte sie und streckte ihm die Hand entgegen. Bevor er etwas erwidern konnte, fuhr sie fort: »Ja, genau wie die Sängerin mit diesem Scheißsong.«

Eliot schaute auf ihre blassen Hände, auf die mit äußerster Präzision lackierten Nägel.

»Welchem Song?«, fragte er.

Sie zwinkerte ihm zu und machte den Laptop wieder voll auf. Eliot leitete das Foto an ihre E-Mail-Adresse weiter. Fast sofort erschien es auf ihrem 15-Zoll-Bildschirm, und das viel schärfer, als er gedacht hatte. UND war jetzt gut lesbar; also wusste er sicher, dass er sich nicht in der Buchstabenkombination geirrt hatte. Die Frau blies in ihren Kaffee und schaute ihm über die Schulter. Bei jeder kleinsten Bewegung, die sie machte, nahm er einen Hauch ihres Parfüms wahr.

»Bist du Fotograf?«, fragte sie.

Er nickte, beschloss aber, es dabei zu belassen.

»Super. Ich bin Designerin. Kissenhüllen und Untersetzer. Du verstehst schon, der Traum eines jeden Künstlers.«

»Irgendwie muss man ja anfangen«, antwortete er. »Wie kann ich hier zoomen?«

Sie beugte sich zu ihm hinüber und fuhr mit der Hand über das Touchpad, sodass das Foto plötzlich dreimal so groß war. Der Träger ihres schwarzen Oberteils glitt ihr dabei von der Schulter. Sie ignorierte es.

»Bist du Kriegsfotograf?«

Wieder nickte er, doch ihr Blick verriet ihm, dass sie sich damit nicht zufriedengab.

»Ich habe ein paar Kriege aus der Nähe gesehen. Dieses Foto habe ich zugeschickt bekommen, und ich versuche herauszufinden, welche Fracht darauf zu sehen ist.«

Nachdem sie ihre Haare zu einem unordentlichen Pferdeschwanz zusammengebunden hatte, stand sie auf und kam mit ihrem Gesicht ganz selbstverständlich neben seines. Er schaute auf die Seite. In ihren dunkelbraunen Augen sah er die Reflexion des eckigen Bildschirms. Zwei Muttermale schmückten ihre Wange, die sich nun weniger als einen Zentimeter von ihm entfernt befand. Er bemerkte jetzt, dass in den Nasenring ein klitzekleiner Stein eingearbeitet war.

»Was bedeutet UND?«, wollte sie wissen.

»Das ist ein Code, aber ich weiß nicht, wofür.«

»Hast du schon im Internet danach gesucht?«, fragte sie, beantwortete jedoch ihre Frage sofort selbst: »Natürlich hast du das. Und was bedeutet das?« Sie zeigte auf eine zweite Palette, die etwas weiter entfernt zum Einladen bereitstand.

»UND?«

»Nein«, sagte sie. »Da steht etwas anderes. UAB.« Sie beugte sich weiter vor, und ihre Brüste streiften seinen Unterarm. Mit zwei Fingern zoomte sie die zweite Palette heran und deutete mit dem Finger. »Schau, da.«

Wenn man weiter weg saß, war es kaum zu unterscheiden, aber sie hatte recht: Auf dem Holz standen drei andere Buchstaben. Er nahm sein Handy und suchte nach »UND+UAB+code+airplane«, was ihn auf die Webseite eines Frachtunternehmens in Lettland brachte. Er änderte das Wort »airplane« in »flight«, doch das lieferte nur ähnliche Resultate.

»Versuch mal ›airport‹«, schlug Nena vor, doch schon während sie das sagte, gab sie selbst das Wort in die Suchleiste ein. Die ersten zwei Webseiten verwiesen auf die IATA, die International Air Transport Association. Sie klickte auf den obersten Link und erklärte: »Flugzeuge haben zwei Buchstaben und Flughäfen haben einen Code mit drei. Der steht auch immer auf den Kofferlabels. Natürlich.«

Auf einer der Seiten der IATA-Webseite fand sie einen Code-Sucher, in den sie die beiden Buchstabenkombinationen eingeben konnte. Sie tippte »UND« und klickte auf den orangefarbenen Suchknopf unten am Bildschirm. Ein Zähler erschien, versehen mit der Botschaft »Loading«. Ein Schauder durchfuhr Eliot, als das Resultat erschien. Die Frau musste das gespürt haben, denn sie richtete sich kurz auf. Plötzlich war ihr wohl Eliots Nähe sehr bewusst geworden. Da stand wieder der Name; der Ortsname, der sich wie ein Fluss unbarmherzig den Weg durch sein Gedächtnis gebahnt hatte: Die Buchstaben standen für Kunduz Airport. Die Bedeutung von UAB brauchte er schon nicht mehr zu erraten.

»Den anderen Code weiß ich jetzt auch«, sagte er und wollte ihr damit gleichzeitig andeuten, dass ihr gemeinsamer Moment, was ihn betraf, vorbei war.

»Ja hallo, jetzt will ich's auch wissen. Was bedeutet er?«

Er tippte »UAB« in die Suchleiste.

»Ein Luftwaffenstützpunkt in der Türkei, Incirlik Air Base. In der Nähe von Adana. Dort sind fünftausend Amerikaner stationiert.«

»Noch nie gehört.«

»Ich bin da gewesen«, sagte er, während er den Bildschirm zuklappte und ihr den Laptop zurückgab.

»Du hast die Info, die du gesucht hast?«

Er nickte und steckte sein Handy in die Hosentasche. Er schob den Stuhl nach hinten, erhob sich und stand ihr nun auf Augenhöhe gegenüber. Sie sah überrascht aus, als hätte er sie in irgendeiner Weise beleidigt.

»Vielen Dank, Nena«, sagte er und streckte ihr die Hand entgegen, die sie allerdings ignorierte.

»Du hast wirklich alles, was du wolltest?«

»Ja«, sagte er. Er schob den Stuhl wieder zurück und drehte sich zum Tresen um, wo sich eine Menschenschlange vor der Kasse gebildet hatte.

»Willst du meine Nummer denn nicht?«, rief sie ihm hinterher. Es klang nicht verzweifelt, eher wütend. Sie schien nicht zu verstehen, warum er nicht die Gelegenheit beim Schopf packte und sie besser kennenlernen wollte.

»Ich habe ja deine E-Mail-Adresse.«

»Die wolltest du doch vergessen.«

Er grinste und überlegte kurz, ob er sie auf die Wange küssen sollte, tat es dann aber nicht. Es war zu kompliziert.

»Ich weiß gar nicht, wie du heißt.«

»Du hast meine E-Mail-Adresse.«

»Olek? Du siehst gar nicht aus wie ein Olek, wenn ich ehrlich sein soll.«

»Olek Otlier ist ein Anagramm. Wenn du es knackst, weißt du, wie ich heiße.«

Nachdem er ihr beim Vorbeigehen kurz die Hand auf den Arm gelegt hatte, schloss er sich der Schlange an der Kasse an. Sie würde ihm nachschauen, perplex, vielleicht böse, doch auf jeden Fall fasziniert. Dieser Gedanke erregte ihn, und das reichte. Vielleicht würde sich in der Zukunft noch eine Gelegenheit für einen Besuch ergeben und sie konnte ihm erzählen, was für einen Song sie gemeint hatte. Aber jetzt konnte er keinerlei Ablenkung brauchen.

»Wo gehst du hin?«, fragte sie. Sie hatte sich dicht hinter ihn gestellt. Er dachte über seine Antwort nach. Auf ihn wartete der sechste und letzte Bahnhof. Vielleicht war er sogar das Letzte, was er je von den Niederlanden sehen würde. Er sah an ihr vorbei, als stünde sie gar nicht da.

38 AVA
Autopilot

Als sie zum zweiten Mal aufwachte, glitt der Airbus bereits an der Ostküste Englands entlang. Noch weniger als eine Stunde bis zur Landung. Sie schaute nach unten und sah nichts als Wasser und hin und wieder eine weiße Schaumkrone. Nachdem sie die Lehne ihres Sitzes in aufrechte Position gebracht hatte, legte sie ihr Tablet auf den Tisch neben sich. Sie döste ein, wurde jedoch kurz darauf wieder wach, weil der Sinkflug eingesetzt hatte. Unter sich hörte Ava ein summendes Geräusch, als das Fahrgestell mit einem Ruck ausgeklappt wurde. Sie spürte, wie die Maschine sich selbst korrigierte, um die ideale Anflugroute über die niederländische Küstenlinie Richtung Süden zu nehmen. Kein Mensch war mehr in diesen Prozess involviert – Ava konnte nicht mit Sicherheit sagen, ob sie diesen Gedanken nun beruhigend oder gerade sehr beunruhigend fand. Durch das ovale Fenster sah sie Alkmaar zwischen schnurgerade angelegten Weiden liegen, die von glitzernden Wassergräben und Kanälen begrenzt wurden. Die Maschine verlor schnell an Höhe, und das Flugzeug durchpflügte die Luft mit einem Geräusch, das wie ein ängstliches Kreischen klang. In einem Reflex zog sie den Gurt um ihre Taille straffer. Eine Sekunde früher, als sie erwartet hatte, bekam das Flugzeug Bodenkontakt; es bremste sofort ab, als werde es durch Tausende von Gummibändern nach hinten gezogen. Einige Sekunden lang holperte die Maschine über die Landebahn, stabilisierte sich dann und rollte in Richtung Flughafengebäude. Gelbe Gepäckwagen, hinter deren Steuer niemand saß, kamen heran. Die Fluggastbrücke wurde genau in dem Moment in Position gebracht, in dem die Maschine zum Stillstand kam. Ein Purser und drei Stewardessen standen bereit, um sich von Ava zu verabschieden. Alle vier hielten es für nötig, das unter Nennung ihres Namens zu tun.

Durch zwei Glastüren gelangte sie in eine lange Halle mit einem Laufband in der Mitte, das sie ignorierte. »Mind your step«, warnte sie eine emotionslose Roboterstimme. Ava kam an einer Toilette vorbei, blieb stehen und entschied sich dafür, hineinzugehen, und sei es nur, um ihr Make-up aufzufrischen. Die Toilettenspülung funktionierte automatisch, der Wasserhahn ebenso. Müde spulte sie alle Handlungen ab – alles auf Autopilot. Nur gut, dass es diese ganzen eigenständig agierenden Maschinen gab: Wenn ein Chauffeur oder ein Pilot einen schlechten Tag hatte und genauso müde war wie sie gerade, bestand die Gefahr, dass er lebensgefährliche Fehler machte – Fehler, die einem Computer auf keinen Fall unterlaufen würden. Dazu wäre er nicht einmal in der Lage. Auch das würde sie Montfoort sagen, überlegte sie, während sie sich selbst im Spiegel betrachtete. »Leonard, Unmanned Aerial Vehicles, die man entworfen hat, um feindliche Ziele auszuschalten, werden niemals auf der Grundlage eines lächerlichen Irrtums irreparablen Schaden anrichten. Sie können nur innerhalb des für sie programmierten Paradigmas Handlungen ausführen; die Welt darum herum existiert für einen Roboter ganz einfach nicht. Kollateralschäden gehören mit Pandora der Vergangenheit an. Unsere Soldaten brauchen sich die Hände nicht mehr schmutzig zu machen.«

Sie spritzte sich ein wenig Wasser ins Gesicht und tupfte sich dann die Haut trocken. Für jemanden, der innerhalb von anderthalb Tagen nach New York und zurück geflogen war, sah sie gut aus, fand sie. Sie strich sich das Kostüm glatt und steckte Eyeliner, Lippenstift und Abdeckstift wieder in ihre Tasche.

Die Halle führte zur Passkontrolle, wo sie als Premium-Mitglied die schneller abgefertigte Schlange nahm, in der ihre Iris mit einer Minikamera gescannt wurde. Ohne jede andere Form der Kontrolle durfte sie den öffentlich zugänglichen Teil des Flughafens Schiphol betreten, wo sich Dutzende Läden, Cafés und Kaffeebars befanden. Sie schaute auf ihre Armbanduhr, die sie auf der Reise gar nicht erst umgestellt hatte, und entschied, dass sie sich nicht allzu sehr zu beeilen brauchte. Sie würde ihren Koffer am Gepäckband abholen und dann geradewegs zum Parkplatz weiterlaufen, wo auf Erwin T.s Veranlassung ein Wagen inklusive neu eingestelltem Chauffeur auf sie wartete – der Nachfolger des blonden jungen Mannes, der auf Erwin T.s Rat hin gehen musste, weil er zu viel mitbekommen hatte. Sie beschloss, durch die große Eingangshalle zu gehen, und befand sich überraschend schnell wieder im Abflugbereich.

Links von ihr gab es ein Café. Sie bestellte einen Cappuccino, der kurz darauf vor ihr auf den Tisch gestellt wurde. Um sie herum bewegten sich pausenlos Reisende in alle Richtungen, wie ein menschliches Flechtwerk. Sie schaute wieder auf die Uhr und danach auf einen der Fernsehbildschirme über der Bar. Einige politische Nachrichtenmeldungen zogen schnell vorbei. Ein Vertreter der Polizei, dann Bilder von der Pforte zum Binnenhof, genau an der Stelle, wo ihr Auto innerhalb der nächsten beiden Stunden auch parken würde. Mit bedrückten Gesichtern sprachen drei Abgeordnete direkt in die Kamera. Ava kannte sie dem Namen nach, hatte jedoch nie mehr als einige wenige Worte mit ihnen gewechselt.

Wegen der Konfrontation mit Eline Deneuve machte sie sich keine Sorgen: Mel würde die Sache in die Hand nehmen und eine Erklärung von ihr fordern. So etwas beherrschte er wie niemand sonst. Von dem Moment an, in dem die Liberalen und die Sozialdemokraten ihre Unterschriften unter das Regierungsabkommen gesetzt hatten, war er faktisch der Vorsitzende beider Parteien gewesen, weil Laurens Elshout sich als unfähig herausgestellt hatte, seine eigenen Leute zur Ordnung zu rufen. Sie musste sich selbst eingestehen, dass sie sich auf den Blick dieser arroganten Schnepfe freute, wenn sie erfuhr, was der Ministerpräsident für sie in petto hatte, falls sie sich nicht der Parteilinie fügte. Er würde die weitere Existenz der Koalition mit ihrer Weigerung in Zusammenhang bringen, für den Gesetzesentwurf zu stimmen. Er würde sie brechen.

Ava würde Montfoort selbst auf ihre Seite ziehen. Ein großer Block aus Liberalen, Sozialdemokraten und Christdemokraten, die alle für die Umrüstung stimmten, würde ein klares Signal für die Wähler darstellen: Dieses Programm nutzt den Niederlanden. Je länger sie darüber nachdachte, desto mehr war sie von ihrer Entscheidung überzeugt. Vielleicht würde das Problem während der Debatte letzten Endes einen unerwarteten Vorteil nach sich ziehen. Vielleicht würde sie sich, indem sie breite Unterstützung bekam, als Politikerin profilieren, die Brücken schlagen und Einheit herstellen konnte. War das nicht die wesentlichste Eigenschaft einer Ministerpräsidentin? Sie versuchte, den Gedanken abzuschütteln, aber es gelang ihr nicht. Es fühlte sich an, als schiele sie nach etwas, was ihre Augen nicht sehen durften. Aber warum nicht? Warum sollte sie nicht der erste weibliche Ministerpräsident der Niederlande werden können? Der Gedanke erregte sie.

Sie trank ihren Cappuccino aus und tupfte sich mit einer Serviette die Lippen ab. Danach stand sie auf und hängte sich die Tasche über die Schulter. Am Tresen hatte sich eine Schlange gebildet; man wartete darauf, dass es der Kassiererin gelang, eine neue Papierrolle in den Drucker zu bekommen. Ein Mann mit nordafrikanischem Äußeren, ganz offensichtlich ihr Chef, schaute ihr dabei über die Schulter. Er ließ sie herumprobieren, bis er es nicht mehr ertrug, und nahm ihr dann die Rolle aus der Hand. Unruhig trommelte Ava mit den Fingernägeln auf das Metall des Tresens und unterdrückte einen Fluch. Vor ihr stand ein Mann mit breiten Schultern, der mit verschiedenen Karten herumhantierte; eine nach der anderen holte er aus seinem Geldbeutel und steckte sie wieder zurück. Er schien nicht bemerkt zu haben, dass die Schlange ein Stück aufgerückt war. Sie folgte seinen Bewegungen, ließ ihren Blick über seinen ganzen Körper gleiten: seine dunkelbraunen Haare, das schwarze T-Shirt, unter dem ein Teil eines Tattoos zu erkennen war, die Shorts und die schneeweißen Sportschuhe. Sie mochte keine Tattoos, aber die Art und Weise, wie seines den Wölbungen seiner Muskeln folgte, sprach sie an – als werde die Tinte durch seine Bewegungen lebendig. Der Mann starrte auf einen Bildschirm, eine der Karten in der Hand. Ava bemerkte, dass er einen Rucksack, den er zwischen seinen Füßen abgestellt hatte, die ganze Zeit im Auge behielt. Immer wieder schoss sein Blick dorthin und wieder zurück. Es faszinierte sie. Kurz drehte er sich um, sodass sie sein Profil erkennen konnte. Ein kräftiges Kinn, unrasiert, ein müder, unruhiger Blick. Ein Mann, in den man sich verlieben konnte und den man zur Sicherheit gleichzeitig lieber auf Distanz hielt. Sein ganzes Erscheinungsbild vermittelte ihr das Gefühl der Gefahr, doch sie konnte den Blick trotzdem nicht von ihm abwenden. Sie kannte ihn, und er kannte sie. Woher nur?

»Sie sind dran«, sagte sie. Aber er schien es nicht gehört zu haben.

39 ELIOT

Schiphol

»Ein Knochenjob«, meckerte Harun seinen Bildschirm an. »Es gibt eine Partition von sechzig Gigabyte, die auch noch mal extra geschützt ist. Ich kann sehen, dass deine kleine Freundin Merijn das gemacht hat, aber ohne sie komme ich da nicht ran.«

»Wann hat sie das gemacht?«

»Am 5. Mai 2015.«

»Also einen Tag, bevor sie verschwand.«

»Was ist das für eine?«, fragte Harun.

»Ich kenne sie nicht, aber ich denke, dass der Schutz der Grund ist, wieso ich sie finden muss.«

Eliot stand neben Harun, mit einer Bierdose in der Hand, die zu lange schon den Kühlschrank nicht mehr von innen gesehen hatte. Wild gestikulierend hatte Harun ihn gezwungen, sie anzunehmen, während er selbst eine braune Halbliterdose öffnete. »Scheiß-CIA. Wie bist du da noch mal drangekommen, Kumpel?«, fragte er, während er mit der flachen Hand auf das Metallgehäuse schlug. Eliot reagierte nicht und ging zum Fenster, um die Vorhänge zu öffnen.

»Zulassen. Das stört sonst meinen Flow«, rief Harun und brach in ein Husten aus, das die Fenster zum Vibrieren brachte.

»Ich habe die Festplatte von jemandem bekommen. Da stehen für mich lebenswichtige Informationen drauf; mehr brauchst du nicht zu wissen.«

»Schon gut, schon gut. Ich habe eine Kopie für dich.«

»Ich möchte gerne meine wieder zurückhaben.«

»Dein Wunsch ist mir Befehl, *brother*. Sie gehört schließlich dir.« Harun streckte sich und kratzte sich mit seinen langen Fingernägeln an der Brust. »Diese Merijn werde ich schon finden. Harun ist der beste Spurensucher im Web. Wart's nur ab.« Er drehte seinen Stuhl zum linken Bildschirm und begann auf dem Keyboard darunter zu tippen. »Ich brauche nur ihren Provider.«

»Den kenne ich nicht«, antwortete Eliot, der sein Handy aus der Tasche geholt hatte und zu dem Foto scrollte, das er in Enschede von Merijns Personalien gemacht hatte. »Ich weiß nur, dass sie für das Verteidigungsministerium arbeitet.«

»*Das trifft sich gut*«, murmelte Harun. »Perfekt.«

»Hier steht, dass ihre Eltern in Den Haag wohnen«, ergänzte Eliot.

»Ist sie verheiratet?«

»Das weiß ich auch nicht. Ich glaube nicht.«

»Wenn sie für das Verteidigungsministerium arbeitet, ist es KPN; alle Angestellten dort haben ein KPN-Handy. Wenn sie nicht verheiratet ist, heißen ihre Eltern auch Turing. Die ruft man doch oft an, oder? Seine Eltern? Ich ruf meine Mama jede Woche an. Also ist die KPN-Nummer, von der Mama und Papa Turing am häufigsten angerufen werden, die von deiner Tussi. Mal kurz suchen.«

Eliot setzte sich ihm gegenüber.

»Denkst du manchmal noch an Orta?«, fragte er.

»Nein«, antwortete Harun sofort, als versuche er, den Gedanken daran zu unterdrücken. Er legte die Hand auf den Oberarm, auf das Tattoo mit dem Skorpion und dem Dolch. Eliot erinnerte sich daran, wie stolz Harun gewesen war, als er den Auftrag bekam. »Solche Sachen muss man hinter sich lassen, sonst wird man verrückt. Letzteres konnte ich trotzdem nicht verhindern.« Er lachte, aber sein Gesicht verriet, dass mehr Wahrheit dahinter steckte, als er zeigen wollte. Sein Blick flog über den Bildschirm.

»Glaubst du wirklich, dass du wegen deines Computerprogramms entlassen wurdest? Hatte Orta nichts damit zu tun?«

»Alle sind tot. Das Dorf gibt es nicht mehr«, erwiderte Harun. »Vergangen ist vergangen, man darf dem nicht allzu sehr hinterherjagen. Mein Leben ist hier, in Amsterdam. Wir haben unser Bestes gegeben. Wir haben versucht, Gutes zu tun. Hat nicht geklappt. Scheiß drauf. Weiter geht's.« Er sprang auf und streckte sich. Auf dem Bildschirm erschien eine lange Liste mit Zahlen, Zeitangaben und Daten. Eliot stand ebenfalls auf.

»Schau mal«, sagte Harun nicht ohne Stolz. »Du kannst sie anrufen. Sie ist eine gewissenhafte Tochter: um die fünfzehn Mal im Monat.« Er beugte sich zum Bildschirm vor. »Am 5. Mai rief sie zuletzt bei ihren *lieben Eltern* an und danach eine ganze Weile nicht mehr. Vier Wochen später wurde diese Nummer zum letzten Mal verwendet. Ein ganz kurzer Anruf. Zehn Sekunden.«

»Kannst du herausfinden, von wo aus?«

Harun nickte und öffnete eine zweite Seite, auf der er Merijns Handynummer eingab. Das KPN-Logo prangte am oberen Ende.

»Das ist nicht so ganz legal«, erklärte Harun grinsend und wartete auf die Treffer. »Aha«, sagte er. »Merijn hat Urlaub gemacht. Mal sehen.«

»Wo?«, fragte Eliot und schaute auf die Zeichen auf dem Bildschirm, die ihm allerdings nichts sagten.

»*Verdammt*, Eliot!«, rief Harun plötzlich aus. »Wo bist du denn da reingeraten?«

»Wieso?«

»Der letzte Anruf kommt aus Scheiß-Kunduz. Kunduz Airport! Vor zwanzig Tagen.«

Genau wie Miriam war Merijn nach Kunduz geflogen, wenn auch Jahre später. Bevor sie verschwand, hatte sie einen Teil der Informationen auf der Festplatte verschlüsselt. Miriam behauptete in ihrem Brief, dass Merijn mehr wusste. Suchte sie nach Beweisen – in der Höhle des Löwen?

»Hast du Zeit, dich weiter darum zu kümmern?«, fragte Eliot gehetzt. »Geld spielt keine Rolle.«

Mit den Fingern trommelte Harun auf seinem Bauch herum, nahm die Dose, schwenkte das Bier darin hin und her und setzte sie danach an den Mund, bis sie leer war.

»Ist nicht einfach«, sagte er. »In die Partition komme ich nicht rein, und der andere Teil … kann dauern. Kann teuer werden. Dafür muss ich mir ein paar Geräte anschaffen.«

»Ist mir egal, ich muss es einfach wissen. Nur werde ich das Land verlassen, also müssen wir dann auf eine andere Art miteinander kommunizieren.«

»Wer ist hier der Web Soldier, Kumpel? Das ist das, was ich mache, okay? Überlass das mir.«

»Willst du einen Vorschuss?«

»Ich schicke dir Infos. Bitcoins, nicht nachzuverfolgen.«

Eliot nickte, gab Harun den Hausschlüssel zurück und nahm die Festplatte von ihm an. Die Bierdose stellte er unangerührt auf den Couchtisch.

»Wo fährst du hin?«, fragte Harun mit heiserer Stimme.

»An den Ort, von dem ich dachte, dass ich nie wieder dorthin müsste.«

Schnell lief er die Treppen hinunter aus dem Haus und stand in der Schwüle des Abends. In der Ferne hört er den Verkehr auf dem Haarlemmerdijk. Ein Scooter raste vorbei, um die Ecke in die Brouwersgracht. Eliot ging in die andere Richtung, auf die hektische Einkaufsstraße zu. Hinter der Posthoornkirche erreichte er die Stelle, an der der Haarlemmerdijk von der Gracht unterbrochen wurde. Er überquerte das Wasser und sah links das Fahrradparkhaus mit dem Hauptbahnhof dahinter. Der Regionalzug nach Hoofddorp fuhr vom vorletzten Gleis ab – zu beeilen brauchte er sich nicht.

Eine Viertelstunde später kam der Zug im Tiefbahnhof von Schiphol an. Eine Rolltreppe voller Chinesen bewegte sich abwärts, während er selbst nach oben zur großen Halle des Flughafens gefahren wurde. In der Mitte von Abflughalle 3 befand sich eine Kaffeebar mit wenigen Tischen davor. Bei einer Kellnerin bestellte er ein Mineralwasser und einen Kaffee, loggte sich ins WLAN ein und rief seinen Internetbrowser auf. Nachdem er eine amerikanische Webseite gefunden hatte, auf der billige Flugtickets angeboten wurden, öffnete er eine zweite Seite, die ihm einen Reiseplan zusammenstellte. Von Schiphol aus würde er mit einer kleinen deutschen Fluggesellschaft nach Istanbul fliegen und dort knapp fünf Stunden auf seinen Anschluss nach Adana in der Südtürkei warten müssen. Er schätzte, dass er dort drei Tage brauchen würde, um Miriams Spuren zu folgen und um zu verstehen, welche Rolle sie dort als Verwaltungsangestellte innegehabt hatte. Er würde sich ein einfaches Zimmer im Adana Hilton nehmen, demselben Hotel, in dem sie sich mit ihrer Freundin und den zwei unbekannten Männern hatte fotografieren lassen. Drei Tage später würde er zurück nach Istanbul fliegen, dann mit einer Fluggesellschaft aus Katar weiter nach Doha. Dann waren es noch fünfeinhalb Stunden, bevor er auf dem Hamid Karzai International Airport, direkt außerhalb von Kabul, landen würde. Er wählte eine der gefälschten Kreditkarten, die er bei sich trug, und bezahlte online. In Afghanistan würde er sehen, wie er in die Provinz Kunduz weiterreisen konnte, um Merijn zu finden und das Kapitel Miriam Veltman definitiv abzuschließen. Dass er dafür ein anderes würde öffnen müssen, das er vor Jahren hinter sich gelassen hatte, um es vergessen zu können, war zu seinem großen Bedauern nicht zu vermeiden.

Er machte die Augen zu. Erinnerungsfetzen eines Fußmarsches durch die Berge suchten ihn heim. Er sah die Jungs der Einheit im Gebirge klettern, bis sie eine Mauer erreichten. Er hörte die Stimme von Kadir, dem Dolmetscher aus Orta, der etwas Unverständliches rief. Ein weißes Aufblitzen, als würde er in die Sonne schauen. Direkt danach eine Explosion – und noch eine. Zwei hellblaue Augen, die ihn flehend anschauten. Er öffnete wieder die Augen und fluchte. Irgendwo tief in seinem Inneren hatte er immer schon gewusst, dass ihn die Vergangenheit noch einmal einholen würde. Er konnte ihr nicht entkommen, denn sie hatte sich wie ein unsichtbarer Faden an ihn geheftet. Je weiter er sich von ihr entfernte, umso straffer spannte sich der Faden.

Die Kellnerin kam mit einer Flasche Mineralwasser, einem Espresso und einem Sandwich zurück, das er zwar nicht bestellt hatte, aber, ohne einen Gedanken daran zu verschwenden, annahm. Er aß es ohne Appetit, ließ die Hälfte liegen und stand auf. Über der Bar hing ein Plasmabildschirm, der lautlos Kurznachrichten zeigte. Jemand in Polizeiuniform wurde interviewt; seine Worte standen in verkürzter Form neben seinem Gesicht. Es ging um ein Ereignis in Den Haag, das »das Parlament in größte Aufregung« versetzt hatte. Was genau passiert war, wurde nicht erwähnt, oder vielleicht hatte Eliot es auch knapp verpasst. Einige Leute, die er nicht kannte, bezeichneten das Ereignis als »schockierend« und »eine persönliche Tragödie«. Laurens Elshout, Fraktionsvorsitzender einer der beiden Koalitionsparteien, ein blonder Sozialdemokrat ohne Krawatte, sprach von »einem großen Verlust« und sagte: »Unsere Gedanken sind bei seiner Familie und seinen Freunden.« Eliot spürte, wie sein Handy in der Hosentasche vibrierte; er nahm es heraus und entsperrte es. Auf dem Display sah er, dass er von drei verschiedenen Fluggesellschaften Tickets bekommen hatte. Er steckte es in die Hosentasche zurück und stellte sich am Tresen an, um abzurechnen. Die Kassiererin versuchte mit aller Kraft, die Kassenrolle in den Drucker zu bekommen, aber der ließ sich nicht schließen. Hinter sich hörte Eliot ein ungeduldiges Seufzen. Er schaute auf sein Handy. Noch genug Zeit. Auf dem Bildschirm über sich nahm er Bilder von einem Krankenwagen, von Polizeiabsperrungen mit Menschenmassen dahinter wahr. Danach einen Golfplatz, ein Clubhaus, Flaggenstöcke und zwei parkende weiße Caddys. Und dann erschien auf dem Bildschirm: *Noch viele offene Fragen zum Tod von Jan Kassels (Sozialdemokratische Partei)*.

Scheiße, dachte Eliot. Die Wasserflasche zwischen den Zähnen griff er nach seinem Portemonnaie in der hinteren Hosentasche, aus dem er einzeln die Ausweise zog. Sein Blick fiel auf den weißen, den er in Enschede auch schon untersucht hatte. Er starrte auf den darauf abgedruckten Namen, als würden damit alle Rätsel, denen er bislang begegnet war, sofort gelöst. Hinter seinem Rücken hörte er eine Frau einen leisen Fluch ausstoßen und auffällig laut mit den Fingernägeln auf den Tresen trommeln. Auf dem Ausweis stand Jan Kassels, NP.

»NP« stand, so begriff er jetzt, für Niederländisches Parlament. Marcel Fens, der Unternehmer, der versucht hatte, Eliot auszuschalten, trug Kassels' Ausweis, der Zutritt zum Parlamentsgebäude gab, in seinem Portemonnaie. Warum? Was hatte Fens dort gemacht? In Gedanken versunken, blieb er einen Augenblick vor der Kasse stehen, als er hinter sich die Stimme einer Frau hörte.

»Sie sind dran.«

Ohne etwas zu sagen, beglich er die Rechnung und lief quer durch einen Menschenstrom mit Rollkoffern und Gepäckwagen. Eine hübsche Frau, die aussah wie eine Hostess oder eine Chefsekretärin. Ein bekanntes Gesicht, schoss es ihm durch den Kopf, aber seine Gedanken kehrten zu der IT-Spezialistin zurück. Was hatte sie auf der Festplatte entdeckt, was hatte sie verschlüsselt, wieso hatte sie beschlossen, von der Erdoberfläche zu verschwinden?

40 AVA
Versprechen

Der Wagen hielt in einer Seitenstraße in der Nähe des Mauritshuis. Der neue Chauffeur stellte das Auto im Parkverbot ab, öffnete die Tür und ließ Ava aussteigen. Auf klappernden Absätzen lief sie zum Binnenhof 19, betrat das Gebäude durch die Drehtür und begrüßte die beiden Portiers mit einem Handzeichen. Als sie die Treppe in die erste Etage hinaufstieg, hallten ihre Schritte durch die marmorne Galerie. Ihr Blick fiel auf den Januskopf auf einer der Säulen schräg über ihr. Irgendwann würde sie Mel einmal fragen, welche Bedeutung diesem Kunstwerk im Ministerium für Allgemeine Angelegenheiten zukam. Unwillkürlich dachte sie wieder an den Mann, der sie am Flughafen so fasziniert hatte. Das änderte sich jedoch sofort, als sie den Versammlungssaal erreichte, den man für die Besprechung reserviert hatte, ein barocker Saal mit Fischgrätenparkett und einem schon vor Jahrhunderten für immer erkalteten Kamin an der Schmalseite. Der Ministerpräsident wartete unter den Porträts seiner Vorgänger auf sie. Auf der anderen Seite des Tisches saßen Laurens Elshout und Eline Deneuve. Beide ersparten sich die Mühe aufzustehen. Kurz berührte Stahlman Ava an der Schulter, ehe er sich zugleich mit ihr hinsetzte und sie die Stühle näher an den Tisch rückten. Durch das Fenster mit Aussicht auf den Schlossweiher fielen Sonnenstrahlen in den Raum, die ein Kreuzmuster aus Schatten auf die Tischplatte warfen. Ava musste blinzeln.

»Wir sind vollzählig«, begann Stahlman in auffällig jovialem Tonfall. »Schön, dass ihr beide es so kurzfristig einrichten konntet.« Er beugte sich über den Tisch, um sich eine Tasse Kaffee einzugießen.

»Wir sitzen heute hier zusammen, um einige Unklarheiten aus dem Weg zu räumen und klare Absprachen für die Strategie in der kommenden Zeit zu vereinbaren. Es sind Dinge vorgefallen, die Risse verursacht haben, und diese Risse können – wenn wir nicht sofort handeln – zu tiefen Brüchen werden. Ich bin davon überzeugt, dass wir eingreifen müssen, um Schlimmeres zu verhindern.«

Von der anderen Seite des Tisches aus wurde er nur regungslos angestarrt. Die beiden Politiker warteten darauf, dass man ihnen das Wort erteilte. Sie schienen zu begreifen, dass dieser Augenblick noch nicht gekommen war. Stahlman trank einen Schluck Kaffee und schob die Tasse beiseite.

»Ich spreche hier vom möglichen Fall meines Kabinetts. Eines kann ich euch versichern: Das habe ich schon einmal erlebt, und ich bin nicht bereit, zuzusehen, wie es weider passiert. Das letzte Kabinett, das seine Legislaturperiode zu Ende führen konnte, war Kok II. im Jahr 2002. Das Kabinett Stahlman II wird das nächste sein, das schwöre ich. Und niemand wird sich diesem Vorhaben in den Weg stellen.«

Elshout räusperte sich.

»Danach strebe ich auch, Mel.«

»Deinen Namen trägt das Kabinett aber nicht.«

»Nein, aber wir tragen sehr wohl das Kabinett mit. Für uns war es genauso schlimm wie für dich, als dein Experiment mit den Rechten misslungen ist.«

»Du weißt genauso gut wie ich, dass das keine freiwillige Entscheidung war, Lau. Bei einem derart knappen Ergebnis gab es gar keine andere Option, als mit den Rechten zusammen eine Regierungskoalition zu bilden. Du brauchst jetzt nicht so zu tun, als wärst du eine Art rettender Engel gewesen.«

»Das sage ich auch gar nicht.«

»Was dann?«

Elshout hüstelte und griff nach einer Flasche Wasser in der Mitte des Tisches, ließ sich aber wieder in seinen Stuhl fallen, als er merkte, dass sie zu weit entfernt stand. Eline Deneuve starrte ausdruckslos ins Leere. Weil sie im Gegenlicht saß, war von ihr nicht mehr als eine dunkle Silhouette zu erkennen.

»Ich will damit sagen, dass auch wir Verantwortung übernommen haben. Dass wir, genau wie die Liberalen, einen großen Anteil am Kabinett haben. Einen gleichwertigen Anteil, möchte ich sagen.«

»Ist das wirklich deine Meinung?«, fragte Stahlman mit einem grimmigen Lachen.

»Ja.«

»Lau, jetzt mach mal halblang.«

»Sonst hätten wir uns nie darauf eingelassen. Wir sind nicht einfach nur Mitläufer. Wir stehen für unsere Ideale ein, und das Motto unserer Partei lautet nicht einfach nur Ja und Amen.«

»Das haben wir gemerkt«, spottete Stahlman. »Das Motto eurer Partei lautet eher Nein und Scheiß drauf.«

»So etwas passiert eben«, schnaubte Elshout. »Es gibt immer Dinge, die anders laufen, als man sich das vorher denkt. Von deiner Partei und ihren kleinen Steuerskandälchen will ich gar nicht erst anfangen.«

Gelassen setzte Stahlman die Tasse an die Lippen und trank sie aus.

»Diese Dinge haben keinen Einfluss auf das Fortbestehen eines Kabinetts. Da geht es nicht um gegenseitige Absprachen, die mit schöner Regelmäßigkeit missachtet werden, weil du deinen eigenen Leuten nicht vertrauen kannst.«

Er warf einen Blick auf Eline Deneuve, die noch immer unbeweglich auf einen Punkt an der Wand starrte, geistesabwesend und ohne jedes Interesse für das, was sich am Tisch abspielte. Ava beschloss, jetzt auch zu sprechen, und wandte sich an Elshout, schaute dabei jedoch Deneuve direkt an.

»Weil du nicht über ausreichende Führungsqualitäten verfügst, habe ich mich lächerlich gemacht und mit mir mein Ministerium, meine Partei und die Regierung. Weil Kassels und Deneuve sich als das sogenannte Gewissen der Sozialdemokraten aufspielen mussten. Vor den Augen des ganzen Landes haben wir versagt, und eines unserer wichtigsten politischen Ziele ist nun gefährdet. Hier geht es um Milliardenbeträge. Um Zehntausende von Arbeitsstellen. Um die Sicherheit der Niederlande und der ganzen Welt – die steht hier auf dem Spiel.«

»Jan Kassels ist tot«, murmelte Eline Deneuve plötzlich. Sie schaute sich am Konferenztisch um, als erwarte sie, ihn auf einem der leeren Stühle sitzen zu sehen.

»Sein Selbstmord hat uns alle erschüttert«, antwortete Stahlman pflichtschuldig. »Eine persönliche Tragödie.«

»Er wurde ermordet«, erklärte Deneuve in demselben emotionslosen Tonfall. »Er wurde wegen seiner Überzeugung ermordet.«

»Die polizeilichen Ermittlungen haben ergeben, dass es Selbstmord war. Es steht ganz außer Frage, dass …«

Eline Deneuve erhob sich und stellte sich hinter ihren Stuhl. Mit beiden Händen kniff sie in die Polsterung der Rückenlehne.

»Das ist nicht wahr. Das würde er Suzan nie antun. Jan hat sie geliebt.«

»Was willst du damit sagen, Eline? Dass es ein Verbrechen war? Wer soll denn dahinterstecken?«

Sie ignorierte die Fragen und senkte den Blick.

»Was glaubst du eigentlich, in welchem Land wir leben?«, wollte Stahlman empört wissen.

Deneuve zuckte beinahe unmerklich mit den Schultern.

»Es war Selbstmord, daran gibt es gar keinen Zweifel«, fügte Ava hinzu, obwohl sie keinerlei Informationen über die Ermittlungen hatte. »Mel hat recht, es ist eine menschliche Tragödie.«

»Was mit Kassels geschehen ist, ist traurig für seine Frau und auch für die Partei, und es kommt für uns alle zu einem ungünstigen Zeitpunkt, aber wir müssen es hinter uns lassen und uns auf den Eindruck konzentrieren, den wir im Moment als Ausführende des Regierungsauftrags vermitteln, bei dem 51,4 Prozent der Niederländer für uns gestimmt haben. Das sind mehr als 4,8 Millionen Menschen, die von uns erwarten, dass wir in gutem Einvernehmen das tun, was wir versprochen haben. Die Umrüstung ist davon ein wesentlicher Bestandteil. Im Moment halten wir unser Versprechen nicht ein.«

Eline Deneuves Finger waren noch immer verkrampft. Ava sah, wie sich die Knöchel weiß färbten. Dann öffnete Deneuve zitternd den Mund.

»Es war mir unmöglich, für die Umrüstung zu stimmen, weil ich das so mit Jan abgesprochen hatte. Wir hatten auch ein Versprechen abgelegt, nämlich ein gegenseitiges, dass wir niemals für etwas stimmen würden, was unseren Prinzipien zuwiderläuft. So wie das hier. Den Menschen durch eine Maschine ersetzen, um damit Menschen umzubringen, das konnten wir nicht akzeptieren. Das ist unmenschlich, und niemand kann das wollen.«

»Die Roboterisierung hat bereits vor Jahrzehnten ihren Anfang genommen«, erwiderte Ava. »Die Zeit lässt sich nicht zurückdrehen. Außerdem habt ihr, du und Kassels, bei allen vorherigen Abstimmungen zur Automatisierungsgesetzgebung dafür gestimmt; mit deinen Prinzipien wegen der Menschlichkeit kann es also nicht so weit her sein.«

Der Effekt ihrer Worte ließ sich nicht einfach von Deneuves Gesicht ablesen. Allerdings konnte Ava ihrer ganzen Körperhaltung entnehmen, dass sie am Ende war – besiegt und bekümmert.

»Diese Veränderung innerhalb der Luftstreitkräfte durfte einfach nicht umgesetzt werden. Das haben wir in aller Deutlichkeit begriffen. Wir waren davon überzeugt, dass wir der Sache Einhalt gebieten mussten. Am Tag der Debatte haben wir noch miteinander telefoniert und uns gegenseitig versprochen, dass wir uns der Fraktionsdisziplin nicht beugen würden.«

Der Begriff »Fraktionsdisziplin« sorgte dafür, dass Laurens Elshout aufwachte – mehr noch, er explodierte.

»Am Abend vor der Abstimmung habt ihr beide, du und Jan, mir versprochen, dass ihr für die Änderung stimmen würdet. Ihr habt mir euer Wort gegeben. Aber am nächsten Tag war das ganz offensichtlich schon nichts mehr wert. Erzähl doch mal, was du mir darüber gesagt hast.«

Mit einem Seufzer richtete Deneuve sich auf und verschränkte die Arme vor der Brust. Das Sonnenlicht ließ ihre dunklen Locken erstrahlen, als wäre sie von Flammen umgeben.

»Jan hatte kurz darauf Besuch von zwei Männern. Sie haben ihm gedroht. Ihm und seiner Frau würde etwas passieren, wenn er nicht für die Umrüstung stimmen würde. Er hat mich mitten in der Nacht angerufen. Details konnte er mir nicht sagen, aber ich habe ihm jedes Wort geglaubt. Damit waren unsere letzten Zweifel zerstreut – wir würden uns nicht den Mund verbieten lassen. Wir würden uns als demokratisch gewählte Volksvertreter keine Meinung aufzwingen lassen. Wir haben einen Eid geschworen.«

»Warum habt ihr nicht die Polizei gerufen?«, wollte Stahlman wissen.

»Das hat Jan getan, aber die Polizisten sollten ihn erst am folgenden Mittag aufsuchen, um alles zu Protokoll zu nehmen. Dazu ist es nie gekommen, denn Jan verschwand auf dem Weg ins Parlament. Die Beamten haben nur seine Frau zu Hause angetroffen, und die war völlig außer sich.«

»Okay. Wusste sie von der Sache?«, fragte Stahlman ungeduldig.

»Sie war zu Hause, als die beiden Männer kamen, aber die Polizei sagt, sie hat nichts gehört oder gesehen. Sie lag im Bett und hat geschlafen. Jan hat ihr nichts von unserem Vorhaben erzählt, weil er sie nicht beunruhigen wollte. Susan hat es nie gefallen, dass er innerhalb der Fraktion so oft sein eigenes Ding machte.«

Stahlman schraubte den Verschluss einer Wasserflasche auf und goss sich ein Glas ein; danach bot er Ava etwas an. Die nickte. Wenn Deneuve die Wahrheit sagte, war es in der Tat seltsam, dass Kassels am Tag der Debatte erstens nicht aufgetaucht und zweitens nicht selbst zur Polizei gegangen war. In dieser Nacht war wohl etwas vorgefallen, was in ihm den Entschluss hatte reifen lassen, seinem Leben ein Ende zu setzen. Oder musste sie daran auch zweifeln? Warum waren Deneuve und Kassels' Ehefrau beide der festen Überzeugung, dass er sich nicht selbst umgebracht hatte?

»Hängt das mit seiner Affäre zusammen?«, fragte sie lauter als beabsichtigt. Sie schaute zu Stahlman hinüber, aber der schien nicht erfreut über die neue Richtung, die sie dem Gespräch gab.

»Absurder Klatsch«, antwortete Deneuve hastig. »Ich kenne ihn schon vierzehn Jahre. Er würde Suzan nie betrügen! Ich sage doch, er hat sie geliebt.«

»Das eine schließt das andere nicht aus. Ich will nur …«

»Das ist irrelevant«, unterbrach Stahlman sie. Ava erschrak über seine plötzliche Heftigkeit. »Das geht nur die Familie, die Polizei und die Psychologen etwas an. Deshalb sitzen wir nicht hier. Wie ich schon vorher gesagt habe: Die Sache mit Kassels lassen wir auf sich beruhen. Wir haben ein Land zu regieren. Wie finden wir eine Lösung? Laurens?«

Elshout zog die Nase hoch und fuhr sich durchs Haar.

»Vor dieser Besprechung haben Eline und ich lange miteinander geredet und sind zu der Überzeugung gekommen, dass eine Kabinettskrise immer und unbedingt vermieden werden muss. Es mag richtig sein, dass man den Vorschlag zur Gesetzesänderung kritisch betrachtet – aber es ist kein Thema, das den Untergang von Stahlman II herbeiführen darf. Stimmt doch so, oder, Eline?« Er warf ihr einen kurzen Seitenblick zu, doch von Deneuve kam keine Reaktion. »Wir haben abgesprochen, dass Eline bei der nächsten Abstimmung zu Hause bleibt. Jan Kassels' Nachfolger Arne Smit hat mir bereits zugesagt, der ganzen Sache ›in keiner Weise im Wege zu stehen‹, wie er das selbst formuliert hat. Dieses Problem wäre also gelöst.«

»Und wer steckt hinter dieser Initiative?«, fragte Stahlman.

»Ich«, erklärte Deneuve resolut. »Es ist meine Entscheidung, ganz allein meine.« Sie goss sich ohne jedes Zittern ein Glas Wasser ein und trank es in einem einzigen Zug leer.

»Und warum so plötzlich?«, wollte Ava wissen.

Ohne sie anzusehen, antwortete Deneuve: »Ich habe meine Gründe.«

»Und wer garantiert mir, dass du bei der erneuten Verhandlung des Gesetzesentwurfs nicht plötzlich wieder in deiner Bank sitzt und mit triumphierendem Grinsen meine Etatplanung sabotierst?«

Deneuve brach in Gelächter aus, aber es war das eisige Lachen eines Menschen unter großer Anspannung.

»Das musst du mir schon glauben, Ava.«

»Das reicht mir nicht«, gab Ava zurück, aber Stahlman hob die Hand, um ihr zu bedeuten, dass er genug hatte.

»Wir belassen es dabei. Deine Beweggründe interessieren mich in keiner Weise. Solange wir die Garantie erhalten, dass alle sozialdemokratischen Gefolgsleute den richtigen Knopf drücken, reicht mir das.«

»Du hast es gehört«, sagte Deneuve.

»Ich habe schon so einiges gehört«, ging Ava in die Offensive, »und dabei habe ich gelernt, dass sich mit Vertrauen allein keine entscheidenden Beschlüsse fassen lassen.«

»Ava«, wurde sie von Stahlman unterbrochen, »genug jetzt.«

»Das reicht dir? Welche Garantie haben wir denn bekommen? Diese ganze Sache steht auf wackeligen Füßen, auf sehr wackeligen Füßen, genau wie die gesamte Koalition. Laurens' Truppe ist ein disziplinloser Haufen, das hast du selbst gesagt!«

»Wir haben doch jetzt eine Lösung gefunden. Die Drohne wird kommen, sei unbesorgt«, sagte Stahlman beschwichtigend.

Aus dem Augenwinkel sah Ava, wie sich auf Laurens Elshouts Gesicht ein selbstgefälliges Lächeln ausbreitete. Deneuve hatte sich wieder hingesetzt; sie rieb sich nervös die Hände.

»Ich traue der Sache kein bisschen. Es wird eine zweite Niederlage geben, darauf können wir uns jetzt schon einstellen.«

Stahlman ignorierte Ava und erhob sich ruhig von seinem Stuhl. Er ging zur Tür des Konferenzraumes und öffnete sie.

»Ihr könnt gehen«, erklärte er ruhig, woraufhin Elshout und Deneuve aufstanden und ohne ein Wort den Saal verließen. Er schaute zu Ava hinüber, die zitternd vor Wut auf die Tischplatte starrte.

»Du darfst dir keine solche Blöße geben«, meinte er. »Damit gewinnst du nichts.«

»Ich dachte, du würdest ihnen ordentlich den Marsch blasen. Ich bin davon ausgegangen, du stellst Laurens ein Ultimatum. Und das ist das Ergebnis. Ich begreife es wirklich nicht. Und die Frau, mit der Kassels sich eingelassen hat? Hat die gar nichts damit zu tun? Du hast während unseres Telefonats selbst davon angefangen.«

Er stellte sich hinter sie und legte ihr die Hände auf die Schultern. Sanft massierte er ihr den Nacken.

»Ganz offensichtlich hat Kassels es nicht länger ertragen. Schließ endlich mit dieser Sache ab. Du musst dich jetzt um Montfoort kümmern. Er wartet unten.«

41 ELIOT

Das Adana Hilton

Dreieinhalb Stunden dauerte der unbequeme Flug nach Istanbul in dem verlängerten Airbus A321. Seit er auf Schiphol die Kaffeebar verlassen hatte, um zum Gate zu gehen, bis zum Start des Flugzeugs in Richtung Atatürk Airport konnte er an nichts anderes mehr denken als an den Tod von Jan Kassels. Auf dem Computer in der Kopfstütze vor ihm suchte er nach Details über Kassels' Tod. Man hatte den Abgeordneten auf einem Golfplatz in den Dünen von Den Haag gefunden, und alles deutete auf Selbstmord hin. In einem Hintergrundartikel der Zeitung *Trouw* wurde dieses Ereignis in Zusammenhang mit der Debatte über eine Anpassung des Verteidigungsbudgets gebracht, die an dem Tag stattfinden würde. Es ging um einen neuen unbemannten Flugzeugtyp, der von Experten als revolutionär bezeichnet wurde; ein Milliardenprojekt, das ins Wanken geraten war, als das Parlament den Gesetzesentwurf abgelehnt hatte. Eine neue namentliche Abstimmung über eine überarbeitete Version des Entwurfs war die einzige Rettung für das Kabinett. Dieselben Experten sagten ein Auseinanderbrechen der Koalition voraus, wenn der Deal nicht zustande kommen sollte. Dass Kassels an dem Morgen Selbstmord beging, an dem er über einen Gesetzesentwurf hätte abstimmen sollen, ließ vermuten, dass es hinter den Kulissen um mehr ging, so der Autor des Artikels, aber Beweise dafür gab es nicht. In einem anderen Artikel las Eliot etwas über eine außereheliche Affäre, über die jemand die Presse informiert hatte und die angeblich der Anlass für Kassels' Selbstmord gewesen war. Mit gemischten Gefühlen betrachtete Eliot den Ausweis des Parlamentariers. Ihm war bewusst, dass er ein Indiz in Händen hielt, das zu Kassels' Mörder führen könnte. Marcel Fens, der Jobs für den MIVD erledigte. Das Beweisstück dafür war auf dem Weg nach Adana, Zwischenstopp Istanbul. Das Angeschnallt-Zeichen erlosch mit einem hellen Ton, und überall um ihn herum öffneten die Fluggäste ihre Gurte und standen auf, um ihr Gepäck aus den Fächern oberhalb der Sitze zu nehmen. Eliot blieb auf seinem Platz, bis alle das Flugzeug verlassen hatten und er in aller Seelenruhe vorlaufen konnte.

Wie jeder Flughafen, auf dem er je gewesen war, war Istanbul Atatürk Havalimani primär ein Shoppingcenter, mit chaotischen Musikfetzen, einer Beleuchtung, die jedes Zeitgefühl verschwinden ließ, und fürchterlichen Duftwolken von Hunderten von Parfums durcheinander. Es war der letzte Ort, an dem man sich als erschöpfter Reisender aufhalten wollte. Eliot hatte hier noch genauso viel Zeit zu überbrücken wie die, die er im Flugzeug gesessen hatte. Er schlenderte die Duty Free-Shops entlang und spielte kurz mit dem Gedanken, eine Stange Zigaretten zu kaufen, doch er besann sich und dachte an das Versprechen, das er sich selbst gegeben hatte: seinen Körper wieder fit zu machen. Ein gesunder Geist in einem gesunden Körper, dachte er, während er auf die Schuhspitzen seiner Asics starrte – von jetzt an keine Kippen mehr. Er betrat ein hell erleuchtetes Kleidungsgeschäft und kaufte mehrere dunkle T-Shirts, drei helle Hosen, Socken und Unterwäsche. Außerdem suchte er sich eine armeegrüne Jacke aus, aus der er die Etiketten entfernte und die er gleich anzog. Er stopfte alles in einen Seesack aus Leinen, den er in einer Ausverkaufsecke fand. Den warf er sich über die Schulter und vertrieb sich so den Rest der Zeit auf dem Flughafen, bis das Boarding für seinen Anschlussflug begann. Es handelte sich um eine Maschine aus den Achtzigerjahren des letzten Jahrhunderts, mit Flecken auf den Sitzen und Rissen in der Kunststoffverkleidung. Das Personal war freundlich, wirkte aber völlig gelangweilt, sobald sie sich in der Luft befanden. Die McDonnel-Douglas-MD-83-Maschine, mit Eliot und fünfzig Türken an Bord, wackelte und vibrierte unaufhörlich. Die Männer, Frauen und Kinder mit ihren dunklen Gesichtern und hellen Augen schien das nicht zu stören. Sie aßen den ihnen servierten Reis, schnarchten oder redeten, als würden sie sich permanent streiten. Eliot nahmen sie gar nicht wahr, obwohl er sie um einiges überragte. Er machte die Augen zu und versuchte zu schlafen, landete aber in einem Zustand zwischen Hypnose und Fiebertraum. Schweißgebadet wachte er auf. Dann bemerkte er, dass das Flugzeug zur Landung angesetzt hatte. Durch die Fenster konnte man in der Dämmerung nichts sehen. Eigentlich müssten unter ihm Berge liegen, ein paar große Seen und, etwas südlicher, das Mittelmeer. Stattdessen sah er nicht mehr als eine blaue Glut und dann und wann das Schimmern der Lichter, die wohl zu der bewohnten Welt gehörten.

Da tauchte Adana vor ihm auf, mit den riesigen Wohntürmen am Rande der Stadt, die fast ohne Zwischenräume aneinandergebaut worden waren, und weiter vorne erschienen die sechs Minarette der Zentralen Moschee, die hundert Meter über dem Erdboden emporragten. Das Flugzeug senkte sich ab, als hätte der Pilot alle Motoren auf einmal ausgeschaltet; es schwankte von rechts nach links, sodass das Gepäck unter den

Sitzen hin und her rutschte. Die anderen Passagiere beunruhigte das nicht, während Eliot versuchte, sich dagegenzustemmen und mit den Händen die Armlehne umklammerte. Ein Zittern ging durch den Flugzeugrumpf, als die Maschine den Boden berührte und Hunderte von Metern auf der unebenen Landebahn weiterrollte. Pfeifend und krachend kam sie beim Gate zum Stehen.

Zu seinem Erstaunen konnte Eliot die Passkontrolle passieren, ohne dass jemand seinen Pass sehen wollte. Weder saß jemand in den Glaskabinen noch gab es eine automatische Schleuse. Nach zehn Minuten befand er sich schon in der Ankunftshalle und bereits kurze Zeit später in der Hitze des Sommerabends, unter der Überdachung des Busterminals. Ungefähr dreißig Meter weiter standen Minibusse des Surmeli und des Adana Hilton und warteten auf Reisende, aber Eliot entschied sich, das erste in einer Reihe gelber Taxis zu nehmen, um sich zum Hilton bringen zu lassen. Die Route verlief über einen breiten Boulevard mit viel Verkehr zu einem schwarzen Fluss. Am linken Ufer lag die beeindruckende Moschee, mit einem großen Park dahinter.

»Sabanci Merkez Moschee«, rief der Fahrer auf Englisch über das Brummen seines Dieselmotors hinweg. »Große Moschee in der Türkei.«

»Die größte?«, fragte Eliot ebenfalls auf Englisch.

»Groß«, wiederholte der Taxifahrer, der eher wie ein Inder aussah als wie ein Türke.

Auf der gegenüberliegenden Seite des Flusses sah Eliot das Hilton, ein plumpes Gebäude mit zwei miteinander verbundenen Türmen. Nach der Brücke verließ das Taxi den Boulevard, bog nach rechts ab und hielt vor dem Eingang am Fuße der Türme, der sich als ein in Marmorplatten eingebetteter

Glaskasten entpuppte. Eliot bezahlte mit seiner Kreditkarte, hängte sich den Rucksack über die Schulter und nahm den Seesack vom Rücksitz.

An der Rezeption wählte er eine Kreditkarte, die er noch nie benutzt hatte. Sie war auf den Namen Thijs Merckelbach ausgestellt; ein ehemaliger Kamerad, der bei einem Helikopterabsturz in Mali ums Leben gekommen war. Das Korps wusste nichts von Eliots Decknamen – als Elitesoldat war von ihm erwartet worden, dass er sich selbst darum kümmerte: Bürgerservicenummern, Krankenversicherungen, Zeugnisse, ID-Karten und Führerscheine. Auf ein speziell dafür angelegtes Konto wurden monatlich Beträge überwiesen, um die falschen Identitäten am Leben zu erhalten. Zu seiner Verwunderung erhielt er das Geld weiterhin, auch nachdem er das Korps ohne Einverständnis seiner Vorgesetzten verlassen hatte. Vielleicht hofften sie ja, dass er irgendwann wieder auftauchen würde.

»Welcome to the Hilton, Mister Merckelbach«, begrüßte ihn der ziemlich korpulente junge Türke an der Rezeption. »Haben Sie reserviert?«

»Nein«, antwortete Eliot. »Ist das ein Problem?«

»Keineswegs, keineswegs. Ein Einzelzimmer?«

Eliot nickte.

»Eine Freundin von mir hat ebenfalls einmal hier übernachtet. Sie war sehr zufrieden mit ihrem Zimmer. Ich würde gerne dasselbe Zimmer nehmen, wenn das möglich ist.«

»Wie heißt diese Freundin?«

»Miriam Veltman.«

Der Rezeptionist gab den Namen in das Tablet ein, schüttelte dann aber den Kopf.

»Der Name ist uns leider nicht bekannt, Sir.«

Eliot zuckte mit den Schultern. Er bekam ein Tablet, um

seine Daten einzutragen. Dazu holte er Merckelbachs ID-Karte aus dem Geldbeutel und tippte die Daten und Zahlen ein. Schließlich überreichte man ihm eine Schlüsselkarte in einer Papphülle mit dem Hilton-Logo darauf.

»Achtzehnter Stock, Zimmer 1836, Herr Merckelbach. Ein schönes Zimmer. Ich wünsche Ihnen einen angenehmen Aufenthalt. Frühstück gibt es zwischen acht und halb zehn.«

Eliot ging mit seinem Gepäck unterm Arm zum Lift, hielt die Karte vor den Sensor und wählte die achtzehnte Etage. Über einen langen Flur erreichte er das Zimmer und öffnete die Tür; die Karte steckte er in den Halter, woraufhin sich alle Lampen und sogar der Fernseher einschalteten. Den schaltete er wieder ab, legte den Seesack aufs Bett und zog sich aus. Nachdem er geduscht hatte, zog er die neuen Kleidungsstücke an. Dann machte er den Fernseher wieder an und studierte das Menü, auf dem alle Dienstleistungen des Hotels beschrieben wurden. Ein Massagesalon, ein Fitnessstudio, ein Innen- und Außenbecken. Darüber hinaus gab es noch zwei Restaurants, eine Lounge in der Lobby und eine Bar. Er stellte den Rucksack aufs Bett, nahm die Festplatte heraus und stand auf. Einen geeigneten Ort, um die Festplatte zu verstecken, fand er nicht: Der Safe war zu klein, also blieb ihm nichts anderes übrig, als sie mit zum Restaurant und zur Bar zu nehmen. Im Frisiertisch unter dem Fernseher fand er einen Baumwollbeutel mit dem Logo des Hotels. Er benutzte Aftershave, richtete sich die Haare und zog die Schlüsselkarte aus dem Halter. Drei Sekunden später war es dunkel im Zimmer.

In der Hotellobby brannten inzwischen Kerzen, und in der Ferne erklang Klaviermusik. Er schlenderte zum Eingang des kantonesischen Restaurants, der sich hinter zwei hohen, leuchtenden Schirmen befand. Dort wurde er von einem

Mann und einer Frau in traditioneller chinesischer Kleidung empfangen, die allerdings afrikanisch aussahen. Er bestellte eine einfache Mahlzeit und eine Flasche Bier.

Nachdem er den Betrag auf seine Hotelrechnung hatte setzen lassen, verließ er das Restaurant und nahm die breite Treppe hinunter in den Keller des Hotels. Hektisch dröhnende Clubmusik schlug ihm entgegen, als würde er in einen Lautsprecher hinabsteigen. Ein Portier fragte ihn nach seiner Zimmernummer. Er nannte eine willkürliche Zahl, weil der Mann ihn durch die wummernden Bässe sowieso nicht verstehen konnte. Danach wurde ihm die Tür geöffnet, und die durchdringende Musik strömte aus dem Raum. Eine junge Frau in einem sehr kurzen Röckchen und mit einem Pferdeschwanz, der bis an das Tattoo auf ihrem unteren Rücken reichte, brachte ihn zu einem Tisch und reichte ihm eine Speisekarte. Oben auf dem laminierten Blatt prangte das Logo mit den zwei Oliven und dem Text *Welcome to Zeytini Bar.*

Sie blieb so lange neben seinem Tisch stehen, bis er etwas bei ihr bestellte. Kurze Zeit später kam sie mit einem Bier und einem Glas zurück. Sie schenkte das Glas ein, als sei es das Wichtigste, das sie je in ihrem Leben getan hatte.

»Wie lange arbeitest du hier schon?«, fragte er auf Englisch. Unter ihren falschen Wimpern hindurch schaute sie ihn naiv an.

»Fünf Monate. Wieso?«

»Ist jemand da, der schon länger hier arbeitet?«

»Salim. Der Barmann. Der hat schon um elf angefangen.«

»Länger als fünfzehn Jahre?«

»Das müssen Sie ihn selber fragen.« Sie drehte sich um und ging mit dem Tablett unter dem Arm zur Bar. An einen Hocker gelehnt wartete sie, bis der Barmann mit dem Mixen einiger Cocktails fertig war. Sie senkte den Kopf in seine Richtung und raunte ihm etwas zu, während sie auf Eliot deutete. Der Barmann, ein Türke mit einem aschgrauen Gesicht und dicken Augenbrauen, sah flüchtig zu ihm hinüber, zuckte mit den Schultern und stellte die Cocktails auf ein Tablett. Eine zweite Kellnerin, genauso jung und genauso stark geschminkt wie die erste, nahm es und ging zum Ende der Bar; dabei wackelte sie mit den Hüften. Eliot setzte sein Glas an den Mund und fischte mit der freien Hand seine letzte Packung Zigaretten aus der Hosentasche. Die Musik schien lauter geworden zu sein. Er ignorierte seine guten Vorsätze und rauchte zwei hintereinander. Dann ging er zur Bar und winkte dem hochgewachsenen Türken, der mit sichtbarem Widerwillen in seine Richtung schlenderte. Mit gebeugtem Kopf stellte er sich vor Eliot hin, beide Hände flach auf den Marmor der Bar gestützt.

»Yes, Sir«, sagte der Türke schließlich seufzend.

»Sind Sie Salim?«, fragte Eliot auf Englisch. »Ich hätte gern noch ein Bier. Möchten Sie auch etwas?«

»Am Pool liegen wäre jetzt nicht schlecht«, antwortete der Barmann, fast ohne die Lippen zu bewegen. Träge zapfte er ein Bier und stellte es Eliot hin. »Mit einer schönen Frau aus Holland. Da kommen Sie doch her, oder?«

»Woher wissen Sie das?«

»Jeder hat so seine Eigenarten. Die lernst du eine nach der anderen kennen, bis du sogar sagen kannst, aus welcher Stadt sie kommen. Das ist der Moment, an dem du deinen Job besser an den Nagel hängen solltest. Aber das ist leider nicht jedem gegeben, befürchte ich. Für mich gibt es nur die Zeytini Bar.«

»Wie lange schon?«

»Kennen Sie das Osmanische Reich?«

Eliot nickte; der Barmann zuckte mit den Schultern.

»Ich suche jemanden, der mir mehr über Incirlik erzählen kann.«

»Die Flugbasis? Gut für Adana und die Familie Hilton, dass es die gibt.«

»Warum?«

»Hier sind ein paar Tausend amerikanische Soldaten stationiert, und es kommen täglich Hunderte Besucher. Was denken Sie, was das für den Mittelstand und für meinen Chef bedeutet? Die Leute wollen ein bequemes Bett zum Schlafen. Sie wollen shoppen, Essen gehen, Frauen klarmachen. Nüsschen dazu? Macht elf Lira.«

Mit einer frischen Zigarette im Mundwinkel nahm Eliot sein Handy aus der Hosentasche und scrollte durch die abgespeicherten Fotos, bis er das von Miriam, der blondhaarigen Frau und den beiden muskulösen Männern fand, die mit ihren Cocktails vor der Zeytini-Bar standen und der Kamera zuprosteten. Er legte das Handy auf den Tresen. Flüchtig schaute sich der Barmann das Bild an und trocknete sich dann die Hände an seiner Schürze ab.

»Zwei Tom Collins, ein White Russian und eine Margarita. Originell«, kommentierte er.

»Mich interessiert nicht, was sie getrunken haben, das ist Ihnen doch wohl klar.«

»Natürlich, aber mich schon – von Berufs wegen. Das sollte Ihnen wiederum klar sein.«

Eliot schob dem Barmann seine Zigarettenschachtel hin, aber der würdigte sie keines Blickes.

»Ich rauche nur Birinci. Und ansonsten Camel.«

»Kennen Sie jemanden von denen?«

»Ich merke mir nur die Namen von blonden europäischen Frauen. Ansonsten ist jeder Gast für mich eine Zimmernummer. Einen Moment.«

Er schaltete die Kaffeemaschine ein und entfernte die Kronenkorken von zwei Limonadefläschchen. Eine Kellnerin nahm sie mit.

»Kann ich es noch mal sehen? Und wirklich keine Nüsschen?« Der Türke zog das Handy zu sich hin und studierte das Foto eingehend. Mit der Zunge befeuchtete er sich die Lippen.

Erst jetzt bemerkte Eliot, wie stark der Mann schwitzte.

»Die da würden sie in Holland eine ›geile Schnitte‹ nennen«, sagte er, während er auf die blonde Frau deutete. »Die andere sieht eher wie ein Junge aus, mit den kurzen Haaren.«

»Und die Männer?«

»Die interessieren mich nicht.«

Eliot seufzte und trank sein Glas aus. Ungefragt zapfte Salim der Barmann ihm ein weiteres Bier.

»Und für hundert Lira?«, fragte Eliot. »Interessieren sie Sie dann schon?«

Der Barmann zuckte mit den Schultern und wischte sich die Stirn mit einem Geschirrtuch ab, das er danach wieder an einen Haken hängte.

»Die eine Frau heißt Liva. Die andere Maureen oder so. Ich weiß nicht mehr, wer wer ist.«

»Maureen? Meinen Sie Merijn?«, fragte Eliot überrascht. War Merijn ebenfalls hier gewesen? Wie war das um Gottes willen möglich?

»Jedenfalls ein lächerlicher Name. Immerhin kenne ich sie, die beiden.«

»Wieso?«

»Ich bin gut in meinem Job.«

»Kommen Sie schon, Tausende Gäste kommen hierher. Warum können Sie sich ausgerechnet an diese beiden Frauen erinnern?«

Salim grinste und schenkte sich ein Glas Wasser ein, das er erst in aller Seelenruhe leer trank, bevor er antwortete.

»Okay, okay. Es gibt nun mal Gäste, die öfter vorbeikommen. Die merkt man sich natürlich leichter. Liva Timmerman, so hieß die eine. Und die andere … also Maureen. Eine ›geile Schnitte‹.«

Eliot nahm sein Handy wieder an sich und sah auf das Display. Er zoomte auf Miriams Gesicht ein. Ja, das war sie tatsächlich.

»Und Sie sind sich wirklich sicher?«

Lachend drehte sich der Barmann um und füllte ein Tablett mit Sektgläsern aus Kristall.

»Und die Männer? Haben Sie die auch öfter gesehen?«

In aller Ruhe entkorkte der andere eine Champagnerflasche und verteilte den schäumenden Inhalt über die Gläser. Was von der vermutlich sündhaft teuren Flasche übrig blieb, goss er in ein Bierglas, das er hinter sich stellte.

»Die habe ich auch öfter gesehen. Ein halbes Jahr lang, jeden Freitag und Samstag, die gleiche Zeit, die gleiche Bestellung, verschiedene Frauen. Aber diese beiden hatten wohl das gewisse Etwas, denn ich habe sie öfter zusammen gesehen. Der linke kommt auch heute manchmal noch. Ach, was bleibt einem auch anderes übrig als Soldat mutterseelenallein weit weg von zu Hause?«

»Die zwei sind Soldaten?«

Mit offenem Mund baute sich Salim vor ihm auf; sein Lächeln war einem grimmigen Blick gewichen. Seine Haut hatte die Farbe von verkohltem Papier.

»Ich denke, dass wir jetzt die hundert Lira erreicht haben, finden Sie nicht?«

Eliot legte zwei Hundertlirascheine vor ihm hin. Der Barmann nahm sie vom Tresen und ließ sie in seiner Schürze verschwinden.

»Ich bin froh, dass Sie das auch so sehen. Die Männer arbeiteten bei den Patriot-Systemen. Der linke tut das noch immer. Ist dort der Kommandant, zumindest gibt er immer spät nachts vor den Weibern gern damit an.«

»Und die Frauen?«

»Keine Ahnung. Sie kamen ab und zu mit. Die mit den kurzen Haaren hatte ein Zimmer im Hotel. Ich denke, dass sie in Adana oder vielleicht auf dem Luftwaffenstützpunkt gearbeitet haben, aber das kann ich nicht mit Sicherheit sagen. Die Blonde ist oft mitgekommen, die andere ab einem gewissen Zeitpunkt nicht mehr. Die hatte wohl irgendwann die Schnauze voll von unserer fantastischen Zeytini Bar.« Mit gespreizten Armen stellte sich Salim hinter den Zapfhahn. »Moment, die Blonde heißt Maureen. Das Bürschchen Liva. Jetzt erinnere ich mich wieder.

Liva Timmerman, ja so hieß die Frau mit den kurzen Haaren.« Eliot überlegte und begriff schnell, dass der Name nichts anderes war als ein Anagramm von »Miriam Veltman«. Miriam hatte es für notwendig erachtet, während ihres Aufenthaltes in Adana einen anderen Namen zu verwenden. Den Grund dafür konnte Eliot nur erraten. Und sie war zusammen mit Merijn angereist. Warum waren die beiden hier gewesen?

»Wie lange hatte die Frau mit den kurzen Haaren ein Zimmer im Hilton?«

»Eine Ewigkeit. Manchmal einen Monat lang nicht, aber dann kam sie wieder zurück. Es würde mich nicht wundern, wenn ihr Soldat der Grund dafür wäre. Immer wenn sie hier war, war er es auch. Ich habe nie verstanden, was er an ihr fand; die Blonde war ganz klar die Hübschere.«

»Ich mache mich dann mal auf«, sagte Eliot, nachdem er sein Glas leer getrunken hatte. Salim wandte sich ab und hob das Bierglas mit dem Champagner hoch. In einem Zug trank er es aus und spülte es danach ab.

»Danke für das Bier«, sagte Eliot.

»Sie sehen wie ein Soldat aus. Gehen sie auch zum Stützpunkt?«

Eliot nickte.

»Morgen.«

»Dann brauchen Sie jemanden, der Sie dorthinbringen kann. Cerens Bruder arbeitet in Incirlik.« Er zeigte auf die Kellnerin, die Eliot zuvor bedient hatte. Eine Hand in die Hüfte gestemmt, wartete sie darauf, dass ein Kunde an einem der Tische seine Kreditkarte fand. »Ich regele das. Morgen um halb acht auf dem Parkplatz vor dem Eingang. Er fährt einen roten Bus. Bringen Sie Ihren Pass und sechshundert Lira mit, und ich versichere Ihnen, dass Sie zum Luftwaffenstützpunkt gebracht werden.«

Eliot nahm den Beutel mit der Festplatte und legte sie auf dem Barhocker ab. Nicht einen Moment lang hatte er darüber nachgedacht, wie er auf die amerikanische Militärbasis gelangen, ganz zu schweigen davon, mit wem er dort sprechen würde. Auch wenn ihm Salim eine einmalige Chance verschaffen konnte, war es riskant, weil Eliot nicht einschätzen konnte, wie vertrauenswürdig er war, und den Bruder der Kellnerin konnte er erst recht nicht einschätzen. Aber welche Alternative hatte er? Auf eigene Faust dorthinzufahren und den Leuten ein Märchen aufzutischen. In den Niederlanden funktionierte das prima, aber es war überaus fraglich, ob sich die Amerikaner genauso leicht überzeugen ließen.

»Wie heißt der Bruder?«, fragte er. Salim nahm einen Bierdeckel und schrieb etwas darauf.

42 AVA
Schlagkraft

Ob es Absicht war, wollte sie ihn nicht fragen – diese Genugtuung gönnte sie ihm nicht –, aber Leonard Montfoort tat selten etwas, ohne vorher gründlich darüber nachgedacht zu haben. Er hatte sich unter das Porträt von Willem Elzinga gestellt, das Bild des Ministerpräsidenten, dessen Name das Kabinett trug, in dem ihr Vater Verteidigungsminister gewesen war. Ein Zufall war das nicht. Montfoort zeigte die Haltung eines Menschen am Anfang eines Spiels, das er ab dem ersten Zug nicht mehr verlieren kann.

»We meet again«, begrüßte er sie und breitete kollegial beide Arme aus. Sie beantwortete diese Geste lediglich mit einem kleinen Schritt in seine Richtung. Nicht einmal die Hand wollte sie ihm geben, denn er nahm sich schon mehr, als ihr lieb war. »Ich war so frei, den Amaron wieder mitzubringen. Ein herrlicher Tropfen, der bei meiner Entscheidung, bei dieser Stahlman-Rodenburg-Intrige mitzumachen, eine nicht unerhebliche Rolle gespielt hat. Was ist denn der Einsatz?«

»Das wollen wir doch sicher nicht im Stehen besprechen«, meinte sie und deutete auf die zwei Rauchersessel in einer Ecke des Raumes, zwischen denen ein Salontisch stand, über den die Sonne einen langen Lichtstrahl schickte, sodass es aussah, als befänden sie sich nicht im selben Zimmer. Die beiden nahmen Platz, und Montfoort stellte die Flasche und zwei viereckige Gläser vor sich auf. In beide goss er nur ganz wenig, und Ava sah auch, warum: Viel war nicht mehr in der Flasche. Offenbar ein Kenner und Schluckspecht in einer Person.

»Der Einsatz«, nahm Ava den Faden wieder auf. »Ja, lass uns damit anfangen. Zuallererst muss ich dir mitteilen, dass es uns nicht möglich sein wird, dir einen Posten bei der NATO zu verschaffen. Wir haben alles versucht: Mel hat mit allen möglichen Leuten telefoniert, ich bin sogar nach New York geflogen, um die Sache vorzubringen, aber das hat alles nichts genutzt. Washington stellt sich quer, und du weißt ja, dass man in solchen Fällen nichts machen kann.« Ohne seine Reaktion abzuwarten, fuhr sie fort: »Also haben wir weiter überlegt und sind schließlich zu der Erkenntnis gelangt, dass wir dich nur überzeugen können, indem wir dir zeigen, wozu du überhaupt Ja sagen wirst. Das beste Argument ist das Unmanned Aerial Vehicle selbst. Pandora.«

In abwartender Haltung lugte Montfoort hinter seinem Glas hervor. Er sagte nichts, schien sich die bissigen Bemerkungen für später aufzusparen.

»Ich habe aus den USA einen USB-Stick mitgebracht, auf dem sich jedes verfügbare technische Detail befindet, außerdem ein umfassender Untersuchungsbericht, in dem alle Vorteile von Pandora erklärt werden. Der Bericht ist so ausführlich, wie er nur sein könnte, und ich hätte ihn dir gerne schon vorher zu lesen gegeben, hätte Lockheed Northrop dem keinen Riegel vorgeschoben, weil es Pandora offiziell noch gar nicht gibt. Man fürchtet sich besonders vor Spionage – so etwas kommt in der Flugzeugbranche wohl häufig vor. Alle Informationen, die ich mit dir teilen werde, sind also höchst vertraulich. Ich habe dem Vorstand von Lockheed Northrop persönlich versprechen müssen, dafür zu sorgen, dass außer dir niemand diese Informationen zu Gesicht bekommt. Wenn auch nur das kleinste bisschen durchsickert, werde ich dich dafür verantwortlich machen.«

An Montfoorts Blick hatte sich nichts verändert, an seiner Haltung jedoch sehr wohl. Sein Rücken war nicht mehr gekrümmt, und es schien, als sitze sein Kopf nun aufrechter auf seinem Körper als vorher. Inzwischen hatte Avas Assistentin den Raum betreten; sie brachte ein Map Tab, das sie auseinanderfaltete und aktivierte. Das Logo des Verteidigungsministeriums erschien, wenig später folgten mehrere Symbole, unter denen die Assistentin eines auswählte. Sie nahm sich den USB-Stick und steckte ihn in das Gerät. Sofort öffnete sich eine Präsentation, deren erste Folie aus dem Logo von Lockheed Northrop bestand; darin befand sich wiederum ein schwarzes Dreieck, dessen Ecken abgerundet waren, wie ein Haifischzahn. Drei scharfe weiße Linien in der Mitte schienen ein lidloses, ins Leere starrendes Auge zu bilden; drei schwarze Striche unter den drei weißen riefen die Illusion hervor, es bewege sich.

»Was, glaubst du, ist Sinn und Zweck von Pandora, Leonard?«

Für einen kurzen Moment schien ihn die Frage zu verwirren, doch er fing sich rasch wieder und leerte sein Glas.

»Hinter solchen Projekten stehen Prestigegründe, das weiß jeder. Man schafft dadurch einige Arbeitsplätze und sorgt dafür, dass das eigene Land für kurze Zeit Beachtung findet.«

»Meinst du wirklich, wir würden zwanzig Milliarden in ein Prestigeobjekt stecken?«

»Das Ganze ist purer Größenwahn. Auch einer der Gründe, warum ich dagegen gestimmt habe. Ich bin nicht prinzipiell gegen den Erwerb von Kampfflugzeugen, aber sehr wohl gegen die Verschwendung von Steuergeldern.«

»Etwas Besseres als Pandora kann dem Verteidigungsministerium gar nicht passieren. Pandora bietet die Antwort auf alle Fragen der NATO; sie kann in unserem Kampf gegen die Islamisten einen entscheidenden Beitrag liefern. Die Welt braucht Pandora. Und wenn die Niederlande Pandora haben, braucht die Welt die Niederlande.«

Montfoort erhob sich und ging zu einem gläsernen Sideboard, auf dem ein Tablett mit einer ansehnlichen Sammlung alkoholischer Getränke bereitstand. Er studierte sie gründlich und entschied sich schließlich für einen einfachen Whisky. Über die Schulter sagte er: »Es geht ums Prestige, dabei bleibe ich.«

»Natürlich spielt auch das Ansehen eine Rolle«, räumte Ava ein. »Warum, glaubst du, haben wir damals unsere Patriots angeschafft? Um russische Raketen abzuwehren? Nein. Die Niederlande müssen zeigen, dass sie auf der Weltbühne eine Rolle spielen wollen, wenn es um Kriegsführung geht. Dafür muss man etwas zu bieten haben. Das Schlüsselwort lautet ›Schlagkraft‹.«

»Das Schlüsselwort lautet ›Warum‹«, erwiderte Montfoort, während er sich wieder in seinen Sessel sinken ließ. Die Flasche stellte er vor sich ab. »Warum diese Maschine? Warum die Niederlande? Warum sollte ich dafür stimmen? Und warum gerade jetzt?«

Für Ava kamen diese Fragen nicht überraschend. Während ihres Fluges hatte sie die Situation von allen Seiten betrachtet und sich allerlei Antworten überlegt, die sie überzeugend zu einer einzigen, alles umfassenden zusammenfügen musste. Schließlich war dabei ein Satz herausgekommen.

»Es geht um das Fortbestehen unseres Landes.«

Hustend stellte Montfoort sein Glas ab. Ein mitleidiges Lächeln erschien auf seinem Gesicht.

»Zu dramatisch. Viel zu hoch gegriffen«, erklärte er kopfschüttelnd.

Auch mit einer herablassenden Reaktion von seiner Seite hatte sie gerechnet. Er blufft, ging es ihr immer wieder durch den Kopf, aber sie glaubte nicht wirklich daran.

»Im Gegenteil. Die Niederlande sind in Gefahr. Das Land, das wir kennen, wird von außen und von innen bedroht.«

»Was bedroht uns denn?«

Sie ignorierte die Frage und erhöhte den Einsatz.

»Früher wurden Kriege in weiter Ferne ausgeführt, von Völkern mit Namen, die wir noch nie gehört hatten. Aber diese Zeiten liegen inzwischen weit hinter uns. Krieg ist längst nicht mehr das Resultat eines Konflikts zwischen zwei Gruppen mit gegensätzlichen Interessen. Heutzutage ist jedes Land auf die eine oder andere Weise in die Kriege involviert, die auf der ganzen Welt wüten, und darum ist auch jedes Land angreifbar. Kriege finden überall statt. Sei es im Mittleren Osten, sei es in Europa. Sie werden auf unseren Straßen ausgetragen, in unseren Städten, auf unseren Webseiten, unter unseren Bürgern. Denk doch an Paris, an Madrid, an Brüssel, an die Flüchtlinge auf den griechischen Inseln; denk an die niederländischen Opfer, deren Asche jetzt irgendwo über den Feldern in der Ukraine verstreut liegt. Du hältst das für zu dramatisch – ich betrachte es als realistisch. Die Niederlande befinden sich überall im Krieg, und der Krieg befindet sich überall in den Niederlanden.«

»Du meinst die Extremisten. Die behält doch euer MIVD zuverlässig im Blick?«

Ava signalisierte mit einer Handbewegung, dass sie auch etwas trinken wollte. Ihre Assistentin, die bis zu diesem Moment in einer Ecke gestanden hatte, eilte zum Sideboard, goss Ava ein Glas Weißwein ein und stellte sich wieder so hin wie vorher.

»Das Einzige, was wir tun können, ist reagieren. Aber wer reagiert, ist schon zu spät dran. Meine Leute werden erst aktiv, wenn etwas schiefgeht, und dieser eingeschränkte Ansatz ist hoffnungslos veraltet. Wir wollen, wir müssen proaktiv sein, wenn es um den Kampf gegen den internationalen Terrorismus geht, sowohl auf niederländischem Grund und Boden als auch in den Gebieten, in die wir unsere Soldaten schicken. Wir wollen eingreifen können. Wir wollen unseren Gegnern zuvorkommen. Und dafür brauchen wir eine Waffe, die klüger, schneller und stärker ist als die unserer Feinde. Schlagkraft, das habe ich schon einmal gesagt, und ich sage es noch einmal, Schlagkraft ist das Schlüsselwort.«

Montfoort goss sich selbst noch ein Glas ein und schenkte ihr ein dünnes Lächeln. Dann fuhr er sich durch den Bart und wollte wissen: »Wie lange hast du diesen Vortrag geübt?«

Ava wollte etwas erwidern, hielt sich jedoch im letzten Moment zurück.

»Soll ich dir zeigen, was Pandora zu bieten hat? Willst du wissen, wie dieses Waffensystem die Sicherheit im Land entscheidend erhöhen kann?«

»Also schön, lass sehen«, meinte er seufzend, während er sich über das Map Tab beugte. Die Assistentin löschte das Licht im Zimmer und schloss die Vorhänge, sodass der große Bildschirm in der Mitte des Konferenztisches die einzige Lichtquelle darstellte. Blau-weiß leuchteten ihre Gesichter auf, als wären sie Porzellanpuppen. Ava klickte sich zur nächsten Folie und sah in diesem Augenblick selbst zum ersten Mal ein Foto von Pandora: ein mattschwarzes Dreieck mit abgerundeten Ecken, oben ein dünner Kamm, der in einen flachen hinteren Teil mündete. Das körnig-graue Material des Bauches reflektierte nichts von dem Licht, das auf sie traf. Zwei doppelte Räder am hinteren Teil, eines vorne an der Nase, auf die man eine glänzende runde Kamera montiert hatte. Unter den Flügeln zwei Laserraketen mit einer roten Markierung um den vorderen Teil, daneben der dünne Lauf einer Bordkanone. Die Nase war nach oben gebogen, was Pandora eine stolze, fast herausfordernde Haltung zu verleihen schien.

Eine Übersicht über die Besonderheiten der Maschine zog in sachlich weißen Buchstaben über den Bildschirm. Pandora verfügte über eine Flügelspannweite von 25 Metern und war mit einer Länge von dreizehn Metern die größte Maschine ihrer Klasse. Sie konnte über zwölftausend Meter hoch fliegen und sich etwa 48 Stunden am Stück in der Luft halten, sogar mit einer Waffenladung von mehr als 2100 Kilogramm an Bord. Laut Lockheed Northrop hatte man Pandora mit dem am weitesten entwickelten Waffensystem ausgerüstet, das auf dem Markt erhältlich war: einem HELLADS-Laser, besonders sicheren Kanonen und sechs lasergesteuerten Raketen. Die Maschine verfügte über mehrere Kameras und Radarsysteme; die Drohnen konnten untereinander Informationen austauschen und auf diese Weise, wie die Facettenaugen einer Libelle, ein Mosaikbild von jeder möglichen Kriegssituation entwerfen. Die Überwachungskamera erfasste Bewegungen, Strahlung und Wärme. Über die letztgenannte Funktion ließen sich Menschen auch bei Dunkelheit gut aufspüren. Als eine Reihe von Fotos auf dem Bildschirm erschien, auf denen Pandora aus allen erdenklichen Perspektiven zu sehen war, reichte es Montfoort. Er hob die Hand, woraufhin Avas Assistentin die Präsentation anhielt.

»Das glaube ich ja alles gern«, erklärte er. »Sehr professionell präsentiert. Du sagst, es gibt auch einen Testbericht?«

Ava nickte und schob ihm einen Ausdruck zu.

»Die Resultate sind überwältigend positiv. Man hat 300 Simulationen ausgeführt und darüber hinaus 150 erfolgreiche ICD-Operationen.«

»Bitte verschone mich mit deinen pseudofachlichen Abkürzungen.«

»Identify – Classify – Destroy. Erkennen – Einordnen – Eliminieren.«

»Da ging es um Gebäude?«

»Um Individuen.«

Für einen kurzen Moment schien es, als gerate Montfoort aus der Fassung; er sah sich verstört um, erhob sich und deutete auf die Vorhänge. Die Assistentin öffnete sie sofort. Montfoort nahm irgendeine Flasche und füllte sein Glas. Nachdem er daran gerochen hatte, trank er einen Schluck.

»Drohnenangriffe auf Individuen. Beteiligen sich die Niederlande daran?«

»Noch nicht«, entgegnete Ava leichthin.

»Du sprichst also von außergerichtlichen Exekutionen?«

»Ich spreche von Präventivschlägen, damit Kriege größeren Ausmaßes verhindert werden können. Um die nationale Sicherheit zu garantieren, zu erhalten, wenn es notwendig ist. Und dieser Moment wird sehr bald kommen.«

Besonders überrascht wirkte Montfoort nicht.

»Wie definierst du ›erfolgreich‹?«

»Von den 147 High Value Targets – kurz HVTs – wurden 146 ohne menschliche Beteiligung ausgeschaltet. Ein HVT starb beim Sturz aus einem Fenster, lässt sich also nicht offiziell dem Konto von Pandora gutschreiben.«

Montfoort nickte, um anzudeuten, dass er es verstanden hatte. Ava ergänzte: »Keine der Missionen hat unnötige Todesopfer gefordert. Pandora operiert blitzschnell, effektiv und völlig sauber. Darum haben wir uns für dieses Waffensystem entschieden. Dank Pandoras unerreichbarer Präzision müssen nie wieder Unbeteiligte sterben. Krieg wird nie wieder sein, was er einmal war. Eine militärische Revolution. Mit einem Menschen an den Schalthebeln wäre das unmöglich gewesen.«

»Ein sauberer Krieg.« Montfoort sprach es aus, als habe der Begriff plötzlich einen Beigeschmack.

»Wir müssen uns an den Gedanken gewöhnen, dass es überall und jederzeit Krieg geben kann. Also ist es das Beste, wir sorgen dafür, dass es sich dabei um einen sicheren Krieg handelt. Sicher für diejenigen, die nichts damit zu tun haben. Du willst das Verteidigungsministerium stärken, und damit hast du recht, Leonard. Aber dafür müssen wir schon die richtige Basis finden. Wir können nicht einfach so sagen, wir rüsten auf, nur weil uns der Gedanke gefällt. Nein, wir rüsten auf, um die umliegenden Länder und die ganze Welt ein bisschen sicherer zu machen. Unser Eingreifen können wir mit Pandora viel besser rechtfertigen. Schau dich doch um – niemand will Krieg. Alle wollen eine sichere Welt. Die kann uns Pandora bieten. Hier hast du die Beweise schwarz auf weiß.« Sie tippte auf die durchsichtige Mappe, in der sich der Bericht befand.

Montfoort schwieg. Ava konnte sehen, wie sich seine Brust mühsam hob und wieder senkte, hörte das quietschende Geräusch aus seiner Nase, die verzweifelt versuchte, ausreichend Luft aufzunehmen, damit der gedrungene, massige Körper mit Sauerstoff versorgt wurde. Seine Vorderzähne stießen mit einem leisen Geräusch gegen den Rand seines Glases.

»Ich kannte Jan Kassels zehn Jahre«, meinte er plötzlich. Sie fuhr hoch, als hätte sie sich gerade mit ihren eigenen Worten in den Schlaf gelullt.

»Zehn Jahre«, wiederholte Montfoort. »Wir haben nebeneinandergesessen, im Parlament und in verschiedenen Kommissionen. Er war ein eigensinniger Mann mit ein paar zweifelhaften politischen Überzeugungen, aber ich glaube, ich darf ihn als Freund bezeichnen.«

Mit Mühe trank Ava einen großen Schluck Wein.

»Schrecklich, was ihm zugestoßen ist. Eine persönliche Tragödie.«

»Versetz dich mal in seine Frau. Das kann man sich doch gar nicht vorstellen. Was erzählt man sich denn über seinen Tod?«

»Dass es Selbstmord war.«

Montfoort schnaubte verächtlich und schlug mit der flachen Hand auf den Tisch, führte danach beide Hände zusammen, als wolle er gleich ein Gebet sprechen.

»Das ist Unsinn, und das weißt du auch«, erwiderte er.

»Man sagt, er hatte eine Affäre. Vielleicht hat er deshalb ...«

»Das hätte er nie getan«, unterbrach Montfoort sie. »Niemals! Jan Kassels war kein Schlappschwanz. Er hatte seine Überzeugungen, würde sich nie feige davonmachen, wenn es darauf ankommt. Ich werde demnächst mal mit Theo van den Oever sprechen, denn meiner Ansicht nach hat es sich der AIVD da zu leicht gemacht. Eine Affäre. Wie unglaublich billig. Jan Kassels wurde ermordet, daran besteht nicht der geringste Zweifel.«

»Das ist eine sehr ernsthafte Anschuldigung, Leonard.«

»Ich bin doch nicht von gestern. Er wurde am Tag einer entscheidenden Abstimmung über eine umstrittene Angelegenheit ermordet. Ich glaube an Gott, nicht an den Zufall.«

Ava erhob sich und ging zu der Wand hinüber, an der zehn Gemälde mit Porträts der Ministerpräsidenten der letzten Jahrzehnte hingen. Rechts unten war bereits eine Stelle für Stahlmans Bild markiert. Schräg darüber hing Willem Elzinga, der die anderen Ministerpräsidenten über seine Adlernase hinweg voller Argwohn zu beobachten schien. Unter seiner Regierung hatte man die ersten Roboterflugzeuge erworben; es war ihr Vater gewesen, dem es gelang, Elzinga dazu zu bewegen, die ausgetretenen Pfade zu verlassen und sich für eine neue militärische Langzeitstrategie zu entscheiden. Eine großartige Leistung, denn der Ministerpräsident war als äußerst starrköpfiger und eigensinniger Mann bekannt. In dieser Hinsicht ähnelte er Montfoort, und darum musste sie selbst ihrem Vater jetzt so ähnlich wie möglich sein. Wie es der Zufall wollte, waren Elzinga und Montfoort auch noch Mitglieder derselben Partei.

Der Zufall. Dass Kassels am Tag der Debatte über den Erwerb von Pandora Selbstmord begangen haben sollte, war in der Tat ein bizarres Zusammentreffen der Umstände. Es sei denn, es gab eine Verbindung zwischen beiden Ereignissen, wie Montfoort zu glauben schien. Kassels hatte sich wegen der Debatte und der Abstimmung das Leben genommen. Er wurde bedroht, hatte Eline Deneuve gesagt. Oder er hatte doch ein außereheliches Verhältnis gehabt und sich umgebracht. Deneuve glaubte nicht daran, Montfoort genauso wenig, und Mel Stahlman behielt seine Meinung für sich. Was sollte sie von der Sache halten? War sie während dieser ganzen Zeit naiv gewesen, und da waren Kräfte am Werk, die ihre eigenen Pläne verfolgten? Wenn man Kassels ermordet und versucht hatte, seinen Tod wie einen Selbstmord aussehen zu lassen, dann wollte jemand verhindern, dass der Abgeordnete den Ausgang der Debatte weiter beeinflusste. Es bedeutete auch, dass diese Person die eigene Identität nicht preisgeben wollte.

»Du bist nicht dein Vater.«

Montfoort erhob das Glas und prostete dem Porträt von Willem Elzinga zu.

»Elzinga war mein Lehrmeister. Ich habe ihm sogar zugearbeitet, als ich noch ganz neu im Parlament war. Er hielt das Verteidigungsministerium für das wichtigste von allen. Die Sicherheit ging ihm über alles. Sicherheit bringt Ruhe, und Ruhe sorgt für Motivation und Wachstum. Was das betrifft, war und bin ich ganz und gar mit ihm einer Meinung. Aber ich werde keinem Plan zustimmen, bei dem wir unsere Staatsfinanzen völlig ausreizen, ohne auch nur die geringste Garantie für einen Erfolg zu haben. Du hast alles wunderbar dargestellt, mein Interesse ist gewiss geweckt, aber mit ein paar schönen Bildern und einem glänzenden Bericht wirst du mich nicht umstimmen. Ich will diese Maschine sehen. Dein Vater hätte das verstanden.«

»Leonard.« Mehr brachte sie nicht heraus. In ihrer Stimme war Verzweiflung hörbar. Ich brauche dich, wollte sie zu ihm sagen. Für das Land, für das Kabinett, für mich! Ich will nach oben, Leonard, gönne es mir. Hilf mir weiterzukommen. Doch sie schwieg und senkte den Blick.

»Lass mich mit eigenen Augen sehen, was genau Pandora so einzigartig macht. Zeig mir, warum sie für die Niederlande und die Welt so wichtig ist, und ich bin dabei.«

Ohne zu wissen, ob sie ihr Versprechen jemals würde einlösen können, erklärte sie: »Ich kümmere mich darum.«

Väterlich legte er ihr eine Hand auf die Schulter, verließ dann den Raum. Ava spürte, wie die Tränen hinter ihren Augenlidern brannten. Sie legte beide Handflächen auf die Tischplatte und atmete tief ein und aus.

»Die Bestattung ist morgen um elf Uhr, Frau Ministerin«,

sagte ihre Assistentin vorsichtig, während sie einen Blick auf ihr Smartphone warf. »Ich habe im Namen des Kabinetts Blumen bestellt. Das Auto steht um halb elf für Sie bereit.«

Ava richtete sich mit einem Seufzer auf.

»Ruf Erwin T. an. Ich will, dass er morgen auch dabei ist.«

»Beim Begräbnis?«

»Ja. Und wenn er sich weigert, kannst du ihm ausrichten, dass er dann als Nächstes sein eigenes Begräbnis besuchen wird.«

43 ELIOT

Sein eigenes Gespenst

Er hieß Metin und schwieg die ganze Fahrt über. Sein Lieferbus, vollgestopft mit Geräten, Metallrohren, durchsichtigen Boxen mit Schrauben und Muttern, Kabeln und Holz, roch nach starkem Tabak und war so staubig wie der Sandweg, über den er fuhr. Die sechs Hundertlirascheine hatte sich der Türke stoisch in die Brusttasche seines Overalls gesteckt. Eliot hatte er den gleichen Overall in die Hand gedrückt, war eingestiegen und losgefahren, ohne zu überprüfen, ob der Niederländer auch tatsächlich neben ihm saß. Die Fahrt dauerte eine gute Viertelstunde. In der Ferne tauchte das Tor des Stützpunkts auf, mit einem grünen Container davor, auf dem die amerikanische, deutsche, niederländische und spanische Flagge wehten. Hinter dem Zaun befand sich ein fünfter Mast, an dem eine große NATO-Flagge befestigt war. Zwei Soldaten schauten gelangweilt auf den Boden. Metin hielt vor dem Schlagbaum an, zog mit der Hand das Fenster herunter – der elektrische Mechanismus war wohl kaputt – und gab einem der beiden Soldaten seinen Pass. Flüchtig musterte der das Dokument und machte sich lang, um in das Innere des Lieferbusses zu sehen. Eliot und er wechselten einen kurzen Blick. Der andere Soldat ging mit einem an einem Stock befestigten gebogenen Spiegel um den Wagen herum.

»Reparaturarbeiten?«, fragte er auf Englisch.

Metin nickte.

»Hangar 7. Elektrische Türen«, antwortete er.

»Wer ist dein Freund da?«

»Nicht mein Freund; Freund meiner Schwester. Hilft mir heute bei den schweren Türen.«

Erneut sah der Soldat Eliot an und suchte dann den Blick seines Kollegen, der mit der Inspektion der Unterseite des Wagens fertig war.

»Es ist Metin«, sagte er.

»Okay.«

Durch das geöffnete Fenster gab der Soldat Metin den Pass zurück und hob die Hand. Daraufhin öffnete sich das Eingangstor. Im Außenspiegel sah Eliot, wie die Männer ihre Position wieder einnahmen und sich die Pforte hinter ihnen schloss. Sie fuhren am Hauptgebäude und am Kontrollturm vorbei, wo Jeeps und Humvees parkten, dann an Hangars mit grauen Transportflugzeugen davor. Kisten wurden von türkischen Männern über Rollbänder aus den Hangars geschoben und auf Sackkarren geladen, während NATO-Soldaten zusahen. Auf den roten Lieferbus achtete niemand; hier gab es Dutzende dieser Wagen von allerlei Betrieben, die handwerkliche Tätigkeiten auf der Basis erledigten. Ruckelnd fuhren sie weiter zu dem Hangar, der am weitesten von ihnen entfernt war, gegenüber der Startbahn. An der Rückseite des Gebäudes, im Schatten, parkte Metin und stieg aus. Eliot tat es ihm nach und ging um den Lieferbus herum. Der Türke bedeutete ihm, dass er den Overall ausziehen sollte, und steckte sich eine Zigarette an. Dann suchte er in seiner Hosentasche nach einem Schlüssel, der in die große Rolltür des Hangars passte. Eliot warf den Overall ins Auto und hängte sich den Rucksack mit der Festplatte über die Schulter.

»Drei Stunden. Hier«, sagte Metin auf Englisch, zeigte auf den Boden und zog mit seiner Schuhspitze einen Strich in den Sand. Nachdem er einen raschen Blick auf seine Uhr geworfen hatte, trat Eliot aus dem Schatten in die gleißende Morgensonne. Er setzte sich die Sonnenbrille auf und linste auf die gegenüberliegende Seite der Startbahn, wo sich gerade eine Hercules C-130 mit vier summenden Propellern startklar machte. Er erkannte die niederländische Kokarde an der Flanke. Die Luft oberhalb der Startbahn flirrte, während das Flugzeug sich in Bewegung setzte. Eliot folgte dem Weg die Runway entlang in Richtung dreier kleinerer Hangars, die aussahen wie eingegrabene Waggons. Neben dem Hangar auf der rechten Seite standen zwei Lastwagen, auf die Patriot-Startgeräte montiert waren. Ein Dutzend Männer in Uniform schraubten, fegten, schleppten und schweißten. An ihrer Kampfmontur erkannte Eliot, dass es sich bei ihnen um das letzte niederländische Team handeln musste – der Verteidigungsauftrag war bereits an die Spanier übertragen worden.

Auf der halb offenen Tür stand in weißen Buchstaben BALLISTIC MISSILE DEFENCE TASK FORCE, darunter waren die Flaggen der teilnehmenden Länder zu sehen. Ein Mercedes-Jeep hielt neben dem Hangar, und zwei blonde Soldaten stiegen aus, fuhren sich durchs Haar und setzten sich danach ihr Barett auf. Sie schauten Eliot an, während er sich ihnen näherte. Er salutierte, und automatisch erwiderten sie seinen Gruß.

»Hauptmann Thijs Merckelbach«, sagte er und stellte den Rucksack neben sich ab.

»Hauptmann«, erwiderten die beiden fast gleichzeitig.

»Ich suche den Leiter der Patriot-Mission.«

»Das ist Ramirez.«

»Der niederländischen Mission«, ergänzte Eliot.

»Oberst Olav Frans. Darf man fragen, was Sie hier wollen?«

»Ich habe Urlaub und spontan gedacht, ich schaue mal bei meinen Kollegen rein. Ich habe viel Gutes über euch gehört. Zwölftausend Stunden Nonstop-Raketenverteidigung mit so wenig Mannschaften. Beeindruckend.«

»Weiß der Oberst davon?«

»Das würde mich wundern«, antwortete Eliot. »Wir sind uns noch nicht begegnet. Aber wir haben eine gemeinsame Bekannte. Ich hatte ihr versprochen, dem Oberst ihre Grüße zu übermitteln.«

Sie musterten ihn von Kopf bis Fuß. Schließlich sagte der eine: »Einen Moment.« Er lief zu dem etwas armselig wirkenden steinernen Nebengebäude des Hangars. Eliot tastete beide Hosentaschen ab, fand aber nicht, wonach er suchte: Seine Zigaretten lagen noch auf dem Hotelbett, und das war auch besser so.

»Wo sind Sie untergebracht, Hauptmann?«

»Im Hilton.«

Der Soldat – ein junger Mann um die zwanzig – lachte verlegen.

»Tolle Partys«, sagte er.

»Ach ja?«, fragte Eliot.

»Na ja, hübsche Frauen und so, Sie wissen schon. Die sind immer sehr an dir interessiert, wenn du sagst, dass du vom Stützpunkt kommst. Türkische Frauen, aber auch westliche. Man sagt, dass sie speziell hierher reisen, um einen schönen Urlaub mit … sagen wir mal, den NATO-Jungs zu verbringen.«

»Nur zu«, erwiderte Eliot gedankenverloren, weil er beobachtete, wie die Tür des Nebengebäudes aufging und ein

Mann herauskam, der mit steifen Schritten auf ihn zukam. Er erkannte die klobigen Züge eines der Männer auf dem Foto. Das musste der Mann sein, den Salim erwähnt hatte.

»Olav Frans«, sagte der Mann heiser. Eliot nahm die Sonnenbrille ab und führte als Salut die Hand zur Brust. Frans salutierte ebenfalls und streckte danach die Hand aus, die Eliot kurz und kräftig schüttelte.

»Thijs Merckelbach.«

»Im Urlaub und doch das Bedürfnis, zur Arbeit zu gehen«, stellte Frans fest.

»Das war nicht wirklich geplant. Ich habe noch nie eine Patriot Fire Unit gesehen und dachte mir, warum nicht.«

Der Oberst deutete auf Eliots Arm.

»Special Forces. Die interessieren sich doch nicht für Technik.«

»Im Gegenteil. Wir werden davon doch immer abhängiger.«

Frans nickte und musterte ihn unter seiner Mütze hervor. Er wischte sich den Schweiß von der Stirn.

»Komm mit, Thijs. Darf ich Thijs sagen? Ich werde dir eine kleine Führung geben und danach trinken wir was.« Er legte Eliot die Hand auf die Schulter, und mit festem Griff drückte er ihn in Richtung eines der dunkelgrünen Startgeräte. Sie blieben stehen und Frans deutete nach oben.

»Vier ballistische Raketen pro Gerät. Zur Verteidigung, aber auch zum Angriff. Die Patriot ist außerordentlich gut dafür geeignet, feindliche Flugobjekte herunterzuholen. Das ist kein überflüssiger Luxus. Vergiss nicht, Aleppo liegt weniger als hundertneunzig Kilometer von hier entfernt, und die Durchgeknallten vom Islamischen Staat sind zu allem fähig.«

Der Oberst sah sich um und nahm dann eine schmale Packung aus der Brusttasche, zog eine dünne Zigarette heraus und zündete sie an. Er hielt die Packung Eliot hin, doch der schüttelte den Kopf.

»Wir hatten hier mal fast dreihundert Mann. Jetzt nur noch zwölf.«

»Warum?«

»Weil das Patriot-System so konzipiert ist, dass es ohne menschlichen Einsatz operieren kann. Es kann selbst Ziele erkennen, einordnen und eliminieren. Alles geschieht zu hundert Prozent automatisch; die Rolle des Menschen ist auf Kontrolle und Wartung reduziert. Thijs, Junge, wir werden vom Markt verdrängt.«

Sie gingen um den Truck herum. Eliot spürte die Wärme, die das Metall abgab, und hörte aus dem Inneren ein leises Brummen, als hätte die Patriot einen Herzschlag, die das System am Leben hielt. Es gab Dutzende Länder, die so eine Waffe besaßen, und niemanden schien es zu kümmern, dass der Mensch dabei schon keine Rolle mehr spielte. Offensichtlich wurde ein vollautomatisches Waffensystem, das in erster Instanz zu Verteidigungszwecken entwickelt worden war, von den Menschen nicht als direkte Bedrohung empfunden.

»Schön ist es nicht, aber unsere Erfolgsrate ist phänomenal. Man braucht einen anderen Arbeitsansatz. Daran gewöhnt man sich aber. Der Oberst zog an der Zigarette, bis er den Filter erreichte. Sie kamen zu dem geschlossenen Hangar, der neuer zu sein schien als der andere. Das schwarze Ungetüm hatte keine Fenster. Frans blieb stehen und wandte sich zu Eliot um.

»Und was ist da drin?«, fragte Eliot beiläufig.

»Ein neues Projekt. Das testen wir schon seit 2002. Wir verfeinern es immer weiter, das kennst du ja. Ein Staatsgeheimnis, Thijs. Darüber kann ich dir nichts erzählen.« Schnell wechselte er das Thema.

»Sergeant Kapelle meinte, du wolltest mich von jemandem aus den Niederlanden grüßen. Von wem denn?« Mit breitem Grinsen wartete er auf Eliots Antwort.

»Stimmt«, antwortete dieser und starrte auf den asphaltfarbenen Hangar. »Von einer gemeinsamen Freundin.«

»Wem?«

»Liva Timmerman.«

Während er sich eine zweite Zigarette anzündete, erwiderte Frans sachlich: »Eine Freundin würde ich sie nicht gerade nennen.« Er entfernte sich ein paar Schritte vom Hangar.

»Darüber dachte sie anders«, versuchte Eliot die Situation zu retten.

»Wir haben über einige Dinge unterschiedlich gedacht, Hauptmann.«

»Wie meinen Sie das?«

»Darüber, was Vertrauenswürdigkeit ist, zum Beispiel. Woher kennst du sie?«

Der Oberst wusste nicht, dass sie tot war. Wie auch, dachte Eliot. Sie hatte einen falschen Namen verwendet, als sie Olav Frans begegnete.

»Von der Ausbildung«, antwortete Eliot gelassen. »Und ich kenne Liva als eine äußerst vertrauenswürdige Person.«

»Sie ist eine falsche Schlange. Sorry, dass ich das so sagen muss, aber vor so einer Frau muss man jeden warnen.«

»Das verstehe ich nicht. Was hat sie denn getan?«

Frans zuckte mit den Schultern und atmete tief aus. »Ich dachte, dass wir eine wirklich gute Beziehung hatten, Liva und ich, aber die ganze Zeit gab es für sie einen anderen Grund, um mich immer wieder zu besuchen. Weißt du, wie oft wir einander gesehen hatten, bis ich dahinterkam, welches Spiel sie spielte? Ich bin stockblind gewesen.«

An seinen Bewegungen und seinem Gesichtsausdruck konnte Eliot ablesen, dass das, was passiert war, ihm noch immer sehr naheging. Sein Stolz, als Soldat und als Mann, war gekränkt worden, und er hatte Schwierigkeiten, diese Erniedrigung zu teilen.

»Wenn ich du wäre, Thijs, würde ich diese Beziehung sofort beenden, denn die Chance ist groß, dass sie etwas ganz anderes von dir will, als du denkst.« Er kniff die Augen zusammen. »Als sie mich nach den ganzen Dingen aus meinem Privatleben, meiner Arbeit, meinen Kollegen gefragt hat, dachte ich, sie sei ehrlich an mir interessiert. Natürlich habe ich ihr alles erzählt. Ich habe ihr vertraut.«

Der Oberst schwieg und schien sich nicht sicher zu sein, ob er mehr erzählen wollte. Es gab keinen Grund, sein Herz bei einem Wildfremden zu erleichtern, aber vielleicht tat er es gerade deshalb. »Ihr Interesse an mir war rein sachlicher Natur. Ich habe das überhaupt nicht begriffen. An einem Abend waren wir zusammen in ihrem Hotelzimmer, und ich öffnete aus Versehen einen Ordner auf ihrem Tablet, in dem sie zuletzt gearbeitet hatte. Es handelte sich um eine Übersicht von allem, was ich ihr in den Monaten, in denen wir zusammen waren, erzählt hatte. In dieser Zeit hat sie einen kompletten psychologischen Bericht über mich verfasst, zum Henker!«

»Was für einen Bericht?«, fragte Eliot.

»Alles hat sie aufgeschrieben, alles: von meiner Rolle als Oberst bis zu der Interaktion zwischen mir und dem Waffensystem. Wann ich müde war, wann ich Patriot selbstständig, ohne menschliche Aufsicht, arbeiten ließ. Wann ich verdammt noch mal scheißen gegangen bin. Sie hatte sogar alles mit Tabellen und Grafiken ausgearbeitet. Sie steckte mit ihrer Freundin unter einer Decke.«

»Merijn Turing.«

Olav Frans nickte niedergeschlagen.

»Und ich war nicht der Einzige, Thijs. Es gab noch mehr Jungs, die sie anscheinend ausgequetscht hatte, denn ich habe Daten gesehen, die nicht von mir gewesen sein konnten, aus Kunduz und Uruzgan. Ich war nie in Afghanistan. Ein scheinheiliges Miststück, sage ich dir. Und nun versucht sie es bei dir?«

Eliot ignorierte die Frage. »Haben Sie sie damit konfrontiert?«

»Dazu kam es nicht mehr. Sie ist am selben Abend abgereist. Danach habe ich sie nie wieder gesehen. Jetzt taucht sie also wieder auf.«

Frans stellte seinen Fuß auf die Felge des Vorderreifens von einem Anhänger und streckte die Knie. Während er durch die Nase Rauch ausatmete, warf er den Zigarettenstummel auf den Boden. Danach forcierte er ein Lachen.

»Warum sie das getan hat, weiß ich nicht. Vielleicht war es eine geheime Evaluation«, fuhr er fort und ließ den Blick über das Gelände schweifen. »Jedenfalls habe ich wohl bestanden, sonst wäre ich nicht mehr hier.« Er seufzte tief. »So lange, bis hier Schluss ist.« Plötzlich schien sich Frans zu erinnern, warum Eliot dem Luftwaffenstützpunkt in Incirlik einen Besuch abstattete. Es sah so aus, als wolle er die Geschichte von sich abschütteln.

»Wir haben hier eine PAC-2 und eine PAC-3. Die PAC-2 explodiert in der Nähe des feindlichen Ziels, während die PAC-3 es mit kinetischer Energie ausschaltet. *Hit-to-kill*-Technologie nennen wir das.«

Eliot hörte schon nicht mehr zu. Er dachte an Miriam Veltman, konnte sich aber nicht mehr an ihr Gesicht erinnern, als hätten die Worte von Olav Frans dafür gesorgt, dass seine Erinnerung an sie noch weiter verblasste. Miriam, Mira, Liva. Nicht nur ihre Namen, auch ihre gesamte Gestalt schien sich verändert zu haben. Das erklärte, warum er zu Hause in Dedgum, als er Fotos von ihr auf der Seite des Verteidigungsministeriums gefunden hatte, das Gefühl bekam, jemanden zu sehen, den es nie gegeben hatte. Ihr Lachen existierte nicht, hatte er damals gedacht, ihr Blick wirkte unecht. Die Frau auf dem Foto war leblos, nicht tot. Jetzt überkam ihn dieses Gefühl wieder, und zwar noch stärker. Dass er, während er wie ein Gespenst seinen Verfolgern entwischen konnte, seinem eigenen hinterherjagte. Wer war Miriam Veltman eigentlich? Womit hatten sie und Merijn sich befasst?

»Noch eine nette Info«, sagte Frans routiniert. »Patriot ist eine Abkürzung für Phased Array Tracking Radar to Intercept On Target.« Er zeigte auf die Radarinstallation in Tarnfarben, die weiter hinten auf einem zweiten Anhänger stand. »Das bedeutet erkennen, einordnen, vernichten, und das blitzschnell. Fehler werden so gut wie keine mehr gemacht.« Er wollte zum Radar gehen, doch Eliot blieb stehen.

»Vielen Dank«, murmelte er gedankenverloren, während er auf die Uhr schaute. »Ich muss los.«

»Wie bist du hierhergekommen?«

»Jemand hat mich mitgenommen.« Er streckte die Hand aus.

»Willst du nicht noch bleiben, dann trinken wir noch was?«

Eliot lachte auf, schüttelte den Kopf und ging den Weg zurück in Richtung des Hangars, an dem der Türke auf ihn wartete. Als er sich ungefähr zwanzig Meter vom Patriot-System entfernt hatte, hörte er Olav Frans' laute und sich überschlagende Stimme.

»Ich habe dich gewarnt«, rief er. »Hin-ter-li-stig.«

Ich werde es mir merken, dachte Eliot, aber einer hinterlistigen Leiche bin ich bislang noch nicht begegnet. Anhand seines roten Overalls konnte Eliot Metin schon von Weitem erkennen. Mit einem schwarzen Helm wie ein offenes Visier auf dem Kopf zog er einen Laserapparat hinter sich her zu einer der Hangartüren.

Als Metin ihn bemerkte, blieb er stehen und streckte sich. Ein Zigarettenstummel ruhte auf seiner Unterlippe.

»Schon zurück«, stellte er fest.

»Ja«, erwiderte Eliot.

»Gut. Dann hilf mir, diese Tür zu tragen.«

44 DER AUFTRAGNEHMER
Weg

»Wie geht's deinem Auge?«, fragte der Mann vom MIVD und versuchte nicht einmal, seine Schadenfreude zu verbergen.

Der Auftragnehmer hatte beide Arme auf das Brückengeländer gestützt und starrte auf die vorbeifahrenden Autos.

»Das lief alles nicht ganz so wie geplant«, fuhr der Geheimdienstler fort. »Dumm, dass du das so schmerzhaft zu spüren bekommen musstest. Aber gut, das ist ja dein Job. Du machst kein Drama draus, und das weiß ich zu schätzen.«

Träge drehte der Auftragnehmer den Kopf zur Seite und musterte den MIVDler. Sein blasses Gesicht, seine verfilzten Hundehaare, seinen hässlichen urholländischen Kartoffelkopf. Am liebsten hätte er ihn sofort über das Geländer gestoßen.

»Es hat sich herausgestellt, dass die Leute, die ich in Enschede postiert hatte, nicht sorgfältig genug ausgewählt waren. Sie waren für diese Aufgabe nicht geeignet.«

»Sie waren für gar nichts geeignet«, brummte der Auftragnehmer. »Völlig unprofessionell, wie sie ihre Informationen weiterleiteten; und was ich überhaupt nicht verstehe: Warum ist der Kerl mit der Glatze in die völlig falsche Richtung gerannt? Eliot Koler rannte nach …«

»Marcel«, unterbrach ihn der Mann vom MIVD.

»Nein, Erwin«, blaffte der Auftragnehmer zurück. »Ihr habt euren eigenen Plan sabotiert, Erwin. So heißt du doch, oder?«

»Ja«, antwortete der MIVDler unbeeindruckt.

»Ja, ihr vergeigt euren eigenen Plan oder ja, du heißt Erwin?«

Der Mann vom Geheimdienst schwieg. Auch er stützte die Arme aufs Geländer und starrte auf die endlose Autoschlange.

»Und dann höre ich gar nichts mehr«, redete der Auftragnehmer weiter. »Eine kleine Überweisung auf mein Konto, und das war's. Vielen Dank für Ihre Hilfe.«

»Das ist alles ziemlich unglücklich gelaufen. Es hat sich herausgestellt, das Koler schlauer ist als gedacht.«

»Du hattest eine ausführliche Akte über ihn vorliegen. Ihr überwacht ihn schon seit seiner Kündigung oder Desertion oder was auch immer. Er stand auf euren Listen, du hast mir das doch selbst alles so erzählt. Wie kann es dann verdammt noch mal passieren, dass ihr ihn so sehr unterschätzt habt? Man könnte fast denken, das war Absicht.«

Wieder schwieg der Mann vom Geheimdienst. Er schürzte die Lippen und suchte in seiner Jackentasche nach einer Packung Zigaretten. Ohne dem Auftragnehmer eine anzubieten, zündete er sich eine an und blies wenig später den Rauch kräftig aus. Ein Lastwagen hupte, während er unter der Brücke hindurchfuhr.

»Du bist unser bester Mann, Marcel. Es ist schade, dass es uns nicht gelungen ist, das Zielobjekt auszuschalten. Die Ministerin war enttäuscht. Wir müssen es jetzt auf eine andere Art versuchen.«

»Ihr habt mich bewusst sabotiert, da bin ich mir sicher. Ein solcher Dilettantismus passt nicht einmal zum MIVD. Warum? Erklär mir mal, wieso mein Gesicht zu Brei verarbeitet wurde.«

Kurz schloss der MIVDler die Augen und zog an seiner Zigarette. Dann schien er einen Entschluss gefasst zu haben.

»Okay, gut.«

Er schnippte seine Kippe über das Geländer.

»Meine Leute haben tatsächlich den Auftrag bekommen, deine Arbeit zu sabotieren.«

»Warum, um Gottes willen? Warum zahlt ihr mir ein fürstliches Gehalt und sorgt gleichzeitig dafür, dass ich meine Arbeit nicht machen kann?«

Der Geheimdienstler blickte gelassen auf den Boden und steckte sich eine neue Zigarette an, die er zwar aufflammen ließ, an der er aber nicht zog.

»Wir hatten nie das Ziel, Koler wirklich zu fassen. Im Gegenteil: Deine Aufgabe war es, zu zeigen, dass Menschen scheitern können. Die Mission war erfolgreich, weil du gescheitert bist.«

»Aber was habt ihr davon? Ich verstehe es einfach nicht.«

»Das brauchst du auch nicht, Marcel. Das ist nicht dein Job.«

»Warum hat man mich nicht darüber informiert?«

Ein leises Lächeln umspielte den Mundwinkel des MIVDlers. Damit ließ er den Auftragnehmer wissen, dass der von ihm keine Antwort zu erwarten hatte.

»Und was soll ich jetzt tun? Scheiße, Erwin.«

»Du wirst deinen Weg schon wieder finden. Du findest ihn ja immer.«

»Aha, also jetzt machst du einen auf Therapeut, Herr T. Du bist ja verrückt.«

Der Mann vom MIVD zeigte nochmals ein flüchtiges Lächeln. Der Auftragnehmer richtete sich auf und steckte die Hände in die Hosentaschen. Er hörte, wie hinter ihm ein Auto anhielt. Ein schwarzer Ford Focus mit getönten Scheiben. Zwei Türen öffneten sich, und ein Mann und eine Frau stiegen aus. Der Mann war gedrungen, und sein Körper neigte sich etwas nach vorne, als könne er jeden Moment umfallen. Die Frau, mit kurzen dunklen Haaren und einem ungeschminkten Gesicht, war dicht hinter ihm. Sie hatte etwas in der Hand, aber der Auftragnehmer konnte nicht sehen, was es war, weil der massige Körper des Mannes ihm die Sicht versperrte. Auch der Geheimdienstler drehte sich um; er schien von der Ankunft der beiden nicht überrascht und lehnte mit dem Rücken am Eisengeländer der Überführung.

»Da ist mein Taxi«, sagte er und löste sich vom Geländer. Er ging auf die beiden zu und machte eine Bewegung, als wolle er sie begrüßen, aber zum Erstaunen des Auftragnehmers lief er wortlos an ihnen vorbei zum Ford, wo nun auch eine dritte Person stand, ein Mann mit einem sehr blassen Gesicht – als sei es aus Porzellan. Von Weitem sahen seine Augen aus wie schwarze Murmeln. Die Frau machte einen kleinen Schritt zur Seite und lief nun schräg hinter dem schwergewichtigen Mann her, der langsam die Arme spreizte, um den Auftragnehmer scheinbar freundschaftlich zu umarmen. Immer noch konnte der nicht sehen, was sie in der Hand hielt, aber ihn beschlich ein Gefühl, das er schon oft gehabt hatte.

Über die Schulter des Mannes, der sich ihm nun auf ungefähr fünf Meter genähert hatte, sah er, dass der Mann vom MIVD einstieg und die albinoartige Erscheinung die Hintertür zumachte. Wenn er sich nicht sehr täuschte, könnte er im Wind Fetzen von getragener Klaviermusik hören, die aus der noch offenen Vordertür drang. Der stämmige Mann stand unbeweglich vor ihm und spreizte die Finger, während die Frau sich neben ihn stellte und die Arme streckte. Ihre Hände umklammerten eine kleine Pistole, genauso groß wie die Waffe, die der Auftragnehmer verwendet hatte, um das Leben von Miriam Veltman zu beenden. Diese Waffe lag im Handschuhfach seines Mietwagens, den er unten an der Überführung geparkt hatte. Fast musste er über die Sinnlosigkeit dieser Feststellung lachen. Doch dazu blieb ihm keine Zeit, weil der Mann ihn bei den Schultern packte. Als würde ihn jemand mit Eiswasser übergießen, versteiften sich all seine Muskeln gleichzeitig. Sein Hals, seine Arme, seine Kniegelenke schienen durch ein unsichtbares Seil fixiert, das straff um seinen ganzen Körper gewickelt war. Warum konnte er nicht mehr reagieren? Warum tat er nichts, sagte er nichts, konnte er nichts ausrufen, was noch irgendeinen Sinn ergeben hätte? Das Letzte, was ihm durch den Kopf ging, bevor er von der Brücke hinuntergestoßen wurde und mit dem Gesicht auf dem Asphalt aufschlug, war: »Du findest deinen Weg ja immer.«

45 AVA

Auf der anderen Seite der Hecke

Als sie die Auffahrt zur Trauerhalle erreichte, glaubte sie erst an einen Irrtum des neuen Chauffeurs, aber dann fiel ihr ein, dass Stahlmans Garten an das waldreiche Terrain des Friedhofs grenzte. An der T-Kreuzung bog der Wagen nach links ab statt nach rechts zu den Toren von Stahlmans Grundstück, und schließlich hielt er auf dem großzügigen Parkplatz des Geländes. Dass Stahlman sich dafür entschieden hatte, heute nicht zu erscheinen, war eigentlich nicht zu vertreten, aber durchaus nachvollziehbar. Kassels' Tod gehörte nicht zu der Art Nachrichten, mit denen man als Ministerpräsident in Zusammenhang gebracht werden wollte. Ihrer eigenen Position war das ebenfalls alles andere als zuträglich, aber sie hatte nicht nur deswegen schweren Herzens im Auto Platz genommen.

In der vergangenen Nacht hatte sie kaum geschlafen. Das Doppelbett, das sie zuletzt mit einem fünfzehn Jahre älteren freischaffenden Journalisten geteilt hatte, wollte einfach nicht warm werden. Sie hatte alle Fenster geschlossen, doch obwohl die letzten Sommernächte drückend schwül gewesen waren, blieben ihre Hände und Füße eiskalt. Sie konnte einfach nicht einschlafen, und das gab ihr die Gelegenheit, endlos über Pandora nachzudenken. Die Bilder der Maschine vermischten sich vor ihrem inneren Auge immer wieder mit Jan Kassels' Gesicht. Es gab nur zwei Möglichkeiten: Entweder stimmte

Mels Theorie, und Jan Kassels' Tod war die Folge einer Affäre. Oder Montfoort hatte recht, und Kassels hatte wegen Pandora sterben müssen, egal ob er selbst Hand an sich gelegt hatte oder nicht. Sie wälzte sich im Bett herum und kam zu dem Schluss, dass sie das unbedingt herausfinden musste. Außerdem war da noch Montfoort selbst, der durch ihre Gedanken geisterte, als sei das sein gutes Recht. 1,3 Milliarden Euro hatte sie ihm für seine eigenen Projekte versprochen, drei Kasernen würden erhalten bleiben, und außerdem erhielt er einen exklusiven Einblick in die Büchse der Pandora. Sie hatte sämtlichen verfügbaren Spielraum ausgenutzt; jetzt gab es nichts mehr, womit sie ihn noch hätte überzeugen können, doch im Moment gehörte ihr seine Aufmerksamkeit, und sie musste dafür sorgen, dass das auch so blieb.

Ava trug einen schwarzen Hosenanzug und einen kleinen Hut, den sie mit einer Nadel an ihrem Dutt befestigt hatte. Sie erreichte die Trauerhalle, in der eine Gruppe Menschen sich leise unterhielt; manche hatten weiße Blumen in den Händen. Am Waldrand entdeckte sie die dunklen Locken von Eline Deneuve; die Abgeordnete beugte sich zu einer etwa sechzigjährigen Frau hin. Die hatte den Blick auf ihre Hände gerichtet, und Deneuve nickte immer wieder. An einem Weiher hatten sich Kassels' Parteigenossen versammelt, zusammen mit ihrem Fraktionsvorsitzenden Laurens Elshout. Der trug ausnahmsweise eine Krawatte. Die anderen Fraktionsführer und Abgeordneten scharten sich um den steinernen Brunnen. Sie sah Cales von den Konservativen zwischen ihnen stehen, weiter oben Heze von den Grünen, der es gewagt hatte, selbst zu einem Anlass wie diesem in einem Flanellhemd mit Tigermuster zu erscheinen. Theo van den Oever, der Innenminister, stand ganz für sich allein und schaute auf sein Handy. Als er Ava bemerkte, lief er mit großen Schritten auf sie zu und küsste sie auf die Wange, obwohl diesmal keine Kameras zugegen waren, die das hätten festhalten können.

»Maurits hat sich zu seinen Freunden gestellt«, erklärte er und deutete auf Maurits Ivens, den Finanzminister, dessen Kopf hin und wieder über der Schulter von Laurens Elshout zu sehen war. »Ich dachte, wir seien als Vertreter der Regierung hier.«

»Sind wir auch«, antwortete Ava. »Aber heute wollen die Sozialdemokraten demonstrieren, dass sie einen ›Genossen‹ verloren haben. Sie lassen keine Gelegenheit aus, parteipolitisch zu agieren. Soll er nur da drüben bleiben. Sein Name steht auch auf dem Band bei den Blumen. Sie sollten dort schon liegen.«

Behutsam berührte er sie an der Schulter. »Wie weit bist du mit unserer Drohne?«

»Kassels wird durch einen Jasager ersetzt. Deneuve hat versprochen, bei der nächsten Abstimmung zu Hause zu bleiben. Das erscheint mir ausreichend, aber Mel und ich haben uns dafür entschieden, doch noch die Christdemokraten ins Boot zu holen, damit der Umrüstung noch mehr Gewicht verliehen wird. Je mehr Unterstützung wir haben, desto besser. Ich bin an der Sache dran; bald knickt er ein.«

Eline Deneuve hatte sich inzwischen zu ihren Parteigenossen gestellt. Erst jetzt sah Ava, dass die Frau, mit der sie vorher gesprochen hatte, Suzan Rijsdijk war, Kassels' Witwe. Sie entdeckte Ava, schien ihr zuzuwinken. Ava ließ van den Oever stehen und ging auf sie zu. Dabei überlegte sie, ob sie die Witwe küssen oder berühren, oder was sie sagen sollte, und stand dann vor ihr. Durch ein leichtes Nicken deutete Suzan Rijsdijk an, dass sie das Zögern ihres Gegenübers richtig interpretierte.

»Schön, dass Sie gekommen sind«, begann sie. Zu Avas Überraschung klang sie dabei relativ munter, und deshalb konnte sie selbst sich ein wenig entspannen. »Ich weiß, dass Sie momentan sehr viel zu tun haben.«

»Solche Dinge gehen vor«, erwiderte Ava; dabei wurde ihr unmittelbar bewusst, dass sie Kassels auf diese Weise zu einem Ding reduzierte. »Ich meine, solche Anlässe«, verbesserte sie sich.

»Darf ich ganz kurz mit Ihnen sprechen?«, fragte Rijsdijk. Sie fummelte an der Goldkette herum, die sie um den Hals trug.

»Natürlich.«

»Das ist gut«, meinte die andere, verfiel danach jedoch in Schweigen, als hätte sie vergessen, dass sie das Anliegen überhaupt geäußert hatte.

Nach einigen Sekunden des Abwartens erkundigte sich Ava: »Worüber möchten Sie mit mir sprechen?«

»Über Jan«, antwortete Rijsdijk, verstummte jedoch erneut.

»Wirklich schlimm, was mit ihm passiert ist. Niemand hat es kommen sehen.«

»Nein«, erklärte Rijsdijk mit einer gewissen Verzögerung; dabei lächelte sie. »Nein, niemand hat es kommen sehen. Plötzlich war er nicht mehr da. Seltsam, nicht wahr?« Die Frau stand ganz offensichtlich unter Schock, der Unglaube war noch immer deutlich in ihrem Blick erkennbar, als befinde sie sich auf der falschen Beerdigung. »Gleich beginnt der Gottesdienst, und dann wird er auf den Friedhof gebracht. Da liegt er dann.« Sie deutete irgendwo ins Leere. »Und das war's.«

Ava schwieg, weil es keine Worte gab, die ihre Gefühle hätten ausdrücken können. Sie dachte an Kassels und die unbekannte Frau. Ob Rijsdijk wohl wusste, dass ihr Mann sie betrogen hatte? Richtige Trauer empfand Ava nicht, auch kein echtes Mitleid; sie war aus rein beruflichen Gründen hier anwesend, aber jetzt, wo sie Kassels' Frau vor sich hatte, mit ihren zitternden Händen, dem sorgfältig gekämmten grauen Haar, das in Wellen über ihr schwarzes Seidenkleid fiel, beschlich sie ein anderes Gefühl. Auch sie selbst hatte jemanden verloren. Ihr Vater fehlte ihr mehr denn je.

»Es wird behauptet, er hätte es selbst getan. Das ist eine Lüge, Frau Rodenburg. Mein Mann ist sehr mutig, aber so etwas traut er sich nicht, niemals.«

»Sie wollen damit sagen ...«

»Die Polizei sagt das, aber ich bin mir sicher, dass ...« Sie beendete den Satz nicht, drehte sich um und schaute in die Richtung, in die sie zuvor gezeigt hatte.

»Suzan«, hörten sie eine Stimme hinter sich. Ava sah, wie eine Frau näher kam, deren Gesichtszüge denen von Suzan Kassels-Rijsdijk sehr ähnelten. »Da bist du ja, Liebes. Gleich geht es los.« Sie legte der anderen den Arm um die Schulter und führte sie in Richtung der Trauerhalle. »Geh schon mal mit Marthe vor.« Eine junge Frau mit knallrot angemalten Lippen erbarmte sich der Witwe und stützte sie, als sich die beiden auf den Weg zum Eingang machten.

»Meine Schwester ist noch ziemlich durcheinander«, erklärte die Frau. »Ich denke nicht, dass es sinnvoll ist, jetzt mit ihr über Politik zu sprechen.«

Ava wollte erwidern, dass die Initiative nicht von ihr ausgegangen war, bekam jedoch nicht die Gelegenheit dazu.

»Dass Sie sich hier blicken lassen, zeugt jedenfalls von Mut. Von dem Herrn Ministerpräsidenten kann man das ja nicht gerade behaupten, dabei wohnt er verdammt noch mal quasi auf dem Friedhof. Aber wir werden es für Suzan nicht noch schwerer machen als nötig.«

»Es ist eine tragische …«

»Sehr tragisch, ja, aber wir beide wissen nur zu gut, dass das ganze Theater mit Ihrer Rakete oder Ihrem Flugzeug der einzige Grund dafür ist, dass Jan nicht mehr lebt. Wenn Ihre Regierung sich nicht zu diesem Schritt entschlossen hätte, wäre das hier nie und nimmer geschehen.« Obwohl sie ihren Worten sehr viel Nachdruck verlieh, sprach die Schwester der Witwe sie ruhig und in gemessenem Ton aus.

Ava versuchte, ruhig zu bleiben. Aus der Ferne erklangen Kirchenglocken.

»Ich möchte Sie fragen, ob Jan …« Sie schluckte herunter, was sie sagen wollte. »Darf ich Sie fragen – wissen Sie vielleicht, ob Ihr Schwager möglicherweise außer Suzan …«

Mit offenem Mund starrte Suzan Rijsdijks Schwester sie an.

»Dass Sie es wagen, mir diese Frage zu stellen. Ausgerechnet jetzt. Wie können Sie es wagen!«

»Ich …«, setzte Ava an.

»Es liegt an Ihrem Projekt, Frau Rodenburg; deswegen wurde Jan ermordet. Nur die Polizei glaubt das nicht, und das ist absurd. Und es ist noch viel absurder, dass Ihr Ministerium so tut, als sei es einfach eine Verkettung unglücklicher Umstände. Und nun diese Unterstellungen. Dass Sie es wagen, in Ihrer Position. Es ist in der Tat eine Verkettung unglücklicher Umstände, allerdings eine sorgfältig organisierte.«

Ava schlug die Augen nieder.

»Denken Sie darüber ruhig einmal nach«, meinte die Frau und wandte sich von ihr ab, ohne sie eines weiteren Blickes zu würdigen. Ava sah, wie sie sich einer immer größer werdenden Gruppe anschloss, die sich vor den Schiebetüren der

Trauerhalle versammelt hatte. Sie folgte der Frau in einem gewissen Abstand.

»Wollen wir dann auch?«, meinte van den Oever, der plötzlich neben ihr stand und sich bei ihr einzuhaken versuchte. Während sie sich unruhig umschaute, ließ sie es widerwillig zu.

»Warte kurz, Theo«, sagte sie plötzlich und ließ seinen Arm los. An einem Grabstein aus rotbraunem Marmor lehnte Erwin T., rauchte eine Zigarette und ließ die Asche achtlos auf das Grab fallen. Er bedeutete Ava, ihm zu folgen. Durch einen Seiteneingang erreichten sie einen Flur, der in den großen Saal mündete, in dem der Sarg aufgestellt war, umgeben von Sträußen mit weißen Blumen. Erwin führte Ava eine Treppe hoch und setzte sich auf einen Klappstuhl auf der Empore. Nach einigem Zögern nahm sie neben ihm Platz.

»Sie haben mich herbeordert«, verkündete Erwin T. theatralisch. »Wie kann ich Ihnen zu Diensten sein?«

Nachdem Ava tief Luft geholt hatte, schienen die Vorwürfe von Rijsdijks Schwester in den Hintergrund getreten zu sein.

»Zwei Dinge. Erstens will ich, dass Sie einen Besuch auf unserem Stützpunkt in Lelystad organisieren. Leonard Montfoort verlangt, dass man ihm Pandora vorführt. Das ist seine Bedingung, damit er für den Erwerb stimmt.«

Der Mann vom MIVD schaute verdrossen drein.

»Sie haben ihm doch den Bericht gezeigt? War das nicht genug?«

»Dann würde ich Sie sicher nicht darum bitten, einen Besuch zu organisieren«, lautete ihre bissige Antwort.

Er schloss die Augen und zog ungeniert die Nase hoch. Danach schaute er Ava grinsend an.

»Ich werde das für Sie regeln.«

Ava musterte ihn sorgfältig. Sie wurde den Verdacht nicht los, dass etwas nicht stimmte. Sein Blick verriet ihr, dass er längst mit ihrem Ansinnen gerechnet hatte. Warum wohl?

»Und zweitens?«, wollte Erwin T. wissen.

»Kassels«, sagte sie. »Was ist mit ihm passiert?«

»Er ist tot.«

Sie wollte ihn anschreien, hielt sich jedoch zurück. Von der Empore aus konnte sie sehen, dass die Familie sich in den vordersten Reihen niederließ. Der Saal war innerhalb weniger Minuten so voll, dass einige Trauergäste sogar stehen mussten. Inzwischen flutete leise Geigenmusik durch den Raum. Mit gedämpfter Stimme sagte sie: »Da unten steht sein Sarg – Erwin, ich bin doch nicht von gestern. Was ist mit ihm passiert?« Sie holte tief Luft. »Es heißt, er hätte eine außereheliche Affäre gehabt. Was wissen Sie darüber?«

»Davon ist mir nichts bekannt«, antwortete Erwin T. ruhig. Er verschränkte die Arme vor der Brust.

»Laut der Polizei war es Selbstmord, aber jeder, der ihn gekannt hat und mit dem ich darüber gesprochen habe, erklärt mir, dass es unmöglich so gewesen sein kann. Ich will, dass Sie die Sache untersuchen.«

»Das ist bereits geschehen, Frau Rodenburg.«

»Und?«, wollte sie wissen, selbst erstaunt darüber, wie weit ihre Stimme trug. Sie fuhr zusammen und hoffte, dass niemand im Saal sie gehört hatte.

»Ein Selbstmord scheint tatsächlich eher unwahrscheinlich.«

Ruhig legte Ava beide Hände in den Schoß, aber damit wollte sie vor allem verhindern, dass offensichtlich wurde, wie sehr sie zitterten.

»Warum glauben Sie das?«, flüsterte sie.

»Dafür gibt es einige Anhaltspunkte. Erstens passt es nicht

zu dem Profil, das wir von Kassels haben …« Er verstummte kurz, als wolle er dem Toten Respekt bekunden. »Und zweitens: Man hat Spuren an der Leiche gefunden.«

»Was denn für Spuren?«

»Vom Täter, vermuten wir. Wir verdächtigen jemanden.«

»Wen?«

»Wir machen ihn außerdem für den Tod eines unserer Mitarbeiter verantwortlich.«

»Um wen geht es hier?«, fragte sie ungeduldig.

»Um Eliot Koler.«

Sie musste einen Augenblick nachdenken; sie war sich sicher, diesen Namen schon einmal gehört zu haben. Plötzlich fiel ihr der Zusammenhang wieder ein.

»Die Festplatte.«

»Ja, Frau Rodenburg. Zunächst waren wir davon ausgegangen, dass Koler und Veltman unter einer Decke stecken. Jetzt sehen wir die Sache anders: Wir vermuten, dass er die beiden wegen der Festplatte umgebracht hat.«

»Und Jan Kassels? Warum glauben Sie, dass Eliot Koler auch ihn getötet hat?«

Aus der Jackentasche holte Erwin T. ein großformatiges Smartphone; er gab etwas ein und hielt ihr das Gerät hin. Auf dem Display sah sie die Aufnahme einer Überwachungskamera: Ein Mann stand vor einer gesicherten Tür, eine weiße Karte in der Hand.

»Mit der Zugangskarte von Jan Kassels hat er versucht, in das Archiv des Verteidigungsministeriums in Enschede einzubrechen.«

46 ELIOT

Kabul

Der Flug zurück nach Istanbul schien doppelt so lange zu dauern wie der Hinflug. Er lief unruhig im Mittelgang auf und ab, setzte sich dann wieder hin. Schließlich landete die Maschine fünf Minuten früher als angegeben. Durch den Transitteil des Flughafens konnte er schnell weiter zu dem schon bereitstehenden Airbus 380 der Qatar Airways, erkennbar an der weinroten Oryxantilope am Heck, die auf der anderen Seite des Panoramafensters zur Hälfte zu sehen war. Innerhalb von dreißig Minuten schwebte das riesige Flugzeug schon in der Luft. In einem großen Bogen flog es über Nordirak um Syrien herum. Anscheinend war das Gebiet sicher genug, und es bestand hier kein Risiko, von IS-Raketen abgeschossen zu werden. Auf dem Bildschirm in der Kopfstütze vor ihm verfolgte er, wie sie Bagdad passierten und bei Basra abbogen, um ihren Flug parallel zur Krümmung des Persischen Golfs fortzusetzen. Kurz darauf nahm der Airbus eine niedrigere Höhe ein und flog ruhig in die Richtung der formlosen Halbinsel Katar, die an der westlichen Seite von Saudi-Arabien klebte. Eine rote Glut hing über der Wüste – die Sonne ging so schnell unter, dass man das Schauspiel mit bloßem Auge mitverfolgen konnte. Das war eines der Dinge, an die er sich während der Missionen, die er auf diesem Breitengrad ausgeführt hatte, nicht gewöhnen konnte: Jede Nacht wurde er unvermittelt in Dunkelheit gehüllt, wie in einem schwarzen Hinterhalt.

Die Geschäftigkeit auf dem Flughafen von Doha war genauso künstlich wie das Licht und die Pflanzen in der Abflughalle. Einheimische Männer schritten in ihrer weißen Kleidung über den Marmor, mit ihren Kindern und Frauen, in schwarze Nikabs gehüllt, hinter sich. Weil ihre Füße nicht zu sehen waren, ähnelten sie Schachfiguren, die von einer unsichtbaren Hand über ein Brett geschoben wurden. Über dem Transferschalter hing ein Monitor mit allen Flügen der kommenden Stunden. Der Qatar Airways-Flug, der ihn über Dubai nach Kabul bringen würde, blinkte grün. Eliot folgte der Glasbrücke zum Gate und hielt seinen Pass an der Pforte zur Schleuse vor den Scanner. Der niederländische Passagier Stefan Ruiter, den es nicht gab, wurde ohne Probleme durchgelassen; niemand interessierte sich auch nur im Geringsten für ihn. Dass sich ihm seit der Konfrontation mit dem Mann vom MIVD niemand mehr in den Weg gestellt hatte, irritierte ihn, als hätte er nach dem Passieren der Landesgrenze aufgehört zu existieren. Vielleicht überschätzte er sie, oder er hatte seine Reise besser vorbereitet, als sie es erwartet hatten.

Während er gegen seine Müdigkeit ankämpfte und gleichzeitig zu wach war, um jetzt schlafen zu können, erreichte er seinen Sitzplatz neben einem dicken Afghanen in einem Anzug. Den Rucksack legte er sich auf den Schoß, holte ein Kissen aus der Plastikverpackung und schob es zwischen seine Wange und den Flugzeugsitz. Er machte den Sicherheitsgurt zu und schloss die Augen. Wenig später merkte er, wie eine Hand versuchte, den Rucksack zu nehmen. Blind griff er nach ihr und öffnete die Augen. Eine kleine Stewardess mit schwarzen Haaren und angemalten Lippen sah ihn erschrocken an. Er nickte und legte den Rucksack unter den Vordersitz. Pflichtmäßig lächelte sie und ging weiter. Dabei hielt sie jeweils links und rechts nach Unregelmäßigkeiten Ausschau.

Mit einem dumpfen Motorengeräusch rollte das Flugzeug zur Startbahn. Es machte einen lauten Satz, als würde es von einem Katapult in die Höhe geschossen. Und dann befanden sie sich auch schon über dem Persischen Golf. Als sich die Nase des Flugzeugs wieder in der Horizontalen befand und es den Passagieren erlaubt wurde, die Gurte zu öffnen, schlief Eliot doch noch ein. Es war jedoch ein Schlaf, der ihm eher Energie raubte, als dass er ihn wirklich zur Ruhe kommen ließ. Was, ging es ihm durch den Kopf, wenn Olav Frans recht behielt? Wenn Miriam tatsächlich völlig andere Gründe hatte, ihn durch die Gegend zu schicken, als die IT-Spezialistin zu finden und dahinterzukommen, warum die Festplatte für den MIVD so wichtig war? Die beiden hatten zwei Luftwaffenstützpunkte aufgesucht und sich mit dem Bodenpersonal eingelassen, das mit intelligenten Waffensystemen arbeitete. Detailliert zeichneten sie dessen Alltag auf, während sie den Leuten vorspielten, sie seien jemand anders. Und danach waren sie verschwunden. Bis zu der Begegnung mit Frans hatte er keinen einzigen Moment in seinem Kopf die Möglichkeit zugelassen, dass Miriam ihn vielleicht auch nur benutzte. Wer sagte ihm denn, dass es nicht so war? Wer war Miriam Veltman eigentlich?

Er wachte auf, als ein Tablett auf das Tischchen vor ihm gestellt wurde. Er glaubte zu verstehen, dass die Stewardess ihn fragte, was er trinken wolle, und bat um ein Glas Wasser. Der dicke Afghane neben ihm versuchte mit seinen Wurstfingern, das Plastikbesteck aus der Verpackung zu befreien. Schließlich riss er die Folie mit seinen Zähnen auf und begann, mit Messer und Gabel das Reisgericht mit Hühnchen in sich reinzustopfen. Vorne im Flugzeug nahm Eliot einen blondhaarigen Mann in einem weißen Hemd wahr, der mit dem weiblichen Purser ein Gespräch führte. Der Kleidung und den dunklen Epauletten nach zu urteilen, war es der Kopilot oder der Kapitän. Der Mann verschwand in der Toilette. Das Flugzeug hatte eigenständig die Sollhöhe erreicht, flog nun genau so weiter und würde später anhand der Angaben landen, die der Bordcomputer berechnet hatte; menschlicher Einsatz war offensichtlich nicht mehr vorgesehen.

Zweieinhalb Stunden später kamen sie in Kabul an. In der Morgendämmerung sah Eliot die Hauptstadt zwischen den Hügeln liegen. Silos, Fabriken und Steinbrüche wie kleine Vulkane, alle in der Farbe von schmutzigem Sand. Auf den Hügeln funkelten die farbigen Lichter von Wohnhäusern, in der Stadt selbst die Lichter des Verkehrs, der Nachtmärkte und Baustellen.

Nachdem das Flugzeug gelandet war und Eliots gefälschter Pass einen Stempel bekommen hatte, brachte ihn ein Taxi zu dem, was in Kabul als Stadtzentrum herhalten musste. Die Gebäude waren jedenfalls höher; es gab Hotels, Werbeplakate westlicher Marken, und Frauen liefen draußen herum, auch wenn es noch sehr früh am Morgen war. Der Chauffeur stoppte vor dem Intercontinental und hielt die Hand auf, um von Eliot ein paar Dollar entgegenzunehmen. Eliot stieg aus, nahm sein Gepäck und ging die Stufen zum Hotel hoch. Bei dem jungen Afghanen an der Rezeption bezahlte er für ein Einzelzimmer auf der dritten Etage. Der Junge hatte nur ein Auge, und als er hinter dem Tresen hervorkam, um vor Eliot die Treppe hochzugehen, stellte sich heraus, dass er einen verformten Fuß hatte, den er hinter sich herzog. Das Zimmer war muffig, aber das Bett sah sauber aus, und es gab eine Dusche. Eliot machte kurz Gebrauch von ihr und setzte sich dann nackt aufs Bett. Die Geräusche von Autohupen, erhitzten Stimmen und Musikfetzen wirbelten durch das offene Fenster ins Zimmer hinein. Er ließ sich auf den Rücken fallen und betrachtete den sich drehenden Ventilator an der Decke. »Kabul«, sagte er laut. »Shit. Ich bin erst in Kabul.«

Kunduz lag ungefähr viereinhalb Stunden nördlicher, wenn ein direkter Weg möglich wäre, aber es gab Straßensperren, und ganze Straßenabschnitte waren gesprengt worden. Talibankämpfer hatten inzwischen die Stadt Kunduz erobert; Rebellen und selbstständig operierende Warlords rangen um die Kontrolle über die Provinz. Gleichzeitig versuchten ISAF-Truppen – Amerikaner, Deutsche, Niederländer, Australier – ein Dorf nach dem anderen zu befreien. Von wem, wusste niemand mehr genau. Eliot blieb nichts anderes übrig, als eine alternative Route zu nehmen. Er kannte niemanden in Afghanistan bis auf Kadir, den Dolmetscher aus Orta, der damals seine Einheit in der Umgebung von Kandahar im Süden zu seinem Geburtsort im Norden begleitete. Das war die letzte Mission, die er jemals für die Niederlande ausführen würde. Kadir hatte er seitdem nicht mehr gesehen; das Einzige, was er noch hatte, war seine Telefonnummer. Eliot bekam Hunger, stand auf und zog sich an. Seine Zimmertür ließ sich nicht richtig schließen, also stopfte er seine Habseligkeiten inklusive des Inhalts des Rucksacks in den Seesack und hängte ihn sich über die Schulter. Den Rucksack kickte er unters Bett. Er lief die Treppen hinunter. Der einäugige Junge war am Tresen eingeschlafen.

Trotz der Uhrzeit war die Straße voller Autos, Radfahrern und Lastwagen. Er bog in eine Seitenstraße ab, wo ein Markt aufgebaut war. An Ständen wurden Gewürze, Teppiche, religiöse Bücher und Poster von berühmten Afghanen und von Arnold Schwarzenegger verkauft. Auf einem nahe gelegenen Platz entdeckte er einen großen Grillstand mit Fleischspießen. Er kaufte vier, die er nacheinander verschlang. Dann ging er zurück zur Hauptstraße und betrat einen der zahllosen Telefonläden. Kisten voller nagelneuer Computer standen dort auspackbereit herum. In einer Vitrine lagen die neuesten Handymodelle und Tablets. Er wählte von beiden ein chinesisches Modell aus und ließ eine SIM-Karte des örtlichen Providers Roshan ins Handy einsetzen. Der Verkäufer behauptete, er werde damit überall im Land Empfang haben, vielleicht nicht oben in den Bergen, dorthin werde er aber sowieso nicht gehen. Eliot wusste, dass das nicht stimmte, und schüttelte mitleidig den Kopf, zahlte und ging zurück zum Hotel, wo er mehrere Stunden fest schlief.

Am offenen Fenster, durch das dann und wann kühle Luft hereinströmte, las Eliot die SMS, die ihm Harun geschickt hatte. Darin stand die Adresse seiner Wallet; über einen Link konnte er anonym Bitcoins im Wert von tausend Euro überweisen. Später suchte Eliot nach der Nummer des Dolmetschers Kadir. Er programmierte sie in sein neues Mobiltelefon und schaute auf die Uhr. Obwohl es Nacht war, beschloss er, ihn anzurufen, um zu sehen, ob die Nummer noch stimmte. Er wartete und hörte, wie sein Anruf nach einigen Knackgeräuschen übertragen wurde. Nach einem Klicken kam von weit her eine Männerstimme durch.

»Kadir?«, fragte Eliot.

»Wer ist da?«, fragte der andere auf Englisch.

»Eliot.«

»Wer?«

»Eliot Koler. Aus Holland.«

Das Einzige, was er danach noch hörte, war ein langer Pfeifton. Der Mann am anderen Ende der Leitung hatte aufgelegt. Eliot warf das Handy aufs Bett und ging in den Verschlag, der als Badezimmer herhalten musste. Als er sich vor die Toilette stellte, hörte er einen weinerlichen Klingelton. Es dauerte kurz, bevor ihm klar wurde, dass er aus seinem Schlafzimmer kam. Er zog sich die Hose hoch, rannte zum Bett und griff schnell das Handy. Nachdem er den Anruf angenommen hatte, hörte er erst nichts – nur ein tiefes Rauschen, als hätte sich sein Telefon mit dem Weltall verbunden, doch danach eine Männerstimme, deutlich aber vorsichtig.

»Du traust dich aber was«, sagte die Stimme auf Englisch.

»Ich hatte keine Wahl«, antwortete Eliot. »Wie geht's dir?«

»Was glaubst du wohl?«

Eliot antwortete nicht, weil es die richtigen Worte dafür nicht gab.

»Warum rufst du an? Weißt du überhaupt, wie spät es ist?«

»Halb zwei.«

»Genau. Ich habe geschlafen. Mein Kind liegt nebenan.«

»Du hast ein Kind, Kadir? Das sind erfreuliche Neuigkeiten.«

Der Mann hustete lange und fragte erneut: »Warum rufst du an?«

»Ich brauche deine Hilfe. Ich muss irgendwo hin.«

»Was meinst du damit?«

»Ich bin in Kabul.«

Kadir schwieg. Nur ein Knacken und undeutliche Geräusche waren zu hören, als hätte er das Telefon aus der Hand fallen lassen.

»Warum?«

»Kannst du mir helfen? Ich bezahle dich auch dafür.«

»Ist das ein echtes Versprechen oder ein niederländisches?«

Eliot antwortete nicht und wartete, bis der Afghane wieder etwas sagte.

»Warum bist du in Afghanistan?«

»Ich suche eine Frau. Eine niederländische Armeeangehörige. Eine IT-Spezialistin. Ich vermute, sie ist hier.«

»Davon gibt es viele.«

»Kannst du mir helfen?«

»Ihr Name?«

»Merijn Turing.« Langsam buchstabierte er den Namen.

Kadir schwieg so lange, dass es schien, als sei die Verbindung unterbrochen worden. Dann hörte Eliot aus der Ferne seine Stimme. »Morgen. Ich schicke dir eine SMS.« Danach war die Leitung tot.

Am nächsten Morgen stand Eliot unter der Überdachung der Salang Wat-Bushaltestelle. Die Sicht wurde ihm von den Dutzenden brummenden Bussen genommen, die für die Unmengen an Passagieren bereitstanden. Sand und Staub erfüllten die Luft. Er versuchte, durch die Nase zu atmen, doch der Geruch nach Diesel, Abfällen und Essen hielt ihn davon ab. Ein Afghane um die vierzig löste sich aus einer Männergruppe, die sich bei einem der Busse versammelt hatte, und kam in seine Richtung. Es war Kadir Nabi. Er hatte sich nicht sehr verändert, aber die Vergangenheit hatte tiefe Spuren in seinem Gesicht hinterlassen. Er ging gebeugt, als schleppe er etwas mit sich herum, das eigentlich zu groß für ihn war. In der Hand hatte er ein Handy und eine Tüte von 7-Eleven. Als er die stark befahrene zweispurige Salang Road überquert hatte, beschleunigte er seine Schritte, um einem Mofa auszuweichen. Dann streckte er die Hand aus. Eliot schüttelte sie und versuchte, Kadir in die Augen zu schauen, doch der sah sich nervös um und bedeutete Eliot, ihm zu folgen. Sie überquerten eine Seitenstraße und kamen in eine schmale Gasse, in der Laken zum Trocknen an Wäscheleinen hingen. Der Geruch der Straße wurde von einem Rosenblätterduft verdrängt.

»Ich bringe dich zu jemandem aus Imam Sahib. Er heißt Imaz und er kennt die Umgebung gut. Er wird dir helfen, die Frau zu finden.«

»Wie geht es dir, Kadir?«

»Mein Leben hat neu angefangen. Es ist jetzt hier, in Kabul.«

»Du warst nie wieder in …«

»Was soll ich denn noch in Orta?«, erwiderte Kadir, während er eines der Laken für Eliot hochhielt. »Dort gibt es nichts mehr. Hier gehen wir rüber.«

Sie überquerten eine zweite stark befahrene Straße, lavierten sich zwischen den Autos hindurch, die lautstark hupten, während der Verkehr sich so stark staute, dass manche Fahrer sich neben ihre Autos gestellt hatten. Sie erreichten die andere Straßenseite mit dem Eingang zu einem Park. Auf einem Eisenbogen stand ZARNEGAR PARK. Daneben befanden sich zu beiden Seiten Tulpenbeete.

»Da«, sagte Kadir, ohne die Richtung anzuzeigen.

Sie saßen auf Holzkisten, am Rand des Parks, ein paar Hundert Meter von Eliots Hotel entfernt. Eine kleine kantige Gestalt wurde von zwei Männern in dunklen Kaftanen flankiert. Sie hatte einen penibel getrimmten Bart und eine auffallend breite Nase. Die beiden anderen trugen kompakte Pistolen und gaben sich kaum Mühe, sie zu verbergen. Eliot blieb einige Meter von den Männern entfernt stehen und wartete darauf, was als Nächstes passieren würde. Kadir winkte ihm. Als er Eliots Namen nannte und Eliot Imaz die Hand schütteln wollte, reagierte der lediglich mit einem kurzen Nicken. Er traute ihm nicht, das konnte Eliot in seinen Augen lesen.

»An welchen Orten kommen sie auf ihrer Reise vorbei?«, fragte Eliot Kadir, der die Worte des Niederländers übersetzte. Imaz schüttelte den Kopf, weigerte sich, auch nur irgendeine Information preiszugeben. Es folgte eine kurze Diskussion zwischen dem Dolmetscher und Imaz, bei der Kadir hektisch herumfuchtelte und sich mehrmals die Hand aufs Herz legte. Eliot konnte man vertrauen, wollte er damit sagen. Imaz schüttelte den Kopf erneut, stand auf und winkte seinen beiden Männern, die mit der Hand an der Waffe näher kamen. Für Eliot war das das Signal, seinen Seesack zu nehmen und das Weite zu suchen.

»Bleib«, rief ihm Kadir zu, doch Eliot hatte genug gehört und machte sich auf. Er ließ die Große Moschee hinter sich und ging in östliche Richtung zum Eingang auf der anderen Seite, wo die Ruhe des Parks wieder der ohrenbetäubenden Kakofonie von Hupen, aufheulenden Motoren und Lautsprechern wich. Als er die Straße überqueren wollte, spürte er eine Hand auf dem Arm. Kadir zog ihn zu sich und schrie ihm ins Ohr, um den Straßenlärm zu übertönen: »Imaz hat eine Frage.«

Eliot schüttelte den Kopf, aber der Dolmetscher zog ihn mit sich. Er leistete keinen Widerstand. Zurück im Park sah Eliot, dass eine vierte Person hinzugekommen war, ein junger Mann. Mit dem Rücken zu den anderen schaute er zu, wie eine militärische Einheit an ihnen vorbeimarschierte. Imaz hatte sich auf eine der Kisten gesetzt, ein Tablett mit kleinen Teegläsern vor sich. Eliot und Kadir stellten sich vor ihn hin.

»Miran«, rief Imaz.

Gelangweilt drehte sich der Junge um. Als er kurz den Blick

hob und ihn ansah, stockte Eliot der Atem. Er hatte die Augen des Mädchens von Orta. Sie besaßen die gleiche blaue strahlende Intensität, die gleiche unendliche Verträumtheit. Träge kam er auf sie zu. Imaz bedeutete Eliot und Kadir, sich hinzusetzen.

»Was will er wissen?«, fragte Eliot Kadir, der sich neben ihn gesetzt hatte und in seinen Tee blies.

»Imaz fragt: ›Warum will er mit?‹«

Eliot dachte über seine Antwort nach. Nachdem er den ersten Schluck genommen hatte und Imaz das Glas zurückreichte, schaute er ihn an und antwortete auf Englisch: »Ich will es wiedergutmachen. Hilf mir, die Frau zu finden, und ich mache es wieder gut.«

»Orta«, sagte Imaz mit gebrochener Stimme.

47 AVA

Kurz hinter Lelystad

Kühle Außenluft erfüllte das Wageninnere mit einem pfeifenden Geräusch. Ava ließ den Blick über die Polderlandschaft schweifen. Niemand in der Gegend wusste, was hier tatsächlich passierte, niemand außerhalb der Streitkräfte des Verteidigungsministeriums war darüber informiert, dass die Niederlande an einer stillgelegten Bahnstrecke kurz hinter Lelystad von einem umzäunten Feld aus ihre Angriffsflüge durchführten. Schließlich wurde der Wagen langsamer und hielt an. Ava konnte hören, wie die schweren Flügel des Eingangstors entriegelt und automatisch geöffnet wurden. Das Auto setzte sich wieder in Bewegung, bog nach rechts ab und fuhr holpernd über den Sandweg zu dem Feld mit den Bodenstationen. Sie schaute zu Leonard Montfoort hinüber, der mit glasigem Blick aus dem Fenster starrte. Als er merkte, dass sie ihn ansah, sagte er: »Vielleicht solltet ihr in Zukunft eure Milliarden in die Infrastruktur stecken. Wo bringst du uns denn hin?«

Durch das offene Fenster versuchte Ava, einen Blick auf die Basis zu erhaschen, aber das Auto bog ab und ließ die Start- und Landebahn hinter sich. Ein zweites Tor erschien vor ihnen. Kameras an hohen Masten drehten sich zu ihnen hin, und eine Drohne, nicht größer als eine Taube, schwebte direkt über der Windschutzscheibe. Die Rotoren waren nach oben gedreht, und an den Flanken blinkten rote und grüne Lämpchen wie bei einer billigen Christbaumbeleuchtung. Das Tor öffnete sich, und das Auto konnte weiter. Ruckartig stieg die Drohne auf und positionierte sich über dem Wagen. Nachdem sie das Tor passiert hatten, ging die Fahrt noch etwa hundert Meter über einen unebenen Sandweg mit Kuhlen weiter, und nach einer scharfen Kurve, die von außerhalb nicht wahrnehmbar war, hielt der Wagen an. Alle Türen öffneten sich gleichzeitig. Die Gruppe lief ein Stück über das Gelände. Ava ließ den Blick über das Feld schweifen: In Zehnerreihen hatte man die dunkelgrauen Seecontainer dort aufgestellt, auf drei Meter hohen Stelzen mit Metalltreppen, Antennen auf den Dächern, einer Radarinstallation und einer Satellitenschüssel für die Kommunikation mit den Verteidigungssatelliten, die geduldig über der Erde schwebten. Bei einigen Containern blinkte auf den LED-Anzeigen über den Türen »IN FLIGHT«. In der Mitte stand Container GS14, die Kommandozentrale der Staffel.

»Hier drüben«, sagte Erwin T., der ihnen in einem zweiten Wagen gefolgt war. Alle gingen dem MIVDler hinterher. Montfoort hatte inzwischen seufzend das Jackett ausgezogen und wischte sich mit einem Taschentuch über die Stirn. Sie folgten T. über einen Sandpfad, der unter einem Tarnnetz verborgen war. Nach ein paar Minuten Fußweg gelangten sie auf eine kleine Lichtung.

»Willkommen bei der Maschine«, sagte Erwin T. nicht ohne Stolz. Er zeigte vor sich, wo sich ein dunkler Container auf hohen Stelzen zwischen den Baumkronen erhob. Es handelte sich um die Maschine, die man vor Kurzem mit Avas Zustimmung an diesem abgelegenen Ort positioniert hatte.

»Eine schwarze Kiste«, murmelte Montfoort. »Du bringst mich zu einer schwarzen Kiste.«

»Beeindruckend, finden Sie nicht auch?«, meinte Erwin T. »Als schaue man durch ein Teleskop in die Zukunft.«

»Mit einem Teleskop schaut man per Definition in die Vergangenheit«, brummte Montfoort. »Der Vergleich hinkt.«

Erwin T. lächelte überrascht.

»Ein Blick in die Zukunft«, sagte er und schaute ehrfürchtig zu dem asphaltgrauen Container hinauf. »So wie die selbstfahrenden Autos und Schiffe zu einer deutlichen Reduzierung der tödlichen Verkehrsunfälle beigetragen und die automatisierten Fabriken die ganze stumpfsinnige Arbeit übernommen haben oder die Pflegeroboter Rentnern einen schönen Lebensabend schenken, so gibt es einen solchen Fortschritt auch für unsere Berufsgruppe. Das ist meine Ansicht.«

»Ich sehe immer noch nichts anderes als einen Kasten auf Beinen. Versteckt in einem Wald«, erklärte Montfoort. »Die Ministerin hat mir ein Flugzeug versprochen.«

»Wir sind ein wenig zu früh dran. Noch eine Minute.«

»Und dann?«

Er bekam keine Antwort. Stattdessen schaute Erwin T. zu dem Container hin. Oben schien sich etwas zu verändern. Die Beine senkten sich langsam und geräuschlos ab, bis der schwarze Koloss auf etwa einem Meter Höhe stehen blieb. An einer Seitenwand rollte eine dünne Metalltreppe herunter. Danach öffnete sich eine Tür, die bis zu diesem Zeitpunkt ganz und gar in der Containeraußenwand versenkt gewesen war. Heraus traten zwei Personen: ein Mann in einem dunklen Maßanzug, mit schwarz gefärbtem, in langen Locken nach hinten gekämmtem Haar, und ein zweiter, den Ava gleich darauf erkannte: Thomas Falk, der Chef des Drone Strike Program der CIA. Der Mann mit dem schwarz gefärbten Haar kletterte rasch die Treppe hinunter und ging dann mit ausgebreiteten Armen auf die Gruppe zu, während Falk einen Moment abwartete, um sie zu studieren.

»Herr Montfoort, Frau Ministerin Rodenburg«, rief der Mann enthusiastisch. »Wie schön, Sie endlich persönlich kennenlernen zu dürfen. Welcome to the machine! Oder hat Erwin das schon gesagt? Ach, wir sind eben beide Fans von Pink Floyd, nehmen Sie mir den albernen Witz nicht übel. Außerdem klingt ›Maschine‹ ja ziemlich respektlos. Sie ist schließlich kein Staubsauger. Alles andere als das. Was meinst du, Thomas?« Er wandte sich zu seinem Begleiter um, aber Falk reagierte nicht.

»Ein Staubsauger, der ein paar Milliarden wert ist.« Der Mann lachte laut und fuhr sich dabei vorsichtig durchs Haar, als hätte er Angst, die Farbe könne an seinen Fingern kleben bleiben. Sein Blick schoss unruhig zwischen Ava und Montfoort hin und her und danach zu den Bäumen und Sträuchern, von denen sie umgeben waren.

»Bitte verzeihen Sie, dass wir Sie gewissermaßen in den Wald geschickt haben«, meinte er. »Das wollte man so; ich fand es auch schon immer etwas irrsinnig. Ich habe gesagt: ›Zeigt sie Herrn Montfoort einfach, dann sagt er schon Ja‹, aber Thomas hat darauf bestanden, dass wir die Sache etwas behutsamer anpacken. Deswegen also die Reise. Drinnen habe ich Overalls für Sie.«

Montfoort wandte sich zu Ava um und brach in schallendes Gelächter aus.

»Und wo ist der Löwenbändiger?«, wollte er wissen.

»Pardon?«, fragte der Mann mit dem gefärbten Haar lächelnd.

»Ganz offensichtlich bin ich hier in einem Zirkus gelandet – die Clowns haben ja bereits ihren Auftritt. Wer sind Sie? Wo ist das Fluggerät?«

Für einen kurzen Augenblick schien der Mann verunsichert, doch er fasste sich sofort und setzte wieder ein fröhliches Gesicht auf.

»Humor hat er auch«, sagte er zu niemandem im Besonderen. »Len Olsen, angenehm, Herr Montfoort. Darf ich Sie Leonard nennen?« Er hielt seinem Gegenüber die Hand hin. Am Handgelenk trug er eine altmodische goldene Uhr. »Ich arbeite für einen großen Dienstleister. Einen Zwischenhändler für alles, sage ich gerne, wenn ich gefragt werde: ›Len, was machst du eigentlich genau?‹. Wir selbst machen gar nichts, wir schieben nur Kisten hin und her, haha. Das können wir ganz besonders gut. Und das hier ist übrigens die wertvollste Kiste von allen. Wollen wir hineingehen?« Er machte bereits einen Schritt in die Richtung der Treppe. »Kaffee kochen kann sie leider nicht. Kommen Sie, sie wird Sie nicht enttäuschen.«

»Wer wird uns nicht enttäuschen?«, fragte Montfoort ärgerlich.

Olsen setzte wieder sein breites Grinsen auf.

»Wer? Was für eine Frage, Leonard! Sie sind Zeuge, ach was sage ich, Sie sind der strahlende Mittelpunkt der einschneidendsten Veränderung, die in diesem Jahrhundert in der Kriegsführung stattfinden wird. Evolution, Leonard! Evolution vor Ihren Augen. Der Soldat des 22. Jahrhunderts. Die effektivste Kriegsmaschine, die man jemals gebaut hat, und sie heißt Pandora. Werfen Sie einen Blick in ihr Gehirn.«

Er kletterte hinter Falk die Treppe hoch, gefolgt von Ava und Montfoort. Erwin T. zündete sich eine Zigarette an und ging zurück zu dem Ford Focus, in dem er Avas Reon gefolgt war.

»Es ist ein wenig eng hier. Die Serversysteme, Kabel, Ventilatoren, Bildschirme und alles andere nehmen den ganzen Platz ein. Ich werde Ihnen etwas über Pandoras einzigartige Ausstattung erzählen, und dann wird Ihnen Thomas einiges zu den Einsatzmöglichkeiten bei verschiedenen Operationen erklären. Die CIA hat mit Pandora schon ganz fantastische Resultate erzielt. In Absprache mit Lockheed Northrop haben seine Organisation und das amerikanische Verteidigungsministerium das Geschwader auf vierhundert Pandoras erweitert. Die werden in naher Zukunft geliefert. Wir sind davon überzeugt, dass sie der ganze Stolz der niederländischen Armee sein werden. Bitte setzen Sie sich.«

Er deutete auf zwei sandfarbene Stühle vor einer ganzen Batterie von Bildschirmen, die durch eine Konsole voller Knöpfe und Lichter miteinander verbunden waren. Montfoort und Ava nahmen Platz, während sich Len Olsen lässig auf eine Armlehne setzte und eifrig auf die Monitore zeigte, auf denen eine verlassene Landschaft von derselben Farbe wie die Stühle zu sehen war.

»Wie funktioniert das bei der Drohne mit der Steuerung? Da muss ich gleich dazu sagen: Das hier ist keine Drohne, sondern ein UAV, ein Unmanned Aerial Vehicle. Kein Spielzeug, mit dem man als kleiner Junge am Wochenende die Nachbarin ausspioniert. Bitte setzen Sie die hier auf.«

Er reichte ihnen zwei Plastikbrillen.

»Cyberbrillen. Damit kann ein Supervisor in 3D sehen, was Pandora sieht. Leonard, darf ich Sie bitten, mir zu sagen, was Ihnen auffällt, wenn Sie sich unser ›Cockpit‹ anschauen?« Er imitierte die Anführungszeichen mit den Fingern.

»Ich sehe nur Lämpchen und Knöpfe«, erwiderte Montfoort, der vor sich hinstarrte.

»Ganz genau«, bestätigte Len Olsen zufrieden. »Es gibt keinen Steuerknüppel oder Joystick. Der ist nicht mehr nötig. Wissen Sie, wer Lawrence Sperry ist? Der Nagel am Sarg der Piloten unserer Zeit. An seinem Arbeitsplatz hat er ein Gyroskop an das Kontrollsystem seines Flugzeugs gekoppelt, sodass es eigenständig Korrekturen in der Luft ausführen konnte. Die Geburtsstunde des Autopiloten, und das Schicksal aller Piloten im Jahre 2015 war besiegelt, und zwar 1912! Vor mehr als hundert Jahren – was sagen Sie dazu? Kennen Sie die sieben Stufen der Roboterautonomie?«

Diese Stufen hatten die Leute bei Lockheed Northrop Ava in der ersten Phase der Verhandlungen erklärt, aber sie konnte sich nicht mehr daran erinnern.

»Thomas«, sagte Olsen, »the seven stages of robot autonomy?«

Der Amerikaner seufzte und sagte auf Englisch: »Erstens: gänzlich von Menschen durchgeführte Kontrolle. Zweitens: Assistenz durch Menschen. Drittens: Delegation. Viertens: Supervision. Fünftens: Mensch und Maschine übernehmen jeweils einen Teil der Entscheidungen. Sechstens: vollständige Autonomie. Siebtens: Adaptation.«

»Danke sehr. Genau, das sind sie. Wie Sie sehen, gerät der Mensch als aktiver Beteiligter langsam in den Hintergrund zurück. Wenn eine Maschine vollständig autonom ist, wählt sie ihre eigenen Strategien und Ziele aus, und zwar auf der Grundlage einer sehr generellen Beschreibung der Mission. Im letzten Stadium, dem der Adaptation, lernt die Maschine etwas aus den bereits von ihr absolvierten Missionen und nimmt wenn nötig Anpassungen in ihrem Verhalten vor. Sieben Stufen also – die werden einem bei der Ausbildung zum UAV-Piloten eingebläut.«

»Und wo befindet sich Pandora auf dieser Skala?«, wollte

Montfoort wissen, der der Geschichte mit wachsendem Interesse gelauscht hatte.

»Pandora ist das einzige Modell auf dem Markt, das völlig autonom agieren kann. Das Upgrade für die Adaptationsphase, das in einigen Jahren fertig sein wird, wird rudimentäre selbstlernende Software enthalten, aber im Moment ist das hier bei Weitem das beste, am weitesten entwickelte erhältliche Waffensystem. Thomas?«

Der Amerikaner stellte sich neben Avas Stuhl und zeigte auf einen der Bildschirme, auf dem ein Stück grünes Grasland mit beschneiten Berggipfeln dahinter zu sehen war.

»Unsere Pandora führt gerade eine Beobachtungsmission aus. Sie schwebt inzwischen bereits länger als 72 Stunden nonstop über diesem Gebiet. Dass solche Missionen ohne menschliches Zutun möglich sind, lässt sich als besonders positive Entwicklung betrachten.«

Montfoort setzte die Cyberbrille ab und drehte sich zu Falk um.

»Wie meinen Sie das, wenn ich fragen darf?«

Als lese er seine Antwort von einem unsichtbaren Teleprompter ab, antwortete Falk: »Wenn es zu langweilig wird, zu gefährlich oder zu komplex, kann die Maschine einspringen. Das ist bereits so, und in Zukunft wird es auch so sein. Automatisierung bedeutet Evolution. Und die lässt sich nicht aufhalten.«

Der Politiker sagte nichts und schaute nachdenklich zu den Monitoren hin. Die Nase der Pandora bewegte sich etwas nach unten, sodass der hellblaue Horizont sichtbar wurde.

»Was ist das?«, fragte Montfoort.

Ein Jeep, der holpernd über einen Sandweg fuhr, erschien im Bild; er zog eine Staubspur hinter sich her. Auf dem Bildschirm konnte man verfolgen, wie die Überwachungskamera, die den Jeep nun herangezoomt hatte, sich in einer Drehung mitbewegte. Der Wagen wurde immer größer. Ava konnte die Löcher in dem darübergespannten Segeltuch zählen; Risse hatte man mit schwarzem Klebeband repariert. Der Jeep sprang durch Kuhlen, während er über den Sandweg fuhr; hin und wieder stieß er eine Rußwolke aus. Das Brummen des Motors, das Quietschen der Federn – sämtliche Geräusche gelangten als Stereoübertragung in die Kontrollstation. Das UAV schwebte über dem Wagen und registrierte nun das Nummernschild an dessen Vorderseite. Rechts von Ava erschien es, zusammen mit dem Foto des Besitzers und einem Logo seiner Firma. Der Mann, ein gewisser Mahmoud Jamali, mit tiefschwarzen Augen unter dem braunen Haar, war dem System zufolge Gemüsehändler.

»Heute findet in der ganzen Umgebung kein Markt statt«, las Falk vom Bildschirm ab. »Und gestern ist er exakt dieselbe Route gefahren.« Der Wagen bog nach rechts ab, holperte über eine Holzbrücke und folgte einem schmalen Pfad, der zu einem kleinen Bauernhof führte. Das UAV nahm eine niedrigere Position ein und stellte sich noch schärfer auf den Fahrer ein, der ahnungslos durch die verschmutzte Windschutzscheibe starrte. Anhand seiner Gesichtszüge und Größe stellte Pandora eigenständig fest, dass es sich nicht um Jamali handeln konnte: Er war sieben Zentimeter größer, und das Profil seines Gesichts stimmte in neun Punkten nicht überein. Sie war sich zu 99,6 Prozent sicher, was die Korrektheit ihrer Kalkulation betraf. Auf dem Bildschirm links konnte man sehen, wie Pandora entschied, diese Informationen an die Bodenstation weiterzuleiten und sie außerdem mit zwei Pandoras zu teilen, die ebenfalls im Gebiet aktiv waren. Eine Pandora, die sich soeben über den Gebirgskamm erhob, konstatierte eine Übereinstimmung mit von ihr drei Tage zuvor in ihrem eigenen Observationsgebiet erfassten Informationen. Bei dem Mann handelte es sich nicht um Mahmoud Jamali, sondern um dessen Bruder Meghdi. Der war in den vergangenen paar Tagen ziemlich aktiv gewesen. Er hatte innerhalb des von der Pandora observierten Gebiets mehr als fünfhundert Kilometer zurückgelegt und Orte aufgesucht, die als Taliban-Hochburgen bekannt waren. Das konnte ein Hinweis auf Waffentransporte sein: Die zweite Pandora entschied, dass Meghdi Jamali wichtig genug war, um abgefangen zu werden, und setzte Pandora Nummer drei auf diese Aufgabe an. Auf einem anderen Bildschirm war zu sehen, wie die sich aufmachte und dem Jeep näherte. Eine lasergesteuerte Rakete wurde in Stellung gebracht. Das Auto hielt hinter dem kleinen Bauernhof, und Ava konnte sehen, wie ein hochgewachsener Mann ausstieg und zur Rückseite des Jeeps lief. Er klappte das Tuch beiseite und öffnete die Heckklappe des Wagens. Pandora 1 stieg etwas höher auf, während sich Pandora 3 dem Jeep inzwischen bis auf sechshundert Meter genähert hatte; ihre Rakete war auf die Mitte des Wagens gerichtet. Atemlos schaute Ava dabei zu, wie der Mann halb im Wageninneren verschwand. Montfoort hatte seine Cyberbrille wieder aufgesetzt und verfolgte konzentriert das Schauspiel, das sich vor seinen Augen ausbreitete. Pandora 3 begann jetzt einen Countdown bis zu dem Augenblick, in dem sie die Rakete in Richtung des Jeeps feuern würde. Dreihundert Meter trennten sie noch von dem Fahrzeug. Drei Sekunden vor Abschuss kletterte Jamali wieder aus dem Jeep, eine gefüllte Steige in den Händen. Aus dem Gebäude kam eine Frau, die ihm zuwinkte. Ahnungslos lief er auf sie zu und überreichte ihr die Steige. Pandora 1 nahm den Behälter genauer unter Lupe und teilte das Bild mit Pandora 3, die ihre Rakete eine Millisekunde später deaktivierte. Die Überwachungskamera blieb weiterhin auf die Steige gerichtet, die von der Frau ins Haus gebracht wurde. Sie enthielt nur Salatköpfe. Beide Pandoras gewannen wieder an Höhe und ließen den Jeep hinter sich. Der Angriff war abgebrochen worden.

Thomas Falk schaltete die Monitore aus und schaute stolz drein.

»Sie sehen es: Krieg auf einer weiterentwickelten Stufe. Keine Menschenhand war an dem beteiligt, was Sie gerade gesehen haben. Also gab es auch keine menschlichen Fehler. Das ist es, was ich zu sagen versuche: Was wir, die CIA und die amerikanische Armee nun führen, ist ein Bereitschaftskrieg. Und wir sind dabei die *desktop warriors*, die Schreibtischkrieger. Eine direkte Verbindung zum Kriegsgeschehen besteht de facto nicht mehr. Wir sind die Vögel in der Luft, nicht die Stiefel im Sand. Wir kämpfen nicht, wir folgen dem Kampf, von einem gewissen Abstand aus. Wir führen einen Telekrieg.« Er breitete beide Arme aus. »Tatsächlich sind wir die Drohnen, Herr Montfoort. Wir handeln durch sie, aber wenn sie sterben, machen wir weiter. Wir sind unbesiegbar. Wir können nicht sterben, weil wir nicht leben. Das ist die Entwicklung des Krieges. Eines Krieges ohne Tote.«

»Aber dieses Gerät schaltet doch Menschen aus!«, erwiderte Montfoort. »Wieso dann ohne Tote?«

»Niemand will Krieg«, mischte sich Len Olsen in das Gespräch ein. »Aber alle wollen Freiheit und Sicherheit, nicht wahr?« Er wartete, bis Leonard Montfoort mit Nachdruck nickte. »Pandora stellt die Garantie dafür dar, dass keine unschuldigen Opfer mehr sterben müssen. Kollateralschäden, unbeabsichtigt durch menschliche Kriegshandlungen entstanden, werden der Vergangenheit angehören. Dazu wollen Sie doch sicher etwas beitragen, Leonard?«

Montfoort zuckte mit den Schultern.

»Kommen Sie mit, beim Auto habe ich noch eine kleine Geheimhaltungsvereinbarung für Sie bereitliegen«, erklärte Len Olsen, während er die gepanzerte Tür der Kontrollstation aufzog. Als sie am Fuß des Metallgitters standen, sah Ava, dass Erwin T. sich ihnen näherte.

»Und?«, wollte er von Montfoort wissen.

»Eine beeindruckende Maschine. Für die Armee sicher ein Gewinn. Ich versuche, mir eine Vorstellung davon zu machen, wie ein solches Gerät auch die innere Sicherheit stärken könnte. Frau Rodenburg kann mit meiner Unterstützung rechnen – unter einer Bedingung.«

»Ich höre«, sagte Erwin T., den Blick auf Ava gerichtet, die sichtlich verärgert war.

»Sie haben mir diese Kontrollstation gezeigt, und das ist ja auch alles wunderbar«, sagte Montfoort, »aber wann kann ich mir die Maschine selbst anschauen? Wie soll ich über etwas urteilen, was ich noch immer nicht wirklich gesehen habe?«

Ava war kurz davor, dem Abgeordneten gründlich den Kopf zu waschen. Er bekam doch alles, was er wollte, verdammt noch mal.

Der Geheimdienstler kam ihr zuvor. »Ich freue mich, dass Sie so enthusiastisch sind«, erwiderte Erwin T. in jovialem Ton. »Über Ihr Ansinnen haben Thomas und ich natürlich bereits in einem früheren Stadium nachgedacht, und wir möchten Ihnen Folgendes vorschlagen. Was halten Sie davon, wenn wir Sie live miterleben lassen, wie eine für die Niederlande äußerst gefährliche Zielperson, also ein echtes HVT, ein High Value Target, von unserer niederländischen Pandora ausgeschaltet wird? Sie können Zeuge eines echten Präventivschlags werden, Herr Montfoort.« Völlig überrascht von dem Vorschlag starrte Ava Erwin T. an, hielt sich jedoch zurück, als sie sah, dass Montfoort zustimmend nickte.

»Dafür müssen wir uns allerdings ein wenig beeilen«, erklärte Erwin T. und führte die beiden Politiker zurück zu den Autos.

48 ELIOT

Goldadler

Eliot brach sich ein Stück Brot ab und kratzte ein paar verbrannte Stellen mit dem Messer herunter. Er nahm einen Bissen und versuchte Blickkontakt mit den Afghanen um sich herum aufzunehmen, doch die schauten weg. Nur der Junge beobachtete seine Bewegungen, wie ein Mensch sich ein Unwetter anschaut: fasziniert, jedoch auf der Hut. Wie alt er wohl ist?, dachte Eliot. Siebzehn, achtzehn? Jetzt, da der Junge so am Feuer hockte, sah Eliot den staksigen Körper eines Teenagers. Er bewegte sich ruckartiger und weniger kontrolliert als die Männer um ihn herum. Ein leichter Flaum auf seiner Oberlippe, strenge Augenbrauen. Seinem Blick konnte man einfach nicht ausweichen.

Plötzlich standen alle Männer auf und packten ihre Gewehre, die sie locker über die Schulter gehängt hatten. Ein Mann in einem weißen Gewand und mit einer Wollmütze machte sich daran, ein paar Munitionskisten auf die Maulesel zu laden. Eliot nahm die letzte übrig gebliebene AK-47, die ein paar Dellen aufwies und von der die Farbe abblätterte. Den Seesack warf er sich über die Schulter. Geräuschlos stellte sich Imaz neben Eliot. Er sah zu, wie der Junge mit Sand das Feuer zuschüttete. Danach zeigte er auf die Kalaschnikow und sagte auf Englisch: »Nicht gut. Du brauchen richtige Waffe. Imaz helfen.«

Ein Summen erklang aus Eliots Seesack. Er tastete zwischen den Kleidern nach dem neuen Handy, das er in Kabul gekauft hatte.

»Facebook«, sagte Imaz.

Eliot schüttelte den Kopf.

»Anruf.«

Er schaute auf das Display und nahm das Telefonat an. Es war Harun.

»Eliot, Kumpel. Du klingst so weit weg; stehst du auf einem Berg oder so?«

»Ja«, antwortete er. »Ich stehe tatsächlich auf einem Berg. Frag nicht, wo.«

Kurz blieb es am anderen Ende der Leitung still, als wären Eliots Worte auf halber Strecke hängen geblieben. Dann hörte er wieder Haruns Stimme.

»Wo?«

»Ich bin auf dem Weg zum Kunduz Airport.«

»Scheiße, du hast es ernst gemeint.«

»Auf der Suche nach Merijn Turing. Ich muss wissen, was auf der Partition drauf ist. Hast du die Bitcoins bekommen?«

»Ja, aber ich bin noch nicht viel schlauer. Der Computer läuft auf Hochtouren, Kumpel.«

»Orta und Hermes?«

»Deswegen rufe ich dich an. Orta ...« Er holte tief Luft, und es klang, als trinke er etwas. »Gut, du weißt, was in Orta passiert ist. Aber für Hermes habe ich mich mal im abgeschotteten Teil der Webseite des Verteidigungsministeriums umgeschaut, und da bin ich dem Namen zwei Mal ...«

Eliot machte ein paar Schritte zur Seite, um die beiden Esel passieren zu lassen.

»Harun, was hast du als Letztes gesagt?«

»Getes …«

Haruns Stimme verstummte und Eliot hörte nur noch einen Pfeifton. Er hielt das Handy ein Stück vom Ohr weg.

Imaz, der immer noch in seiner Nähe war, sagte: »Kein G3 in Bergen. Nur bei großen Städten. Nur mit iPhone oder LG.« Stolz zeigte er ein großes Smartphone, das er danach wieder unter seinem Kaftan versteckte. Haruns Stimme kam stockend zurück.

»Ich habe gesagt, dass die in der Südtürkei und Nordafghanistan getestet worden sind. In der Zeit, in der du und ich …« Erneut wurde die Stimme undeutlich, verschwand schließlich ganz, und aus Eliots chinesischem Smartphone kam nur noch ein Rauschen.

»Verdammt«, fluchte er.

Er würde warten müssen, bis Harun wieder Kontakt mit ihm aufnahm.

Sie erreichten eine Weggabelung, die mit aufeinandergestapelten flachen Steinen markiert war. Imaz schirmte seine Augen mit einer Hand vor dem Sonnenlicht ab, starrte ins Tal und rief etwas nach hinten.

»Schau«, sagte er zu Eliot, der zu erkennen versuchte, worauf Imaz zeigte. In geringer Höhe über ihnen kreiste über dem Tal ein Raubvogel mit riesigen Flügeln.

»Goldadler«, sagte Imaz. »Fliegt. Nimmt uns wahr. Sieht uns.«

Zwei Männer, beide in dunkelgrauen Kaftanen, stellten sich neben ihn. Sie waren um die vierzig und Imaz' Bodyguards. Der eine hatte einen Bart und trug einen Turban aus dünnem Stoff, der andere eine Baseballkappe. Mit seinem dünnen Schnurrbart und den langen Koteletten, die bis zum Kinn reichten, ähnelte er aus der Ferne einem Trucker. Imaz verlor das Interesse an dem Steinadler und schaute einen Moment lang auf seine Zehen. Mit seiner Sandale schubste er einen Kieselstein über den Rand und verfolgte mit den Augen dessen Weg nach unten. Als der Stein liegen geblieben war, hatte Imaz wohl offensichtlich eine Entscheidung getroffen und wählte den Pfad, der an einem Mäuerchen entlang anstieg. Die Karawane setzte sich in Bewegung. Ob die Männer wirklich wussten, wohin sie gingen, konnte Eliot nicht einschätzen. Was, wenn sie sich irrten und Merijn Turing noch nie gesehen hatten? Wo würde er dann um Himmels willen landen? Seine Gedanken schweiften ab, und er konzentrierte sich wieder auf seine Schritte. Er schaute auf seine weißen Asics, die inzwischen schmutziggrau waren. Ein gesunder Geist in einem gesunden Körper. Kurz streckte er den Rücken, schob die AK-47 nach hinten und ging weiter, eng an dem Mäuerchen entlang, um seine Waden und Schienbeine einen Moment aus der Sonne zu bekommen. Er hatte die Strümpfe bis zu den Knien hochgezogen, aber die grellen Strahlen brannten sich durch das Material, als halte jemand ein Vergrößerungsglas davor.

»Eliot!«

Aus einem Reflex heraus sprang Eliot hinter das Mäuerchen. Mit einer einzigen Bewegung hatte er die Waffe im Anschlag und entsichert. Er versuchte, sich seines Gepäcks zu entledigen, aber dafür musste er sich etwas aufrichten. Im selben Moment hörte er, wie eine Kugel pfeifend an ihm vorbeischoss und in den Felsen hinter ihm einschlug. Es war, als könne er den Druckunterschied spüren. Eine zweite Kugel traf das Gestein weit über ihm. Splitter und Steinchen regneten herab. Einer der Maulesel keilte in Panik aus und versuchte, die Kisten abzuwerfen. Eliot lag flach auf dem Rücken und hörte das Rattern des Maschinengewehrs, das von allen Seiten zu kommen schien. Etwas weiter sah er Miran liegen, mit weit aufgerissenen Augen.

49 AVA

Worin liegt Ihr Interesse?

Das Büro von Erwin T. befand sich in einem ehemaligen Bahnhofsgebäude, das mit seinen feuchten Wänden die südliche Grenze des Geländes markierte. Jemand hatte versucht, mit einer groben Bürste den Schimmel von den Wänden zu kratzen, jedoch nach einem Meter aufgegeben. Auf beiden Seiten hatte man parallel zu dem dahinter verlaufenden rostigen Gleis meterhohe Zäune errichtet, die mit Stacheldraht und beweglichen Kameras versehen waren. Das Ganze glich in nichts mehr einem Bahnhof. Züge fuhren hier nicht mehr, und damit waren Hunderte von Stellen in der Region weggefallen. Wie einst die Eisenbahn das Aus für die Kutscher bedeutet hatte, so hatten die selbstfahrenden Pkws alle ruiniert, die ihr Geld mit der Bahn als Transportmittel verdient hatten. Ava lief an dem geparkten Ford Focus vorbei die Treppe hinauf, die in die ehemalige Bahnhofshalle führte. Hinter hohen Glasfenstern sah sie Erwin T. an seinem Tablet sitzen. Er sprach wild gestikulierend mit einer weiblichen Militärangehörigen mit einem Pferdeschwanz, die als leicht flackernde Videoschaltung auf die Wand projiziert wurde. Ava durchquerte die Halle und blieb bei der Glastür zum Büro stehen. Mit ihrem Ring klopfte sie an. Erwin T. winkte ihr zu, ohne den Blick von der Soldatin abzuwenden. Er sagte etwas, schaltete den Bildschirm aus und wandte sich um.

»Ich mag keine Überraschungen, Erwin«, begrüßte ihn Ava. »Warum weiß ich nichts von diesem Plan?«

Er lächelte beschwichtigend.

»Sie kennen die Gründe, Frau Rodenburg. Ich habe Ihnen schon mehrmals erklärt, dass Sie als Ministerin angreifbar sind, wenn Sie über alles Bescheid wissen. Thomas und ich hielten das hier für eine geradezu fantastische Möglichkeit, den tatsächlichen Wert einer niederländischen Pandora zu demonstrieren.«

Sie holte tief Luft und schaute sich in dem Büro um, wo überall Computerbildschirme aufgestellt waren; in einem schmalen Bücherregal standen Ordner mit Jahreszahlen, Nummern und Buchstaben. Auf dem Schreibtisch entdeckte sie eine kleine Cognacflasche, daneben zwei Gläser.

»Ich glaube, wir haben einen Grund, miteinander anzustoßen, Frau Rodenburg. Unser Plan ist aufgegangen. Bei der Abstimmung wird es nun eine viel breitere Unterstützung für Pandora geben, als wir jemals für möglich gehalten haben.«

»Das HVT«, antwortete Ava.

»Diese Wahl ist nur logisch«, erwiderte Erwin T.

»Warum?«

Während er ihr die Flasche reichte, sagte Erwin T.: »Eliot Koler ist ein Mörder. Und im Besitz von Informationen, die die nationale Sicherheit gefährden. Grund genug, ihn zu stoppen. Unserem besten Mann ist das nicht gelungen; jetzt soll die Maschine es übernehmen. Wir schalten eine Bedrohung für das Land aus und überzeugen damit Montfoort von der Leistungsfähigkeit des Waffensystems. Zwei Fliegen mit einer Klappe, Frau Rodenburg. Das muss doch attraktiv für Sie sein. Kommen Sie, ein bisschen frische Luft tut uns sicher gut.«

Er ging ihr vorweg zur Tür, dann in aller Ruhe weiter, öffnete die Tür zu einem Raum, der früher zur Gepäckaufbewahrung gedient hatte, und holte einen Schlüsselbund hervor, um ein Tor zu entriegeln, das auf einen Innenhof führte. Dort hatte man aus Bahnschwellen eine Sitzbank und einen Tisch zusammengezimmert. Der Boden ringsumher war mit Kippen übersät. Erwin T. lehnte sich an den Tisch und steckte sich eine Zigarette an; er hielt das Gesicht nach oben, sodass ein Sonnenstrahl darauf fiel.

»Wie können wir so sicher sein, dass Koler der Täter ist?«, wollte Ava wissen. »Welches Interesse sollte er daran gehabt haben, Veltman und Kassels umzubringen?«

»Das wissen wir nicht, aber die unumstößliche Tatsache, dass zu beiden Personen eine Verbindung besteht, ist für uns Grund genug anzunehmen, dass er etwas damit zu tun hat. Er stellt eine Gefahr für die Gesellschaft dar. Höchst aggressiv, rachsüchtig, und dann ist da noch sein mentaler Zustand ...«

»Was meinen Sie damit?«, fragte Ava alarmiert. »Was für ein mentaler Zustand?«

»Während seiner Missionen hat er bestimmte Dinge miterlebt und getan, die, sagen wir, sein heutiges Befinden und seine Handlungen massiv beeinflussen. Man hat kurz vor seiner Entscheidung, nicht in den Dienst zurückzukehren, eine posttraumatische Belastungsstörung bei Herrn Koler festgestellt.«

Ava lief im Innenhof im Kreis herum wie eine Gefangene in ihrer Zelle. Mit jeder weiteren kleinen Information, die sich Erwin T. mit ihr zu teilen entschied, geriet das, was sie über die Angelegenheit rund um Kassels, Veltman und Pandora zu wissen meinte, ins Wanken. Während sie der erneuten Abstimmung über die Umrüstung nun voller Vertrauen entgegensehen konnte, schien das Fundament darunter immer unsicherer zu werden. Dass Koler gefährlich war, hatte man eindeutig gesehen, und dass er bei dem Ganzen eine wichtige Rolle spielte, war ebenso deutlich geworden, aber ein Verbrecher? Diese Informationen waren sehr plötzlich für sie gekommen – wie alles, was der Mann vom MIVD in der letzten Zeit vorgebracht hatte.

»Worin liegt Ihr Interesse bei der ganzen Sache, Erwin?«

Er nahm die Zigarette aus dem Mund und sah zu, wie der Aschekegel sich durch das Papier fraß.

»Was das betrifft, kann ich ganz ehrlich zu Ihnen sein, Frau Rodenburg. Für mich handelt es sich um eine Frage der Ehre. Ein Individuum, das die nationale Sicherheit gefährdet, unschädlich machen und vor den Richter bringen, das will ich erreichen. Wie, das interessiert mich nicht – ich will nur unserem Land dienen. Meine Organisation existiert, damit wir den Fortbestand unserer Gesellschaft sichern können. Wenn mir das gelingt, habe ich meine Arbeit getan und kann stolz darauf sein.«

Seine Worte überzeugten Ava nicht. Das kam durch die Art, wie er ihrem Blick auswich, die Art, mit der er selbstgefällig in den Himmel starrte, die Zigarette in der einen Hand, die andere locker auf die Tischplatte gestützt. Sein Gehabe ärgerte sie. Es gefiel ihr nicht, dass er nur dann Informationen mit ihr teilte, wenn er sich davon einen Vorteil versprach, obwohl er für sie arbeitete und nicht umgekehrt. Er ließ sie Dokumente unterzeichnen, er verfügte über ihre Zeit, und das tat er mit einer Selbstverständlichkeit, die an Arroganz grenzte. Er sagte ihr nicht die Wahrheit.

»Warum Pandora? Worin liegt Ihr Interesse? Wenn Ihnen Ihr Stolz wirklich so wichtig wäre, wenn Sie das wirklich gewollt hätten, hätten Sie Koler doch längst gestoppt. Stimmt das oder nicht? Seien Sie ehrlich zu mir: Worin liegen die Interessen des MIVD im Zusammenhang mit dem Erwerb von Pandora?«

Wieder dieses Grinsen, mit dem er seine unregelmäßigen Zähne entblößte. Sein kantiges Gesicht, die rötlichen Haarsträhnen auf seinem Schädel. Er warf die Kippe auf den Boden.

»Für meine Organisation bedeutet das eine riesige Chance. Wir erleben mit, wie Budgets weiter und weiter gekürzt werden, wir sehen, wie Menschen entlassen werden, weil sich niemand aus der Politik und aus der Gesellschaft für sie einsetzt. Das Pandora-System stellt für den MIVD die Chance dar, sich selbst neu zu erfinden, wirklich eine Rolle im System zu spielen. Sie wissen, dass ich mich regelmäßig mit Thomas Falk vom Drone Strike Program der CIA austausche. Wir wollen den MIVD nach und nach umstrukturieren und uns dabei am Vorbild der CIA ausrichten.«

»Sie wollen sich die Kontrolle über das Drohnenprogramm sichern. Sie haben Angst, ihre Kollegen beim AIVD oder die Armee könnten schneller sein als Sie.«

»Nichts ist so traurig wie überflüssig Sein, das haben Sie selbst in Ihrer Ansprache gesagt. Dieses Szenario will ich verhindern. Ich habe schon sehr konkrete Vorstellungen davon, wie Pandora eingesetzt werden kann. Man hat mich für die Leitung dieses Programms ausgewählt.«

»Diese Entscheidung liegt immer noch bei mir«, zischte Ava. Seinem unveränderten Gesichtsausdruck konnte sie entnehmen, dass ihn das nicht beeindruckte. »Ich werde Ihnen ganz genau auf die Finger schauen«, kündigte sie an. »Alles, was Sie wissen, will ich auch wissen, sonst fälle ich keine einzige Entscheidung mehr. Wir werden keinen unserer Untertanen jagen, um ein Exempel zu statuieren. Ich werde nicht als die Ministerin in die Geschichte eingehen, die den ersten tödlich verlaufenden niederländischen Drohnenangriff in Auftrag gegeben hat.«

»Eliot Markus Koler ist ein Mörder und ein Kriegsverbrecher. Er ist mental sehr labil und im Begriff, für die Niederlande hochsensible Informationen preiszugeben. Wer weiß, wozu er noch in der Lage ist? Sie wollen doch sicher auch nicht als die Ministerin in die Geschichte eingehen, die ihn ohne Weiteres hätte stoppen können, ihn aber entkommen ließ.«

Mit der Hand fuhr sie an den Stäben des Zauns in der westlichen Ecke des Innenhofs entlang. Auf der anderen Seite gab es einen engen Durchgang, der zu dem kleinen Bahnhofsgebäude führte. Sie sah die rostigen Palisaden eines zur Hälfte demontierten Bahnsteigs. War es das Risiko wert, das Risiko, dass Koler möglicherweise unschuldig war? Durfte man ein Menschenleben, so verwirkt es auch sein mochte, opfern, um das Leben anderer Menschen zu retten?

»Was für Informationen?«, fragte sie.

»Das wissen wir nicht genau.«

»Unsinn, das wissen Sie ganz genau. Was hat Veltman an Koler weitergegeben?«

Er seufzte theatralisch, konnte jedoch nicht verbergen, dass er sich auf diese Frage längst vorbereitet hatte.

»Die Festplatte, die er in seinen Besitz bringen konnte, enthält Informationen über Pandora.«

Ava ging zu dem Tisch, auf dem Erwin T. seine Zigarettenschachtel abgelegt hatte; dabei spielte sie mit dem Gedanken, sich eine anzustecken, obwohl sie schon seit ihrer Studienzeit nicht mehr rauchte. Sie bezwang das Verlangen und stellte sich so vor Erwin T., dass ihr Schatten auf sein Gesicht fiel.

»Ich habe genug von Ihrem Herumgeeiere, Erwin. Man verlangt von mir, dass ich auf der Grundlage minimaler Informationen sehr weitreichende Entscheidungen treffe. Den Leuten, mit denen ich zusammenarbeite, muss ich blind vertrauen können. Mein Vertrauen in Sie ist weg. Vielleicht wäre es vernünftig, wenn Sie sich nach einem anderen Job umsehen.«

Ungerührt schaute er sie an. In seinem Blick las sie Geringschätzung, vielleicht sogar Mitleid.

»Das wäre gerade zum jetzigen Zeitpunkt unvernünftig«, erwiderte er kalt. Aus seinem Lächeln war eine Grimasse geworden. »Äußerst unvernünftig.« Auf die Herablassung, mit der er sich an sie wandte, reagierte sie nicht, obwohl er ganz eindeutig eine Grenze überschritten hatte. »Vom ersten Moment an habe ich Sie davor gewarnt, wie katastrophal die Folgen sein würden, wenn die Informationen, die Koler gestohlen hat, nach außen dringen. Für uns, für Sie, für das Fortbestehen des Kabinetts Stahlman II, für die Niederlande. Aber da gibt es noch etwas, Frau Rodenburg. Und das wird Sie bestimmt interessieren: Auf der Festplatte befinden sich Informationen über Ihren Vater.«

Ganz kurz schwankte sie, dann fasste sie sich wieder und stellte sich aufrecht hin.

»Was hat mein Vater damit zu tun?«

»Sehr viel. Filip Rodenburg stand an der Wiege des niederländischen UAV-Programms. Ihm verdanken wir, was wir erreicht haben. Er war es, der den damaligen Ministerpräsidenten davon überzeugt hat, wie wichtig unbemannte Flugzeuge für das Land sind.«

»Und was ist daran verkehrt?«

»Grundsätzlich gar nichts. Aber die Informationen, auf die er sich gestützt und die er verwendet hat, um das Parlament auf seine Seite zu bekommen, waren unvollständig. Er hat etwas verschwiegen, hat versucht, etwas zu verheimlichen. Ein anderes Wort gibt es dafür nicht.«

»Was?«

»Das werde ich Ihnen nicht sagen.«

»Damit ich ›überzeugend alles abstreiten kann‹? Zur Hölle damit.« Ihre Stimme überschlug sich. »Ich will es wissen!«

»Nein«, antwortete der MIVDler ruhig, »das ist nicht der Grund, warum ich es Ihnen nicht sage. Diese Informationen werde ich noch eine Weile für mich behalten, und zwar als – nennen wir es eine Absicherung. Wir machen es folgendermaßen.« Er nahm sich eine Zigarette und bot Ava auch eine an, die sie voller Unbehagen annahm. »Wir vergessen, was Sie gerade zu mir gesagt haben. Sie lassen mich meine Arbeit zu Ende führen. Und dann vergesse ich, was ich zu Ihnen gesagt habe. Ich sorge dafür, dass die Vergangenheit Ihres Vaters blütenweiß bleibt.«

»Das ist Erpressung«, sagte sie tonlos, während sie mit vor Wut zitternden Fingern versuchte, die Zigarette anzuzünden.

Er nahm ihr das Feuerzeug aus den Händen und tat es für sie.

»Jeder erpresst doch jeden«, erklärte er in beinahe väterlichem Ton. »So mahlen die Mühlen der Macht. Das ist nun mal der Lauf der Welt. Machen Sie sich nichts daraus.«

50 ELIOT
Mohammad

Miran atmete noch; seine Augen bewegten sich blitzschnell von links nach rechts. Nach über einer Minute hörten die Schüsse auf, und der Berg war nun von Stille umgeben.

»Mohammad!«, erklang es plötzlich aus der Ferne. Es war die hohe Stimme eines der Bodyguards. »Mohammad!« Es wurde laut gelacht, jemand feuerte eine Salve in die Luft. Das Echo des ratternden Geräusches hallte in den Bergen wider. Es wurde weiter weg beantwortet. Aufgeregte Stimmen, die sich langsam näherten, waren nun hörbar. Eliot setzte sich auf und sah, wie Imaz hinter einem Felsbrocken hervorkroch.

»Mohammad Zaher! Friend of Imaz!«

Eliot atmete auf und griff nach seinen Sachen. Ein dicklicher Afghane in einer ockerfarbenen Dschellaba kam auf sie zu. Imaz stand mit offenen Armen da, um ihn mit einem Kuss auf die Wange zu begrüßen. Anders als die meisten Männer hier hatte Mohammad keinen Schnurrbart. Während er seinen Begleitern winkte, näher zu kommen, bemerkte er Eliot. Das Lächeln auf seinem Gesicht gefror. Er beugte sich zu Imaz vor und flüsterte etwas, was der kopfschüttelnd zu verneinen schien.

Mohammad rief etwas, und die anderen Männer sahen nun auch in Eliots Richtung. Der nahm mit der linken Hand die Pilotenbrille ab, während er mit der rechten heimlich hinter seiner Hüfte nach der Sicherung des Maschinengewehrs suchte.

»Imirîkayî?«, schnaubte der Mann, der Eliot mit den Armen wegzuscheuchen schien.

»Ayin Imirîkayî nîst. Arupayî.«

Mohammad runzelte die Stirn und fuhr sich mit der Zunge über die Lippen. Die Hände auf die Hüfte gestützt, musterte er Eliot, der mit dem Zeigefinger den Abzug berührte. Drei seiner Leute stellten sich neben Mohammad. Mit unverhohlenem Erstaunen schauten sie den schmalen weißen Mann auf dem Hügel mit seiner Tarnkleidung und seinen Sportschuhen an. Mohammad fuhr sich durch den Bart und sprach mit Imaz ohne den Blick von Eliot abzuwenden.

»Arupayî?«

Imaz zuckte mit den Schultern; Mohammad schien nicht überzeugt und wandte sich zu seinen Männern um. Einen Europäer hatten sie offensichtlich noch nie zuvor gesehen. Der Afghane klatschte in die Hände. Eliot folgte genau seinen Bewegungen, blickte von den dunklen Augen zu den Händen, die Mohammad sich angespannt rieb. Der Afghane schien kurz in Gedanken versunken.

»Arupayî!«, lachte er plötzlich mit dröhnender Stimme los. Mit den Fingern trommelte er sich auf den Bauch und drehte sich zu seinen Leuten um. »Faisal.«

Ein hochgewachsener Afghane, mindestens einen Kopf größer als die anderen, nickte und verschwand hinter dem Hügel. Eliots Zeigefinger spannte sich um den Abzug. Mohammad hatte es bemerkt, denn er schüttelte den Kopf.

»Arupayî!«, rief er, während er ihn streng ansah. »Ke'ef si!«

Etwas in seinem Blick veränderte sich, und Eliot nahm den Finger vom Abzug.

»Ke'ef si!«, wiederholte er, diesmal lauter, und zeigte hinter sich.

Nach einer gefühlten Ewigkeit wich die Gruppe plötzlich auseinander. Der hochgewachsene Afghane wurde vorbeigelassen. Er trug eine volle weiße Plastiktüte, die er Mohammad gab.

»Look, Arupayî! Look, look.«

Eliot schluckte, entspannte sich dann aber sofort. Mit großer Theatralik holte Mohammad einen Kadaver heraus, an dem noch Fleisch haftete, und hielt es stolz in die Höhe. Blauviolette Eingeweide und weiße Muskeln fielen herunter. Blut lief aus der Plastiktüte und vermischte sich mit dem Sand.

»Ke'ef si!«

Alle Männer brachen in Gelächter aus. Unsicher lachte Eliot mit. Jetzt verstand er, was sie meinten: Kentucky Fried Chicken. Sie hatten den Adler abgeschossen. Mit kurzen Schritten kam der Afghane auf ihn zu und musterte ihn von Kopf bis Fuß.

»Warum bist du hier?«, fragte er heiser auf Englisch.

»Ich suche eine Frau«, antwortete Eliot.

»Sind die europäischen Frauen nicht hübsch genug?«, erwiderte Mohammad und stützte wieder die Hände in die Hüften. Eliot sah nun, dass er unter seiner Dschellaba eine kugelsichere Weste trug, die ihn dicker aussehen ließ, als er in Wirklichkeit war.

»Eine niederländische Frau. Ich glaube, dass sie zum Kunduz Airport wollte.«

»Warum?«

»Um Informationen über etwas zu sammeln, das vor ungefähr zwölf Jahren passiert ist.«

»Was ist vor zwölf Jahren passiert?«

»Orta.«

Mohammads Gesicht verfinsterte sich. Er schaute sich um, suchte Imaz' Blick.

»Orta«, nickte er, während er mit seiner Sandalenspitze gegen das Gerippe trat. »Das haben wir hier nicht vergessen. Wie sieht die Frau aus?«

51 AVA

Ein öffentliches Geheimnis

Sie hatte Hans Overeem eine Mail geschickt, und er antwortete sofort: *Komm her. Sitze im Poortwachter. Cocktail?* Er wusste, dass sie keine Cocktails mochte, fand es aber offensichtlich amüsant, ihr wegen der Ansprache zu Beginn der Drohnendebatte einen Seitenhieb zu versetzen. Sie legte die zehn Minuten durch die Innenstadt zurück, als würde sie verfolgt. Die Bluse klebte ihr an den Schulterblättern. Drei Jahre hatte sie ihn schon nicht mehr gesprochen. Sie wusste, dass er neben seiner Tätigkeit als freier Journalist inzwischen für den Sender VLM arbeitete und in diesem Zusammenhang politische Interviews machte. Als sie das Café betrat, spürte sie die Blicke der Anwesenden auf sich. Sie standen an die Theke gelehnt oder waren an den Tischen entlang der Wand in Gespräche vertieft. Von weiter hinten im Raum, unter dem Schwarz-Weiß-Druck eines Picasso, winkte ihr Hans. Schnell lief sie am Tresen vorbei und setzte sich ihm gegenüber. Während er sie eine Zeit lang betrachtete, schien er nach den richtigen Worten zu suchen. Wenn er jetzt sagte, dass sie gut aussah, würde sie sofort aufstehen und wieder gehen.

»Du siehst miserabel aus«, meinte er. »Bringt dich also endlich ein Posten an deine Grenzen?«

Sie lächelte und entdeckte eine Kellnerin, die auf ihren Tisch zukam.

»Rotwein«, erklärte sie, noch bevor die junge Frau sie erreicht hatte. Sie betrachtete Hans genauer: Er hatte sich in den vergangenen drei Jahren kaum verändert – etwas grauer an den Schläfen, tiefer liegende Augen, aber noch genauso attraktiv wie bei ihrer ersten Begegnung.

»Viel los zurzeit, aber das raubt mir nicht den Schlaf«, erklärte sie lakonisch – sehr überzeugend klang das offensichtlich nicht.

»Hattet ihr die Sache falsch eingeschätzt?«

»Hans, mir steht nicht der Sinn nach einem Verhör.«

»Es interessiert mich einfach. Warum sonst wolltest du dich mit mir verabreden?«

»Das hier bleibt alles unter uns, okay?«

»Schon gut, schon gut. Was ist los?«

»Es geht um Jan Kassels.«

»Das habe ich mir schon gedacht. Es fällt also in dieselbe Kategorie wie die Filmrolle von Srebrenica, die ›ganz zufällig‹ zerstört wurde.«

»Mit dieser Sache hat der Geheimdienst nichts zu tun, Hans. Es ist kein Komplott: Kassels hat sich erhängt.«

»Und warum?«

»Genau darum habe ich dir vorhin die Nachricht geschickt.«

»Du denkst, ich weiß das?« Er trank einen Schluck Bier und fuhr sich über die Bartstoppeln rund um den Mund. »Du bist doch hier die Ministerin.«

»Ich weiß auch nicht alles. So weit reichen meine Möglichkeiten nicht.«

»Früher hast du darüber ganz anders gedacht.«

Sie seufzte.

»Fang jetzt nicht wieder damit an. Das will ich hinter mir lassen.«

»Du bist mit deinem Beruf verschmolzen, Ava. Du bist deine Ausbildung, deine Verbindungen, deine politischen Entscheidungen. Für einen Mann ist es nicht leicht, das zu akzeptieren.«

»Und du bist noch genauso sexistisch wie früher«, erwiderte sie leise. »Was ist das nur mit den Männern und der Macht? Ihr seid geradezu besessen davon.«

Die Kellnerin kam mit einem Glas zurück, das fast bis zum Rand mit Wein gefüllt war. Hans hob seines.

»Auf die Zukunft. Nicht auf die Vergangenheit.«

Ava lächelte und trank einen Schluck. Nach einem kurzen Schweigen fragte er: »Du glaubst also wirklich, dass er Selbstmord begangen hat?«

Sie beschloss, nichts über Erwin T.s Schlussfolgerung zu sagen, und ließ den Namen Eliot Koler unerwähnt.

»Alles deutet auf Selbstmord hin. Es gibt keine Veranlassung dazu, von etwas anderem auszugehen. Was wir aber nicht wissen, ist, warum er es getan hat. Natürlich kann es etwas mit dem Erwerb von Pandora zu tun haben – das Timing ist wirklich sehr seltsam. Aber da gibt es noch etwas anderes: Angeblich hatte Kassels eine Affäre.«

Hans starrte vor sich hin. Ein schwaches Lächeln umspielte seine Lippen.

»Du denkst, seine Frau ist dahintergekommen. Du denkst, er fand das so schlimm, dass er nicht mehr leben wollte.«

»Ist das keine Möglichkeit?«

»Möglich ist alles, aber ich halte es für sehr unwahrscheinlich.« Er sah sie an. »Hängt man sich darum an einem Baum auf?«

»Gab es eine Affäre?«, fragte sie im Flüsterton.

Er zog die Nase hoch und trank sein Glas leer.

»Eine Verteidigungsministerin, die sich für das Liebesleben der Abgeordneten interessiert«, sagte er. »Ich sehe schon eine spannende Geschichte vor mir.«

»Gab es da eine Affäre?«, wiederholte sie scharf, aber zugleich so leise, dass nur Hans sie hören konnte.

»Affären gibt es so viele, Ava. Parteichefs mit ihrer Pressesprecherin. Der Ministerpräsident mit einer Ministerin.« Er zwinkerte ihr zu.

»Das ist schmutziger Klatsch.«

»Klatsch ist immer schmutzig, aber er enthält auch immer ein Körnchen Wahrheit. Und Abgeordnete sind da kein bisschen besser.«

»Es stimmt also?«

»Hör zu«, seufzte Hans. »Ich kann dir nur sagen, was ich weiß. Kassels hat sich regelmäßig mit einer Dame verabredet, die er während eines Arbeitsbesuchs kennengelernt hatte. Sie führte damals diese Delegation herum. Ein Kollege von mir war bei der Reise dabei und hat bemerkt, wie sich zwischen ihnen ein immer innigeres Verhältnis entwickelte. Du weißt, es ist ein ungeschriebenes Gesetz, dass wir über so etwas nicht berichten. Ein öffentliches Geheimnis.«

Sie nickte.

»Ein Arbeitsbesuch, hast du gesagt?«

»Fällt eher in dein Ressort. Etwas mit digitaler Kriegsführung. Sie wurden auf einem Stützpunkt herumgeführt und haben mit unseren Cyber-Experten gesprochen. Die Details kenne ich nicht. Den Artikel kann ich dir aber besorgen.« Er zog sein Tablet zu sich heran und gab etwas ein. »Ungefähr vor anderthalb Jahren. Ich schaue kurz im Archiv nach.«

Sie beobachtete ihn, wie er mit konzentriertem Blick eifrig zu tippen begann. Er überflog den Artikel.

»Da steht kein Name dabei, nur ›Unsere Repräsentantin‹. Warte mal.«

Er nahm sich sein Handy vom Tisch und suchte eine Nummer aus der Kontaktliste heraus, hielt sich dann das Gerät ans Ohr und wartete ab.

»Joep. Prima, und dir?« Er hörte zu, während er das Tablet zu sich heranzog. »Eine Frage. Ich sitze gerade an einem Text über die Integrität von Abgeordneten. Was? Ja, stimmt, das wird wirklich ein ganz kurzer Artikel.« Er ließ ein gekünsteltes Lachen hören. »Ich wollte dich was zum Querulantenduo fragen. Ja, Kassels ist tot, weiß ich. Ich schaue auch ab und zu Nachrichten. Hör mal, weißt du, ob einer der beiden jemals eine außereheliche Affäre gehabt hat?« Er schaute zu Ava hinüber und nickte. »Weißt du zufällig auch, wie die Dame heißt?« Er schaute an die Decke und tippte danach etwas auf seinem Tablet ein. »Mit A oder mit E? Okay. Und mit einem Umlaut? Gut, danke.« Er hörte kurz zu. »Ein Foto? Gerne, schick's mir.« Fast sofort erklang ein Signalton aus seinem Tablet. »Ja, ist angekommen.« Er drehte das Tablet so, dass Ava das Display sehen konnte. »Ich kenne den Code, Joep. Mach dir keine Sorgen. Für Klatschgeschichten rufen sie dich dann wieder an. Wir hören voneinander.« Er stellte das Handy aus, während Ava das Bild betrachtete, auf dem Kassels den Arm um eine schöne junge Frau mit blonden Haaren gelegt hatte. In der Ferne sah man das Meer, das Rot eines Gleitschirms in der Luft. Dann las sie den Namen, den ihr Ex eingetippt hatte: Merijn Turing.

52 ELIOT

Das sind keine Menschen

Der Fluss im Tal war nicht mehr zu sehen, und der Pfad hatte plötzlich aufgehört. Die Gruppe, die mit der Ankunft von Mohammad und seinen Männern doppelt so groß war wie vorher, bewegte sich an einem Abgrund entlang, der nie zu enden schien. Zu Eliots Erleichterung stellte sich heraus, dass Mohammad Zaher über einen beträchtlichen englischen Wortschatz verfügte. Von den Niederlanden hatte er noch nie gehört und fragte, ob sie eine Provinz Europas seien. Eliot nickte.

»Diese Frau, warum ist sie so wichtig?«, wollte Mohammad wissen. Eine filterlose Zigarette baumelte zwischen seinen Lippen.

»Sie hat Informationen zu Orta. Sie hat einen Teil, ich den anderen. Ich will wissen, was sie entdeckt hat.«

»Wieso Orta?«

»Ich bin schon einmal dort gewesen«, antwortete Eliot.

Interessiert schaute Mohammad zu ihm auf. Er wollte eine weitere Frage stellen, bedachte sich aber eines Besseren und rief den Männern im vordersten Teil der Karawane etwas zu. Den Zigarettenrauch atmete er durch die Nase aus.

»Und wieso bist du schon mal dort gewesen?«

»In den Niederlanden gibt es Spezialeinheiten. Wir nennen sie *Grüne Barette*.« Eliot hielt sich beide Hände über den

Kopf, um die Form anzudeuten. »Sie bekommen besondere Aufträge, die niemand anderes ausführen kann. Sie arbeiten in Teams, aber oft auch allein.«

»Aufträge im Krieg.«

Eliot nickte. Er verlagerte das Gewicht des Seesacks auf seinem Rücken.

»Was für Aufträge?«

»Geheime Missionen. Handwerk.«

Er sah die Kameraden seiner Einheit vor sich: Harun, die zwei Niederländer, Kadir und auch Stann Velmer – den Soldaten, der sich ihnen später anschloss, den Eliot aber nicht kannte. Er sah auf seine Hände und merkte, dass Mohammad es ihm nachtat.

»Diese Hände kennen diese Arbeit auch«, formulierte Mohammad betont langsam. »Ehrliche Arbeit.« Er spuckte die Zigarette aus, schaute einen Moment lang in den Himmel über dem Tal. »Wir finden die Frau schon. Ich werde mich erkundigen.«

Eliot sah, wie auf der gegenüberliegenden Seite eine glutrote Sonne den Raum zwischen den zwei Bergspitzen einnahm, als sei sie dazwischen gefangen. Er nahm seine Pilotenbrille ab. Ihn würde man auch gefangen nehmen, wenn man ihn finden würde. Das war ihm schon klar gewesen, als er in Amsterdam Centraal in den Regionalzug nach Schiphol einstieg. Er wusste, dass sie ihn hätten verhaften und einsperren können, als er in Istanbul war, auf dem Doha International Airport, als er Stunden später für den Flug von den Emiraten nach Kabul eincheckte. Jeder seiner Schritte hinterließ zweifellos einen tiefen digitalen Fußabdruck, aber man hatte ihn in Ruhe gelassen. Und nun war für das niederländische und das europäische Militär und die dazugehörigen Geheimdienste die letzte Gelegenheit verstrichen. Hier würden sie ihn nie finden können. Es war fast, als hätten sie ihn mit Absicht entkommen lassen.

Er war irrelevant für sie geworden, dachte Eliot. Genauso irrelevant, wie er für die Offiziere gewesen war, denen er unmittelbar nach seiner Rückreise aus Orta Bericht erstatten musste. Sie brauchten nicht einmal seinen Namen zu kennen. Auf dem Bildschirm im Konferenzraum der Kaserne in Rozendaal, auf dem die Aufnahmen von Eliots Auftrag gezeigt wurden, von einem Schwarm Drohnen aus verschiedenen Perspektiven gefilmt, wurde er zu einem grünen Fleck und einer Nummer reduziert. Boot 2401. Ein Paar Stiefel – mehr war er nicht für das Land, für das er sein Leben eingesetzt hatte. Er hatte Fragen zum Ablauf gestellt, aber sie ignorierten ihn völlig und schickten ihn weg. Der Auftrag war erfolgreich ausgeführt worden, alle zufrieden, Fragen stellen zwecklos. Vergessen. Nächste Mission.

Während des Einsatzes im Irak, drei Monate später, wurde er von Panikattacken heimgesucht. Er bat seinen Vorgesetzten um Urlaub, der ihm widerwillig gewährt wurde. In dieser Zeit kaufte er das Haus in Friesland, und an dem Tag, an dem er den Vertrag unterzeichnete, warf er seine Uniform in ein Feuer, das er in seinem Garten entfacht hatte. Seine Medaillen, Stiefel, Hosen und die Embleme auf seinem Revers; alles verschwand darin, wurde zu einer stinkenden, kokelnden Masse.

Zu dem Zeitpunkt hätte es für ihn vorbei sein sollen, doch nach der Ruheperiode kamen die Offiziere bei ihm vorbei, überzeugten ihn davon, dass er unentbehrlich war, und ehe er es sich versah, tat er wieder die gleiche Arbeit, die ihn in ihrem Würgegriff hatte. Zehn Jahre lang gab er alles, um Orta zu vergessen. Das gehörte zur Arbeit dazu; zumindest redete er sich das ein. Die Aufträge erledigte er ausgezeichnet, aber er spürte, dass sie ihn von innen aushöhlten. Während einer Mission der Vereinten Nationen im Jahr 2013 in Mali zog er einen Schlussstrich und hörte definitiv auf, ohne jemanden darüber zu informieren. Er war ausgebrannt. Nach einem psychologischen Test, dessen Ergebnis er nicht mehr abwartete, kam die unehrenhafte Entlassung. Es folgte eine Zeit relativer Ruhe, die zwei Jahre lang dauerte – bis Miriam ihm eines Morgens die E-Mail schickte. Und jetzt war er wieder da, wo alles begonnen hatte.

Die Karawane hielt plötzlich an, und sofort riss sich Eliot von seinen Gedanken los. Im blutroten Sonnenlicht, unmittelbar vor Einsetzen der Dämmerung, sah Eliot die Silhouetten von zwei Afghanen; beide Männer starrten in den Himmel. Er überholte ein paar der anderen und stellte sich neben Mohammad, der ihm eine Hand auf die Schulter legte und ihm etwas zeigte. Hoch oberhalb des Tals war dann und wann das rotweiße Schimmern eines Objekts zu sehen, das sich mit hoher Geschwindigkeit parallel zum Bergkamm bewegte. An der stumpfen Nase und dem fehlenden Heck erkannte Eliot die Form eines General Atomics RQ-480 Unmanned Surveillance Aircraft. Mit einer Spannweite von zwanzig Metern war es eines der größeren UAVs, die von NATO-Ländern für diesen Zweck eingesetzt wurden. Sie konnten von Land und sogar von einem Flugzeugträger aus starten.

Mohammad nahm seine Kalaschnikow vom Rücken und entriegelte sie. Imaz bedeutete einem seiner Bodyguards, es ihm gleichzutun. Der Trucker schob den Schirm seiner Baseballmütze nach hinten und kniete sich hin. Mit dem Lauf verfolgte er den Kurs des Geräts.

»Keine Waffen«, sagte Eliot zu Mohammad, »nur Kameras und Sensoren.«

»Sie sehen uns«, antwortete der Afghane.

»Vielleicht. Aber sie unterstützen vorausgeschickte Einheiten. Keine Gefahr.«

»Wie, unterstützen?«

»Mit Bildern. Mit Informationen über die Umgebung, das Wetter, mögliche Risiken.«

Das unbemannte Flugzeug zog an der Sonne vorbei, und nach ein paar Minuten verschwand es. Die ganze Zeit hatte es keinerlei Geräusche gemacht.

»Wir sehen mit unseren Augen«, sagte Mohammad. »Wir hören mit unseren Ohren, wir fühlen mit unseren Händen. Wir sind Menschen. Das …«, er zeigte auf die Stelle, an der das Gerät hinter den Hügeln verschwunden war, »das sind keine Menschen.«

Eliot nickte. Er drehte sich zu den anderen um. Fünfzehn Meter weiter vorne sah er Miran. Der Junge weinte schluchzend. Als er bemerkte, dass Eliot ihn aus einigem Abstand beobachtete, wischte er sich schnell die Augen trocken, doch es gelang ihm nicht, damit die lähmende Angst in seinem Blick zu kaschieren.

53 AVA

Drei Akten

Sie hatte das Rollo vor dem Fenster ihres Arbeitszimmers geschlossen, und die Klimaanlage war so eingestellt, dass sie mit den Zähnen klapperte. Die wichtigsten Akten waren von ihrer Assistentin auf ihrem Schreibtisch für sie bereitgelegt worden. Ava hatte ihre ganze Aufmerksamkeit Pandora und allen damit zusammenhängenden Ereignissen geschenkt, sodass die Arbeit langsam und unbemerkt zu einem hohen Stapel angewachsen war. Es gab parlamentarische Anfragen zu beantworten – die hatte sie inzwischen bereits an die zuständigen Beamten weitergeleitet; außerdem ging es um die Aussendung von zwei Fregatten ins Mittelmeer, die für Frontex Schiffe von Menschenschmugglern versenken sollten. Dann eine Terminanfrage für ein Beratungstreffen mit den Gewerkschaften über die anstehende Entlassungsrunde, in deren Rahmen das Verteidigungsministerium von 60 000 auf 55 000 Mitarbeiter reduziert werden sollte. Zum Schluss lag da noch der Bericht des Beirats für Internationale Fragen, in dem man darauf drängte, den Etat zu erhöhen und die niederländischen Leopard-Panzer von Finnland zurückzukaufen und sie zu automatisieren; des Weiteren sei der Fokus auf »Eskalationsdominanz« zu richten, damit man wirklich gezielt gegen die Kriegsparteien im Mittleren Osten und gegen die Russen würde vorgehen können.

Auf Avas Desktop hatte ihre Assistentin einen Artikel für sie abgelegt, den sie für lesenswert hielt. Ava öffnete ihn und drückte »Delete«, nachdem sie die Schlagzeile und die ersten paar Zeilen gesehen hatte.

> DIE DREI OPPOSITIONSPARTEIEN: RODENBURG ÜBERLASTET
>
> Verteidigungsministerin Ava Rodenburg (Die Liberalen) hat zu viel zu tun, und man sollte ihr einen Staatssekretär zur Seite stellen. Abgeordnete der Christdemokraten, der Grünen und der Konservativen halten Rodenburg für überarbeitet. Dem Fraktionsvorsitzenden der Grünen Gert-Jan Heze zufolge wird ihr zu viel Arbeit aufgeladen: »Und das neben den ganz großen Fragen zu Krieg und Frieden, mit denen wir nun zur Genüge beschäftigt sind. Das ist eine große Belastung – meiner Ansicht nach eine zu große.«

Verärgert nahm sie sich die verschiedenen Akten vor, doch den Gedanken an Pandora und an die Informationen über ihren Vater auf der Festplatte konnte sie nicht abschütteln. Pandora war zu wichtig geworden, als würden sich die Niederlande ohne dieses Waffensystem nicht mehr verteidigen können – was sie den Abgeordneten die ganze Zeit vorhergesagt hatte, war genau in dieser Form eingetreten. Dasselbe hatte Erwin T. mit ihr gemacht; sie war ihm so weit gefolgt, dass sie nun einen Teil seiner Geschichte ausmachte und es keine Möglichkeit gab, dem zu entkommen. Sie schickte ihrer Assistentin eine Nachricht, und einige Minuten später erschien Else mit drei Plastikordnern.

»Vielen Dank für den Artikel«, sagte Ava, »der kam genau zur rechten Zeit.«

Die Assistentin nickte verwirrt und verließ so schnell sie

konnte den Raum. Ava breitete die Ordner vor sich aus und öffnete den ersten, der die Akte von Eliot Koler enthielt. Eliot Markus Koler hieß er mit vollem Namen. Geboren 1977 in Haarlem (Niederlande), keine Geschwister, die Eltern 2008 und 2010 verstorben. Wohnhaft in Dedgum in der Provinz Friesland, ledig, keine Kinder. 1995 hatte er sich zum Militärdienst gemeldet. Sie las weiter:

1997	Auswahl für die Marineinfanterie
1998	Ausbildung zum Offizier und Ausbildung *Special Operations Land Task Group* (SOLTG)
1999	Erste SOLTG-Mission im zentralafrikanischen Seengebiet
2000	Mehrere Scorpion-Missionen in Nordafrika
2002–2003	Scorpion-Missionen in Kunduz und in Uruzgan, Afghanistan
2003	Irak, als Teil der »Koalition der Willigen« (abgebrochen)
2004	Durchführung Psychologischer Test (PT) I
2006–2010	Missionen in Uruzgan und Kandahar, Afghanistan
2011	Scorpion-Mission in Kunduz, Afghanistan; Mission Libyen
2012	Mission Syrien
2013	Mission Mali als Teil der MINUSMA-Mission, Vereinte Nationen (abgebrochen), Durchführung PT II
2014	Nicht genehmigte Abwesenheit
2015	Unehrenvoll entlassen

Überall, wo die Niederlande in den letzten zwanzig Jahren aktiv gewesen waren, hatte man Koler eingeflogen. Offiziell wurde die *Special Operations Land Task Group* nur sehr sparsam eingesetzt, aber außerhalb der erfassten Aktionen machten die NATO, die Vereinten Nationen und die von den Vereinigten Staaten angeführten Koalitionen nur allzu gern Gebrauch von den niederländischen Spezialeinheiten. Kolers nicht genehmigte Abwesenheit im Jahr 2014 fiel sofort ins Auge, ebenso die Entlassung im darauffolgenden Jahr. Nach einer Mission in Kunduz schickte man ihn in den Irak, wo Gesetzlosigkeit herrschte. Die Mission wurde aus irgendeinem Grund abgebrochen; daraufhin erfolgte ein Test. Ava blätterte in dem Ordner und fand einen zusammenfassenden Bericht über den psychologischen Test vom Frühling 2004, inklusive Fragenlisten sowie die Zusammenfassung eines Interviews mit Koler im Anhang. Eine posttraumatische Belastungsstörung hatte man bei ihm nicht festgestellt, lediglich eine chronische Müdigkeit, der man innerhalb eines Jahres mit Medikamenten abhelfen wollte. An das Blatt war eine zweite Zusammenfassung geheftet, dieses Mal von einem psychologischen Test, der neun Jahre später erfolgt war. Das Ergebnis fiel deutlich schlechter aus: Koler litt an Schlaflosigkeit, und wenn er schlief, unter Albträumen. Außerdem hatte er Probleme damit, seine Aggressionen in den Griff zu bekommen, war sozial isoliert, erfuhr Ava in sachlich gehaltener Sprache. Man verwies auf den Herbst 2002, als die Niederlande zum ersten Mal aktiv an Missionen in Afghanistan teilgenommen hatten. Trotz des bedenklichen Resultats der Untersuchung, was Kolers psychischen Zustand betraf, hatte man ihn weiterhin auf Missionen geschickt, und er schien sie auch immer erfolgreich durchgeführt zu haben. Genauere Details enthielt die Akte nicht, doch man konnte davon ausgehen, dass es sich nicht um Standardaufträge handelte. Die Scorpion-Mitglieder mussten große Gebiete erkunden; sie infiltrierten Gruppen und schalteten Widersacher aus. Man schickte nicht umsonst Heckenschützen wie Koler mit.

Außerdem fiel auf, dass sich Koler nach dem ersten psychologischen Test der Übersicht zufolge eine Zeit lang nicht mehr an Auslandsmissionen beteiligt hatte. Über den Grund konnte sie nur Vermutungen anstellen. Er schien ein außergewöhnlich guter Soldat gewesen zu sein, bis es bei ihm schieflief, irgendwann im Jahr 2003 in Afghanistan. Die Niederlande waren unter der Flagge von »Enduring Freedom« tätig gewesen, der Operation zur Bekämpfung des Terrorismus, die die Vereinigten Staaten ins Leben riefen, nachdem man sie im September 2001 auf ihrem eigenen Grund und Boden angegriffen hatte. Offiziell wurden erst ab 2005 Spezialeinheiten nach Südafghanistan entsandt, doch in Wirklichkeit waren unter dem Deckmantel »unterstützender Tätigkeiten« bereits von dem Moment an, als die NATO »Enduring Freedom« startete, niederländische Kommandos im Norden des Kunduz aktiv. Als Verteidigungsminister wurde Avas Vater Mitte 2002 Mitglied des im selben Jahr gebildeten Kabinetts.

Sie schaute sich in ihrem Büro um, das einmal ihm gehört hatte. Da gab es nichts mehr, was noch an ihn erinnerte, weder seinen Stuhl noch die Gemälde, die er von den verschiedenen Stationen seiner Auslandsaufenthalte mitgebracht hatte – nichts. Was hatte sie wirklich noch von ihm, außer ein paar Fotos, seinem Notizbuch und den zu engen Schuhen, die er an seinem Todestag für sie gekauft hatte? Ohne Abschied und ohne dass sie ihn jemals wirklich verstanden hatte, hatte er sie zurückgelassen. Sie schluckte.

Als Nächstes öffnete Ava die Akte von Miriam Veltman. Sie

blätterte die Papiere durch, entdeckte aber nichts Ungewöhnliches. Eine junge Frau, die sich genau wie ihr Bruder von der Armee verpflichten ließ. Eine Kampfausbildung hatte sie nicht erhalten, aber in ihrem dritten Jahr wurde sie vom MIVD als Informantin rekrutiert, wie Erwin T. bereits angedeutet hatte. Sie arbeitete in der Verwaltung der Nassau-Kaserne in Rozendaal und ab 2006 auf dem Luftwaffenstützpunkt Lelystad. In den neun Jahren, die sie dort angestellt war, schickte man sie jedes Jahr für einige Monate in Kriegsgebiete, um die Angehörigen der Streitkräfte zu interviewen. Für eine Mitarbeiterin der Verwaltung nichts Besonderes, aber es fiel auf, dass man sie nicht auf der Basis, sondern außerhalb unterbrachte – das bedeutete, dass sie nicht als Mitarbeiterin des Verteidigungsministeriums mit ihren Untersuchungsobjekten Kontakt aufnahm, sondern sie ganz offensichtlich unter Vorgabe einer falschen Identität ausfragen musste. Etwa drei Monate war sie in der Türkei gewesen und hatte da Kontakt zu verschiedenen Männern gesucht, die an den niederländischen Patriot-Startgeräten arbeiteten. Ein Teil ihrer Aufzeichnungen war der Akte als Beispiel für die von ihr gelieferte Arbeit beigelegt.

DONNERSTAG, 7. MAI – OBERST OLAV FRANS (OF)
Mit OF im Hilton gefrühstückt. Über Patriot gesprochen. OF hat schon vorher mit teilautomatisierten Patriots gearbeitet. Hat die Umstellung auf das Upgrade miterlebt. Davor eher mehr Kontrolle und Arbeit als wertvoller empfunden. Patriot trifft nun Entscheidungen auf der Basis von Algorithmen. Dadurch »menschliche Feinsteuerung nicht mehr vorhanden«. Vorteil: rund um die Uhr alarmbereit. Nachteil: System scheint verlässlich, doch potenziell tödliche Fehler weiterhin möglich. Patriot hielt einen Linienflug in Flugverbotszone für feindliche Rakete

aus Syrien. Menschliche Intervention nötig. System schaltet sich manchmal ohne Grund selbst ein. Hat Probleme mit der Klassifikation des Materials Verbündeter. OF macht nach diesen Äußerungen einen müden, angeschlagenen Eindruck. Spricht über Patriot in der »sie«-Form, gibt an, manchmal »böse« auf »sie« zu sein. Wörtlich: »Dann müssen wir ihr wieder klarmachen, wie es wirklich läuft. Sie ist ab und zu nicht ganz richtig im Kopf.« Im Allgemeinen zufrieden, will aber wieder mehr Einfluss. »Entscheidungen trifft sie nicht wie ein Soldat.« Vermutung: OF spricht nicht von Patriot, sondern von einem geheimen System (vgl. Aufzeichnungen Mittwoch, 29. April).

In der Südtürkei und im Norden Afghanistans wurden schon seit beinahe 15 Jahren Tests mit neuen automatischen Systemen ausgeführt. Ava hatte Verschiedenes darüber gelesen, aber dass man sich den Programmen über die Psychologie näherte, war neu für sie. Vollständige Autonomie und Adaptation, die letzten beiden Stadien in der Entwicklung der Roboterintelligenz, erforderten offensichtlich ganz neue Einsichten in die Beziehung zwischen Mensch und Maschine. Die Armee, der MIVD und der Waffenhersteller verfolgten die dahin gehende Entwicklung mit großem Interesse.

Auf dem letzten Ordner stand der Name, den Hans ihr besorgt hatte: Merijn Turing. Die Frau, die vermutlich das Leben von Jan Kassels ruiniert hatte. Sie hatten sich während eines Arbeitsbesuchs kennengelernt und einander seitdem immer wieder heimlich getroffen. Eine attraktive Frau mit blondem Haar und schmalen Schultern. Ava betrachtete andächtig das Foto. Ganz ohne jeden Zweifel diejenige, die man mit Kassels in den Dünen fotografiert hatte. Ab 2006 war sie als Computerspezialistin für das Verteidigungsministerium tätig gewesen. Ava blätterte um und betrachtete die auffallend leeren Seiten, die die Akte enthielt. Man hat kaum etwas über sie erfasst, nur ihre Ausbildung vor Dienstantritt und den Vertrag, den sie unterzeichnet hatte. Ava überflog ihn, und ihr stockte der Atem, als sie feststellte, wo Merijn Turing in dieser ganzen Zeit stationiert gewesen war: auf dem Luftwaffenstützpunkt in Lelystad. Sie öffnete Veltmans Akte und verglich die beiden Lebensläufe. Turing hatte gleichzeitig mit Miriam Veltman in Lelystad gearbeitet – die beiden mussten einander also kennen.

Am Mittwoch, dem 6. Mai 2015, war Turing nicht auf der Arbeit erschienen, und in den kommenden Tagen ebenso wenig. Man hatte sie auf Veranlassung der niederländischen Polizei und des MIVD suchen lassen, die Aktion aber nach einem Monat eingestellt. Ihr Verschwinden war bisher noch nicht aufgeklärt.

Ava erhob sich von ihrem Schreibtisch und ging zu dem Fenster, vor dem ihr Vater auch gestanden haben musste. Sie sah ihr eigenes Spiegelbild in dem Glas aus der Vorkriegszeit und versuchte, ihren Vater darin zu erspähen, entdeckte jedoch nur eine müde Frau, die die Kontrolle zu verlieren drohte und sich vor dem fürchtete, was kommen würde.

Auch der Status ihres Vaters war gefährdet. Er hatte an der Wiege des niederländischen Drohnenprogramms gestanden, sich jedoch auf unvollständige Informationen gestützt, und trotzdem war er als Minister mit untadeligen Leistungen in die Geschichte eingegangen. Als der Beste, den man im Verteidigungsministerium jemals gehabt hatte, so war ihr mehrmals versichert worden. Wie war das nur möglich? Wie hatte er die Kontrolle behalten können oder zumindest den Anschein davon? Sie war ihm gar nicht mehr ähnlich. Seufzend schaute sie nach draußen; sie sehnte sich nach frischer Luft, nach Sonne auf der Haut.

Diese drei Akten, so musste sie nun schlussfolgern, standen miteinander in engem Zusammenhang. Koler kannte Veltman, Veltman kannte Merijn Turing. Turing kannte Kassels. Kassels war wahrscheinlich genau wie Miriam Veltman von Eliot Koler umgebracht worden – wegen der Festplatte mit streng geheimen Informationen.

Seltsam, dachte Ava plötzlich. Seltsam, dass Erwin T. nie über die Verbindung zwischen Miriam Veltman und Merijn Turing gesprochen hatte, selbst nicht nach dem Auffinden von Kassels' Leiche. Er musste doch davon gewusst haben. Um seine Geschichte vollständig darzustellen, hätte er die Computerspezialistin erwähnen können, aber das hatte er nicht getan. Warum? Nichts von dem, was er Ava mitteilte, schien mehr zu stimmen. Er erpresste sie mit Informationen über ihren Vater; er war über all ihre Handlungen informiert und wollte unbedingt eine Schlüsselposition im Pandora-Programm. Er war ihrem Griff entglitten, und ihr fiel nichts ein, was sie dagegen unternehmen konnte. Wie sollte sie nur herausfinden, welche Informationen über ihren Vater er ihr vorenthielt? Sie überlegte und beschloss, noch an diesem Morgen dorthin zu fahren, wo sie seit seinem Tod nicht mehr gewesen war.

54 ELIOT
Flimmern

Alle blieben stehen und starrten auf die schwarze Drohne, die wie ein Geier um einen Kadaver zwischen den Berggipfeln kreiste. Schließlich verschwand das Gerät summend hinter einem Gebirgskamm und kam nicht mehr zurück. Es war auf der Suche nach etwas gewesen; vielleicht kontrollierte es aber auch nur die Gegend. War Letzteres der Fall, so bedeutete das, dass es irgendwo in der Nähe einen Ort gab, der überwacht wurde. Eliot hoffte, dass es sich dabei um den Flughafen handelte, obwohl der nach Orta der letzte Ort auf der Welt war, an den er zurückkehren wollte. Er erinnerte sich daran, wie er während des Fluges kein Auge zumachen konnte, weil das Flugzeug vibrierte, als stünde es unter Hochspannung. Wie er dort landete, in Sicherheitsgurte eingeschnürt, neben ihm und ihm gegenüber die Männer seiner Einheit, das Gepäck in der Mitte, die Waffen in Kisten an der Wand des Transportflugzeugs. Wie sie am Kunduz Airport ausstiegen, zum Stützpunkt gefahren wurden und trotz Jetlag den Anweisungen von Amerikanern, Schweden, Deutschen und Niederländern zuhören mussten. Er dachte an Harun, der bis zu dem Moment, an dem sie ihren Schlafplatz aufsuchten, am laufenden Band Witze gerissen hatte, jetzt jedoch apathisch schwieg und vor sich hinstarrte. Thijs, Stefan, Stann, der mit dem Dolmetscher Kadir auf sie wartete, um sich ihnen anzuschließen. Schweigend zogen sie sich aus und krochen in ihre Schlafsäcke. Als die Lichter ausgingen, sagte niemand mehr etwas, doch Eliot war sich sicher, dass keiner schlief. Ob er selbst geschlafen hatte, daran konnte er sich schon nicht mehr erinnern, als es Zeit war, wieder aufzubrechen. An Schlaf erinnerte er sich überhaupt nicht mehr.

»Hinter dem Hügel«, sagte Mohammad auf Englisch. »Wir bleiben hier. Warten auf dich.«

Eliot nahm den Seesack von der Schulter. Imaz stand neben ihm, mit einem Lederköcher in den Händen.

»Du das brauchen. Afghanistan gefährlich. Geschenk von mir und Mohammad. Finde Frau. Wir helfen.«

Nachdem Imaz den Köcher aufgeschraubt hatte, drehte er ihn um. Er holte ein in drei Teile zerlegtes, schmales schwarzes Gewehr heraus. Eliot erkannte die Waffe an dem Flimmerband auf dem Rohr, das die Hitze des Laufes zu den Seiten ableitete und damit beim Blick durch das Zielrohr störendes Hitzeflimmern vermied. Es war eine Brügger & Thomet APR 338, ein Schweizer Modell, das einen guten Ruf hatte und schwer zu bekommen war. Imaz schraubte den Lauf an den Kolben, und nach ein paar Versuchen gelang es ihm, das Teleskop anzubringen und zu befestigen. Er steckte die Hand in den Köcher und nahm ein kleines zweifüßiges Stativ heraus, das er unter den Lauf schob. Aus der Unterseite des Kolbens zog er eine Metallplatte, die er ebenfalls fixierte. Stolz betrachtete er nach ein paar Sekunden seine Arbeit. Dann hielt er Eliot die Waffe hin, der sie ohne zu überlegen annahm. Er wog sie in den Händen: Mit ungefähr neun Kilo war das Scharfschützengewehr gerade schwer und lang genug, um innerhalb von fünfzehnhundert Metern genau zu treffen. Hatte das Ziel die Größe eines Kopfes, durfte man nicht mehr als sechshundert Meter entfernt sein. Imaz hängte Eliot den Köcher über die Schulter und warf einen Blick nach hinten: Sein Bodyguard kam mit einer schwarzen Schachtel in seine Richtung. Er übergab sie Eliot und blieb stehen, um zu sehen, was der damit machen würde. Fünfzig 338-Patronen aus finnischer Produktion, las er auf der Verpackung. Eliot schaute den Mann an und nahm gleichzeitig das Magazin, füllte es mit zehn Kugeln, lud die Waffe und löste die Sicherung. Danach kehrte er den Prozess rasend schnell um: Er klinkte die Kassette aus, klappte die Stütze ein, schraubte das Stativ ab, nahm das Teleskop ab, zerlegte den Lauf und packte alles in den Köcher – so schnell, dass der Bodyguard sich verschluckte.

»You come back«, wiederholte Mohammad.

Ohne ein weiteres Wort verließ Eliot die Männer und ging den Pfad hinauf. Erst als er wusste, dass sie außer Sichtweite waren, blickte er zurück. Es war windstill und, so bemerkte er nun, da er sich nicht mehr bewegte, sengend heiß. Aus seinem Seesack holte er ein frisches T-Shirt, das er sich um den Kopf band. Nachdem er einen Schluck Wasser getrunken hatte, kletterte er weiter. Er erreichte den erodierten Berggipfel, der ihm Aussicht auf das Tal auf der anderen Seite bot. Erneut sah er den Fluss Kunduz, einen Seitenarm des Amudarja, des Flusses, der Afghanistan von seinen nördlichen Nachbarländern trennte. Den Ort Aliabad konnte er erkennen; zwanzig Kilometer nördlich davon musste der Flughafen sein.

Er verließ den Pfad, der nach Osten abbog und hinter dem sich ein riesiger Sandhang erstreckte. Mit gebeugten Knien, ein Bein vor dem anderen, ließ er sich durch den Sand ein Stück nach unten gleiten. Links und rechts von ihm befanden sich Felsbrocken, die ihm etwas Deckung boten. Mit dem Lederköcher als Stütze rutschte er hinunter und zog dabei eine

Spur durch den Sand. Nach einem halbstündigen Abstieg befanden sich seine Füße plötzlich auf ebener Erde. Ein Pfad, nicht mehr als zwei Reifenspuren, verlief in Richtung Westen und bog dann nach Norden ab. Weiter vorne kreuzte der Weg einen Bach, der größtenteils ausgetrocknet war. Um möglichst wenig aufzufallen, beschloss Eliot, dem Bach um den Ort Aliabad herum zu folgen. Der Überwachungsdrohne würde er dadurch nicht entkommen können, doch das war ein Risiko, das er mangels Alternativen eingehen musste. Hatte Merijn dieselbe Route eingeschlagen, um den Flughafen zu erreichen?

Es dauerte anderthalb Stunden, bis er sein Ziel vor sich liegen sah, weiträumig und leer, mit weit auseinanderstehenden Hangars und einem niedrigen Kontrollturm aus dem Sowjetzeitalter. Eine Umzäunung gab es nicht. In der Ferne sah er die grauen Rücken zweier Transportflugzeuge über mehreren Gebäuden herausragen. Kunduz Airport wurde noch immer von der NATO und den Vereinten Nationen als Drehkreuz für den Transport von Personal und Material in alle Ecken Afghanistans genutzt. Seinerzeit hielt man die relativ ruhige Provinz Kunduz dafür geeignet, doch inzwischen war der Norden des Landes Teil des Kriegsschauplatzes geworden – die Taliban hatten große Abschnitte der Provinz zurückerobert – und die Oberbefehlshaber der Streitkräfte hatten das Bedrohungspotenzial auf »substanziell« hochgestuft. Ein hoher Zaun in einer Ecke des Flugplatzes markierte den Teil, den die NATO nutzte. Am Eingangstor hing eine Eisenplatte mit den Namen der teilnehmenden Länder. Die Deutschen hatten die Führung inne; die niederländische Flagge, verkratzt und ausgeblichen, war ganz unten angebracht, wie eine fast vergessene Erinnerung. Vor dem Eingangstor standen zwei Panzer mit den Fronten zueinander hingewandt. Soweit Eliot sehen konnte, waren sie unbemannt, aber er war sich sicher, dass er seit dem Moment, in dem er das Flughafengelände betreten hatte, von mehreren Augenpaaren beobachtet wurde. Ein Soldat trat hinter einem der Panzer hervor. Er trug eine schwarze Sonnenbrille, einen Helm mit Mikrofon und hatte ein Maschinengewehr im Anschlag. Er redete laut auf Englisch, mit einem starken amerikanischen Akzent, aber seine Worte waren nicht an Eliot gerichtet. Das Wort »Backup« konnte der deutlich heraushören.

»Can I help you, Sir?« Der Ton war nicht gerade freundlich. Am Zucken seines Mundwinkels konnte Eliot erkennen, dass der junge Soldat nicht genau wusste, was er tun sollte. Er versuchte, selbstsicher zu wirken, war aber äußerst nervös.

»Ich suche Informationen über jemanden, der hier gearbeitet hat«, antwortete Eliot auf Englisch. »Es ist sehr wichtig, dass ich diese Informationen bekomme. Gibt es hier jemanden, der mir in dieser Angelegenheit helfen kann?«

»Woher kommen Sie?«

»Aus den Niederlanden.« Eliot zeigte auf die Flagge, die unten am Schild hing, aber der Soldat schien nicht ganz zu verstehen, wovon er sprach.

»Was machen Sie hier?«

»Ich suche Informationen üb…«

»Moment.« Er legte den Kopf schief und begann, laut ins Mikrofon zu sprechen. »Holland«, sagte er bis zu drei Mal, und danach, »I don't know, Sir.« Er wartete und nickte. Auch wenn Eliot die Augen des Soldaten hinter der schwarzen Sonnenbrille nicht sah, wusste er, dass sie auf ihn gerichtet waren.

Nach zehn Minuten ging die Pforte ein Stück weit auf, und ein ziemlich untersetzter Offizier kam auf sie zu. Er hatte sich nicht die Mühe gemacht, seine Jacke zuzuknöpfen, hatte eine

Sonnenbrille in die Stirn geschoben und ein Sandwich in der Hand.

»Haben Sie denn in den Niederlanden kein Telefon? Oder verdammt noch mal E-Mail?«

Eliot wollte lachen, doch der grimmige Blick ließ keinen Zweifel daran, dass mit dem Mann nicht gut Kirschen essen war.

»Ich heiße Thijs Merckelbach. Ich habe hier 2002 gedient, in …«

»Das interessiert mich nicht. Sie befinden sich auf NATO-Territorium. Betreten verboten.«

Der junge Soldat sah verlegen auf seine Schuhe, als sei er derjenige, der abgekanzelt wurde. Er schlenderte zurück zu seinem Posten hinter dem Panzer und richtete seine Waffe etwas auf.

»Ich suche eine niederländische Militärangehörige, eine Frau. Merijn Turing«, erklärte Eliot.

Der Offizier, dessen Wangen voller Sommersprossen waren, trat von einem Fuß auf den anderen, als sei der Sand darunter sehr heiß.

»Sie war vor einem Monat hier. Der letzte Anruf, den sie machte, bevor sie verschwand, erfolgte von hier aus«, ergänzte Eliot.

»Wie sieht sie aus?«, fragte der Offizier heiser.

»Groß und blond.« Eliot zeigte ihm das Foto, das Merijn und Miriam in der Türkei zeigte.

Der Offizier nickte gelangweilt.

»Ich erinnere mich an sie. Sie war auf der Suche nach irgendeinem Ort. Ich konnte ihr nicht weiterhelfen, habe sie nach Aliabad geschickt, ins Krankenhaus dort.« Er deutete in die Richtung, aus der Eliot gekommen war.

»Wen hat sie gesucht? Welchen Ort? War es Orta?«

»Ich bitte Sie jetzt, das Gelände zu verlassen, genauso wie ich Ihre blonde Freundin damals gebeten habe. Ich weiß nicht, was Sie im Schilde führen oder worum es hier geht. Ich möchte damit nichts zu tun haben. Wir haben mit den Einheimischen schon genug Ärger«, sagte der Soldat, während er seine Stiefelspitze in die Erde bohrte und drei Schritte zurücktrat. »Ethan.«

Der junge Soldat reagierte mit Gemurmel; der Offizier verschwand wieder durch die Pforte, die daraufhin wie von unsichtbarer Hand geschlossen wurde. Das Gitter vibrierte und klapperte noch eine Weile nach.

Eiligen Schrittes verließ Eliot die Basis und den Flughafen. Hoch oben am Himmel konnte er das Summen der Überwachungsdrohne hören, die nach Osten hin abdrehte. Dass das Gerät ihn beobachtet hatte, war klar; doch offensichtlich war er nun zu unwichtig, um noch mehr Datenraum und Kerosin an ihn zu verschwenden.

Ein sandiger Pfad führte zu einem befestigten Weg, der von Zypressen gesäumt war. In scharfem Kontrast zur Landschaft, die ihn in den letzten Tagen umgeben hatte, war der Straßenrand hier grün; sogar farbige, mit Bewässerungsschläuchen versehene Blumenbeete gab es. Er folgte dem Weg, bis er eine Straße kreuzte, auf der vereinzelte Lastwagen oder Pkws vorbeibrausten. Von hier aus waren es noch ungefähr zwanzig Kilometer zum Dorf Aliabad. Er schaute auf die Uhr: Mit einem durchschnittlichen Tempo würde er zweieinhalb Stunden brauchen, um es zu erreichen. Das gab ihm nicht genug Zeit, um vor Nachteinbruch wieder zurück bei Imaz und Mohammad zu sein, die in den Bergen auf ihn warteten. Ein Kipplaster kam brummend näher. Er streckte die Hand aus, aber der Wagen hielt nicht an und stieß beim Vorbeifahren eine Ladung Ruß aus. Eliot folgte der Straße in derselben Richtung wie der Laster, bis weitere Fahrzeuge vorbeikamen.

Beim zweiten Lastwagen klappte es: Eliot zwängte sich zu zwei Afghanen in die sandige Kabine, zwischen Werkzeugkisten und Eisendrahtrollen. Die Männer hatten ihre Bauhelme auf dem Schoß, musterten ihn von oben bis unten und diskutierten danach ausführlich auf Persisch. Sie hörten erst auf, als der Lastwagen auf den Sandweg zum Dorf abbog. Eliot machte die Tür auf, sprang hinaus und streckte die Hand in die Höhe. Als er sich umsah, bemerkte er, dass sie ihn am Dorfrand abgesetzt hatten. Die Siedlung begann etwas weiter vorne, und hinter den Häusern sah er das Grün von Bäumen und Feldern, hinter denen sich der Fluss Kunduz befinden musste. Auf der Straße war niemand zu sehen. In Aliabad gab es nur ein paar Hundert Häuser, und nach ein paar Minuten hatte er das kleine Krankenhaus gefunden. Es war das einzige neue Gebäude des Dorfes, und es bestand aus weißen Mauern und Glas. Die afghanische Flagge hing schlaff am Mast auf dem Dach. Der Rollladen vor der Tür war halb heruntergelassen. Eliot klopfte an. Es dauerte kurz, bis eine Reaktion in Form eines kurzen Zurufs aus dem Inneren des Gebäudes erfolgte. Jemand zog den Rollladen hoch und die Tür nach innen auf: Es war ein afghanischer Polizist in einer nagelneuen blaugrünen Uniform. Um die dreißig musste er sein, mit einem wachen Blick und einem Ziegenbärtchen. Er musterte Eliot gründlich und drehte sich dann um. Eliot folgte ihm. Der Afghane verschwand in einem Kämmerchen neben dem Eingang und kam kurze Zeit später mit einem Stapel Formulare zurück, die er ihm aushändigte. Der Text war in englischer, deutscher und niederländischer Sprache abgefasst. In die leeren Felder schrieb Eliot einfach irgendwas. Der Polizist starrte auf sein iPhone, während er darauf wartete, dass Eliot ihm die Formulare zurückgab. Der Mann zeigte auf Eliots Gepäck und sagte: »Here.« Widerwillig stellte der Niederländer den Köcher und seinen Seesack in dem Kämmerchen ab. Danach ging der Polizist durch einen Flur zu einer blauen Tür mit einem Gitter davor. Er öffnete das Gitter und steckte den Schlüssel ins Schloss, um für Eliot die Tür zum Krankenhaus zu öffnen.

»Thank you«, sagte Eliot zu dem Wachmann, der schon wieder auf dem Weg zurück zum Eingang war.

Hinter einem Tresen saß eine Frau mit einem hellblauen Kopftuch und einem weißen Arztkittel. Ruhig liefen Ärzte und Pflegekräfte hinter ihr vorbei, schoben dann und wann ein Bett vor sich her. Für einen Ort mitten im explosiven Kriegsgebiet ging es hier auffallend gemächlich zu.

»Kann ich Ihnen helfen?«, fragte die Rezeptionistin.

»Ich suche eine Frau.«

»Wann wurde sie eingeliefert?«

»Sie ist nicht als Patientin gekommen. Sie war nicht krank, sondern hat um Information gebeten.«

Die Frau nickte, ohne ihn anzusehen.

»Wann?«

»Vor weniger als einem Monat.«

Sie drehte sich in ihrem Stuhl um, streckte sich und nahm einen Ringordner, den sie in aller Ruhe aufschlug.

»Name?«

»Merijn Turing.«

»Mit T?«

Ohne seine Antwort abzuwarten, blätterte sie ein paar Seiten um und fuhr mit dem Zeigefinger die Spalten entlang.

»Das war vor fünfundzwanzig Tagen.« Sie drehte den Ordner zu ihm hin, sodass er Merijns Namen in Druckbuchstaben zusammen mit der Passnummer deutlich lesen konnte.

»Sie hat hier nach Akten gesucht, die ich nicht habe.«

»Welche Akten?«

»Über Opfer, die in dieser Region am ...« Sie beugte sich über den Ordner, um die kleinen Buchstaben entziffern zu können. »... 16. April 2003 umgekommen sind. Aber dieses Krankenhaus wurde erst vor vier Jahren gebaut. Diese Akten haben wir hier also nicht.«

»Und was haben Sie dann gemacht?«, fragte Eliot, dem die Bedeutung des Datums nur allzu bewusst war.

»Alle Todesopfer und Verwundeten wurden damals nach Imam Sahib gebracht. Dort befindet sich das größte Krankenhaus der Region. Ich habe sie angerufen, um ...« Sie schaute wieder in ihre Aufzeichnungen. »... drei Uhr nachmittags.«

»Todesopfer aus Orta wurden in den Norden gebracht?«

»Den Ort kenne ich nicht, aber wenn er hier in der Nähe ist, dann kommen die Menschen jetzt hierher. Früher wurden sie tatsächlich nach Imam Sahib transportiert.«

Eliot bedankte sich bei der Frau und ging wieder zum Eingang, wo er von dem Polizisten seine Sachen zurückbekam. Draußen hockte er sich im Schatten an die Wand des Krankenhauses. Zwischen den Fingern hielt er eine imaginäre Zigarette.

Merijn hatte die Stelle gesucht, an der sich Orta befunden hatte, doch es war ihr nicht gelungen, sie zu lokalisieren. Allerdings hatte sie inzwischen herausgefunden, wo sie Informationen über die Toten bekommen konnte. Um Rens zu rächen, hatten sie und Miriam versucht, genug Material zusammenzutragen, damit sich ein Gericht des Falls annahm, aber die Beweise auf der Festplatte und Eliot als Zeuge hätten wohl nicht ausgereicht. Sie brauchten mehr; unumstößliche Beweise für die Existenz eines Ortes namens Orta und für den Tod seiner Bewohner. Das musste der Grund dafür sein, warum Miriam ihm aufgetragen hatte, Merijns Spur zu folgen. Zusammen konnten sie ausreichend Beweise sammeln und das wahre Gesicht des niederländischen Staates enthüllen. Endlich würden sie wissen, warum sich Rens Veltman in seiner Zelle erhängt hatte. Rens Veltman, dachte Eliot. Warum sagte ihm der Name nichts? In Enschede hatte er seine Akte gelesen. Hinter seinem Namen hatte »INF« gestanden. Er schickte Harun eine Nachricht:

Wer ist Rens Veltman? War er in Orta? Was bedeutet »INF«?

55 AVA

Eine grundlegende Verpflichtung

Im Wintergarten stand ein Sessel für Ava bereit, daneben ein kleiner Tisch mit einem Glas heißen Tee darauf. Ihre Mutter hatte es sich ebenfalls bequem gemacht und schaute über den Rasen; links befand sich der Rosengarten und rechts die Terrasse. Ein Mann auf einem Sitzrasenmäher zog kerzengerade Linien durch das Gras. Auf der Lehne von Avas Platz lag das Notizbuch ihres Vaters, ein kleines in Leder eingeschlagenes Exemplar mit einem Gummiband. Als ihre Mutter hörte, wie Ava den Raum betrat, wandte sie sich um und hielt ihr eine Wange zum Kuss hin. Sie trug einen Rock aus feinem Stoff und hatte die Haare hochgesteckt. Schmuck fand sie ordinär.

»Ich sollte mir eigentlich so einen Rasenmähroboter anschaffen, aber das wäre dann so schlimm für Louis. Er kümmert sich schon seit zwanzig Jahren um den Garten, da kann ich doch nicht von dem einen auf den anderen Tag zu ihm sagen, ich brauche dich nicht mehr, oder?«

»Warum denn nicht?«, wollte Ava wissen. »So läuft es eben manchmal im Leben.«

»Ein wenig Mitgefühl für die Menschen um einen herum hat noch niemandem geschadet, Ava. Was habe ich dir eigentlich beigebracht?«

»Sachlichkeit und Effektivität, möchte ich meinen.«

Ihre Mutter seufzte missbilligend und trank einen Schluck von ihrem Tee.

»Wann warst du eigentlich zum letzten Mal hier?«

»Ich habe viel zu tun, Mama.«

»Sachlichkeit und Effektivität wünschen sich Eltern gar nicht so sehr, weißt du. Es reicht, wenn eine Tochter einfach nur da ist. Hier hast du jedenfalls Papas altes Notizbuch. Das war eine ewige Sucherei in seinem Arbeitszimmer. Was willst du eigentlich damit? Bisher hast du dich doch nie dafür interessiert.«

»Drin lesen.«

»Ach, Ava.«

Ihre Mutter schaute sie an und lächelte dünn.

»Du siehst blass aus.«

»Hör auf damit, Mama, ich fühle mich ganz wunderbar.« Schweigend schaute ihre Mutter sie weiter an, als erwarte sie, Ava werde jeden Augenblick zusammenbrechen.

»Mir gegenüber brauchst du dich nicht zusammenzureißen, weißt du.«

»Es geht mir bestens. Es gibt einige Probleme, aber keine, die man nicht lösen könnte.«

»Wegen diesem Fluggerät.«

»Unter anderem, ja«, reagierte sie rasch. »Da sind einfach ein paar Dinge, die ich klären muss.«

Ihre Mutter blies in ihren Tee und schlug die Beine übereinander. Sie starrte zu dem Gärtner hinüber, der inzwischen vom Rasenmäher gestiegen und mit einer Harke zum Waldrand gegangen war.

»Und du hast trotzdem Zeit für das Notizbuch?«

Ava antwortete nicht, warf nur einen Seitenblick auf das Büchlein. Dann legte sie eine Hand auf das Leder und nestelte an dem Gummiband.

»Woran kannst du dich aus seiner Zeit als Minister noch erinnern?«, erkundigte sie sich.

»Spannende Jahre waren das. Sehr anstrengend. Filip hatte noch nie so viel zu tun gehabt, sagte er. Lange Tage im Büro und viel Arbeit, die er mit heimbrachte.« Sie schaute kurz zur Seite.

»Warum spannend?«

»Dein Vater hatte neue Ideen, und die wollte er auch in die Tat umsetzen. Damit ist er auf heftigen Widerstand gestoßen: Die Leute, mit denen er zusammenarbeitete, die Abgeordneten – alle waren sehr skeptisch. Altmodisch, wenn du mich fragst.«

»Was denn für neue Ideen?«

Kurz schloss Avas Mutter die Augen, als versuche sie auf diese Weise, ihre Gedanken zu ordnen.

»In deinem Ministerium war man schon immer ziemlich konservativ. Dagegen musste er sich durchsetzen. Er wollte Neuerungen in der niederländischen Armee durchbekommen und ist damit auf viel Widerstand gestoßen. Man konnte sich einfach nicht vorstellen, dass ein so radikales Eingreifen nötig wäre. Aber er hat vorausschauend gedacht, und letzten Endes ist es ihm gelungen, alle zu überzeugen. Wie geht es Mel?«

»Gut, Mama.«

»Hat sich mittlerweile zwischen euch was getan?«

»Wie meinst du das?«

»Das weißt du ganz genau. Komm schon, Ava, er gefällt dir doch auch, unser Ministerpräsident?«

»Also bitte.«

»Es wäre gut für dich. Und vielleicht auch für die Familie Rodenburg. Hat er nicht auch in Leiden studiert? Dein Vater hatte …«

Ava steckte das Buch die Tasche und erhob sich.

»Bis zum nächsten Mal, Mama. Dann bringe ich dir einen Louis-Roboter mit.« Sie beugte sich zu ihrer Mutter hinunter und küsste sie auf die Wange.

»Ich meine das ganz ernst«, sagte ihre Mutter, als Ava schon im Begriff war, den Wintergarten zu verlassen. »Du siehst blass aus. Das liegt an der Arbeit. Es sind die Entscheidungen, die du treffen musst. Dein Vater fand das auch immer sehr belastend. Dass er so früh ...«

»Ich passe schon auf mich auf«, erklärte Ava kurz angebunden und zog danach die Tür hinter sich zu.

In ihrem Dienstwagen schlug sie das Notizbuch auf. Ihr neuer Chauffeur fuhr die Straße entlang und lenkte das Auto hinaus aus dem Dorf in der Provinz Gelderland. In der typischen Handschrift ihres Vaters, der schlanken Druckschrift mit den eleganten Großbuchstaben, gewährte ihr Vater ihr Einblick in die Anfangszeit seiner Arbeit als Minister, im Juli 2002 im Kabinett von Willem Elzinga. Es gab kurze Notizen für Ansprachen, andere aus Meetings, Fragen von Abgeordneten und Journalisten. Dazwischen Anmerkungen wie »Verfolgen«, »Uninteressant« und »Mehr Informationen«. Er hatte mal blaue, mal schwarze Tinte verwendet und einzelne Wörter durchgestrichen. Es gab auch Verweise auf Buchtitel und wissenschaftliche Artikel. Ava blätterte weiter und kam zu einer Seite, auf die ihr Vater mit Tesafilm einen Artikelausschnitt aus einer amerikanischen Zeitung geklebt hatte.

Steve Ardello, 86. Etage
Der siebenundzwanzigjährige Börsenmakler hielt sich beim Einschlag des ersten Flugzeugs im Südturm auf. Folgende Nachricht sprach er seiner Mutter Alison auf den Anrufbeant-

worter: »Hey Mom, du hast sicher schon mitbekommen, dass ein Flugzeug in Turm 1 des World Trade Centers geflogen ist. Ich lebe noch, das kannst du ja hören, aber ich habe ziemlich große Angst. Gerade ist jemand aus dem Fenster gesprungen, aus dem 91. Stock, glaube ich, bis ganz nach unten. Ruf mich ruhig an. Ich liebe dich.«
Zwei Minuten später, um 9.03 Uhr, schlug United Airlines-Flug 175 in den Südturm ein.

Nie wieder 9/11 hatte er in zittrigen Buchstaben darunter geschrieben. Sie las den Ausschnitt noch einmal und blätterte dann um. *11. September 2001* stand ganz oben auf der nächsten Seite.

Taxi nach Lower Manhattan genommen. Kaffee im Battery Park, dann weiter zum Conference Center. Kommen aus dem Tunnel und sehen eine Rauchsäule über den Gebäuden. Taxifahrer hält an, steigt aus, schaut nach oben. Alle schauen nach oben. Alle scheinen auf der Straße zu sein, der Verkehr steht still. Von überallher Sirenen. Die Menschen ganz eigenartig ruhig. Um uns herum Feuerwehr, Polizeiautos, herumrennende Polizisten usw. Ich rufe nach dem Fahrer. Er hört mich nicht. Rufe noch einmal, Tür des Taxis verriegelt. Klopfe an die Scheibe, und er lässt mich heraus. Erst jetzt kann ich es richtig sehen. Einer der beiden Türme des WTC, der Nordturm (der mit dem hohen Antennenmast), brennt. Flammen schlagen aus den obersten Etagen. Erstaunlich, wie ruhig sie sich bewegen. Es müssen sich Hunderte, wenn nicht sogar Tausende Menschen in diesem Gebäude aufhalten. Hoffe, dass sie unverletzt bleiben. Bitte den Chauffeur, eine andere Route zu nehmen. Schließlich steigt er wieder ein.

Auf die gegenüberliegende Seite hatte Filip Rodenburg geschrieben:

Siebzehn Minuten nach dem ersten Flugzeug trifft Maschine Nummer 2 den Südturm. Ich sitze in diesem Moment ahnungslos im Taxi. Komme am Conference Center an, aber dort herrscht totales Chaos. Jemand zeigt auf einen Fernseher. Das Unglück wird immer wieder gezeigt. Bilder gehen ein, Aufnahmen aus allen möglichen Perspektiven. Mir wird ganz übel davon. Es ist eine kriegerische Handlung. Kein Unfall.
Die Türme sind eingestürzt. Unglaublich! Unfassbar! Wer denkt sich so etwas aus? Tausende unschuldiger Opfer.

Beim Lesen seiner Worte musste sie daran denken, wie sie selbst den Anschlag auf die Zwillingsstürme erlebt hatte. Stunden hatte sie vor dem Fernseher zugebracht. Die Türme live einstürzen sehen, durch die sengende Hitze des Feuers, das die Metallkonstruktion hatte schmelzen lassen. Die Staubwolke, die auf diese Weise entstand, die flüchtenden Menschen, außer sich, grau von der Asche, nach unten segelnde Papiere, der verformte Stahl, die mit einem Grauschleier überzogenen Feuerwehrautos. Vierzehn Jahre war das jetzt her, aber sie konnte sich die Bilder mühelos ins Gedächtnis rufen, auch wenn sie sich damals auf der anderen Seite des Atlantischen Ozeans befunden hatte. Niemand konnte diese Bilder vergessen; sie hatten sich in das kollektive Gedächtnis der Menschheit eingebrannt. Ihr Vater war entschlossen gewesen, in seiner Funktion dafür zu sorgen, dass ein Albtraum wie der Elfte September den Niederlanden erspart blieb. Keine unschuldigen Opfer, sondern ein gezieltes Ausschalten der Täter, bevor sie aktiv werden konnten. Dann hätte Chalid Scheich Mohammed keine Gelegenheit dazu gehabt, seinen Plan zu entwickeln, und Mohammed Atta, Ziad Jarrah und den siebzehn anderen Tätern wäre es nie gelungen, ihn auszuführen. Unten auf der Seite hatte er später hinzugefügt: *4. August 2002. Die Gewährleistung der Sicherheit ist eine Hauptaufgabe der Regierung. Alles daransetzen, dass so etwas nie wieder passiert.*

Am 11. August 2002, so stand es in Filip Rodenburgs Notizbuch, war der Minister in die Vereinigten Staaten gereist und hatte dort George Tenet getroffen, den Chef der CIA, der bereits seit 2000 Drohnentests durchführen ließ. Die Entwicklung der Geräte hatte durch den Anschlag auf die Zwillingstürme einen Schub erfahren: Die erste Mission in Afghanistan wurde am 18. September durchgeführt, genau eine Woche nach dem Attentat. Ab Ende 2001 setzten die Vereinigten Staaten ihre Drohnen aktiv als Waffen ein, um gefährliche Individuen auf fremdem Boden auszuschalten, bevor sie Unheil anrichten konnten. Von Usbekistan aus schickte die CIA immer mehr MQ-1-Predator-Luftfahrzeuge nach Pakistan und Afghanistan, die HVTs aufspüren und vernichten sollten, und auf diese Weise wurde der »Präventivschlag« zum Gemeingut. Mit Interesse hatte Rodenburg die Entwicklungen verfolgt. Während seiner Reise im Juli fasste er die Vorteile von UAV-Einsätzen zusammen, die ihm später als Argumente dafür dienten, seine politischen Freunde und Feinde zu überzeugen:

1) *Nach der ersten Investition in das System relativ billig*
2) *Schnell, effektiv, effizient (Nonstop-Einsatz von mehr als 48 Stunden möglich)*
3) *Zahl unschuldiger Opfer auf ein Minimum reduzierbar*
4) *Große Angriffe verhindern: auch Niederlande Angriffsziel*
5) *Einzeltäter ausschalten (vgl. Volkert van der G., Mai 2002)*

6) *Entscheidend: keine zivilen Opfer, keine toten niederländischen Soldaten*
7) *Image: Öffentlichkeit nimmt Angriffe nicht als Kriegshandlungen wahr*
8) *Niederländer führen keine Kriegshandlungen auf fremdem Boden aus*
9) *Verantwortung für Kriegshandlungen schwer bestimmbar: Opfer können sich nicht auf eventuelle Fehler der Niederlande berufen (vgl. Srebrenica, Juli 1995)*

Am 20. August – *Spannender Tag, bin aber voller Hoffnung* – erfolgte eine Abstimmung über den Erwerb eines fortgeschrittenen, von George Tenet empfohlenen Waffensystems. Es handelte sich um ein Modell, das man mit der Predator vergleichen konnte und dessen Entwicklung sich inzwischen in einer Testphase befand. Hergestellt wurde es von Lockheed Northrop, einem Konzern, der im selben Jahr aus der Fusion zwischen Lockheed Martin und Northrop Grumman entstanden war. Tenet hatte Rodenburg ans Herz gelegt, dieses automatische Waffensystem sei *der entscheidende Schritt, um Eurem Land und der Welt zu mehr Sicherheit zu verhelfen*, so schrieb Avas Vater. Die Abstimmung wurde ein überwältigender Erfolg: Von den hundertfünfzig Abgeordneten des Parlaments stimmte lediglich die zehnköpfige Fraktion der Grünen Partei dagegen. *Besten Dank an Pim Fortuyn*, notierte Filip Rodenburg nach diesem rauschenden Sieg. So kam es, dass die Niederlande seit dem Herbst 2002 ihr eigenes Drohnenprogramm hatten. »Die Gewährleistung der Sicherheit zählt zu den grundlegenden Verpflichtungen der Regierung«, wiederholte Willem Elzinga die Worte ihres Vaters, als die erste Maschine angeschafft wurde. *Ich bin stolz auf das Ergebnis. Stolz darauf, dass ich meinem Ministerium, den Niederlanden und der Welt auf diese Weise einen großen Dienst habe erweisen können*, hielt Rodenburg in seinem Notizbuch fest.

Das Auto wurde langsamer und stoppte an einer Ampel. Sie schaute durch die getönte Scheibe des Seitenfensters nach draußen und stellte fest, dass sie sich in der Nähe von Wageningen befand. Die Uhr auf ihrem Tablet zeigte an, dass es bereits Mittag war. Noch eineinviertel Stunden bis zur Ankunft in ihrem Ministerium.

Für sie würde eine neue Abstimmung über Pandora auch positiv verlaufen, doch all ihr Enthusiasmus darüber war verschwunden, weil durch das Öffnen der Büchse der Pandora eine ganze Flutwelle schlimmer Ereignisse ausgelöst worden war, die sich nicht mehr eindämmen ließ. Als ihr Vater seinen Stolz über das Ergebnis festhielt, ahnte er noch nicht, was ihn erwartete. Auch dreizehn Jahre später war es noch ein Rätsel. Erwin T. wusste, in welches Netz ihr Vater sich verstrickt hatte, aber er hielt den Mund, um dafür zu sorgen, dass Ava ihm die Kontrolle über Pandora überließ. Wenn sie sich weigerte, würde Erwin T. dafür sorgen, dass die Informationen über ihren Vater an die Öffentlichkeit gelangten, und damit wären ihre Tage als Ministerin gezählt. Der erste weibliche Ministerpräsident des Königreichs der Niederlande würde dann nicht Rodenburg heißen.

Die Ampel sprang auf Grün; das Auto fuhr an, bog dann auf den Zubringer zur Schnellstraße Richtung Utrecht ein. Ava holte eine Flasche Wasser aus der Mittelkonsole und trank sie mit kleinen Schlucken aus. Danach nahm sie das Notizbuch wieder zur Hand und blätterte bis zu der Stelle, an der sie zu lesen aufgehört hatte. Wenn ihr Vater darin sein Schicksal seit der Entscheidung für Lockheed Northrop festgehalten hatte, konnte sie zumindest die Position von Erwin T. besser einschätzen. Vielleicht bluffte er ja auch nur. Es wäre nicht das erste Mal, dass er sie in die Irre führte.

Es gab Passagen über Dienstreisen: Deutschland, Schweden, Spanien, die Türkei, Afghanistan. Er hatte festgehalten, wen er getroffen und welche Orte man zusammen aufgesucht hatte. Hier und da gab es ein Wort, das seine Stimmung widerspiegelte. Ava blätterte um und gelangte zu der Seite über seine Reise nach Afghanistan. Eine einzelne Zeile in der Mitte erregte ihre Aufmerksamkeit:

Mittwoch, 16. April 2003, 8.30 Uhr: Erster Flug Hermes. High Value Target: Malik Jaweed.

56 ELIOT

Einschlag

Er hatte Aliabad und das Krankenhaus hinter sich gelassen und stand oben auf einem Hügel, der an einer Seite steil abfiel. Ungefähr zweihundert Meter weiter unten sah er einen Olivenhain, dahinter die Umrisse eines Häuschens. Er schraubte den Köcher auf, setzte das Snipergewehr zusammen, richtete sich auf und wagte es dann, Schritt für Schritt hinabzusteigen. Er konnte erkennen, dass es nicht mehr weit zu dem Punkt war, an dem der Berg zu einem kleinen Hügel in der Landschaft abflachte. Fast hatte er die Olivenbäume erreicht, als er ein schrilles Pfeifen hörte und unmittelbar danach das Rattern eines Maschinengewehrs. Fünfzig Meter von ihm entfernt prasselten Kugeln auf den trockenen Boden und verursachten eine Staubwolke. Reflexartig warf er sich in einen flachen Graben und kroch unter einem Zaun hindurch. Wieder schlugen die Kugeln mit stumpfem Geräusch ein, diesmal näher, aber immer noch weit von ihm entfernt. Der Schütze war ungeübt, oder der Abstand zwischen ihm und Eliot war zu groß, als dass er wirklich hätte treffen können. Durch das Teleskop nahm Eliot den westlichen Berghang ins Visier und erkannte nach einigen Sekunden zwei Silhouetten an einem hervorstehenden Felsbrocken. Die Gestalten trugen weiße Dschellabas mit grünen Daunenwesten darüber. Einer der beiden Männer kletterte etwas höher, verschwand aus dem Blickfeld und tauchte kurze Zeit später auf der anderen Seite des Felsens wieder auf. Seinen Gewehrlauf hatte er nach vorne gerichtet, aber in der Haltung, die er eingenommen hatte, würde es ihm unmöglich sein, Eliot aus dieser Entfernung zu treffen. Es war fast windstill, doch durch die Hitze bildeten sich Luftspiegelungen, die es schwierig machten, Entfernungen richtig einzuschätzen: Was man zu sehen meinte, befand sich manchmal Dutzende von Metern weiter links oder rechts als gedacht. Das *Flimmerband*, das standardmäßig zu der Brügger & Thomet dazugehörte, konnte seinen Wert hier beweisen. Eliot stellte das Ziel scharf, berechnete Abstand und Windgeschwindigkeit und atmete tief ein. Sein Herzschlag wurde langsamer. Er harrte aus, bis der linke Mann sich auf seiner neuen Position reglos hingelegt hatte. Nach fünfzehn Sekunden war das der Fall. Eliot drückte ab und wartete auf den Einschlag. Durch den Sucher sah er einen Sekundenbruchteil später den Kopf des Mannes auseinanderbersten. Er zielte auf den rechten, der aufsprang und mit der Waffe in der Hand stolpernd wegrannte, um sich circa dreißig Meter weiter zu verstecken. Erneut stellte Eliot die Waffe ein und wartete. Der Kopf des Kämpfers tauchte kurz auf und verschwand dann wieder. Nach vierunddreißig Sekunden wähnte sich der Mann anscheinend in Sicherheit, denn er richtete sich vollends auf und stützte sich mit einer Hand am Felsen ab. Die Waffe hatte er fallen lassen. Mit angehaltenem Atem schoss Eliot und sah, wie – in völliger Stille – auch der Kopf des zweiten Mannes in rote Klumpen zerfiel und der Körper in sich zusammensackte, als bestehe er aus Papier.

Schnell zerlegte Eliot das Gewehr und stand auf. Durch die Olivenbäume hindurch rannte er zu dem Häuschen, das verlassen schien. Ein Sandweg schlängelte sich daran vorbei bis zu einem trockenen Bachbett, über das man eine provisorische Brücke aus unebenen Balken gelegt hatte. Er überquerte sie und sprintete den Hügel hoch, hinter dem sich Imaz und Mohammad befinden mussten. Nachdem er ungefähr einen Kilometer hinaufgeklettert war, ruhte er sich aus, trank aus seiner Feldflasche und schaltete sein Handy ein. Ein kurzes Vibrieren gab an, dass jemand versucht hatte, ihn anzurufen. Außerdem hatte er eine neue SMS in seiner Inbox. Harun schrieb: *Ruf dich um 10:05 an – H.* Eliot schaute auf die Uhr: Es war 13:03; in den Niederlanden drei Stunden früher. Während er ständig das hin- und herspringende Signalsymbol rechts oben in der Ecke des Displays beobachtete, trank er das Zuckerwasser, bis die Flasche nur noch halb voll war. Ein Balken, zwei Balken, kein Empfang. Plötzlich klingelte es. Er hielt das Handy ans Ohr und wartete.

»Eliot, bist du das?«

»Ja, ich kann dich hören.«

»Hattest du keinen Empfang?«, fragte Harun.

»Völlig hoffnungslos hier. Was wolltest du mir letztes Mal sagen; ich hatte dich nicht verstanden.«

»Welchen Teil denn?«

»Hermes.«

»Hermes. Ja, das Wort stand auf dem Post-it, das du mir gegeben hast. Ich habe mich auf der gesicherten Seite des Verteidigungsministeriums umgeschaut. Zweimal bin ich dem Begriff begegnet, Kumpel.«

»Was bedeutet er?«, wollte Eliot wissen. Er hoffte inständig, dass die Verbindung halten würde.

»Es wurde in Afghanistan getestet, Kumpel, genau in der Zeit, in der wir auch dort waren. Ende 2002, Anfang 2003.«

»Aber was ist es?«

»Ein automatisches Waffensystem. Eine Drohne. Sie haben damals einen neuen Drohnentyp getestet. Ein UAV.«

»Hermes ist eine Drohne«, murmelte Eliot vor sich hin und starrte auf den Sand.

»Das ist der Deckname, den Lockheed benutzt hat. Hatte noch nie davon gehört.«

»Nein«, sagte Eliot leise, »ich auch nicht.« Er stand auf und schwang sich den Köcher über die Schulter. »Was macht die Festplatte?«

»Die braucht sicher noch zweiunddreißig Stunden, bis sie decodiert ist, wenn sie mir in der Zwischenzeit nicht abstürzt. Also immer dranbleiben.«

»Halte mich weiterhin auf dem Laufenden.« Aus dem Handy kam nur ein Rauschen, aber Eliot redete weiter, während er den Hügel hinaufkletterte. »Weißt du schon etwas über Rens Veltman?«

»Ja.« Haruns Stimme klang nun weit entfernt. »Er war ein Informant, genau wie Miriam. MIVD. Du kennst ihn von der Orta-Mission. Es ist Sta... V...«

»Kannst du das wiederholen?«

Harun war nicht mehr zu hören.

»Harun?« Noch immer schwieg der Web Soldier.

»... a«, hörte er schließlich mit viel Verzögerung. »Stann Velmer ist Rens Veltman. Er ist vom MIV ...«

Eliot traute seinen Ohren nicht.

»Harun, hör zu. Merijn Turing. Ich komme immer näher an sie ran.«

»Ja. Da ...«

Es machte Klick, und ein langer Summton erklang. Eliot schaltete das Gerät aus.

57 AVA
Hermes

Die Bildschirme auf dem Schreibtisch knisterten wegen der Staubteilchen, die sich in der vergangenen Woche darauf angesammelt hatten und sich nun elektrisch aufluden. Offensichtlich war das Zimmer nicht geputzt worden. Die Reinigungskräfte waren krank gewesen, hatten Avas Büro vergessen oder einfach keine Lust gehabt. Über andere Menschen gab es letztendlich keine Kontrolle. Sie hatten ihre Beweggründe, Vorstellungen, Vorlieben und Gefühle, und das machte sie unberechenbar. Das galt für Leonard Montfoort, Eline Deneuve, Mel Stahlman. Und ganz besonders für Erwin T.

Er verspätete sich. Sie trank einen Schluck Kaffee und schrieb eine E-Mail an den Gewerkschaftsvertreter des Verteidigungsministeriums; es ging um die 5000 notwendigen Entlassungen, die sich aus dem schrittweise umzusetzenden Automatisierungsprozess innerhalb der Organisation ergaben. Sie würde ihn persönlich empfangen, aber was das Resultat betraf, waren große Hoffnungen bei ihm fehl am Platz.

Auf ihrem Tablet erschien eine Nachricht: *Lange Vijverberg, gegenüber dem Springbrunnen. – T.* Unwillkürlich schaute Ava aus dem Fenster. Sie stand auf und verließ das Gebäude am Kalvermarkt. Über den Spui gelangte sie auf den Hofweg und ein wenig später auf den Buitenhof, wo sie am Schlossweiher nach rechts abbog. Sie entdeckte Erwin T. auf einer der Bänke, die wie ein langes grünes Band den Vijverberg säumten. Er aß ein belegtes Baguettebrötchen, das halb aus einer Papiertüte herausschaute. Eine zweite, an die eine Papierserviette geheftet war, lag neben ihm. Als er Ava näher kommen sah, hielt Erwin T. die Tüte wortlos hoch. Widerwillig nahm Ava sie entgegen, obwohl sie sich eingestehen musste, dass sie Hunger hatte. Sie setzte sich und schlug die Beine übereinander.

»Tatar. Ich habe mal gelesen, dass Sie das mögen«, erklärte er mit vollem Mund. »Von Snelders, da bekommt man die leckersten Brötchen in der ganzen Stadt, so heißt es zumindest. Aber man soll ja nicht alles glauben.«

Umständlich öffnete sie die Tüte und probierte ein Stück von dem Baguette, wischte sich dann den Mund ab und schaute Erwin T. an.

»Ich wollte mich bei Ihnen entschuldigen«, erklärte er plötzlich unterwürfig.

»Wofür?«, fragte sie. »Dafür, dass Sie eine Ministerin erpressen? Oder dafür, dass Sie ohne jede Rücksprache Entscheidungen treffen? Oder vielleicht dafür, dass Sie Informationen verdrehen oder verschweigen?«

»Sie haben neulich von Vertrauen gesprochen, und ich bin mir darüber im Klaren, dass ich nach der Art und Weise, mit der ich bis jetzt den Umgang mit der Akte Veltman/Koler gehandhabt habe, nur wenig Vertrauen erwarten darf. Ich kann Ihnen nur versichern: Ich tue das alles mit den besten Absichten.«

Ava lachte verächtlich.

»Mit den besten Absichten. So wie es Ihnen am besten passt, Erwin, das ist Ihre Motivation. All Ihre Entscheidungen basieren auf Egoismus.«

»Sie beurteilen mich zu streng, Frau Rodenburg.«

»Ich beurteile Sie noch lange nicht streng genug«, gab sie zurück. Sie biss noch einmal von ihrem Baguettebrötchen ab, das tatsächlich ganz ausgezeichnet schmeckte. »Warum haben Sie mir gegenüber nie die Verbindung zwischen Miriam Veltman und Jan Kassels erwähnt?«

»Welche Verbindung?«

»Das brauche ich Ihnen doch nicht zu erklären. Kassels hatte eine Geliebte. Sie arbeitete auf dem Luftwaffenstützpunkt in Lelystad, und zwar zur selben Zeit wie Veltman. Ich habe mir die Akten der beiden kommen lassen. Von Ihnen gab es dazu nie auch nur ein Wort; da ist meine Frage ja wohl berechtigt.«

Laut schmatzend vertilgte Erwin T. den Rest seines Brötchens, wischte sich den Mund mit dem Ärmel ab und ließ die Papiertüte achtlos auf den Boden fallen. Das Ganze war eine Strategie, das durchschaute Ava nun; ein Trick, um Zeit zu gewinnen und über die richtige Antwort nachzudenken.

»Sie wissen also davon.«

»Warum musste ich es selbst herausfinden?«

»Nun«, erklärte Erwin T., während er mit dem Nagel seines Zeigefingers zwischen den Zähnen herumpulte, »wir wollten die ganze Situation nicht unnötig komplizieren. Es ist so oder so schon alles sehr komplex.« Er zündete sich eine Zigarette an. »Wirklich sehr komplex. Frau Turing verschwand am 6. Mai diesen Jahres. Ungefähr einen Monat haben wir nach ihr gesucht, doch leider ohne Erfolg. Wir sind zu spät gekommen. Was Veltman angeht, so mussten wir schnell handeln, und trotzdem konnten wir nicht verhindern, dass Koler sie gewaltsam umgebracht hat.«

»Welche Beweise liegen gegen ihn vor?«

»Er wurde von einem Mitarbeiter in der Nähe von Veltmans Autowrack gesehen. Der hat sich erst später daran erinnert, dass er Koler vor Ort entdeckt hatte. Koler hielt sich in den Büschen versteckt.«

»Und bei dem Mord an Kassels?«

»Die Spuren am Körper des Toten, die Zugangskarte. Beweise im Übermaß.«

Ava war nicht überzeugt; die Art und Weise, mit der Erwin T. ihre Fragen beantwortete, erschien ihr zu gut durchdacht. Etwas an ihm stimmte nicht, aber noch immer konnte sie nicht genau sagen, was das war.

»Und jetzt wollen Sie, dass Pandora Koler aufspürt und ausschaltet. Wie stellen Sie sich das denn vor, einen Raketenangriff mit einer Drohne, direkt hier auf der Straße, auf dem Lange Vijverberg?«

Erwin T. lächelte.

»Nein, das wäre nicht möglich.«

»Das möchte ich meinen.«

»Nein, ich will sagen, es wäre nicht möglich, weil Eliot Koler sich nicht mehr in den Niederlanden aufhält.«

Ava wurde von Emotionen überwältigt, für die es keine Worte gab: vielleicht Verständnislosigkeit, Wut, Entsetzen, Angst. Ihre Hände zitterten, als tue ihr Körper sein Bestes, sich von diesem Gefühl der Ohnmacht zu befreien.

»Jeden einzelnen seiner Schritte haben Sie verfolgt. Sie konnten sogar vorhersagen, wo er als Nächstes auftauchen würde, und jetzt erzählen Sie mir, dass er einfach so mit den Informationen das Land verlassen hat? Was wird er jetzt damit anstellen? Sie auf WikiLeaks hochladen? Haben wir jetzt unseren eigenen Edward Snowden, einen niederländischen Bradley Manning? Was um Himmels willen wird als Nächstes passieren, Erwin?«

Gelassen zog er an seiner Zigarette.

»Gehen wir ein Stück«, schlug er im Aufstehen vor. Sie ließ das Brötchen auf der Bank liegen und folgte ihm ans Ufer des Schlossweihers.

»Genau das müssen wir als einzigartige Möglichkeit betrachten. Er ist nicht mehr in den Niederlanden. Perfekt, etwas Besseres hätte uns gar nicht passieren können.«

Verblüfft fragte Ava: »Was meinen Sie denn damit?«

»Frau Rodenburg, ich möchte Ihnen gern etwas zu lesen geben.« Er faltete sein Tablet auseinander und öffnete ein Dokument. »Das hier stammt von der CAVV, der Kommission, die uns 2013 im Hinblick auf den Einsatz bewaffneter Drohnen beraten hat. Ich zitiere: ›Das zielgerichtete Töten eines Individuums außerhalb des Kontextes eines bewaffneten Konfliktes ist grundsätzlich verboten. Nur in den allerextremsten Ausnahmesituationen darf dieses Mittel unter sehr strengen Bedingungen eingesetzt werden. Diese Situationen sind darauf beschränkt, dass man die eigene oder eine dritte Person gegen unmittelbar drohende ernsthafte Gewalt verteidigt oder dass man das Entkommen einer Person verhindern will, die einer besonders schweren Straftat verdächtigt wird oder bereits deswegen verurteilt worden ist.‹« Er holte tief Atem. »Sie sehen, Eliot Koler kann als legitimes Ziel eingestuft werden. Er erfüllt die Bedingungen für einen sogenannten ›signature strike‹ – einen Angriff auf ein Individuum auf der Basis bestimmter Eigenschaften: Er hat ein Verbrechen begangen, ist entkommen und ist ein militärisches Ziel. Indem er die Niederlande verlassen hat, hat er also gerade dafür gesorgt, dass unser letztes Hindernis aus dem Weg geräumt ist.«

»Und das wäre?«

»Bei den Niederlanden handelt es sich nicht um ein Kriegsgebiet. Die Europäische Menschenrechtskonvention gesteht uns nicht zu, jemanden auf niederländischem Grund und Boden auszuschalten; es gibt übrigens auch verschiedene UN-Regelungen, die das verbieten, aber jetzt stellt das kein Problem mehr für uns dar. Es gibt nichts mehr, was einem Angriff mit Pandora auf diesen Staatsfeind und Mörder im Weg stünde.«

Sie gingen am Ufer des Weihers entlang; Ava sah den Turm mit dem Ministerium an der nordöstlichen Ecke des Binnenhofs, Mel saß in seinem Büro. »Koler befindet sich in einem Kriegsgebiet?«, stammelte sie, während sie Erwin T.s Worte zu verarbeiten versuchte. Der nickte.

»Er ist in Afghanistan.«

»Da hat er doch gekämpft. Was will er denn dort?«

»Fliehen, kämpfen, Rache nehmen. Kontakt mit anderen gefährlichen Elementen aufnehmen. Auf jeden Fall etwas, das wir verhindern müssen. Er blieb stehen und spähte zum anderen Ufer des Weihers hinüber. »Wir haben Glück. Damit fällt uns eine wunderbare Möglichkeit in den Schoß, Pandora ihre Arbeit verrichten zu lassen. Wir fliegen Herrn Montfoort nach Südusbekistan, sodass er sie mit eigenen Augen sehen kann. Wenn er möchte, darf er sie sogar anfassen.« Er lächelte. »Wir haben bereits ein Transportflugzeug auf dem Stützpunkt in Eindhoven bereitgestellt. Für Sie ist ein Sitzplatz reserviert.«

»Wann?«

»Morgen früh um acht Uhr haben wir die Startbahn ganz für uns allein. Wir fliegen nach Termiz und verfolgen von dort aus die Mission. Der Supervisor befindet sich in Lelystad, und mit ihm stehen wir in direktem Kontakt, während wir live miterleben können, wie Pandora aufsteigt und wieder landet. Damit lässt sich Herr Montfoort hoffentlich endgültig gewinnen, vor allem wenn wir ihm erzählen, dass er der erste Außenstehende ist, der das Gerät jemals zu Gesicht bekommt.«

Sie befanden sich nun auf der Höhe des Mauritshuis. Auf dem Weiher trieb ein Floß mit einem Banner. »ROBOTER NEHMEN UNS DIE ARBEITSPLÄTZE WEG!«, stand in großen farbigen Lettern darauf. Mit den Händen in den Hosentaschen schlenderte Erwin T. weiter, den Blick auf den Verkehr aus der Richtung des Malieveld gerichtet. Eine Straßenbahn klingelte, während sie an ihnen vorbeifuhr.

»Hermes«, sagte Ava, nachdem sie ein paar Minuten lang schweigend nebeneinander hergegangen waren. Erwin T. blieb stehen und wandte ihr seinen hochgewachsenen Körper zu. Seinem Blick konnte Ava entnehmen, dass er unangenehm überrascht war. Es gefiel ihm ganz offensichtlich nicht, diesen Namen aus ihrem Mund zu hören.

»Ich möchte Sie eindringlich davor warnen, über Dinge zu sprechen, von denen Sie zu wenig wissen, um ein Urteil darüber fällen zu können.«

»Mein Vater stand sozusagen an der Wiege der ersten niederländischen Drohne. Ich kenne jetzt auch den Namen dieses Programms: Hermes. Versuchen Sie es doch, das abzustreiten.«

Er holte seine Zigaretten hervor und spielte mit der Packung herum, zündete sich eine zweite Zigarette an. Dann wandte er sich um und ging langsam in die Richtung, aus der sie gekommen waren. Sie folgte ihm und ließ ihn dabei nicht aus den Augen. Erwin T.s Schweigen bestätigte Ava, dass sie richtig geraten hatte. Sie musste unbedingt beobachten, wie er auf ihre Worte reagierte: Waren es Informationen über Hermes, mit denen er sie zu erpressen versuchte?

»Was wissen Sie über Hermes?«, fragte Erwin T. schließlich.

»Was sollte ich denn darüber wissen?«

Er überlegte kurz, entschied sich jedoch gegen eine Antwort.

»Auf der Festplatte befinden sich Informationen über Hermes«, mutmaßte Ava.

Er nickte.

»Waren das die Informationen, auf die sich mein Vater berufen hat, um Kabinett und Parlament von dem Erwerb der Drohne zu überzeugen?«

»Dazu werde ich Ihnen keine Auskunft geben, Frau Ministerin. Sie werden begreifen, dass es für mich in diesem Stadium sinnvoller ist, nicht alles mit Ihnen zu teilen. Sobald Pandora es durch die Abstimmung geschafft hat und wir es schwarz auf weiß haben, dass das Waffensystem dem MIVD und nicht der Armee unterstellt wird, legen wir alles offen.«

»Dann werde ich es wohl selbst herausfinden müssen«, erklärte Ava ruhig. »Und wenn Pandora die Abstimmung übersteht und ich erfahre, was Sie mir vorenthalten, kann ich Sie immer noch entlassen und vor Gericht bringen. Ich werde alles dransetzen und dafür sorgen, dass Sie nie wieder irgendwo eine Arbeit finden. Das verspreche ich Ihnen.«

»Morgen, sieben Uhr dreißig, Stützpunkt Eindhoven, Frau Ministerin. Lockheed C-130 Hercules G-988. Sie erkennen mich an der roten Rose.« Mit einem kalten Lächeln hob er die Hand. Ein schwarzer Ford Focus hielt auf der Fahrbahn neben der Promenade. Die hintere Tür des Wagens öffnete sich für ihn.

58 ELIOT
Kristallklar

Die Gruppe saß um ein knisterndes Feuer, das unruhig tanzende Schatten auf die Felswand warf. Der Wind, der unerwartet aufgekommen war, pfiff um den Bergkamm. Nur Mohammad sprach – in sein Handy, das er ans Ohr drückte. Das Einzige, was Eliot dann und wann verstand, war das Wort »Toyota«. Imam Sahib, der Ort, zu dem Merijn aufgebrochen war, war Imaz' Wohnort. Ein glücklicher Zufall.

»Können wir dorthin?«, fragte Eliot Mohammad, als er das Gespräch beendet hatte.

»Es wird lange dauern«, antwortete der Afghane. »Wir sind langsam.«

»Gibt es eine Alternative?«

»Wir können dich hinbringen.«

»Ich muss mit ihr sprechen.«

»Gut«, sagte Mohammad ruhig. »Dann brechen wir morgen auf.«

Demonstrativ zog er die Nase hoch, presste den Rücken gegen die harte Felswand und schloss die Augen. Eliot holte aus seinem Seesack eine Isomatte. Er legte sich auf den Rücken und sah zum Himmel, wo die Sterne um einen Platz am blauschwarzen Firmament kämpften. Der Mond, eine weiße Kugel im Dunkel, war das Letzte, was er sah, bevor er in einen traumlosen Schlaf glitt.

Ein lauter Schuss weckte ihn. Er hallte dumpf zwischen den Bergen wider. Instinktiv griff Eliot nach seiner Waffe, aber der Köcher mit der Brügger & Thomet war verschwunden. Die Männer unmittelbar neben ihm saßen kerzengerade mit der Waffe in der Hand da. Imaz' Bodyguards knieten neben ihm, Kalaschnikows zwischen die Knie geklemmt. Wie lange hatte er wohl geschlafen? Eine Stunde, zwei? Er blickte sich um auf der Suche nach Mohammad, sah ihn jedoch nicht. Einen Moment lang überlegte er, nach ihm zu rufen. Ein zweiter Schuss durchbrach die Stille, und ein dritter. Jemand brüllte. Eliot hörte, wie eine Waffe fallen gelassen wurde. Der Getroffene schrie kurzatmig persische Worte, die sich wie ein einziger langer Fluch anhörten. Eine andere Männerstimme erklang hinter ihm. Es war der Trucker, und er schien den Schreienden zum Schweigen bringen zu wollen. Mit dem Gewehr im Anschlag zischte er »Psssst!«, während er mit der freien Hand versuchte, im Dunkeln seine Baseballkappe zu finden.

Eliot richtete sich auf. Vom Feuer war nur noch ein Häufchen Kohle übrig. Als seine Augen sich etwas mehr an das Dunkel gewöhnt hatten, konnte er die Silhouetten der Afghanen unterscheiden, die sich hinter die Felsen geworfen hatten und flach auf dem Boden im Sand lagen. Einer von ihnen war höher hinaufgeklettert und richtete von dort sein Gewehr nach unten. Und wieder erklang ein Schuss aus einer automatischen Waffe, irgendwo unter ihnen. Eine Salve zerfetzte die Schwärze der Nacht um sie herum. Auch diesmal hörte er Männergeschrei, nun weiter weg. Er kroch zum Felsen, wo er sich auf die Knie fallen ließ. Noch immer konnte er den Köcher mit der Sniperwaffe nirgends finden. Aus der Hosentasche zog Eliot einen Dolch, der in einem Lederetui steckte. Er umklammerte die Waffe und konzentrierte sich auf seine Atmung. Ein gesunder Geist in einem gesunden Körper.

Jetzt kamen auch von der anderen Seite des Felsens Schüsse, die den Boden erzittern ließen, als verschiebe ein Erdbeben den ganzen Berg. Wo war Mohammad? Er musste ihn finden, um herauszubekommen, was sich hier in drei Teufels Namen abspielte. Er spitzte die Ohren: Der Schuss klang nicht wie aus einer Kalaschnikow. Irgendwo brüllte eine Stimme aus einem Radio persische und arabische Parolen, gefolgt von Pfeifen und Rauschen, als sei das Gerät selbst getroffen worden. Stimmen flüsterten sich zehn, zwanzig Meter vom Felsen entfernt etwas in einem anderen Dialekt zu. Sie befanden sich in der Nähe. Oberhalb des Gesteins sah er ab und zu das Licht einer Taschenlampe vorbeiflitzen.

»Mohammad«, zischte Eliot, »Mohammad, wo bist du?«

Es kam keine Reaktion. Eliot bückte sich und hob ein Stück Holzkohle auf. Er steckte es in die Hosentasche, stand vorsichtig auf und lief danach schnell um den Felsen herum. Er fluchte. Von hier aus zu versuchen, sein Gepäck zu erreichen, war zu gefährlich. Er musste hoffen, dass die unbekannten Schützen es nicht entdecken würden. Eine wütende Salve aus weniger als zehn Metern Entfernung zerschnitt die Luft und verursachte einen Regen aus Gestein und Geröll. Ein Schrei. Er musste sich sehr irren, wenn nicht jemand »Allahu Akbar« gerufen hatte.

»Verdammt«, fluchte er erneut. Die Taliban waren in diesem Teil Nordafghanistans doch gar nicht aktiv. Wie war das möglich? Es gab islamistische Milizen, die das ganze Gebiet um den Fluss Amudarja kontrollierten, aber Eliot hatte noch nie gehört, dass sie auch so weit südlich des Ufers kamen. Oder hatten Usbeken die Grenze überquert?

Mit der Waffe vor sich kroch er auf dem Bauch knapp über den Boden hinunter. Er fand einen trockenen Graben, in dem nichts mehr wuchs, der fünf Meter weiter hinten eine flache Kurve nach rechts machte. Eliot versuchte, seine Umgebung mit der Spitze des Dolches abzutasten. Das Rattern der Maschinengewehre hinter ihm nahm ab. Immer weiter kroch er durch die Sandgrube, bis er plötzlich ihr Ende erreichte. Er schaute zum Rand hoch, legte sein Messer ab und zog sich hinauf. Es war ihm unmöglich zu bestimmen, wo er sich befand: Die Äste formten ein undurchdringliches Geflecht. In völliger Dunkelheit glitt er ein paar Meter auf dem Bauch über den Boden, als er zu seinem Schrecken die Silhouette eines Mannes sah, der über den Berghang blickte. Der Kämpfer, in weite Kleidung gehüllt, mit einer Mütze auf dem Kopf, hielt in der einen Hand etwas, was einem Fernrohr ähnelte, und in der anderen ein Sturmgewehr. Eliot erkannte die Form der Waffe sofort; es war keine Kalaschnikow. Es war seine Brügger & Thomet. Er konzentrierte sich auf seine Atmung und spürte, wie der Sauerstoff in seinem ganzen Körper prickelte. Im Kopf musste er so klar und konzentriert sein wie Kristall. In der Ferne erklang noch immer das dumpfe Knallen des Kampfes. Aus der Hosentasche holte er das Stück Holzkohle und schwärzte sich damit die Wangen, Augenlider und Stirn. Der Mann stand noch immer reglos da und beobachtete das Gefecht. Der Hang musste an dieser Stelle steil nach unten verlaufen, denn hin und wieder schaute er fast im rechten Winkel nach unten, während er sich an einem Ast festhielt. Eliot nahm das Messer erst in die Hand, dann klemmte er es zwischen die Zähne und ließ sich geräuschlos auf den Bauch fallen. Der schwarze Stahl war bei diesen Lichtverhältnissen so gut wie unsichtbar. Wie eine Eidechse, die über eine

Wand schleicht, kroch er auf den Mann zu, so leise, dass er meinte, seinen eigenen Herzschlag hören zu können. Er hielt inne, atmete ein und nahm das Messer aus dem Mund. Er leckte an zwei winzig kleinen Schnittwunden an seinen Lippen, aus denen Blutstropfen austraten. Er spannte die Oberschenkel an und setzte sich mit der freien Hand vom Boden ab. In der Hocke schaute er auf die Silhouette des Mannes, der etwas zu murmeln schien. Ein Gebet. Dann streckte Eliot die Beine und schoss nach vorne. Mit einer kontrollierten Bewegung führte Eliot den Dolch horizontal an die Kehle des Mannes und packte mit der anderen von hinten seine Brust. Erschrocken ließ der Afghane das Gewehr los, das klappernd auf die Steine fiel, direkt neben den Abgrund. Während Eliot den knochigen zuckenden Körper zu sich zog, ließ er die schwarze Klinge in einer fließenden Bewegung den Adamsapfel des Mannes entlanggleiten. Würgend versuchte sein Gegner, Widerstand zu leisten, doch zu wenig, zu kraftlos. Er sperrte die Augen auf und fauchte. Seine Hände griffen ins Leere; Eliot hatte das öfter gesehen, das zwecklose Festhalten am Leben. Die Knie gaben nun nach und Eliot spürte in den Fingern, wie die Nackenmuskeln erschlafften. Doch die Arme leisteten weiterhin Widerstand, bis sie es nicht mehr schafften. Eliot schaute auf zum nächtlichen Himmel, zu der Bergkette auf der gegenüberliegenden Seite des Tals, über die wegsackenden Schultern des Mannes, der nun keine Geräusche mehr von sich gab. Vielleicht noch einen Seufzer, ein Ausatmen als Zeichen der Erlösung. Eliot ließ ihn auf den Sand rutschen.

Der Elitesoldat kniete neben dem leblosen Körper und musterte ihn eingehend. Es war ein Araber. Der offene Mund. Die offenen Augen. Die Kehle, aus der das noch warme Blut spritzte. Der Körper lag eigenartig angewinkelt da, als bestehe er aus Gummibändern. Eliot atmete ruhig ein und zog den Saum des langen Hemdes zu sich hin und wischte den Dolch ab. Sorgfältig schloss er dem Araber die Augen. Seine Hände hatten ihn getötet, weil sie es mussten. Umgekehrt hätte der Mann das Gleiche getan. Das konnte er ihm nicht verübeln. Eliot hustete, richtete sich auf und stieß dann den Körper mit dem Fuß über den Bergrand. Er sah gerade noch, wie sich im Fallen der Kopf löste.

Die Brügger & Thomet hängte er sich über die Schulter, drehte sich dann um, zurück zum Gefecht. Wo war Imaz? Wo war Mohammad? Irgendwo in der Ferne, hoch über ihnen, summte eine Drohne, wie eine Wespe, zum Stechen bereit.

59 AVA
Scham

Suzan Kassels-Rijsdijk öffnete erst nach dem vierten Klingeln. Sie wohnte in einem Apartment in der vierten Etage eines neuen Hochhauses am Stadtrand. Von der offenen Galerie aus konnte Ava ihren Dienstwagen stehen sehen. Der Chauffeur, den ihr Erwin T. zur Verfügung gestellt hatte, lehnte am Wagen und telefonierte. Keinen Moment lang hatte sie sich überlegt, dass er dem MIVDler über sämtliche ihrer Fahrten Bericht erstatten könnte. Sie musste zusehen, wie sie ihn loswurde, musste sich aus Erwin T.s Griff befreien, denn seine Macht über sie würde er als Chef des niederländischen Drohnenprogramms nicht ohne Weiteres aufgeben. Dafür war sie viel zu wichtig für ihn. Rijsdijk erkannte Ava zunächst nicht; zumindest wirkte es so, als ließe ihr Gehirn den Gedanken nicht zu, die Verteidigungsministerin könnte an ihrer Tür klingeln. Sie lud Ava ein hineinzukommen und bot ihr einen Platz am Küchentisch an. Dort lag eine aufgeschlagene Zeitung, die sie zusammenfaltete und auf einen Stuhl legte. Sie stellte zwei Gläser Wasser mit Zitrone auf den Tisch.

»Ich kann es einfach immer noch nicht glauben«, sagte Suzan Rijsdijk mit gepresster Stimme, den Blick zum Fenster gewandt.

»Das verstehe ich«, erwiderte Ava beinahe im Flüsterton.

»Von Ihrer Schwester habe ich erfahren, dass die Abstimmung über das UAV und der Tod Ihres Mannes eventuell zusammenhängen.«

»Ja«, erwiderte Rijsdijk, die abwesend die Wand anstarrte, an der offensichtlich früher ein Familienfoto gehangen hatte. Sie seufzte tief. »Dass er Selbstmord begangen haben soll, ist auf jeden Fall ganz großer Unsinn.«

Ava musste an das Foto von Kassels und Turing in den Dünen denken, brachte es jedoch nicht übers Herz, es zu erwähnen.

»Haben Sie darüber schon mit jemandem gesprochen?«

»Mit der Polizei«, antwortete die Witwe rasch. »Ein Beamter ist hergekommen, aber er meinte, ich würde Gespenster sehen, und es sei normal, dass nächste Verwandte in den ersten Tagen nach dem schrecklichen Ereignis eine solche Wahrheit nicht akzeptieren wollen. Welche Wahrheit denn? Jan ist ermordet worden.«

»Wie können Sie sich da so sicher sein?«

Sie zog die Schultern hoch und schaute Ava direkt ins Gesicht. Dabei schossen ihre stumpf dreinblickenden Augen von links nach rechts.

»Wussten Sie, dass in der Nacht vor der Abstimmung zwei Männer bei uns vor der Tür standen?«

Ava nickte. Eline Deneuve hatte das erwähnt, aber sie war davon ausgegangen, dass Kassels' Frau nichts davon mitbekommen haben konnte, weil sie schlief.

»Was sie zu ihm gesagt haben, weiß ich nicht, Frau Rodenburg. Ich lag im Bett, aber ich bin dann ins Wohnzimmer.« Sie stand auf und ging zum Fenster, vor dem eine dünne Gardine hing, und nahm den Stoff in die Hand. Ava stellte sich neben sie. »Da unten, da wo jetzt das große schwarze Auto steht, haben sie gehalten«, sagte sie und zeigte auf die Stelle.

Ava schaute nach unten und konnte durch das Geländer der Galerie ihren eigenen Wagen mit Chauffeur sehen. »Einer mit einem Bart und einer Brille, der andere ein Weißer, sehr blass, mit ganz schwarzen Iris. Sie sind in ein schwarzes Auto gestiegen und weggefahren. Das alles habe ich dann dem Polizisten erzählt. Aber ich habe nie wieder etwas davon gehört. Finden Sie das nicht auch seltsam?«

Ava nickte und versuchte, sich eine Vorstellung von den beiden Männern zu machen. Einer mit schwarzen Iris. Irgendwo in ihrem Gedächtnis versteckte sich dieses Bild, doch es wollte einfach keine konkrete Form annehmen; es wurde vage und verflog. Sie setzten sich wieder an den Tisch. Ava spürte, wie stark sie schwitzte, doch dann fiel ihr ein, dass ihre Tasche mit dem Deo noch im Auto lag. Sie trank einen Schluck Wasser und wartete, bis Frau Rijsdijk weitersprechen würde, aber die schaute abwartend ihren Gast an. Sie sah müde aus, unendlich müde.

Es schien unerklärlich, warum ihr Mann erst mit Eline Deneuve die feste Absprache getroffen haben sollte, gegen den Erwerb von Pandora zu stimmen, weil das Flugzeug in ihren Worten »unmenschlich« sei und »so nicht gewollt werden könne«, um dann am nächsten Tag zu beschließen, seinem Leben ein Ende zu setzen. Womöglich war er aber auch lange nicht so prinzipientreu und tapfer wie seine Frau, Deneuve und Leonard Montfoort behaupteten, oder man hatte seinen Selbstmord inszeniert. Die beiden Männer, die nachts vor der Tür gestanden hatten, hatten einen letzten Versuch unternommen, ihn davon zu überzeugen, dass er für das Programm stimmen musste, und er hatte sich geweigert. Daraufhin waren sie zu radikalen Maßnahmen übergegangen: Sie hatten ihn auf dem Weg ins Parlament abgefangen und an einem Baum aufgehängt.

Verständnislos schüttelte Kassels' Frau leicht den Kopf. Ava wollte die Arme nach ihr ausstrecken und sie trösten, tat jedoch nichts. Wie Avas Mutter hatte diese Frau vom einen Augenblick auf den anderen ihren Mann verloren. Sie musste nun selbst die Kraft finden weiterzuleben. Es war ein Anblick, der einen tieftraurig machte. Ava wollte weg.

»Wäre es Ihnen möglich, etwas zu unternehmen, Frau Rodenburg? Nachforschungen anstellen zu lassen?«

Versprechen konnte und wollte Ava der Frau nichts, weil sie das Vertrauen in ihre eigene Organisation verloren hatte. Sie nickte nur, stand auf und legte der Witwe kurz eine Hand auf die Schulter. Auf dem Weg zur Tür überfiel sie plötzlich das Gefühl tiefer Scham, weil sie diese Frau so an ihrem Küchentisch zurückließ, statt ihr aus vollem Herzen zu versprechen, sie werde ihr helfen und alles Menschenmögliche tun, damit sich alles aufklärte. Sie schwieg, weil es nicht stimmte. Sie schwieg, weil sie bei der Suche nach der wahren Motivation ganz tief in ihrem Inneren auf eine Leere stieß. Ihr ging es um ihren Vater, ihre Mutter, vor allem jedoch um sich selbst. Ihre eigene Position, ihre eigene Zukunft standen auf dem Spiel. Sie schämte sich für ihren Egoismus.

Grußlos verließ sie das Apartment und ging die Treppen hinunter zum Parkplatz, wo ihr schwarzer Reon Reverence mit laufendem Motor auf sie wartete. Sie stieg ein und betrachtete über den Innenspiegel die dunkelbraunen Augen ihres Chauffeurs.

»Wer ist Ihr Arbeitgeber?«, fragte sie zu ihrer eigenen Überraschung.

»Sie, Frau Rodenburg.«

»Wem gegenüber müssen Sie Rechenschaft ablegen?«

»Verzeihung, Frau Ministerin?«

»Ich habe Sie telefonieren sehen. Mit wem haben Sie gesprochen?«

»Äh«, stammelte er. »Mit niemandem.«

Ava suchte in ihrer Tasche nach ihrem Handy, klappte das Gerät auf und rief im Ministerium an.

Am Kalvermarkt wurde prompt abgenommen. Sie hörte die Stimme ihrer Assistentin: »Frau Rodenburg.«

»Else, Sie werden einen neuen Chauffeur für mich suchen müssen. Mein jetziger genügt meinen Ansprüchen nicht mehr.« Starr schaute sie ihn weiter im Spiegel an. Er verzog keine Miene.

»Selbstverständlich, Frau Ministerin. Kann ich sonst noch etwas für Sie tun?«

»Schauen Sie nach, ob Mel heute Nachmittag Zeit für mich hat. Ich muss etwas mit ihm besprechen.«

»Um drei Uhr gibt es noch eine Lücke in seinem Terminkalender, Frau Ministerin; ich habe alles hier vor mir.«

»Sehr gut. Und zum Schluss: Finden Sie heraus, wer die Untersuchungen im Zusammenhang mit dem Tod von Jan Kassels und dem Verschwinden von Merijn Turing geleitet hat.«

»Das mache ich. Kommen Sie gleich noch hierher?«

Sie überlegte. »Ich rufe Sie in ein paar Minuten zurück. Halten Sie an«, sagte sie zu dem Chauffeur, der sofort auf die Bremse trat, ausstieg und ihr die Tür öffnete. Sie lief zurück zum Parkplatz. Dort schaute sie zur vierten Etage hoch und suchte nach dem Fenster von Suzan Rijsdijk. Dann hielt sie sich das Handy ans Ohr und ließ es klingeln.

»Ja bitte?«

»Frau Rijsdijk, ich wollte Sie noch etwas fragen«, erklärte Ava, während sie den Blick auf das Fensterbrett im vierten

Stock gerichtet hatte. »Ich stehe hier unten.« Sie wartete kurz und sah, wie die Gardine zur Seite gezogen wurde. Suzan Rijsdijk stand mit dem Telefon in der Hand am Fenster und schaute nach unten.

»Was denn?«, wollte sie wissen und sah Ava dabei erstaunt an.

»Wie hieß der Polizeibeamte, der Sie in Ihrer Wohnung aufgesucht hat?«

»Fens«, antwortete Rijsdijk ohne jedes Zögern.

Der Ministerpräsident saß mit einem Laptop auf dem Schoß in einem Sessel am Fenster. Er hatte seine Lesebrille auf und spähte auf den Bildschirm. Im Plexiglas spiegelte sich blaues Licht, sodass seine Augen nicht deutlich erkennbar waren. Ava konnte nicht mit Sicherheit sagen, ob er sie anschaute, als sie sich vor ihn hinstellte.

»Alles erfolgreich erledigt?«, fragte er tonlos.

»Beinahe«, antwortete Ava. »Wir haben den Stützpunkt in Lelystad besucht. Montfoort hat das Kontrollzentrum von innen gesehen und war beeindruckt. Aber er stellt noch eine letzte Forderung.«

Über den Rand seiner Brille blickte Stahlman zu ihr auf.

»Ich will das ein für alle Mal geregelt wissen, Ava. Die Abstimmung beantragen und zur Tagesordnung übergehen. Das Projekt Pandora hat schon mehr gekostet, als überhaupt jemals dafür vorgesehen war, und damit meine ich nicht allein finanziell.«

»An sich ist seine Forderung nur recht und billig. Er will das UAV sehen. Wir hatten die Idee, ihn eine Mission mitverfolgen zu lassen.« Sie sagte es in dem Bewusstsein, dass dieser Vorschlag von niemand anderem stammte als von dem

MIVDler. Sie hatte jedoch keine andere Wahl, als die Sache auf diese Weise zu präsentieren: Aus Stahlmans Sicht trug sie die alleinige Verantwortung.

»Und was bedeutet das konkret?«

»Dass wir mit ihm nach Usbekistan fliegen.«

Stahlman nahm seine Brille ab und klappte die Bügel ein. Er stand auf, legte den Laptop auf den Stuhl und stellte sich vor sie hin. »Usbekistan. Was wollt ihr denn da?«

Sie holte ihr Tablet aus der Tasche und zeigte ihm eine Karte der Region.

»Pandora ist im Süden von Usbekistan stationiert. Von dort aus werden die Flüge über Afghanistan organisiert. Wartung, Auftanken, Auswertung der Flugdaten usw.«

Er warf einen kurzen Blick auf das Display.

»Weißt du noch, was ich zu dir gesagt habe?«, fragte er sie.

Sie hatte jedes einzelne seiner Worte behalten: »Glaub nur nicht, ich würde dich nicht fallen lassen, wenn du jetzt alles versaust«. Eines Ministerpräsidenten unwürdig, aber man konnte der Äußerung entnehmen, wie viel für Stahlman auf dem Spiel stand. Der Fall seines zweiten Kabinetts, der Milliardenverlust für den Staatshaushalt, die Tatsache, dass die Niederlande international als nicht vertrauenswürdig gelten würden, weil sie den Verpflichtungen gegenüber der NATO und dem Europäischen Verteidigungsrat nicht mehr nachkommen könnten.

»Deine letzte Chance. Sonst sorge ich dafür, dass jemand anders die Scherben zusammenkehrt. Dann lasse ich dich fallen, Ava.«

Darüber bin ich mir mehr im Klaren, als du es dir vorstellen kannst, wollte sie sagen, aber sie schaute an ihm vorbei aus dem Fenster hinunter auf die Besucherschlange vor dem Mauritshuis. Alles geschah für die Sicherheit der Leute da unten, versuchte sie sich einzureden. Pandora war gut. Eliot Koler auszuschalten, war gut.

»Mel«, begann sie. »Ich bin auf Informationen gestoßen, die ich nicht einordnen konnte. Es geht um ein Projekt namens ›Hermes‹. Weißt du mehr darüber?«

Er ging zum Schreibtisch und goss sich eine Tasse Kaffee ein. Mit einem hörbaren Seufzer rührte er Milch hinein.

»Den Namen habe ich im Rahmen der Übergabe mal gehört. Ein Geschenk von einem meiner Vorgänger. Es mussten unbedingt Lockheed-Modelle angeschafft werden, obwohl sich die Maschinen von General Atomics längst bewährt hatten.

»Du meinst die MQ-9 Reaper.«

»Schon möglich, mit dieser Art von Details halte ich mich nie lange auf. Genau wie beim Joint Strike Fighter-Programm schien es in erster Linie auf ein Fiasko hinauszulaufen, aber letzten Endes wurden gute Resultate erzielt. Warum?«

»Es hat mich nur interessiert, ob du mehr darüber weißt.«

»Keine Ahnung, was aus der Sache geworden ist. Niederländische Ladenhüter haben wir inzwischen mehr als genug.«

Er ging zurück zu seinem Sessel und nahm den Laptop wieder auf den Schoß. Dann setzte er seine randlose Brille auf – ein Zeichen dafür, dass er weiterarbeiten wollte.

»Wenn er zustimmt, lässt du ihn eine Absichtserklärung unterzeichnen. Abstimmung anfordern, Programm präsentieren, fertig.«

»Ja«, erwiderte sie. »Vielen Dank.« Wofür sie ihm dankbar sein sollte, wusste sie selbst nicht genau. Sie verließ den Turm und lief an ihrem Dienstwagen vorbei, durch das geöffnete

Gittertor an der Pforte mit den Grenadieren hindurch, während ihr Chauffeur ihr nachstarrte.

Auf ihrem Handy erschien eine Nachricht:

Leiter der Untersuchung: E. Tysma. Keine Polizei involviert.
Gruß, Else

60 ELIOT

Die Hände des Todes

Der Himmel war noch in das Blau der Dämmerung gehüllt, als Eliot Koler den Ort erreichte, an den sich die größte Gruppe Afghanen nach der Flucht ihrer Angreifer zurückgezogen hatte. Etwa zehn Mann standen in einem Kreis, einige von ihnen vornübergebeugt. Alle schwiegen. Links von ihnen lag einer der Esel. Das Tier war tot – durchsiebt von Kugeln und Messerstichen. Es trug seine Fracht noch halb auf dem Rücken. Kilometer entfernt, auf den Hügeln im Osten, sah Eliot graue Staubwolken, verursacht von fünf Lastwagen und genauso vielen Motorrädern, die in hohem Tempo hinunterfuhren. Es waren die Araber. Schnell lief Eliot auf die Afghanen zu. Sie reagierten nicht, starrten weiterhin auf den Boden, wo anscheinend etwas lag, von dem sie ihre Blicke nicht abwenden konnten. Durch die Arme und Beine hindurch meinte Eliot Kleidungsstücke zu erkennen. Stofffetzen, einen Fuß, eine einzelne Sandale.

»Eliot«, hörte er hinter sich. Es war Mohammad. Sein Gesicht war mit etwas Rotbraunem verschmiert, und sein Kaftan an mehreren Stellen zerrissen. Entschuldigend schaute er auf seine Kleider und dann auf Eliots geschwärztes Gesicht. Er hielt den Kopf schief und öffnete die Arme. Getrocknetes Blut klebte körnig an den Unterarmen seines Gewands.

»Arabische Kämpfer«, schnaufte er auf Englisch. »Sie kämpfen mit den Taliban. Wir haben sie nicht kommen sehen. Wir waren müde, nicht aufmerksam genug. Sie waren schlauer als wir.«

»Wer liegt dort?«, fragte Eliot. Eigentlich wusste er es schon. Es war Imaz.

»Wir müssen uns ihnen unterwerfen oder sterben. So machen sie das mit allen Ungläubigen; Schiiten, Jesiden, Drusen, Christen, gemäßigte Sunniten. Ja«, sagte er und blickte seufzend hinunter auf den leblosen Körper, »so machen sie das schon seit Jahrhunderten.« Er knurrte den Männern, die verstört die Leiche anstarrten, etwas zu, woraufhin sie auseinanderstoben. Einer von ihnen legte schnell ein Stofftuch über die sterblichen Überreste, und erst jetzt sah Eliot, dass der Kopf fehlte.

»Sie nennen sich die Hände Allahs. Aber sie sind die Hände des Todes«, sagte Mohammad emotionslos. »Hier, in meinem Land, ist der Tod sehr nah. Aber es ist ein ehrlicher Tod. Wir dürfen traurig sein, aber nicht wütend. Wir wissen, dass es passiert. Wer kämpft – Mann gegen Mann – rechnet damit. Allah ist groß. Imaz kennt den Ort, an den er nun gegangen ist, er hat darüber gelesen und dafür gebetet. Er hat ihn sich verdient.«

Eliot zuckte mit den Schultern und versuchte zu ergründen, welche Gefühle in ihm überhandnahmen, aber er spürte nichts, er hatte keine. Er wandte sich ab, löste die Feldflasche von seinem Koppel, schraubte sie auf und trank einen Schluck. Da sah er ein Stück weiter Miran stehen. Die Arme hingen schlaff am Körper, aber die Hände zupften an seinem dreckigen T-Shirt. Mohammad bemerkte ihn ebenfalls und ging mit großen Schritten auf den Jungen zu. Er schob ihn von dem Toten weg und bedeutete seinen Männern hinter Mirans Rücken, die Leiche wegzubringen.

»Bringt ihn nach Hause!«, befahl Mohammad. Drei Männer sammelten Mirans Sachen ein und schubsten ihn vor sich her den Hügel hinunter. Als der Junge außer Sichtweite war, fragte Eliot: »Was ist mit Miran passiert?«

»Er hat Angst«, antwortete Mohammad ruhig.

»Wovor?«

»Vor euren Maschinen.«

»Das sind nicht meine Maschinen.«

»Du weißt, was ich meine. Der Junge hat Angst vor dem Geräusch; Angst davor, dass sie wieder zuschlagen. Du warst in Orta dabei.« Mohammad zeigte zu der Hügelspitze, hinter der das Dorf einst lag.

»Ja«, sagte Eliot, ohne die Lippen zu bewegen.

»Was hast du dort gesehen?«

»Den Tod«, antwortete Eliot. Das war das Erste, was ihm in den Sinn kam. Mohammad steckte sich eine Zigarette an und blickte sich flüchtig zu den Männern um, die inzwischen ein flaches Grab schaufelten.

»Er hatte vier Töchter und drei Söhne, Eliot. Imaz war Mirans Vater.«

Mohammad schaute zum Himmel auf. Eliot nickte, begriff aber nicht, worauf der Afghane hinauswollte.

»Friede sei mit Imaz, und die Barmherzigkeit und Gnade Gottes«, sagte Mohammad. »Komm, der Leichnam muss gewaschen werden.« Er warf die Zigarette in den Sand und ging zu seinen Männern. Ascheflocken tanzten den Hügel hinunter und erloschen eine nach der anderen.

Als die Sonne aufging, leuchtete Eliots Handy auf. Er öffnete sein Postfach und sah, dass er eine weitere E-Mail vom Flugzeugfanatiker empfangen hatte:

Hallo Olek/Eliot,

hoffe, dass es dir gut geht und du etwas mit den Fotos anfangen konntest. Das im Anhang wollten wir dir nicht vorenthalten. Hier auf dem Flugplatz in Eindhoven geht's gerade rund, und ein paar Gesichter erkennst du vielleicht. Sie haben was vor, Junge, das sag ich dir.

Viele Grüße
Cor
Flightspot34

Eliot öffnete schnell das angehängte Foto, aber der Handybildschirm war zu klein, um Details erkennen zu können. Er zog das Tablet aus dem Seesack, verband es mit dem Mobiltelefon und kopierte das Foto. Dabei hielt er die Hand über den Bildschirm, dessen Fläche nun das ganze Foto einnahm. Links waren Autos zu sehen: drei blaue Volvos, der Ford Focus Kombi und ein Modell, das man selten auf niederländischen Straßen sah, ein verlängerter Reon Reverence. Halb hinter dem Ford Focus versteckt, stand der Albino Wilkes neben seinem Chef, dem Mann mit dem rötlichen Haar. An der Treppe befanden sich ein Mann und eine Frau, die offensichtlich in ein Gespräch vertieft waren. Der Mann schien fast keinen Hals zu haben. Die Frau erkannte Eliot. Ava Rodenburg, die Verteidigungsministerin. Sie waren dabei, ins Flugzeug einzusteigen. Hinter ihnen stand ein Antonow-Transportflugzeug, dessen Cockpit wie ein Garagentor hochgeklappt war, daneben eine Hercules C-130. Uniformierte Männer schoben gerade einen riesigen Container in den Bauch des Flugzeugs. Neben der Hercules sah Eliot Paletten, Metallrohre, Räder und armeegrüne Kisten. Er zoomte sie näher heran, fand aber keinen einzigen Hinweis. Er zoomte wieder zurück, und erst jetzt sah er, dass weiter hinten noch eine Person zu sehen war, halb von der Kamera weggedreht. Mit millimeterkurzem Haar und Bartansatz. Diesen Mann hatte er schon einmal gesehen, in Leeuwarden. Er hielt ein Clipboard und einen Stapel Papier fest. Eliot vergrößerte die Stelle und sah drei Großbuchstaben unter einem Barcode stehen: TMJ. Dieselbe Abkürzung wie auf der Festplatte! Nie hatte er daran gedacht, dass die Buchstaben auf den Ort verweisen könnten, an dem die Festplatte damals verwendet worden war. Schnell suchte er nach der IATA-Seite, um zu sehen, welchem Flughafen der Code zugewiesen war. Er tippte ihn ein und wartete. Zwei Sekunden später kam das Ergebnis: Termiz Airport. Die Verteidigungsministerin war in Begleitung von hohen MIVD-Offizieren auf dem Weg nach Südusbekistan, weniger als fünf Stunden Autofahrt von Eliot entfernt! Was führten sie bloß im Schilde?

In der Ferne hupte es. Eliot blickte auf und sah einen blauen Geländewagen über den Hügelrücken holpern und dabei eine Staubwolke hinter sich herziehen. Er holte das Gewehrteleskop aus dem Köcher, hielt es sich vors Auge und stellte es scharf. Der Geländewagen war ein nagelneuer Toyota Land Cruiser.

61 AVA

Flug

Die Propeller der Hercules drehten sich so schnell, dass es schien, als würden sie jeden Moment abbrechen. Träge und dann mit immer höherer Geschwindigkeit rollte das Flugzeug los. Ava hörte, wie die Gummireifen über die sich erwärmende Startbahn quietschten. Sie sah, dass sich Leonard Montfoort nervös umschaute; ihm stand der Schweiß auf der Stirn, und er hatte die Gurte so straff wie möglich angezogen. Ihm gegenüber unterhielt sich Erwin T. entspannt mit einem seiner Leute. Immer wieder schaute er zu Ava hinüber und lachte ihr zu, wie um zu sagen: Wir haben es geschafft.

Als das Flugzeug sich erst einmal in der Luft befand und die Passagiere sich endlich losschnallen durften, schien sich Montfoort beruhigt zu haben. Er erhob sich und lief auf dem breiten Mittelgang hin und her, setzte sich dann wieder neben Ava, die das Notizbuch ihres Vaters offen auf dem Schoß liegen hatte. In der Hoffnung, ihr Vater hätte die Rätsel, die Hermes umgaben, vielleicht dem Papier anvertraut, blätterte sie darin. Sie stieß auf einige Seiten mit Aufzeichnungen, die aber nichts ergaben. Könnte er ihr doch nur erzählen, was Erwin T. ihr verschwieg – dann wäre sie zumindest in der Lage, abzuwägen, ob die Informationen für den MIVDler wertvoll genug waren, um sie gegen sie zu verwenden. Mit einem Blick über die Schulter versuchte sie festzustellen, wer sich außer ihr, Montfoort und Erwin T. noch an Bord der Maschine befand. Doch sie entdeckte nur Paletten, Kästen und Kisten. Sie dachte an Eliot Koler. Das Foto aus seiner Akte hatte sich ihr auf die Netzhaut gebrannt, als erlaube ihr Gehirn ihr nicht, zu vergessen, dass es ein Mensch war, auf den Pandora Jagd machen würde. War es das wert?, fragte sie sich einmal mehr. Durfte man einem Menschen das Leben nehmen, um die Sicherheit eines Landes zu gewährleisten? Um ihre eigene Zukunft und die Vergangenheit ihres Vaters zu schützen? Unruhig las Ava dessen Worte, aber sie waren zu einer anderen Zeit geschrieben worden, an einem anderen Ort und mit anderen Absichten. Müde schloss sie die Augen.

Die Stimme von Leonard Montfoort weckte sie.

»Aber sie fällt doch unter den Etat des Verteidigungsministeriums?«, übertönte seine Frage das Motorengeräusch. Seine Worte waren an Erwin T. gerichtet, der sich neben ihn gesetzt hatte.

»Ja, Pandora ist Eigentum des niederländischen Staates und wird über das Verteidigungsministerium finanziert; um sie kümmern soll sich aber der MIVD.«

Ava spitzte die Ohren.

Montfoort fragte: »Und warum?«

»Das verschafft uns einen gewissen Spielraum für bestimmte Missionen. Zwei Dinge sind dabei entscheidend. Erstens: Wenn zivile Drohnenpiloten einen Angriff ausführen, gilt das nicht automatisch als kriegerische Handlung, und daher entfallen die Restriktionen, die die Vereinten Nationen uns auferlegen bezüglich der Proportionalität und Notwendigkeit.«

»Was meinen Sie damit?«

»Wenn die Missionen nicht von der Armee ausgeführt werden, sondern geheim bleiben, können sie auch nicht erfasst werden. Man braucht nicht zu überprüfen, ob der betreffende Angriff möglicherweise unangemessen war oder ob es eventuell andere Optionen als das Ausschalten der Zielperson gegeben hätte.«

»Und der zweite Grund?«, wollte Montfoort wissen, während er den Kopf zur Seite neigte, um Erwin T. gut verstehen zu können.

»Wenn ein Berufssoldat als Supervisor am Steuerpult von Pandora sitzt, wird er selbst zu einem legitimen Ziel für seinen Feind. Wenn er, wie in den Niederlanden, seine Arbeit in einem dicht bevölkerten Gebiet ausübt, kann das eine Gefahr für die Bürger bedeuten. Außerdem darf die Armee den Bestimmungen gemäß ihre Kontrollstationen gar nicht in der Nähe von zivilen Wohnorten errichten, weil das laut dem humanitären Völkerrecht als Verbrechen gilt: Man betrachtet es als Verwendung von Menschen als Schutzschild. Wenn der Feind erst einmal selbst über Drohnen verfügt, wird das von großer Bedeutung sein. Für zivile Drohnenpiloten gilt das alles nicht. Um diese Regelung umgehen zu können, ist es deshalb besser, dass der MIVD die Flüge kontrolliert. Das verschafft den Niederlanden den Spielraum, wirklich Handlungen von Bedeutung ausführen zu können.«

Mit wachsendem Erstaunen hatte Ava Erwin T.s Worten gelauscht. Diese Argumente hörte sie zum ersten Mal. Der Geheimdienstler fuhr fort: »Wir wollen uns an der CIA orientieren, die für die meisten amerikanischen UAV-Missionen verantwortlich ist. Wenn man diese Gegner als ungesetzliche Kombattanten bezeichnet, braucht man Kernbestimmungen der Genfer Konventionen nicht zu berücksichtigen und hat die Möglichkeit, staatsgefährdende Personen wirklich auszuschalten. Sehr wichtig. Der MIVD kann das übernehmen.«

Ava tippte Montfoort auf die Schulter, der wiederum Erwin T. wissen ließ, dass sie ihm eine Frage stellen wollte.

»Und das Ausschalten eines niederländischen Staatsbürgers, Erwin?«

»Die Vereinigten Staaten haben bereits im Dezember 2001 einen amerikanischen Staatsbürger, Anwar al-Awlaki, mit einer Predator-Drohne getötet. Er stellte eine Gefahr für den Staat dar, und die Chance einer Gefangennahme war quasi inexistent; er hatte Verbindungen zu einer terroristischen Organisation und hielt sich außerhalb der USA auf, nämlich im Jemen, einem Land, in dem es unzählige feindliche Gruppierungen gibt. Alles Gründe, ihm Einhalt zu gebieten. Erinnert Sie das an jemanden?«

»Koler steht mit keiner terroristischen Organisation in Verbindung«, erklärte Ava laut. Sie spürte, wie eine starke Vibration das Flugzeug und ihren Körper durchlief, als werde er durchgeschüttelt. Montfoort grub die Nägel in die Seitenteile seines Sitzes.

»Das sehen wir anders. Auf der Basis in Termiz werde ich Ihnen zeigen, was unser Dienst bereits in Erfahrung gebracht hat, Frau Ministerin. Er ist in Begleitung afghanischer Rebellen gesichtet worden.«

Ava ließ sich zurücksinken und legte die Hände auf das Notizbuch. Durch das runde Fenster sah sie grüne Berggipfel zwischen den Wolken auftauchen. Sie befanden sich irgendwo über der Türkei in der Nähe des Schwarzen Meeres, und sie hatten noch 2 500 Kilometer vor sich – etwa viereinhalb Flugstunden.

62 ELIOT

Filmstar

Hundert Meter weiter unten hielt der Jeep an; die von ihm aufgewirbelte Staubwolke senkte sich langsam wieder. Eliot hörte das Motorgebläse. Die Vordertüren öffneten sich, und zwei weiß gekleidete Afghanen mit dünnen Schals um den Hals und Pakols auf dem Kopf stiegen aus. Sie stellten sich neben das Auto und warteten, bis Eliot und Mohammad den Hügel hinuntergestiegen waren. Mohammad fragte die beiden etwas; sie reagierten schüchtern und nickten. Der Linke drehte sich zur Hintertür um und öffnete sie.

»Come«, sagte Mohammad, während er um die beiden herum zu der offenen Tür lief. Eliot folgte ihm und stieg ein. Mohammad nahm auf dem Beifahrersitz Platz. Der Toyota nahm Fahrt auf und fuhr den Hügel hinunter. Mohammad griff nach seinem Handy und begann ein lautes Telefongespräch zu führen, aus dem Eliot mehrere Male die Worte »Miran« und »Orta« auffing. Nach zehn Minuten beendete der Afghane das Telefonat und wählte eine neue Nummer, während er dann und wann auf den Weg zeigte.

»Imam Sahib Hospital?«, fragte Mohammad Eliot, der das Ziel bestätigte. Das war das Krankenhaus, in das früher die Kriegsverwundeten aus der Region gebracht wurden. Mohammad telefonierte wieder laut, schüttelte dabei allerdings mehrmals den Kopf, während er im Rückspiegel Eliots

Blick suchte. Inzwischen hatte der Jeep eine asphaltierte Straße erreicht und fuhr mit hoher Geschwindigkeit in nördliche Richtung. Bis auf ein einziges Auto war die Straße leer. Sie fuhren an Wracks von ausgebrannten Militärfahrzeugen und an bis auf die Radachse ausgeplünderten Pkws vorbei.

»Es scheint, dass sie wieder weitergezogen ist«, sagte Mohammad, während er die Klimaanlage herunterschaltete. »Sie hat eine Kopie von einer Akte gemacht und dann gefragt, wo die Bushaltestelle ist. Ich habe das Busunternehmen angerufen, und man hat mich mit einem jungen Mann verbunden, der mit ihr geredet hat. Er erinnerte sich gut an sie: Sie sah wie ein Filmstar aus, meinte er.« Mohammad zeigte auf ein tiefes Schlagloch, das der Fahrer mit Müh und Not vermeiden konnte.

»Wann war das?«

»Vor zwei Wochen.«

»Konnte er sich noch daran erinnern, wo sie hinwollte?«

»Orta. Aber er hatte sie gewarnt: Es gibt drei Orte mit diesem Namen, und nur zu einem von diesen fährt einmal die Woche ein Minibus. Sie hat die Zeit in einem Hotel überbrückt und dann den Bus genommen.«

»Sie ist also auf dem Weg zum falschen Ort.«

»Genau. Zu deinem Orta führt kein Weg. Aber immerhin wissen wir nun, wo sie sich befindet.«

»Ist das weit von hier?«

»Ganz im Norden, an der Grenze zu Tadschikistan. Nicht weit, aber die Wege sind … afghanisch.« Er lächelte und hielt sich wieder das Handy ans Ohr. »Schlaf doch eine Weile. Du bist bestimmt müde.«

Eliot legte seine Wange an die Kopfstütze und schloss die Augen. Er dachte an Miriam, die dafür gesorgt hatte, dass er jetzt hier war. Sie hatte sich eine Route für ihn ausgedacht, die ihn schließlich zu Merijns Spur geführt hatte. Eine Welle der Erleichterung überkam ihn, als ihm klar wurde, dass er sie bald endlich finden würde. Er spürte, wie der Toyota auf eine unbefestigte Straße abbog, die immer steiler und unwirtlicher zu werden schien. Über dem Brummen des Motors und der Stimme Mohammads, der einen langen Wortschwall auf den Fahrer losließ, schlief Eliot ein.

63 AVA

Schwarze Iris

Die Hercules hatte die Ukraine weiträumig umflogen. Ava schlug das Notizbuch irgendwo auf und las weiter; sie blätterte immer wieder um, bis sie zu der Stelle kam, wo sie zum ersten Mal etwas über Hermes gelesen hatte.

Mittwoch, 16. April 2003, 8.30 Uhr: Erster Flug Hermes.
High Value Target: Malik Jaweed.

Auf den folgenden Seiten standen einige Wörter, Daten und Zeitangaben. Auf der vorletzten entdeckte sie erneut den Namen Malik Jaweed. In Druckbuchstaben stand darunter: ORTA, A1445000133. Mit solchen Kombinationen aus Buchstaben und Ziffern, so hatte man ihr bei ihrem Amtsantritt erklärt, kennzeichnete die Armee ihre Missionen. Wie sie dem A entnehmen konnte, hatte Hermes bei seinem ersten Auftrag an einem bestimmten Ort in Afghanistan diesen Malik Jaweed ausgeschaltet. Sie nahm sich ihr Tablet und suchte auf der Karte nach dem Namen Orta. Den gab es drei Mal, und alle drei Orte lagen in der Provinz Kunduz: Orta Buz ganz oben im Norden, etwas weiter südlich Orta Bulaq und Orta Kan Taipa im weit ausgedehnten trockenen Grasland des Distrikts Imam Sahib.

Erfolgsrate 100 Prozent, hatte ihr Vater darunter notiert.

HVT ausgeschaltet, zivile Opfer: 0. Hermes offensichtlich tauglich. Bestellung kann erfolgen.

Anschließend hatte Filip Rodenburg etwas ausgerechnet: Der Stückpreis betrug im Jahr 2002 38,1 Millionen Euro, das Kontrollzentrum, die Radarstation und die Wartung nicht miteingerechnet. Die vollständigen Kosten würden sich auf etwa 600 Millionen Euro belaufen, einen astronomisch hohen Betrag, aber ihr Vater würde diese Erwerbskosten über mehrere Jahre verteilen. Deshalb sahen drei Viertel der Parteien keinen Hinderungsgrund mehr für den Erwerb des Geräts und stimmten ihm zu. Ein riesiger Erfolg für das Ministerium. *Leeuwaarden informieren*, las sie. Offensichtlich wurden die acht Hermes-Drohnen in Friesland stationiert, auf der ehemaligen F16-Basis der NATO. Wie war es nur möglich gewesen, dass sie davon noch nie gehört hatte? Nirgendwo hatte sie in den offiziellen Akten auch nur einen Buchstaben dazu gefunden, als hätte es das Geschwader nie gegeben.

Sie legte das Buch weg, stand auf und quetschte sich an Leonard Montfoort vorbei, der inzwischen die Augen geschlossen hatte. Auf dem Gang streckte sie kurz die Arme und lief dann nach vorne, weil sie zur Toilette wollte. Hinter dem Material unter den Netzen führte ein schmaler Gang zu einem zweiten Raum, in dem sich noch mehr Plätze für Passagiere befanden. Dort saßen zwei Personen, die sie beim Boarding nicht hatte einsteigen sehen. Ein Mann mit einem dünnen Bart und silbergrauem, sorgfältig kurz geschnittenem Haar schaute sie einigermaßen verstört an. Der andere saß mit dem Rücken zu ihr.

»Kann ich Ihnen helfen?«, erkundigte sich der Mann mit dem Bart. Er trug ebenso wie sein Gegenüber eine dunkle Armeeuniform.

»Ich suche die Toilette«, erklärte sie, während sie sich wegen des unruhigen Flugs an der Metallstange festhielt, die der Länge nach durch das Flugzeuginnere verlief. Der andere Mann wandte sich zu ihr um. Mit seinen pechschwarzen Augen starrte er sie an. Seine Haut war weiß, fast blau, sein Haar schneeweiß. Die schwarzen Iris. Als Suzan Rijsdijk diese Auffälligkeit während ihres Besuchs erwähnt hatte, hatte das plötzlich eine Erinnerung bei Ava wachgerufen, doch sie war ihr genauso rasch wieder entglitten. Erst jetzt, da sie diese Augen zum zweiten Mal in Wirklichkeit vor sich sah, konnte sie das Gesicht zuordnen. Vor ihr saß der Mann, der sie im Restaurant an der A4 zu dem Versammlungssaal mit dem wartenden Erwin T. begleitet hatte. Einer der beiden, die Jan Kassels zu Hause aufgesucht hatten. Sie gehörten zu Erwin T.s Personal; sie hatten einen militärischen Rang. Der Mann mit dem Bart stand auf, befand sich jetzt nur noch einen halben Meter von Ava entfernt. »Auf der anderen Seite. Ich fürchte, dieser Raum ist nur bedingt zugänglich.«

Perplex wandte sie sich ab, machte kehrt und ging wieder zu ihrem Platz, ohne die Toilette aufgesucht zu haben.

Jan Kassels war massiv unter Druck gesetzt worden. Sollte Erwin T. wirklich so mitleidlos sein, so derartig besessen von der Idee, Pandora zu kaufen, dass er solche Maßnahmen zu ergreifen wagte? Würde er sich trauen, über eine bloße Drohung hinauszugehen? Noch 2000 Kilometer bis Termiz.

64 ELIOT
Merijn

Er erwachte aus einem traumlosen Schlaf. Ein Sonnenstrahl fiel ihm aufs Gesicht. Er setzte sich auf und sah durch das Seitenfenster einen breiten Fluss mit sandfarbenem Wasser. Der Toyota bewegte sich rüttelnd über den felsigen Untergrund, arbeitete sich zu einem Bergkamm hinauf und fuhr dann wieder abwärts. Etwa zwei Kilometer weiter unten lag das Dorf, eingeklemmt zwischen zwei Ausläufern des Flusses.

»Noch eine Viertelstunde«, sagte Mohammad, als er merkte, dass Eliot aufgewacht war. »Sie hat einen Minivan gemietet. Ich denke, sie weiß inzwischen, dass sie sich getäuscht hat.« Er wies mit dem Handy auf eine Stelle, an der der Weg etwas breiter war. Der Mann am Steuer fuhr an den Wegesrand und stellte den Motor ab. Unter der Haube brummte der Lüfter.

»Sie muss über diesen Weg kommen. Wir warten hier.«

Eliot streckte sich und öffnete die Wagentür. Er stieg aus, hinaus in die sengende Hitze, und entfernte sich ein wenig vom Auto. An der Felswand öffnete er den Reißverschluss seiner Hose und urinierte, drehte sich dann wieder zum Toyota um und sah, dass Mohammad dasselbe tat. Der Fahrer lehnte am Wagen; er hatte eine Waffe unter dem Arm.

Nach zehn Minuten erschien aus der entgegengesetzten Richtung ein weißer Kleinbus. Mohammads Fahrer stellte sich ihm in den Weg und hob die Hand; zuerst drosselte der andere die Geschwindigkeit nicht, doch dann kam der Bus quietschend zum Stillstand, sodass eine Staubwolke aufgewirbelt wurde. Mohammad lief auf die Fahrerseite des Wagens und bedeutete dem jungen Mann am Steuer, er solle das Fenster aufmachen. Gleichzeitig versuchte er, durch die getönten Scheiben einen Blick auf die Passagiere zu erhaschen. Der junge Fahrer stieg aus und öffnete die Schiebetür des Passagierraums. Eine Zeit lang passierte nichts. Dann sah Eliot, wie Mohammad den Kopf schüttelte. Der junge Mann stieg wieder ein, und der Kleinbus fuhr weiter. Eliot folgte ihm mit dem Blick, bis er ihn nicht mehr sehen konnte. Mit kleinen Schritten kam Mohammad auf ihn zu. Flüchtig schaute Eliot auf die Uhr.

»Bleibt uns genug Zeit?«

»Ich weiß es nicht«, erwiderte Eliot. Ich hoffe, wir sind nicht zu spät.«

Mohammad zündete sich eine Zigarette an und starrte in den Himmel, während er eine Gebetskette, einen Tasbih aus Holz, durch die Finger gleiten ließ. Eliot trank einen Schluck Wasser und wischte sich die Schweißtropfen von den Augenlidern.

Das Geräusch eines Dieselmotors erklang. Wenig später tauchte der verbeulte Kühlergrill eines Mitsubishi Delica auf. Mohammad warf den Zigarettenstummel weg und lief einige Schritte die Straße hinauf. Im ersten Moment schien der Wagen nicht zu reagieren, doch wenige Sekunden später hielt der Fahrer an und stellte den Motor ab. Mohammad ging zur Wagenmitte und zog die Tür auf. Er schien kurz ein paar Worte mit jemandem zu wechseln und trat dann einen Schritt zurück.

Ein weißes Bein erschien in der Türöffnung, dann ein zweites. Eliot sah zu, wie eine blonde Frau ihre Füße in den Sand stellte und das Tuch über ihren Haaren zurechtzog. Der Blick ihrer hellen Augen schoss unsicher zwischen dem Chauffeur und der Waffe in seiner Hand hin und her, zu Mohammad, der sich neben den Fahrer gestellt hatte. Plötzlich schien Mohammad zu begreifen, dass der Anblick der Waffe die Frau einschüchterte, und er bedeutete dem Chauffeur mit einer Handbewegung, sich zu entfernen. Eliot beobachtete weiterhin alles aus einigem Abstand; er war sich nicht sicher, ob die Angekommene ihn bereits bemerkt hatte. Wenn das Merijn Turing war, entsprach sie nur wenig dem Bild, das er sich unwillkürlich von der IT-Spezialistin gemacht hatte. Sie trug einen Wickelrock und ein armeegrünes Hemd mit hochgekrempelten Ärmeln. Im Sonnenlicht schimmerten blonde Haare unter dem Tuch hervor. Der Barkeeper im Adana Hilton hatte recht gehabt: Diese Frau war wirklich sehr attraktiv.

Plötzlich sah sie ihn und erstarrte. Sie studierte ihn gründlich, schaute danach wild um sich und schien im Begriff wegzurennen. Er musste etwas sagen, um sie zu beruhigen, ihr die Angst zu nehmen.

»Wir haben dich gefunden«, sprach er sie auf Niederländisch an. »Ein Glück. Ihr habt es mir nicht einfach gemacht, du und Miriam.«

Sie sah ihn schweigend an.

»Sie ist tot«, erwiderte Merijn mit sich überschlagender Stimme. »Warum?«

»Damit habe ich nichts zu tun.«

»Sie hat versucht, Kontakt mit den Männern von Orta aufzunehmen, und als sie dich gefunden hatte, ist sie ermordet worden«, gab Merijn zurück. »Also sag nicht, dass du nichts damit zu tun hast.«

»Nein. Ich habe gesehen, was ihr zugestoßen ist. Ganz kurz, bevor wir uns in Haarlem treffen wollten. Der MIVD hatte dabei die Hand im Spiel.«

Mohammad räusperte sich.

»Hast du Durst?«, fragte er auf Englisch, während er ihr bedeutete, ihm und seinen Leuten zu folgen. Ohne eine Antwort folgte sie ihm. Dabei drehte sie sich immer wieder zu Eliot um. Im Schatten eines Felsbrockens ließen sich die Afghanen auf die Knie nieder. Merijn blieb stehen, schaute unruhig zu dem Warlord und dem Chauffeur mit der Waffe hinüber.

»Und Kassels«, wandte sie sich wieder an Eliot. »Ich hätte ihn nie in die Sache hineinziehen dürfen. Dass du ihn ermordet hast …« Sie zog die Nase hoch und trank einen Schluck Wasser. »An einem Baum aufgehängt. Mir wird schlecht.« Sie wandte sich ab, hielt sich die Haare aus dem Gesicht und spuckte das Wasser aus. Hustend richtete sie sich wieder auf und wischte sich mit dem Handrücken den Mund ab.

Eliot wusste nicht, was er sagen sollte.

»Jetzt noch mich, Eliot. Dann hast du jeden umgebracht, der in der Vergangenheit wühlen könnte. Dann gibt es niemanden mehr, der eure Verbrechen aufdeckt.«

»Glaubst du, ich bin deshalb nach Afghanistan gekommen?«, fragte er vorsichtig.

»Warum sonst?«

»Um dich zu suchen. Du hast die Partition angelegt; nur du kannst sie entschlüsseln.«

»Warum lügst du? Miriam und ich haben herausgefunden, dass alle Informationen über die Tests mit den vollautomatischen Waffensystemen unter den Teppich gekehrt wurden. Die Patriots, die Drohnen – alle Daten, die wir darüber in die Akte aufgenommen hatten, wurden einfach ignoriert. Ich habe einen Teil der Festplatte entschlüsselt, und ich weiß von Orta. Ich weiß, was ihr getan habt.«

»Warum hast du diesen Teil wieder verschlüsselt?«

»Damit niemand diese Informationen entfernen kann.«

»Was wolltet ihr damit erreichen?«

»Wir hatten beschlossen, Kassels einzuweihen. Das mit der Partition war seine Idee. Er plante, die Ministerin während der Debatte damit zu konfrontieren.«

»Ich will auch, dass alles ans Licht kommt, genau wie ihr. Darum bin ich auf Miriams Vorschlag eingegangen. Sie hatte einen Beweis; nach all den Jahren ergab sich endlich die Chance, es wiedergutzumachen. Darauf habe ich die ganze Zeit gewartet. Ich wollte dahinterkommen, was wirklich geschehen ist. Wer dafür die Verantwortung trägt.«

»Sie suchte den Kontakt mit dir, weil du als Leiter der Mission bestätigen konntest, was wir entdeckt haben. Sie dachte, du seist derjenige, der nach all den Jahren alles an den Tag bringen wollte, aber sie hat sich sehr geirrt: Du hattest dich aus der Affäre gezogen, weil du zu feige warst, dich mit deinen eigenen Verbrechen auseinanderzusetzen.«

Mit gesenktem Kopf lauschte Eliot Merijns Worten. Langsam sagte er: »Ich bin Miriams Spur gefolgt und habe durch ihre Hinweise die Festplatte gefunden. Während wir hier miteinander sprechen, ist jemand dabei, den Code zu knacken. Ich will dasselbe wie du: die Wahrheit ans Licht bringen, egal welche Folgen das hat.«

»Ihr wart bei mir zu Hause, am Tag, nachdem ich Jan die Beweise gezeigt hatte, und ihr wolltet mir Angst machen. Und als ihr dahintergekommen seid, dass ich nach Kunduz gefahren war, hat man dich hinterhergeschickt.« Sie schaute zu dem Chauffeur hin, der an einem Felsen lehnte und seine Waffen putzte. Mohammad führte ein lebhaftes Telefongespräch und drehte hin und wieder flüchtig den Kopf in ihre Richtung.

»Erst Rens, dann Miriam, danach Jan, und jetzt bin ich dran.«

»Was tust du hier?«, fragte Eliot kopfschüttelnd.

»Ich will Orta finden. Ich will Informationen über die Opfer zusammentragen, den Namen der getöteten Familie zum Beispiel. Der Beweis auf der Partition allein reicht nicht für einen Prozess, hat Jan gesagt. Alles ist umsonst gewesen.«

»Merijn, du musst mir glauben, wenn ich dir sage, dass ich nichts mit dem zu tun habe, was mit Miriam, Rens und Kassels geschehen ist. Ich bin hier, weil ich dich suche, weil Miriam mir das aufgetragen hat. Du weißt, was auf der Partition steht, ich weiß, wie wir nach Orta kommen. Zusammen können wir die Sache ans Licht bringen. Glaub mir.«

Sie rieb sich nervös die Hände und schaute sich um. Plötzlich schien die Realität ganz zu ihr durchzudringen: Sie stand auf einer verlassenen Straße in Afghanistan, zwischen bewaffneten Männern, einem gegenüber, von dem sie sicher war, er sei gekommen, um sie zu töten. Sie brach in Schluchzen aus.

»Ich will dir nichts tun«, erklärte Eliot leise. »Wirklich nicht. Ich bin kein Mörder.«

Sie fegte sich Sand von den Knien.

»Ich wollte alles richtig machen. Für Rens. Wir haben alles für ihn getan, das war ja auch das Mindeste, aber dadurch sind nur noch mehr Menschen gestorben.«

»Zusammen können wir die Wahrheit enthüllen.« Er beugte sich zu ihr und streckte ihr eine Hand hin. »Vertraue mir.«

Sie schaute zu ihm auf und nickte schweigend. Danach trocknete sie ihre Wangen.

»Nur deine Aussage und die vollständige Partition auf der

Festplatte wären auch nicht genug gewesen«, meinte sie. »Das hat Jan gesagt. Darum bin ich hergefahren.«

»Ist es dir gelungen, die Namen der Opfer herauszubekommen?«

Sie nickte. »Alle. Aber da ist noch mehr.«

»Was meinst du damit?«

Sie zögerte kurz, seufzte dann und trank noch einen Schluck Wasser.

»Ich habe das Krankenhaus aufgesucht, in das sie damals eingeliefert wurden. Man hat mir die Akten überlassen, mir die Fotos gezeigt. Von den Körpern der Opfer war kaum noch etwas übrig. Als ich gerade gehen wollte, gab die Pflegerin mir einen Ordner mit den Daten einer weiteren Person. Sie wusste ganz sicher, dass er auch in Orta dabei gewesen war.«

»Wer?«

»Ein damals fünfjähriger Junge. Er hat es überlebt. Er muss inzwischen achtzehn sein. Es gibt einen lebenden Augenzeugen.«

65 AVA
A1445000133

АЭРОПОРТ ТЕРМЕЗ las sie in der Ferne, auf der anderen Seite des Zauns, der die ISAF-Militärbasis auf dem Flugplatz von dem Teil für die zivile Luftfahrt trennte. Ava beherrschte das kyrillische Alphabet nicht, wusste aber, dass dort »Aeroport Termiz« stehen musste. Am nördlichen Ufer des Amudarja war es angenehm warm; sie zog sich die Strickweste aus, die sie im Flugzeug getragen hatte, und legte sie sich über die Schultern. Ab und zu sah sie sich nach den beiden Männern um, die mit nach Usbekistan gereist waren, ohne dass Erwin T. sie darüber informiert hatte. Wenn es sich um die beiden handelte, die Jan Kassels am Vorabend der Abstimmung bedroht hatten, war es völlig unerklärlich, dass sie sich nun auch hier aufhielten. Sie nahm sich vor, Erwin T. dazu ganz genau zu befragen, sobald sie für einen Augenblick mit ihm allein wäre. Vorläufig musste sie abwarten, weil sich der Geheimdienstler angeregt mit Leonard Montfoort unterhielt. Sie fing einige Gesprächsfetzen auf.

»Nein, ganz und gar nicht«, erklärte Erwin, während er eine Zigarette aus der Packung nahm. »Dabei handelt es sich um einen Trugschluss. Chancengleichheit für den Feind ist Unsinn. Ich möchte kurz die Beratungskommission zitieren; die sagt: ›Die Tatsache, dass sich das als Zielperson vorgesehene Individuum in vielen Fällen nicht gegen einen solchen Angriff wehren kann, ist in diesem Zusammenhang unerheblich.

Feindseligkeiten im Rahmen eines bewaffneten Konflikts sind keine Sportveranstaltungen, und es gibt keine Forderung im humanitären Kriegsrecht, die besagt, Gegner müssten auf dem Schlachtfeld gleiche Chancen haben. Viele andere Waffensysteme wurden mit dem Ziel entwickelt, Gegner aus größerer oder kleinerer Distanz anzugreifen und dabei den größtmöglichen Vorteil für die angreifende Partei zu gewährleisten.‹ Diesbezüglich sind wir also völlig im Recht. Wir können schließlich nichts dafür, wenn wir die besseren Waffen haben.«

Montfoort nickte zustimmend. Sie kamen zu einem flachen Betonbunker und betraten ihn. Über einen langen Gang und eine Treppe gelangten sie immer tiefer unter die Erde, bis sie endlich in einen hell erleuchteten Raum kamen, in dem uniformierte Männer und Frauen zwischen Videobildschirmen und topografischen Karten ihre Arbeit verrichteten. Erwin T. lud die Gruppe ein, sich zu setzen.

»Willkommen in der Kommunikationsstation der ISAF; wie Sie wissen, handelt es sich dabei um die International Security Assistance Force, die seit 2004 die NATO-Operationen für Afghanistan ausführt. Termiz ist zugleich Stützpunkt und Transportbasis; zurzeit obliegt die Leitung den Deutschen, aber die Amerikaner schauen den Europäern sehr genau auf die Finger. Von hier aus werden Transporte in die afghanischen Kriegsgebiete organisiert, und die Amerikaner haben vor einiger Zeit mit ihren UAV-Aktivitäten begonnen. Wenn Sie bitte auf diesen Bildschirm schauen wollen.« Er zeigte auf einen der Monitore in einer oberen Ecke des Raumes, die zwei Soldaten mit Kopfhörern und Mikrofonen ganz genau im Auge behielten. »Hier können Sie erkennen, dass Pandora gerade eine Testrunde über der Stadt Termiz absolviert. Schauen Sie, dort liegt das buddhistische Kloster Kara-Tepe; ein schöner

Anblick, aber das interessiert uns im Moment nicht. Wir sind hier, damit Sie einen Eindruck davon bekommen, wie Pandora aussieht und wie sich der Umgang mit ihr anfühlt. In vier Minuten wird sie landen, und zwar mehr oder weniger direkt über uns.« Er richtete kurz die Augen zur Decke. »Und dann werden Sie sie endlich kennenlernen, Herr Montfoort. Frau Ministerin, haben Sie Pandora jemals in Wirklichkeit gesehen?« Ava schüttelte abwesend den Kopf, der mit den Rätseln gefüllt war, die sich ihr in den vergangenen Tagen aufgedrängt hatten. Hermes, Orta, Merijn Turing, Miriam Veltman, Eliot Koler – wie Flugdrachen an langen Schnüren hatten sie sich verfangen und warteten in der Luft darauf, losgeschnitten zu werden. Sie musste mehr über diese Orta-Mission in Erfahrung bringen. Dort lag der Schlüssel zu dem, was Erwin T. über ihren Vater wusste und vor ihr verborgen hielt. Die Stimme des MIVDlers riss sie aus ihren Gedanken.

»Gehen wir nach oben und heißen sie willkommen.« Freundschaftlich legte er Montfoort die Hand auf die Schulter. Die beiden hatten über ihre gemeinsame Liebe für das Vaterland und das Pflichtbewusstsein, es zu beschützen, zueinandergefunden.

»Ich komme gleich nach«, sagte Ava zu Erwin T., der sich umsah, weil er wissen wollte, wo sie blieb. Er lächelte, aber es war kein freundliches Lächeln. Alles, was er tat, geschah aus Berechnung, nie spontan. Ein Machtspiel bis in die kleinsten Handlungen, ein ständiges Manipulieren, um einen möglichst großen Vorteil aus allem zu ziehen. Nur die Besten beherrschten dieses Spiel: Mel war so jemand, Marc Bishop von Lockheed Northrop, Thomas Falk.

Als Erwin T. und Leonard Montfoort außer Sichtweite waren, wandte sich Ava um und fragte einen der Mitarbeiter, ob sie ein Computerterminal benutzen dürfe. Über einen gesicherten Zugang stellte sie eine Verbindung mit dem Verteidigungsministerium her und gab den Code der Mission ein, den ihr Vater in seinem Buch notiert hatte: A1445000133. Ein zweites Fenster öffnete sich, in dessen oberem Teil fünf Tabs zu sehen waren: »Ziel«, »Besonderheiten«, »Resultat«, »Teilnehmende« und »Supervision«. Als Erstes klickte sie auf »Ziel«. Da stand »Malik Jaweed«, und darunter fand sie die Personalien des afghanischen Clanführers; außerdem erfuhr sie, welcher Vergehen die IASF ihn verdächtigte: des Waffenhandels, des Vorbereitens terroristischer Handlungen, der Verbindungen mit terroristischen Organisationen. Unter »Besonderheiten« konnte sie nachlesen, dass Hermes für diese Mission zum ersten Mal eingesetzt wurde, und zwar in Zusammenarbeit mit einer niederländischen Eliteeinheit, die vor Ort Informationen sammeln sollte und der eine unterstützende Rolle zukam. Auf »höchstem Niveau« hatte man der Mission zugestimmt. Damit war ihr Vater gemeint. Sie überflog alle Informationen und klickte sich dann weiter zu »Resultat«, wo verzeichnet stand, dass Malik Jaweed in seinem Haus in Orta in der afghanischen Provinz Kunduz erfolgreich ausgeschaltet worden war. Bis hierher hatte sie nichts Skandalöses, nichts Auffälliges entdeckt. Dann klickte sie auf den »Teilnehmende«-Tab, woraufhin eine kurze Namensliste erschien. Sie schluckte.

Koler, E.M. (Eliot Markus) (NL, Leitung LTG Scorpion)
Nabi, K. (Kadir) (AF, Dolmetscher)
Merckelbach, T. (Thijs) (NL) †
Ruiter, S. (Stefan) (NL) †
Sköld, H. (Harun) (SE, Kommunikation)
Velmer, S. (Stann) (NL, Kontakt MIVD) †

Eliot Koler hatte die Einheit angeführt, die für den Erfolg der Hermes-Mission verantwortlich war. Er befand sich in dem Augenblick in Orta, als Malik Jaweed durch die Drohne eliminiert wurde. So kam es, dass Ava nun über ihren Vater mit demjenigen verbunden war, der innerhalb der nächsten vierundzwanzig Stunden von einer anderen Drohne ausgeschaltet werden sollte. Von der Maschine, die über ihre eigene Zukunft als Ministerin bestimmen würde: Pandora. Als sie die Liste mit den sechs Namen studierte, war ihr, als würden Vergangenheit, Gegenwart und Zukunft für einen kurzen Augenblick miteinander verschmelzen. Zwei der niederländischen Militärs lebten nicht mehr; ein Schwede, ein Afghane und Eliot Markus Koler waren noch übrig. Jemand vom MIVD hatte an der Mission teilgenommen: ein gewisser Stann Velmer, der dieser Übersicht zufolge ebenfalls nicht mehr am Leben war. Nirgends stand vermerkt, ob die drei bei der Operation den Tod gefunden hatten. Handelte es sich dabei um die Information, mit der Erwin T. sie erpresste? Hatte ihr Vater durch seine Unterschrift das Ende dreier niederländischer Soldaten besiegelt? Aber warum galt die Mission dann als Erfolg?

Sie schaute auf die Uhr und wandte sich dem letzten Tab zu, »Supervision«. In dem Augenblick, als sie den Zeigefinger in Richtung der Maustaste bewegte, beschlich sie das Gefühl, sie sollte es lieber bleiben lassen. Besser, man weiß nichts, als gezielt zu versuchen, es zu vergessen, stieg es plötzlich in ihr auf. Sie klickte auf den Tab. Mission A1445000133 unterstand drei Männern:

Zuidam, B. (Björn) (Planung)
Wilkes, C. (Cas) (Kommunikation)
Tysma, E. (Erwin) (Leitung der Mission)

Hauptmann Björn Zuidam, Major Cas Wilkes und Oberstleutnant Erwin Tysma. Sie starrte auf die Namen, bis die Buchstaben vor ihren Augen zu tanzen begannen. Dann überprüfte sie wieder die Uhrzeit. Wenn sie nun zur Landebahn lief, würde sie noch miterleben, wie Pandora auf dem Boden aufsetzte, bremste und eigenständig zum Hangar rollte. Tysma, Erwin, dachte sie. Das kann doch alles nicht wahr sein, verdammt noch mal.

66 ELIOT

Orta

Mohammad hob die Hand und zeigte auf die Berge mit den abgeflachten Gipfeln im Norden. Eliot und Merijn schauten in die Richtung, in die er deutete. Das Dorf musste sich irgendwo im Osten des Asian Highway befinden, wo es keine befestigten Wege gab und wo auch nie wieder welche entstehen würden. Als sie in die Nähe des Ortes kamen, erkannte Eliot alles wieder. Langsam kehrte die Erinnerung zurück, wie bei einem Buch, das man nach langer Zeit erneut in die Hand nimmt. Merijn folgte ihm in zehn Metern Abstand; sie beobachtete ihn immerzu durch ihre Wimpern hindurch. Nach einigen Kilometern sahen sie die Konturen einer verfallenen Stadtmauer, die sich über einem Hügel ohne Gipfel erhob. Eine Staubwolke senkte sich herab: vier Pferde, auf denen Männer in wehenden Gewändern saßen. Mohammad sprach immer lauter und lief immer schneller, als übten die Mauern des Dorfes eine starke Anziehungskraft auf ihn aus. Als die vier Männer sich ihm bis auf ungefähr zwanzig Meter genähert hatten, hielten sie an und stiegen von den Pferden. Eliot sah, dass zwei von ihnen altmodische Karabiner bei sich trugen; die anderen beiden waren mit alten Kalaschnikowmodellen aus der russischen Armee bewaffnet. Lachend umarmten sie Mohammad. Er durfte eines der Pferde übernehmen, während der Anführer der Gruppe das gesamte Gepäck auf die anderen Tiere umverteilte. Misstrauisch schaute er zu Eliot hin und danach zu der Frau mit dem Tuch, unter dem blonde Locken hervorlugten.

Im Dorf, im Schatten der Mauer, bekamen sie etwas zu essen: gegrilltes Fleisch mit Naanbrot und getrocknete Früchte. Nach der Mahlzeit winkte Mohammad Eliot und Merijn, ihm zu folgen. Sie gingen an einem eingestürzten Gebäude vorbei, einem Steinhaufen, aus dem gekrümmte Eisenträger hervorragten; Glas splitterte unter ihren Füßen, bis sie zu einem Haus etwas weiter oben kamen, eine einfache Behausung aus Lehm und Steinen mit kleinen Fenstern, vor die man dunkle Moskitonetze gespannt hatte. Im Wohnbereich des Hauses lief ein Fernseher. Mohammad bedeutete ihnen, an einem Esstisch aus Plastik Platz zu nehmen. Durch eine andere Tür betrat eine Frau den Raum. Die goldenen Stickereien in ihrem rosafarbenen Kopftuch glänzten im Sonnenlicht. Sie nickte, nahm Mohammads Hand und holte dann eine Flasche Wasser aus einem Vorratsschrank. Sie füllte vier Gläser und leerte ihres rasch, bevor sie wieder im Wohnzimmer verschwand. Der Ton des Zeichentrickfilms wurde gedämpft, als sie die Tür hinter sich schloss.

Mohammad schaute einen Moment lang auf die geschlossene Tür und richtete den Blick dann auf Eliot.

»Meine Frau«, erklärte er heiser, während er sich durch den Bart fuhr. Seinen Pakol legte er auf den Tisch, und zum ersten Mal sah Eliot, dass Mohammad völlig kahl war. Von seinem Ohr verlief eine grobe, L-förmige Narbe bis zur Mitte seines Schädels, fast bis knapp über seine Stirn. Eine alte Narbe, aber ihr weißer Glanz verriet, dass sie sich häufig geöffnet haben musste und die Haut noch immer unter großer Spannung stand.

Mohammad erhob sich und rief etwas in die Richtung der geschlossenen Tür. Der Fernseher wurde leiser gestellt, und man hörte, wie jemand einen Stuhl verschob. Wenige Sekunden später sahen sie Miran in der Türöffnung. Der Blick seiner hellen Augen schoss hin und her. Merijn machte den Mund auf, brachte jedoch keinen Ton heraus.

Eliot schaute aus dem Fenster zu den zerfallenen Steinen hin, die einmal ein Haus gebildet haben mussten. Er erkannte jetzt alles. Er wusste wieder, wo er war. Er erkannte Miran. Zwölf Jahre lang hatte er daran gedacht, jeden Tag überfiel ihn die Erinnerung wie ein flackerndes Bild, das man in den falschen Film montiert hatte. Jeden Tag wurde die Erinnerung etwas ungenauer, der Schmerz jedoch schärfer. Ein gesunder Geist in einem gesunden Körper, das konnte er sich immer wieder vorsagen, aber sein Geist war durch das vergiftet, was er erlebt hatte, und sein Körper hatte seine Kraft verloren. Er erinnerte sich: Mittwochmorgen 160700 A APR 03. Aus einem Chinook springen wir etwa einen Kilometer vom Dorf entfernt ab. Ruhiger Flug, Ladeklappe offen, lassen die Beine baumeln. Das Land ist öde und verlassen. Vor allem trockenes Gras. Ich schicke Thijs und Stefan vor, damit sie einen Beobachtungspunkt errichten. Harun bleibt mit dem Funkgerät bei mir. Der neue Mann, Stann, hilft Kadir beim Ausladen der Sachen. Er war bereits vor Ort, als wir am Flughafen von Kunduz ankamen. Behauptet, dass er im letzten Moment dazu abkommandiert worden ist, uns zu unterstützen. Gut möglich – er arbeitet nicht schlecht. Thijs kommt nach zehn Minuten zurück. Sagt, die Umgebung ist sicher. Es gibt keine Truckspuren, oder der Sturm in der letzten Nacht hat sie weggeblasen. Harun klappt seinen Laptop auf und gibt unsere Position durch. Das Kommando reagiert: Ihr dürft weiter. Hier in der Gegend gibt es zwei Dörfer – »Siedlungen« ist vielleicht ein treffenderes Wort. Die Afghanen haben um sie herum hohe Mauern errichtet, die im Morgenlicht feuerrot brennen. Wir entscheiden uns für das Dorf, in dem wir in den letzten Tagen die meiste Bewegung gesehen haben. Alles deutet darauf hin, dass unser Mann sich dort befindet. Orta. Das bedeutet »Mitte«, aber hier ist die Mitte von Nirgendwo. Wir schultern unsere Rucksäcke auf und gehen zu Stefan und Thijs. Viel trinken. Wichtig. Die Sonne geht unbarmherzig schnell auf, als hätte sie es eilig. Die Temperatur steigt fühlbar, aber vielleicht liegt das auch an unserem Blut. Wir haben uns dem Dorf jetzt auf ein paar Hundert Meter genähert. Noch keine Bewegung gesehen. Harun und Stefan lassen ihre Rucksäcke stehen und gehen über die Nordseite des Dorfes zur östlichen Mauer, wo sie gestern eine Öffnung von ein paar Metern Breite entdeckt haben. Vielleicht ist ihnen ja der Sand ausgegangen, hatte Harun auf der Basis noch gewitzelt. Dieser verrückte Kerl. Möglicherweise ist er ein bisschen zu labil für diesen Job. Geradezu süchtig nach Risiken. Hatte sich den Skorpion schon vor der Auswahl tätowieren lassen. Ich nehme die anderen Männer mit zur Südseite. Malik befindet sich in einem Lehmhaus direkt an der Mauer. Kadir hat mit drei Jungen gesprochen, die das unabhängig voneinander bestätigt haben. Wir haben herausgefunden, dass er in einem grünen VW-Bus herumfährt. Der steht nun im Schatten der Mauer. Wir haben Malik tagelang observiert. Er hat Frau und Kinder zu seiner Schwester nach Imam Sahib gebracht und ist allein zurückgekehrt. Er benutzt diese Fahrten als Deckmantel, um Waffen zu transportieren. Schweres, ganz modernes Gerät aus Russland. Wird gegen die Amerikaner eingesetzt. Das Ersuchen an die Land Task Group Scorpion, die Zielperson auszuschalten, bevor sie noch mehr Schaden anrichten kann. Gestern Abend endlich die Zustimmung aus den Niederlanden. Harun und Stefan sind in Position. Kadir bleibt mit der Ausrüstung zurück. Stann, Thijs und ich rennen zur Mauer. Stann springt rüber, dann Thijs. Ich beobachte die Umgebung. Tysma gibt über Funk etwas durch. Ich kenne nur seine Stimme, bin ihm nie begegnet. Er leitet die Operation von den Niederlanden aus. »Haben wir schon die Bestätigung, dass Jaweed vor Ort ist?«, will er wissen. »Wir sind dran«, antworte ich. »Halte die Verbindung offen«, sagt Tysma. »Wir sind drin«, höre ich von Harun. »Vierzig Schritte.« »Ist unser Mann vor Ort?«, frage ich. »Noch keine Bestätigung«, kommt es von Harun. Klingt kurzatmig. Das Warten zieht sich. Wir verteilen uns. Ich beziehe Position auf der Höhe eines kleinen Platzes, mit Aussicht auf das Haus und die höheren Gebäude an der Nordseite. Ich sehe, wie Harun und Stefan auch reinkommen und die vereinbarten Plätze aufsuchen. Das Haus von Malik hat zwei Türen. Er kann nicht zur Hausrückseite, ohne dass wir es mitbekommen. Innerhalb von drei Minuten ist er umzingelt. Ich bereite mich vor: Waffe auf das Stativ montieren, Körper in die richtige Position, den Lauf auf das offene Fenster gerichtet; davor bewegt sich ein Batiktuch sanft im Wind. Tysma nimmt nochmals über das Satellitentelefon Kontakt mit mir auf, schreit mir ins Ohr. Stört meine Konzentration. »Haben wir die Bestätigung, Major Koler? Ist Malik Jaweed vor Ort?« »Nein. Keine Bestätigung. Abwarten«, antwortete ich. »Wir sind bereit«, reagiert Tysma. Ich begreife nicht, was er meint – vielleicht habe ich ihn falsch verstanden. »Höchste Bereitschaftsstufe«, sage ich überflüssigerweise in mein kleines Mikrofon. Jeder ist so bereit, so hoch konzentriert, dass es schmerzt, eins geworden mit dem Hier und Jetzt – anders lässt es sich nicht beschreiben. Ich sehe einen Schatten hinter dem Fenster. »Eins«, sage ich kurz. »Fenster.« »Zwei«, höre ich Stefan unmittelbar antworten. »Tür West.« »Ist es Malik?«, fragt Harun, während Tysmas Stimme durch das Telefon kommt: »Bestätigen: Ist es Malik Jaweed?« »Nein, keine Bestätigung«, erwidert Stefan. »Thijs?«, frage ich. »Nein, hier auch keine Bestätigung«, lautet die Antwort. Dreißig Sekunden Schweigen. Dann hören wir Stann: »Drei. Tür Süd. Es ist Malik.« »Bitte wiederholen!«, verlangt Tysma. »Es ist Malik«, sagt Stann noch einmal. »Es ist Malik. Kein Zweifel. Es ist Malik.« »Check«, höre ich alle sagen. »Eliot, bereit?«, fragt Tysma. »Bereit«, entgegne ich und schaue durch den Sucher. Das Fadenkreuz passt genau auf das Muster des Vorhangs. Ich verschiebe den Lauf in Richtung Tür, die nur angelehnt ist. Ein Schatten schiebt sich vorbei. Ein paar Sekunden lang passiert nichts. Dann öffnet sich die Tür. »Tür Süd geht auf«, sagen Stann und ich gleichzeitig. In der Türöffnung erscheint Malik Jaweed. Er trägt ein Tuch um die Taille. Seine Haare sind zerzaust. In der Hand hält er eine flache Kappe. »Ich habe freies Schussfeld«, sage ich zu Tysma, der weiß, dass ich mich an ihn richte. »Erbitte Zustimmung, Malik Jaweed auszuschalten.« Zunächst keine Reaktion von Tysma. Ich wiederhole: »Habe freies Schussfeld.« »Nein«, sagt Tysma. »Keine Zustimmung. Abwarten. Wir sind bereit. Fünfundachtzig Sekunden.« Ich hole tief Luft, spüre einen scharfen Schmerz in dem Auge, das ich vor die Linse des Visiers gedrückt halte. Es fühlt sich trocken an, ausgetrocknet. »Habe freies Schussfeld, Oberstleutnant, habe freies Schussfeld.« »Nein, erst absichern«, höre ich Tysma in meinem Ohr. Ich schaue zur Seite. Thijs zuckt mit den Schultern. Ich versuche, mich wieder zu konzentrieren. Durch den Sucher sehe ich, wie sich Malik reckt und streckt und sich dabei mit müdem

Blick umschaut. Er spuckt in den Sand, dreht sich wieder zur Tür um. »Habe immer noch freies Schussfeld«, sage ich drängend, aber es kommt keine Reaktion. »Ist es hundertprozentig Malik Jaweed?«, will Tysma nochmals wissen. »Check«, sagen ich, Stann und Harun gleichzeitig. »Hundertprozentig.«

»Weiter abwarten«, antwortet Tysma. Ich blinzele, weil meine Augen sich anfühlen, als hätte ich Sand hineingestreut, und schaue zu Thijs hinüber. »Was will der eigentlich?«, flüstert er und rollt mit den Augen. »Keine Ahnung«, antworte ich. Ich weiß es wirklich nicht. Dann hören wir über unseren Köpfen das anschwellende Geräusch eines kleinen Propellerflugzeugs. Ein Ton, der schrill und dumpf zugleich ist. »Gelegenheit jetzt«, sage ich laut. »Gelegenheit zum Ausschalten von Malik Jaweed *jetzt*. Soll ich?« Mit einiger Verzögerung höre ich: »Nein. Wir warten ab.« Das Summen des Flugzeugs wird rasch immer lauter. Durch mein Visier kann ich erkennen, dass Jaweed es auch gehört hat. Verstört schaut er sich um und richtet den Blick nach oben, die Hand über den Augen. Er verharrt für ein paar Sekunden in dieser Haltung, dann geht er ins Haus. Er schließt die Tür hinter sich. »Er ist drin«, höre ich Stann durch das Funkgerät sagen. »Er ist reingegangen.« »Das sehen wir auch«, erwidert Tysma. »Wir sind bereit. Abstand halten.« Einen Moment lang passiert nichts. Ich verstehe nicht, worauf wir warten, ich verstehe nicht, warum niemand etwas tut, wo doch ein ganzes Team hier bereitsteht, um die Mission zu erfüllen. Das Summen des Flugzeugs hinterlässt Kratzer auf meinem Trommelfell, als könnte man es auch durch das Funkgerät wahrnehmen. »Warten!«, höre ich plötzlich eine Stimme. Es ist Stefan. »Warten! Da sind Kinder im Haus!« »Unmöglich«, antwortet Tysma. Ich höre die Verärgerung in seiner Stimme. »Seine Kinder befinden sich in Imam

Sahib.« »Ich sehe Kinder«, sagt Stefan. »Ich sehe Frauen. Zwei oder drei. Sie laufen durchs Haus. Kann das jemand bestätigen?« Ich nicht. Wir haben drei Personen gesehen, eine davon ist hundertprozentig unsere Zielperson. Kinder kann ich von meiner Position aus nicht entdecken. Das Tuch wird ein wenig zur Seite geschoben. Durch meinen Sucher sehe ich die Hand, die das tut. Eine Männerhand, eine Frauenhand – ich kann das keinesfalls mit Sicherheit sagen. »Hört ihr mich?«, fragt Stefan. Alle Mitglieder der Task Force sagen »Check«. »Com check«, erklingt Kadirs Stimme. »I'm recording.« »LTG Scorpion, hier ist der Leiter der Mission. Abstand halten, UAV kommt.« Ich huste, um den Staub aus den Lungen zu bekommen; leise, sodass es niemand in den Häusern um uns herum hört. »Oberstleutnant Tysma, im Gebäude befinden sich mehrere Individuen, möglicherweise haben wir Frauen und Kinder entdeckt. Wir raten Ihnen zu warten.« Ein Knacken in der Leitung, Tysma ist einen Moment lang nicht zu verstehen. Dann sagt er noch einmal: »Das UAV registriert keine Kinder. Ich wiederhole, unser UAV hat keine Kinder registriert. Der Wärmesensor gibt an, dass sich drei Personen im Gebäude befinden. Ich wiederhole, drei Personen. Das UAV gibt an, dass Fehlermarge null, wenn jetzt Übergang zum Angriff. Sie ist jetzt über dem Ziel. Ich habe soeben die Genehmigung aus dem Ministerium erhalten.« Ich kann das Summen der Drohne hören. Es geht einem durch Mark und Bein, wie ein Bohrer im Schädel. »Achtung!«, höre ich Thijs rufen. Zu meinem Erstaunen sehe ich Malik durch die Seitentür nach draußen kommen. Er schaut hoch, um sich herum, wieder nach oben. Er ist in Panik, rudert mit beiden Armen. Dreht sich um die eigene Achse und stürzt zurück ins Haus. »Er ist wieder drin«, sagt Tysma. »Es ist Malik.« »Ja, aber wir raten zum Abwarten« sage ich nochmals, so ruhig ich nur kann. Dann sehen wir, wie fünf Kinder nach draußen rennen. Eines von ihnen, ein Mädchen, trägt ein Baby in den Armen. Ein Junge von vielleicht fünf oder sechs Jahren läuft so schnell er kann in die Richtung eines Nebengebäudes, links von uns. Die anderen Kinder bleiben wie versteinert stehen. Das Mädchen mit dem Baby sieht mich. Es ist hochgewachsen, schlank. Es schaut mich aus hellen Augen flehend an. Hinter ihr steht Malik Jaweed. Er hält etwas in den Händen. Das Mädchen schaut mich immer noch an. Das Baby schläft. Dann ein donnerndes, pfeifendes Krachen, und ich sehe das Gesicht von Jaweed, der sich die Lungen aus dem Leib brüllt. Ein Feuerball schlägt mit ohrenbetäubendem Lärm im Haus ein, lässt den Boden erzittern, alles zu Staub zerfallen. Jeden Stein, jeden Balken, alles, was ihm begegnet. Die Kinder, das Baby – in Stücke gerissen, regnen sie auf uns herab. Wie fallende Engel.

Dann ist es still. Ein Pfeifton erfüllt meinen Kopf, als würde ich unter Strom stehen. Erst jetzt dringen Geräusche aus dem Funkgerät zu mir durch. Tysmas Stimme.

»Bestätigen Sie das Ausschalten von HVT Malik Jaweed.«

»Check«, sage ich wie betäubt. »Zielperson eliminiert.« Alles eliminiert, will ich ausrufen, aber da kommt nichts.

67 AVA

Da ist sie

Ava loggte sich aus und machte sich schweigend auf den Weg die Treppe hinauf, durch den langsam ansteigenden Gang bis zu der verstärkten Außentür. Dann folgte sie den gelben Pfeilen nach links, die parallel zur Landebahn verliefen. Weiter oben, vor einem offenen Hangar, der viel neuer war als die anderen auf dem Areal, entdeckte sie Montfoorts gedrungene Gestalt; der Abgeordnete stand hinter einem Tisch und beobachtete mit einem Fernglas den Himmel. Man hatte ihm ein Getränk hingestellt. Bei der Nase der Hercules stand Erwin T. und telefonierte, halb von ihr abgewandt, aber sie konnte sehen, dass er sie bemerkt hatte. Er steckte das Handy weg und kam auf sie zu. Während der wenigen Sekunden, die er brauchte, um die fünfzig Meter zwischen ihnen zu überbrücken, konnte sie nur an eines denken: Hatte Erwin T. 2003 die oberste Verantwortung für Hermes gehabt? In diesem Fall änderte sich alles. Dann war es weniger ihr Vater, der etwas zu verbergen hatte, als vielmehr T. selbst. Ihm ging es nicht nur um die Kontrolle über Pandora, ihm ging es um die Kontrolle über die Vergangenheit. Er war nun fast bei ihr, und sie musste sich auf eine Konfrontation mit ihm einstellen. Noch bevor sie den Mund öffnen konnte, rief er: »Frau Rodenburg, gute Neuigkeiten: Gerade kam die Nachricht aus Den Haag, dass man einen zweiten Verdächtigen aufgespürt hat. Er ist dabei, eine Kopie der Festplatte zu entschlüsseln.«

Sie hörte ihm nur halb zu, weil sie versuchte, sich so genau wie möglich zu überlegen, was sie zu Erwin T. sagen würde.

»Die Herren haben eine gemeinsame Vergangenheit«, fuhr Erwin T. fort. »Sie standen mehrfach in Kontakt zueinander. Derjenige, den wir im Auge haben, wurde schon einmal wegen solcher Praktiken verurteilt, wegen illegalen Verbreitens von Informationen.«

»Erwin«, sagte sie ruhig, während sie mit einem Auge den Himmel im Blick behielt, von wo aus nun ein dumpfer Summton zu hören war, den der Wind immer wieder heranwehte. »Was wissen Sie über Hermes?«

»Dieses Gespräch haben wir schon einmal geführt, Frau Ministerin. Meine Antwort kennen Sie: Ich werde Ihnen jetzt nicht alles sagen.«

»Dann erklären Sie mir noch einmal, warum es von so großer Wichtigkeit ist, Eliot Koler auszuschalten.«

»Koler hat den Tod von mindestens zwei Menschen zu verantworten. Er ist im Begriff, sehr empfindliche Informationen nach außen zu tragen. Er hat, auch in Afghanistan, Kontakt mit gefährlichen Individuen aufgenommen, die Terrorverdächtige sind, Verräter.« Er hielt sein Smartphone hoch und zeigte ihr ein Foto von einem bärtigen Mann in einer Dschellaba. »Mohammad Zaher hat vier Jahre eingesessen, weil er verdächtigt wurde, einen Anschlag auf einen NATO-Stützpunkt zu planen. Koler hat ihn getroffen; das wissen wir von unserem Geheimdienst. Koler ist brandgefährlich, man hat bei ihm eine posttraumatische Belastungsstörung diagnostiziert; brauchen Sie noch weitere Fakten?«

»Ja«, erwiderte sie ohne jede Ironie.

»Durch eine erfolgreiche Kampagne mit Pandora können Sie sich die Unterstützung der Christdemokraten sichern.

Dann haben Sie eine Garantie für das Fortbestehen des Kabinetts Stahlman II, für Ihre eigene Zukunft, den guten Ruf Ihres Vaters. Es gibt keine Nachteile, Frau Ministerin.«

»Und für Sie? Ich habe Sie das schon einmal gefragt: Wo liegen die Vorteile für Sie?«

»Ich will Pandora. Ich will ein mächtiges Instrument zur Verfügung haben, um meine Organisation zu optimieren und mein Land sicherer zu machen.«

»Sehr nobel, aber worin liegt dabei Ihr persönliches Interesse?«

»Das gibt es nicht«, erklärte Erwin T. nüchtern, aber Ava spürte, dass er immer ärgerlicher wurde. Sie musste jetzt weitermachen, bluffen.

»Warum sind Wilkes und Zuidam mit uns hergeflogen?«

»Ich weiß nicht, wovon Sie sprechen«, antwortete der Mann vom MIVD. »Schauen Sie.« Er deutete nach oben, wo nun ein schwarzer Fleck sichtbar wurde, der langsam, aber stetig wuchs. Ein Summen, das jedes andere Geräusch übertönte, begleitete die Erscheinung. »Da ist sie.«

»Die beiden Männer, die außer uns an Bord waren – warum sind sie mitgeflogen?«, wiederholte Ava.

»Das ist geheim«, erklärte er kurz. »Gehen wir zusammen zu Herrn Montfoort?« Er wandte sich um und setzte sich in Bewegung. Sie unternahm einen wütenden Versuch, ihn zum Stehenbleiben zu bewegen. Diesmal würde sie *ihn* festhalten und nicht mehr loslassen, bis er ihr sagte, was sie wissen musste.

»Ich weiß, was Sie mit Hermes verbindet. Sie hatten damals die Leitung, nicht wahr, Erwin?«

Mit raschen Schritten lief der Geheimdienstler weiter, bis beide bei Montfoort ankamen, der immer noch durch das

Fernglas schaute, das UAV jedoch nicht im Visier zu haben schien.

»Da, Herr Montfoort«, wies ihm Erwin T. die richtige Richtung. Auch mit bloßem Auge war Pandoras Gestalt nun gut zu erkennen: die langen Flügel, die zusammen ein Dreieck bildeten, die abgeplattete Nase, das schwarze Glas fast direkt über der Vorderseite, durch das beinahe ein Gesicht entstand. Die Unterseite, ohne Schwanz, grau wie der Himmel. Das Zickzackmuster auf ihrem Bauch, aus dem nun langsam drei Räder hervorkamen, wie die Füße eines Insekts. Das dunkle Summen, das man selbst dann im Magen spürte, wenn man sich die Ohren zuhielt, war allgegenwärtig, unvermeidlich. Ava schaute zu Erwin T. hinüber, und er erwiderte kurz ihren Blick; sein Gesichtsausdruck ließ sich jedoch in keine Richtung deuten. Montfoort hatte nur Augen für Pandora, die nun kontrolliert auf dem Boden aufsetzte, abbremste und danach eine elegante Drehung in Richtung des Hangars vollführte. Zehn Meter davon entfernt stellte sie die Motoren ab und öffnete die Klappe für die Treibstoffzufuhr wie einen Mund, der etwas trinken möchte.

68 ELIOT
Symmetrie

In seinem Bericht über Eliot hatte der Psychologe angeregt, ihn erneut mit seinen Traumata zu konfrontieren. Das geschah auch, aber nicht in einer Praxis. Seine Mission in Mali musste er nach zwei Wochen abbrechen, eben weil er alles immer wieder erlebte – in seinen Träumen. Es kam über ihn wie Blitze, Fetzen, Explosionen, Häuser, Autos, Körper. Alles wurde auseinandergerissen. Schwarz, weiß, rot, sandfarben. Jede Nacht überfielen ihn die Albträume, als lägen sie in einer Ecke seines Gehirns auf der Lauer, bereit zum Angriff. Und immer wieder die Augen des Mädchens von Orta, die ihn mit einem allerletzten Funken Hoffnung anstarrten. In den Armen des Mädchens das schlafende Baby, das nie wieder aufwachen sollte.

Jetzt, wo er Orta wiedergesehen hatte, hatten die Blitze eine Gestalt bekommen, die Häuser einen Platz, die Körper ein Gesicht. Das hatte seine Reise ihm gebracht, aber ob er dadurch Ruhe finden würde, blieb zweifelhaft. Er hatte gegenüber Oberstleutnant Tysma den Tod der Zielperson bestätigt. Und den Tod aller anderen, der Frauen und Kinder, doch die wurden mit keinem Wort mehr erwähnt, als hätten sie nie existiert. Während des Debriefings teilte man den sechs Männern mit, dass sie gute Arbeit geleistet hatten. Die Mission hatte wertvolle Informationen erbracht und war effektiv durchgeführt. Tysma und seine Leute zeigten sich sehr zufrieden. Der erste Flug des Geräts durfte als Erfolg gelten: Ein High Value Target weit oben auf der Liste der CIA war ausgeschaltet worden, das Debriefing beendet. Man konnte die Akte Malik Jaweed nun schließen. Die Amerikaner bedankten sich, und die LTG Scorpion erhielt einen persönlichen Bericht des Ministers mit Komplimenten wegen der gut verlaufenen Mission. Als Eliot jedoch Fragen zum plötzlichen Einsatz der Drohne zu stellen begann, schlug die Stimmung um. Das Team wurde entlassen, und man machte es den Männern unmöglich, auch nur ein einziges Wort über Orta zu wechseln. Eliot drängte immer weiter auf eine Evaluation, aber es gab niemanden, der ihm zuhörte. Stattdessen erfolgten Sanktionen gegen alle Beteiligten. Die schwedische Armee entließ Harun Sköld vor Ablauf seiner Dienstzeit wegen des »illegalen Verbreitens sexuell gefärbten Inhalts«. Stefan Ruiter führte noch einige Jahre lang Missionen durch, obwohl er mehrfach angab, damit aufhören zu wollen. Er brach 2005 zusammen und beging mit seiner Dienstwaffe Selbstmord. Thijs Merckelbach wurde versetzt und starb bei einem Hubschrauberunfall in Mali, dessen Ursache ungeklärt blieb. Kadir Nabi, dem man versichert hatte, er werde in den Niederlanden Asyl erhalten und sich dort eine Existenz aufbauen können, erfuhr, dass man ihn fallen ließ. Unter Lebensgefahr erreichte er Kabul und tauchte unter, in ständiger Angst vor der Rache der Feinde der NATO-Streitkräfte, gegen die er sich als Afghane zu stellen gewagt hatte. Die Niederlande verachtete er. Stann Velmer alias Rens Veltman wurde in eine Klinik eingewiesen, um seine Dämonen zu bekämpfen, doch die erwiesen sich als zu stark. Hatte der MIVD bei seinem Tod die Hand im Spiel gehabt?

Eliot trank einen Schluck Wasser und wischte sich mit dem

Handrücken über die Stirn. Schweiß und Staub blieben daran kleben. Ein langer Schatten näherte sich ihm von der Seite, fiel über ihn und verkürzte sich wieder. Mohammad hockte sich neben ihn und fing an, mit einem dünnen Messer einen Granatapfel aufzuschneiden; er schälte die Kerne heraus und steckte sie sich in den Mund. Mit dem Messer zeigte er auf ein sandiges Feld weiter oben, auf dem ein paar Jungen Cricket spielten. Ein altes Fahrrad fungierte als Wicket. Miran schaute aus einer gewissen Entfernung zu; der hoch aufgeschossene junge Mann war zu verlegen, um mitzumachen, und wiegte sich hin und her. Merijn, die sich neben ihn gestellt hatte, rückte behutsam näher an ihn heran.

»Der Junge hat alles mitangesehen«, erklärte Mohammad, der sich mit dem Rücken gegen die abgebröckelte Mauer des ehemaligen Zugangs auf den Platz lehnte.

»All die Jahre habe ich geglaubt, jeder wäre tot.«

»Er war noch klein. Fünf Jahre alt. Er ist weggerannt, hat sich versteckt. Hat alles gesehen.« Mohammad deutete auf die Ruine eines kleinen Gebäudes rechts von dem Haus, in dem sich damals Malik Jaweed aufgehalten hatte. Eliot konnte sich ohne Schwierigkeiten vorstellen, was der Junge von seinem Versteck aus gesehen haben musste.

»Miran, seine Mutter, seine Schwester und sein kleiner Bruder waren bei Onkel und Tante zu Besuch. Er sah, wie Malik nach draußen rannte, dann die Kinder, Maliks Neffe und seine Nichte. Miran sah, wie seine Schwester seinen Bruder heraustrug. Ein Baby. Und danach, wie die Maschine sie zerfetzte«, sagte Mohammad. In einer langsamen Bewegung rissen seine Hände ein unsichtbares Blatt entzwei. »Wie Papier. Überall lagen sie. Wir mussten sie aufsammeln, jedes einzelne Stück.«

Eliot schluckte. Das Bild kannte er. Jede Millisekunde hatte sich in seine Erinnerung eingebrannt.

»Malik war Imaz' Bruder«, murmelte Eliot.

»Er war Mirans Onkel. Imaz Jaweed. Miran Jaweed. Camila Jaweed, so hieß seine Mutter, eine wunderbare Frau«, sagte Mohammad.

Wie betäubt folgte Eliot mit dem Blick Mirans trägen Schritten. Er kickte ein Steinchen weg, schaute mit halbem Auge dem Spiel zu, hin und wieder ein kaum merkliches Lächeln, als könne er sich selbst auf dem Feld stehen sehen. Seine Augen glichen denen seiner Schwester, des Mädchens von Orta.

»Wie hieß sie?«, fragte Eliot.

»Taban.«

Eliot atmete tief aus. Er empfand ein seltsames Gefühl der Erleichterung, weil der Blick nach einigen Jahren endlich einen Namen bekommen hatte. Zu den Augen gehörte eine Stimme, ein Gesicht, ein Name. Taban. Schon zwölf Jahre war sie tot, aber erst jetzt konnte er sie auch begraben.

»Imaz hat dir in Kabul eine Frage gestellt«, sagte Mohammad.

»Ja, er fragte, warum ich mit ihm mitwollte.«

»Du hast gesagt: ›Ich will es wiedergutmachen‹. Imaz und ich«, und damit schaute er lachend zur Seite, als könne sein toter Freund das Gespräch verfolgen, »wir wussten, was du meintest.«

»Ich habe einen Fehler begangen, und dafür will ich geradestehen. Mein Land hat einen Fehler begangen, und ich will versuchen zu zeigen, dass ... Ich will ihn menschlich wiedergutmachen.« Mohammad übersetzte Eliots Worte murmelnd für sich selbst, aber Eliot konnte an seinem unsteten Blick erkennen, dass er ihm nicht mehr folgte. Er sah, wie Merijn Miran einen Arm um die Schulter legte. Der ließ sie gewähren.

»Ich bin Soldat geworden, weil es Dinge gibt, die wichtig genug sind, dass man für sie kämpft«, sagte Eliot. »Beim Militär besteht noch so etwas wie Loyalität und Bruderschaft. Es ist ein ehrenvoller Beruf. Man empfindet Respekt. Respekt für seine Waffenbrüder, aber auch Respekt für denjenigen auf der anderen Seite. Dass er entgegengesetzte Interessen hat, tut dabei nichts zur Sache. Man trägt dasselbe Schicksal; man überlebt, oder man stirbt durch die Hand eines anderen. Das hast du schon gesagt, Mohammad, und du hast recht damit.«

Mohammad tat sein Bestes, den Worten zu folgen, schien jedoch den Faden verloren zu haben. Viel machte das Eliot nicht aus. Er redete mit dem anderen, aber tatsächlich erklärte er sich gerade seinen eigenen Gemütszustand.

»In dem Moment, als ich mich als Berufssoldat verpflichtete, in dem Augenblick, als ich den Vertrag unterschrieb, habe ich mein eigenes Todesurteil unterzeichnet. Wann es ausgeführt wird, weiß ich nicht; vielleicht nie, aber ich habe meine eigene Zukunft – im Krieg sterben – damit angenommen.« Er stand auf und redete weiter, ohne noch auf Mohammad zu achten. »Krieg in seiner reinsten Form ist sauber. Da gibt es kein Gut und Böse, keine Wahrheit und keine Lüge – das ist alles eine Frage der Wahrnehmung. Der Krieg an sich ist sauber und würdig. Aber dafür braucht man Gleichwertigkeit. Symmetrie. Ohne Symmetrie verliert der Krieg seine Würde und damit seinen Wert. Das weiß ich jetzt.«

Als Eliot schwieg, nickte Mohammad. Ob er ihn wirklich begriffen hatte, hätte keiner von beiden sagen können. Irgendwo zwischen dem Niederländisch in Eliots Kopf, dem Englisch des Ausgesprochenen und der Übertragung in das Dari des Warlords verloren sich Bedeutungen; das ging gar nicht anders. Trotzdem spürte Eliot instinktiv, dass Mohammad seine Worte nicht nur erfasste, sondern ihm außerdem zustimmte. Der Clanführer erhob sich ebenfalls, hängte sich die Waffe über die Schulter und ging auf Miran und Merijn zu.

Eliot folgte ihm und öffnete im Gehen seinen Seesack. Er schaute auf das Display seines Handys: Es hatte Sprünge bekommen. Eine einzige E-Mail war eingegangen, Stunden zuvor aus Amsterdam verschickt, aber erst jetzt hatte sein Telefon für einen kurzen Moment eine Verbindung.

> Eliot. Es gibt ein Problem: Jemand hat sich von außen auf meinem PC eingeloggt. Man versucht, mich zu lokalisieren. Ich muss hier noch drei Stunden weitermachen. Hoffentlich schaffe ich das.
>
> Gruß
>
> WebSoldierHarun

Eliot gab Merijn ein Zeichen; sie ließ den Jungen los und kam langsam auf ihn zu.

»Er ist es«, sagte sie leise. »Ich habe mir die Aufnahmen des Angriffs bestimmt hundert Mal angeschaut. Ich würde ihn unter Tausenden wiedererkennen.«

»Wir müssen ihn zum Sprechen bringen. Ich werde alles bestätigen, was er sagt. Mit deinen Angaben und denen von Harun zusammen muss es genügen, aber ich weiß nicht, ob uns genug Zeit bleibt, Merijn.« Er zeigte ihr Haruns E-Mail.

»Harun Sköld. Er hat uns nie geantwortet. Wie hast du es geschafft, dass er dir hilft?«

»Mit Geld. Nicht alle Menschen sind gleichermaßen idealistisch. Er muss auch von irgendwas leben.«

»Was nun?«

Eliot dachte nach. Viele Optionen gab es nicht.

»Wir müssen nach Usbekistan, nach Termiz.«

»Warum?«

»Dort befindet sich der Stützpunkt, von dem aus die NATO die Lager in Afghanistan und Pakistan bestückt. Von da aus fliegen die NATO-Drohnen ab. Die Verteidigungsministerin hat sich auf den Weg dorthin gemacht.«

»Wieso?«

»Das weiß ich nicht. Der MIVD ist auch dort. Weil ich hier bin. Wenn wir mit ihr sprechen können, haben wir eine Chance.«

»Du vertraust ihr? Wegen ihres Projekts mussten Jan, Miriam und Rens sterben. Wer sagt dir, dass sie uns besser behandelt?«

»Es war der MIVD, der Jan Kassels und Miriam Veltman getötet hat. Der MIVD hat sich auch das Original der Festplatte angeeignet. Und jetzt sind diese Leute hier. Wir wissen nicht, ob die Ministerin das auch weiß. Es kann sich erst etwas verändern, wenn es bis an die höchste Stelle durchdringt, was der MIVD da treibt und was die Niederlande zu verantworten haben. Wir müssen das Risiko eingehen, Merijn.«

Sie schaute zu dem Jungen hinüber, der hin und wieder abwesend um sich blickte, zog die Schultern hoch und nestelte an ihrem dünnen Kopftuch herum. Dann seufzte sie.

»Gut.«

Sie ging zu Miran hinüber, und Eliot sah ihr nach. Einen Fehler zu machen, ist menschlich – ihn wiedergutzumachen ebenso. Darin unterschied sich der Mensch von der Maschine.

Mit diesem Gedanken hängte sich Eliot den Seesack über die Schulter. Er nahm den Köcher in beide Hände und lief zurück zu Mohammad, der sich inzwischen hinter das Steuer des Toyota gesetzt hatte.

69 AVA

Fünfundzwanzig Minuten bis zum Showdown

Sie war von einer beinahe überirdisch anmutenden Schönheit; all ihre Ränder gingen so graziös ineinander über, dass es schien, als bestehe sie aus einem einzigen Stück Kohlenstofffaser. Die vier lasergesteuerten Raketen hatte man mit derselben Farbe versehen wie ihren Bauch. Sie war ebenso kräftig wie elegant, ebenso entwaffnend wie tödlich – alles, was die über sie existierenden Beschreibungen versprachen, traf zu. Ava konnte den Blick nicht von der Maschine abwenden. Nicht weil sie sich so sehr für deren Äußeres interessierte, sondern weil sie an den ganzen Unfrieden dachte, den die Maschine bereits verursacht hatte, ehe auch nur ein einziges Ziel für die Niederlande ausgeschaltet worden war. Zum Auge des Sturms hatte sie sich entwickelt, obwohl hinter ihrer Anschaffung gerade das Bestreben stand, die schlimmsten Stürme zu verhindern. Montfoort betrachtete die Maschine mit dem Strahlen eines jungen Mannes, der sich soeben sein erstes Auto gekauft hat. Er nahm sein Smartphone in die Hand und wollte ein Foto machen, aber Erwin T. hielt ihn davon ab und bat ihn in freundlichem Ton, das Telefon wieder wegzustecken. Erwin Tysma. Sie musste warten, bis sie ihn einen Moment allein erwischte, um ihm ein für alle Mal klarzumachen, wer hier das Sagen hatte. Montfoort schritt um die Drohne herum und berührte sie mit den Fingerspitzen. Pandora stand so auf ihren Rädern, dass er fast unter ihr hätte hindurchgehen können. Ein Schlauch wurde ausgerollt und angeschlossen. Mit leichtem Nachdruck lenkte Erwin Tysma Montfoort zurück zum Bunker und schaute sich nach Ava um, weil er sehen wollte, ob sie die Absicht hatte, ihnen zu folgen. Sie blieb kurz stehen und schaute zu, wie der Durst der Maschine gestillt wurde und sie ruhig, beinahe geräuschlos wieder auf die Startbahn zurückkehrte. Eine unermüdliche Soldatin, allzeit bereit, immer mit geschärften Sinnen und stets treu. Der Anblick des Luftfahrzeugs, das sich nicht einmal ausruhte, sondern seine Mission direkt wiederaufnahm, erfüllte Ava auf eine seltsame Art mit einem Gefühl des Mitleids. Das war unangebracht, denn eine Maschine konnte nicht leiden – dennoch empfand sie so. Fast ergriffen beobachtete sie, wie sich Pandora auf die Startbahn zubewegte, kurz innehielt, die Motoren auf Touren kommen ließ, dann sehr rasch an Geschwindigkeit gewann und in die Richtung in die Luft aufstieg, aus der sie gekommen war. Noch fast eine Minute später erfüllte ihr Summen den Himmel über dem Stützpunkt.

Ava ging in den Bunker und fand dort Erwin T. und Montfoort an den Monitoren vor, die aus verschiedenen Perspektiven das von Pandora gelieferte Bild wiedergaben. Eine Stimme ergänzte Informationen über Höhe, Geschwindigkeit und Position.

»Wir stehen mit Lelystad in Verbindung«, erklärte Erwin T. ungefragt. »Die Niederlande schauen zu. Von dort aus wird Pandora mit zusätzlichen Daten versorgt. Wir haben schon alles hochgeladen, und sie hat soeben das Ziel ihres Auftrags bestätigt.«

»Abstand zwischen Pandora und ihrem Ziel 194 Kilometer«, erklang es aus einem der Lautsprecher. »Fünfundzwanzig Minuten bis zum Showdown.«

»Da hören Sie es«, meinte Erwin T. zufrieden.

Montfoort schaute nervös von einem Schirm zum anderen.

»Ziel bewegt sich in nordwestlicher Richtung auf der AH74. Blauer Land Cruiser, Kennzeichen KUN 14998 Delta Alpha Delta«, erklärte die Stimme von der Kontrollstelle in Lelystad aus.

Montfoort tippte Erwin T. auf den Arm. »Und das geben Sie dann an Pandora weiter?«

»Nein, nein, das sind die Informationen, die Pandora *uns* liefert. Sie führt den Auftrag in vollständiger Autonomie aus. Wir fliegen nun über das Südufer des Amudarja. Das da ist Afghanistan.«

Grünes Grasland ging langsam in eine Sandfläche über, abwechselnd grau und beige. Hier und da erschienen Häuser im Bild, sah man sich bewegende Punkte – Pferde, Personen, Autos –, aber alles so winzig, dass Ava dabei rein gar nichts empfand. Sie stellte sich neben Erwin T. und flüsterte ihm ins Ohr: »Wir müssen reden. Jetzt.«

Er schüttelte den Kopf und schaute weiter auf die Monitore, als werde dort ein Programm gezeigt, das er auf keinen Fall verpassen durfte.

»Wir müssen reden, Tysma«, zischte sie. Als er seinen Namen hörte, veränderte sich sein Gesichtsausdruck nicht. Als wäre er davon nicht überrascht, dachte Ava. Er kennt den Namen, er ist es. Sie war sich ganz sicher.

»Möchten Sie etwas trinken, Herr Montfoort?«

»Es wird Zeit, dass Sie mich beim Vornamen nennen – ich bin Leonard, Erwin«, lautete die Antwort. »Gegen etwas zu trinken hätte ich nichts.«

»Setz dich doch, Leonard«, bedeutete ihm Tysma und stellte ein Glas und eine Flasche Qarata-Wodka auf einen kleinen Tisch in einer Ecke des Bunkers ab; dann schraubte er die Flasche auf. »Bitte entschuldige uns kurz, Leonard.«

Der Politiker schaute schon nicht mehr zu Erwin Tysma hin, sondern war eifrig damit beschäftigt, so viel wie möglich ins Glas zu bekommen, wobei er wieder zu den Videobildschirmen aufsah. Der MIVDler lotste Ava zu einer Seitentür, die in einen kleinen, mit altmodischen Aktenmappen gefüllten Lagerraum führte. Dann schloss er die Tür.

»Vielleicht sollte ich Sie anstellen statt Sie mich. Sie haben offensichtlich Talent, Frau Ministerin.«

»Mein Vater hat ein Notizbuch mit einer Reihe von Informationen über Hermes hinterlassen; unter anderem den Code, mit dem die Mission erfasst wurde. Sie wissen, von welcher Mission ich spreche.«

»Nein.«

»Von Orta. Der ersten Hermes-Mission für die Niederlande. Sie hatten die Leitung. Und Ihre beiden Komparsen, Wilkes und Zuidam, waren auch dabei.«

Er lachte beschwichtigend und schaute auf seine Hände, verschränkte die Finger ineinander.

»Hat Ihr Vater auch notiert, dass man ihn über alles genau informiert hat?«

Sie sah ihn an, antwortete jedoch nicht, weil sie nicht wusste, was mit diesem »alles« gemeint sein könnte.

»Das dachte ich mir schon. Er war anders als Sie, Frau Rodenburg. Er wollte ganz genau wissen, womit wir uns befassen. Er wurde auf seinen eigenen Wunsch hin über jede Minute der Mission auf dem Laufenden gehalten, bis zum eigentlichen Angriff. Ich habe Sie vor der genauen Kenntnis gewarnt. Als ehrgeiziger Politiker kann einen so etwas jeden Moment einholen und die eigene Zukunft für immer zerstören.«

»Was ist in Orta geschehen? Warum muss es geheim gehalten werden? Was steht auf der Festplatte?«

»Das sind drei ganz entscheidende Fragen, Frau Ministerin, und zu jeder von ihnen gehört eine andere Antwort.« Er schaute weiter auf seine Hände, aber mit Reue hatte das nichts zu tun. Er hatte nicht die Absicht, irgendetwas preiszugeben.

»Drei der Militärs, die an der Mission um Malik Jaweed beteiligt waren, leben nicht mehr. Hat ihr Tod etwas mit Orta zu tun?«

Er lächelte, öffnete die Hände, als wolle er sie zum Himmel ausstrecken. Wütend spannte Ava ihre Armmuskeln an. Der Wunsch, Erwin Tysma niederzuschlagen, wurde immer dringender und war kaum noch zu bezwingen. Sie unternahm einen letzten Versuch, ihn aus der Reserve zu locken.

»Da Sie sich weigern, mir zu antworten, werde ich Ihnen sagen, was ich denke.«

Er nickte und schaute zu den Ordnern hinüber, auf denen sich im Laufe der Jahre Staub angesammelt hatte.

»Sie und Ihre beiden Spezis haben 2003 den Auftrag erhalten, Hermes eine erfolgreiche Mission ausführen zu lassen. Dann geht etwas schief, und die beteiligten Soldaten werden Zeugen davon. Drei von ihnen stehen kurz davor, etwas zu verraten, werden also von Ihnen ausgeschaltet. Die Gefahr scheint abgewendet, aber dann, zwölf Jahre später, taucht plötzlich Eliot Koler auf. Sie geraten in Panik, töten Miriam Veltman, töten Merijn Turing und Jan Kassels und schieben die Schuld auf Koler. Pandora wird benutzt, um Koler auszuschalten, weil er Sie sonst drankriegen könnte. Und jetzt stehen wir, Erwin, hier in der Einsamkeit und warten darauf, dass Pandora Koler eliminiert. Habe ich alles einigermaßen gut zusammengefasst?«

»Frau Ministerin, Sie liegen völlig falsch, und ich werde Ihnen auch sagen, warum: Koler ist – Ihrer Theorie zufolge – schon seit zwölf Jahren genau darüber informiert, was bei der Mission in Orta vorgefallen ist. Während dieser ganzen Zeit hat er diese Informationen nicht verwendet. Warum nicht? Weil er nicht das Bedürfnis hatte. Er wollte es vergessen. Er stellte für niemanden eine Bedrohung dar, bis er in den Besitz der Festplatte kam. Alles, und das habe ich Ihnen wiederholt gesagt, dreht sich um die Festplatte.« Er hob ein wenig die Stimme, beherrschte sich jedoch wieder. »Die Informationen auf dieser Festplatte sind vernichtend für meine Organisation, für Sie, für Ihren Vater, Ihr Kabinett, unser Land. Das habe ich Ihnen gesagt, und jedes Wort ist wahr.«

Sie verschränkte die Arme vor dem Oberkörper.

»Wir ziehen den Stecker, Erwin. Rufen Sie Ihr Luftfahrzeug zurück.«

»So einfach geht das nicht. Sie haben Ihre Zustimmung erteilt.«

»Hände weg von Eliot Koler, hören Sie? Holen Sie Pandora zurück.«

»Pandora trifft ihre eigenen Entscheidungen, Frau Ministerin. Wir geben nur ein Ziel vor.«

»Dann lautet das Ziel jetzt: umkehren.«

Er lachte kurz auf, aber Ava konnte an Erwin T.s Körpersprache erkennen, dass er nervös wurde. Zum ersten Mal zeigte er in ihrer Anwesenheit eine Emotion.

Es klopfte an die Tür. Erwin T. öffnete sie.

»Sie ist jetzt soweit«, erklärte ein junger Soldat mit einem

Kopfhörer um den Hals. Tysma nickte und schaute flüchtig hinüber zu Ava, die den Kopf schüttelte.

»An dieser Sache beteilige ich mich nicht. Ich erteile keine Zustimmung für diese Mission.«

»Frau Ministerin, lassen Sie mich Ihnen erklären, wie wichtig das hier ist, und ich weiß sicher, dass Sie dann hinter dem Angriff auf dieses HVT stehen werden. Hundertprozentig sicher.«

Er wandte sich dem Soldaten zu, der inzwischen das Headset aufgesetzt hatte. »Lässt sich der Zeitrahmen noch anpassen?« Der junge Mann nickte und ging zu der Konsole mit den Monitoren, von wo aus er dem UAV-Supervisor in Lelystad einige kurze Anweisungen erteilte. Tysma sagte zu Ava: »Wenn wir Pandora ein wenig später angreifen lassen, gibt mir das die Möglichkeit, Ihnen zu erklären, wie die Situation tatsächlich aussieht. Frau Ministerin, ich schwöre Ihnen, Sie irren sich.«

Ava schaute Erwin Tysma über die Schulter und erkannte, dass Leonard Montfoort nichts mitbekommen hatte. Er saß am Tisch, trank Wodka und spielte mit seinem Smartphone.

70 ELIOT

Straßensperre

Noch 123 Kilometer, eine Stunde und vierzig Minuten bis Termiz. Wenn man mögliche Straßensperren nicht miteinkalkulierte, die in diesem Teil des Landes an den unmöglichsten Stellen auftauchen konnten. Im Niemandsland, wo es nur Sand gab, wurden die Straßen plötzlich mit diagonal auf der Straße platzierten Betonblöcken versperrt. Davor und dahinter standen Männer, und was genau sie bewachten, blieb ein Rätsel. Bis jetzt hatte die Gruppe das noch nicht erlebt, aber hinter Kholm, wo sie auf die Hairatan-Route stoßen würden, könnte es durchaus passieren, sagte ihnen Mohammad voraus und übertönte damit das Motorengeräusch. Die Region zwischen Mazar-e Scharif, der wichtigsten Stadt für die afghanischen Muslime, und Kholm im Osten war Mohammad zufolge viel ruhiger als das bergige Gebiet, das sie bereits hinter sich gelassen hatten, was allerdings auch bedeutete, dass die Möglichkeit von Straßensperren ganz ohne Zweifel bestand, und man würde abwarten müssen, wer sie errichtet hatte. Eliot spielte mit seinem Handy, schaute sich noch einmal Haruns Nachricht an. Er ging davon aus, dass es die letzte war, die er von ihm bekommen würde. Man hatte Harun aufgespürt, und wenn er festgenommen worden war, konnte niemand wissen, was man mit ihm anstellen würde. Wenn er es nur geschafft hatte, die Verschlüsselung zu knacken. Eliot legte sein

Telefon auf das Armaturenbrett, während Mohammad einen Lastwagen überholte. Aus den Lautsprechern erklang traditionelle Musik. Am Rückspiegel schwangen die Perlen einer Gebetsschnur im Takt der Musik hin und her. Im Spiegel sah er Miran, der mit geschlossenen Augen auf der Rückbank lag. Auch Merijn hatte die Augen zu, schlief jedoch nicht.

»Wie hast du Rens kennengelernt?«, fragte Eliot leise.

Sie öffnete die Augen und richtete sich ein wenig auf.

»Über Miriam.« Sie seufzte. »Die hat uns einander vorgestellt. Sie fand, wir würden gut zusammenpassen.«

Eliot dachte kurz nach.

»Und stimmte das?«

»Ja, auch wenn er viel introvertierter war als ich. Er hat nie viel gesagt. Obwohl er Geheimnisse hatte, habe ich ihn geliebt. Ganz zum Schluss hat er gar nicht mehr gesprochen, weder mit Miriam noch mit mir, nicht einmal mit seinem Therapeuten. Wir mussten das akzeptieren, aber als er … Als wir ihn fanden, waren wir uns einig: Wir müssen herausbekommen, was mit ihm passiert ist. Wir müssen wissen, weswegen er die ganze Zeit so gelitten hat.«

»Für die Mission hat er einen anderen Namen benutzt.«

Sie nickte kaum merklich.

»Er war Informant beim MIVD. Genau wie Miriam. Die beiden sollten untersuchen, wie das Zusammenspiel zwischen Mensch und Maschine funktioniert.« Sie hob den Blick und schaute aus dem Seitenfenster. »Die ganze Sache war geheim. Ich war auch involviert, wusste aber nicht, welchen Zweck das Ganze hatte.«

Eliot lehnte sich kurz zurück und sog den wohltuenden Neuwagengeruch des Land Cruiser tief ein. Weil die Klimaanlage lief und die Fenster geschlossen waren, schienen sie keinen Teil der wie ausgestorben wirkenden, ausgetrockneten Umgebung auszumachen, durch die sie fuhren; es war, als schauten sie sich einen Film in 3D an, der auf sämtliche Fensterscheiben des Jeeps projiziert wurde. Nach der Reise zum Flughafen von Kunduz bedeutete das deutlich mehr Komfort, und es wäre ihm nur recht gewesen, wenn die Fahrt noch dreimal so lange gedauert hätte.

»Du hattest recht«, sagte er.

»Womit?«, wollte sie wissen.

»Als du gesagt hast, dass ich versucht habe, mich aus der Affäre zu ziehen. Ich war zu feige, um die Konfrontation mit dem zu ertragen, was ich verbrochen hatte.«

»Nein.«

»Ich hätte die Wahrheit viel früher enthüllen müssen. Ich war feige.«

»Ohne Beweise wäre das sinnlos gewesen. Ein Soldat mit posttraumatischer Belastungsstörung gilt nicht als zuverlässige Quelle. Sie hätten dich auseinandergenommen. Aber jetzt haben wir Miran, und der kann alles bestätigen. Und wir haben einen Teil der Festplatte.«

Er schaute im Spiegel zu dem Jungen hin, danach zu Mohammad.

»Wie geht es ihm?«, fragte er auf Englisch.

»Wie?«

»Ist er okay?«

»Miran schlafen schlecht. Aufwachen, träumen, schreien, you know.«

»Ich weiß«, antwortete Eliot auf Niederländisch.

Im Hubschrauber wurde kein Wort gesprochen. Kadir schaute verwirrt zu den anderen Männern hin und begriff, dass etwas ganz entsetzlich schiefgegangen war. Haruns Blick war leer, als schaue er nur in sein eigenes Inneres, Rens spielte wie besessen mit seinem Feuerzeug herum. Thijs und Stefan hatte es ganz offensichtlich am schlimmsten getroffen: Ihre Gesichter, Hälse und Hände waren so blass, dass es aussah, als wären sie im Sterben begriffen, die Münder aufgerissen, die Zähne entblößt. Aus Verantwortungsgefühl – nicht nur wegen dem, was geschehen war, sondern auch wegen der anderen fünf – ließ sich Eliot nichts anmerken. Aber in seinem Inneren, in seinem Kopf und seinem Körper, war ein Riss entstanden, der mit jeder Sekunde tiefer wurde; unendlich tief verlief er dort, wo seine Seele hätte sein sollen.

Der Junge drehte den Kopf ein wenig, sodass Eliot sein ganzes Gesicht sehen konnte. Er hatte nichts abbekommen. Merijn legte ihm mit geschlossenen Augen eine Hand aufs Knie.

Wieder schaute Eliot auf sein Handy, aber sie befanden sich in einem Funkloch. Hoffentlich kamen sie noch rechtzeitig, und es gelang Harun, alle Informationen über Orta zu entschlüsseln. Die Beweise, dass die niederländische Armee für die Tötung einer unschuldigen afghanischen Familie verantwortlich war und man das nie zugegeben hatte, würde er Ministerin Rodenburg vorlegen. Die Mission, die zum Ziel gehabt hatte, Malik Jaweed zu töten, hatte ihnen auch noch ein Lob des damaligen Verteidigungsministers eingebracht. Wie hatte er damals nur mit dem Resultat zufrieden sein können? Hatte man ihm etwas anderes mitgeteilt als das, was in Wirklichkeit passiert war?

Das würde nicht noch einmal geschehen, dafür würde er ein für alle Mal sorgen. Er würde ihr erzählen, was er wusste, ihr Miran vorstellen. Um Gerechtigkeit für sich selbst zu erlangen und für den Jungen. Schließlich tat er das alles für den Jungen, in dessen Augen er das Mädchen von Orta, das ihn jede Nacht im Traum verfolgte, widergespiegelt sah.

»Fuck«, hörte er Mohammad sagen. Miran und Merijn öffneten die Augen. »Straßensperre. Hast du Geld?«, fragte er auf Englisch.

»Dollars«, antwortete Eliot, der im Rückspiegel erkennen konnte, dass Miran sich aufgerichtet hatte und sich mit großen Augen umsah. Merijn wühlte in ihrer Tasche. Vier schwere Betonblöcke, auf die man persische Texte gemalt hatte, lagen quer über dem Asphalt. Dahinter standen drei Männer – Bärte, Pakols auf den Köpfen, graue Dschellabas – die mit Kurzlaufgewehren bewaffnet waren. Eliot holte ein paar Scheine aus der Innentasche seiner Jacke.

»Wie viel?«

»Nicht alles.« Mohammad nahm das Geld, schaltete dann einen Gang zurück und drehte das Fenster herunter. »Hände hinter den Rücken«, zischte er. Er fuhr direkt auf die Blockade zu; die Steine waren so angeordnet, dass man nur daran vorbeikam, wenn man sehr vorsichtig manövrierte.

Einer der bewaffneten Männer schlenderte auf das Auto zu und warf einen Blick in das Wageninnere. Sehr schien ihn der Anblick zweier westlicher Passagiere nicht zu überraschen. Mohammad stellte das Radio aus und fing an, in hohem Tempo auf Dari mit ihm zu sprechen; der Mann schüttelte immer wieder ablehnend den Kopf, und Eliot begriff sehr schnell, dass es um die Höhe des Zolls ging, den sie zu entrichten hatten, damit man sie weiterfahren ließ. Kurz deutete der Mann auf Eliot, aber Mohammad reagierte abwehrend. Fast schreiend sprachen die Männer immer weiter miteinander, bis beide plötzlich verstummten und der Mann Mohammad die Geldscheine aus der

Hand riss. Er wandte sich ab und lief um den Wagen herum. Vor Merijns Fenster blieb er stehen und bedeutete ihr, sie solle es öffnen. Mohammad bediente den Mechanismus vom Lenkrad aus. Im Spiegel sah Eliot, wie der Mann Merijn eindringlich musterte. Dann rief er etwas und trat einen Schritt zur Seite, um den Jeep durchzulassen. Die beiden anderen Wächter, die dem ersten mit ihren kleinen Köpfen und ihrer dunklen Haut sehr stark ähnelten, schauten lächelnd durch die Scheiben des Wagens, der vorsichtig zwischen den Blöcken hindurchfuhr. Zu beiden Seiten gab es nur wenige Zentimeter Spielraum. Nachdem sie die Blockade hinter sich gelassen hatten, wandte sich Eliot um und sah, dass Miran dasselbe tat. Mit den Armen über der Lehne schaute er durchs Rückfenster, bis die Männer außer Sicht waren. Die ganze Zeit, und das nahm Eliot erst jetzt deutlich wahr, weil das Radio nicht lief, hatte sie ein Geräusch begleitet. Es wurde weder vom Motor noch von den Reifen verursacht. Es handelte sich um etwas außerhalb des Autos, das überall und nirgends zugleich war. Miran hatte sich wieder aufrecht hingesetzt, und an seinem Gesichtsausdruck konnte Eliot erkennen, dass er es auch hörte. Der erschrockene Blick war in seine Augen zurückgekehrt, als habe ihn eine kalte Hand gepackt und drücke ihm langsam die Kehle zu.

»Was ist das?«, fragte Merijn.

Das Geräusch wurde lauter und so stark, dass Eliot es im ganzen Körper spüren konnte. Mohammad schien noch nichts bemerkt zu haben, aber als er im Spiegel Mirans Blick auffing, nahm er den Fuß vom Gas und öffnete das Seitenfenster. Sie konnten den Wind hören, und der brachte einen dumpfen rhythmischen Unterton mit sich. Das Geräusch von etwas Gigantischem. Das Geräusch einer riesigen Maschine, die nun über ihnen schwebte.

71 AVA

Pandoras Namensgeber

Im Dach des glänzend blauen Toyota Land Cruiser brachen sich die Sonnenstrahlen. Einsam fuhr der Wagen Richtung Norden, wo er den Fluss Amudarja erreichen würde, um dann seine Reise noch etwa zehn Kilometer nach Osten fortzusetzen und über die Friendship Bridge, die einzige Brücke auf einer Strecke von 120 Kilometern, die Grenze zu Usbekistan zu passieren. Mit offenem Mund schaute Montfoort auf den Bildschirm, die Flasche in Reichweite. Avas Blick schoss von dem gestochen scharfen Bild des Land Cruisers hinüber zu Erwin Tysma; sie wartete auf den nächsten Schritt, mit dem er versuchen würde, sie von seiner Wahrheit zu überzeugen. Ohne ein Wort ging er zur Treppe und verließ über den langen Gang den Bunker. Nach einigen Sekunden entschied sie sich dafür, ihm zu folgen. Montfoort starrte ihr hinterher und rief: »Vielen Dank, Ava, dass du das hier organisiert hast. Bis jetzt ist alles sehr beeindruckend. Jetzt heißt es nur noch abwarten, bis das Flugzeug den Schurken erwischt. Wo willst du denn hin?«

Sie antwortete ihm nicht, sondern verließ den Raum. Wenig später stand sie draußen im grellen Licht, in der Hitze. Sofort brach ihr der Schweiß aus.

»Ich will nicht, dass Koler etwas zustößt«, erklärte sie resolut. »Ich gebe dafür ganz explizit nicht meine Zustimmung.«

»Ich möchte verhindern, dass Sie einen riesigen Irrtum begehen, Frau Rodenburg, indem Sie nur halb informiert solche weitreichenden Maßnahmen ergreifen.«

»Wessen Schuld ist es denn, dass ich nur halb informiert bin? Doch wohl Ihre. Sie wollen sich selbst schützen, das ist alles. Aber das hört jetzt auf. Ganz egal, welche Informationen Koler auch besitzt, was er auf dem Kerbholz hat, was auch immer mein Vater falsch gemacht hat – es interessiert mich nicht mehr. Sie haben Ihr Spiel lange genug getrieben, und damit ist jetzt Schluss. Sie sind mit sofortiger Wirkung entlassen.«

Es gab nicht die geringsten Anzeichen dafür, dass Erwin T. Avas Worte ernst nahm; es war, als hätten sie hier in diesem kahlen asiatischen Land weder Gültigkeit noch Bedeutung.

»Ich werde es Ihnen sagen, und dann werden Sie mir zustimmen, dass wir mit der Operation fortfahren müssen. Hören Sie zu: Im Jahr 2002 begann das Hermes-Programm, und zwar in Zusammenarbeit mit Lockheed. Nachdem im folgenden Jahr einige grundlegende Probleme aufgetreten waren, hat man Hermes in Pandora umbenannt. Frau Rodenburg, Hermes *ist* Pandora.«

Sie ließ seine Worte auf sich wirken, um die Konsequenzen besser einschätzen zu können. Ihr Vater hatte an der Wiege des Programms gestanden, das sie selbst durch das Parlament zu bringen versucht hatte. Was bedeutete das? Warum war es so ungeheuer wichtig?

»Der griechischen Mythologie zufolge fungierte Hermes als Pandoras Namensgeber«, erklärte der Geheimdienstler. »Und darüber hinaus verlieh er ihr ein hinterhältiges, verlogenes Wesen. Derjenige, der sich den Namen überlegt hat, wusste, wie nahe er damit der Wahrheit kam. Ein intelligenter Mann, der nie etwas ohne Überlegung tat. Ihr Vater, Frau Rodenburg.«

»Ich begreife einfach nicht, warum …«

»Ihr Vater hat bei genauer Kenntnis aller Tatsachen der Produktion eines Geräts zugestimmt, das fundamentale Fehler in sich trug. Er wusste von der Existenz dieser Fehler – wir haben ihn ausführlich darüber informiert und ihn auch gewarnt –, aber er wollte sein Vorhaben umsetzen. Selbst nach der Tragödie in Orta, Frau Rodenburg. Während des ersten Hermes-Flugs sind in der Kommunikation zwischen Mensch und Maschine Dinge schiefgegangen. Fehlerhafte Daten, fehlerhafte Analysen, wer weiß das schon. Als Hermes im Begriff war, Malik Jaweed auszuschalten, hat Ihr Vater klar und deutlich die Genehmigung dazu erteilt. Und als das Ergebnis weniger erfreulich ausfiel als vorhergesehen, verlieh er seinem Enthusiasmus über den Tod eines Terroristen ebenso vollmundig Ausdruck. Dass es unschuldige Opfer gegeben hatte, nahm er lediglich zur Kenntnis.«

Mit offenem Mund starrte Ava ihn an, trat dabei immerzu von einem Fuß auf den anderen. Ihr lief ein Schauer über den Rücken.

»Das kann nicht sein.«

»Und doch ist es so. Das Hermes-Programm musste um jeden Preis weitergeführt werden, trotz der katastrophalen Konfigurationsfehler. Immer wieder hat uns Minister Rodenburg an den Elften September erinnert. Dann sprach er von den einstürzenden Türmen, den Tausenden unschuldiger Opfer. Er hatte alles mit eigenen Augen gesehen. ›Nie wieder 9/11‹, erklärte er. ›Die Regierung muss ihre Bürger beschützen. Bei Pim Fortuyn haben wir das nicht geschafft, jetzt sind wir schneller.‹ Pandora ist die Fortführung eines misslungenen Projekts. Wollen Sie, dass die Welt das erfährt?«

»Sie hatten die Leitung über die Mission. Sie, Wilkes und Zuidam.«

Er nickte.

»Das bedeutet, Sie sind genauso dafür verantwortlich.«

»Wenn das herauskommt, sind wir alle dafür verantwortlich. Dann landen wir alle vor Gericht. Sie auch, Frau Rodenburg.«

»Wenn mein Vater etwas von den zivilen Opfern beim ersten Testflug gewusst hätte, hätte er alles abgeblasen.«

»Glauben Sie das wirklich? Glauben Sie nicht, dass damals genauso viel auf dem Spiel stand wie heute? Er hat gesagt: ›Wenn das herauskommt, dann wird das Automatisierungsprogramm auf null zurückgeschraubt, das Kabinett muss zurücktreten und der Staat eine Strafzahlung an das Konglomerat der Betriebe entrichten, das in dessen Entwicklung investiert hat. Jegliche Unterstützung für Präventivschläge im Mittleren Osten und in Zentralasien gehört dann der Vergangenheit an, die Wahrheit über die getöteten Zivilisten kommt ans Licht, und dann können alle Betroffenen, ich, Sie, aber auch der Ministerpräsident, vor dem Internationalen Gerichtshof landen und geraten unter den Verdacht der Verschleierung schwerer Kriegsverbrechen.‹ Das stand Ihrem Vater bevor. Und jetzt Ihnen.«

»Das heißt, auf der Festplatte …«

»Auf der Festplatte sind die Videoaufnahmen gespeichert, die Kommunikation, die Fotos, die Originalgespräche während des Briefings über die Orta-Mission. Außerdem Interviews mit Betroffenen. Über Erfahrungen über die Zusammenarbeit zwischen Menschen und intelligenten Maschinen. Darauf sind alle Daten von Pandora. Alle Erfolge, aber auch alle Fehler, die noch immer registriert werden, obwohl die Entwicklung inzwischen schon Jahre andauert. Die Opfer, die das gekostet hat, die Beinaheunfälle, die durch das Eingreifen von menschlicher Hand im letzten Augenblick verhindert werden konnten. Die Festplatte ist wie ein Fotoalbum, das man zur Geburt eines Babys anlegt, Frau Rodenburg. Es zeigt, wie das Kind hinfällt und wieder aufsteht. Nur sind durch das Zutun von Hermes und Pandora Menschen hingefallen und danach nicht wieder aufgestanden. Und bei aller Großartigkeit – Pandora ähnelt ihrem Namensgeber in höherem Maße, als uns allen lieb sein kann. Sie hat sämtliche seiner guten, aber auch sämtliche seiner schlechten Seiten geerbt. Das darf niemals – wirklich niemals – jemand erfahren. Sind wir uns darin einig?«

Sie reagierte nicht.

»Er ist auf dem Weg hierher. Nach Termiz. Glauben Sie an Zufälle?«

Ava glaubte an gar nichts mehr. Erwin Tysma schaute auf sein Telefon, wo eine ganz kurze Nachricht eingegangen war: *Jetzt*. Sie konnte es lesen, und sie wusste, wofür die Zeit gekommen war. Während der Geheimdienstler wieder in den Bunker hinunterstieg und sie ihm wie betäubt folgte, hallten seine Worte in ihrem Kopf wider, als würden sie von den dicken Mauern des unterirdischen Gebäudes zurückgeworfen. Auch ihr eigenes Handy ließ ein Signal ertönen. Mühsam holte sie es aus der Handtasche und schaute auf das Display. Ihre Assistentin hatte sich gemeldet:

Marcel Fens befand sich bis 2013 im Dienst des MIVD.
Else

Sie war in einem riesigen Sumpf gelandet, einem großen und tiefen Sumpf, der keine Grenzen zu haben schien. Ihr Vater hatte sie dorthin gebracht, und sie selbst hatte einen verhängnisvollen Schritt gemacht. Erwin Tysma zog sie immer weiter unter Wasser. Auch Eliot Koler zog sie immer weiter unter Wasser, und niemand wusste, wie viele Menschen bereits ertrunken waren. Sie stand im Bunker und sah auf fünf Bildschirmen gleichzeitig den blauen Land Cruiser. Der Wagen hielt an. Weiter oben, im dürren Gras, stand ein Mann, der zum Himmel hinaufschaute. Er blickte in die Kamera, auch wenn er die unmöglich wahrnehmen konnte. Dann entfernte er sich in der gleichen Haltung noch weiter vom Wagen. Pandoras Kamera richtete sich auf sein Gesicht, stellte sich schärfer. Ein kantiger Kiefer, dunkles Haar, traurige Augen. Augen, die mehr gesehen hatten, als sie ertragen konnten. Sie hatte dieses Gesicht schon einmal gesehen, und das war noch nicht lange her.

Über dem Gesicht erschien jetzt ein neongrünes Kreuz in einem Kreis, und der Kreis folgte jeder Bewegung, die das Kreuz vollzog. Daneben liefen mit Lichtgeschwindigkeit kleine Zahlen über den Monitor. Pandora hatte ihre Waffe auf ihr Ziel ausgerichtet.

»Es ist Zeit«, sagte Erwin Tysma. Er wandte sich zu Ava um und fragte ruhig: »Frau Ministerin?«

72 PANDORA

Die Büchse der Pandora – geöffnet

Ein riesiges Auge hatte ihn im Visier. In bester HD-Qualität wurde er registriert und in Datenzentren auf der anderen Seite der Welt erfasst. Menschen in Lelystad schauten dabei zu, und sie sahen, wie die Maschine hoch über ihm die Entscheidung traf, das High Value Target Eliot Markus Koler zu eliminieren. Die Maschine hieß Pandora. Erkennen – Einordnen – Eliminieren, so lautete ihr Auftrag.

Das ist der Moment, dachte Ava ruhig. Das ist die Entscheidung. Sie brauchten ein Zielobjekt, und Koler eignete sich mit seiner Geschichte hervorragend für diese Rolle. Die Ironie wollte es so, dass es wieder eine Drohne war, die einen Teil seines Lebens bestimmte. Diesmal dessen Ende.

Sie sah, dass er immer noch nach oben schaute, neben dem Toyota stand, als wüsste er, dass über Pandora die Menschen zurückschauten, die ihn dazu gebracht hatten, diesen Ort aufzusuchen.

»Frau Ministerin?«, fragte Erwin Tysma noch einmal, nun in drängenderem Tonfall. Angespannt schaute Leonard Montfoort vom Bildschirm zu Ava und wieder zurück.

»Es ist Zeit«, sagte Tysma noch einmal. »Pandora geht jetzt zum Angriff über. Wir brauchen die Zustimmung.« Sie hatte ihn verstanden und nickte. Zum letzten Mal versuchte sie, ihre eigene Position aus sämtlichen Perspektiven zu analysieren.

Kolers Tod würde für Ava selbst die Rettung bedeuten. Alles, was ihrer Zukunft im Wege stand, würde damit verschwinden: die Daten über Pandora, die, anders als von ihr selbst dargestellt, lange nicht so positiv waren wie angekündigt, die problematischen Entscheidungen ihres Vaters, der Griff, in dem Erwin Tysma sie gefangen hielt. Ihre ehrgeizigen Zukunftspläne wären nicht mehr in Gefahr, man würde sie feiern und verehren, weil es ihr genau wie ihrem Vater gelungen war, den niederländischen Streitkräften ihren alten Glanz zurückzugeben. Das hatte Mel in seinem Anruf an jenem Morgen gemeint, als er sie aufgefordert hatte, mit ihm zusammen in den Kampf zu ziehen: einen gigantischen Schritt nach vorn für ihr Land. Als NATO-Mitglied würde den Niederlanden mit Pandora wieder eine wichtige weltpolitische Rolle zukommen. Man würde sie beneiden. Ja, mit Mel Stahlman hatte alles angefangen. Hier konnte sie die Arbeit für ihn und für sich selbst zu Ende führen. Sie schaute Tysma an.

Marcel Fens, der Mann, der sich gegenüber Suzan Rijsdijk als Polizeibeamter ausgegeben hatte, war anwesend, als Jan Kassels starb, das wusste Ava sicher. Am Abend zuvor waren zwei Männer, Wilkes und Zuidam, bei den Kassels' erschienen und hatten Kassels unter Druck gesetzt. Sie arbeiteten seit ihrer Entlassung aus der Armee für den MIVD und für Erwin Tysma. Sie hatten Kassels ein Ultimatum gestellt. Als er sich weigerte, setzte Tysma den ehemaligen MIVDler Fens auf ihn an.

Erwin Tysma hatte beide Hände auf die Tischplatte gepresst und schaute hohläugig auf die beiden obersten Bildschirme. Links Pandora, rechts Eliot Koler. Nichts ist so traurig, wie überflüssig zu sein, dachte sie. Das war es, was ihn antrieb. Er hatte Angst – nein, er wusste, dass er zu den Fünftausend gehören würde, die ihre Stelle verloren. Das wollte er verhindern, hatte er ihr gegenüber erklärt. Er musste sich selbst unentbehrlich machen und hatte sich einen Plan überlegt, um das zu erreichen.

»Frau Ministerin«, sagte Erwin Tysma. Auf dem Bildschirm sah sie, dass Koler auf den Jeep zeigte, dessen beide hintere Türen sich öffneten. »Ich flehe Sie an«, fuhr Tysma fort. »Schauen Sie doch.« Sie nickte. Nur ein einziges Wort, und sie wäre Koler für immer los.

»Was macht er da?«, wollte Ava wissen. »Warum tut er das?«

Tysma zuckte mit den Schultern.

»Ist das denn wichtig? Wir können ihn jetzt ausschalten. Für immer.« Auf dem Bildschirm ganz rechts sah sie, wie Koler auf das Auto zeigte und etwas zu rufen schien. Ihr Blick schoss zu dem Monitor hinüber, der die Aufnahmen des blauen Geländewagens wiedergab. Koler blickte erneut in die Kamera und sagte laut etwas. Als spreche er direkt zu ihr.

Beim Auto stand ein Junge und neben ihm eine Frau. Langsam gingen sie auf Koler zu, der noch immer nach oben schaute und redete. Auch die Tür auf der Fahrerseite öffnete sich. Ein gedrungener Afghane in einer Dschellaba stieg aus und blieb neben dem Wagen stehen.

»Wer ist das?«, fragte Ava verzweifelt.

Der Junge und die Frau überquerten die Fläche. Der Abstand zwischen dem Auto und Koler betrug etwa vierzig Meter, und sie standen auf halbem Weg dazwischen, eine zierliche Frau in westlicher Kleidung, deren Haar von einem afghanischen Tuch bedeckt wurde. Neben ihr der hoch gewachsene, magere Junge. Ein Jugendlicher. Ein Kind.

»Wir brauchen einen Befehl. Jetzt, Frau Rodenburg, jetzt!«, hörte sie neben sich. Ein Piepsen erklang, das signalisierte, dass

Pandora eine Rakete ausgewählt hatte und diese innerhalb von fünfzehn Sekunden abfeuern würde. Mit Koler als Ziel, aber für den Jungen und die Frau bestand ebenfalls Gefahr, weil sie sich in seiner unmittelbaren Nähe befanden. Sie konnte sehen, wie er den anderen beiden etwas zurief.

»Kann man auch hören, was sie sagen?«, erkundigte sich Ava.

Ehe einer der anwesenden Soldaten reagieren konnte, rief Tysma: »Nein!«

Der Junge schaute aus großen, auffallend hellen Augen vorsichtig nach oben, zu Pandoras Kamera, die jede Bewegung festhielt, berechnete und interpretierte. Die Frau löste ihr Kopftuch und ließ es aus den Händen gleiten. Auch sie schaute zu der Kamera empor.

Ava erkannte sie. Sie hatte sich ihr Foto ganz genau angesehen und war ganz sicher. Es handelte sich um die Frau, die Kontakt mit Jan Kassels aufgenommen und die man mit ihm zusammen in den Dünen fotografiert hatte. Ihr Name war Merijn Turing.

»Sie war doch verschwunden«, wandte Ava sich an Tysma. »Was macht sie in Kunduz?«

»Im Flugzeug habe ich Ihnen angekündigt, ich würde Ihnen zeigen können, mit welchen Staatsfeinden Koler sich abgibt. Turing ist eine Überläuferin. Der Mann da im Auto ist Mohammad Zaher, ein Warlord mit einem ellenlangen Strafregister. Damit haben Sie den Beweis dafür, dass Koler schuldig ist, direkt vor Augen.«

»Was macht sie in Kunduz?«, wiederholte Ava mit sich überschlagender Stimme. »Und wer ist dieser Junge?«

Sie schaute ihm in die hellblauen Augen, in denen Angst zu lesen war. Auf dem rechten Bildschirm, gefangen in einem

Fadenkreuz aus Kreisen und Markierungen, stand Koler. Er schaute auf sein Handy. Mit dem Daumen fuhr er über den Touchscreen. Auf einem Bildschirm an der Seitenwand des Bunkers erschien die Nachricht, die er erhalten hatte.

»Achtung«, sagte ein Soldat und deutete auf den Text, der zur Gänze auf dem Monitor erschien:

Eliot, Festplatte geknackt! H.

Aus einer anderen Tasche holte Koler die Festplatte. Er hielt sie zwischen Daumen und Zeigefinger, während er das Handy wieder einsteckte. Ava sah zu Tysma hinüber, dessen Gesicht sich zu einer verbissenen Grimasse verzogen hatte, als mache er sich bereit, einen Schlag abzuwehren. Sie brauchte nur das eine Wort zu sagen, und all ihre Probleme würden der Vergangenheit angehören, aber der Anblick des MIVDlers hielt sie davon ab. Tysma starrte auf die Metalldose in Kolers Hand. Er verdiente es nicht, aus dieser Sache als Sieger hervorzugehen. Er verdiente es, zur Rechenschaft gezogen zu werden.

Und was verdiente sie selbst? Erfolg. Sie hatte alles aus eigener Kraft erreicht, selbst geschafft, sie verdiente all den Erfolg, der sich daraus ergab. Aber konnte sie das vor sich selbst verantworten? Verdiente Koler den Tod? Der Junge, Merijn Turing? Wenn sie jetzt zu Tode kamen, wäre das ein Schritt in die Richtung des moralischen Abgrunds. Erfolg, Unsterblichkeit, Karriere, Nachlass – all das war gleich wichtig, aber war es mehr wert als alles andere? Montfoort hatte recht: Sie war nicht ihr Vater.

Sie ging um den Tisch herum und stellte sich direkt vor die Bildschirme, sodass ihr ganzes Gesicht erleuchtet wurde. Eliot Koler schaute zurück. Er konnte sie nicht sehen, nur die

Drohne, die noch immer bewegungslos über ihnen schwebte, aber vielleicht wusste er, dass sie, Ava, es war, die ihn die ganze Zeit beobachtet hatte. Nun wandte er sich zur Seite, weg von dem Jungen, der zitternd vor Anspannung immer weiter nach oben blickte, zu Merijn Turing, die Tränen in den Augen hatte, und dann zum letzten Mal zu der Drohne.

»Nein«, sagte Ava. »Mission abbrechen. Wir tun es nicht.«

Es schien, als reagiere Pandora auf ihre Stimme, denn die Nase des Geräts bewegte sich ein wenig, sodass der Junge und Turing für einen Moment aus dem Bild verschwanden. Voller Anspannung schaute Ava weiter auf den Monitor. Sie spürte, wie ihr Herz so kräftig schlug, dass es schmerzte, aber eine Welle der Erleichterung durchflutete ihren Körper, als sie sah, dass Pandora langsam an Höhe gewann und das Interesse an den vier Menschen dort unten am Boden verloren zu haben schien. Sie wollte sich zu Tysma umdrehen, hörte dann jedoch aus einem der Lautsprecher an der Decke des Bunkers eine Stimme, die sie sofort erkannte.

»Ignorieren Sie Frau Rodenburgs Anweisungen«, sagte der niederländische Ministerpräsident mit ruhiger Stimme. »Mission fortsetzen. Zustimmung erteilt.«

DANK

Während der Arbeit an *Drone* hatten einige Menschen eine große Bedeutung für mich. Sie alle haben auf ihre eigene Weise und oft ohne ihr Wissen einen riesigen Beitrag zum Zustandekommen dieses Buches geleistet. Rogier, danke für alle Gespräche und für die Ideen, die sich daraus ergeben haben. Mein Dank gilt der Wohngemeinschaft am Admiraal de Ruijter-Weg, allen bei COW und Louis für ihren Enthusiasmus und ihr Interesse. Er gilt außerdem P. W. Singer für sein großartiges Buch *Wired for War: The Robotics Revolution and Conflict in the 21st Century*. Melissa, Marjolein, Nienke und Nanda von Uitgeverij Cargo danke ich dafür, mit welchem Engagement sie in das gesamte Projekt involviert waren. Chris und Willem haben den Text mit stets kritischen, aber immer wertvollen Kommentaren versehen, und zwar von der allerersten Seite an. Ihre Anregungen waren für mich unentbehrlich.

Und zum Schluss, aber doch an erster Stelle: Anke.